जयदेव तनेजा

जयदेव तनेजा का जन्म 15 मार्च, 1943 को ओकाड़ा (अब पाकिस्तान में) में हुआ।

उनकी मोहन राकेश सम्बन्धी प्रकाशित कृतियाँ हैं—'लहरों के राजहंस : विविध आयाम', 'मोहन राकेश : रंग-शिल्प और प्रदर्शन', 'मोहन राकेश : अधूरे रिश्तों की पूरी दास्तान', 'मोहन राकेश रचनावली' (13 खंड), 'राकेश और परिवेश : पत्रों में', 'एकत्र' (मोहन राकेश की अप्रकाशित-असंकलित रचनाएँ), 'पुनश्च' (राकेश और अश्क दम्पति का पत्राचार), 'नाट्य-विमर्श : मोहन राकेश', 'मेरे साक्षात्कार', 'दस प्रतिनिधि कहानियाँ', 'पूर्वाभ्यास' (मोहन राकेश के आरम्भिक एकांकी), 'काँपता हुआ दरिया' (मोहन राकेश का उपन्यास)।

वे 'श्रेष्ठ साहित्यिक कृति पुरस्कार' (हिन्दी अकादमी), 'विश्व रंगमंच दिवस सम्मान' (दिल्ली नाट्य संघ), 'साहित्यकार सम्मान' (हिन्दी अकादमी), 'पं. सत्यदेव दुबे राष्ट्रीय सम्मान' (रास कलामंच हरियाणा), 'नाटक सम्मान' (हिन्दी अकादमी), 'संगीत नाटक अकादमी पुरस्कार' से सम्मानित हैं। 'नट सम्राट' (दिल्ली), 'अंक' (मुम्बई) ने उन्हें सम्मानित किया है। 2024 में 'पंचानन पाठक जीवन गौरव सम्मान' तथा 'कारवाँ-ए-हबीब सम्मान' से भी नवाजे गए हैं।

ई-मेल : jtaneja02@gmail.com

कीर्तिशेष
मोहन राकेश

•

संस्मरण

सम्पादक

जयदेव तनेजा

राधाकृष्ण पेपरबैक्स

राधाकृष्ण पेपरबैक्स में
पहला संस्करण : 2025

राधाकृष्ण पेपरबैक्स : उत्कृष्ट साहित्य के जनसुलभ संस्करण

राधाकृष्ण प्रकाशन प्राइवेट लिमिटेड
जी-17, जगतपुरी, दिल्ली-110 051
द्वारा प्रकाशित

शाखाएँ : अशोक राजपथ, साइंस कॉलेज के सामने, पटना-800 006
पहली मंजिल, दरबारी बिल्डिंग, महात्मा गांधी मार्ग, प्रयागराज-211 001
1, अनमोल सोराबजी सन्तुक लेन, धोबी तलाव, मरीन लाइंस, मुम्बई-400 002
वेबसाइट : www.radhakrishnaprakashan.com
ई-मेल : info@radhakrishnaprakashan.com

विकास कम्प्यूटर एंड प्रिंटर्स
ट्रॉनिका सिटी-201 102
द्वारा मुद्रित

मूल्य : ₹499

KIRTISHESH : MOHAN RAKESH
Edited by Jaidev Taneja

ISBN : 978-93-48157-60-7

उन सभी प्रबुद्ध रंगकर्मियों, दर्शकों और पाठकों के नाम
जिन्होंने अपने समय के अनेक विशेषज्ञ-आलोचकों की भविष्यवाणियों को
ग़लत सिद्ध करके, आधी सदी से भी ज़्यादा बीत जाने के बावजूद,
मोहन राकेश को ज़िन्दा बनाए रखा है और भविष्य में भी
प्रासंगिक, सार्थक और महत्त्वपूर्ण रचनाकार के रूप में
चिरंजीवी बनाए रखेंगे।

कभी का जा चुका है वो नदी से,
मगर पानी में अब तक रौशनी है।

—शीन काफ़ निज़ाम

क्रम

खंड-2

यूँ ज़िन्दगी गुज़ार रहा हूँ तेरे बग़ैर...

खंड-3

वो भूली दास्तां...

खंड-4

कुछ बिखरे स्मृति-बिम्ब और अन्तरंग पत्र

खंड-5
फ़िल्मकारों के संस्मरण

खंड-6
कुछ संस्मरणात्मक अन्तरंग पत्र

परिशिष्ट

अपने-अपने राकेश

अचानक नींद खुल गई है। अभी-अभी एक सपना देख रहा था। एक बहुत पुराना टूटा-फूटा-सा घर था; या शायद कोई लॉज था। उसके निचली मंज़िल के एक कमरे में मैं मरा हुआ पड़ा था। लाश के आसपास जितने लोग जमा थे, उनमें से कोई मुझे नहीं जानता है। वे सब परेशान थे कि कहाँ और किसे इस मृत्यु की सूचना भेजी जाए। तभी एक आदमी को मेरी डायरी मिल गई और वह उसमें से कुछ अंश पढ़कर लोगों को सुनाने लगा। फिर मेरे सामान की तलाशी ली जाने लगी। पहले वहीं, फिर शिमला के घर में, फिर आगरा के घर में। पर पता कहीं से भी नहीं मिला। एक आदमी कह रहा था कि अगर पता मिल जाए तो यह फिर से जी सकता है। कुछ लोगों ने मुझे हिलाकर मुझसे जानने की कोशिश की। मुझे हैरानी हुई कि ये लोग कैसे सोच रहे हैं कि मरा हुआ आदमी उन्हें अपना पता बता सकता है। जब लोग बिलकुल निराश हो गए तो उन्होंने तय किया कि इसे फ़िलहाल कपड़े में लपेटकर रख देना चाहिए—क्या पता, बाद में कभी पता मिल जाए और इसे ज़िन्दा किया जा सके...।

यह स्वप्न आज से लगभग 72 वर्ष पूर्व 8 दिसम्बर, 1952 को सुबह तीन बजे, आधुनिक हिन्दी साहित्य एवं रंगकर्म के सम्भवत: सर्वाधिक एक्सपोज़्ड, चर्चित और विवादास्पद रचनाकार, मोहन राकेश ने दिल्ली के जंगपुरा के एक मकान में रहते हुए देखा था। उन्हें गए भी लगभग 51 वर्ष बीत गए। इसके बावजूद उनके दोस्त और दुश्मन, प्रशंसक और आलोचक, दर्शक, पाठक और इतिहासकार यही तय नहीं कर पाए कि वह व्यक्ति वास्तव में था क्या? उसके कृतित्व का मूल्य और महत्त्व क्या और कितना है? वह असीम भावुक था या चरम बौद्धिक? वह हमेशा नौकरियाँ, शहर, मकान, बीवियाँ और प्रेमिकाएँ बदलनेवाला अय्याश था या अपना वास्तविक घर तलाशता हुआ हिल स्टेशनों, डाक बँगलों, रैन बसेरों तथा होटलों में भागता-फिरता एक बेचैन मुसाफ़िर? वह अत्यन्त महत्त्वाकांक्षी अवसरवादी था या तमाम उपलब्धियों के मोहपाश को पल-भर में काटकर किसी नये, अज्ञात और बड़े लक्ष्य/गन्तव्य की ओर निर्भय आगे बढ़ जानेवाला निरासक्त संन्यासी? वह बेहद प्यारा और सच्चा दोस्त था या उनका इस्तेमाल करके भूल

जानेवाला चालाक घमंडी? निजी लाभ के लिए सम्पादकों, प्रकाशकों एवं नाट्य-निर्देशकों से रॉयल्टी को लेकर लड़ते रहनेवाला स्वार्थी-झगड़ालू था या पूरे लेखक वर्ग के सम्मान तथा अधिकारों के लिए संघर्षरत रहनेवाला एक्टीविस्ट? सच तो यह है कि मोहन राकेश के अन्तर्विरोधी एवं चौंकानेवाले अप्रत्याशित-अनपेक्षित कारनामों को लेकर उनके दोस्त और दुश्मन समान रूप से सच्चे-झूठे किन्तु चकित करनेवाले क़िस्से, प्रसंग, लतीफ़े, कथा-कहानियाँ, ख़बरें और अफ़वाहें फैलाते रहते थे। सत्य और कल्पना तथा हक़ीक़त और फ़सानों से उपजी इस धुंध ने राकेश के जीवनकाल में ही उन्हें एक जीवित किंवदन्ती बना दिया था। बड़ी उपलब्धियों की महती रचनात्मक सम्भावनाओं और अपने कृतित्व के शिखर की दहलीज़ पर खड़े इस रचनाकार का पल-भर में पूरे भारतीय रंग-परिदृश्य से अचानक इस तरह हमेशा के लिए लुप्त हो जाना सबके लिए एक अविश्वसनीय एवं भयावह आघात से कम नहीं था।

वैसे तो हर एक आदमी में एक नहीं, कई आदमी होते हैं, मगर मोहन राकेश का व्यक्तित्व असाधारण एवं असामान्य रूप से विभाजित और अन्तर्विरोधी था। उनके मन में अन्तर्मुखी और बहिर्मुखी प्रवृत्तियों के बीच हमेशा संग्राम चलता रहता था। इसके बावजूद मोहन राकेश का व्यक्तित्व काफ़ी हद तक पारदर्शी, साफ़गो और पूरी तरह ईमानदार था। परन्तु बाहर से वह जैसे भोले, सीधे, सरल और हँसमुख दिखाई देते थे, भीतर से वे उतने ही गम्भीर और जटिल थे। वह अपने आत्मसम्मान याकि 'ईगो', लेखन, सिद्धान्तों, सम्बन्धों तथा अपनी स्वतंत्रता के प्रति इतने दृढ़ और प्रतिबद्ध थे कि अक्सर उनके अनपेक्षित, अतार्किक, अव्यावहारिक निर्णयों एवं आचरण को समझना लगभग असम्भव हो जाता था। उनके व्यक्तिगत और प्रोफ़ेशलन रिश्तों के भेद तथा उनके बीच की लक्ष्मण-रेखा को बनाए रखकर दोनों स्तरों पर ईमानदारी से निभाना आश्चर्यचकित करता था। अपने मूल्यों, सिद्धान्तों और आस्थाओं से समझौते (कम्प्रोमाइज़) के बारे में पूछे गए एक तल्ख़ सवाल के जवाब में उन्होंने नि:संकोच, तुरन्त और दृढ़ता के साथ कहा था : 'हो सकता है, जीवन में कभी किया हो, लेकिन लेखन के बारे में निश्चित रूप से कभी नहीं।'

देश-विदेश में राकेश के बहुसंख्य दोस्त, अनुवादक, प्रशंसक और परिचित थे। वे सब राकेश के व्यक्तित्व की सच्ची और ईमानदार महक से सम्मोहित और उनके उत्कृष्ट लेखन से प्रभावित होकर राकेश के आत्मीय बन जाते थे। राकेश के जीवन की सबसे बड़ी कमाई और उपलब्धि उनके दोस्त थे। लेकिन किसी को दोस्त बनाने और किसी का दोस्त बनने की उनकी एक ही, मगर काफ़ी कठिन कसौटी थी :

शर्तें लगाई जातीं नहीं दोस्ती के साथ,
कीजे मुझे कुबूल मेरी हर कमी के साथ।

जब दोनों ओर से यह शर्त न लगाने की एक शर्त मान ली गई तो बेशर्त हुई यह दोस्ती एक ऐसा अटूट और जीवन-भर का रिश्ता बन गई जिसमें 'सौ प्रतिशत देना और सौ प्रतिशत लेना।' शामिल था और इसमें ज़रा भी कंजूसी या कटौती बर्दाश्त नहीं थी।

मोहन राकेश के ऐसे सभी दोस्तों में से प्रत्येक को ऐसा लगता था कि राकेश सिर्फ़ उसी के इतने निकट, आत्मीय और अन्तरंग हैं और वही राकेश को अन्दर-बाहर से पूरी तरह जानता है। परन्तु उनका ऐसा सोच सच होते हुए भी अधूरा और एकांगी था। इसी सच का दूसरा पक्ष यह है कि राकेश ने अपने प्रत्येक मित्र की अपेक्षाओं, रुचियों, ज़रूरतों, क्षमताओं और सीमाओं/कमियों के हिसाब से उसे कोई-न-कोई स्थान या दर्जा दिया हुआ था। वह उसी के हिसाब से उससे व्यवहार करते थे। राकेश स्वीकार करते हैं कि 'हर आदमी की एक निजी भूख होती है। मैं अपने को प्रत्येक मित्र के साथ अलग-अलग तरह से पेश करता हूँ—हर आदमी को एक ही लेविल पर नहीं लिया जा सकता।' यह सच है कि राकेश के समृद्ध और बहुआयामी व्यक्तित्व के अनेक पहलू थे, जो शायद किसी एक के साथ पूरी तरह शेयर नहीं किये जा सकते थे। लेकिन यह भी सच है कि उन्होंने जिस मित्र के साथ जो पहलू भी शेयर किया, वह पूरी ईमानदारी के साथ पूरा शेयर किया। इसलिए राकेश के निधन के बाद जब उनके मित्रों ने उन्हें याद किया या संस्मरण लिखे तो उन्हें पहली बार यह अहसास हुआ कि राकेश के सम्पूर्ण व्यक्तित्व का सब कुछ तो किसी से भी शेयर नहीं हुआ है।

इसके बाद ही इस सत्य का पहली बार यह अहसास हुआ कि ये सब तो हमारे अपने-अपने उस राकेश के ही संस्मरण हैं, जिसे हमने हमारे हिस्से में 'बाहर' के राकेश को ही जाना-समझा, देखा और पहचाना है। इसमें छतफाड़ ठहाके लगानेवाले राकेश के 'भीतर' या पीछे का सच तथा भूमिका के आरम्भिक उद्धरण में उल्लिखित राकेश के सपने के उस 'घर' का अता-पता कहाँ है जिसकी खोज पर उसका जीवन और भविषय निर्भर करता है?

'घर' वाले मोहन राकेश के प्रामाणिक सत्य की जानकारी तो अब हमें केवल श्रीमती अनीता राकेश से ही मिल सकती है। 'सतरें और सतरें' के अपने संस्मरण में वह कहती हैं कि 'राकेश के व्यक्तित्व के इतने पहलू थे कि वह कभी भी किसी एक से शेयर नहीं कर सकते थे।' अनीता स्वयं स्वीकार करती हैं कि 'मेरा उन्हें जानना सिर्फ़ उतने दायरे तक ही सीमित था जितना उनके साथ जीवन व्यतीत करने के लिए आवश्यक था। ...उनके साथ सह-जीवन की सबसे बड़ी और सबसे पहली शर्त थी—'ईमानदारी'। वो किसी का तो क्या, अपना झूठ बोलना भी बर्दाश्त नहीं कर सकते थे।' बाहर दोस्तों के बीच हुड़दंग और हंगामा करने के लिए प्रसिद्ध। घर में राकेश को काम करते समय पूरी शान्ति चाहिए थी।

उस वक़्त उन्हें कॉल बेल या फ़ोन की घंटी तो क्या, कुकर की सीटी या नल से टपकती पानी की बूँदों की आवाज़ तक सह्य नहीं थी। घर में किसी बाहर के व्यक्ति के होने के आभास भर से वह स्वयं की स्वतंत्रता में बाधा महसूस करते थे।

एक अन्य महत्त्वपूर्ण विशेषता का उल्लेख करते हुए अनीता राकेश बताती हैं कि 'बाहर' के औपचारिक व्यवहार के विपरीत घर के 'भीतर' राकेश किसी के साथ एक क्षण के लिए भी फ़ॉर्मल नहीं हो सकते थे। उन्होंने अम्मा से व्यवहार में किसी से भी 'निभाने' की आदत ख़ूब अच्छी तरह सीख ली थी। 'घर' और 'बाहर' के व्यवहार के अन्तर को रेखांकित करती एक दिलचस्प प्रसंग का उल्लेख करते हुए अनीता बताती हैं :

> उन्हें कोई चीज़ पसन्द हो या न हो, किसी की बातें अच्छी लगें या न लगें, उन्हें निभाना बहुत आता था। अगले आदमी को यह कभी महसूस नहीं होता था कि उन्हें उसका कुछ भी बुरा लगा है। बिलकुल वैसी ही बातें जब मैं राकेश जी के साथ करती तो वे मुझे डाँट देते कि तू भी ऐसी ही बातें कर रही है! तुम्हें बाहरवालों में और घरवालों में कुछ भी अन्तर महसूस नहीं होता? अगर मैं बाहरवालों के साथ भी अपने घर का-सा व्यवहार कर सकता तो मुझे फिर अपने 'घर' की क्यों ज़रूरत पड़ती? और यह बात सत्य भी थी कि राकेश जी कहीं कितने भी इन्फ़ॉर्मल क्यों न रहे हों—घर में तो वो उससे कोसों आगे थे—मलंग थे।[1]

राकेश के अन्य मित्रों के अपने-अपने राकेश की तरह अनीता राकेश के भी अपने राकेश हैं।[2]

इस पुस्तक में हम मोहन राकेश के समकालीन सहकर्मियों, मित्रों, सम्पादकों, प्रकाशकों, नाट्य-निदेशकों, अभिनेताओं, फ़िल्मकारों, आलोचकों, मीडिया-कर्मियों और शिष्यों के संस्मरणों के ज़रिये एक बार फिर उन्हें याद करते हुए जानने-समझने का प्रयत्न करेंगे।

हम जानते हैं कि संस्मरण, आत्मकथा और जीवनी—तीनों विधाओं का सम्बन्ध जीवन-वृत्त से है। इस लिहाज़ से पत्र, डायरी और आत्मस्वीकार बेशक संस्मरण साहित्य के अन्तर्गत चाहे न भी माने जाएँ, तब भी इन्हें उसकी सीमा-रेखा से बाहर और बहुत दूर भी नहीं रखा जा सकता। कम-से-कम मैंने तो इन्हें इस पुस्तक में एक ही मर्यादा-रेखा के भीतर की विधाएँ मानकर प्रयोग किया

1. आज़ाद फ़क़ीर, बेफ़िक्र, मस्तमौला, निश्चिन्त।
2. इस सन्दर्भ में विशेष अध्ययन के लिए 'सतरें और सतरें' (अनीता राकेश) और 'मोहन राकेश : अधूरे रिश्तों की पूरी दास्तान' (जयदेव तनेजा) पुस्तक देखें। —सं.

है। अंग्रेज़ी में इस विधा के लिए 'रेमिनिसेंसेज' तथा 'मेमॉयर्स'—दो शब्दों का इस्तेमाल किया जाता है। यदि आत्मकथा की तरह अपने बारे में लिखी गई रचना हो तो उसे 'रेमिनिसेंसेज' कहा जाता है और यदि जीवनी की तरह अन्य व्यक्ति के विषय में लिखी गई रचना हो तो उसे 'मेमॉयर्स' कहा जाएगा। दोनों प्रकार की रचनाओं का मूलाधार स्मृति ही होता है, इसलिए हिन्दी में एक ही शब्द 'संस्मरण' का प्रयोग किया जाता है।

विधा के रूप में संस्मरण की सबसे बड़ी चुनौती इसकी सत्यता और प्रामाणिकता है। परन्तु प्रामाणिक सत्य की कसौटी इतनी कठिन और कठोर है कि उस पर सौ टंच खरा उतरना लगभग असम्भव से कम नहीं है। इसका मूल कारण रचनाकार कृष्ण बिहारी नूर के शब्दों में यह है कि :

सच घटे या बढ़े तो सच न रहे,
झूठ की कोई इन्तिहा ही नहीं।

संस्मरण का मूलाधार क्योंकि स्मृति है और स्मृति की मुख्य समस्या या सीमा यह है कि समय के साथ विस्मृति की प्रक्रिया में यह क्रमश: धुँधलाने लगती है। इसलिए कई बार लेखक के अनचाहे या अनजाने भी, धुँधलाई यादों को व्यक्त करते समय, संस्मरण में मूल तथ्यों से वह कमोबेश भटक जाता है। परन्तु यह भी सच है कि संस्मरण को रोचक बनाने और कथा-रस की सृष्टि की दृष्टि से भी अक्सर लेखक को तथ्यों से प्राप्त आत्मानुभूत सत्य और कमोबेश कल्पना का संश्लेष करना ज़रूरी हो जाता है। परन्तु प्रामाणिकता, विश्वसनीयता तथा लेखकीय नैतिकता की समस्या तब पैदा होती है जब संस्मरणकार कभी जान-बूझकर और कभी अवचेतन के दबाव में अनजाने ही अपना महिमामंडन करने के उद्देश्य से असत्य या ज़्यादातर अर्द्धसत्य का सहारा लेकर तथ्यों से छेड़छाड़ करके मनचाहे निष्कर्ष निकालने या ख़ास प्रभाव पैदा करने का प्रयत्न करता है। ऐसी स्थिति में संस्मरण के सत्य को हमें अन्य स्रोतों से सत्यापित करना ज़रूरी हो जाता है। इसी ज़रूरत के तहत इस पुस्तक में संकलित मन्नू भंडारी के संस्मरण और उपेन्द्रनाथ अश्क के लम्बे पत्र के मामले में परिशिष्ट में प्रस्तुत 'ताकि सनद रहे' के अन्तर्गत अन्य स्रोतों से उपलब्ध तथ्यों के आधार पर उनके विश्लेषण से सत्य का सन्धान करने का यथासम्भव प्रयत्न किया गया है।

संस्मरण और आत्मकथा लिखनेवालों के बारे में (कुछ बेहद कम अपवादों को छोड़कर) अज्ञेय ने कहीं लिखा था कि ये सभी लेखक 'झूठ लिखने को बाध्य हो जाते हैं—अधिक-से-अधिक अधूरा सच ही वे लिख सकते हैं। पूरा सच लिखना हो तो उपन्यास ही कहीं उपयुक्त माध्यम है।' मेरे विचार से इस दृष्टि से पत्र और डायरी में भी संस्मरण के मुक़ाबले सत्य की अभिव्यक्ति बेहतर और

स्पष्ट रूप में दिखाई पड़ती है। इसीलिए मैंने पुस्तक में कुछ पत्रों और डायरी के अंशों को भी संस्मरणों की तरह प्रस्तुत किया है और ये मुझे अपेक्षाकृत अधिक विश्वसनीय प्रतीत हुए हैं।

किसी व्यक्ति की मृत्यु के तत्काल बाद दी जानेवाली प्रतिक्रियाओं, श्रद्धांजलियों और तुरन्त लिखे जानेवाले शोक-लेखों के बारे में मंटो का यह कथन काफ़ी सही प्रतीत होता है, जिसमें वह अपने तीखे और कटु अन्दाज़ में यह कहते हैं :

> मैं ऐसे समाज पर हज़ार लानत भेजता हूँ, जहाँ उसूल हो कि मरने के बाद हर शख़्स के किरदार को लांड्री भेज दिया जाए, जहाँ से वो धुल-धुलाकर आए।

लेकिन इस प्रक्रिया की एक बड़ी सीमा यह है कि ऐसा प्राय: राजनीति, उद्योग, मीडिया या उच्चपदस्थ सत्ताधारियों के साथ ही ज़्यादातर इसलिए किया जाता है जिससे कि उनके समर्थ-सम्पन्न वारिसों से किसी प्रकार के प्रत्यक्ष अथवा परोक्ष रूप से लाभ / हितसाधन की उम्मीद होती है। जीवन भर फ्रीलांस लेखक के रूप में अभावग्रस्त यायावरी करनेवाले लेकिन पूरे आत्मसम्मान और आन, बान, शान से खुलकर जीवन बितानेवाले फक्कड़ मोहन राकेश के पास ऐसा क्या था जो उनकी मृत्यु के बाद उनकी प्रशंसा में कुछ कह-लिखकर कोई रत्ती-भर लाभ की उम्मीद भी कर सकता? वह तो उत्तराधिकार के नाम पर भयावह ज़िम्मेदारियों का बोझ छोड़कर अचानक चल बसे थे। फिर भी, एक ख़तरा तो यहाँ भी मौजूद था और वह यह कि एक आम हिन्दुस्तानी व्यक्ति स्वभाव से ही भावुक और अति-संवेदनशील होता है, जो सोचने का काम भी मस्तिष्क के बजाय दिल से ही लेता है। इसके संकेत या प्रमाण इस पुस्तक के श्रद्धांजलि वाले पहले खंड में कहीं-कहीं दिखाई देते भी हैं। परन्तु शेष संस्मरणों में पाठकों को निराधार, अतिशय, एकतरफ़ा प्रशंसा वाली सीमा न के बराबर ही मिलेगी। इसका एक प्रमुख कारण तो यह है कि उन खंडों के अधिकतर संस्मरण राकेश की असामयिक एवं आकस्मिक मृत्यु के उस अतिशय भावुकता वाले दौर से पहले या बाद में लिखे गए। फिर भी, संस्मरण-विधा की बुनियादी सीमा तथ्य और सत्य की प्रामाणिकता की जाँच-पड़ताल के प्रति सावधानी और सतर्कता का ध्यान तो हमें रखना ही चाहिए।

इस पुस्तक की पांडुलिपि तैयार हो जाने और प्रकाशन के बीच लगभग पाँच वर्ष का अन्तराल रहा है। इस दौरान पुस्तक को अपेक्षाकृत अधिक समृद्ध एवं वैविध्यपूर्ण बनाने में अग्रज (स्व.) कमलेश्वर, सत्येन्द्र शरत्, गंगा प्रसाद विमल तथा हाल ही में गुज़रे के.के. कोहली के अतिरिक्त सहृदय मित्र राजकुमार गौतम,

डॉ. मीरा कान्त तथा डॉ. के.बी. हस्ती द्वारा दिये गए बहुविध परामर्श, प्रोत्साहन एवं सहयोग के प्रति आभार प्रकट करता हूँ। उन सभी लेखकों का भी आभारी हूँ जिन्होंने अपने अप्रकाशित अथवा प्रकाशित संस्मरणों को पुन:प्रकाशित करने की लिखित, मौखिक या मौन रहकर न केवल सहर्ष स्वीकृति दी, बल्कि अत्यधिक आवश्यक होने पर उन्हें सम्पादित करने की अनुमति भी प्रदान की।

श्रीमती अनीता राकेश के प्रति भी कृतज्ञता ज्ञापित करता हूँ, जिनके विश्वास ने मुझे लेखक से सम्पादक बनने के लिए उत्साहित और प्रेरित किया। कई संस्मरणों में कुछ तथ्यों की पुनरावृत्ति है और उसे सायास रहने दिया गया है, जिससे कि पाठक राकेश के किसी गुण-अवगुण को एकाधिक स्रोतों से सत्यापित करके स्वयं सत्यासत्य का निर्णय कर सकें। पुस्तक में तीन पीढ़ियों के संस्मरणकारों में रोचक वैविध्य तो है ही, छोटे-छोटे मामूली-से लगनेवाले स्मृति-बिम्ब/रोचक एवं संस्मरणात्मक पत्र भी हैं, जिससे कि पाठक अपने प्रिय लेखक के मिथक-पुरुष होने के साथ-साथ बिलकुल सामान्य और साधारण मनुष्य रूप का साक्षात्कार भी कर सकें।

यह पुस्तक मेरी गतवर्ष प्रकाशित हुई, 'मोहन राकेश : अधूरे रिश्तों की पूरी दास्तान' की पूरक पुस्तक के रूप में पढ़नेवाले पाठकों को अपेक्षाकृत अधिक दिलचस्प, पठनीय और उपयोगी लगेगी। मोहन राकेश और मेरे लेखन के प्रति प्यार और सम्मान व्यक्त करने के लिए मैं सहृदय मित्र श्री अशोक महेश्वरी और राधाकृष्ण प्रकाशन की पूरी सम्पादकीय टीम का भी आभारी हूँ।

—जयदेव तनेजा

अप्रैल, 2024
नई दिल्ली

खंड-1

बड़े शौक़ से सुन रहा था ज़माना...

ओ मृत्यु, तेरी विजय कहाँ है?

जयदेव तनेजा

दिनांक : 3 दिसम्बर, 1972, नई दिल्ली
स्थान : आर-802, न्यू राजेन्द्र नगर
समय : शाम

राकेश-अनीता का घर। फ़र्स्ट-फ़्लोर का तीसरा कमरा—स्टडी। दोस्तों के बिना शाम का वक़्त अक्सर राकेश को उदास कर देता है। उन्हें लगता है, सन्धिवेला जैसे मृत्यु और जीवन का मध्यान्तर है। ऐसे समय अन्तर की अकुलाहट स्वाभाविक है। आज भी इससे पहले कि राकेश अकेलापन महसूस करें और उदास हो जाएँ, अनीता 'एशियाड-72' की प्रदर्शनी देखने का सुझाव देती हैं और राकेश तुरन्त मान भी जाते हैं। नुमाइश देखने के लिए अनीता, राकेश, पुरवा, शैली और दोनों नौकर—सब ख़ुशी-ख़ुशी तैयार हो जाते हैं। परन्तु जाने से पहले हँसी-ख़ुशी के उत्सवी माहौल में डूबे इस घर का यह दृश्य अचानक यहीं फ्रीज़ हो जाता है।

और थोड़े से अन्तराल के बाद :

> अँधेरे में डूबती शाम की मनहूस परछाइयों के बीच पूरा घर जैसे एक ख़ौफ़नाक सन्नाटे में डूब गया है। ज़रा पीछे को सरकी ख़ाली कुर्सी, राइटिंग टेबल पर पड़े टाइपराइटर के रोलर पर चढ़ा आधा टाइप किया पेज, ऐश-ट्रे में बुझाई अधजली सिगरेट से उठता मरियल-सा धुआँ, आधा कप ठंडी चाय का प्याला, दो पेन, पेपरवेट, रूमाल, सिगरेट का पैकेट...।
>
> रोलर पर चढ़े आधा टाइप किये पन्ने की ये अन्तिम पंक्तियाँ : 'हलो एक्सचेंज़...हलो, हलो...टेलीफ़ोन बिलकुल बेजान है! मेरा ख़याल है, इसकी लाइन कट गई है। ...हलो...हलो, ...एक्सचेंज...(अँधेरे में सिर्फ़ रीता की आवाज़ सुनाई देती रहती है।) हलो एक्सचेंज़...हलो, हलो...!'

इस वक़्त घर की दीवारों पर सिर पटकती बदहवास-सी हवा के चक्रव्यूह में फँसा तनाव भी यह देखकर हैरान-परेशान है कि जाने यह कैसा जादुई यथार्थ है जो गुपचुप तरीक़े से उसके भीतर घुलता जा रहा है...और शायद उसी के तहत रीता की आवाज़ भी अचानक अनीता राकेश की बौखलाई हुई-सी आवाज़ में बदलती जा रही है...धीरे-धीरे...लगातार...

'हलो एक्सचेंज...हलो, हलो...हलो-हलो-हलो...'

3.12.72, बम्बई।

शाम।

फ़ोन पर एक आवाज़ : 'दिल्ली में कुछ हो गया है। फ़ौरन मालूम करिए...।'

कमलेश्वर फ़ोन पर दिल्ली-011-582167...

'ठीक 6.32 हुए हैं। राकेश नहीं...।'

4.12.72, दिल्ली।

पालम एयरपोर्ट।

सुबह।

बम्बई के साहित्य, कला और मीडिया के क्षेत्र में अपनी प्रगाढ़ मैत्री और आत्मीय खुले व्यवहार के कारण 'पाँच पांडव' के नाम से विख्यात या कुख्यात—धर्मवीर भारती, मोहन राकेश, कमलेश्वर, राज बेदी और गिरधारी लाल वैद—में से चार बम्बई से दिल्ली आनेवाली सुबह की पहली फ़्लाइट से दिल्ली के पालम हवाई अड्डे पर चुपचाप उतरे। अपनी हँसी-मज़ाक़ की खिलन्दड़ी आदत के विपरीत वे चारों उदास, दुखी और गुमसुम से टैक्सी में बैठकर न्यू राजेन्द्र नगर के जिस जाने-पहचाने घर पर पहुँचे, वहाँ वही सुपरिचित छोटा-सा खुला हुआ फाटक था। फाटक पर एक नेम प्लेट थी। उस पर काफ़ी बड़े अक्षरों में इनके प्रिय पाँचवें पांडव का हिन्दी में नाम लिखा था—मोहन राकेश। वहीं बाईं दीवार से लगी बच्चों की टूटी हुई प्रैम खड़ी थी। सीढ़ियों का दरवाज़ा तो खुला था ही, ऊपर का दरवाज़ा भी ऐसे खुला था, जैसे अब वहाँ कोई रहता ही न हो। ये चारों बिना आवाज़ किये सहमे हुए से चुपचाप पहला कमरा, दूसरा कमरा और फिर बरामदा पार करके तीसरे कमरे की दहलीज़ पर पहुँचकर ठिठक जाते हैं। सब जगह कितने ही परिचित-अपरिचित

लुटे-पिटे-से बेबस अविश्वास से भरे दुखी-उदास चेहरे हैं। परन्तु जैसे कोई किसी को नहीं पहचानता। ख़ामोश मुर्दनी छाई है।

आख़िरी कमरे की दहलीज़ से भीतर का सब कुछ साफ़ दिखाई देता है। राकेश की ख़ाली कुर्सी, मेज़, टाइपराइटर, बाईं ओर हाथ की दूरी पर रखा बेंत का छोटा टेबल। उस पर रखी मोटी-पतली, हिन्दी-अंग्रेज़ी की छोटी-बड़ी किताबें और कुछ पत्रिकाएँ। उसी के साथ बिछा दीवान, उस पर रखा गावतकिया। पीछे की दीवार पर लगा एअरकंडीशनर और बग़ल में टँगी सिगार पीते राकेश की एक बड़े आकार की चिरपरिचित तसवीर।

नीचे क़ालीन बिछे फ़र्श पर आज सफ़ेद चादर ओढ़कर बिलकुल चुपचाप लेटा है, उनका परम प्रिय ड्रामेबाज़ शरारती दोस्त—मोहन राकेश।

परन्तु असमंजस में डूबे-ठिठके खड़े इन चारों दोस्तों में से कमरे के अन्दर उसके निकट जाने की किसी की भी हिम्मत नहीं हो रही। लेकिन तभी अचानक उसका हमदम और अन्तरंग दोस्त कमलेश्वर झट से उसके पास जा पहुँचता है।

कमलेश्वर उसके सिरहाने बैठकर चेहरे से चादर हटा देता है। उसकी तरफ़ देखते हुए कमलेश्वर बड़े अपनेपन से कहता है :

'सुन!'

वह नहीं सुनता।

'देख तो सही।'

वह नहीं देखता।

'अरे जाग तो...।'

वह नहीं जागता।

'मुझे तो अच्छी तरह याद है, पिछले हफ़्ते बम्बई से आते वक़्त तूने कहा था कि अम्मा के जाने के बाद से तू बहुत थक गया है और घर जाकर ख़ूब सोना चाहता है और मैं पहली तारीख़ को जब दिल्ली आऊँ तो तुझे जगा लूँ...मानता हूँ, मैं उस दिन आने का वादा नहीं निभा पाया। मजबूरी थी कुछ। लेकिन यह भी तो देख, कल शाम तेरा अर्जेंट मैसेज़ मिला और आज उड़कर तेरे जागने से पहले ही मैं यहाँ पहुँच गया हूँ।...और मैं इस बार अकेला नहीं आया... भारती, राज और वैद को भी साथ लाया हूँ। उज्ज्वला भाभी भी आई हैं। राज भाई और भाभी अनीता को सँभालने में लगे हैं। पता है, तेरी इस ज़िद ने बेचारी अनीता की क्या हालत कर दी है और बच्चे...'

लेकिन राकेश न सुनता है, न देखता है, न बोलता है। अपनी रुलाई रोक पाने में असमर्थ कमलेश्वर उसके चेहरे को एकटक देखते हुए पता नहीं राकेश से कह रहा है या अपने-आपसे...'सब समझ गया दोस्त, दोस्ती ही तोड़ दी तूने...अब अपनी नहीं पटेगी।' पास ही खड़े और डरे-डरे-से चोर आँखों से अपने गुरु और

आत्मीय मित्र राकेश को देख रहे गिरधारी को बेबस एवं कातर भाव से देखते हुए आहत कमलेश्वर वहाँ से उठकर राकेश की तसवीर के पास चले जाते हैं।

अपनी आँखों के सामने राकेश की निर्जीव देह को देखने के बावजूद गिरधारी को यक़ीन नहीं होता कि उनका दोस्त सचमुच मर गया है। उन्हें लगता है कि ज़िन्दगी भर अपने अप्रत्याशित व्यवहार से सबको चौंका देनेवाला राकेश शायद मज़ाक़ कर रहा है। अभी वह ठहाका मारकर उठेगा और 'हा! हा! हा!' करते हुए कहेगा, 'अरे प्यारेलाल! तुम मज़ाक़ भी नहीं समझते! एक बार अपनी मृत्यु के बाद का नाटक देखना चाहता था।' लेकिन वह न हँसता है, न हिलता-डुलता है, न कुछ बोलता है। अविश्वास से भरे गिरधारी भी हतप्रभ होकर उसे देखते रहते हैं।

राकेश के सभी दोस्त भरी आँखों, मायूस चेहरों, दुख भरे दिलों और हैरत से चुपचाप एक-दूसरे को देख रहे थे। किसी को किसी से कुछ भी कहने की हिम्मत नहीं हो रही थी। एक तरफ़ इतना गहरा सन्नाटा था तो दूसरी तरफ़ बीच वाले कमरे से स्त्रियों के लगातार रोने की आवाज़ें आ रही थीं और बीच-बीच में किसी की दिल दहलानेवाली चीख़ भी सुनाई दे जाती थी।

धीरे-धीरे आनेवालों की भीड़ बढ़ने लगी। कमलेश्वर और राज बेदी राकेश के शरीर को नहलाकर अन्तिम यात्रा के लिए तैयार करने लगे तो शेष सभी लोग धीरे-धीरे नीचे उतर गए। दोस्तों और राकेश के प्रशंसकों की भीड़ इतनी आती गई थी कि पिछली शाम को ख़ूब बड़ा लगनेवाला घर आज सुबह से ही बेहद छोटा लगने लगा था। स्वयं अनीता राकेश के शब्दों में :

> मित्र क़रीब थे लेकिन मितवा—वो ऊँची उड़ान भर चुका था।
>
> मैं सम्भवत: काठ हो चुकी थी। इतने हुजूम को देखकर एक हैरत लिये हुए। कुछ समझ नहीं आ रहा था कि यह सब क्यों, लेकिन उसके बावजूद मुझमें टस-से-मस होने की अनुभूति नहीं हुई और मैं काठ बनी रही। लेकिन जब इन्दिरा गांधी का ख़त मेरे नाम आया तो राकेश का नाम पढ़कर जैसे बौरा-सी गई। घूम-घूमकर मैंने वो पत्र सबको पढ़वाया, और सब सहयोग दे-देकर मेरे बौराएपन को ताकते भर रहे—उसके बाद सम्भवत: मुझे इंजेक्शंस पर डाल दिया गया। ऐसा मुझे पता चला था।
>
> पता चला था कि यूनिवर्सिटी 4 दिसम्बर को बन्द रही—साथ ही एन.एस.डी. भी।[1] कुछ-कुछ देख रही थी कि लाइनें बनाकर छात्र एक दरवाज़े से आते और हाथ जोड़ दूसरे दरवाज़े से निकल जाते—लेकिन मैं काठ। बच्चे कहाँ हैं, किस हाल में थे—कुछ पता नहीं। पता चला था

1. उस दिन दिल्ली यूनिवर्सिटी तो बन्द नहीं हुई थी, एन.एस.डी. के बारे में ठीक से याद नहीं। —सं.

कि पुरवा को ज़ोया (शीला सन्धू की बेटी) ले गई थी। उसे पुरवा से यों भी बहुत लगाव था और बेटा तो हमारे नौकर (सूरज सिंह) से यों ही बहुत हिला हुआ था, सो वो उसके सुपुर्द था।

इसके बाद राकेश के मित्र उनके शव को अपने कंधों पर उठाकर नीचे ले आए। जमा हुए लोग अपने प्रिय लेखक के अन्तिम दर्शन के लिए धक्का-मुक्की तक करने लगे थे। मन को अब तक मज़बूत किये, किसी तरह धैर्य बाँधे चुप खड़े अनेक लोगों की भी रुलाई छूट गई। स्त्रियों की दहाड़ें मार रोने की आवाज़ों से सहसा अनीता राकेश की भयानक ख़ामोशी का बाँध भी टूट गया। वह पछाड़ खाकर बेहोश हो गई थीं...तभी किसी की आवाज़ आई : 'बच्चों को अन्तिम दर्शन करा दो...पुरवा कहाँ है?...शालीन को ले आओ...।'

इसके बाद राकेश का शरीर शववाहिनी में रख दिया गया। और जीवन भर उनके आत्मीय एवं घनिष्ठ मित्र रहे—कमलेश्वर, धर्मवीर भारती, राज बेदी, गिरधारी लाल वैद, ओंप्रकाश, सुरेश अवस्थी और ओम शिवपुरी—दोस्त के अन्तिम सफ़र में शववाहिनी में उसके साथ ही सन्तनगर के श्मशान घाट तक गए।

... ...

हम जानते हैं कि मोहन राकेश की मृत्यु 3 दिसम्बर, रविवार के दिन शाम के लगभग साढ़े छह बजे दिल्ली के न्यू राजेन्द्र नगर में उनके घर में दिल का दौरा पड़ने से एकदम अचानक हो गई थी। मोहन राकेश जैसे प्रतिभावान बहुआयामी साहित्यकार और महान उपलब्धियों के सम्भावना-द्वार पर खड़े एक प्रखर थियेटर एक्टीविस्ट का इतनी कम उम्र में अचानक हमारे बीच से यूँ चले जाना साहित्य और रंगजगत के लिए एक ज़बरदस्त आघात था। रेडियो और दूरदर्शन के माध्यम से यह दुखद समाचार तत्काल देश के कोने-कोने तक जंगल की आग की तरह फैल गया था। चार दिसम्बर के अंग्रेज़ी-हिन्दी और कुछेक प्रादेशिक भाषाओं के अख़बारों ने यह ख़बर प्रथम पृष्ठ पर महत्त्वपूर्ण ढंग से तसवीर के साथ प्रकाशित की थी। दिल्ली और दिल्ली के बाहर के राकेश के मित्रों और प्रशंसकों-कलाकारों का उनके घर पर या श्मशान घाट पर पहुँचनेवालों का ताँता लग गया था। सुबह ग्यारह-साढ़े ग्यारह बजे तक उनके घर के बाहर लगभग ढाई-तीन सौ शोक-संतप्त लेखकों-कलाकारों और प्रशंसकों की भीड़ जमा हो गई थी। जो लोग उनके घर नहीं आ पाए, वे सीधे सन्तनगर के श्मशान स्थान पहुँचे। नई-पुरानी पीढ़ी का शायद ही कोई लेखक होगा जो राकेश के अन्तिम-संस्कार के समय वहाँ उपस्थित न रहा हो।

कैसी विडम्बना थी कि बेटे की चिता भी ठीक उसी स्थान पर रखी गई जहाँ कुछ ही महीने पहले उसने अपनी प्रिय अम्मा की चिता को अग्नि दी थी। विडम्बना का कालचक्र यहीं तक सीमित नहीं था। राकेश का निधन भी उसी उम्र में हुआ जिस

उम्र में उनके पिता स्व. करम चन्द अरोड़ा का अमृतसर में हुआ था। वह भी राकेश की ही तरह तीन बच्चों—दो बेटे और एक बेटी—को अनाथ छोड़ गए थे। तब पिता को अग्नि देनेवाले बेटे मदन मोहन उर्फ़ मद्दी की आयु भी उतनी ही थी, जितनी आज पिता के निधन का समाचार पाकर उनका अन्तिम संस्कार करने के इरादे से देहरादून से दिल्ली आए राकेश के बड़े बेटे नवनीत उर्फ़ नीते की है। राकेश की माँ स्व. बच्चन कौर भी उसी उम्र में विधवा हुई थीं, जिस उम्र में अब अनीता हुई हैं।

राजनीतिज्ञों में से आज यहाँ सूचना प्रसार विभाग के राज्यमंत्री इन्द्रकुमार गुजराल, लक्ष्मीमल सिंघवी, शशिभूषण इत्यादि भी मौजूद हैं। राकेश के शव पर प्रधानमंत्री नेहरू स्मारक कोष, सूचना प्रसार मंत्रालय, संगीत नाटक अकादमी, साहित्य अकादेमी, राष्ट्रीय नाट्य विद्यालय, 'दिशान्तर' इत्यादि साहित्यिक-सांस्कृतिक संस्थाओं और कई आत्मीय मित्रों की ओर से भी फूल चढ़ाए गए। मीडिया के अनेक प्रतिनिधियों-पत्रकारों के अनुसार राजधानी में किसी साहित्यकार के निधन पर इतने अधिक लोग एक साथ आँसू बहाते पहली बार ही देखे गए थे।

मोहन राकेश अपनी पीढ़ी के सम्भवत: एकमात्र ऐसे महत्त्वपूर्ण रचनाकार थे जो काफ़ी समय से केवल लेखन पर और अपनी शर्तों पर पूरे लेखकीय सम्मान के साथ ज़िन्दा थे। उन्होंने हिन्दी लेखक और विशेषत: नाटककार की उपेक्षित, अभावग्रस्त, दीन-हीन और बेचारगी वाली छवि को तोड़ा था। ऐसा कौन-सा उल्लेखनीय प्रकाशक, सम्पादक और रंगकर्मी होगा जिसके साथ अपने अधिकारों, आत्मसम्मान और शर्तों के लिए राकेश का लड़ाई-झगड़ा न हुआ हो और इसके बावजूद जो अन्तिम क्षण तक उसका मुरीद और हितचिन्तक न रहा हो। राकेश ने अपने समकालीन बहुभाषी लेखकों, सहकर्मी कलाकारों और मीडिया के विविध क्षेत्रों से जुड़े रचनाकारों से दोस्ती, इज़्ज़त और मुहब्बत ही नहीं, ईर्ष्या भी अर्जित की थी।

4 दिसम्बर, 1972 का वह दिन दिल्ली के कला, साहित्य, संस्कृति के अनेक लोगों के लिए आश्चर्यचकित करनेवाला एक दुखद किन्तु यादगार दिन था, जब हिन्दी के एक लेखक की अन्त्येष्टि में सम्मिलित होने के लिए केवल दिल्ली के ही नहीं, देश के विभिन्न शहरों से भी अनेक लोग उसकी अन्तिम-यात्रा और शोकसभा में शामिल होने के लिए रातों-रात दिल्ली पहुँच गए थे। कमलेश्वर, धर्मवीर भारती, राज बेदी, गिरधारी लाल वैद, डॉ. इन्द्रनाथ मदान, भगवती चरण वर्मा, चन्द्रगुप्त विद्यालंकार, शरद जोशी, दूधनाथ सिंह, से.रा. यात्री, जैनेन्द्र कुमार, विष्णु प्रभाकर, सर्वेश्वर दयाल सक्सेना, निर्मल वर्मा, भारत भूषण अग्रवाल, राजेन्द्र यादव, गिरिजा कुमार माथुर, सुरेश अवस्थी, इब्राहिम अल्काज़ी, नेमिचन्द्र जैन, मुद्राराक्षस, शानी, प्रभाकर माचवे, रेवतीसरन शर्मा, नामवर सिंह, नगेन्द्र, श्रीकान्त वर्मा, राजिन्दर नाथ, रोमेश चन्दर, जवाहर चौधरी, महीप सिंह, रमेश उपाध्याय, कन्हैयालाल नन्दन, राजेन्द्र अवस्थी, ओम शिवपुरी इत्यादि अनेक जाने-माने लोग वहाँ उपस्थित थे।

'दिशान्तर', 'अभियान', 'अग्रदूत' और राजधानी की अन्य अनेक नाट्य-संस्थाओं से जुड़े बहुसंख्य रंगकर्मियों, रेडियो, दूरदर्शन एवं पत्र-पत्रिकाओं से जुड़े कलाकारों-पत्रकारों का नामोल्लेख तक करना यहाँ सम्भव नहीं है।

इनके अतिरिक्त, राधाकृष्ण प्रकाशन के तत्कालीन स्वामी और मोहन राकेश के अनन्य मित्र ओंप्रकाश, राजकमल प्रकाशन की श्रीमती शीला सन्धू, राजपाल एंड संज़ प्रकाशन के विश्वनाथ तथा ज्ञानपीठ और छोटे-बड़े अन्य कई प्रकाशनों के प्रकाशक-सम्पादक भी वहाँ मौजूद थे।

परन्तु राकेश के इतने सारे चाहनेवालों के बीच श्मशान घाट पर उस समय उनके दो ऐसे रक्त-सम्बन्धी भी उपस्थित थे जिनकी मौजूदगी शेष सभी के लिए एक असहज-सी स्थिति पैदा कर रही थी। उनके सगे छोटे भाई वीरेन्द्र / वरीन[1] तो ख़ैर रात को सूचना पाते ही हवाई जहाज़ से घर पहुँच गए थे; परन्तु मीडिया से अपने पिता के आकस्मिक निधन की दुखद ख़बर पाकर उनका ज्येष्ठ पुत्र होने के नाते नवनीत जब देहरादून से पिता के दाह-संस्कार में अपना दायित्व निभाने के लिए सीधा संतनगर के श्मशान घाट पहुँचा तो उसे पहचाननेवाले राकेश के मित्रों एवं हितचिन्तकों के बीच अचानक खलबली-सी मच गई। आजीवन विवादों में घिरे रहनेवाले इस सनसनी-प्रिय व्यक्ति का अन्तिम-संस्कार भी भला निर्विवाद कैसे हो सकता था? अत: काफ़ी देर तक गम्भीर विचार-विमर्श के बाद अन्तत: राजकमल प्रकाशन की प्रतिष्ठित एवं वरिष्ठ संस्थापक-संचालक श्रीमती शीला सन्धू ने फ़ैसला सुनाया कि नवनीत को पिता के अन्तिम-संस्कार के पूरे क्रियाकलाप से दूर रखा जाए। लिहाज़ा उपस्थित समझदार लोगों की राय को मानते हुए राकेश के दाह-संस्कार की सभी क्रियाएँ उनके भाई और बेटे के बजाय उनके घनिष्ठ मित्र एवं राधाकृष्ण प्रकाशन के संस्थापक-संचालक-प्रकाशक ओंप्रकाश द्वारा सम्पन्न क़राई गईं।[2] अपने जन्मजात अधिकार से वंचित कर दिये गए सोलह-सत्रह वर्ष के किशोर नवनीत को एक अजनबी की तरह उस दृश्य को देखना कैसा लगा होगा—इसका अनुमान सहज ही लगाया जा सकता है।

बहरहाल, मुखाग्नि दी गई। लपटें उठीं। ऊँची, और ऊँची उठती गईं। सभी ने चिता में एक-एक अंजलि हवन सामग्री डाली। मंत्र-पाठ चलता रहा। सारी क्रियाएँ

---

1. राकेश जी के छोटे भाई का नाम वीरेन्द्र है, जो घर पर बोलचाल में वारेन हो गया और जिसे अम्मा प्यार या पंजाबी प्रभाव से वरीन कहती थीं। रेडियो सीलोन पर नौकरी के दिनों में इन्होंने अपना छद्मनाम कुमारकान्त भी रखा था। इसलिए अलग-अलग व्यक्तियों द्वारा विभिन्न प्रसंगों में ये चारों नाम ही प्रयुक्त किए गए हैं। —सं.
2. इस दुर्भाग्यपूर्ण निर्णय लेने का प्रमुख कारण अपने मित्र की युवा और उनके दो अबोध बच्चों के भविष्य के हितचिन्तन की मुख्य भावना ही थी। राकेश-अनीता ने चूँकि विधिवत् विवाह नहीं किया था, इसलिए उत्तराधिकार के संवेदनशील और क़ानूनी विवाद के ख़तरे को देखते हुए शायद यह निर्णय किया गया होगा। —सं.

यंत्रचालित-सी सम्पन्न होती गईं। जीवन भर सभी तरह के बन्धन तोड़कर, गले में पड़े तौक़ उतारकर 'हवा और एलीमेंट्स का साथी' बन जो व्यक्ति उनकी तरह उन्मुक्त होने की कामना करता रहा, आज वह उन्हीं पंचतत्त्वों में विलीन हो रहा था। अन्तरिक्ष में अन्तिम उड़ान भरते अपने समय के राजहंस को विदाई देकर सभी शोक-संतप्त ख़ामोश साथी जब एक-एक कर अपने-अपने गंतव्यों की ओर लौट रहे थे तो शब्द चाहे जो भी रहे हों, मगर सबके दिलों में भावना शायद यही टीस बनकर घुमड़ रही थी :

रहने को सदा दहर में आता नहीं कोई,
तुम जैसे गए ऐसे भी जाता नहीं कोई।

... ...

उसी दिन शाम को 'संगीत नाटक अकादमी' की ओर से रवीन्द्र भवन स्थित राष्ट्रीय नाट्य विद्यालय के मुक्ताकाशी प्रेक्षागृह 'मेघदूत' में 'आषाढ़ का एक दिन' के कालिदास के रचयिता मोहन राकेश की एक बड़ी और सुसंस्कृत शोकसभा का आयोजन कलात्मक सादगी के साथ किया गया। दिन और रात की सन्धिवेला में उदासी भरा नीम उजाला था। मंच पर प्रतीक रूप में केवल एक ख़ाली कुर्सी थी, जिस पर केन्द्रित स्पॉट लाइट का मद्धिम-सा प्रकाश मंच के सूनेपन को जैसे रेखांकित कर रहा था। प्रेक्षागृह में तिल रखने की जगह नहीं थी, फिर भी वहाँ न कोई आवाज़ थी, न फुसफुसाहट, न कोई संचालक, न उद्घोषक। शोकमग्न वक्ता और श्रोता सब रंगशाला की आगे-पीछे की पंक्तियों में चुपचाप बैठे या खड़े थे। मंच पर दाईं ओर एक माइक था। भारतीय/दिल्ली नाट्य संघ की ओर से मोहन राकेश को श्रद्धांजलि अर्पित करते हुए रेवतीसरन शर्मा ने दुखभरी आवाज़ में यही कहा : ''आधे-अधूरे' का लेखक अपने महत्त्वपूर्ण काम को तथा अपने बहुत-से मित्रों और प्रशंसकों को अपनी यात्रा के अधबीच से आधा-अधूरा छोड़कर ही चला गया।'

राष्ट्रीय नाट्य विद्यालय के निदेशक और आधुनिक भारतीय रंग-परिदृश्य के शीर्ष-पुरुष इब्राहिम अल्काज़ी ने उस दिन को हिन्दी साहित्य और रंगमंच के लिए दुखदतम बताते हुए कहा : 'राकेश इस पीढ़ी के महत्त्वपूर्ण प्रवक्ता थे। उनका योगदान अनेक रूपों में बहुमूल्य है। हिन्दी नाटक को उन्होंने एक नया युग दिया, प्रौढ़ किया। वह हिन्दी नाटक में परिवर्तन का प्रतिनिधित्व करते हैं। उनकी उपलब्धि ऐतिहासिक महत्त्व रखती है। हिन्दी में आज कोई दूसरा नाटककार नहीं है जो इस परिवर्तन को इतने विस्तार, इतनी शक्ति के साथ प्रस्तुत करता हो। वह एक सच्चे और विवेकशील व्यक्ति थे—एक रूढ़िहीन ज़िन्दगी जीते थे। उनकी ज़िन्दगी और उनका साहित्य इस युग के इस तनाव को व्यक्त करता है। भारतीय समाज को बदलने के लिए वह अपनी इस रूढ़िहीन दृष्टि को संघटित करने में समर्थ थे।

भारतीय मध्यवर्ग के सामने उन्होंने आज का यथार्थ रखा और उसे उसका सही अनुभव कराया।'

ऐसा लगता था, जैसे अल्काज़ी अपनी भावना के उद्रेक में स्वयं को रोक नहीं पा रहे हैं। राकेश के अवदान को एक व्यापक आयाम देते हुए उन्होंने कहा : 'कुछ नाटककारों में बीज बोने की क्षमता होती है। अपने लेखन से वे ऐसे वातावरण का सृजन करते हैं जिससे दूसरों में प्रतिक्रिया होती है और लिखने की प्रेरणा जन्मती है। मोहन राकेश ऐसे ही नाटककार थे। उनकी अकाल मृत्यु से भारतीय नाट्य आन्दोलन की तो दुखद क्षति हुई ही, हिन्दी नाट्य की विशेष रूप से हुई। 'प्रतिबद्ध' लेखक का जो सबसे सही अर्थ हो सकता है, उस अर्थ में वह प्रतिबद्ध थे।'

अर्थात् वह अपने लेखन में ही पूर्णत: और अन्तत: जीते थे। लेखन उनके लिए जीने का एक ढंग था, इसी से वह कला या राजनीति सम्बन्धी उन मुद्राओं से बचकर रह सके थे जो फ़ुरसत में दिल बहलाव करनेवाले लेखकों में मिलती हैं। एक प्रकार से वह एकदम स्वाधीन थे, क्योंकि वह अपने लेखन से बिलकुल बँधे हुए थे। हिन्दी के बहुत कम लेखकों के विषय में यह बात कही जा सकती है।

डॉ. सुरेश अवस्थी ने मोहन राकेश के 'आषाढ़ का एक दिन' को जयशंकर प्रसाद के नाटकों की काव्यश्री और सांस्कृतिक परम्परा से जोड़ते हुए नये हिन्दी नाटक को समृद्ध करनेवाला महत्त्वपूर्ण आधुनिक नाटककार बताया। उनके जागरूक थियेटर एक्टीविस्ट की सक्रिय भूमिका और बहुआयामी योगदान का उल्लेख करते हुए बतलाया कि अभी सप्ताह भर पहले ही वह उनके साथ बम्बई में आयोजित एशियाई थियेटर कॉन्फ्रेंस में भारतीय प्रतिनिधि के रूप में गए थे। वहाँ उन्होंने बड़े आक्रामक ढंग से रंगमंच के सर्वांगीण और सर्वव्यापी दृष्टिकोण से पश्चिम के एक ही दायरे में बँधे-बँधाए रंगकर्म के मुक़ाबले 'तीसरी दुनिया' के रंगकर्म के कहीं अधिक कलामय, विकसित और अपार सम्भावनापूर्ण होने की ज़ोरदार पैरवी की थी। विश्वास ही नहीं होता कि उनकी वह विश्वास भरी दृढ़ आवाज़ अब कभी सुनने को नहीं मिलेगी। वरिष्ठ नाट्य समीक्षक-सम्पादक नेमिचन्द्र जैन ने राकेश के आकस्मिक निधन को हिन्दी रंगमंच के साथ-साथ व्यक्तिगत हानि बताते हुए इसे नियति का क्रूर कृत्य कहा। हिन्दी नाटक में उनके अप्रतिम योगदान को रेखांकित करते हुए उन्होंने बताया : 'राकेश के नाटकों ने हिन्दी रंगमंच को भारतीय नाटकों में एक ऐसा दर्जा दिया जो कभी उसको नहीं मिला था। रंगमंच के सक्रिय आन्दोलन में भी राकेश का बड़ा हाथ था। दिल्ली का रंगमंच और राष्ट्रीय नाट्य विद्यालय उनकी सलाह के बिना सूना रहेगा। वास्तव में नाटक का सही मुहावरा, एक ऐसी नाट्य-भाषा जो एक साथ कई स्तरों पर झंकृत होकर भी बोलचाल का स्वाद दे सके, हिन्दी रचना-जगत को राकेश की इतनी बड़ी और महत्त्वपूर्ण देन है जिसको कभी भुलाया न जा सकेगा।'

'नेहरू फ़ेलोशिप' के सचिव और भारतीय साहित्य एवं दर्शन के विद्वान डॉ. कर्णसिंह ने राकेश के ऊर्जावान, आत्मीय तथा मौलिक विचारवान व्यक्तित्व की प्रशंसा करते हुए 'नाटकीय शब्द' पर उनके महत्त्वपूर्ण शोध-कार्य के अधूरा छूट जाने पर दुख प्रकट किया। अपनी श्रद्धांजलि को एक गम्भीर एवं आध्यात्मिक स्तर प्रदान करते हुए डॉ. कर्णसिंह ने अपने स्वभाव के अनुकूल वक्तव्य को संस्कृत के एक श्लोक के सस्वर-पाठ के साथ समाप्त किया।

जहाँ तक याद पड़ता है, उस शाम सभी वक्ताओं ने राकेश के रंगचेता आधुनिक हिन्दी/भारतीय नाटककार और मौलिक एवं सक्रिय थियेटर एक्टीविस्ट रूप के विविध आयामों को ही अपने-अपने ढंग से याद करते हुए अपनी भावभीनी श्रद्धांजलि अर्पित की थी। अन्तिम वक्ता के रूप में डॉ. नामवर सिंह ने मोहन राकेश के कहानीकार, उपन्यासकार और नाटककार रूप की चर्चा करते हुए 'नई कहानी' और नये नाट्यान्दोलनों में उनकी महत्त्वपूर्ण भूमिका तथा उनके योगदान पर प्रकाश डालने के अतिरिक्त उनसे अपने मतभेदों की ओर भी ईमानदारी से संकेत करते हुए कहा : 'राकेश आज स्मृतिशेष, कीर्तिशेष हैं। 'नई कहानी' आन्दोलन में उनका महत्त्वपूर्ण योग है। उनका शिल्प महत्त्वपूर्ण है। राकेश के आगमन के पूर्व हिन्दी रंगमंच की सम्भावनाओं का पता नहीं चलता था। उन्होंने पहली बार सिद्ध किया कि नाटक गम्भीरता से लेने की कला है। उनका लेखन प्रौढ़ता के शिखर पर पहुँच अब उन्नत दिशाओं की ओर बढ़ रहा था।' नामवर सिंह ने राकेश से अपने मतभेदों की चर्चा की और कहा : 'मतभेद के क्षणों में जिस गरिमा का अहसास राकेश ने कराया, वह एक श्रेष्ठ लेखक द्वारा ही सम्भव होता है।' अन्त में उन्होंने बड़े मार्मिक शब्दों में कहा : 'कहानी, नाटक, उपन्यास—हर विधा में जिसके साहित्य का अन्त आकस्मिक नहीं होता था, क्या पता था, उसके जीवन का अन्त इतना आकस्मिक होगा!'

शोकसभा के अन्त में सबके लटके हुए उदास चेहरे और राकेश के व्यक्तित्व एवं कृतित्व से अपने-अपने परिचय एवं सम्बन्धों को याद करते हुए दुखी मन से चुपचाप वापस जाते लोगों को देखकर ऐसा लगा था, जैसे वे सब वहाँ वक्ता या श्रोता के रूप में नहीं बल्कि अपने निजी शोक को एक सामूहिक शोक में सम्मिलित कर एक साथ उसे महसूस अथवा विसर्जित करने आए हों!

पुनश्च :

4.12.1972 को रवीन्द्र भवन में मोहन राकेश के असामयिक एवं आकस्मिक देहावसान के बाद हुई वह शोकसभा एक अर्थ में अपने-आपमें ऐसी शेष सभाओं से भिन्न और अनूठी थी। इसमें दिल्ली के तत्कालीन साहित्यिक जगत की मुख्य धारा के प्रमुख रचनाकारों और संस्कृतिकर्मियों के लिए एक भिन्न अर्थ में अलग,

ख़ास और चौंकानेवाली थी क्योंकि इसमें 'टी-हाउस' की नई पीढ़ी के तथाकथित परम्परा, सत्ता और प्रतिष्ठान विद्रोही उस वर्ग के कई ऐसे युवा लेखक पहली बार शामिल हुए थे, जिनके बारे में मुद्राराक्षस कहते हैं :

> लगभग हम सभी अपने माता-पिता या सगे-सम्बन्धियों के रिश्तों से कटे लोग थे। अगर किसी के बुज़ुर्ग उसके साथ रहते भी थे तो इस तरह जैसे वे कोई इत्तफ़ाक़ हों। उनसे हम न नफ़रत करते थे, न प्यार। हममें से कोई किसी समृद्ध, साधन-सम्पन्न, उच्चाधिकारी या सत्ताधारी का ज़िक्र कभी नहीं करता था क्योंकि उनसे शायद ही हम लोगों का कोई सम्बन्ध रहा हो। हो भी तो उसे हम दबा जाते थे। हममें से ज़्यादातर लोग साहित्य अकादेमी जैसी संस्थाओं से फ़ासला रखते थे। इतिहास का बहुत कुछ ऐसा था जो हम सबको अपने विरुद्ध लगता था।

इनकी विचारधारा और राजनीतिक समझ के बारे में उनका मानना है :

> ये ज़्यादातर लेखक कम्यूनिस्ट नहीं थे पर वे किसी क़दर नववामपंथी ज़रूर थे। उनके बीच सार्त्र और मार्क्स की चर्चाएँ होती थीं। वे चे गुएरा और रेगिस देब्रे को भी पसन्द करते थे। आत्मा-परमात्मा और जीवन-मृत्यु जैसे गम्भीर दार्शनिक या आध्यात्मिक मामलों में विशुद्ध भौतिकवादी थे।

मुद्राराक्षस बेझिझक स्वीकार करते हैं :

> हम लोगों में से कोई भी न आत्मा में विश्वास करता था, न उसकी शान्ति में। हमने राजकमल चौधरी की मृत्यु के बाद ख़ासी शराब पी थी और ठहाके लगाए थे : 'साला शराब नहीं, दवा पीते-पीते मरा।' मुक्तिबोध की मृत्यु पर भी हमने कोई शोकसभा नहीं की थी। निराला की मृत्यु पर भी नहीं। सुदर्शन चोपड़ा की मृत्यु मेरे दिल्ली छोड़ने के बाद हुई थी। पता नहीं, शोकसभा हुई थी या नहीं।

यहाँ विचारणीय मुद्दा यह है कि इस वर्ग की सोच और मान्यताओं के धुर विरोधी 'कॉफ़ी हाउस' वाले वर्ग के, दो-दो बार संगीत नाटक अकादमी द्वारा सम्मानित, प्रतिष्ठित 'नेहरू फ़ेलोशिप' प्राप्त और रंगमंच तथा सिनेमा की विभिन्न कमेटियों के सदस्य मोहन राकेश जैसे तथाकथित सम्भ्रान्त वर्ग के साहित्यकार की सरकारी संस्थाओं द्वारा आयोजित शोकसभा में सम्मिलित होने के पीछे, इनकी क्या दिलचस्पी या मजबूरी हो सकती थी? मुद्राराक्षस के अनुसार :

> उस सभा में टी-हाउस का यह सारा मजमा था, पर एक तरफ़ चुपचाप दुबका हुआ, पूरी तरह अजनबीपन से घिरा बहुत कुछ सड़क के उन मैले

> बच्चों की तरह, जो किसी भव्य आयोजन में घुस आते हैं और लगातार सहमे रहते हैं। वहाँ से उठकर हम लोग पैदल कनॉट प्लेस आए थे और देर तक शंकर मार्केट के एक ढाबे में बैठे थे।

लगता है, मजबूरी तो शायद कोई नहीं थी, तो फिर इसके पीछे के कारण और रहस्य का उद्घाटन भी मुद्राराक्षस इन शब्दों में पूरी बेबाक़ी से करते हैं :

> मोहन राकेश हम लोगों की दुनिया में घुला-मिला आदमी था पर समृद्ध समाज ने उसका अपहरण कर लिया था, उसी की मर्ज़ी से। इस अपहरण में हमसे फ़िरौती कोई नहीं माँगी गई थी। हम इतने गए-बीते लोग थे पर ख़ुश थे और खुलकर हँसते थे। हमें डराने या दबानेवाला कोई नहीं था।...अपनी तमाम महत्त्वपूर्ण उपलब्धियों के बावजूद बिलकुल सामान्य और साधारण बनकर सभी वर्गों में प्यार और ईमानदारी से घुल-मिलकर उन जैसा बन जाने का गुण ही था, जो राकेश के व्यक्तित्व के चुम्बकीय आकर्षण का मूलाधार था।

... ...

जेब में इस्तीफ़ा और दिल में पारिश्रमिक का चेक लौटाने का हौसला रखकर अपने आत्मसम्मान, मूल्यों तथा सिद्धान्तों के लिए किसी से भी बेख़ौफ़ भिड़ जाने के लिए बदनाम राकेश के व्यक्तित्व का ही एक सम्मोहक पहलू ऐसा भी था, जो उन्हें सर्वप्रिय और आदरणीय भी बनाता था। ज़ाहिर है, ऐसे राकेश के अपने बीच से अचानक यूँ चले जाने पर उनके मित्रों, सहकर्मी रचनाकारों तथा प्रशंसक पाठकों-दर्शकों इत्यादि के लिए उन्हें जल्दी भुला पाना क़तई आसान नहीं था। ऐसे में उनके सहजीवन की प्रिया-पत्नी, उनके दो अबोध बच्चों की माँ और राकेश की बेसहारा युवा पत्नी अनीता राकेश के लिए इस त्रासद सत्य को स्वीकारना और भूलना तो बिलकुल असह्य और लगभग असम्भव ही था। वह तो मानो काठ हो गई थीं और तीन तथा चार दिसम्बर की रात उनके लिए लगातार नीम-बेहोशी के इंजेक्शनों की बदौलत बढ़ती जाती थी और ख़त्म होने का नाम ही नहीं ले रही थी। परन्तु हालात चाहे जैसे और जो भी हों—जीना तो पड़ता ही है। उस मरने-जीने के बीच 'होने' के वक़्त के दौरान कोहरे में धुँधलाई उन टुकड़े-टुकड़े यादों को बटोरते हुए कालान्तर में अनीता राकेश ने लिखा :

> याद आता है कि हुजूम का हुजूम अपने बैठने, सोने के लिए ज़मीन तलाश लेता। रात पूरा घर क़ब्रिस्तान बन जाता और सुबह होने तक एक मेला। एक ऐसा मेला जिसमें गुम हुई एक मैं। ऐसे में एक रात उस क़ब्रिस्तान में सोए-सोए मुझे सपना आया कि राकेश नहीं रहे। मैं हड़बड़ाकर उठ

बैठी कि जाकर राकेश से कहूँ कि मैंने कितना भयंकर सपना देखा है। लेकिन उठते के साथ ही अपने आसपास फैले क़ब्रिस्तान को देखकर धक-सी रह गई। पहली बार उस क़ब्रिस्तान से सही मायनों में वाबस्ता हुई थी। फिर उसी वाबस्ता का वास्ता लिये पहली बार रोई थी। हक़ीक़त से जुड़ने का वो मेरा पहला क्षण। फिर आनेवाली सुबह की ललकार, जिसमें एक नितान्त नई पहचान बनानी होती है, जिसमें हक़ीक़त का ज़बरदस्त ख़ौफ़ शामिल हो। और एक घबराहट वाली सुबह जिसमें लोगों से कैसे पेश आया जाएगा—आया जाएगा भी कि नहीं!

16.12.72 : नई दिल्ली

दुख, हैरत और असमंजस में डूबी अनीता राकेश को सुबह की सरगर्मी देखकर पता चला कि आज तेरहवीं है। मतिभ्रम की-सी स्थिति में वह सोचने लगीं कि इस बीच के दिन-रात कहाँ गए? अचानक उनकी नज़र आईने पर पड़ी तो उसमें अपना अक्स देखकर चौंक गईं। बीते दिनों का पूरा हिसाब बेनूर चेहरे पर लिखा था। आँखों के नीचे स्याही आ गई थी। सूखे होंठों पर पपड़ी-सी जमी थी। बाल पककर खिचड़ी हो गए थे। वह घर में इधर-उधर हैरान होकर देखती हैं और याद करती हैं :

पंडित के आग्रह पर भी मैंने राकेश की तसवीर को हवन में नहीं शामिल होने दिया। जिस आदमी की तसवीर पत्र-पत्रिकाओं में ढूँढ़-ढूँढ़कर चूम लिया करती थी, आज कितना ग़ैर हो चला था, कितना बेगाना—महज़ तकलीफ़देह। आगे हवन अपनी गति से चल रहा था और पीछे बैठे कुछ अभिन्न मित्र, जैसे—ओंप्रकाश, शीला सन्धू, कमलेश्वर, जवाहर चौधरी, राज बेदी आदि मेरे शेष सफ़र के कुछ मुद्दे तय कर रहे थे। ओंप्रकाश, कमलेश्वर और जवाहर चौधरी को मैंने पहले इतना संजीदा या फिर बुज़ुर्गियत लिये नहीं देखा था। कितने अनाथ लग रहे थे वे मुझे! मैं बेचैन कि इन्हें कहाँ से राकेश ढूँढ़कर लाकर दूँ। और अफ़सोस कि अब हम एक दूसरे के लिए कितना कुछ भी क्यों न कर लें, ख़ाली के ख़ाली ही रहेंगे।

मगर आख़िरी बार उस फ़्लैट की सीढ़ियाँ उतरने से पहले अपनी सूनी उदास आँखों से अनीता पता नहीं वहाँ छूटा हुआ-सा क्या ढूँढ़ने की कोशिश कर रही हैं? लेकिन वहाँ की वीरानगी में तो अब :

अहसास की ख़ुशबू कहाँ, आवाज़ के जुगनूँ कहाँ,
ख़ामोश यादों के सिवा, घर में रहा कुछ भी नहीं।

फ़्लैट से ख़ाली हाथ लुटी-पिटी अनीता राकेश जब अपने नये और अकेले अनजान सफ़र के लिए नीचे आईं तो उन्होंने देखा कि ओंप्रकाश जी ने सारा सामान ट्रक में लदवा दिया था। लेकिन तभी वहाँ एक अजीब घटना घटित हो गई। राकेश के निधन की सूचना के प्रचारित होने के कारण मकान के किराए का चेक बैंक से वापस लौट आया था। परन्तु मकान-मालिक अब किराया लेने से इनकार कर रहा था। उस अप्रत्याशित किन्तु अत्यन्त मार्मिक दृश्य को अनीता राकेश ने जब हैरान होकर मकान-मालिक की ओर देखा और वह दहाड़ें मारकर रोने लगे तो शायद उन्हें कभी राकेश द्वारा बताई अमृतसर में हुई उनके पिता की मृत्यु के बाद मकान-मालिक के उस क्रूर व्यवहार की बात याद आ गई होगी, जब मकान के बकाया किराए के एवज़ में अम्मा के हाथों की सोने की चूड़ियाँ उतरवाए बिना मकान मालिक ने दाह-संस्कार के लिए शव को उठाने नहीं दिया था। तभी उनके मन में आया :

> यह सब कैसे हो गया, क्यों हो गया—किसने किया, और क्यों किया, लेकिन मैं जो उस इनसान से इतना प्यार करती थी, करती हूँ, जुड़ी थी, जुड़ी हूँ, फिर भी इस सबके लिए अपने को क्यों ज़िम्मेदार ठहरा रही हूँ, क्योंकि मैं सम्भवत: खड़ी-खड़ी कुछ न कर सकी। लगता रहा, जैसे मैंने ख़ुद सब कुछ हो जाने दिया।

परन्तु इस परम मानवीय प्रतिक्रिया पर अनीता राकेश की स्वाभाविक और सामान्य-सी प्रतीत होती प्रतिक्रिया एक गम्भीर, चौंकानेवाला और विचारणीय प्रश्न हमारे मन में पैदा करती है कि अपने पति की हृदयाघात से हुई आकस्मिक किन्तु एकदम स्वाभाविक मृत्यु के लिए वह स्वयं को दोषी क्यों ठहरा रही हैं? इस अपराध-बोध अथवा आत्मग्लानि का कारण क्या है? इस उलझे, संवेदनशील और कठिन प्रश्न के उत्तर या उसके मूल कारण की तलाश में हमें इस घटना से लगभग पाँच महीने पहले के घटना-क्रम की ओर लौटना होगा।

वे दिन : फ़्लैश बैक में

जुलाई से 3 दिसम्बर, 1972 : दिल्ली-बम्बई-मद्रास-बम्बई-दिल्ली

जून के अन्त में राकेश मसूरी से लौटकर आए ही थे कि उनका सामना एक अत्यन्त अप्रत्याशित एवं विस्फोटक परिस्थिति से हुआ। राकेश के घनिष्ठ और अन्तरंग पारिवारिक मित्र रजिन्दर पाल तथा अनीता की छोटी बहन सुनीता (बब्बू), जो अभी सोलह साल की भी नहीं हुई थी, दोनों के प्रेम-सम्बन्धों की चर्चा गर्म थी।

इनके बीच उम्र का इतना बड़ा फ़ासला था और राकेश से दोनों के ऐसे आत्मीय सम्बन्ध थे कि इन्हें लगा कि प्यार से समझाने-बुझाने से समस्या आसानी से सुलझ जाएगी। परन्तु राकेश ग़लत थे। पाल से बात करने पर पता चला कि वह इस रिश्ते को लेकर बेहद संजीदा है और वह बब्बू से तुरन्त शादी करने को तत्पर है। अनीता-सुनीता की माँ श्रीमती चन्द्रा औलक अनीता और मोहन राकेश के अनमेल गंधर्व विवाह से हुए व्यक्तिगत आघात तथा सामाजिक बदनामी के सदमे से अभी पूरी तरह उबर भी नहीं पाई थीं कि यह विकट समस्या एक प्रत्यक्ष आतंक की तरह सामने आ खड़ी हुई थी। वह बब्बू के ज़िद्दी, विद्रोही, और अड़ियल स्वभाव के कारण और भी डरी हुई थीं। इसके बावजूद उन्हें राकेश की दूसरों को कन्विंस करने और अपनी बात मनवा लेने की अमोघ शक्ति पर अटूट भरोसा था। परन्तु अपनी दोस्ती का वास्ता देने पर भी राकेश रजिन्दर पाल का यह दोटूक उत्तर सुनकर अवाक् रह गए : 'आई कैननॉट गिव अप दिस रिलेशनशिप ईविन एट द कॉस्ट ऑफ़ ए डेलीकेट फ्रेंडशिप।'

विभाजित मानसिकता के सतत द्वंद्वग्रस्त व्यक्तित्व किन्तु चट्टान की तरह दृढ़-आत्मविश्वासी मोहन राकेश भी गहन चिन्तन-मनन के बावजूद यह तय नहीं कर पा रहे थे कि वह चन्द्राजी की सुनें, पाल की सुनें या सुनीता की, या फिर अपने विवेक की? वह अपनी सोच के इस भँवर से अभी निकल भी नहीं पाए थे कि उम्र और रिश्ते के लिहाज़ से बच्ची बब्बू ने यह कहकर राकेश पर व्यक्तिगत मर्मान्तक प्रहार कर दिया कि 'लोग ख़ुद तो अपनी इच्छानुसार जी लेते हैं, लेकिन दूसरों के वक़्त पता नहीं क्यों, न्याय-अन्याय समझाने लगते हैं!'

इस चक्रव्यूह से निकलने का कोई रास्ता न पाकर राकेश ने अन्ततः अपने हथियार डाल दिये और रजिन्दर पाल तथा सुनीता औलक की सगाई कर दी—लेकिन मन में यह मानकर कि 'पाल अब दोस्त नहीं रहा।' और सभी जानते हैं कि लेखन के बाद राकेश के जीवन में दूसरे नम्बर की प्राथमिकता उनके दोस्त थे। पाल जैसे घनिष्ठ एवं अन्तरंग मित्र के इस 'विश्वासघात' ने दोस्ती पर उनके अटूट विश्वास को तो तोड़ा ही, उनके आत्मविश्वास को भी डाँवाँडोल कर दिया।

परन्तु पाल और बब्बू का यह अप्रत्याशित प्रहार मानो राकेश के जीवन-मूल्यों तथा मानवीय-सम्बन्धों पर उनकी आस्था की बुनियाद हिलाने के लिए ही पर्याप्त नहीं था, नियति ने ठीक उसी समय उन पर ऐसा दूसरा कल्पनानीत वज्राघात कर दिया जिसे झेलना और सहना उनके लिए लगभग असम्भव ही था।

16 अगस्त, 1972 को अचानक अम्मा का निधन हो गया।

तीन शादियाँ कर चुके, तीन बच्चों के पिता और लगभग 48 साल के प्रौढ़ बेटे की बूढ़ी माँ का निधन सामान्यतः न तो असामयिक माना जा सकता है और न ही अप्रत्याशित। परन्तु हम जानते हैं कि मदन (मोहन राकेश) और अम्मा का सम्बन्ध आधुनिक समय के सामान्य माँ-बेटे जैसा नहीं था। अम्मा राकेश के घर की आत्मा

और उनकी प्राण-वायु थीं। अम्मा का अनासक्त-अनात्मरत कर्तव्य-बोध, असीम धैर्य, त्याग, समर्पण, बिना शर्त प्यार, अन्नपूर्णा-रूप, उनकी अगाध सहृदयता, सहिष्णुता, सहनशीलता और ममता बेटे के मन में उनके प्रति सहज प्रेम, सम्मान और श्रद्धा के साथ-साथ अतिरिक्त भावुकता भी पैदा करती है। अम्मा के इस 'ओवर कंसर्न' और मदन के 'मदर फ़िक्सेशन' को देखकर ही शायद डॉ. इन्द्रनाथ मदान जैसे बड़े भाई और दोस्त जैसे आत्मीय राकेश को 'माँ का आशिक़' तक कहने की हद तक चले जाते हैं। गम्भीर वैचारिक विवेचन-विश्लेषण की अपेक्षा इस सम्बन्ध की संवेदनशीलता, गहराई, सघनता, सच्चाई और सूक्ष्मता को एक उदाहरण के माध्यम से अधिक आसानी से समझा जा सकता है। मोहन राकेश की डायरी में एक स्थान पर ज़िक्र आता है कि एक दिन राकेश को खाना खिलाते समय शायद बढ़ती उम्र के चलते अम्मा यूँ ही सहज भाव से अपने शरीर के शिथिल होने की बात कर देती हैं जिसे सुनकर उनका तैंतीस-चौंतीस वर्ष का बुद्धिजीवी, अनुभवसिद्ध, साहित्यकार और विवेकवान समझदार बेटा खाना छोड़ माँ को देख फफक-फफककर रोते हुए उससे लिपट जाता है। उसकी यह हालत देखकर हतप्रभ हुई माँ उसे प्यार से दिलासा देते हुए कहती है :

> मैं इतनी जल्लाद हूँ कि अपने बच्चे को तकलीफ़ में छोड़कर मर जाऊँगी?...तू विश्वास कर, मुझे कुछ भी नहीं हो सकता। मैं मरकर अपने बच्चे को दुखी करूँ—मैं माँ हूँ कि कौन हूँ?

और विडम्बना यह है कि उसका यह उम्रदराज सहज-विश्वासी भोला 'बच्चा' अपने-आपको माँ के कभी न मरने का अखंड विश्वास दिलाकर आश्वस्त और सन्तुष्ट भी हो लेता है। परन्तु मृत्यु तो सृष्टि का अटल सत्य है। लेकिन राकेश के लिए उनके जीवन की सबसे महान और उदात्त व्यक्तित्व, उनके जीवन की प्राण-वायु, ऊर्जा की अजस्र स्रोत अम्मा की मृत्यु के सत्य को स्वीकार करना तो अत्यन्त कठिन था ही, उसे अस्वीकार करना भी सम्भव नहीं था। इस असह्य आघात को किसी तरह अपने भीतर झेलकर इस शोक-काल के बावजूद अपने सामाजिक दायित्व का निर्वाह करते हुए, राकेश ने रजिन्दर पाल और बब्बू की सगाई की पार्टी भी दी और अगले ही दिन पूर्व-निर्धारित कार्यक्रमानुसार विदेश-यात्रा पर जानेवाले पाल को मुस्कुराकर विदा भी किया।

लेकिन जैसे इतना ही काफ़ी नहीं था, अभी एक और भीषण आघात उनकी प्रतीक्षा में उतावला हो रहा था। उसकी साक्षी और किसी हद तक सहभोक्ता रहीं अनीता राकेश के अनुसार :

> अन्तिम हथौड़ा उन्हें अपने भाई के हाथों खाना पड़ा। राकेश जी चाहते थे कि माँ इस चिन्ता को लिये मरीं कि वीरेन अभी तक ज़िन्दगी में जमा नहीं है। इसी से इस बार राकेश जी ने माँ के देहान्त पर आए भाई वीरेन

> से कहा कि वह चाहते हैं कि माँ की इच्छा को उसे अब पूरा कर देना चाहिए। राकेश जी चाहते थे कि वह अब हमारे साथ रहे जिससे हम लोगों को भी माँ का जाना इतना न महसूस हो और यदि इससे उसकी ज़िन्दगी भी सुधर सकेगी तो माँ की आत्मा को शान्ति मिलेगी।
>
> लेकिन, जैसा कि शुरू से ही था, दोनों भाई कभी एक नज़रिये से नहीं देख सके। भाई का कहना था कि जितना भला उन्होंने अपने मित्रों का किया है, उतना भला उन्होंने कभी अपने भाई का न चाहा है, न किया है।
>
> राकेश जी ने उसे समझाने की जितनी कोशिश की तो उससे कहीं ज़्यादा मैंने उसे माँ का स्नेह और ममत्व देने की कोशिश की, लेकिन व्यर्थ। उन दिनों श्यामानन्द जालान हमारे यहाँ ठहरे हुए थे। उनसे या फिर ओंप्रकाश जी और राकेश जी की डेढ़ साल बड़ी बहन कमला से कुछ भी छिपा हुआ नहीं था, जो उन दिनों दोनों भाइयों में चल रहा था।
>
> जिस दिन वीरेन को जाना था, राकेश जी ने श्याम से अशोका में कमरा बुक करने के लिए कह दिया था जिससे कि वह उस समय घर पर न रहें जब वह जा रहा हो—क्योंकि यह उनको सहन न होता। मुझे वह पीछे छोड़ गए थे और कह गए थे कि जब वह चला जाए तो मैं उन्हें इत्तला दे दूँ।

लगातार ऐसे और इतने आघातों को झेलते हुए राकेश जैसे भावुक और संवेदनशील रचनाकार की स्थिति कैसी हो गई होगी, इसका अनुमान लगाना कठिन नहीं है। आघात और प्रहार तो इन पर पहले भी हुए। लड़ाइयाँ वह जीवनभर लड़ते रहे थे। हार-जीत भी होती रही। लेकिन हार उन्होंने कभी स्वीकार नहीं की। अपना साहस, आत्मविश्वास और संघर्ष कभी नहीं छोड़ा। उन्हें तो हमेशा चुनौतियों से सीधे मुठभेड़ करने, समस्याएँ-संकट पैदा करके उनसे जूझने, जीतने, अपने दुख-दर्द दिल में छुपाकर हँसने-हँसाने, ठहाके लगाने और भरपूर जीने का शौक़ था। लेकिन तब शायद चुनौतियाँ, संकट और लड़ाइयाँ प्रत्यक्ष और बाहर की थीं। परन्तु इस बार मोर्चा नया और अजाना था। दुश्मन नितान्त अपने थे या नियति जैसे अदृश्य अपराजेय योद्धा—लड़ाई भी भीतर की थी। इन हादसों ने उन्हें अन्दर-बाहर से तोड़कर रख दिया था। उनकी इस अप्रत्याशित और बेबस स्थिति की एकमात्र अन्तरंग साथी और साक्षी रहीं अनीता राकेश उन अव्याख्येय परिस्थितियों-मन:स्थितियों को याद करते हुए लिखती हैं कि इन सब हादसों के बाद :

> राकेश जी अब अन्दर से क्षत-विक्षत हो चुके थे। किसी रिश्ते, किसी दोस्ती, किसी कमिटमेंट में अब उन्हें विश्वास नहीं रह गया था और अगर विश्वास था तो उसे फिर से जोड़ने या मज़बूत करने की हिम्मत बाक़ी

> नहीं रह गई थी। सारा-सारा दिन या तो गुमसुम बैठे रहते या फिर पुरवा को गोदी में लेकर ढेर-ढेर-सा प्यार देते रहते। सारी-सारी रात मुझे पास बिठाए रहते, कहते, 'पता नहीं क्यों, बिलकुल अकेला होने से दहशत होने लगी है मुझे—मेरे पास बैठो—मुझे अकेला नहीं छोड़ो।'

सतत तनाव और द्विधाविदीर्ण मानसिकता के शिकार तो राकेश आरम्भ से ही थे। अब डिप्रेशन, स्मृति एवं एकाग्रता की कमी, असुरक्षा-भय और मतिभ्रम की गिरफ़्त में भी आते जा रहे थे। अकेलेपन से आक्रान्त उन दिनों राकेश को लगता था कि उनके अपने पता नहीं कब उन्हें छोड़कर चले जाएँगे। सब कुछ जैसे बन्द मुट्ठी की रेत की तरह हाथ से फिसलता जा रहा था। उन डरावने दिनों को याद करते हुए अनीता अपने संस्मरण में बताती हैं कि तब राकेश जैसे सचमुच हार गए थे :

> फिर एफ.एफ.सी. की मीटिंग मद्रास में होनी तय हुई। वह नहीं जाना चाहते थे, लेकिन दो मीटिंगें एक साथ वह छोड़ नहीं सकते थे, इसी से जाना उन्होंने मंज़ूर कर लिया था यद्यपि जाने का बिलकुल भी मन नहीं था। बोले, 'बस, चौथे दिन लौट आऊँगा,' कि इतने में गुजराल साहब के यहाँ मीटिंग हुई और तय हुआ कि एशियन थियेटर कॉन्फ्रेंस के लिए उन्हें बम्बई जाना पड़ेगा। राकेश जी ने बहुत इनकार किया लेकिन श्री गुजराल नहीं माने। सुरेश अवस्थी जानते हैं कि अगर श्री गुजराल इतना अनुरोध न करते तो वह बिलकुल भी नहीं जाते।
>
> घर आकर बोले, 'अन्ना, मुझे बम्बई भी जाना पड़ेगा। रह लोगी इतने दिन अकेली?' यह पहली बार था जब सचमुच मुझे भी लग रहा था कि पीछे अकेली होऊँगी, अम्मा जो नहीं थीं। अन्दर भले ही मुझे कैसा भी लग रहा था, लेकिन इस आश्वासन से कि शायद घर से निकलकर उनकी थोड़ी डाइवर्ज़न हो जाएगी, मैं बोली, 'हाँ, राजे! आपको ज़रूर जाना चाहिए—लेकिन अगर फ़ोन कर सको बाहर से तो अच्छा लगेगा।'
>
> मैंने उन्हें जितना भी हौसला दिलाने की कोशिश की, लेकिन वह सच ही मन से नहीं गए। चलने से पहले बोले, 'अब कभी कहीं नहीं जाऊँगा, अन्ना—मैं बहुत थक गया हूँ...।'
>
> बम्बई से उन्होंने पहले अपने होटल से फ़ोन किया...पुरवा से गद्‌गद होकर बात की, 'मैं जल्दी आ रहा हूँ, पुरु!' फिर यही बात गिरधारी के घर से की और यही बात कमलेश्वर के पास से की। उनके पास एक ही बात कहने को रह गई थी, 'मैं जल्दी घर आ रहा हूँ।'

इस बार राकेश की बम्बई की अन्तिम यात्रा को याद करते हुए, उनके शिष्य से अन्तरंग पारिवारिक मित्र बने गिरधारी लाल वैद को लगता है :

> मुझे मालूम है, अबकी बार तुम बहुत थक गए थे। केवल हफ़्ते-भर पहले जब तुम बम्बई आए थे, तो कह रहे थे, 'यार, अबकी बार बहुत थक गया हूँ, कई रातों से सोया नहीं। न मद्रास में सो सका, न यहाँ। बस, दिल्ली जाऊँगा, और ख़ूब सोऊँगा।'

राकेश की आत्मा से संलाप करते हुए वह कहते हैं :

> एक बात कहूँ? 22 नवम्बर की शाम को हम दोनों ऑफ़िस से इकट्ठे आए थे न, उस दिन तुम सचमुच थके हुए थे। और बहुत उदास। रात को तुम्हें वाई.एम.सी.ए. होस्टल छोड़कर लौट रहे थे, तो अँधेरे की ख़ामोशी में उर्मिला ने चौंका दिया—बाबू, अबकी बार राकेश जी को देखकर आपको कुछ अजीब-अजीब-सा नहीं लगा?
>
> —कैसे?
>
> —मालूम नहीं...मुझे बहुत अजीब लगा। देख लेना, अब राकेश जी बहुत दिन...उनका चेहरा बहुत डरा हुआ था। बात सुनकर मैं स्वयं बहुत डर गया था।
>
> और चार दिसम्बर की सुबह को जब मैं डरा-डरा तुम्हारे पास खड़ा था, तो रह-रहकर तुम्हारा चेहरा देखने की कोशिश करता रहा—सचमुच उस शाम को तुम्हारा चेहरा डरा हुआ था। लेकिन मेरी आँखें तो पत्थर हो गई थीं।

मगर एकालाप में यादों का सिलसिला यहीं ख़त्म नहीं होता :

> उस दिन तुम सारी शाम व्याकुल थे कि किसी तरह पुरु को फ़ोन पर 'हलो' कर लूँ। घर पर नहीं मिली तो शायद ओम शिवपुरी के यहाँ फ़ोन किया—अनीता जी पुरु को लेकर किसी के यहाँ बर्थडे पार्टी में चली गई थीं। रात को बात हुई, तब तक पुरवा सो गई थी। मुझे कुछ अजीब-सा भी लगा। पुरु को सिर्फ़ हलो करने के लिए इतनी व्याकुलता?...'यार, बात दरअसल यह है कि अम्मा के जाने के बाद पुरु के मन में बहुत डर बैठ गया है। घर से कोई बाहर जाता है, तो वह समझती है कि वह लौटकर नहीं आएगा। हमने उसे यही बता रखा है कि अम्मा कहीं बाहर

गई हुई हैं। इसीलिए जब मैं मद्रास से चला, तभी से यह चाहता था कि एक बार उससे बात कर लूँ...।' सच बात तो यह थी, दोस्त, कि अम्मा की मृत्यु के बाद डर तुम्हारे मन में समा गया था। विचित्र-सा विषाद तुम्हारे चेहरे पर छाया रहता था।

23-26 नवम्बर, 1972 : बम्बई

एशियन थियेटर कॉन्फ्रेंस के सेमिनार के लिए राकेश, सुरेश अवस्थी, हबीब तनवीर, अल्काज़ी इत्यादि कुछ प्रतिनिधि रंगकर्मी बम्बई आए थे। मोहन राकेश का साथ देने वहाँ गए कमलेश्वर ने अपने संस्मरण में उसका उल्लेख करते हुए लिखा था :

> तेईस या चौबीस की शाम को भारतीय डेलिगेशन अलग से मिल रहा था—कार्यक्रम निर्धारित करने के लिए। शायद रंगमंच के क्षेत्र में किसी एशियाई संस्था को जन्म देने की पैरवी भी चल रही थी। एशियन थियेटर काउंसिल या अफ्रीकन-एशियन-लैटिनो काउंसिल...ठीक से याद नहीं। इतना ही याद है कि राकेश ने कहा था, 'थर्ड वर्ल्ड को लेकर हम कुछ करना चाहते हैं।' फिर वही बोला था, 'तू भी तो जनवरी में थर्ड वर्ल्ड की कहानियाँ निकाल रहा है। तेरा थर्ड वर्ल्ड का कॉन्सेप्ट क्या है?' मैंने अपनी बात बताई—साहित्य के नज़रिये से तीसरी दुनिया का लेखन अवरुद्ध या अस्तरीय लेखन नहीं है, बल्कि मेरे ख़याल से तथाकथित विकसित देशों से ज़्यादा सहज, गहन और आदमी से कहीं ज़्यादा नज़दीक है, प्रकृति और मानव-प्रकृति के ज़्यादा अनुकूल है और अधिक प्रामाणिक भी।
>
> राकेश ने चश्मे के भीतर से झाँका—यार, अपन इससे भी आगे सोचना चाहते हैं...रंगमंच के सर्वांगीण सर्वव्यापी नज़रिये से 'तीसरी दुनिया' पश्चिम के बँधे-बँधाए रंगमंच से कहीं ज़्यादा कलामय और विकसित है। कोई वजह नहीं है कि इस तथ्य को कॉम्प्लेक्स-जनित अक्षमता के कारण या मात्र शराफ़त में न कहा जाए। तो बोल—अपना साहित्य और अपना रंगमंच! अली-अली किया जाए!
>
> हाथ मिल गए। आँखें मिलीं—गर्मजोशी और वही विश्वास, जो 'नई कहानी' के दौर में भी अपने चिन्तन से जन्मा था। तीसरी दुनिया! अली-अली!
>
> भारतीय डेलिगशन अपना लीडर चुन रहा है। कोई साहब कहते हैं, 'मिनिस्ट्री की राय है कि अमुक को चुना जाए।'

वह अमुक अभी अनुपस्थित है। आनेवाला है। राकेश भन्नाता हुआ सिगरेट का पैकेट निकालता है। उसमें सिगरेट नहीं है। एक क्षण वह सिगरेट के लिए झुँझलाता है, फिर वहीं से बहुत ऊँची आवाज़ में नाराज़ी से बोलता है, 'अगर सरकार ही सब तय करेगी तो हम यहाँ किसलिए हैं? हम जो लीडर चुनेंगे, वह लीडर होगा। अगर इस तरह सरकार के डिक्टेट्स माने जाएँगे तो मैं इसके विरोध में वॉकआउट करता हूँ।'

मैं उसे हाथ के दबाव से समझाकर बैठा लेता हूँ। धीरे से कहता हूँ, 'सिगरेट लाने के लिए वॉकआउट करने की ज़रूरत नहीं है। वह यों भी आ सकती है।'
वह हँस देता है, 'तू नस पकड़ लेता है। पर यहाँ दूसरा मसला भी है... यह सरकार की तोप...।'

मोहन राकेश की किसी बात से आहत होकर उनसे रूठ गए आत्मीय मित्र सत्येन्द्र शरत् को अपनी सच्ची दोस्ती का विश्वास दिलाकर उसे पूरी ईमानदारी से मनाने के इरादे से 22 नवम्बर को बम्बई पहुँचने के बाद शायद राकेश सबसे पहले उसी से मिलने के इरादे से उसके ऑफ़िस गए थे। परन्तु काफ़ी देर प्रतीक्षा करने के बाद भी जब अपने अन्तरंग मित्र से उनकी भेंट नहीं हो पाई तो निराश और उदास होकर उन्हें लौट आना पड़ा था। परन्तु दुर्भाग्य से राकेश के चले जाने के पाँच मिनट बाद ही अपनी रिकॉर्डिंग ख़त्म करके सत्येन्द्र अपने कमरे में वापस आए तो राकेश के आने और इस तरह प्रतीक्षा करने के बाद हताश होकर लौट जाने की सूचना पाकर वह अत्यन्त दुखी और परेशान हो गए। उन्होंने काफ़ी बेचैन होकर हड़बड़ी में राकेश के तमाम मित्रों-परिचितों और सम्भावित ठिकानों पर फ़ोन कर-करके पता लगाने की भरसक कोशिश की, परन्तु कहीं से कोई ख़बर नहीं मिल सकी।

आख़िरकार, उन्हें संयोग से 27 नवम्बर को फ़िल्मकार मित्र अरुण कौल[1] से यह पता चला :

'राकेश जी अगले दिन[2] ही दिल्ली चले गए थे। मद्रास से आए थे, और बहुत थके हुए थे। आपसे न मिल पाने का उन्हें बहुत दुख था। कह रहे थे—शरत् को समझा देना और मेरी ओर से माफ़ी माँग लेना।'

'और क्या कह रहे थे?'

---

1. सत्येन्द्र शरत् के ज़रिये मोहन राकेश की कहानी 'उसकी रोटी' के फ़िल्मांकन के अधिकार मूलतः अरुण कौल ने ही ख़रीदे थे, जो बाद में रोचक पंडित और मणि कौल को ट्रांसफ़र किये गए थे। —सं.
2. पिछले दिन यानी 26 नवम्बर को। —सं.

'कुमारकान्त (राकेश के छोटे भाई वरीन का रेडियो सीलोन के लिए रखा छद्म नाम) के बारे में बातें कर रहे थे।'

'क्या कह रहे थे?'

'यही कि 'मैं उसके लिए कुछ नहीं कर सका। मैं उसके लिए बहुत कुछ करना चाहता हूँ। तुम कुछ सुझाओ...जितनी देर मेरे साथ रहे, कुमारकान्त के लिए ही योजनाएँ बनाते रहे।' अरुण जी ने बताया।

'कुछ निश्चित किया?' मैंने पूछा।

'नहीं। वह इतना थके हुए थे कि कुछ भी निश्चय नहीं कर पा रहे थे।'

राकेश और थकान!...मुझे आश्चर्य हुआ था।

परन्तु इसे दुर्भाग्य कहें या विडम्बना कि दोनों मित्रों की मिलने की भरपूर 'कशिश और कोशिश' के बावजूद उनकी वह अन्तिम भेंट नहीं हो सकी।

... ...

कुछ दिन पहले किसी मामूली-सी बात पर उज्ज्वला भाभी अनीता से काफ़ी नाराज़ हो गई थीं। परन्तु राकेश अपने व्यस्त कार्यक्रम के बीच से समय निकालकर बेदी परिवार के घर गए और अनीता की ओर से बड़ी विनम्रतापूर्वक भाभी से माफ़ी माँगकर अपनी चिरपरिचित आत्मीयता से भाई-भाभी को पूर्ववत् अपने मोहपाश में बाँधकर चले आए।

अपने औपचारिक कार्यक्रमों और पारिवारिक मेल-मुलाक़ातों तथा अपनी असन्तुलित मन:स्थिति के बावजूद राकेश ने पं. सत्यदेव दुबे जैसे रंगकर्मियों से मिलकर बातचीत करने तथा दुबे की मराठी फ़िल्म 'शान्तत:, कोर्ट चालू आहे!' और अपने नाटक 'आधे-अधूरे' में सावित्री की भूमिका में काम कर रही नई अभिनेत्री का अभिनय देखने के लिए भी समय निकाल लिया था।

मोहन राकेश ने अपने परस्पर अन्तर्विरोधी व्यक्तित्व पर विचार करते हुए आगरा में 12.12.1952 को अपनी डायरी में लिखा था : 'सोचता हूँ, कहीं मैं विभाजित व्यक्तित्व तो नहीं लिये हूँ? अकेलेपन की चाह शायद मुझे माँ से मिली है और भीड़ की ललक पिता से। उन दोनों के विरोधी स्वभाव एक-दूसरे के लिए शायद पूरक रहे हों, पर मेरे अन्दर एक ही व्यक्ति में ढलकर वे मेरे मन को हर समय एक युद्धभूमि बनाए रहते हैं।' राकेश के बौद्धिक आक्रामक रूप तथा उनके भावुक, अतिसंवेदनशील स्वभाव के प्रत्यक्ष प्रमाण हमें उनकी इस अन्तिम मद्रास-बम्बई-दिल्ली यात्रा के दौरान साफ़ तौर से देखने को मिलते हैं।

अपने अधिकारों, सिद्धान्तों और विश्वासों के लिए जीवन के प्रत्येक मोर्चे पर हमेशा किसी से और कहीं भी भिड़ जानेवाला ये राकेश के व्यक्तित्व का वह निर्भय, आक्रामक एवं दबंगईवाला लोकप्रिय रूप था जो उस दिन लोगों ने सेमिनार में देखा। परन्तु इसी 26 नवम्बर को सेमिनार में शामिल तमाम प्रतिनिधि मित्रों को हँसते-मुस्कराते हुए विदा करने के बाद राकेश और कमलेश्वर अकेले में मिले तो आत्मीय मित्र की जिस आन्तरिक और वास्तविक लेकिन अपरिचित मनोदशा का साक्षात्कार किया कमलेश्वर ने, उसका उल्लेख अपने संस्मरण में इन शब्दों में किया है :

> मैं कमरे में था। वह बारजे पर। एक मिनट बाद लौटा तो देखा—राकेश बिलख-बिलखकर रो रहा है। 16 अगस्त को एकाएक चल बसी माँ का दुख। आँसू पोंछकर वह पास आ बैठता है, 'मुझसे अम्मा के कमरे की तरफ़ से गुज़रा नहीं जाता। क्या करूँ?'
>
> एयरपोर्ट चलने से पहले वह परेशान है—पुरवा के लिए खिलौना लेना है। इतवार। बाज़ार बन्द है। सोचा, दादर से होते हुए निकल जाएँगे। वह खुला होगा। फिर वक़्त नहीं रहा। सीधे एयरपोर्ट पहुँच गए। लाउंज में पहली क़तार की आख़िरी तीन कुर्सियों में से अन्तिम वाली छोड़कर शेष दो पर बैठे हम कॉफ़ी पी रहे हैं। वह बहुत उदास है। भरा-भरा, थका-थका।
>
> 'इस बार बहुत थक गया हूँ। दिल्ली जाकर ख़ूब सोऊँगा।'
>
> 'मैं शायद पहली तारीख़ को आऊँ।'
>
> 'आना तो जगा लेना।' वह फिर चश्मे के भीतर से झाँककर कहता है।

26 नवम्बर, 1972 : दिल्ली

कमलेश्वर से 26 तारीख़ की शाम बम्बई एयरपोर्ट से विदा लेकर मोहन राकेश उसी रात दिल्ली लौट आए—अपनी पत्नी और दोनों बच्चों के पास। लेकिन लौटकर आने पर जब वह अत्यन्त भावुक होकर ये कहते हैं :

> अन्ना, अब मैं कहीं नहीं जाना चाहता। क्योंकि मैं कहीं जाता हूँ तो अब मैं असुरक्षित महसूस करता हूँ...। मुझे लगता है कि मेरी अन्ना और मेरे बच्चे मुझसे छिन जाते हैं।

तो अनीता राकेश उस रात और उन दिनों की बातों को याद करते हुए अपने संस्मरण में लिखती हैं :

> कितनी बार कहने को मन होता कि 'क्यों इतनी बहकी-बहकी बातें करने लगे हो', लेकिन इतनी नाज़ुक स्थिति हुआ करती कि कुछ कहते नहीं बनता था। सिर्फ़ साथ बैठकर रो लेते थे।

जीवन-भर आकस्मिक और अप्रत्याशित चुनौतियों को न्योतनेवाले जुझारू यायावर मोहन राकेश के व्यक्तित्व का यह कौन-सा और कैसा अजाना पहलू है जो अब घर से बाहर जाने पर स्वयं को असुरक्षित और भयाक्रान्त महसूस करने लगता है? और मौक़ा पाते ही रोने तक लगता है। लेकिन यदि हम मोहन राकेश की रचनाओं का गम्भीर मनोविश्लेषणात्मक अध्ययन करें तो उनमें उनके विभाजित एवं अन्तर्विरोधी व्यक्तित्व की अभिव्यक्ति साफ़-साफ़ और बार-बार दिखाई देगी। परन्तु उनके सार्वजनिक जीवन में उनके अन्तर्मुखी भावुक, अति संवेदनशील और दुनियादारी की दृष्टि से व्यक्तित्व के दुर्बल पक्ष की प्रत्यक्ष अभिव्यक्ति के उदाहरण अपवाद स्वरूप ही मिल पाएँगे। राकेश के बहिर्मुखी प्रबल चेतन मन का अवचेतन मन पर नियंत्रण याकि अंकुश इतना अधिक था कि उसकी अभिव्यक्ति की झलक उनके व्यवहार में कभी-कभी और परोक्ष रूप से ही दिखाई पड़ती थी। परन्तु रजिन्दर पाल जैसे घनिष्ठ मित्र के विश्वासघात, अम्मा के आकस्मिक देहावसान और छोटे भाई वरीन की उपेक्षा के आघातों के बाद भीतर से क्षत-विक्षत हुए राकेश के आहत मन का सन्तुलन डगमगा जाना स्वाभाविक ही था। परन्तु हैरानी होती है यह देखकर कि ऐसी अवसादग्रस्त, तनावपूर्ण और लगभग आत्महन्ता मन:स्थिति के बावजूद मद्रास हो, बम्बई या दिल्ली, राकेश अब भी अपने सार्वजनिक दायित्वों एवं सामाजिक-व्यावहारिक क्रियाकलापों को पूरी कुशलता, नैतिक ईमानदारी और मुस्तैदी से निभाने का प्रयत्न यथासम्भव कर रहे थे।

1-3 दिसम्बर, 1972 : दिल्ली

मद्रास की मीटिंग, बम्बई की संगोष्ठी तथा मित्रों, परिचितों, पारिवारिक नातों-रिश्तों और प्रोफ़ेशनल सम्पर्कों से मिलने-मिलाने से थके-हारे उदास राकेश ने घर लौटकर सम्भवत: दो-एक दिन सोने, आराम करके थकान मिटाने और पत्नी तथा बच्चों के साथ मिल-बैठकर दिल बहलाने का प्रयास किया होगा।

पहली दिसम्बर को भगवती चरण वर्मा, सर्वेश्वर दयाल सक्सेना, ओंप्रकाश तथा कुछ अन्य लेखकों-प्रकाशकों के साथ उन्होंने बाक़ायदा सूट-बूट-टाई पहनकर एक ज़रूरी मीटिंग में शिरकत की। दो दिसम्बर को किसी आवश्यक मुलाक़ात के

लिए प्रेस क्लब जाने से पहले राकेश ने अनीता को बताया था कि आज कमलेश्वर बम्बई से दिल्ली आएगा और रात का खाना उनके साथ घर पर ही खाएगा। इसलिए जैसे ही वह आए तो उसे फ़ोन द्वारा उसी वक़्त सूचित कर दिया जाए।

परन्तु अनीता राकेश के शब्दों में :

> जब मेरा फ़ोन रात 1 बजे तक नहीं गया तो उन्होंने फ़ोन किया, 'कमलेश्वर तो नहीं आया?'
>
> 'नहीं,' मैंने कहा।
>
> 'फिर मैं यहीं से खाना खाकर आऊँगा।'
>
> किसी ने उस दिन खाना नहीं खाया। अगले दिन राकेश जी देर तक सोते रहे, फिर दिन में कुछ देर यों ही अपनी स्टडी में बन्द रहे।[1] शाम को सुरेन्द्र तिवारी और ओंप्रकाश जी ने क्लब में टैम्बोल्ज़ खेलने का प्रोग्राम बनाया हुआ था जो किसी-न-किसी वजह से कैंसिल हो गया। राकेश जी उन दिनों अजीब स्थिति में जीते थे।
>
> ज़रा-सा प्रोग्राम इधर-से-उधर हो जाता था तो बच्चों का-सा मुँह बना लेते थे और उदास हो जाते थे।
>
> उस मूड के आने से पहले ही मैंने कहा, 'चलो 'एशिया-72'[2] चलते हैं।'
>
> राकेश जी तुरन्त मान गए...लेकिन जा नहीं सके...।

3 दिसम्बर, 1972 : बम्बई

हम इस बार की मोहन राकेश की बम्बई यात्रा के दौरान यह देख चुके हैं कि वह वहाँ पहुँचते ही सबसे पहले, किसी ग़लतफ़हमी के कारण उनसे नाराज़ हो गए अपने अत्यन्त प्रिय और अन्तरंग मित्र सत्येन्द्र शरत् को मनाने के नेक इरादे से उनके दफ़्तर आकाशवाणी जाते हैं। लेकिन सन्देश भेजने के बावजूद और काफ़ी देर उनके कमरे में इन्तज़ार के बाद भी दोनों की भेंट नहीं हो पाती और राकेश अपने आने और लौटने की सूचना छोड़कर दुखी और निराश वापस चले जाते हैं। इधर जब सत्येन्द्र शरत् को अपने आत्मीय मित्र की, निष्फल प्रतीक्षा के बाद, हताश

---

1. शायद 'पैर तले की ज़मीन' को पूरा करने की कोशिश की थी, क्योंकि उसी नाटक का आधा टाइप किया पेज उनके टाइपराइटर पर लगा मिला था। —सं.
2. एशियाड। —सं.

लौट जाने की ख़बर मिलती है और भरसक कोशिश के बावजूद वह राकेश से नहीं मिल पाते तो उनकी तकलीफ़ का अनुमान भी सहज ही लगाया जा सकता है।

उस घटना के काफ़ी दिनों बाद लिखे एक मार्मिक संस्मरण में सत्येन्द्र शरत् ने लिखा है कि 3 दिसम्बर, 1972 को इतवार के दिन सुबह से ही उनका मन न जाने क्यों बहुत उदास था। दिन-भर वह डिप्रेशन में ही उदास और अकेले पड़े रहे थे। शाम के पाँच बजे (पिछले छह महीने में पहली बार) घर से निकले और भारती जी (धर्मवीर भारती) के घर बांद्रा-पूर्व चले गए। फ़्लैट की घंटी बजाने पर नौकर/नौकरानी ने दरवाज़ा खोला और बताया कि साहब-मेम साहब बच्चों को लेकर उन्हें कार्टून फ़िल्म दिखाने गए हैं। उनके लिए एक नोट छोड़कर जब वह (सत्येन्द्र शरत्) थके हुए उदास गेस्ट हाउस लौटे तो वहाँ कोई नहीं था।

इसके बाद वह लिखते हैं : 'अपने कमरे में गया। दो काम्पोज़ खाईं और रातभर के लिए मर गया।'

और इसे इंट्यूशन कहें, पूर्वाभास, संयोग या विडम्बना कि सम्भवत: यह ठीक वही समय था, जब इनका अभिन्न हृदय मित्र दिल्ली में बिना कोई गोली खाए हमेशा के लिए सो गया था।

... ...

कमलेश्वर

6.12.72, दिल्ली

कुछ भी बीता नहीं है। लोग कहते हैं, वह सैंतालीस साल का था। दोस्त की कोई उम्र होती है? दोस्त और माँ—ये हमेशा अपनी उम्र के होते हैं। बाक़ी सबकी उम्रों में फ़र्क़ होता है।

और जो अपने वक़्त की उम्र हासिल कर ले, वह क्या होता है?

... ...

इस पूरे घटनाक्रम के बाद अब शायद हम 16.12.72 के मोहन राकेश की तेरहवीं के बाद फ़्लैट ख़ाली करके जाते समय अनीता राकेश के मन में उठी इस बात पर गम्भीरता से विचार कर सकते हैं कि राकेश की मृत्यु के लिए 'अपने को क्यों ज़िम्मेदार ठहरा रही हूँ?' इस कठिन और संवेदनशील प्रश्न का उत्तर भी स्वयं ही देते हुए वह कहती हैं, 'क्योंकि मैं सम्भवत: खड़ी-खड़ी कुछ न कर सकी। लगता रहा, जैसे मैंने ख़ुद सब कुछ हो जाने दिया।' अपने मन के उस दुर्बल क्षण को निर्ममतापूर्वक पहचानने और विरल साहस एवं ईमानदारी के साथ उसे स्वीकार एवं अभिव्यक्त कर पाने के लिए उनके नैतिक बल की जितनी भी प्रशंसा की जाए, कम है।

परन्तु हमें भी अनीता राकेश के इस आत्मस्वीकार के मूल कारणों की जाँच-पड़ताल उतनी ही ईमानदारी और तटस्थता से करनी होगी। इस प्रक्रिया में अनीता के अपराध-बोध का पहला संकेत हमें राकेश की डायरी के 30.7.64 (बम्बई) के उस इन्दराज में पढ़ने को मिलता है जब किसी बात को लेकर दोनों के बीच ज़बरदस्त झगड़ा होता है। ग़ुस्से में भरे राकेश अकेले ही फ़िल्म देखने चले जाते हैं। वहाँ उन्हें घबराहट के साथ ठंडा पसीना आता है। जैसे-तैसे घर लौटते ही वह बेहोश हो जाते हैं और उनका पूरा जिस्म नीला पड़ जाता है। शाम तक कुछ ठीक होने पर अनीता के आग्रह के कारण मैरीन ड्राइव पर घूमने जाते हैं तो अनीता उनसे कहती हैं :

> पहले मुझे गिल्ट सेंस रहती थी कि मेरी वजह से तुम काम नहीं कर पाते। अब और गिल्ट सेंस होती है कि मेरी वजह से तुम्हारा स्वास्थ्य बिगड़ रहा है। अच्छा हो अगर बीच-बीच में हम लोग काफ़ी-काफ़ी देर के लिए अलग रहा करें।

बेशक अनीता यहाँ स्पष्ट शब्दों में 'गिल्ट सेंस' की बात स्वीकार करती हैं। परन्तु मेरे विचार से पति-पत्नी के बीच आए दिन होनेवाले झगड़ों के बाद सुलह करने के लिए किसी एक द्वारा अपनी ग़लती मानने जैसी यह एक सामान्य प्रतिक्रिया से अधिक कुछ नहीं है।

राकेश की मृत्यु के प्रमुख कारणों में अनीता पहला स्थान रजिन्दर पाल और बब्बू (सुनीता) के प्रेम-सम्बन्ध और उनकी, सबकी इच्छा एवं राय के विरुद्ध जाकर, किसी भी मूल्य पर शादी करने की ज़िद के आकस्मिक रहस्योद्घाटन के आघात को मानती हैं। हालाँकि इस गुपचुप प्रेम-सम्बन्ध को परवान चढ़ाने में प्रत्यक्ष या परोक्ष रूप से अपनी किसी प्रकार की भी भूमिका होने का कहीं कोई संकेत नहीं करतीं, न कोई जिम्मेदारी लेती हैं।

परन्तु इस सन्दर्भ में मोहन राकेश की विदेश-यात्रा के दौरान उनका 25.9.71 का लिखा एक पत्र कुछ अलग तरह के सुराग़ देता है। द्रष्टव्य है उस पत्र का यह प्रासंगिक अंश :

> New Delhi-60
> 25.9.71
>
> Dear,
>
> I have received all your letters and picture postcards from Moscow and Viena...

Pal has been very nice to Baboo and myself. He took us to see Nai Kahanian[1] play by Badal and then to a film 'Girl on a Motorbike'. I am sure you will not mind it because it was all in the fitness of things. He has been very nice to us and you should not unnecessarily bother yourself about it. You have confidence in me. I am sure. Poor chap he feels that he must keep asking about us or if we need anything or so. I know how to conduct myself. Now can I believe that you are nowhere worried about us? Mrs. Omprakash has also invited me a couple of times and then Mrs. Gaddy, do not have any sort of tension in your mind about anything...

Anita[2]

मनोविज्ञान का सामान्य छात्र भी यह बात जानता है कि जब कोई व्यक्ति बेमतलब या बेवजह किसी बात का स्पष्टीकरण देने लगता है तो उसके पीछे कोई ख़ास वजह होती है। इस पत्र में चूँकि रजिन्दर पाल राकेश का उम्रदराज़ घनिष्ठ पारिवारिक मित्र है और अनीता की पन्द्रह-सोलह वर्ष की छोटी बहन बब्बू इस परिवार की अभिन्न सदस्य है, तो उन लोगों का साथ-साथ नाटक या फ़िल्म देखने जाना अपने-आपमें कोई ऐसी बात नहीं है कि राकेश को, इसकी सूचना देने के बाद दस-ग्यारह पंक्तियों के इस पत्रांश में अनीता को छह-सात बार घुमा-फिराकर उसमें कुछ भी 'असामान्य' अथवा 'सन्देहास्पद' न होने का विश्वास दिलाना ज़रूरी हो। पाल का व्यवहार बब्बू और उनके प्रति बहुत अच्छा रहा है—इतना कहना पर्याप्त होना चाहिए था। परन्तु जब इसके बाद भी स्पष्टीकरण देते हुए वह कहती हैं :

(1) I am sure you will not mind it...
(2) you should not unnecessarily bother yourself about it.
(3) You have confidence in me.
(4) I am sure.
(5) I know how to conduct myself.
(6) Now I can believe that your are nowhere worried about us.
(7) do not have any sort of tension in your mind about anything...

---

1. यहाँ सम्भवतः भूलवश बादल सरकार के हास्य नाटक 'कवि कहानी' के स्थान पर 'नई कहानियाँ' लिखा गया है। 'अग्रदूत' द्वारा दीनानाथ के निर्देशन में सितम्बर, 1971 को 'कवि कहानी' का ही लोकप्रिय प्रदर्शन किया गया था। —सं.
2. 'राकेश और परिवेश : पत्रों में'—सं. जयदेव तनेजा, पृ. 171

इस सन्दर्भ में सम्भव है, अवचेतन के इस खेल को उस समय स्वयं अनीता भी ठीक से न समझ पाई हों। परन्तु इस प्रसंग में सच तो जिगर मुरादाबादी के शब्दों में यही है :

तूने सौ-सौ रंग से परदा किया,
देखनेवाला तुझे देखा किया।

इस मामले में अपनी कोई ज़िम्मेदारी भले ही अनीता राकेश ने कहीं भी स्वीकार न की हो, परन्तु राकेश के निधन के बाद वह पाल से अपने सभी रिश्ते यह सोचकर तोड़ देती हैं कि वह रिश्ते पता नहीं, कब-क्या शक्ल अख़्तियार करके कोई नई समस्या न पैदा कर दें, तो दाल में कहीं कुछ काला-पीला सन्देह पैदा तो होता ही है। इसी प्रकार अनीता अपने संस्मरण में देवर-भाभी के संवेदनशील रिश्तों की नज़ाकत को देखते हुए, इनके साथ रहने के आग्रह के बावजूद अम्मा और अपने बड़े भाई के देहावसान के बाद उनके परिवार से हमेशा के लिए अपने सम्बन्ध तोड़कर वीरेन्द्र/वरीन के अलग हो जाने के सम्भावित कारण की बात भी स्वयं स्वीकार करती हैं। इस सन्दर्भ में, बम्बई में वरीन के जन्मदिन की पार्टी के दौरान राकेश अनीता से उसकी पहली मुलाक़ात 'तुम्हारी भाभी' कहकर कराते हैं तो वरीन की अजीब-सी प्रतिक्रिया का स्पष्टीकरण वह उसके 'भाभी' नाम से एलर्जिक होने के रूप में देते हैं।

परन्तु इन सभी मामलों में ऐसा कुछ विशेष और महत्त्वपूर्ण कारण दिखाई नहीं देता, जिसकी वजह से अनीता मोहन राकेश के तीव्र हृदयाघात के समय हतप्रभ होकर कुछ न कर पाने के कारण स्वयं को दोषी मानकर अपराध-बोध से ग्रस्त हो जाएँ। इस सन्दर्भ में एकमात्र उल्लेखनीय और विचारणीय मामला अनीता-कमलेश्वर के सम्बन्धों को लेकर ही है। यह सच है कि राकेश के आत्मीय और अन्तरंग मित्र के नाते वह भी कमलेश्वर की 'मित्राणी' थी और आरम्भिक दौर में उन्हें राखी भी बाँधती थी। परन्तु राकेश के जीते-जी ही धीरे-धीरे वह कमलेश्वर के प्रति एक कशिश और आकर्षण महसूस करने लगी थीं। राकेश के निधन के बाद 'चन्द सतरें और' तथा डायरी के सम्पादन तथा अधूरे नाटक 'पैर तले की ज़मीन' को पूरा करवाने के कारण परिस्थितियों ने इन्हें और निकट आने का अवसर दे दिया। अनीता राकेश के संस्मरणों से ही स्पष्टतः यह प्रकट होता है कि उन्हें कमलेश्वर में राकेश का अक्स दिखाई देता है। वह उनके और निकट आने का प्रयास करती हैं तो कमलेश्वर बड़ी समझदारी से उन्हें अपने बीच सम्बन्धों की लक्ष्मण-रेखा का अहसास करा देते हैं। कमलेश्वर की अनुकूल प्रतिक्रिया न पाकर उन्हें इस सत्य का साक्षात्कार होता है कि कमलेश्वर अपने-आपमें एक नितान्त भिन्न व्यक्ति हैं, जो उनके चाहने से ही राकेश नहीं हो सकते। अपनी अपेक्षाओं के बारे में साहसपूर्वक और ईमानदारी से

सोचती हैं तो उनके मन में 'कहीं अपने से ग्लानि होती है।' तब वह अपनी पूरी शक्ति बटोरकर यह एकतरफ़ा रिश्ता तोड़ देती हैं। परन्तु उन्हें ऐसा लगता है : 'मैं अन्दर से ऐसी टूटी, जैसे मेरे लिए राकेश जी ने दूसरी बार दम तोड़ा हो!'

कमलेश्वर का पत्रोत्तर अनीता के नाम

सारिका

कहानियों और कथा-जगत की सम्पूर्ण पत्रिका

27.7.79

अनीता,

तुम्हारा तार मिल गया है।

29 के लिए क्या लिखूँ?...मुझे आना था। यों चले आना तो फिर भी कुछ-कुछ आसान है, पर सब कुछ सोच-सोचकर चल सकना...एक सन्नाटे से भरा सफ़र है। उस हमसफ़र के बग़ैर। सच पूछो तो मेरा मन बेतरह घबराता रहा है—तुमसे नहीं, ख़ुद अपने से मुँह छुपाता हूँ। दिक़्क़त कुछ नहीं है, पर मुझसे आया नहीं जा रहा है। शायद तुम कुछ समझ पाओ, यह मनःस्थिति। तुम्हें बेहद बुरा लगेगा, पर इस बार मुझे सच्चे मन से माफ़ कर देना।

दोस्तों के बग़ैर तो रहा जा सकता है, पर दोस्त के बग़ैर कैसे रहा जाए, यह अभी तक सुलझा नहीं पाया हूँ।

देखो अनीता, तुमने ये सब कुछ खोया ही है। मैंने वह कुछ खोया है जो...अपना खोया हुआ सबको बड़ा लगता है।

मैं आऊँगा। तुम्हें सूचित करूँगा। पर इस वक़्त मन बेहद भारी है और 29 तक तो ऐसा ही रहेगा, यह मुझे मालूम है। फिर सब रास आ ही जाएगा। कुछ और मत समझना। कभी-कभी यह अपना मन इतना ही बुझा हुआ होता है, जो सिर्फ़ राकेश ही समझ पाता था।

शैली और पुरवा को प्यार।

सूरजसिंह मज़े में होगा।

तेरा भाई

कमलेश्वर

परन्तु समझने और मानने से क्या होता है? मसलन, 3 का हादसा राकेश को इतना अशुभ और मनहूस लगता था कि कुफ़्री (शिमला) से 3 अप्रैल, 1963 को अनीता औलक को लिखे पत्र पर जानबूझकर वह 3 की जगह 4 अप्रैल की तारीख़ लिखते हैं। लेकिन विडम्बना यह है कि दिसम्बर, 1972 की यही मनहूस 3 तारीख़ उनके लिए अपने साथ क्रूर मृत्यु को लेकर आई तो वह किसी भी तरह उसे बदल या टाल नहीं सके।

और शायद इसलिए भी उन्होंने मृत्यु के विरुद्ध कोई संघर्ष नहीं किया होगा क्योंकि उन्हें मौत से बिलकुल डर नहीं लगता था बल्कि कुछ वैसा ही लगता था : ''जैसे क्षण भर के इरादे से एक अच्छी-ख़ासी लगी-लगाई नौकरी छोड़ देना।''[1] और शायद ये त्याग-पत्र देते समय भी कहीं उनके मन में प्रत्येक इस्तीफ़ा देते समय का वह दृढ़ आत्मविश्वास भी मन में अवश्य रहा होगा कि 'मैं इस 'नौकरी' के बिना भी अपने बलबूते पर ज़िन्दा रह लूँगा।' इसके अतिरिक्त शायद अपने अन्तर्मन में कहीं भरोसा इस बात का भी रहा होगा कि 'जिस्म की मौत कोई मौत नहीं होती है, जिस्म मिट जाने से इनसान नहीं मर जाते।''

पिछले इक्यावन वर्ष का इतिहास गवाह है कि आज आधी सदी बीत जाने के बाद भी, जिस्म के न रहने के बावजूद, मोहन राकेश अपनी यश:काया में पूरी ज़िन्दादिली के साथ ज़िन्दा हैं।

3 दिसम्बर को उनकी पुण्यतिथि अब तक जिस तरह हर साल आती और जाती रही है, हमें विश्वास है कि अगले पचास वर्षों तक भी प्रतिवर्ष उसी तरह आती-जाती रहेगी और इसी तरह ज़िन्दा रहेंगे कीर्तिशेष : मोहन राकेश।

---

1. मोहन राकेश की डायरी, पृ. 295

ख़ाली हाथ तुम्हारे लिए

धर्मवीर भारती

मैं ख़ाली हाथ आया हूँ
तुम्हारे लिए
जो लाना चाहता था वह सब
ढीली अँजुरी से नदी-जल की तरह
कहीं चला गया!

काश, मैं तुम्हें दे सकता आज
इलाहाबाद की वह सर्द सुबह
जब काँपती धूप हमारे साये कितनी दूर तक फेंकती थी

काश, मैं ला सकता तुम्हारे लिए
अपनी उसी टूटी साइकिल पर लाद कर
वह छत की दोपहर,
बेमतलब घूमना, ठहाके, वे निश्छल
धड़कनें विश्वास भरे दिल की
...विश्वास एक झूठा दरवाज़ा है
रंग से बना
पुख़्ता दीवार पर

बार-बार उस झूठे दरवाज़े से
तुम्हारा माथा टकराया
काश, हर बार मेरी हथेली होती
तुम्हारे माथे और दीवार के बीच
मगर हथेली किसकी ख़ाली है?

हरेक का माथा मायूसी से टिका है
अपनी हथेली पर!

मैं ख़ाली हाथ आया हूँ
तुम्हारे लिए दोस्त
और तब हाथ में हाथ दिये हम
चुपचाप दिल्ली की बेरौनक सड़कों पर घूमते रहे
हमारे साथ चुपचाप चलता रहा
एक ख़ामोश ख़ालीपन
हमारी हथेलियों की गुथन में
दुबका हुआ
और हम घर से निकलते थे
घर तक आने के लिए
और बार-बार रुक कर पूछते थे
'घर कहाँ है?'
कहाँ है घर?
हम सब ख़ाली हाथ आते हैं
एक दूसरे के लिए!

राष्ट्रीय नाट्य विद्यालय ने एक बड़े 'मोहन राकेश नाट्योत्सव' का आयोजन किया था। उस अवसर पर प्रकाशित होनेवाली एक संग्रहणीय स्मारिका के सम्पादन का दायित्व मुझे सौंपा गया था। उसी सम्बन्ध में भारती जी को कोई यादगार रचना के लिए किये गए मेरे अनुरोध के उत्तर में उन्होंने यह कविता उसकी पृष्ठभूमि की टिप्पणी के साथ सहर्ष भेजी थी। उसी को यहाँ साभार पुन:प्रकाशित किया गया है। —सं.

राकेश की बीसवीं पुण्यतिथि के अवसर पर 3 दिसम्बर को आप जो स्मारिका छाप रहे हैं, उसके लिए मैं एक यादगार कविता भेज रहा हूँ। इसकी पृष्ठभूमि यह है कि जनवरी '67 में बम्बई हम कुछ मित्र इकट्ठे हुए : गिरधारी लाल वैद, राज बेदी, कमलेश्वर और मैं। मन कुछ राकेश का ऐसा उचटा हुआ था कि हम लोग टहलते-टहलते एक छोटे-से पार्क में बड़ी देर तक बैठे रहे। उस दिन अन्य मित्र राकेश के जन्मदिन पर फूलों के गुच्छे या अन्य उपहार लाए थे पर मैं केवल एक काग़ज़ ले गया था उस पर यह कविता लिखकर—इस परिचय के साथ आप यह कविता छाप सकें तो मुझे बहुत ख़ुशी होगी।

सस्नेह—
भारती

मोहन राकेश के साथ एक तटस्थ बातचीत

शमशेर बहादुर सिंह

राकेश–मोहन राकेश—मो...
...—...—... ...—...

सारा दिन, कल, परसों, आज
मोहन राक़ेश—मोहन...—
मो...—...—... ...

उसका नौजवान अपने प्रौढ़ से
हाथ मिलाता
        अपने अधेड़ से कतराता
                        कतराता
(आर्टिस्ट और मनुष्य और
आधुनिक मनुष्य—आर्टिस्ट)
एक खोज की दृष्टि लिये हँसता
        और अट्टहास करता हुआ
सहसा
        कहाँ चला गया?
        किधर चला गया?
पीछे-पीछे आता हूँ—देखता हूँ
        किधर हो तुम—किधर
                छिपे हुए हो?

मौत कोई सेंटिमेंट की चीज़ नहीं :
वह एक ठोस हस्ती है व्यक्ति के लिए
हर व्यक्ति के लिए।

मौत हमारी आँखों में अचानक
देखती है—अचानक देखने लगती है।
यह दृष्टि कितनी खरी होती है।
अचानक
मोहन राकेश!

तुम बहुत अधिक पी गए थे क्या?
क्या अब भी जाम तुम्हारे हाथ में है?
उस जाम में तुम क्या कोई
नई टेक्निक, कोई नया ड्रामा
नये स्टेजपात्र
नये एंगिल से देख रहे हो?

मोहन राकेश
हमारा परिचय इतना कम होते हुए भी
तुम्हारी मुस्कराहट में मैंने हमेशा
एक बड़ा दीर्घ-सा और गहरा
और बड़ा सहज परिचय पाया—
मोहन राकेश, यद्यपि
मौत का राज़ तुम मुझे नहीं बता सकते
मगर
मौत पर तुम विजयी हो गए हो
और हम हताश हैं कि इतनी जल्द
तुमने यह विजय प्राप्त कर ली।

क्या कोई बेहतर स्टेज वहाँ
बना हुआ है?
अधिक दक्ष सेंसेटिव और गूढ़चेता
एक्टर्स और एक्ट्रेसेज़ वहाँ हैं?

टट् टट् टट् टट्
कहाँ की बातें हैं
शमशेर जी!.
        हा! हा! हा! हा! हा! हा!

        ×   ×   ×

उस व्यक्तित्व की मिठास
कहीं कुछ एक ठोस-सी
        अपने चौगिर्द की पहचान :
वह दिल्ली और पंजाब के सम्भ्रान्त
        मज़ाक़ को बहुत अच्छी तरह पहचानता था
        और बड़ी ख़ूबी से उसे बरतता था।
जो हो,
तुम्हें, मोहन राकेश, अभी नहीं जाना था।
मगर हम कौन होते हैं तुम्हें टोकनेवाले?
हम होते कौन हैं?

कौन जाने तुम्हारा क्या करार था
        मौत से
एक गुप्त आर्टिस्ट का करार
तुम्हारे आर्टिस्ट के भेद को हम
        क्या पा सकते हैं?
मगर हम ख़ामख़ाह तुम्हें छोड़ रहे हैं शायद
तुम इस मौत की दीवार और धुएँ के
        उधर
एक बिजली की-सी तड़प के उधर
धड़कन को धक-धक, और बस
        —बस
के उधर
जाने किस ख़याल में लीन होंगे!

हम तुम्हें डिस्टर्ब तो नहीं कर रहे हैं?
Don’t mind an old fellow writer

मैं अगले वक़्तों की हूँ...

सपाट बयानी

तुमने न जाने कितने परदे उठाए
और छोड़े
आधा ख़ुद बोले, आधा दो पात्रों के
मुँह से एक साथ
और आधा एक फ़ैंटेसी के ख़्वाब में
और फिर अचानक चुप हो गए।
उस शान्ति और उस नींद का अर्थ मैं तुमसे
कैसे पूछूँ?
उतना सेंस-ऑव-ह्यूमर मेरे पास नहीं
तुम मुझे क्या जवाब दो!

एक सुकून—एक अचानक
सिर पर टूट पड़नेवाली शान्ति
यह?

× × ×

कुछ लोगों को मौत क्यों इतनी
प्यारी लगती है?

मगर वे कभी किसी को नहीं बताते।
जब वो मुस्कराते हैं तो
कभी नहीं बताते कि
मौत को वह एक प्रेमिका की तरह
अपने जाम में—अपने
आधे ख़ाली जाम में
देख रहे हैं।

वह आँखों की चमक
वह हल्की-सी कड़ुई
और गहरी मुस्कराहट
जो अचानक तुम पर डोरा डाल गई।

ओह मॉडर्न आर्टिस्ट
काश, तुम इतने मॉडर्न न होते!

ताकि ज़िन्दा रहते
ज़िन्दा रहते
अभी कुछ और दिन ज़िन्दा रहते!

'ज़िन्दा रहना क्या होता है शमशेर जी'
तुम मुझसे पूछ रहे हो।
और मैं कुछ नहीं कह सकता।
मैं
एक गुमशुदगी को प्यार करता हूँ
हमेशा प्यार करता रहा हूँ
और तुम उसी की तरफ़ चले गए हो
कैसे कहूँ कि मुझे तुमसे
ईर्ष्या नहीं
तुम उस लोक के हो
जिसकी परछाइयाँ
बहुत बार, बहुत बार
मैंने चुपचाप छू ली हैं
उनकी नरमाहट और ठंडक
और वैचित्र्य
और अद्‌भुत अपनाव
और एक ऐसी खिला...
जो हम स्वयं हैं—महसूस करते हैं
जहाँ यह गन्दगी
आज की सियासत की
आज की गन्दी कला की
आज के झूठ की
आज के फ़रेब और आज के पैसे की
आज के बीभत्स शासक और शोषक की
नहीं है।
शायद नहीं है।

बताओ
कुछ तो बोलो
कुछ तो हमें बताओ
किस आशा से
किस आकर्षण से
तुमने साँस छोड़ दी
देह त्याग दी
घर को भूल गए
कला को अजनबी बना दिया?
ऐसी छलाँग ली
कि अभी जो सीन अपनी पराकाष्ठा पर उभर रहा था
वह तुम्हारे एक इशारे से
ऑफ़ हो गया!

और फिर सब लाइट्स ऑन हो गईं।
अफ़सोस हम तुम्हें समझ न सके
और तुमने हमें चुटकी बजाने में
समझ लिया
और बस, रिसीवर रख दिया

हम गुड बाई भी न कर सके!
हा...हा...हा...हा...हा...!

मोहन राकेश की स्मृति में

मुंशी

धरती में
खाँचा बना रह गया है।
बोझ उसके अभाव का
ऐसा
कि कितने ही कारीगरों के हाथ
सँभाल नहीं पाते।
'आषाढ़ का एक दिन' बनकर
बादल बरस भी गए आँखों के
तो क्या
खाँचा भर जाएगा?
उसके तप का
सूरज
अभी तो तपेगा और—

इसी धरती से
फूटेंगी लाल कोंपलें
अपनी खिलखिलाहट से
हवा को गुंजाएँगी।
आधे-अधूरे भी
पूरे हो जाएँगे।

घाव जो उसे हुआ,
हमें है,
पूर जाएगा।

मुंशी मोहन राकेश के घनिष्ठ मित्रों में से एक थे। इनका वास्तविक नाम रामनारायण शर्मा था। वे डॉ. रामविलास शर्मा के छोटे भाई थे। —सं.

बकौल सत्येन्द्र शरत् : एक बार राकेश को—दिल्ली जंक्शन पर दिसम्बर या जनवरी की कड़कती सर्दी में प्लेटफ़ॉर्म पर गुज़ारी लम्बी रात के बाद—चार बजे सुबह अचानक याद आया कि उसके दोस्त मुंशी का घर तो यहीं-कहीं स्टेशन के पास है। अपने को हज़ार लानतें देते हुए उसने एक टैक्सी पकड़ी और सीधा मुंशी के घर जा पहुँचा। आश्चर्यचकित मुंशी से कहा : 'टैक्सी वाले को पैसे दे दो,' और काँपता हुआ मुंशी के गर्म बिस्तर में घुस गया। —सं.

एक त्रासदायक और बेहद क्रूर घटना

नेमिचन्द्र जैन

मोहन राकेश को मौत ने अचानक ही बड़ी बेरहमी से हमसे छीन लिया। यह निस्सन्देह हिन्दी रचनाशील दुनिया की बड़ी भारी दुर्घटना है। ख़ास कर इसलिए भी कि पिछले दिनों लगता था कि इस समय राकेश अपनी सर्जनात्मक क्षमता के, विशेष रूप से नाटक के क्षेत्र में, एक नई सम्भावना के मोड़ पर खड़े हैं। नाटक में शब्द की सही और सार्थक जगह को पहचानने की जैसी छटपटाहट और बेचैनी उनमें थी, वह आम तौर पर रचनाकार में किसी नये उभार के पहले ही दिखाई पड़ती है। इसीलिए जिस नाटक के अन्तिम प्रारूप पर वह काम कर रहे थे, उसकी बड़ी अधीरता से प्रतीक्षा थी। मगर इतना तो हम सभी जानते हैं कि इस बीच उसकी तैयारी में उन्होंने नाट्य-भाषा को कई तरह से अपने छोटे नाटकों और इसी वर्ष एक अत्यन्त प्रयोगशील आलेख में कई तरह से उलटा-पलटा और जाँचा-परखा था। उनकी यह छानबीन एक नई दिशा की ओर इशारा करती थी और लगता था कि वह जैसे भाषा को छीलकर उसका नाटकीय सत निकाल लेने की कोशिश में हों और अपनी सर्जनात्मक सामर्थ्य को अभी और भी बड़ी चुनौती के लिए नये हथियारों से लैस कर रहे हों!

दरअसल, राकेश में अपने पिछले किये हुए, पर स्वयं ही प्रश्नचिन्ह लगाने और नया रास्ता खोजने-पहचानने के लिए बाहरी दुनिया और अपने-आपसे जूझने की ऐसी तत्परता थी जो जीवंत और सक्षम रचनाकार होने की पहली शर्त है। इस अर्थ में राकेश अपने अनेक ऐसे समकालीनों और परवर्तियों से अलग थे जो बहुत जल्दी ही अपने को पहुँचा हुआ मानने लगते हैं और फिर कुछ और सीखना उनके लिए सम्भव नहीं रह जाता। इसका एक सबूत यह भी है कि 'आषाढ़ का एक दिन' और 'लहरों के राजहंस' के बाद राकेश 'आधे-अधूरे' जैसा एकदम अलग मुहावरे का नाटक लिख सके।

वास्तव में नाटक का सही मुहावरा, एक ऐसी नाट्य-भाषा जो एक साथ कई स्तरों पर झंकृत होकर भी बोलचाल का स्वाद दे सके, राकेश की हिन्दी रचना-

जगत् को इतनी बड़ी और महत्त्वपूर्ण देन है जिसको कभी भुलाया न जा सकेगा। उनके तीनों नाटकों के अधिकांश चरित्र किसी बनावटी बाहरी भंगिमा का सहारा लिये बिना ही केवल अपनी-अपनी भाषा की अलग आन्तरिक सूक्ष्म लय के सहारे अपने विशिष्ट व्यक्तित्व को स्थापित करते हैं। इस भाषा का मूल संस्कार शहरी है, यानी साहित्यिक ही है, किसी बोली का नहीं। पर उसके पीछे विश्वसनीय नाटकीय चरित्र को ऐसी सच्ची तलाश है कि वह जैसे अनायास ही खड़ी बोली के बुनियादी मुहावरे के समीप आ जाती है और बनावटी साहित्यिकता या नाटकीयता से बचकर अर्थगर्भित हो उठती है। इस दृष्टि से उनकी कहानी में एक नई संवेदनशील सूक्ष्म आधुनिक भाषा की तलाश बहुत मददगार साबित हुई। उस अभ्यास का पूरा-पूरा लाभ उनके नाटकों को मिला।

मगर ज़ाहिर है, भाषा की यह विश्वसनीयता अन्ततः किसी न किसी रूप में संवेदना की आधुनिकता से ही जुड़ी हुई है। राकेश की रचनाओं में—कहानी, उपन्यास, नाटक, सभी में—एक पूरे दौर के मानवीय सम्बन्धों और उनके संकट को पकड़ने की कोशिश है—विशेष कर बदलते हुए या टूटते हुए सामाजिक मूल्यों के सन्दर्भ में व्यक्ति के निजी सम्बन्धों की, स्त्री-पुरुष के रिश्तों की दरारों को उन्होंने बार-बार कई तरह से पहचानने का प्रयास किया है। महत्त्वपूर्ण बात यह है कि ये सम्बन्ध या उनके विघटित होते रूप आज के ही आदमी के अनुभव को परिभाषित करते हैं। उनकी रचनाओं में स्त्री अक्सर नौकरी करनेवाली, जैसे 'अन्तराल' या 'आधे-अधूरे' में, या 'अँधेरे बन्द कमरे' की नीलिमा की तरह किसी रूप में अपने स्वतंत्र जीवन की तलाश करनेवाली दिखाई पड़ती है और बदली हुई परिस्थितियों में भी पुरानी सामंतवादी पुरुष मानसिकता से जूझकर अकेली पड़ जाती है या टूट जाती है। उनके तीनों नाटकों में, दो के अर्द्ध-ऐतिहासिक परिवेश के बावजूद, स्त्री-पुरुष के रिश्ते की विडम्बना को ही अलग-अलग स्तरों पर पकड़ने की कोशिश है।

सच बात यह है कि इनसान के आपसी सम्बन्धों की असलियत को निर्ममता से पहचानने की कोशिश राकेश के रचना-जगत् का बुनियादी सरोकार है जो उन्हें प्रासंगिक और जीवंत बनाए रख सका, जब कि उनकी पीढ़ी के अन्य कई लेखक शैली के चमत्कार या किसी दूसरी तरह की मुद्रा में अचल हो गए। उन्होंने आज के आदमी की विडम्बना को समझने की शुरुआत अपनी कहानियों में की थी और इसीलिए उन्होंने अपनी भिन्न संवेदना और मुहावरे से इतना ध्यान खींचा था। उनकी 'मलबे का मालिक', 'मिस पाल' या 'ग्लास टैंक' जैसी कहानियों में ज़िन्दगी के एक छोटे बिन्दु पर व्यंग्य, करुणा या एक प्रकार की चुभनेवाली तटस्थता से समकालीन ज़िन्दगी का अन्वेषण है। पर अपेक्षाकृत व्यापक परिप्रेक्ष्य में इन सम्बन्धों को देखने के लिए उपन्यास या नाटक जैसे बड़े फ़लक वाले माध्यम अनिवार्य थे और राकेश

इनकी ओर गए। इनमें भी नाटक में वे ज़्यादा सघन रूपों और एक साथ ही कई परतों में अपने अनुभव की असलियत को देख सके। रचनाकार राकेश की एक और ख़ूबी यह भी है कि मानवीय रिश्तों में उनकी दिलचस्पी किसी तरह की आरोपित सैद्धान्तिकता या चालू नारों से आक्रान्त नहीं है और इसलिए अपने सीमित परिवेश में भी सहज और सहानुभूतिपूर्ण रह सकी है। इसी से उनकी रचनाओं में ज़िन्दगी की जो तसवीर है, उसमें एक तरह की ईमानदार तलाश अधिक है, किसी अन्तिम निष्कर्ष का मसीहाई अन्दाज़ नहीं।

यह तलाश का, एक ही सवाल को तरह-तरह से जाँचने-परखने का भाव ही उनके रचनाकार को अन्त तक ज़िन्दा रख सका। इसीलिए उनका यों एकाएक चले जाना इतना ज़्यादा दुखद और दुर्भाग्यपूर्ण है। अपनी सर्जनात्मक क्षमता के शिखर पर पहुँची हुई नई सम्भावनाओं से भरपूर प्रतिभा का यों अकारण ज़बरदस्ती बुझ जाना त्रासदायक ही नहीं, बेहद क्रूर भी है।

मोहन राकेश : हमराही की याद

जगदीशचन्द्र माथुर

पुरानी कहावत है—बड़ी-बड़ी हस्तियों को देखकर आँखों को सुख मिलता है, इसी आधार पर मेरा मोहन राकेश से सम्पर्क शुरू हुआ। 'आषाढ़ का एक दिन' पर जब मैंने सोल्लास उनकी सराहना की तो उन्होंने मुझसे कहा कि अपनी रचना के बारे में मेरी राय का उनकी नज़र में विशेष महत्ता इसलिए है कि बरसों पहले ही 'कोणार्क' नाटक में वे रम चुके थे, ऐतिहासिक या अर्द्ध-ऐतिहासिक व्यक्तियों और प्रसंगों का वर्तमान चिन्तन, उलझनों और असंगतियों को माध्यम बनाने में मेरी और राकेश की मिलीभगत रही, यह बात दूसरी है कि उम्र में उनसे आठ-नौ बरस बड़ा होने के कारण मैंने इस यज्ञ की ज़रा पहले शुरुआत कर दी, आहुतियाँ तो उन्होंने ख़ूब डालीं। ऐसी जिनकी ज्वलंत आभा ने मंच और साहित्य, दोनों को मोह लिया।

मेरा और राकेश का यह रिश्ता बराबर क़ायम रहा, बावजूद इसके कि जब मैं आकाशवाणी में था, तब मैंने उन्हें एक बार उसकी मंच में खींचने की कोशिश भी की। नई और विलक्षण प्रतिभा की झलक मिलते ही तत्कालीन महानिदेशक उसे आकाशवाणी में ले आने का कुछ ऐसे ही प्रयास करता था, जैसे मैसूर के जंगलों में ख़ेदड़ा अभियान द्वारा स्वच्छन्द गज-धावकों को घेरकर पकड़ा जाता है। राकेश पकड़ में तो शायद नहीं आ पाए पर उस समय जो पत्र उन्होंने मुझे लिखा था, उसे पुरानी फ़ाइलों में खोज रहा हूँ क्योंकि मुझे याद पड़ता है कि वह कुछ असाधारण क़िस्म का पत्र था।

असाधारण तो बहुत-से सर्जनात्मक व्यक्ति होते हैं या दिखते हैं, देखनेवालों की नज़र भी अलग होती है और इसलिए जजमेंट भी। मेरे अनुभव में मोहन राकेश व्यक्ति के रूप में...इसलिए असाधारण थे कि उनकी बातचीत की निरायास शिष्टता, उनका पहनावा और मीटिंगों इत्यादि में उस सन्तुलित अभिव्यक्ति...से उस तरह का तनाव कभी नहीं टपकता था जिसे प्राय: 'टिपिकल' हिन्दी साहित्यकार की विशेषता समझा जाता है। पिछले दिनों उनके बारे में लिखे गए संस्मरणों में इस बात को बहुत तूल दिया जाता रहा है कि एक मर्तबा किसी मिनिस्टर या ऐसे ही किसी राजनीतिक

नेता को झाड़-फटकारकर मोहन राकेश ने सर्जनात्मक कलाकार के आत्माभिमान का डंका पीटा था। उस तरह की कोई घटना हुई होगी, इसमें कोई संशय से प्रकट नहीं करता, लेकिन ऐसी बातों में मोहन राकेश की कोई असाधारणता नहीं थी...। बहुत-से साधारण कलाकार कुछ इस क़िस्म की बातें कहीं ज़्यादा उग्रता से कर चुके हैं। मेरा तो अपना तजुर्बा था कि मोहन राकेश प्राय: ऐसे 'गिमिक' करना पसन्द नहीं करते थे वरना उनका प्रधानमंत्री से उस तरह का अनौपचारिक सम्बन्ध न हो पाता जिसकी झलक उस इंटरव्यू से मिलती है जो पत्र-पत्रिकाओं में प्रकाशित हुआ। पब्लिसिटी को उन्होंने हेय नहीं माना। किसी भी वर्ग के लोगों—सम्भ्रान्त, सम्पन्न अथवा अभावग्रस्त और त्रस्त से मिलते समय उनकी बातचीत स्वाभाविक रहती। व्यक्ति राकेश की इसी असाधारणता की ओर मेरा संकेत है।

उस दिन किसी ने कहा कि मोहन राकेश ने हिन्दी वालों के सामने टाई-कोट के साहित्यकार की 'धजा' उपस्थित करके वातावरण को नया मोड़ दिया। यह बात शायद सांकेतिक रूप से कही गई थी पर उसका कुछ और ही अर्थ लगाया गया। इस सिलसिले में एक छोटी-सी बात याद पड़ती है। नेशनल स्कूल ऑफ़ ड्रामा की मैनेजिंग कमेटी के हम दोनों सदस्य थे। बड़ी कोशिशों के बाद स्कूल के छात्र-छात्राओं के लिए होस्टल तैयार हुआ। उसके उद्घाटन के लिए कोई समारोह नहीं किया गया, केवल कमेटी के सदस्य दोपहर को वहाँ पहुँचे। वसन्त ऋतु का 'दलराता मध्याह्न' रविवार था। सो मैं लखनऊ का चिकनदार मलमल का कुर्ता और ढीला पाजामा तथा चप्पल पहने पहुँचा। मोहन राकेश बोले—आपको इस रिलैक्स्ड रूप में इससे पहले नहीं देखा, बराबर सूट या बन्द गले के कोट में ही आप नज़र आते रहे हैं। इस अनौपचारिक भारतीय वेश में आपको देखकर बड़ा चैन मिलता है।

नेशनल स्कूल ऑफ़ ड्रामा की समिति की अनेक बैठकों और अकादमी तथा अन्य संस्थाओं द्वारा आयोजित कुछ सेमिनारों और गोष्ठियों में हम लोगों ने एक-दूसरे की बातें सुनीं। कुछ बातों में मंतव्य हुआ, कुछ में मतभेद लेकिन विवाद कभी नहीं। शायद इसका एक कारण यह था कि अनेक मसलों पर राकेश अपना दृष्टिकोण प्रस्तुत करते और मैं प्राय: कार्यक्रम। इसीलिए कुछ वर्ष हुए, जब नेशनल स्कूल ऑफ़ ड्रामा में छात्रों को कुछ जटिल समस्याओं के कारण एक छोटा-मोटा संकट खड़ा हुआ, तो हम लोगों को उसका समाधान पाने में ज़्यादा देर न लगी।

रंगमंच, नाट्य-साहित्य और सामान्यत: साहित्य के बारे में गोष्ठी की चर्चाएँ प्राय: एकांगी हो जाती हैं, किन्तु नेशनल बुक ट्रस्ट के तत्कालीन चेयरमैन डॉ. केसकर के ऑफ़िस में मुझे और राकेश को हिन्दी नाट्य-साहित्य पर जो दो टूक बातें करने का मौक़ा मिला, यह कुछ माने में निराला था। गोष्ठियों का बनावटी वातावरण अपनी धाक जमाने का आग्रह और उच्च स्वरों में दलीलों से उत्पन्न तनाव—यह सब कुछ न था। हम दोनों के अलावा श्री करतार सिंह दुग्गल

थे। केसकर साहब अपनी कुर्सी पर बैठे सुन रहे थे और ज़ाहिर था कि एकाध बार कुछ समझने की ख़ातिर सवाल पूछकर वे हम दोनों की बातों का रस लेना चाहते थे। मुख्य प्रश्न था कि किस तरह का हिन्दी साहित्य अहिन्दी-भाषी पाठकों के सामने प्रस्तुत किया जाए। लेकिन हम लोग चल पड़े वर्तमान साहित्य की गतिविधि का अवलोकन करने, हिन्दी में नाट्य-साहित्य और रंगमंच की दूरी नापने, जनमानस और मध्यवर्ग की समस्याओं का आपसी नाता खोजने। अन्ततः हम दोनों की मिली-जुली गहरी और बुलन्द आवाज़ सर्जनात्मक भारतीय साहित्यकार की वाणी के प्रतीक-स्वरूप केसकर साहब ने सुनी, कम-से-कम मुझे तो यही अहसास हुआ। अब मलाल होता है कि क्यों न उस दिन की बातचीत का सार घर पर आकर लिख लिया! दुग्गल जी ने तो प्रकाशन, कंट्रैक्ट इत्यादि के बारे में मीटिंग का कार्यवृत्त मात्र लिखा होगा।

ज़िन्दगी में मलालों की क्या कमी है—ख़ास तौर से जबकि देखते-ही-देखते मोहन राकेश जैसी प्रतिभा हठात् उठ जाए। पिछली गर्मियों (1972) की बात है—तीन दिन के लिए मसूरी जाना हुआ। एक संध्या मैं और मेरी पत्नी अपनी पुरानी प्रिय कैमिल्स रोड की सैर करने निकले। साथ में छोटा लड़का भी था, जिसे हम उन सरगोशियों की बातें बता रहे थे, जो उसी सड़क पर अठारह साल पहले हम दोनों करते थे, जब मेरी पत्नी मेरी मंगेतर थी। कैमिल्स रोड पर ईसाई क़ब्रिस्तान अत्यन्त मनोरम, अत्यन्त मर्मस्पर्शी स्थान है। वहीं दूर से आती एक आकृति दीख पड़ी। मैंने कहा—देखो, ठुमकते हुए मोहन राकेश चले आ रहे हैं। उनकी चाल ही ऐसी थी। छोटा लड़का, यूनिवर्सिटी का छात्र, स्वभावतः मोहन राकेश जैसी लोकप्रिय हस्ती को निकट से देखने को आतुर हुआ। रेलिंग का सहारा लेकर हम दोनों ने बातें करनी शुरू कीं तो आधा घंटा बीतता मालूम ही न पड़ा। राकेश जी की योजना, जिसमें नेहरू फ़ेलोशिप के अन्तर्गत वे जुटे हुए थे। मसूरी में उनका छोटा-सा घोंसला जिसमें चुपचाप काम करने की उन्हें पूरी सुविधा थी। रंगमंच पर शब्द की अर्थवत्ता, ड्रामा स्कूल के स्नातकों का भविष्य इत्यादि पर फिर वही मलाल—मेरी डायरी के पन्नों में अनेक मार्मिक क्षणों की छायाएँ फैली पड़ी हैं। पर कैमिल्स रोड की उस धूमिल साँझ की उन बातों को मेरी डायरी नहीं पकड़ पाई थी। क्या मालूम था कि ऐसे मौक़े फिर मिलेंगे ही नहीं!

मृत्यु द्वारा छीना हुआ कोई व्यक्ति अच्छा था या बुरा, यह याद करनेवाले मन की आस्था पर निर्भर है। सम्पर्कों के अनुभवों पर भी—जो प्रीतिकर भी होते हैं और अप्रिय भी, पर शिल्पी मोहन राकेश उसके हुनर को नहीं नकार सके। 'आधे-अधूरे' के प्रथम अभिनय के बाद हाल ही में मैंने उनसे कहा—ऐसी कसावट का शिल्प मैंने बहुत कम नाट्य-कृतियों में देखा। एक-एक वाक्य, एक-एक शब्द अद्भुत इकोनॉमी से इस्तेमाल हुआ है। इस इमारत की एक भी ईंट हटाने की जुर्रत नहीं हो

सकती। कहूँ कि पसन्द आया तो एक घिसा हुआ-सा कॉम्प्लीमेंट लगेगा...। मोहन राकेश के चेहरे पर ऐसी मुस्कान-भरी आभा फैली जो सच्चे आह्लाद का द्योतक थी।

अभी-अभी उनके एकांकियों और बीज नाटकों (सोर्स प्लेज़) का संग्रह 'अंडों के छिलके' मिला जिसे पढ़ा गया तो दो दिलचस्प तथ्य दीखे। एक तो यह कि मोहन राकेश आधुनिकों में आधुनिकतम अभिव्यक्ति से निष्णात होने के साथ-साथ एकांकी लेखन की उस कपसेनेस में भी कुशल थे जिसका प्रारम्भ अश्क ने और मैंने 1936-37 के आसपास किया था और जिसके नमूने अश्क के 'छठा बेटा' और मेरे 'ओ मेरे सपने' जैसे संग्रहों में मिलेंगे। दूसरी और कहीं ज़्यादा गहरी बात यह है कि बादल सरकार के 'एवम् इन्द्रजित' और राकेश के 'हं.', 'शायद'...में प्रतिबिम्बित अवसाद और ऊष्मा की थीम एक होते हुए भी उनके दृष्टिकोण कितने भिन्न हैं! बादल सरकार समाज की विषमताओं में कारण खोजते-से जान पड़ते हैं। राकेश ने उस अवसाद को अत्यन्त सहज ही पकड़ लिया था जो पचास वर्ष के आसपास और बाद के अनेक व्यक्तियों को दबोच लेता है। ऐसी क्रूर होती है वह दबोच कि जितने समय वह रहती है, उतने समय काल का काला क्षितिज युगों तक अपने को घेरता जान पड़ता है।

त्यागपत्र हमेशा उनकी जेब में रहता था!

श्रीकान्त वर्मा

मोहन राकेश का इस्तीफ़ा उनकी जेब में हुआ करता था। जो भी व्यवस्था पसन्द नहीं आई, इस्तीफ़ा देकर चल दिये। यक़ीन नहीं होता कि राकेश नहीं रहे। लगता है, वह इस्तीफ़ा देकर कहीं और चल दिये हैं।

चौदह-पन्द्रह साल पहले वह जालंधर की अध्यापकी छोड़कर दिल्ली आए थे। उन दिनों दिल्ली 'फ्रीलांसरों' के लिए कुबेर नगरी नहीं थी, रेगिस्तान थी। यह समझ सकना कठिन था कि एक व्यक्ति अच्छी-ख़ासी नौकरी छोड़कर दिल्ली जैसे नगर में ग़रीबी और अभाव झेलते हुए स्वतंत्र लेखन क्यों करना चाहता है। धीरे-धीरे राकेश का व्यक्तित्व और चरित्र समझ में आने लगे और उसी के साथ-साथ राकेश के निर्णयों से जुड़ी गुत्थियाँ भी समझ में आने लगीं।

मोहन राकेश एक स्वतंत्रचेता व्यक्ति थे। किसी भी व्यवस्था में रह पाना उनके लिए सम्भव नहीं था। अपनी स्वतंत्रता की रक्षा के लिए उन्होंने नौकरियाँ छोड़ीं, नये सिरे से अपनी ज़िन्दगी शुरू की और जब यह शुरुआत भी बोझ लगने लगी तो उसे घाट पर दे मारा। दरअसल मोहन राकेश जीने के लिए ऐसी शर्तें चाहते थे जो कि उनकी रचना और ज़िन्दगी में गतिरोध न पैदा करें। वह धाराप्रवाह जीने में विश्वास करते थे और उन्होंने धाराप्रवाह जिया। उनकी रचना और जीवन—किसी में कहीं भी कोई गतिरोध नहीं है।

उन दिनों वह करोलबाग़ में दो कमरों के एक छोटे-से मकान में अपनी माँ के साथ रहते थे। माँ के साथ उनका बहुत अधिक लगाव था। उनकी माँ को देखकर हमेशा गोर्की के उपन्यास 'मदर' की याद आती थी। क्या विडम्बना है कि मोहन राकेश की माँ की मृत्यु भी अपने बेटे की मृत्यु के कुछ ही महीने पहले हुई। मोहन राकेश की चिता भी ठीक उसी चबूतरे पर सजाई गई जिस पर उनकी माँ की चिता सजाई गई थी।

घर हो या बाहर, टी-हाउस हो या काफ़ी हाउस, मोहन राकेश को उनके ठहाकों से पहचाना जा सकता था। हिन्दी साहित्य की कोई भी महफ़िल नहीं जिसमें मोहन राकेश का ठहाका आज भी न गूँज रहा हो।

मोहन राकेश से मेरा परिचय सोलह साल पहले हुआ। यह परिचय पहली ही मुलाक़ात में दोस्ती में बदला और उसके बाद परस्पर विचारों का विरोध ही हमारी दोस्ती का आधार बन गया। ऐसा कभी नहीं हुआ कि मोहन राकेश से मेरी बहस न हुई हो। लगभग हर लेखक सम्मेलन में उनके साथ गरमागरमी हुई। लेकिन कभी भी सम्बन्ध नहीं टूटे। मोहन राकेश जानते थे कि विरोध में मेरा कोई न्यस्त स्वार्थ नहीं है और मैं भी जानता था कि राकेश उन व्यक्तियों में से हैं जो अपनी मान्यताओं के लिए अपना लहू बहाते हैं।

मोहन राकेश के व्यक्तित्व में एक शान थी। यह शान अपनी मान्यताओं के लिए क़ीमत चुकानेवाले व्यक्तियों में हुआ करती है। यह कहना अनुचित नहीं होगा कि मोहन राकेश को कोई दबा नहीं सकता था। पिछले दस वर्षों से हिन्दी साहित्य में मोहन राकेश का 'टेरर' रहा है। लेकिन राकेश ने अपने आतंक के बावजूद किसी की प्रतिभा को दबाया नहीं; दूसरों की प्रतिभा का आदर राकेश का सहज गुण था।

राकेश हमेशा एक तनाव में रहा करते थे। उनकी मुद्रा एक लड़ाकू की मुद्रा होती थी। लेकिन राकेश से अधिक सहृदय और संवेदनशील मित्र की कल्पना भी कठिन है।

मोहन राकेश के चरित्र की सबसे बड़ी विशेषता यह थी कि उनके मन पर सफलता, सम्पत्ति, सत्ता—किसी चीज़ का आतंक नहीं था। 1967 में श्री मोरारजी देसाई ने अपने निवासस्थान पर दो बार युवा लेखकों की बैठक बुलाई। उन दिनों वह उप-प्रधानमंत्री थे। जिस दिन दूसरी बैठक थी, उसके एक घंटे पहले मोहन राकेश ने मुझे फ़ोन किया और पूछा, 'तुम्हारा क्या स्टैंड है?' मैंने कहा, 'मेरा स्टैंड साफ़ है। मैं दरबारी नहीं हूँ।' राकेश ने कहा, 'तुम यह बात मोरारजी से कह सकते हो?' मैंने कहा, 'हाँ, कह सकता हूँ'। राकेश ने कहा, 'तो ठीक है, मेरा स्टैंड तुम्हारे स्टैंड से अलग नहीं है।'

घंटे भर बाद श्री मोरारजी देसाई के निवासस्थान पर हम लोग इकट्ठे हुए। लगभग एक घंटा तक उपदेश दे चुकने के बाद श्री मोरारजी देसाई ने लेखकों से पूछा, 'मैं आपके लिए क्या कर सकता हूँ?' इस पर मैंने कहा, 'अगर आप सचमुच हमारे लिए कुछ करना चाहते हैं तो भविष्य में हमें अपने घर पर बुलाना बन्द कर दीजिए।'

राकेश ने इसका समर्थन किया और उठकर श्री मोरारजी देसाई से कहा, 'हम लोग आपका प्रवचन सुनने के लिए नहीं आए थे।' इसके बाद मोहन राकेश और मोरारजी देसाई के बीच लगभग बीस मिनट तक झड़पें हुईं। अन्त में बैठक की समाप्ति पर मोरारजी देसाई ने मोहन राकेश से कहा, 'राकेश जी, आज मुझे बहुत संयम करना पड़ा, वरना स्वयं को इतना संयत रखना मेरे स्वभाव की ख़ूबी नहीं।' इस पर मोहन राकेश ने कहा, 'यह मेरे भी स्वभाव की ख़ूबी नहीं है।' इस एक घटना से मोहन राकेश के चरित्र और व्यक्तित्व की ताक़त समझ में आ जाती है।

ग़ुस्से में भरकर महफ़िल से 'वॉक-आउट' कर जाना राकेश की आदत थी। ऐसा नहीं लगता कि राकेश नहीं रहे। लगता है, वह महफ़िल से 'वॉक-आउट' कर गए हैं।

मेरा दोस्त!

ओंप्रकाश

छाती के कहीं दूर अन्दर से, बेलाग आवाज़ में किस तरह वह कहता था, 'मेरे दोस्त'—और कौन अभागा था जिसके मर्म में इतनी ईमानदारी से किये गए इस दावे की प्रतिध्वनि न गूँज उठे? यदि शब्दों में प्राण फूँके जा सकते हैं—जिसकी साधना में मोहन राकेश ज़िन्दगी-भर जूझता रहा—कम-से-कम पिछले चौबीस-पच्चीस वर्षों से जब मेरा उससे परिचय हुआ, हम एक-दूसरे के समीप आए, और परिचय घनिष्ठता और अभिन्नता में बदल गया—तो 'दोस्त' जैसे अत्यन्त औपचारिक-से, रोज़मर्रा बीसियों बार बेमानी तौर पर उपयोग में आनेवाले शब्द में उसने प्राण-प्रतिष्ठा कर दी थी।

जब-जब मैं फ़ोन करता, घंटी उठाने पर आवाज़ पहचानते ही वह भर के कहता : 'कहो, दोस्त!'

मुझे, और मुझे ही नहीं, सैकड़ों दूसरों को भी जो उसके हमारे बीच में कहीं होने के कारण कभी 'दूसरे' नहीं रहे—उसने जो 'दोस्ती' का अनन्य उपहार इतनी सहजता से दिया था, उससे क्या कभी उऋण हुआ जा सकता है? उसकी दोस्ती मेरे लिए, और मेरी तरह सैकड़ों दूसरों के लिए, किसी दुर्लभ मणि-माणिक की तरह ऐसी निधि रहेगी जिसे बचा के रखने के लिए हम अपने गुह्यतम अन्तर में छिपा के रखेंगे। राकेश अपने पूर्ण में से पूर्ण ही दे देने में घोर विश्वास रखता था और उसकी पूर्णता में कभी इससे बट्टा नहीं लग पाता था। उसकी दोस्ती का इतना भार इसी से इतनी आसानी से उठाया जा सकता है, क्योंकि उसके पास 'दोस्ती' से अधिक नि:स्वार्थ, अधिक निष्कलुष और कोई भावना नहीं थी।

3 दिसम्बर की शाम उसके वज्रपात जैसे अकस्मात् निधन पर, शाम और रात और अन्त्येष्टि के दिन की सुबह और अगले दिनों में मैंने जो आँसू बरबस बहाए और बहते देखे हैं—दिखावट के नहीं, दिखाना किसे था और देखने को कौन था—कहीं कोने में ओट लेकर, बरामदे में भीड़ से मुँह मोड़कर, जाड़े में ठंडी ज़मीन पर बैठे घुटनों में मुँह छुपाकर, असहायता की इस पराकाष्ठा में बरबस

उभर आनेवाली सुबक, और फिर एकाएक दुख के प्रबल आवेग से संयम का बाँध टूट जाने पर बुक्का फाड़ के रो उठना—उसके इतने बड़े परिवार के हरेक सदस्य का—उस परिवार का जिसके रंगीन ताने-बाने उसने अपनी अपार दोस्ती के मज़बूत और ऊन-सी गर्मी का अहसास-सा देनेवाले धागों से बुना-बनाया, सजाया-सँवारा था—इन क्षणों की यह साझी अनुभूति—मेरी, और सैकड़ों दूसरों की ज़िन्दगी में राकेश के नितान्त अभाव को भरती रहेगी, जिस हद तक कि गहरी, अँधेरी खोह-सा अभाव दुनिया में भरा जा सकता है।

जीने की कितनी ललक थी मेरे दोस्त में—अच्छी तरह जीने की, सिर उठाकर जीने की, अपने अहं को अक्षुण्ण बनाए रखकर जीने की, दूसरों के अहं को बिना चोट पहुँचाए जीने की। अच्छा खाते-पीते, पहरते, लम्बी उम्र तक जीने की। घूमते-फिरते, पहाड़ों की सैर करते, और भीड़ में एक होकर जीने की। दोस्तों से घिरे रहकर, उन्हें गले लगाकर, क़हक़हे लगाकर जीने की। नियति की किस विडम्बना ने, क्योंकर ज़िन्दगी के इस अविरल प्रवाह का रास्ता अकाल, और इस निर्ममता से रोक दिया? उसकी सर्जनात्मक शक्ति के उफानों को मौत का बर्फ़ीला छींटा देकर स्तब्ध, सदा के लिए शान्त करने की यह कौन-सी घड़ी थी?

छोटी-छोटी पुरानी बातें आज याद आती हैं। वर्षों पहले एक शाम राकेश ने कहा, 'यह क्या हम बूढ़ों की-सी शक्लें बनाते जा रहे हैं? हमें सफ़ेद कपड़े की क़मीज़ें ही क्यों पहननी हैं? चलो, आज रंगीन कपड़ों की क़मीज़ें सिलवाएँ।' और हम दोनों ने राजपथ की एक दुकान में जितने कपड़े अलग-अलग रंग के मिले, कोई पाँच-सात क़मीज़ों के लिए फड़वा लिये। इतनी रंग-बिरंगी ज़िन्दगी को नकारना उसकी प्रकृति के अनुकूल ही नहीं था, लेकिन रंगीनियों में आसक्ति की हद तक नहीं, क्योंकि वह जानता था कि इस आसक्ति के लिए उसे ऐसे बन्धन स्वीकारने पड़ते जो उसका दम तोड़ देते।

उसे कौन-सा बन्धन कब स्वीकार हुआ? लेकिन बन्धन के परिणामस्वरूप कन्धों पर आ पड़नेवाले दायित्वों से बचने के विचार से नहीं। बन्धन धार्मिक हो या सामाजिक, परम्परा का हो या यज्ञाग्नि के चारों तरफ़ फेरे लेने का, आर्थिक हो या 'एस्टैब्लिशमेंट' की अजगरी पकड़ का—उसे एकदम असह्य था। ऐसी स्वतंत्र मनोवृत्ति—इतनी सहजता और स्वाभाविकता से उसके समूचे व्यक्तित्व से उपजी—बड़ी मोहक थी क्योंकि अपने जीवन में जो एक मनोनीत लक्ष्मण-रेखा राकेश ने खींच रखी थी, उसे लाँघ जाने की इच्छा भी कभी उसमें पैदा नहीं हुई। अपने लिए स्वयं वरण किये गए बन्धनों के प्रति उसकी आत्म-स्वीकृति, उसकी निष्ठा दर्शनीय और स्पृहणीय थी। उनसे उपजे दायित्वों के निर्वाह में उसकी तल्लीनता, उसका संघर्ष अभूतपूर्व था।

अनेक बार राकेश को मैंने उदास होते भी देखा। हँसी-ठहाकों के पीछे एक घनीभूत वेदना की गूँज कभी सुन पड़ती थी। यह प्राय: तभी होता जबकि वह कुछ

लिख न पा रहा हो। लिखना उसके लिए ज़िन्दगी की सबसे बड़ी विवशता, सबसे बड़ी 'इन्वॉल्वमेंट' थी—लिखना, जो उसके लिए आवश्यक था, अपने-आपको 'शेअर' करने के लिए, उत्सर्ग करने के लिए। लिखना—उसके अस्तित्व की मजबूरी थी—अपने को दुनिया से सम्पृक्त रखने के लिए। वह हर दुनियावी कार्य-कलाप में हिस्सा लेने के लिए तैयार था, लेकिन यदि उसके लेखन में किंचित् भी बाधा की आशंका हुई, वह उलटे पाँव लौट आता था। नवम्बर के अन्तिम सप्ताह में वह मद्रास और बम्बई की दो-एक कॉन्फ्रेंसों में हिस्सा लेकर लौटा तो नितान्त थका-हारा, परास्त-सा। 'इस सबमें बड़ा वक़्त बरबाद होता है, और होता-हुआता कुछ नहीं। मैं फ़िल्म फ़ाइनेंस कॉरपोरेशन से इस्तीफ़ा दे दूँगा। मैंने इतने दिन बरबाद कर दिये। सब लिखना-पढ़ना रुका पड़ा है।'

उसका लिखना उसकी तेज़-तर्रार, सुननेवाले की ज़िन्दगी को उमस और घुटन से बाहर निकालने-उकसानेवाली, ज़िन्दगी पर हज़ार वाट् की रोशनी फेंककर उसे चमका देनेवाली चुस्त बातचीत के ही समान था। किसी महफ़िल में शामिल होना और परदे गिराकर, कमरा बन्द कर, अपने में घोर डूबकर लिखना (या टाइप करना) उसकी परम आत्मीय, परम आन्तरिक सक्रियता के ही दो पक्ष थे—एक बराबर सच्चे, उज्ज्वल, किसी पेच और घुमाव और किसी भी उलझन-आडम्बर से एकदम तीन—संवाद के दो तरीक़े—जिनमें उसका कोई सानी नहीं था—जिनमें सुनने या पढ़नेवाले की भीतर की तह तक पैठ जाने की अनन्य क्षमता थी।

चारों तरफ़ की ज़िन्दगी में राकेश की दिलचस्पी व्यापक थी। कभी वह किसी भी राजनीतिक व सामाजिक प्रश्न को लेकर उद्वेलित हो सकता था, और फ़तवों और सम्मिलित बयानों पर दस्तख़त करने के लिए तैयार रहता था। कॉफ़ी-हाउस और टी-हाउस के बहस-मुबाहसों में मैंने उसे निहायत सरगर्मी से भाग लेते देखा है। फिर यह भी देखा कि वह आहिस्ता-आहिस्ता इस फैलाव, इस बिखराव, इस सतही लगाव से घबराने और हटने लगा। ज़िन्दगी की अनेकानेक, विविध वर्ण की जटिलताओं पर इस प्रकार हल्के-से बात कर लेना उसे असंगत और अर्थहीन लगने लगा—उससे किसी प्रकार की प्रतिबद्धता कहीं पैदा नहीं होती थी। ऐसा करते हुए ज़िन्दगी को ग़ौर से, नज़दीक से, मानवीय भावनाओं का स्पर्श देकर देख पाना उसे मुमकिन नहीं लगा। उस कृती की दृष्टि अन्ततः मन, मानव-व्यक्तित्व के भीतरी तनावों और परिस्थितियों की नागफाँस में छटपटाते, साँस लेने को हाथ-पाँव पटकते मनुष्य की ओर आकर टिकी—विभिन्न परिस्थितियों में मनुष्य और मनुष्य के बीच के सम्बन्धों को समझने की कोशिश, उनकी छानबीन, परम सहानुभूति से—सर्जन के हाथों में जैसे तेज़ नश्तर से उनकी चीर-फाड़ के लिए वह प्रतिबद्ध हो गया—अपने किये और परिस्थितियों की विवशता में मनुष्य के जीने, टूटने, हारने की क्रिया पर राकेश की समस्त एकाग्रता ने, एक केन्द्र बिन्दु पर स्थापित हो

जानेवाली समस्त वृत्ति ने उसकी अभिव्यक्ति को इतना पैना और प्रखर बना दिया। ज़िन्दगी पर विविध रूपों में हावी होनेवाले तनावों को समझ पाने की कोशिश उसके लेखन की ईमानदारी का सबूत था, क्योंकि यह तलाश उसकी निजी तलाश भी थी, अपने से रूबरू हो सकने का बहुत कठिन-साध्य प्रयास। ख़ुद अपने जीवन में यदि वह परास्त नहीं हो पाया तो आन्तरिक या परिस्थितिजन्य अवसरों के अभाव के कारण नहीं—वे बहुतायत से ज़िन्दगी-भर उसे घेरे रहे—केवल इस कारण कि इस एकाकी संघर्ष को बराबर अभिव्यक्ति देकर वह उन्हें विफल करता रहा—उनके दबाव को अपने पाठकों और दर्शकों से बाँटकर हल्का करता रहा।

दोस्त, तुमने अपनी ज़िन्दगी के दर्द और संघर्ष की झलक मुझे, जैसे सैकड़ों दूसरों को भी दिखलाई; उसमें मुझे, और सैकड़ों दूसरों को भी हिस्सा लेने दिया; मैं हमेशा शुक्रगुज़ार रहूँगा। तुमने मुझे अपनी हँसी और अपनी रुलाई में शामिल किया, इस अहसान को कैसे भूलूँगा—? तुम्हारे जाने के बाद से मन में यही बात लगातार आती रही है :

'यूँ ज़िन्दगी गुज़ार रहा हूँ तेरे बग़ैर, जैसे कोई गुनाह किये जा रहा हूँ मैं।'

मोहन राकेश : एक श्रद्धांजलि

फ्रैंक ठाकुरदास

कोई चार साल पहले जब मैं 'आधे-अधूरे' देखने बैठा, (नाटक की प्रस्तावना के प्रभाव से निकलने के बाद, जो मुझे आवश्यक लगी थी) तो मैं एक ऐसे अनुभव से गुज़रा जो मेरे लिए दुर्लभ था। मैं बेचैनी की-सी मानसिक दशा में थियेटर से निकला। यह एक ऐसा अनुभव था जिससे अपनी याद में मैं कभी नहीं गुज़रा था—कम-से-कम दिल्ली में तो नहीं!

इस विषय-वस्तु पर जो हमारे तेज़ी से बदलते सामाजिक परिदृश्य का एक पहलू था, पिछले दिनों और भी दो-एक नाटककारों ने हाथ आजमाया था। लेकिन मोहन राकेश ने जो लिखा, वह अपनी रचनात्मक ऊर्जा और उसके प्लॉट में जो सुसंगति उन्होंने रचाई, उसके चलते वह एक 'गम्भीर नाटक' के स्तर पर पहुँच गया था—ज़्यादा जीवन्त, उद्घाटनकारी, अन्वेषी और बेचैन करनेवाला। अनूठा और प्रभावकारी। जैसे-जैसे नाटक आगे बढ़ा, मेरे मन में इब्सन और उनके सशक्त, ख़ूबसूरती से गढ़े गए नाटकों का ख़याल आता रहा, और साथ ही एक गहरा प्रशंसा-भाव भी जो इस नाटक को देखते हुए मुझे ख़ुद-ब-ख़ुद आप्लावित किये जा रहा था कि आख़िरकार कोई आया, वह भी एक भारतीय नाटककार जो इब्सन की ही तरह बदलाव के तनावों से गुज़रते अपने समाज और अपने दौर का बेधक अध्ययन कर रहा है।

यह राकेश का यथार्थवाद ही नहीं था, और न ही सिर्फ़ एक मध्यवर्गीय स्त्री की अंधी कर देनेवाली महत्त्वाकांक्षाएँ जो नहीं समझ पाती कि उसकी महत्त्वाकांक्षाएँ और उन्हें पूरा करने के लिए जो साधन वह अपनाती है, वे कैसे उसके दाम्पत्य और बड़े होते बच्चों को प्रभावित करेंगे। इस प्रभाव के पीछे हिन्दी भाषा का रचनात्मक प्रयोग भी था जिसको लेकर अभी तक भी यह सन्देह बना हुआ था कि वह गम्भीर नाटक को वहन नहीं कर पाएगी। यह एक साधारण, नाटकीय, प्रभावशाली, सघन, बोलचाल वाली भाषा थी, और टूटने के कगार पर खड़े एक घर की भयावह त्रासदी को अभिव्यक्त करने में सक्षम भी। इस भाषा ने नाटक को एक असाधारण और अविस्मरणीय ऊँचाई दी। मुझे यक़ीन है कि मैं इसे कितनी बार भी देख सकता था, ठीक उसी तरह, जैसे कोई 'हैमलेट' या एस्किलस से लेकर बेकेट तक के नाटक देखता है—बिना थके।

एक व्याख्यान में मैंने कहा था कि 'आधे-अधूरे' हिन्दी नाटक और रंगमंच में एक नई, उत्तेजक धारा की सर्वोत्कृष्ट एवं मौलिक रचना है। आनेवाले वर्षों में इसका हवाला एक सन्दर्भ-बिन्दु की तरह दिया जाएगा, नाट्य-साहित्य में इसे मील का पत्थर माना जाएगा, एक ऐसी उपलब्धि जिसने हिन्दी नाटक की परिपक्वता की घोषणा कर दी। कमोबेश यही आशय था मेरे व्याख्यान का। समकालीन सामाजिक जीवन विषयक इस नाटक ने समृद्ध अतीत के दु:स्वप्न को तोड़ा और बोलचाल की हिन्दी की रचनात्मकता को रेखांकित किया और हमें पश्चिमी नाट्य साहित्य के कुंद कर देनेवाले अनुभव से मुक्त किया। यही वजह थी कि मैंने इसे एक युगान्तरकारी घटना माना और जब भी मैं मोहन राकेश से मिला मैंने उनसे यही कहा कि वे अगले दस साल अपनी रचनात्मक ऊर्जा को, हिन्दी नाटक को समृद्ध करने में ही लगाएँ। (यह कितना अजीब है कि आप एक रचनात्मक लेखक को सलाह दें कि वह क्या करे, क्या न करे!)

जब उन्होंने घोषणा की कि वे नाटक में शब्द-प्रयोग विषय पर शोध करेंगे, तो मुझे उतनी ख़ुशी नहीं हुई थी। इस काम के लिए उन्हें नेहरू फ़ेलोशिप मिली थी। लेकिन मुझे उम्मीद थी कि इस शुद्ध अकेडेमिक काम के बाद वे वापस रंगमंच की तरफ़ आएँगे। उनकी आकस्मिक और क्रूर मृत्यु ने अब इस वापसी की राह हमेशा-हमेशा के लिए बन्द कर दी है और कुछ समय के लिए हिन्दी नाटक की विकास-यात्रा को भी धीमा कर दिया।

वे उपन्यास और कहानी लेखन से थियेटर की तरफ़ आए थे। कालिदास की प्रेमकथा पर उनकी प्रथम रचना से पता चला कि वे विषय को कितनी संवेदनशीलता से बरतते हैं। इसी तरह दूसरे नाटक ('लहरों के राजहंस') में भी उन्होंने मनुष्य की नियति को उद्घाटित करनेवाली प्राचीन कथा को लिया, लेकिन उसे अस्तित्ववाद की आधुनिक शब्दावली में प्रस्तुत किया। मुझे यक़ीन है कि नाटकों को प्रस्तुत होते देखकर उनके रंग-अनुभव में वृद्धि हुई होगी और ख़ुशी है कि वे समकालीन मुहावरे और शब्दावली में एक समकालीन विषय-वस्तु की तरफ़ मुड़े।

जैसा कि ईसाई कहते हैं : 'ओ मृत्यु, तेरी विजय कहाँ है?' हम भी कह सकते हैं कि नाटकों और उनके बाक़ी लेखन की कला को मृत्यु नहीं जीत सकी। वह हमारे साहित्य की वह थाती है जिसे आनेवाली पीढ़ियाँ पढ़ेंगी और अहसानमन्द महसूस करेंगी। वे मेरे ही शहर से थे। हम एक ही संस्थान में पढ़े भी थे। मुझे इस पर गर्व होता है। उनकी आभा मुझे अपनी महसूस होती है। उनके उदार दोस्ताना व्यवहार, उनकी गर्मजोशी भरी खुली हँसी, थिर मिज़ाज और सबसे ऊपर उनकी कला के चलते उन्हें बड़ी संख्या में मित्र और प्रशंसक मिले। उनके जाने से एक बड़ी ख़ला पैदा हुई है जिसे भरना मुश्किल होगा। उनकी स्मृति को श्रद्धा अर्पित करते हुए हम भारतीय रंगमंच और नाटक को उनके अमिट अवदान पर अपना आभार भी व्यक्त करते हैं जिसका प्रभाव आनेवाले वर्षों में भी क़ायम रहेगा।

न 'कर्टेन कॉल' की प्रतीक्षा की न 'लास्ट बो' की

प्रभाकर माचवे

मोहन राकेश एक ऐसे कलाकार थे जिन पर गोएथे की 'कला की परिभाषा' पूरी तरह लागू होती है : 'गढ़ना और फिर-फिर से गढ़ना—अविनाशी आत्मा का यही शगल है।' जो उन्हें नज़दीक से जानते हैं, वे भी ताईद करेंगे कि मोहन राकेश अपने पहले ड्राफ़्ट को बार-बार पॉलिश करते थे, और अन्त-अन्त तक सन्तुष्ट नहीं होते थे। लेखन में उन्होंने जो किया, वही जीवन में भी किया। वे सतत खोज में रहे—एक सर्वोत्तम नाटकीय शब्द की; क्षण और युग की आत्मा के सर्वोत्कृष्ट संयोजन की।

वे पंजाब से थे और उन्होंने वे सारे गुण आत्मसात किये थे जो एक आम पंजाबी के लिए स्वाभाविक होते हैं—आक्रामक, जुझारू, 'नॉन कन्फ़र्मिस्ट', जीवन का भरपूर आनन्द लेनेवाले, गहरी सहजबुद्धि और अदम्य उम्मीद से भरे हुए। उन्होंने संस्कृत का अध्ययन किया और जैसाकि भाषा का नाम है, सोफ़िस्टिकेटेड यानी सुसंस्कृत हो गए। लेकिन बावजूद इसके कि उन्होंने कालिदास का अनुवाद किया और अपने पहले दो नाटकों का विषय कालिदास और सौन्दरानन्द को बनाया। वे शास्त्रीय परम्पराओं और नाटक पर लागू किये गए प्राचीन भारतीय सौन्दर्यशास्त्र के संकीर्ण फ़ॉर्मूलों तक सीमित नहीं रहे।

'नाट्यम भिन्नरुचिर्हि लोक:' अर्थात् नाटक विभिन्न अभिरुचियों को लक्षित होता है, यह कालिदास ने कहा था। इसी तरह मोहन राकेश ने भी ख़ुद को संस्कृत और हिन्दी नाटक तक ही सीमित नहीं रखा। उन्होंने पश्चिमी नाटकों और कथा-साहित्य का अध्ययन भी किया। वे कथावाचन की भारतीय और पश्चिमी तकनीकों व प्रतिमानों की मिली-जुली और मुश्किल राह पर चले। उन्होंने जीवन और प्रेम के एक नये दर्शन को विकसित किया।

इसी जद्दोजहद से उनकी सर्वश्रेष्ठ कृति 'आधे-अधूरे' निकली। इस शीर्षक में उनका अपना जीवन भी झलकता है। जीवन की सामान्य 'कैरियरिस्ट' राह को ठुकराया और लेक्चररशिप, स्वतंत्र लेखन, नाटक-लेखन, प्रोडक्शन, और पटकथा तक, कई कामों में हाथ आजमाया। एक व्यवसाय से दूसरे व्यवसाय में जाने और

जालंधर से मुम्बई, मुम्बई से दिल्ली और दिल्ली से फिर पूरी दुनिया में उनकी यात्राओं में जो एक चीज़ स्पष्ट दिखती है, वह है उनकी सतत विस्तृत होती दृष्टि।

उनकी हस्ती के कई पहलू थे। उनके ठहाके हमेशा याद किये जाएँगे। वे ग़ज़ब के हाज़िर-जवाब थे। उनके साथ बैठने का मतलब था कि आपको क़िस्सों और गप्पों की कोई कमी नहीं होगी। उन्होंने जीवन को विभिन्न स्तरों पर बहुत बारीकी से देखा था। करुणा की एक धारा भी उनके भीतर थी, और जीवन की निरर्थकता का एक तीखा बोध भी। किसी को यह भी लग सकता था कि मोहन राकेश ने कोई मुखौटा अपने चेहरे पर लगाया हुआ है। और अब बिना किसी चेतावनी के, अपने जीवन के शिखर-समय में, उस समय जब हर कोई उन्हें मुबारकबाद दे रहा था, वे महफ़िल से उठ गए। न 'कर्टेन कॉल' की प्रतीक्षा की, न निर्देशक और अभिनेताओं के 'लास्ट बो' की।

मरणोपरान्त 'धर्मयुग' में प्रकाशित उनके अन्तिम नाटक में एक 'विटी' संवाद है जिसे बार-बार रेखांकित किया गया है। एक व्यक्ति है जो एक संस्कृत शब्द को पंजाबी अन्दाज़ में बोलता है, और दूसरा उसे ठीक करता है। लिखे और बोले गए शब्द का वही शाश्वत झगड़ा! मोहन राकेश नाटक कहे जानेवाली इसी कैंची के दो फालों के बीच फँसे थे : एक सूक्ष्म और अदृश्य अजनबीयत, उनकी आत्मा को कुतर रही थी—वे एक आदर्शवादी थे जो यथार्थवाद से प्रेरित था। एक रोमांटिक थे जो 'निओ-क्लासिक' होने की कोशिश कर रहा था।

लुट गया—पूरा थियेटर जगत!

ओम शिवपुरी

जिस क्षण मुझे पता चला कि वह नहीं रहे, उस समय मैं लखनऊ में था। मैं सोच नहीं पाया कि मैंने क्या खोया—मेरा बाप, मेरी माँ, मेरा दोस्त, मेरा नाटककार, मेरा सलाहकार, बड़ा भाई...नहीं, कुछ भी समझ में नहीं आता। लुट गया! और लुट तो गया पूरा थियेटर जगत। उस आदमी ने सेंस कर लिया था, सेंस ही ठीक है। ('अहसास भी नहीं?'—'नहीं।')

सेंस कर लिया था कि आज की टोटल रिद्म को किस शब्दावली में व्यक्त किया जा सकता है। उनके नाटकों का एक भी शब्द बनावटी नहीं है। यह बात उनके तीनों नाटकों को साथ रखकर देखिए कि वह इनसान किस क़दर भाषा की तलाश कर रहा था। सच, पूरे हिन्दुस्तान में हिन्दी रंगमंच की ज़बरदस्त सामर्थ्य का सच्चा प्रवक्ता हमारे बीच में से चला गया।

कभी मुझसे इत्तफ़ाक़ करते थे, तो कभी नाइत्तफ़ाक़ी भी हुई।

—क्या सोच रहे हो इस लड़की को लेकर?

जवाब में एक चुप्पी, जो उनके स्वर से मेल नहीं खा रही थी।

—तब फिर करो, जो कुछ करना चाहते हो।

—कुछ बातों में आपको मुझ पर भरोसा करना ही पड़ेगा। और फिर जैसे-जैसे आगे की रिहर्सलें देखीं, तो फिर ऐसे प्रभावित हुए कि नाटक की प्रॉप्स तक ख़रीदने जामा मस्जिद बाज़ार साथ-साथ जाते। वैसे आए दिन की नाइत्तफ़ाक़ियों के हल रिहर्सलों के बाद की पोस्टमार्टम में निकलते थे।

राकेश के तीनों नायकों को क्रम से देखो। 'आषाढ़' का कालिदास एक सिचुएशन को फ़ेस नहीं कर सकता, उसे एस्केप करके चला जाता है। 'राजहंस' का नन्द सारी कॉन्फ़्लिक्ट के बाद लौटकर आने के बावजूद चला जाता है। उसी नाटककार का नायक 'आधे-अधूरे' में छोड़कर जाता है और निश्चय ही वापस आ जाता है। इस यात्रा की बहुत बड़ी अहमियत है, जो उनकी सेंसिबिलिटी को, समसामयिकता को दर्शाती है।

ऐसी-तैसी स्टेज लाइफ़ की

सुधा शिवपुरी

मैं 'आधे-अधूरे' के अपने चरित्र को लेकर शुरू से बड़ी कन्फ़्यूज़ थी। राकेश जी से पूछा। वह उस औरत को भावुक बिलकुल नहीं बनाना चाहते थे। कहते थे—बहुत भोगा है उस औरत ने। उसकी घुटन और कड़वाहट उसकी ज़िन्दगी से उभरकर आनी चाहिए। और फिर दूसरी-तीसरी रिहर्सल से वही ट्राई करने लगी। शो में जो सफलता मिली, शायद उन्हीं प्वाइंट्स का फल था। अन्त की स्पीच उन्हें बहुत पसन्द आती थी मेरी।

संगीत नाटक अकादमी ने अभी जब राकेश स्मृति में नाट्य समारोह किया, तो 'आधे-अधूरे' में मेरी अन्त की वही स्पीच फिर आई। मेरी जो हालत हो गई, मैं बयान नहीं कर सकती। हर शब्द के साथ उनकी तसवीर खड़ी हो जाती है, क्योंकि उनके नाटकों के शब्द, जो एक-दूसरे से बेहद जुड़े हुए चलते हैं, वे तो हैं ही, मेरे सामने तो उन शब्दों का, उनका बोलने का लहज़ा, हर शब्द पर उनका अपना स्ट्रेस...मेरे सामने होता है!

उनके चले जाने के बाद शिवपुरी बेहद अकेला महसूस करते हैं। एक टिपिकल मर्दानापन था कि दोनों ही अन्दर का दुख शेयर करने में स्त्री को साथ नहीं रखना चाहते थे।

'इस बच्ची को टूर पर नहीं ले जातीं आप?' अभी पिछले दिनों किसी ने पूछा।

'अब? अब तो वह बड़ी हो गई है। चालीस दिन की हुई थी, तभी से थियेटर टूर करती रही है।'

मुझे याद आ रहा है देहरादून का स्टेज। बच्ची ज़मीन पर नंगी पड़ी थी ग्रीन रूम में और मैं स्टेज पर। राकेश जी ग्रीन रूम पहुँचे, तो झुँझला गए, 'यह क्या मज़ाक़ है? ऐसी-तैसी ऐसी स्टेज लाइफ़ की!' और बच्ची को उठा लिया।

सिर्फ़ नाटककार नहीं थे राकेश

सुरेश अवस्थी

राकेश के जीवन में जो कुछ भी पवित्र और सुन्दर था, वह उसका रचना-कर्म था। अपने लेखन-कर्म के प्रति गहरी आस्था और प्रतिबद्धता। उसके सभी मित्र जानते हैं, वह अपने लेखन-कर्म के प्रति कितना सच्चा और ईमानदार था। अपनी कहानी और नाटकों के वह पाँच-पाँच, छह-छह मसौदे करते थे, और सीधे टाइपराइटर पर लिखते थे। आख़िरी नाटक 'पैर तले की ज़मीन' के वह तीन मसौदे छोड़ गए हैं लेकिन वह अब भी परिष्कृत नहीं हो सका, क्योंकि वह अभी चौथे मसौदे पर काम कर रहे थे...।

राकेश केवल नाटक ही नहीं लिख रहे थे, वे रंगमंच के क्रियाकलाप में पूरी तरह जुटे हुए थे, और हिन्दी के नये रंगमंच के आन्दोलन में उनका योगदान केवल नाटककार के रूप में ही नहीं है। वे ख़ुद अपने नाटक बहुत ही नाटकीयता के साथ पढ़ते थे और अपने नाटकों के रिहर्सल में बड़ी रुचि लेते थे, विशेष कर संवादों के निवेदन में। यही कारण है कि राकेश के नाटकों में संवाद ऐसे नाटकीय हैं। उनकी लय, उनकी बनावट, सभी ऐसे ऊँचे स्तर का है। जितनी बार ये नाटक देखिए और इन नाटकों के संवाद रंगशाला में सुनिए, उतनी ही बार एक नया अनुभव होता है—शब्दों के सौन्दर्य का, काव्य का और संवादों के संगीत का।

ऐसे अभिनेता थे राकेश!

वि.प्र. दीक्षित

घटना सन् 1943-44 की है। वे पंजाब विश्वविद्यालय की प्रभाकर परीक्षा में नाटक के प्रश्न-पत्र के प्रधान परीक्षक थे। मैं उनका सहायक परीक्षक। नियमानुसार कुछ कॉपियाँ जाँच कर उनके पास भेजनी थीं। उनसे कुछ निर्देश भी प्राप्त करने थे। लाहौर की कृष्णनगर बस्ती में हम दोनों रहते थे। दोनों के घरों का फ़ासला दो फ़र्लांग से अधिक न था। पर मैं चूँकि उनसे आयु में बड़ा था, अतः मेरे दम्भी मन ने उनके घर जाना स्वीकार न किया। कॉपियाँ सीधे ही रजिस्ट्रार को भेज दीं। रजिस्ट्रार से कॉपियाँ पाकर वे हैरान हुए। उन्होंने मुझे रजिस्ट्रार की मार्फ़त ही घर पर तलब किया। विवश होकर मुझे जाना पड़ा। मैंने पूछा, 'कहिए।' बड़ी कड़कदार आवाज़ में वे बोले, 'कहना क्या है? आप अपने को समझते क्या हैं? कॉपियाँ मेरे पास न भेजकर सीधे रजिस्ट्रार को भेजीं, अब आवश्यक निर्देश भी रजिस्ट्रार से ही लीजिएगा।' मैं चुप खड़ा रहा। उस आदमी में इतनी शिष्टता भी न थी कि मुझे बैठने के लिए तो कहता। उसी गुरु गर्जना में बोले, 'कान खोलकर सुन लीजिए। आपने बहुत ही निम्नस्तर की कॉपियाँ जाँची हैं। ग़लतियाँ भी अनेक हैं। मैंने रजिस्ट्रार को लिख दिया है कि यह आदमी परीक्षक होने के क़ाबिल नहीं है। और मेरी जाँची हुई कॉपियाँ रजिस्ट्रार को लिखे गए पत्र के साथ मेरे पैरों पर फेंक दीं। कहा, 'और भेजिए सीधे रजिस्ट्रार को। मेरे पास आते तो कुछ बिगड़ जाता? उसके हस्ताक्षर हो गए हैं आपकी कॉपियों पर।' मुझे क्रोध तो बहुत आया। पर मैंने सीधे से कॉपियाँ सँभालीं और रजिस्ट्रार को लिखा पत्र पढ़ने लगा :

अरे, यह क्या! यह तो मेरी प्रशंसा में लिखा गया पत्र था। मेरे काम की सराहना की गई थी और लिखा गया था कि 'वे अन्य सहायक परीक्षकों को मेरी जाँची गई कॉपियाँ ही आदर्श के लिए भेज रहे हैं।'

मेरी आँखों में आँसू आए और मोहन राकेश ने उठकर मुझे गले से लगा लिया। उनका जो गगनचुम्बी अट्टहास गूँजा, वह आज भी मेरे भीतर गूँजता रहता है। ऐसे अभिनेता थे वे।

अगली सुबह राकेश चले गए थे

चन्द्रगुप्त विद्यालंकार

दिसम्बर, 1954 में जब मैंने भारत सरकार के 'आजकल' का सम्पादन प्रारम्भ किया तो पाया कि समीक्षार्थ आई पुस्तकों के ढेर में मोहन राकेश लिखित 'आख़िरी चट्टान तक' भी है। राकेश तब तक लगभग अज्ञात थे, इसी से शायद पिछले सम्पादक ने उनकी रचना प्राप्ति-स्वीकार वाले ढेर में डाल दी थी। मैंने वह पुस्तक पढ़ी तो मुझे उसमें असाधारण ताज़गी दिखाई दी। मेरी राय से वह एक सफल और जीवंत यात्रावृत्त था। विशेषतः एक नये लेखक की कलम से। मैंने 'आजकल' में 'आख़िरी चट्टान तक' की विस्तार से चर्चा की। पाठकों का ध्यान इस नये लेखक की ओर आकर्षित किया। मेरी राय में यात्रावृत्त साहित्य का एक महत्त्वपूर्ण अंग होते हैं, यद्यपि हिन्दी में इस विधा की ओर बहुत कम ध्यान दिया गया था। पूरे अधिकार के साथ लिखा गया 'आख़िरी चट्टान तक' मुझे बहुत पसन्द हो आया था, साथ ही मैं उसके लेखन के प्रति विशेष आशावान हो गया।

कुछ ही दिनों के बाद मुझे राकेश का स्नेहपूर्ण पत्र आया। उन दिनों वह शायद शिमला के पास किसी शिक्षा संस्था में काम कर रहे थे। दिल्ली आए तो वह मुझसे मिले। मैंने पाया कि मोहन राकेश एक बहुत ज़िन्दादिल, समझदार और मेधावी युवक हैं। दृष्टि की तीक्ष्णता भी उनमें यथेष्ट है। पहली ही मुलाक़ात में वह मेरे काफ़ी नज़दीकी बन गए। उनकी उन्मुक्त हँसी से मुझे दो अन्य साहित्यकारों की याद आ गई। दोनों हिन्दी साहित्य में मूर्धन्य स्थान पर हैं—प्रेमचन्द और हजारी प्रसाद द्विवेदी। तब तक मुझे यह कल्पना भी नहीं थी कि शीघ्र ही मोहन राकेश हिन्दी जगत का एक सितारा बन जाएँगे।

पाँचवीं दशाब्दी की समाप्ति से पूर्व ही मोहन राकेश मेरे बहुत निकट आ गए। जो कुछ वह करना चाहते थे, उसके सम्बन्ध में उन्होंने कई पत्र मुझे लिखे। अन्य भी कितने ही नये लेखकों से मेरे निकट सम्पर्क रहे हैं—तभी से, जब मैंने लाहौर से पहले 'दैनिक जन्मभूमि' (1931) का सम्पादन किया था और 1932 में लाहौर ही से विश्व साहित्य ग्रंथमाला का सम्पादन और संचालन पर मोहन राकेश में इरादे

की जो दृढ़ता थी, जो निश्चय कर लिया, उसे सभी उपायों से कारगर बनाने को जुट पाने की जो शक्ति थी, वह मैंने अन्य किसी में नहीं देखी।

मोहन राकेश अपनी पसन्द के कुछ ऐसे नये लेखकों का एक गुट बनाना चाहते थे, जिनका दृष्टिकोण समान हो। उनकी इच्छा थी कि वे सब एक दूसरे से अधिक से अधिक विचार-विनिमय करें, उनमें परस्पर दिमाग़ी अंडरस्टैंडिंग हो (लिखें चाहे वे जो कुछ—एकदम अकेले रूप में—पूरी तरह स्वेच्छा से) और जो एक दूसरे को अधिक से अधिक प्रकाश में लाने की कोशिश करें। उनमें एक तरह का भाईचारा रहे, जो आज की दुनिया में ज्ञात होने के लिए और आगे बढ़ने के लिए नितान्त आवश्यक है। इस सम्बन्ध में मुझसे उनकी विस्तारपूर्वक बातचीत हुई। मैं उनसे सहमत नहीं था। मोहन राकेश तो मुझसे क़रीब बीस साल छोटे थे, पर मैं जानता हूँ कि मेरी अपनी पीढ़ी के कुछ लेखक भी असाहित्यिक उपायों से आगे बढ़े हैं। उन्होंने स्पष्ट रूप से गुट भले ही न बनाया हो, अपने चारों ओर एक घेरा-सा ज़रूर बना लिया था—ऐसे लोगों का, जो उन्हें मान्यता दें, उन्हें अपना गुरु या मार्गदर्शक मानें। कुछ लेखकों ने अपने बारे में योजना बनाकर दर्जनों लेख लिखवाए थे, सच्चे-झूठे सभी उपायों से आगे आने की प्रसिद्धि प्राप्त करने की चेष्टा की थी। उन्हें सफलता भी मिली। पर मैंने वैसा कभी नहीं किया था। मुझे यह सब एकदम नापसन्द था। लाहौर में मेरा गुट बन सकता था। मुझे केन्द्र में रखकर घेरा बनाने की तो कुछ मित्रों ने कोशिश भी की थी। पर मुझे वह स्वीकार्य नहीं था। मोहन राकेश की यह बात मानने का तो मेरे लिए सवाल ही नहीं उठता था। मेरा दृष्टिकोण जानकर राकेश ने मुझसे कहा था, 'जानते-बूझते भी यदि आप वर्तमान युग की इस प्राथमिक आवश्यकता की अवज्ञा करते रहे हैं और करते रहना चाहते हैं तो यह आपकी इच्छा!'

क्रमशः उनके और मेरे दृष्टिकोण में अन्तर बढ़ता गया। कई बातों में—विशेषतः व्यक्तिगत जीवन और सामाजिक जीवन सम्बन्धी बातों में—हम दोनों के रवैये दूर होते चले गए। दिल्ली में एक जगह अचानक उनकी दूसरी पत्नी मुझे मिलीं। जिस भारी व्यथा से वह मेरे सामने रोईं, मुझे बहुत दुख हुआ था। दोनों में मनमुटाव हो चुका था। एक तरह से वे पृथक् भी हो गए थे—पर मैंने राकेश को इस सम्बन्ध में अयाचित सलाह तक देने की कोशिश नहीं की थी कि यदि दोनों में कोई समझौता हो जाता तो मुझे ख़ुशी होती। हिन्दी में जो गुटबन्दी बढ़ रही थी, मैं चाहता था कि मोहन राकेश उसे हटाने का प्रयत्न करें। उनका दृष्टिकोण भिन्न था।

फिर भी मेरे-उनके पारस्परिक सम्बन्ध अन्त तक बहुत अच्छे रहे। अपने एक अत्यन्त श्रेष्ठ उपन्यास का विमोचन उन्होंने मुझसे ही करवाया था। दिल्ली में जब 'भारती' की स्थापना हुई तो मुझे उसका संयोजक बनाया गया था। संविधान में इस संस्था का सिर्फ़ एक ही अधिकारी रखा गया था—संयोजक। 'भारती' की पहली

बैठक बड़ी धूमधाम से आयोजित की जा रही थी। उसमें सिर्फ़ एक ही लेख पढ़ा जाना था। उसी पर विस्तार से चर्चा भी होनी थी। मेरे अनुरोध पर मोहन राकेश ने यह लेख लिखना और पढ़ना स्वीकार कर लिया था।

जिस साँझ मोहन राकेश का देहान्त हुआ, उसकी प्रातः उन्होंने मुझे टेलीफ़ोन किया। मैं चंडीगढ़ गया हुआ था। उन्होंने मेरी पत्नी से कहा कि वह आते ही मुझे अवश्य फ़ोन करें।

मैं रात के ग्यारह बजे लौटा। पत्नी ने राकेश का सन्देश दिया। मैंने कहा, 'अब देर हो गई है। प्रातः उन्हें फ़ोन करूँगा।'

पर प्रातःकाल के अख़बारों से समाचार मिला कि मोहन राकेश सदा के लिए चले गए हैं। वहाँ, जहाँ एक दिन हर किसी को जाना है। मैं तत्काल उनके निवास स्थान न्यू राजेन्द्र नगर की ओर रवाना हो गया था।

राकेश : मेरा दोस्त

मदन गुप्ता

'दिशान्तर' की ओर से राकेश से अपने सम्बन्धों के बारे में लिखने का अनुरोध मिलने पर मेरे भीतर ख़ुशी और हिचकिचाहट, दोनों भाव पैदा हुए। मेरे लिए राकेश जैसी बड़ी शख़्सियत को केवल कुछ शब्दों में समेटना दुष्कर कार्य था। मैं जब कभी राकेश के बारे में सोचने का प्रयास करता हूँ तो मेरे सामने हमेशा ग़ालिब का यह शेर दरपेश हो जाता है :

ग़ालिब मर गया लेकिन फिर भी याद आता है,
वो हर एक बात पर कहना कि ये होता, तो क्या होता।

मेरे लिए यह हैरत की बात है कि राकेश जैसा व्यक्तित्व भी कभी मर सकता है! ऐसा कैसे हो सकता है कि एक ऐसा व्यक्ति जो अनेकानेक लोगों की यादों में गहरे समाया हुआ हो, मर जाए? जहाँ तक मेरी बात है, मैं आज भी उसकी नज़दीकी को अपने आसपास महसूस कर सकता हूँ, और उसके ज़ोरदार व मासूम ठहाकों की आवाज़ सुन सकता हूँ, उसकी गोद में बैठी पुरवा को देख सकता हूँ। अपने विचारों में मगन, आसपास की चीज़ों से बेख़बर, सिगरेट के कश लगाती चिन्तन-मनन में खोई उसकी चमकती व उत्साहित आँखों को देख सकता हूँ। उसे अचानक अनमना हो जाते, फिर अपने विचारों से वापस लौटकर वर्तमान में हो रही उस बातचीत को आगे बढ़ाते, जो थोड़ी देर पहले थम-सी गई थी, देख सकता हूँ।

जोड़ने का काम सम्भवत: नियति के ज़िम्मे है। इसी नियति ने राकेश से मेरा परिचय बँटवारे के बाद एक दोस्त के ज़रिये दिल्ली में करवाया था। वैसे तो हम दोनों, मैं और राकेश, एक ही कॉलेज में साथ पढ़ते थे पर किन्हीं कारणवश हमारे बीच घनिष्ठता नहीं थी। तब हम दोनों के बीच मामूली-सा सम्पर्क था। उन दिनों राकेश अपना अधिकतर समय दिल्ली के बाहर बिताते थे। मैं उन्हें सही से तब जान पाया जब उन्होंने लेखन में पूरी तरह से सक्रिय रहने के लिए 'सारिका' के सम्पादक पद छोड़ने का फ़ैसला लिया था। इस तरह का फ़ैसला लेना किसी भी

लिहाज़ से साधारण न होकर एक बड़ा और साहसिक क़दम था। भारत जैसे देश में किसी हिन्दी के लेखक के लिए केवल लेखन से आजीविका अर्जित करने का फ़ैसला करना बड़े जोखिम का या कहें, ख़्वाब को सच करने जैसा काम ही कहा जा सकता है। राकेश में दृढ़ इच्छाशक्ति थी। उसमें निरन्तरता और कठोर मेहनत और ख़्वाबों को हक़ीक़त में बदलने का माद्दा था।

'अँधेरे बन्द कमरे' के प्रकाशन ने हम दोनों को एक-दूसरे के नज़दीक ला दिया। इस किताब की कहानी हमारे आसपास के बहुत ही प्रिय लोगों के जीवन से बुनी गई थी। उसकी मौत से कुछ ही दिन पहले जब हम मिले तो उसने कहा था कि वह इस कहानी का दूसरा हिस्सा भी लिखना चाहता है।

राकेश के जीवन से मैं कई आयामों से जुड़ा हुआ था। मैं इस जुड़ाव को हमेशा अपनी स्मृति में सँजोकर रखना चाहूँगा। मुझे आज भी याद है वह दिन, जब वह देर शाम काफ़ी परेशान मेरे पास आया था। यह उसके मिज़ाज से बिलकुल अलग था। हम लोगों ने साथ शराब पी। पीने के बाद उसने कहा कि 'हमें टहलने के लिए बाहर जाना चाहिए।' टहलने के दौरान झिझकते हुए उसने मेरे साथ अपनी परेशानियाँ साझा कीं और मेरी प्रतिक्रिया का इन्तज़ार करने लगा। मैंने उसकी बहुत सारी परेशानियों के बारे में उससे और कई साझे दोस्तों से सुना था, इसलिए मैं उसकी परेशानियों के बारे में जानता था। वह जो काम करने जा रहा था, वह एक ऐसा काम था जिसके नतीजे ख़तरनाक हो सकते थे। मैंने उसके साहस, प्रतिबद्धता और ईमानदारी की सराहना की। उसकी जिजीविषा उसकी विशिष्टता थी। वह जीवन को पूरी तरह से जी लेना चाहता था।

अगली सुबह मैं, वह और उसकी भावी पत्नी पालम एयरपोर्ट के रेस्टोरेंट में बैठे बॉम्बे की उड़ान का इन्तज़ार कर रहे थे। उस दिन मूसलाधार वर्षा हो रही थी। तब तक वह 'आषाढ़ का एक दिन' लिख चुका था। न जाने मुझे क्यों लगा कि मानो मल्लिका कालिदास से मिलकर अपने घर आई हो! इधर उड़ान को लेकर बार-बार एनाउंस्मेंट हो रहा था कि ख़राब मौसम के कारण बॉम्बे की फ़्लाइट फिर से एक घंटा लेट हो गई है। ऐसे वातावरण में तनाव बढ़ता जा रहा था। इस बीच हम कई कप चाय पी चुके थे। चाय पीते हुए वह कभी मुस्करा देता तो कभी तनाव से मुक्त होने के लिए जोक सुनाता। ऐसा करते हुए शायद वह ख़ुद को आश्वस्त कर यह सन्देश देना चाह रहा था कि शीघ्र ही सब ठीक हो जाएगा। उड़ान के लगातार लेट होने से सम्भावित अप्रिय आशंकाएँ उसे बेचैन कर रही थीं। शायद नियति प्रेमी युगल के एक-दूसरे के प्रति समर्पण की परीक्षा ले रही थी। ग्यारह बजने के आसपास उड़ान के प्रस्थान की घोषणा के साथ अनिश्चितता के बादल छँटे। मैंने उसे अलविदा कहा और ऐसा करते हुए न जाने क्यों मेरे मन में मल्लिका का ख़याल आया और मैंने उसके ख़ुश रहने की दुआ माँगी।

मोहन राकेश : एक असम्भव अन्त!

राजेन्द्र अवस्थी

मोहन राकेश का तीन दिसम्बर को अचानक निधन हो गया। वे स्वातंत्र्योत्तर हिन्दी कहानी के आधार-स्तम्भ थे। प्रेमचन्द के बाद की जिस कहानी को नया मोड़ मिला, उसका सूत्र राकेश के लेखन के आसपास से ही ढूँढ़ा जा सकता है। उन्होंने एक परम्परा को तोड़कर हिन्दी कहानी में नये प्रयोग किये और उसे एक नई दृष्टि दी। इस दृष्टि का मूल स्वर समय की नई उभरती चेतना और बदलते हुए सन्दर्भों में बदलते हुए मूल्यों को पहचानना था। इसी को लेकर 'नई कहानी' का विकास हुआ, और परिणाम यह है कि आज की हिन्दी कहानी एक ठोस और सशक्त धरातल पर खड़ी है। उसमें इतना अधिक परिवर्तन आया है कि पुरानी परम्परा का सूत्र ढूँढ़ना लगभग कठिन है। शायद ही किसी और भारतीय भाषा की कहानी में एक साथ इतने प्रयोग हुए हों जितने हिन्दी कहानी में हुए हैं। राकेश ने एक समूची नई पीढ़ी का इस दृष्टि से नेतृत्व किया।

राकेश की प्रतिभा बहुमुखी थी। कहानी के साथ-साथ उन्होंने उपन्यास और यात्रा-वृत्तान्त लिखे और इधर पिछले कुछ वर्षों से नाटकों की ओर अग्रसर हुए। उन्होंने अपने पहले नाटक 'आषाढ़ का एक दिन' से ही क्रान्तिकारी परिवर्तन की भूमिका शुरू कर दी थी और 'आधे-अधूरे' तक पहुँचकर उसे पूरी तरह प्रतिष्ठित कर दिया। उन्होंने आधुनिक भाव-बोध को नाटकों के माध्यम से प्रकट किया और ऐसे दर्शकों की तलाश की जो सही दिशा की खोज में भटक रहे थे। हिन्दी का नाटक जयशंकर प्रसाद के बाद जहाँ छूट गया था, राकेश ने उसे पकड़कर आगे बढ़ाया। उन्हीं के प्रयत्नों के फलस्वरूप हिन्दी नाटकों को अखिल भारतीय मान्यता मिली।

निरन्तर अपने लेखन को नकारते जाना और बदलते रहना राकेश का धर्म था। आधुनिक दुनिया के मूल्यों को पहचानने की मज़बूत पकड़ उनमें थी। उन्होंने परम्परा को एक सीढ़ी नहीं माना। इस तलाश में राकेश का जीवन भटकता भी रहा और कई परेशानियों का भी उन्हें सामना करना पड़ा। लेकिन इसके बावजूद उन्होंने कभी समझौता नहीं किया। वे हमेशा 'इस्टैब्लिशमेंट' का विरोध करते रहे। उन्होंने

लेखक की अभिव्यक्ति की स्वतंत्रता के साथ समझौता नहीं किया और इसके लिए वे कई तरह से लड़ते रहे। इसी के कारण उन्होंने स्वतंत्र लेखन का रास्ता चुना। मसिजीवी बनकर प्रतिष्ठा के साथ रहना आसान नहीं है, लेकिन राकेश ने उसे भी सम्भव करके दिखा दिया।

पिछले डेढ़ वर्षों से राकेश नाटक में 'शब्द' को लेकर नेहरू फ़ेलोशिप के अन्तर्गत शोधकार्य कर रहे थे। इस कार्य के सिलसिले में वे विदेश भी गए और 'शब्द' के 'अर्थ' की तलाश में उन्होंने देशी-विदेशी भाषाओं के नाट्य-साहित्य का अध्ययन भी किया। शोध पूरा होने पर निश्चय ही एक नई दृष्टि सामने आती।

लेकिन काल की शक्ति मज़बूत होती है। जो आदमी निरन्तर समय और समाज के साथ लड़ता-जूझता रहा, वह अचानक काल का ग्रास बन गया। एक स्वस्थ और सुव्यवस्थित व्यक्ति का इस तरह चले जाना एक असम्भव-सी घटना लगती है। मोहन राकेश के जाने से लगा, जैसे सहसा चलता हुआ समय थम गया है। उनके निधन से हिन्दी के आधुनिक साहित्य को ऐसी क्षति पहुँची है जो जल्दी पूरी नहीं हो सकती। राकेश का वास्तविक मूल्य उनकी मृत्यु के बाद पता लग रहा है, अन्यथा वे अपनी समूची पीढ़ी के साथ इतने आत्मीय और इतने निकट थे कि उनका वास्तविक मूल्यांकन हम नहीं कर पा रहे थे।

राकेश अपार बौद्धिक क्षमता के एक ऐसे 'जीनियस' थे जिनके लेखन को हिन्दी-साहित्य हमेशा गर्व के साथ स्मरण करता रहेगा और उनके बिना वह अधूरा बना रहेगा।

'कादम्बिनी' के पाठकों ने उनकी यात्रा-कथा के तीन अंश कुछ समय पहले पढ़े थे। वैसे भी उनका बहुत बड़ा पाठक-वर्ग है। 'कादम्बिनी' उनकी मृत्यु पर अपनी शोकांजलि भेंट करती है।

मैंने उसे मोहन राकेश बनते देखा है!

सतसोनी

मोहन राकेश की मौत की ख़बर सुनकर पहला सवाल यह उठा कि राकेश क्यों मर गया? अड़तालीस वर्ष भी मरने की कोई उम्र है? दुनिया में हज़ारों व्यक्ति नब्बे और सौ साल की आयु के हैं, जो जी रहे हैं और जिनके जीने की कोई वजह नज़र नहीं आती, फिर राकेश क्यों मर गया?

अपने इस सवाल का जवाब शायद कभी नहीं मिलेगा। यह प्रश्न आधा-अधूरा है। साहित्यकार का काम किसी का उत्तर देना नहीं है, प्रश्न खड़े करना है। मोहन राकेश की महानता का कारण यह था कि यह ढेर सारे प्रश्न खड़े करता चला गया—जीवन में, कहानियों में, उपन्यासों में और नाटकों में भी। जीते-जी में प्रश्न तो कोमल थे, लेकिन उसके मरने के बाद कुछ अन्य क्रूर प्रश्न पैदा हो गए।

राकेश का जन्म 8 जनवरी को हुआ था। मैं अंक-विज्ञान नहीं जानता, लेकिन मेरा विश्वास है कि उसका भाग्यशाली अंक 1 था, या कहिए कि उसने 1 को अपना अंक मान लिया था। इसलिए कि हर बात में, हर काम में उसने पहल की। आधुनिक हिन्दी कहानी को उसने नई दिशा देकर एक भीड़ पैदा कर दी, जो उसके पीछे-पीछे चलने लगी। नाटक पर हाथ आज़माया, तो पहले लहरें और फिर तूफ़ान बरपा हो गया, लेकिन यह बात बहुत कम लोगों को मालूम है कि वह हिन्दी का पहला शिक्षक था, जिसने कई दशाब्दियों से चली आ रही हिन्दी-शिक्षक की तसवीर को नया चेहरा दिया।

बात 1949 की है। डी.ए.वी. कॉलेज के एफ.ए. के छात्र आन्दोलन के 'मूड' में थे। कुछ महीनों से हिन्दी का प्राध्यापक नहीं था। फिर एक दिन बताया गया कि एक नये शिक्षक आ गए हैं।

हम सभी छात्र हिन्दी के पंडित जी का इन्तज़ार कर रहे थे—अधेड़ उम्र के पंडित जी, जिन्होंने धोती-कुर्ता पहन रखा होगा, सिर पर काली टोपी और टोपी के नीचे चुटिया। वह बात-बात में श्लोक बोलेंगे और चबा-चबाकर शब्दों का उच्चारण करेंगे।

लेकिन, कक्षा में दाख़िल हुआ एक निहायत ख़ूबसूरत नौजवान, घुँघराले बाल, गोरा रंग, पैंट, कोट, टाई और चश्मा लगाए।

उसने बिलकुल सीधी-सादी भाषा में बोलना शुरू किया—वह भाषा, जो हम बोलते थे। बोलते-बोलते चश्मे के पीछे उसकी आँखों में कभी-कभी शरारत भरी चमक आ जाती। बात कहते-कहते वह मुस्करा देता और सारी क्लास खिल-खिलाकर हँस पड़ती।

वह शिक्षक नहीं था, दोस्त था। शिक्षक कभी छात्रों को घर बुलाकर उनसे ताश खेलता है और किसी हिन्दी शिक्षक के घर में कभी अंग्रेज़ी की ढेर सारी किताबें देखी थीं? लगता था, उसने हिन्दी शिक्षकों के प्रति विद्रोह का स्वर उठाया है।

इसका फल मिला—राकेश को नहीं, कॉलेज-अधिकारियों को। हुक्म हुआ कि राकेश सप्ताह में एक बार धर्म का पाठ पढ़ाया करें। राकेश ने साफ़ इनकार कर दिया। कॉलेज वालों के लिए यह बिलकुल नई बात थी। हिन्दी और संस्कृत का एम. ए., कोई शिक्षक धर्म-पाठ पढ़ाने से इनकार करे!

राकेश ने इस्तीफ़ा दे दिया और कॉलेज को एक योग्य प्रतिभाशाली तथा लोकप्रिय प्राध्यापक से हाथ धोना पड़ा। यह अलग बात है कि कुछ साल के बाद राकेश उसी कॉलेज में हिन्दी विभाग का अध्यक्ष बनकर लौटा।

मैंने उसे मोहन राकेश बनते देखा है। मैं उसकी कहानियों के कई जीते-जागते पात्रों से मिला हूँ। एक क़हानी का एक पात्र और कई दावेदार। शायद 1950 की बात है कि उसकी एक कहानी 'मनोहर कहानियाँ' में छपी थी : 'मिस्टर भाटिया'। इस पर कम-से-कम आधा दर्जन लोगों ने राकेश से शिकायत की कि 'आपने मुझ पर कहानी क्यों लिखी?'

राकेश ने हरेक को यही जवाब दिया कि 'मैं कहानी के भाटिया को बम्बई में मिला था।' हक़ीक़त यह है कि यह भाटिया हर जगह मौजूद है—बम्बई में, जालंधर में, दिल्ली में।

दिल्ली में आकर राकेश के गिर्द कई कहानियाँ बन गईं। वह बराबर खंडन करता रहा और लोग और भी कहानियाँ बनाते रहे। एक कहानी है, जिसका उसने खंडन नहीं किया।

शुरू-शुरू में राकेश दिल्ली की एक मासिक पत्रिका के लिए पुस्तक-समालोचना किया करता था। एक बार सम्पादक-प्रकाशक ने राकेश का लिखा एक शब्द उससे पूछे बिना काट दिया। झगड़ा हो गया और राकेश ने उससे सम्बन्ध तोड़ लिये। इस घटना के बीस-इक्कीस साल बाद मैं राकेश को उसी सम्पादक-प्रकाशक के

पुत्र के विवाह पर मिला। मैंने आश्चर्य व्यक्त किया, तो जवाब मिला—इसका उस घटना से कोई सम्बन्ध मैं नहीं देखता!

शायद इसलिए कि वह जीना जानता था। वह भय और भ्रमों से परे था। उसकी कई परिभाषाएँ अपनी थीं। वह जो कुछ लिखता था, वही जीता था और जो जीता था, वही लिखता था। ज़िन्दादिली में उसका कोई जवाब नहीं था। बात-बात पर वह छत फाड़ क़हक़हा लगाता था। जब वह मरा, तो उसका मुँह खुला था—शायद क़हक़हा लगाते-लगाते वह चला गया! लेकिन, अन्तिम बार कोई भी उसके क़हक़हे पर हँसा नहीं, सब रो रहे थे, ज़ार-ज़ार रो रहे थे! किसी साहित्यकार की मौत पर इतने व्यक्तियों का रोना एक अजीब बात है।

इससे भी अजीब बात एक और है।

राकेश की महायात्रा में उसके मित्र थे, साहित्यकार थे, सम्बन्धी थे, उसके प्रकाशक थे, नाटकों के निर्देशक और कलाकार थे। सभी चेहरे जाने-पहचाने थे, जो दिल्ली में हमें रोज़ इधर-उधर कॉफ़ी-हाउस या कनॉट प्लेस में मिल जाते हैं।

लेकिन कोई अजनबी चेहरा क्यों नहीं था? हिन्दी का हर पाठक मोहन राकेश को जानता है। लाखों लोगों ने उसकी कहानियों को पढ़ा है, सराहा है। हज़ारों लोगों ने उसके नाटक और फ़िल्म देखी हैं। दिल्ली में लाखों न सही, कुछ हज़ार तो उसके पाठक-प्रशंसक होंगे ही। इनमें से एक भी व्यक्ति परदा गिरने के बाद वहाँ मौजूद क्यों नहीं था?

वह आज भी मुझमें कहीं ज़िन्दा हैं...

हरीश नवल

मोहन राकेश एक अप्रतिम साहित्यकार थे जिन्हें 'नई कहानी' आन्दोलन का प्रणेता भी कहा जाता है और 'आधुनिक नाटक का मसीहा' भी। मेरा सौभाग्य कि मुझे उनका साथ और सहयोग मिला। उनके नाटकों का मैं प्रथम शोधार्थी था। दिल्ली विश्वविद्यालय से एम. लिट्. की उपाधि हेतु मुझे उनके नाटकों पर शोध का विषय आसानी से नहीं मिला। बात 1970 की है, एम.ए. के परीक्षाफल के आधार पर प्रथम तीस विद्यार्थियों को दो वर्षीय एम. लिट्. में प्रवेश प्राप्त होता था। इन तीस में से उस वर्ष मैं भी एक था। विश्वविद्यालय के हिन्दी विभाग में शोध विषय आबंटन हेतु चयन समिति की बैठक हुई, जिसकी अध्यक्षता डॉ. नगेन्द्र कर रहे थे। सदस्यों में डॉ. विजयेन्द्र स्नातक, डॉ. सावित्री सिन्हा, डॉ. दशरथ ओझा और डॉ. उदयभानु सिंह भी थे। ये सभी हिन्दी के जाने-माने विद्वान् थे और एम.ए. में हमारे शिक्षक भी।

मेरा क्रम आया, मैं तनिक घबराहट के साथ भीतर गया। डॉ. नगेन्द्र ने मुझसे पूछा कि मैं किस विधा पर विषय चाहता हूँ। मैंने उत्तर दिया, 'नाटक पर'। डॉ. नगेन्द्र ने पूछा कि क्या मैंने कोई विषय सोचा है। जैसे ही मैंने उत्तर दिया, 'मोहन राकेश के नाटकों का विवेचन', वे भड़क उठे, 'मोहन राकेश के नाटक? नहीं-नहीं, इस पर नहीं हो सकता। प्रसाद पर ले लो, भारतेन्दु पर ले लो। मोहन राकेश पर क्यों लेना चाहते हो, वह तो अभी नये हैं!' मैंने विनम्रतापूर्वक कहा, 'श्रीमन्! वे आज के सर्वश्रेष्ठ नाटककार माने जाते हैं। उनके नाटकों ने हमारी पीढ़ी को बहुत प्रभावित किया है।'

डॉ नगेन्द्र को मेरा उत्तर उपयुक्त नहीं लगा। उनके सामने विद्यार्थी तो क्या, अध्यापक भी अपनी असहमति व्यक्त नहीं कर पाते थे। नगेन्द्र जी ने कहा, 'मोहन राकेश ने अभी लिखे ही कितने नाटक हैं?' मेरे मुख से फूट पड़ा, 'जी, जितने कालिदास ने।' डॉ. नगेन्द्र को इस उत्तर की अपेक्षा नहीं थी। सावित्री सिन्हा जी ने स्थिति को अनुकूल बनाते हुए बड़े प्रेम से कहा, 'हरीश, डॉ. साहब ठीक कह रहे हैं, तुम भारतेन्दु या प्रसाद पर विषय ले लो।' मैंने निवेदन किया, 'श्रीमन्, मोहन

राकेश के नाटक उनसे आगे की सोच के नाटक हैं, मुझे उन पर ही विषय दे दीजिए।' डॉ. सावित्री सिन्हा ने नगेन्द्र जी की ओर देखा। नगेन्द्र जी बोले, 'देखो, मोहन राकेश अभी युवा लेखक हैं और वैसे भी हम प्राय: जीवित साहित्यकारों पर शोध नहीं करवाते।'

उनका कथन मुझे तीर-सा चुभा, मैं खड़ा हो गया, यह कहकर कि 'मैं फिर उन पर उनके बाद ही शोध करूँगा' और कक्ष से बाहर निकल गया। मैं रुआँसा हो गया था और कला संकाय के उत्तरी कॉरिडोर में जाकर मुँडेर पर बैठ गया। चिन्तन करने लगा कि मैंने ठीक किया या ग़लत। मुझे लगने लगा कि मैंने ग़लत ही किया। प्राध्यापक पद पाने के लिए एम.लिट्. करना आवश्यक है, भले ही शोध का विषय कोई भी हो। मैं यह सोच-सोचकर भी दुखी होने लगा कि डॉ. नगेन्द्र जैसे सम्मानित और समर्थ विद्वान् गुरु की अवहेलना मैंने कर दी है, इससे मेरा कैरियर प्रभावित हो सकता है। मुझे पछतावा होने लगा था कि मुझे ऐसा करके अशालीन नहीं होना चाहिए था। मुझे अपने सपने टूटते नज़र आने लगे। मुझे लगा कि अब बात बिगड़ गई है, ठीक न हो सकेगी क्योंकि मैंने अभद्रता की है। मुझे वॉक-आउट नहीं करना चाहिए था...।

मैं अभी चिन्ता-निमग्न ही था कि वहाँ हिन्दी विभाग का सेवा कर्मचारी ईश्वर चन्द आया और मुझसे बोला, 'तुम्हें नगेन्द्र जी बुला रहे हैं।' उसका आना उस समय मुझे सच में सर्वशक्तिमान ईश्वर का आना ही लगा। मैं उसके साथ चल पड़ा और निश्चय कर लिया कि जो भी, जैसा भी विषय मिलेगा, वह स्वीकार कर लूँगा।

मैं सिर झुकाए कक्ष में प्रवेश कर गया और डॉ. नगेन्द्र जी की वाणी मेरे कानों में गूँजी, 'यह कोई तरीक़ा है! चलो, जो विषय बोलोगे, समिति दे देगी।' इस प्रकार मुझे सौभाग्य मिला कि मैं मोहन राकेश पर शोध करनेवाला प्रथम शोधार्थी बन सका।

मोहन राकेश जी तक यह बात पहुँच गई। मैं जब अपने शोध के सिलसिले में उनसे मिला तब उन्होंने बताया कि उन्हें डॉ. दशरथ ओझा जी ने पूरी घटना बताई थी। इस घटना के कारण भी वे मुझे अपने क़रीब पाते थे। शोध के सिलसिले में अब मेरा उनसे मिलना अक्सर होने लगा। मैं उनके नाटकों से सम्बन्धित जिज्ञासाओं का ढेर उनके पास लेकर जाता और वे जब उनका शमन करने लगते थे तो प्राय: एक-आध सवालों का जवाब देने में एक-दो घंटे निकल जाते। वे उन पात्रों में खो जाते जिनकी नाट्य-सृष्टि उन्होंने ही की थी। वे मल्लिका के बारे में, सावित्री के विषय में और सुन्दरी के बारे में बताते-बताते भावुक हो जाते। भावावेश में कही गई उनकी बातों का बहुत सारा प्रतिशत मेरे पल्ले तक नहीं पड़ता था। एक शाम तो हद हो गई, हम रिवोली सिनेमा हॉल की रेस्तराँ में बैठे थे। फ़िल्म चल रही थी इसलिए रेस्तराँ में उस समय केवल हम दोनों ही वहाँ थे। मोहन राकेश जी कुछ बताते-बताते कहीं खो गए और फिर अत्यन्त भावुक होकर कहने लगे, 'मैं ही हूँ,

महेन्द्रनाथ, बार-बार घिसा जानेवाला रबर का टुकड़ा मैं ही हूँ। नंद भी मैं ही हूँ, मातुल भी मैं ही और कालिदास भी...' और जाने, क्या-क्या हिन्दी में बोलते-बोलते वे अंग्रेज़ी में बोलने लगे! मुझे यह लग रहा था कि वे रो न पड़ें। इसके विपरीत जब वे पंजाबी में कभी कोई जालंधर या अमृतसर की घटना सुनाते अथवा मेरी कोई बात उन्हें विनोदप्रिय लगती, वे बहुत ज़ोर से खुलकर हँसते बल्कि ठहाका लगाते। उनका ठहाका दीवार की सफ़ेदी का चूना गिरा सकता था।

मैं सोच-सोचकर बहुत ख़ुश होता था कि मेरी कुछ बातें उनसे मिलती हैं। मेरा जन्म भी आठ जनवरी को हुआ, पंजाब में ही हुआ। मुझे भी अपनी माँ से अतिशय प्रेम था और मुझे भी दोस्तों के साथ महफ़िल जुटाने में बहुत आनन्द आता है। मैंने सिवाय जन्मदिन के मिलान के बाक़ी बातें उनसे साझा नहीं कीं। मोटे चश्मे के पीछे चमकती उनकी आँखें बहुत कुछ कह जाती थीं।

उन दिनों उनका नाटक 'आधे-अधूरे' एक युग-प्रवर्तक नाटक के रूप में हिन्दी साहित्य और हिन्दी रंगमंच का सर्वाधिक चर्चित नाटक हो रहा था। मेरे नाट्य शिक्षकों में डॉ. लक्ष्मीनारायण लाल जैसे प्रख्यात नाटककार भी थे जो मुझसे यदा-कदा उलाहने के स्वर में पूछ चुके थे कि मैं उनके नाटकों की तुलना में, जिनकी संख्या मोहन राकेश के नाटकों से अधिक है, राकेश के नाटकों को क्यों अधिक महत्त्व देता हूँ। इस पर मैंने उन्हें जो बताया, वह मैं राकेश जी को बताकर अच्छा समीक्षक होने का तमगा पा चुका था। मैंने अपनी सीमित बुद्धि से आकलन करते हुए पाया था कि डॉ. लाल यद्यपि अच्छा नाटक लिखते हैं और लिखने से पूर्व योजना बना लेते हैं कि किस शैली या शिल्प और किस प्रकार के मंच के लिए लिखना है। वे चरित्रों को अपने नियंत्रण में अनुशासित करते हैं; जबकि मोहन राकेश कोई बड़ी योजना नहीं बनाते। चरित्र-सृष्टि के विषय में सोचते हैं और वे चरित्रों को अपने बन्धन में नहीं रखते, उनके नाटक उनके चरित्रों के अनुसार गतिवान होते हैं इसलिए वे चाहकर भी पुरुष चरित्रों को स्त्री चरित्रों से अधिक प्रभावी नहीं बना पाए।

'अच्छे समीक्षक' का तमगा मिलने से मेरा उत्साहवर्धन हुआ था और मैं मोहन राकेश के साथ उनकी उँगली पकड़कर उनके चरित्रों को समझने की कोशिश करता रहा।

सितम्बर, 1971 में मेरा चयन दिल्ली विश्वविद्यालय के शिवाजी कॉलेज में हुआ। तब मुझे एम. लिट्. करते हुए एक वर्ष हुआ था, प्रीवियस की परीक्षा में अच्छे अंक प्राप्त हुए थे। मैंने राकेश जी को अपने लेक्चरर नियुक्त होने की ख़बर दी। वे बहुत ख़ुश हुए और मुझे पंजाबी में शाबाशी देते हुए कहने लगे, 'हमारा हरीश प्रोफ़ेसर हो गया। अभी तो इसने सिर्फ़ 'मोहन' पढ़ा है, जब 'राकेश' पढ़ लेगा तो पता नहीं क्या बनेगा?' उनका संकेत एम.लिट्. फ़ाइनल उत्तीर्ण करने का था। फ़ाइनल में ही लघु शोध-प्रबन्ध विभाग में जमा कराना था।

एक दिन मोहन राकेश जी का हमारे घर, शाहदरा, में फ़ोन आया। उन्होंने मुझसे पूछा कि क्या मैं चाँदनी चौक जाऊँगा? उन्हें ज्ञात था कि मैं अक्सर अपने दोस्तों के साथ दरीबा-चाँदनी चौक में, जहाँ हम पहले रहा करते थे, जाता हूँ। मैंने कहा, 'हाँ, बताइए, क्या करना है?' वे बोले, 'तुम्हें पार्टी देनी है, तुम प्रोफ़ेसर बन गए हो न!' मुझे थोड़ा संकोच हुआ, मैंने कहा, 'ऐसा क्या?' उन्होंने कहा, 'हाँ, पार्टी देनी है, उसके लिए चाँदनी चौक से दरीबाकलाँ के जलेबी और समोसे ले आना,' मैंने कहा, 'अच्छा जी, कितनी ले लूँ'? उन्होंने कहा, 'पार्टी है, सोच-समझकर ले आना।'

मैंने दादा जी और बीजी को बताया कि आज मुझे मोहन राकेश जी पार्टी दे रहे हैं। दोनों ख़ुश हुए। बीजी ने हिदायत दी कि ज़रा अच्छे कपड़े पहनकर जाना और जलेबी-समोसे रखने के लिए थैला ज़रूर ले जाना। तब मेरे पास कोई वाहन नहीं था। शाहदरा से चाँदनी चौक तक फोर-सीटर चलते थे जिन्हें 'फटफटिया' कहा जाता था, मैं फटाफट तैयार होकर फोर-सीटर से दरीबा पहुँचा और पार्टी का सोचकर मैंने अनुमान लगाया कि दस-बारह व्यक्ति तो ज़रूर होंगे। मैंने उसी हिसाब से समोसे और जलेबियाँ ख़रीद लिये और वहाँ से एक थ्री-व्हीलर (तब उसे स्कूटर कहते थे) लेकर राकेश जी के घर पहुँच गया।

राकेश जी के यहाँ उनके मित्र (सम्भवत:) रजिन्दर पाल बैठे हुए थे। सिगार चल रही थी। मैंने थैला रखा। राकेश जी के पैर छुए और कहा कि 'आप मुझे इतना सम्मान दे रहे हैं, अभी पार्टी में सब लोग आएँगे, उससे पहले ही अपना आशीर्वाद दे दीजिए।' उन्होंने एक ज़ोरदार ठहाका लगाया और कहा, 'लोग? जितने आने थे वो तो आ चुके। तू थैले भर के ले आया, हम हफ़्ता-भर खाएँगे!' और फिर उनके ठहाके गूँजने लगे।

फिर अचानक 3 दिसम्बर, 1972 की शाम उनके निधन की ख़बर सुनकर मेरा दिल धक् से रह गया। अपने शोध-प्रबन्ध के लिए मैं जो कुछ लिखता और उन्हें दिखाता, वह उसे कभी पढ़ते नहीं थे। कहीं-कहीं से सुनते थे और कहते थे, ये डिग्री के लिए लिखा जा रहा है। मैं जानता हूँ, शोध-प्रबन्धों में कितना कुछ अनावश्यक और 'पेज भराऊ' लिखा जाता है। जब प्रकाशित करना होगा, तब मैं इसे पूरा पढ़ूँगा और सम्पादन करूँगा।' तब मुझे यही बात याद आई थी और लगा था कि मेरे सौभाग्य से अपने समय के युग-पुरुष राकेश जी के सान्निध्य और निर्देशन में अनायास ही काम करने का विरल सुअवसर मुझे मिला था, उसे नियति के क्रूर निर्णय ने पल-भर में मुझसे छीनकर मुझे दिशाहीन और असहाय-सा बना दिया था। आज भी जब उनकी याद आती है तो उनके ठहाके मुझे अपने भीतर गूँजते सुनाई पड़ते हैं तो लगता है, वह अब भी मुझमें कहीं ज़िन्दा हैं...।

एक नये साहित्यिक आन्दोलन के जनक : राकेश

आर.एस.

मूर्धन्य, प्रतिभाशाली कहानीकार और नाटककार मोहन राकेश के आकस्मिक निधन से भारतीय साहित्य की अपूरणीय क्षति हुई है। वे केवल 48 वर्ष के थे और अपने साहित्यिक जीवन की बुलन्दियों को छू रहे थे। हिन्दी साहित्य को उनसे बड़ी अपेक्षाएँ थीं।

उनका जन्म जालंधर[1] में हुआ था। कम ही उम्र में वे अनाथ हो गए थे। जीवन के शुरुआती दिनों के संघर्ष ने उन्हें अत्यन्त संवेदनशील बना दिया था। धीरे-धीरे सफलता की सीढ़ियाँ चढ़ते हुए वे एक ऐसे इनसान बन गए जो हर तरह की कठिनाइयों को हँसकर पार कर सकता था। ऐसी कठिन परिस्थितियों में, जिनमें कोई व्यक्ति क्रोधित और आपे से बाहर हो सकता हो, राकेश के चेहरे पर सदैव उनकी शानदार हँसी क़ायम रहती थी। उनके परिचित व साथी उनकी हाज़िर-जवाबी और ठहाकों को कभी भुला नहीं सकते। जीवन से प्यार करने की लगन और कभी न हारनेवाली भावनाओं की प्रतिध्वनि उनके लेखन में देखी जा सकती है। इसी के चलते उनकी कहानी 'मलबे का मालिक' को न केवल अपार सफलता मिली बल्कि इससे वे हिन्दी के सशक्त सम्भावनामय लेखकों में शामिल हो गए।

राकेश के लिए लेखन आत्माभिव्यक्ति का पूर्णकालिक कार्य था। इसी कारण उन्होंने साहसपूर्वक विश्वविद्यालय के सुरक्षित अध्यापन कर्म छोड़कर स्वयं को पूरी तरह साहित्य को समर्पित कर दिया था—यह जानते हुए भी कि हिन्दी लेखन से जीवन-यापन करना कितना कठिन कार्य है, उन्होंने हिन्दी साहित्य को ही अपनी कर्मस्थली बनाया। उन दिनों दिल्ली में वे अत्यन्त ग़रीबी का जीवन जी रहे थे। उन्हीं दिनों उन्होंने 'अँधेरे बन्द कमरे' उपन्यास की रचना की। इस उपन्यास में उन्होंने कसाबपुरा के सामान्य कामकाजी लोगों की गहरी आध्यात्मिकता और धुएँ से भरे कॉफ़ी-हाउस में बैठने और महँगे ड्राइंग रूम में रहने, और बाल की खाल निकालनेवाले बुद्धिजीवियों के नीरस जीवन के अन्तर का अंकन किया है।

1. मोहन राकेश का जन्म वास्तव में जालंधर में नहीं, अमृतसर में हुआ था। —सं.

कुछ अन्य लेखकों के साथ मोहन राकेश ने हिन्दी कहानी के लिए नव-यथार्थवादी आन्दोलन की शुरुआत की। इसे 'नई कहानी' आन्दोलन के रूप में पहचान मिली। इस आन्दोलन में इस बात पर बल दिया गया कि सामान्य कल्पना और कहानियों की शैली में चित्रित घटनाओं और कार्य-व्यापार को ऐसे उच्च स्तर पर ले जाया जाए जहाँ वे समकालीन मनुष्यों के जीवन की जटिल व आन्तरिक दुनिया से जुड़ सकें। उनके अनुसार मनुष्य की आन्तरिक दुनिया भी उतनी ही रोमांचक है जितनी बाहर की। यह आन्दोलन मोहन राकेश के समकालीन सभी कहानीकारों की परिकल्पना में समाहित हो गया।

स्वतंत्र पहचान की जागरूकता और शब्दों की शक्ति के विकास ने उन्हें दूसरे माध्यम नाटक यानी वाचिक शब्दों की दुनिया की ओर आकर्षित किया। उन्होंने अपने नाटकों में ऐतिहासिक और अर्द्ध-पौराणिक विषयों को आधार बनाया। 'आषाढ़ का एक दिन' और 'लहरों के राजहंस' के माध्यम से उन्होंने पारम्परिक मूल्यों को चुनौती दी। वे लगातार सावधानीपूर्वक पारम्परिक ढाँचों को तोड़ते चले गए। उन्होंने आधुनिक मुहावरों को नया लयात्मक स्वरूप ही नहीं दिया बल्कि समकालीन मनुष्यों की परिस्थितियों को नये रूप में प्रस्तुत करने में भी सफलता प्राप्त की।

उनके उत्कृष्टतम नाटक 'आधे-अधूरे' ने पुरातन नाट्य-प्रणाली को ही नहीं तोड़ा, उसे पुरातन अभिव्यंजनाओं के चलन से भी मुक्त किया। उन्होंने सिद्ध किया कि रोज़मर्रा के जीवन में प्रयुक्त भाषा पारम्परिक भाषा से कहीं अधिक शक्ति-सम्पन्न है। दैनिक जीवन में प्रयुक्त भाषा समय के साथ उत्तरोत्तर अधिक शक्तिशाली होती जाती है। पूर्व में इस तथ्य से अधिकतर लेखक अनभिज्ञ थे। अगर वे दीर्घजीवी होते तो निश्चय ही हिन्दी साहित्य को समृद्ध करने में अपने समकालीनों से बहुत अधिक योगदान देते।

अपने निधन के समय वे जवाहरलाल नेहरू फ़ेलोशिप के तहत बोलचाल की भाषा की बनावट (एनाटॉमी ऑफ़ स्पोकेन वर्ड) का अध्ययन कर रहे थे। उम्मीद की जानी चाहिए कि उनका अधूरा छूटा हुआ काम प्रकाशित होगा और कोई दूसरा लेखक उनके काम को आगे बढ़ाएगा। वे अनेक अधूरे काम छोड़ गए हैं, जो अप्रकाशित हैं। आशा है, उन्हें प्रकाशित करने का कार्य भी किया जाएगा। मोहन राकेश यद्यपि आज हमारे बीच नहीं हैं लेकिन अपने कार्यों से वे आज भी जीवित हैं।

मोहन राकेश और अगहन का एक दिन

रघुवीर सिन्हा

मोहन राकेश हमारे बीच से उठकर अचानक चले गए हैं। नाटककार थे न? नाटक का सूत्रपात कर, दर्शकों में जिज्ञासा और उत्साह जगा, पार्श्व में चले जाना ही जैसे नाटककार का धर्म है! 'आषाढ़ का एक दिन' से लेकर 'आधे-अधूरे' तक की यात्रा की एक तसवीर उभरकर आज आँखों में समा जाती है, और इसकी पार्श्व छाया में मोहन राकेश का प्रतिभाशील भरा हुआ, मुस्कराता चेहरा जैसे नियति के विद्रूप पर ठठाकर हँसने लगता है, वैसे ही, जैसा जीवन में उनका स्वभाव था।

पचास के आसपास नई संचेतना, नये आयाम, नये भावबोध और अन्तर्दृष्टि लेकर आनेवाले कथाकारों में मोहन राकेश प्रमुख थे। 'एक और ज़िन्दगी', 'मलबे का मालिक', 'उसकी रोटी', 'सुहागिनें', 'अपरिचित', 'मिस पाल', 'फ़ौलाद का आकाश', 'जानवर और जानवर', 'पाँचवें माले का फ़्लैट', 'ज़ख़्म', 'आर्द्रा' जैसी सशक्त कहानियाँ लेकर आनेवाले मोहन राकेश ने 'नई कहानी' पर अपनी अमिट छाप छोड़ी। 'अँधेरे बन्द कमरे' आधुनिक विवाह संस्था की विसंगति और बिखराव पर प्रामाणिक उपन्यास बनकर सामने आया, तो 'आधे-अधूरे' (कोई दस साल बाद) टूटते परिवार और नैतिक मूल्यों के ह्रास पर एक सर्वथा अनूठी और यथार्थात्मक नाट्य-रचना।

मोहन राकेश की मान्यता थी कि विवाह नाम की संस्था सारे संसार में टूटती जा रही है, और स्त्री-पुरुष सम्बन्ध धीरे-धीरे औपचारिक होते जा रहे हैं। एक बार व्यक्तिगत बातचीत के दौरान बड़ी सहजता और आत्मविश्वास से राकेश जी ने मुझसे (सन् 1967 में) कहा था—बहुत जल्दी वह समय आनेवाला है, जब पति-पत्नी सम्बन्ध एक तरह के 'कम्पार्टमेंटल रिलेशनशिप' में परिवर्तित हो जाएँगे। वे दोनों एक घर में रहते हुए पति-पत्नी सम्बन्धों का मूल रूप में निर्वाह करते हुए भी वैयक्तिक रूप में इतने स्वतंत्र ('ऑटोनामस') हो जाएँगे कि वे एक-दूसरे के व्यक्तिगत कार्यकलाप में कोई हस्तक्षेप नहीं करेंगे। वे दोनों अपने-अपने 'कम्पार्टमेंट' में रहेंगे। वे शायद आनेवाले कल की बात कर रहे थे। नियति की अजीब विडम्बना और क्रूरता है कि वे इस आनेवाले कल का रूप और प्रतिबिम्ब देखने के पहले

ही उठकर चले गए—ख़ास तौर से एक ऐसे वक़्त, जब वे नेहरू फ़ेलोशिप के अन्तर्गत नाटक में उपयोग किये जानेवाले शब्द पर इतना महत्त्वपूर्ण कार्य कर रहे थे...और हमें उनकी खोजों और निष्कर्षों की इतनी अपेक्षा थी।

'लहरों के राजहंस' उनका पहला ऐतिहासिक नाटक था, जिसने पाँचवें दशक में ही नाट्य-जगत् में उनका स्थान बना दिया। फिर उनका 'आषाढ़ का एक दिन' इतने अभिनव और कलात्मक रूप में सामने आया कि शीघ्र ही एक सफल और प्रख्यात नाटककार के रूप में वे अपना विशिष्ट स्थान बना गए।[1] कालिदास की एक सर्वथा नई और अभी तक अनभिव्यक्त भूमिका को इतने कलात्मक सौन्दर्य से प्रस्तुत करना मोहन राकेश जैसे प्रतिभाशील नाटककार के बस की ही बात थी। मेरा दृढ़ विश्वास है, 'आषाढ़ का एक दिन' नाटक की गिनती आधुनिक क्लासिकल साहित्य में होगी।

उनका अगला नाटक 'आधे-अधूरे' आधुनिक शिल्प बिम्ब और प्रतिमान लेकर सातवें दशक के आरम्भ में आया। रचना और रंगमंच, दोनों दृष्टि से इसे अभूतपूर्व सफलता मिली। दिल्ली, कलकत्ता, बम्बई, कानपुर, इन्दौर आदि में इसके प्रदर्शन हुए।

['आधे-अधूरे' नाटक और 'उसकी रोटी' कहानी पर अब फ़िल्म भी बन रही है।]

पिछले पच्चीस बरसों में कथाकार, उपन्यासकार और नाटककार के रूप में मोहन राकेश ने जो विशिष्टता प्राप्त कर ली थी और नेहरू फ़ेलोशिप के रूप में उन्हें जो मान्यता मिली है, उससे हिन्दी जगत को उनसे और भी बड़ी-बड़ी आशाएँ हो गई थीं। कौन जानता था, पाँचवें दशक का यह तेज़ सितारा पाँचवाँ दशक भी पार नहीं कर पाएगा?

मोहन राकेश के व्यक्तित्व और कृतित्व से मेरा परिचय कोई नौ-दस बरस पुराना है। सन् '63-64 में राजपाल से 'नये कहानीकार : श्रेष्ठ कहानियाँ' सीरीज़ प्रकाशित हुई थी—मोहन राकेश, कमलेश्वर, राजेन्द्र यादव, फणीश्वरनाथ 'रेणु' और मन्नू भंडारी पर। मोहन राकेश वाले कहानी-संग्रह की भूमिका 'मेरा हमदम : मेरा दोस्त' कमलेश्वर ने लिखी थी। उसी ने सकेश जी से मेरा पहला परिचय कराया। अब तक उनकी कुछ कहानियाँ मैं पढ़ चुका था और बेहद प्रभावित हुआ था। मैंने मोहन राकेश को फ़ौरन पत्र लिखा...कमलेश्वर जी को भी। कमलेश्वर का प्रत्युत्तर तो तुरन्त आ गया, राकेश जी का उत्तर नहीं आया। फिर मैं छिंदवाड़ा से स्थानान्तरित होकर दूसरी जगह चला आया। क़रीब डेढ़ साल बाद राकेश जी का एक कार्ड मेरे पुराने पते से 'रिडायरेक्ट' होकर मुझे मिला : 'आप सोच भी सकते हैं, कोई आदमी इतना आलसी हो सकता है कि किसी के पत्र का जवाब साल भर बाद दे।' यहीं से पत्र शुरू हुआ था। और यहीं से हमारे व्यक्तिगत परिचय का सूत्रपात हुआ।

---

1. यह सच है कि 'लहरों के राजहंस' का कथा-बीज एक कहानी के रूप में 1946 के आसपास राकेश की उर्वर रचनाशीलता में रोपा जा चुका था। परन्तु लम्बी रचना-प्रक्रिया के कारण इसका लेखन-प्रकाशन 1963 में हुआ था, जबकि उनका पहला नाटक 'आषाढ़ का एक दिन' 1958 में ही छप गया था। —सं.

यही सहजता और जीवन्तता मोहन राकेश के जीवन की सबसे बड़ी ख़ूबी थी। जितना खुलकर वे हँसते थे, उतना ही खुलकर मिलते थे। रिसर्च के सिलसिले में '67-68 में मैं दिल्ली में था।...कई बार उनसे मिला। हर भेंट में वे इतने क़रीब आ जाते थे और इतनी आत्मीयता से खुलकर बातें करते थे कि लगने लगता था, मैं ख़्वाहमख़्वाह औपचारिकता के फेर में पड़ा हूँ। राकेश जी से तो मेरा परिचय बरसों पुराना है और मुझे इतने क़रीब से जाने कब से वे जानते हैं। हर मुलाक़ात के बाद जब मैं उठकर चलने लगता और अगली मुलाक़ात के लिए उनकी सुविधा पूछता, तो बड़ी आत्मीयता से वे कहते : 'इट्स आलवेज़ ए ग्रेट प्लेज़र टॉक टू यू।'

मोहन राकेश उन दिनों बहुत व्यस्त थे। शायद 'आधे-अधूरे' पर ही काम कर रहे थे। रात को दो-ढाई बजे उठकर वे काम करते। फिर सुबह सात-आठ बजे सोने चले जाते। दोपहर को फिर लिखने बैठ जाते। दोपहर तीन से चार के बीच का समय ही ख़ास-ख़ास मिलनेवालों को दिया जाता। पहले से 'अपाइंटमेंट' निश्चित करने के लिए मैं कभी टेलीफ़ोन करता, तो अक्सर अनीता जी की मीठी आवाज़ ही पहले सुनाई देती, फिर वे राकेश जी से बात करवातीं।

क़हक़हे, निश्छल हँसी और ठठाकर हँसने का उनका निराला अन्दाज़ अन्तर को छूकर रह जाता। इतनी जीवन्त मुस्कराहट और इतना निश्छल व्यवहार—ताज्जुब होता था मुझे कभी-कभी उनसे मिलकर लौटने के बाद, कि ज़िन्दगी की इतनी गहराई से, इतनी निकटता, पीड़ा और यातना से भोगनेवाला यह आदमी हर क़दम पर विसंगतियों से, निर्ममता से लड़ता हुआ मझोले क़द, दोहरे शरीरवाला यह व्यक्तित्व अन्दर से इतना सहज-सरल कैसे है? इतनी निश्छल हँसी कैसे हँस लेता है? तब शायद नहीं मालूम होता था, वह इतना बड़ा नाटककार भी है।

कमलेश्वर ने एक जगह लिखा है : 'मेरा दोस्त (मोहन राकेश) डाक बँगलों की ही ज़िन्दगी समझता है।' मोहन राकेश के संघर्षरत जीवन और उससे प्रसूत अभिदर्शन को समझने के लिए इससे अच्छा सूत्र शायद दूसरा नहीं है। विसंगतियों और विडम्बनाओं से निरन्तर संघर्ष ही उनका जीवन था। 'एक और ज़िन्दगी' से जो यात्रा शुरू हुई थी, उसकी परिणति 'आधे-अधूरे' में ही सम्भव थी।

मोहन राकेश स्वतंत्र चिन्तन और स्वतंत्र लेखन के प्रणेता थे। कोई भी बन्धन उन्हें स्वीकार नहीं था। उन्होंने एक के बाद एक नौकरी छोड़ी। नौकरी की रूटीन पद्धति से उनका स्वतंत्र व्यक्तित्व और उनकी रचनात्मक प्रतिभा कभी मेल नहीं खा पाए।

दुष्यन्त कुमार उनकी नौकरी का एक दिलचस्प क़िस्सा अक्सर सुनाते हैं। शुरू के दिनों में मोहन राकेश ने पंजाब के किसी कॉलेज में प्राध्यापिकी की नौकरी कर ली थी। कुछ दिन तो नौकरी ठीक-ठाक चली, फिर कुछ दिन बाद राकेश जी को यह अहसास होने लगा कि जब वे कॉलेज की तरफ़ बढ़ रहे होते हैं तो उनका एक पैर उलटा कॉफ़ी-हाउस की ओर खिंचता रहता है। यह द्वंद्व उन्होंने ज़्यादा दिन

नहीं चलने दिया। एक दिन कॉलेज गए और जब क्लास लगी, तो बोर्ड पर उन्होंने यह लिख दिया : 'बच्चो! आज तक मैं तुम्हें पढ़ाता आया, कल से तुम स्वयं पढ़ लेना।' और यही उनका त्यागपत्र हो गया।

कमलेश्वर ने 'मेरा हमदम : मेरा दोस्त' में मोहन राकेश द्वारा प्रचारित एक नुस्ख़े का ज़िक्र किया है। मोहन राकेश का कहना है : जो लोग साहित्य में और नौकरी में एक साथ लगे हुए हैं, और नौकरी छोड़ने न छोड़ने के द्वंद्व के बीच जीते रहते हैं, उन्हें यह नुस्ख़ा अपने अन्दर आजमाना चाहिए। यदि ठीक दस बजे उनका मन कपड़े पहनकर, सूट-बूट से लैस होकर ऑफ़िस जाने का होता, तो उन्हें फ़ौरन नौकरी छोड़ देना चाहिए। इसीलिए, शायद जब '61-62 में 'सारिका'-सम्पादक की प्रतिष्ठित जगह मोहन राकेश को मिली, तो बहुत थोड़े समय में उन्होंने पत्रिका को एक नया रूप दे दिया। पर रचनात्मकता के लिए अन्दर चलनेवाला द्वंद्व उन्हें फिर परेशान करने लगा, और कुछ ही माह में उन्हें प्रशासकीय व्यवस्था की यह नफ़ासत खलने लगी कि जब वे घर से दफ़्तर या दफ़्तर से घर रवाना हो रहे होते हैं, तो शोफ़र कार का दरवाज़ा खोले हुए तैयार मिलता है। यह लालफ़ीताशाही उनके सहज संवेदनशील व्यक्तित्व के विपरीत पड़ती थी।

ऐसी ही व्यवस्था और रूटीन ज़िन्दगी से वे हरदम विद्रोह करते रहे...इसीलिए शायद कमलेश्वर की नज़रों में 'डाकबँगले वाली ज़िन्दगी' उन्हें भाती रही क्योंकि वहाँ कुछ भी 'रूटीन' नहीं हो पाता, सब तात्कालिक होता है। रचनात्मकता की माँग उनके अन्दर इतनी गहरी थी कि सृजन के सिवा वे कुछ और कर ही नहीं पाते थे। यही सर्जनशीलता उनका अभिदर्शन भी थी, और यही उनकी यात्रा भी। वे एक जीवन्त रचनाकार थे। और मुझे दृढ़ विश्वास है, जब तक 'आषाढ़ का एक दिन' ज़िन्दा रहेगा, राकेश भी हमारे बीच जीवित रहेंगे।

न आनेवाला कल...

देवेन्द्र उपाध्याय

चार दिसम्बर का समाचार-पत्र अप्रत्याशित और दुखद समाचार फेंक गया। अचानक हतप्रभ हो जानेवाली हालत 3 दिसम्बर को 4.30 बजे दिल के दौरे से मोहन राकेश का निधन हो गया। जिसने भी सुना, उसके लिए यह सबसे बड़ी दुखद सूचना थी—विश्वास नहीं हो पा रहा था। जो भी सुनता, वह एकबारगी चौंक जाता।

लेखन और जीवन में समान रूप से निर्विवाद व्यक्तित्व वाले लोग बहुत कम मिलते हैं। मोहन राकेश जैसा उदाहरण साहित्य जगत में कम ही मिलता है।

8 जनवरी, 1925 को जन्मे राकेश ने स्वतंत्रता के पश्चात् के कहानीकारों में अपना विशिष्ट स्थान लिया। स्वतंत्रता के बाद कहानी का जो आन्दोलन 'नई कहानी' के रूप में स्थापित हुआ, राकेश उसके प्रमुख प्रवक्ता थे। अपनी प्रारम्भिक कहानियों में उन्होंने विभाजन के प्रभाव को परिलक्षित किया। 'मलबे का मालिक', 'परमात्मा का कुत्ता' तथा 'क्लेम' आदि कहानियों में विभाजन का प्रभाव और उस जीवन की छाप है।

शिमला के मिशनरी स्कूल में अध्यापन से लेकर बम्बई में 'सारिका' के सम्पादन के बाद पिछले कई वर्षों से वह दिल्ली में रहकर स्वतंत्र लेखन में जुटे रहे। उन्होंने तब हर असम्भव कार्य को सम्भव कर दिखाया। तबीयत से ख़ुशमिज़ाज राकेश से जो भी मिला, ज़रा भी उनके सम्पर्क में आया, प्रभावित हुए बिना नहीं रहा।

उन्होंने '60 और '80 के बीच कहानियाँ लिखी हैं जिनमें 'जानवर और जानवर', 'मिस पाल', 'आर्द्रा' तथा 'एक और ज़िन्दगी' आदि अनेक कहानियाँ हिन्दी की प्रतिनिधि और लोकप्रिय कहानियाँ हैं।

'आषाढ़ का एक दिन' उनका सबसे पहला और महत्त्वपूर्ण नाटक था जिसने हिन्दी रंगमंच को एक नई दिशा दी। उसके बाद उन्होंने 'लहरों का राजहंस' लिखा और उसके बाद 'आधे-अधूरे'। 'आधे-अधूरे' का फ़िल्मांकन भी हुआ—कतिपय झंझटों ने उसे अभी तक परदे पर नहीं आने दिया। हिन्दी रंगमंच में यह नाटक बहुत सराहा गया। इसका अनुवाद अनेक भारतीय भाषाओं में भी हुआ।

उनका सबसे पहला कहानी-संग्रह 'इनसान के खँडहर' प्रकाशित हुआ था। इसके बाद 'नये बादल', 'एक और ज़िन्दगी', 'आज के साये', 'रोयें-रेशे', 'एक-एक दुनिया' तथा 'मिले-जुले चेहरे' कहानी-संग्रह प्रकाशित हुए। उनके उपन्यास 'अँधेरे बन्द कमरे' की गणना हिन्दी के शीर्षस्थ उपन्यासों में की जाती है। इस उपन्यास के बाद एक और महत्त्वपूर्ण उपन्यास 'न आनेवाला कल' प्रकाशित हुआ।

उन्होंने अपने यात्रा-संस्मरणों को 'आख़िरी चट्टान तक' में संकलित किया। यही नहीं, एक निबन्ध-संग्रह 'परिवेश' भी प्रकाशित हुआ था।

लगभग 1946-47 से उन्होंने मदनमोहन राकेश के नाम से लिखना प्रारम्भ किया।

राकेश इन दिनों एक और नया नाटक लिखने की तैयारी में थे। उन्होंने दो अध्याय पूरे ही किये थे कि उनके जीवन का अध्याय पूरा हो गया। उनके मित्र उनकी कर्मठता और लोकप्रियता से बहुत प्रभावित थे। इतनी अधिक लोकप्रियता और सफलता उनके समकालीनों को नहीं मिली।

मोहन राकेश ने हिन्दी के नये रंगमंच की स्थापना और उसे आगे बढ़ाने में बड़ा योगदान दिया। साहित्यिक कृतियों के सफल फ़िल्मांकन का उन्हें श्रेय जाता है, क्योंकि 'आधे-अधूरे' के फ़िल्मांकन के बाद ही हिन्दी निर्माताओं ने तेज़ी के साथ एक के बाद अनेक साहित्यिक कृतियों का सफल फ़िल्मांकन किया, जिन्हें फ़िल्म-जगत में न्यू वेब या कलात्मक फ़िल्में कहा जा रहा है। 'आधे-अधूरे' उस शुरुआत की एक कड़ी थी।

उसका पाठक दायरा बहुत विस्तृत रहा है और इस बात का अन्दाज़ इसी से लग जाता है कि उनके नाटक को देखकर प्रधानमंत्री श्रीमती इन्दिरा गांधी भी अत्यन्त प्रभावित हुई थीं। अपने एक शोक-सन्देश में उन्होंने श्रीमती मोहन राकेश के प्रति संवेदना व्यक्त करते हुए कहा : 'मोहन राकेश का निधन आपके लिए अपूरणीय क्षति तो है ही लेकिन नाटक और साहित्य के क्षेत्र में भी उनके निधन से बहुत क्षति हुई है।'

जीवन की विभिन्न स्थितियों, नारी-पुरुष सम्बन्धों और नारी जीवन की विवशता को लेकर कहानियाँ लिखीं। 'नई कहानी' आन्दोलन का इतिहास मोहन राकेश के बिना अधूरा ही होता—क्योंकि 'नई कहानी' को समझने के लिए मोहन राकेश की कहानियाँ एक सेतु हैं।

इनसान में कमज़ोरियाँ भी होती हैं—किसमें कितनी कमज़ोरियाँ हैं, इसका अहसास बहुत क़रीब के लोगों को ही हो सकता है। वह निर्विवाद व्यक्ति था सबका अपना—लेखन और जीवन में मस्त, निर्भीक और जल्दबाज़। इन्हीं की वजह से वह सफलता की ओर चलता गया। स्वतंत्र लेखन आज भी हिन्दी में बहुत कठिन और जीवट का काम है—पर वह पिछले आठ-नौ वर्षों से यही

कर रहा था। यह सचमुच बहुमुखी प्रतिभा था—बिना किसी लाग-लपेट की बातें कहनेवाला। लोगों ने उसे सदा हँसते हुए देखा है—लगता है, फिर उसकी हँसी सुनने को मिलेगी।

1968 में उन्हें संगीत नाटक अकादमी का पुरस्कार मिला और फिर उसके बाद नेहरू फ़ेलोशिप मिली। सब कुछ अप्रत्याशित हुआ—उनकी मौत भी अप्रत्याशित हुई। सब लोग आश्चर्यचकित हैं—वह न आनेवाला कल बन गया है। एक पुत्र और पुत्री तथा पत्नी को अकेला छोड़कर वह चला गया है—उसका अभाव उसके मित्रों को खलता रहेगा। परिचित कुछ दिन बाद शायद भूल जाएँगे—गाहे-बगाहे कभी कोई ज़िक्र आ गया तो आ गया। लेकिन साहित्य के इतिहास में उसका नाम हमेशा अमिट रहेगा।

एक अविस्मरणीय अनुभव

रायपुर का 'मोहन राकेश स्मृति नाट्योत्सव'

अनीता राकेश

राकेश जी के देहान्त को एक वर्ष होनेवाला था, तो रायपुर में एक युवक, नाम भूल रही हूँ, शायद प्रकाश रहा होगा[1], उसने मोहन राकेश नाट्य समारोह का आयोजन रखा, जिसमें उसने अन्य माननीय अतिथियों के साथ मुझे भी आमंत्रित किया। उस अदने-से लड़के को देखकर मैं हैरत में रह गई। फिर उस छोटे-से शहर के लिए तो मानो वो एक पर्व-सा था। कितना-कितना अच्छा लगा था, जब उस छोटे-से शहर में उसने अपने पूरे तन-मन से राकेश को पूरे सान पर चढ़ाया था। दूर-दूर से नाटक मंडली राकेश को खेलने आई थी। उसमें बिरला कला मन्दिर भी शामिल था। रायपुर का एयरपोर्ट किसी फाइव स्टार ड्राइंग रूम से कम नहीं था, क्योंकि हजूम का हजूम एयर-स्ट्रीप पर ही मेरा स्वागत मनों फूलों और सेहरों से करने आ गया था। लेकिन मेरे लिए वो मात्र फूल ही नहीं, एक पूरा जीवन-दान था। वहाँ की याद आज भी ताज़ा है। जैसा मैंने पहले भी कहा है कि आपके जीवन में लोगों का जाने-अनजाने योगदान चलता रहता है, ठीक उसी प्रकार रायपुर की याद मेरे लिए बहुत बड़ा सम्बल बन गई थी। इसी पर मैंने कहानी 'शहीद' लिखी थी।

वहाँ नेमिजी, नन्दन आदि जाने-माने लोग अतिथि के तौर पर बुलाए गए थे। छोटा शहर होने के नाते वहाँ का प्रत्येक अख़बार मेरे आगमन का समाचार तथा फ़ोटो लिये हुए था। बरसों बाद जैसे रायपुर जाग उठा हो, जहाँ आप राजा-रानी से कम न महसूस कर रहे हों। माहौल ही कुछ ऐसा था। ठीक ऐसा ही ग्वालियर में हुआ, क्योंकि वहाँ के प्रत्येक मित्र ने मुझे 'चन्द सतरें' से पहचान मुझ पर एक

---

1. उस समय रायपुर की एक नाट्य-संस्था 'वर्तमान' द्वारा इस नाट्योत्सव तथा 'भारतीय रंगमंच संगोष्ठी' का आयोजन किया गया था। आजकल के रंगकर्मियों को यह जानकर आश्चर्य होगा कि उस यादगार समारोह के परिकल्पक-संयोजक और अनीता जी के संस्मरण के उस हैरतअंगेज़ 'अदने-से लड़के' का नाम—बकौल राजकमल नायक—गिरिजा शंकर था जिसे आज हम सब लोग एक वरिष्ठ, प्रतिष्ठित और सुप्रसिद्ध नाट्य-समीक्षक के रूप में जानते हैं। —सं.

निजी हक़ हासिल कर लिया था, अत: ग्वालियर के स्वागत का आलम ही कुछ और था। बहरहाल, अगले दिन बिरला कला मन्दिर की मंडली पहुँच चुकी थी। मैं पहली बार उषा गांगुली से मिली थी। वह अपनी गोद के बेटे को अपनी आया के साथ लेकर आई थी। इसी से वो मुझे काफ़ी सिरफिरी लगी। उसके आने से पहले मैं उसी सुबह उस कोठी से बाहर घूमने निकल गई थी। एक छोटा शहर जो ढेरों पक्षियों, हरियाली और खुले आसमान से मेरा स्वागत करता मिला, जिसने मन और शरीर को पुलकित कर मनों ताज़गी भर दी थी और कि इस ताज़गी और शान्ति में आज रंगकर्मियों की भीड़ ख़लल डालेगी, सोचकर मन बैठ-सा गया। लेकिन उसी के विपरीत उषा का आना मानो 'उषा' का ही आना था। मुझे उसके साथ बिताई वो पहली रात उस कमरे में आज भी याद है। मच्छरों के कारण मसहरी लगी हुई थी, लेकिन उसके बावजूद मच्छरों ने स्वागत करना नहीं छोड़ा था। लेकिन उषा और मैं अपने-अपने हिस्से के मच्छरों के बावजूद एक-दूसरे से रूबरू हुए बिना नहीं रह पाए। वो रात एक यादगार रात बन गई थी।

'मैं अकेली रह सकूँगी?' उषा का सवाल था। उस समय तो मैं उसके प्रश्न को मात्र शारीरिक आवश्यकता तक ही केन्द्रित समझती थी, लेकिन बाद में इस प्रश्न का विकसित कैनवस मानसिक अर्थात् सामाजिक यातना से भरपूर जुड़ा हुआ समझ में आने लगा।

बहरहाल, नाट्य समारोह अत्यधिक सफल रहा। छोटा शहर, जहाँ भीड़ हो जाना स्वाभाविक था। छोटा-सा नाट्य-गृह, जहाँ शायद रामलीला खेली जाती होगी। बाहर रॉप-कार्न, कैम्पा या बर्गर की जगह गँडेरी, मूँगफली और चाय उपलब्ध थी। ख़ास मेहमानों के लिए मिठाई और नमकीन का ख़ास आयोजन था। ऐसा लग रहा था कि परदा उठते ही राम, लक्ष्मण, सीता से वास्ता होगा। लेकिन ताज्जुब था कि आज यहाँ 'आषाढ़' खेला जाएगा। कल भी रामलीला या नौटंकी की जगह 'लहरों' और 'आधे' होगा। सचमुच तिलिस्मी जगह थी। हवा में उड़ते प्रत्येक काग़ज़ पर नाटकों के नाम या फिर मेरा और राकेश जी का चित्र दिख जाता। जिस हलवाई की दुकान पर हम लोगों ने खाना खाया, वहाँ का मालिक अख़बार में फ़ोटो देख, ख़ुद हर बात पर ठीक से ध्यान दे रहा था। लग रहा था, जैसे वहाँ बैठे-बैठे जादू से ग़ायब भी हो सकती हूँ।

इसमें शक नहीं कि उस युवक ने अकेले दम राकेश जी की स्मृति में एक छोटे-से टापू पर सचमुच का जादू कर दिखाया। जितना आदर-सत्कार आने पर हुआ, उससे कहीं ज़्यादा उस हवाई ड्राइंगरूम में प्रस्थान पर हुआ। मैं इतनी गद्गद कि हवाई जहाज़ पर चढ़ने के लिए सहारे की ज़रूरत पड़ी। दूर-दराज़ से आए कलाकार, मुझे फ़रिश्तों से कम नहीं लगे। इतना मान-सम्मान और लगन। उनकी हौसला अफ़ज़ाई के आगे मैं नतमस्तक थी।

राकेश अंकल अब नहीं रहे!

बाल पत्रिका 'पराग' की श्रद्धांजलि

दुष्यन्त कुमार हिन्दी के अच्छे कवि हैं। एक बार उनके यहाँ मोहन राकेश का आना हुआ। दुष्यन्त के बच्चों ने ज़िद की कि अंकल, कहानी सुनाओ। राकेश जी मूड में थे। बोले, 'सुनो। एक दिन मैं जंगल में जा रहा था। जंगल बड़ा भयानक था। दूर-दूर तक कोई नहीं था। अचानक एक शेर महाराज सामने से आते दिखाई पड़े। मैं उनकी ओर बढ़ता गया और वे मेरी ओर। जब फ़ासला दो गज़ रह गया, तो वे उलटे पैरों भागे।'

'तो क्या शेर आपसे डर गया अंकल?' बच्चों ने पूछा।

'नहीं, मुझसे नहीं, तुम्हारे पापा से डर गया। क्योंकि मैंने उसे पुकारकर कह दिया कि जनाब, मेरे पीछे दुष्यन्त जी आ रहे हैं और वे तुम्हें अपनी कविता सुनाएँगे! सो शेर डरकर भाग निकला!'

यह कहानी सुनकर बच्चे, राकेश जी, दुष्यन्त जी—सभी लोग ठहाका लगाकर हँस पड़े। दोस्तों में उनके इस तरह के ठहाके बहुत मशहूर थे।

बच्चो, हमें दुख है कि इतने ज़िन्दादिल राकेश अंकल अब इस दुनिया में नहीं रहे। 3 दिसम्बर की शाम को उनका देहान्त हो गया। वे हिन्दी के बहुत बड़े उपन्यासकार, नाटककार और कहानीकार थे।

साथ के चित्र में वे अपने दोनों बच्चों को गोद में लिये हैं। बच्ची का नाम पुरवा है और बच्चे का नाम शैली। दोनों से उन्होंने उस शाम एशिया-72 मेला दिखाने का वादा किया था। लेकिन वादा वादा ही रह गया और वे इस दुनिया से चले गए।

एक वादा उन्होंने तुम्हारे लिए भी किया था—जल्दी ही एक अच्छी-सी कहानी देने का। इन दिनों वे 'पराग' की उन्नति में बहुत रुचि ले रहे थे। हमें उनके इस तरह अचानक चले जाने का बहुत दुख है। उनकी याद में अगले अंक में तुम्हें उनकी एक सुन्दर कहानी पढ़ने को मिलेगी।

खंड-2

यूँ ज़िन्दगी गुज़ार रहा हूँ तेरे बग़ैर...

मेरा हमदम : मेरा दोस्त / *कमलेश्वर*
मोहन राकेश : एक और ज़िन्दगी! / *दुष्यन्त कुमार*
आकाश में उड़ते परिन्दे और राकेश की याद / *रवीन्द्र कालिया*
यूँ ज़िन्दगी गुज़ार रहा हूँ तेरे बग़ैर... / *ओंप्रकाश*
मैत्रेय राकेश : आख़िरी कुछ दिनों की यादें / *सुरेश अवस्थी*
राकेश : एक विरल व्यक्तित्व / *भीष्म साहनी*
एक घूँट दर्द और... / *शरद जोशी*
एक आधी-अधूरी पूरी ज़िन्दगी / *श्रीकान्त वर्मा*
राकेश की दरियादिली बेमिसाल थी / *गंगा प्रसाद विमल*
उस शाम वह बहुत तनाव में थे / *सुरेश उनियाल*
ठहाकों में पिरोयी गम्भीरता / *कन्हैयालाल नन्दन*
एक कहानी यह भी : तीन-प्रसंग / *मन्नू भंडारी*
  प्रसंग-एक : सम्पादक मन्नू भंडारी और कहानीकार राकेश
  प्रसंग-दो : राजेन्द्र और मैं अब अलग हो गए हैं
  प्रसंग-तीन : 'आपका बंटी' और राकेश
'माई डियर, द फ़ैक्ट ऑव द मैटर इज़...' / *सत्येन्द्र शरत्*
राकेश : साहित्य का सुलताना डाकू / *रजिन्दर पाल*
राकेश नाटक का समसामयिक इतिहास था... / *मुद्राराक्षस*
नियति का क्रूरतम आघात / *आर.एल. निगम*
एक व्यक्ति का बहुमत / *राजिन्दर नाथ*
एक योद्धा लेखक का जाना / *सत्यदेव दुबे*
जीवनपर्यन्त नाटकीय शब्द की तलाश / *कविता नागपाल*

मेरा हमदम : मेरा दोस्त

कमलेश्वर

कई अदालतें हैं, जिनमें मेरा यह बहुत प्यारा दोस्त खड़ा हुआ है। कई जुर्म हैं, जिनका यह शख़्स गुनहगार है, और जुर्म भी ऐसे-वैसे नहीं, काफ़ी संगीन हैं...पहला जुर्म यह है कि राकेश कहीं टिकता नहीं और दूसरा है कि टिकता है, तो उठता नहीं!... कि वह यह चाहता है कि दुनिया में सभी लोग सिर्फ़ उसके लिए सोचें और परेशान हों...कि वह सिर्फ़ यह चाहता है कि सबकी परेशानियाँ वह ओढ़ ले, उसके बारे में कोई बात न की जाए!...कि वह लोगों को रगेदने के लिए पीछा करता है और उसकी हँसी में ज़हर बुझा हुआ है...कि वह अपने में मस्त है और ऐसे निश्छल ठहाके लगाता है, जो दुश्मन को भी दोस्त बना देते हैं? कि...वह लिखता : बहुत अच्छा है...पर आदमी बहुत अच्छा नहीं है!

और ये सब बातें उस शख़्स के बारे में हैं, जिसे बहुत आसानी से पहचाना जा सकता है। अगर कहीं एक ऐसा शख़्स दिखाई पड़े, जो सिल्क की निहायत लम्बे कालरवाली क़मीज़ पहने हो, जिसके कफ़ कोट की बाँहों से छह अंगुल बाहर निकले हों और उनमें एकदम पुरानी चाल के कफ़-बटन हों, जिसकी टाई की गाँठ ढीली मुट्ठी की तरह गर्दन में बेतरतीबी से कसी हो, क़ीमती कपड़े की पैंट जिस पहननेवाले से पनाह माँग रही हो और जो गोल्ड फ्लेक की सिगरेटें जला-जलाकर खा रहा हो और माचिस की तीलियाँ, राख और टुकड़े निहायत साफ़-सुथरी और सजी जगहों में फेंकता जा रहा हो और बात-बात पर आसमान-फाड़ ठहाके लगाता हो और लेखक के बजाय किसी बार का रईस, पर पहली नज़र में एकदम गावदी प्रोप्राइटर लगता हो, तो समझ लीजिए कि वह राकेश है। अगर वह राकेश न भी हुआ तो वह राकेशनुमा आदमी आपको उसका अता-पता बता देगा : 'आप उन साहब को पूछ रहे हैं? जी हाँ, कल ही तो उन्होंने यहाँ टेबल रिज़र्व कराया था, चार-पाँच दोस्तों के लिए...पैसे भी दे गए थे, पर आए नहीं!'

यह मुजरिम पैसे का दुश्मन है...और यह दुश्मन पैसा का भी ऐसा लती है कि उसका पीछा नहीं छोड़ता। वह वक़्त बहुत नाज़ुक था, लगभग यही दिन थे—एक

साल पहले। राकेश के बारे में पचासों बातें सुनाई पड़ती थीं और सभी उससे नाराज़ दिखाई पड़ रहे थे। उनमें से कुछ बातें बड़ी सनसनीखेज़ थीं—राकेश दिल्ली छोड़कर भाग गया! राकेश निहायत ग़ैरज़िम्मेदार है...कुछ लोग उसे मार डालने के लिए दिल्ली में घूम रहे हैं!

और यह ख़बर सुनकर इतना इतमीनान तो हुआ कि राकेश दिल्ली में है, क्योंकि मारनेवाले यहीं घूम रहे थे। वैसे यह भी कोई अचरज की बात न होती कि वह दिल्ली में ही होता और उसे मारनेवाले जालंधर में घूम रहे होते, क्योंकि उसके दुश्मन भी कम नहीं हैं—कुछ उसके व्यक्तिगत मामलों को लेकर, कुछ उसके उत्कृष्ट लेखन को लेकर और कुछ उसकी मस्ती को लेकर...।

पर वह दिन नहीं भूलता। एक साहब मेरे कमरे में घुसे और बेहद गन्दे तरीक़े से गालियाँ देते हुए बोले, 'वह आपके राकेश साहब की कमबख़्ती आई है...बड़ा लेखक बनता है...अब पता लगेगा कि ज़िन्दगी क्या है...' और इतना कहते-कहते उन्होंने जैसे मुझे ललकारा था और लेखकों की नैतिकता और सामाजिक बोध को चुनौती दी थी। उनकी आँखों में हिक़ारत थी और एक ऐसा आक्रोश, जो मुझे छेद रहा था। पर भीतर-ही-भीतर मैं स्थितियों को सुलझा रहा था, और रह-रहकर कीर्तिनगर का वह मकान मेरी आँखों के सामने घूम जाता था, जहाँ राकेश ने एक बार फिर सुस्थिर तरीक़े से रहने और जमकर लिखने की योजना बनाई थी। उस घर में मैं कई बार उससे मिला और हर बार मुझे यही लगा कि घर में सुख की शान्ति नहीं, एक बेहद ख़ौफ़नाक सन्नाटा रेंग रहा है...!

दिल्ली से कटा हुआ कीर्तिनगर...इधर-उधर ख़ाली पड़े हुए प्लाट...जहाँ शाम सात बजे से ख़ामोशी छा जाती थी। जब भी वहाँ बैठता, तो कुछ देर के लिए उसके ठहाकों से दीवारें हिलने लगतीं, पर एक क्षण बाद ही बड़ी गहरी ख़ामोशी छा जाती। भीतर से बुलावा आता, 'राकेश जी...'

और जब वह लौटता, तो उसकी बड़ी-बड़ी आँखों में एक अजब-सा बेगानापन दिखाई पड़ता और फिर वह अपनी परेशानी को दबाता हुआ कहता, 'चलो डियर, कनॉट प्लेस चलते हैं!' और घर से बाहर आते ही वह अपने फ़ार्म में आ जाता। वही चुभती हुई बातें, यारों के क़िस्से और ठहाके! वह हँसता, तो तारों पर बैठी हुई चिड़िया पंख फड़फड़ाकर उड़ जातीं और राह चलते ऐसे चौंककर देखते, जैसे किसी को दौरा पड़ गया हो!

तब तक राकेश को लेकर लोगों ने तरह-तरह के विचार बनाने शुरू कर दिये थे, क्योंकि लोग लेखक के लेखन में उतनी दिलचस्पी नहीं लेते, जितनी कि उसकी व्यक्तिगत बातों में। लेकिन उस वक़्त मैंने उससे कभी कोई बात नहीं की...

और मैं यह भी जानता था कि बावजूद सारी बातों के, राकेश किसी के पूछने पर खुलेगा नहीं। वह ग़म पीना जानता है और उसे अकेले बरदाश्त करने की सागर जैसी क्षमता रखता है।

लेकिन वही गुरु-गम्भीर सागर एक दिन किनारों को लाँघकर दूर-दूर तक धरती को भिगो गया...राकेश की आँखें गीली थीं और वह बार-बार चश्मा उतारकर अपनी आँखों को चुराकर पोंछता जा रहा था। मुझे ग़ुस्सा आया, मन में आया कि कहूँ, 'कमबख़्त! जी खोलकर रो क्यों नहीं लेता?' और वह बाथरूम पूछता हुआ कमरे के बाहर चला गया। वहाँ से शायद वह रोकर आया था।

मैं चुप ही था, क्योंकि उसका अहं कभी भी यह बरदाश्त न करता कि उससे उसकी तकलीफ़ों के बारे में कुछ भी पूछा जाए। फिर कुछ क्षणों बाद वह ख़ुद ही फूट पड़ा था, 'कमलेश्वर, स्थिति यह थी कि मैं आत्महत्या कर लेता! चार महीने से माँग-माँगकर कपड़े पहन रहा हूँ! सचमुच, मैं जान दे देता!'

और मुझे लगा था कि कीर्तिनगर के अँधेरे कमरों में उसकी ज़िन्दगी की हर ख़ुशी बन्द हो गई है और ज़िन्दगी की तलाश में मेरा यह दोस्त एक बार फिर मारा गया है। दुनिया उसके ख़िलाफ़ हो गई थी, एक तूफ़ान चारों तरफ़ उमड़ रहा था और राकेश अपने मन के अंधड़ को दबाए-दबाए ख़ानाबदोशों की तरह यहाँ से वहाँ भाग रहा था—दिल्ली, अमृतसर, जालंधर, चंडीगढ़, कलकत्ता, जमशेदपुर, बम्बई...पर उसे राहत नहीं मिल रही थी। और उस 7 फ़रवरी, '62 की सर्द सुबह जब वह मेरे घर आया, तो एकदम टूटा हुआ था—पैसे के दुश्मन ने अपना पर्स देखा और साठ-सत्तर रुपये देकर बोला, 'राजपाल से पैसे लेने हैं! जेब में आज पाई नहीं...'

मैं ग़ौर से उसे देख रहा था, अभी-अभी उसने अपनी आँखें चोरी से सुखाई थीं, कुछ क्षण ख़ामोश रहकर सोचा था और तंगदस्ती में भी टैक्सी लेकर मेरे साथ निकल पड़ा था। दिल्ली में सचमुच कुछ लोग उसका पीछा कर रहे थे और वह जगह-जगह रुक-रुककर जैसे दम ले रहा था। पर टैक्सी से उतरते ही उसने टैक्सीवाले को पाँच रुपये इनाम के थमा दिये थे और आगे बढ़कर गोल्ड फ्लेक का एक टिन ख़रीद लिया था।

दोपहर में हम अलग हो गए थे। वापस घर आया, तो राकेश की एक चिट पड़ी थी और बियर की दो बोतलें—दोनों ख़ाली। एक में दो घूँट बियर और सिगरेट के टिन में एक सिगरेट—बाक़ी वह सब पी गया था और चिट पर लिखकर छोड़ गया था : 'कोशिश करूँगा कि रात को नौ-साढ़े नौ बजे फिर आऊँ। स्थिति काफ़ी गम्भीर है। तुम्हें एक काम अवश्य करना है। सुबह फंटियर मेल पर पुरानी दिल्ली

स्टेशन से अम्मा को रिसीव कर लेना और उन्हें अपने साथ यहीं ले आना...मैं किसी भी समय आकर मिल लूँगा!'

और इसी मुसीबत के समुद्र में डूबते-उतराते हुए भी उसकी विनोद-वृत्ति मरी नहीं थी। अन्त में चिट पर लिख गया था : 'तुम्हारे हिस्से की बियर और सिगरेट छोड़े जा रहा हूँ!' उसे उस वक़्त कोसकर सिगरेट तो मैंने सुलगा ली थी, पर तली में पड़ी दो घूँट बियर बोतल समेत फेंक दी थी।

फिर एक दिन दिल्ली से लापता हो गया।

ऊपर से देखने पर ये हरकतें निहायत ग़ैर-ज़िम्मेदाराना हैं और इन पर ग़ुस्सा भी आता है कि आख़िर यह आदमी दोस्तों को समझता क्या है? दुनिया में सिर्फ़ अपने अधिकार के प्रति यह व्यक्ति सचेत है, इसे दूसरों की भावनाओं से कुछ भी लेना-देना नहीं...।

और अधिकार की यह बात ज़िन्दगी के अलग-अलग सन्दर्भों में अर्थ बदलती जाती है। ऊपर से देखने पर लगता यही है कि राकेश अपने को कुछ ऐसा समझता है कि जिसके चारों तरफ़ सब लोग मँडराते रहें, उसका ख़याल रखें, उसकी मामूली से मामूली बात को गहराई से समझें और जो कुछ उसके लिए कर सकें, करें—क्योंकि यह उसका अधिकार है। ऐसे में वह बहुत ही स्वार्थी और लापरवाह नज़र आता है, उससे चिढ़ होती है और लगता है कि अब इसके साथ चल पाना सम्भव नहीं है।

पर उसकी हरकतों का एक और पहलू धीरे-धीरे उजागर होने लगता है—वह इस बात का भूखा है कि कोई उसका है! यही उसकी अनवरत तलाश है...कोई उसका है और वह किसी का है—चाहे वह माँ हो, दोस्त हो, बीवी हो या दो दिन का मुलाक़ाती! वह एकाएक अपना सब कुछ दे बैठता है, कहता कुछ भी नहीं; पर जिससे एक बार मिल लेता है, उसे वह ग़ैर नहीं समझता। वह उसकी ज़िन्दगी के दायरे में आ जाता है।

अगर ऐसा न होता, तो कश्मीर में वह तीन दिन परेशान न घूमता। राकेश जब पहलगाम पहुँचा तो तय यही था कि सब दोस्त तम्बू लगाकर रहेंगे और सबके तम्बू अलग-अलग होंगे। राकेश पिछले साल भी पहलगाम आ चुका था और एक तम्बू वाले से तम्बू लगवाकर रह चुका था। पहलगाम पहुँचने पर पता लगा कि वह तम्बूवाला श्रीनगर गया हुआ है। वहाँ और भी बहुत-से तम्बूवाले थे, जो उसे घेर रहे थे, पर वह तीन दिन के उस ज़रा-सी जान-पहचान के तम्बूवाले के लिए इन्तज़ार करता रहा और जब वह वापस आया, तभी उसने अपना तम्बू लगवाया। उसने तकलीफ़ भी उठाई, पैसा भी ख़राब किया पर किसी से जुड़े होने की यह सूक्ष्म भावना ही उसकी धरोहर है...।

और गुरुद्वारा रोड के टैक्सी स्टैंड पर जब आठ महीने बाद एक दिन फिर वह मेरे साथ पहुँचा, तो वह उसी टैक्सीवाले को खोज रहा था, जिसने उसे मुसीबतज़दा दिनों में बाहिफ़ाज़त पूरी दिल्ली घुमाई थी और जिसका नाम तक उसे याद नहीं था। और इस मायने में कमबख़्त की क़िस्मत भी बड़ी ज़ोरदार है—जिसे वह चाहता है, वह मिल भी जाता है!

यह सब तो मिल जाता है, पर उसे वह नहीं मिलता, जिसकी तलाश में वह हर क्षण भटक रहा है। उसे घर का वह सकून नहीं मिला, जो ज़िन्दगी को एक नया और स्वस्थ अर्थ देता है, जिसे आदमी मरते दम तक अपना कहता है और जीता है, जिसके लिए मौत से भी जूझता है और सारी परेशानियों के बावजूद सुख से रहता है। और शायद अब तो यह आदमी घर नाम की चीज़ का आदी ही नहीं रहा है। उसके सामने 'घर' का नाम लीजिए, तो वह भीतर-ही-भीतर घबरा जाता है, जैसे यह शब्द एक डर की गाँठ बनकर उसके मन के भीतरी कोनों में समा गया है। हालाँकि वह कभी भी इस बात को मंज़ूर नहीं करेगा, पर बहुत घेरने पर ही वह घर मिलने की बात मंज़ूर करता है, नहीं तो होटलों या रास्ते-राहतों में मिलने की बात ही तय करेगा। उसके लिए घर की महत्ता ही मिट चुकी है—वह अब घर में नहीं रहता, मकान में रहता है और अपने दोस्तों पर होटलों में रुपया पानी की तरह बहाता है...।

और इसीलिए उसकी ज़िन्दगी में एक अजीब-सा बिखराव नज़र आता है। वह कहीं टिकता नहीं, क्योंकि अपने घर की परेशानियों के कारण वह दिल्ली में ही एक बस्ती से दूसरी में भागता रहा है...अपना सारा सामान और किताबों के अम्बार लिये-लिये घूमता रहा है। कुछ फ़र्नीचर कहीं छोड़ आया है, कुछ बक्से कहीं पटक आया है और कुछ सामान कहीं सौंप आया है। वह जैसे धीरे-धीरे अपने को हर तरह की ममता और लगाव से तोड़ता जा रहा है, पर इसमें वह सफल नहीं हो पाता, क्योंकि उसके पास ज़रूरत से ज़्यादा कोमल दिल है और वह सिर्फ़ अकेला रहकर जीने का आदी नहीं है।

शाम आती है, तो जैसे उसका वह कोमल दिल धड़कने लगता है। गहमा-गहमी से भरे शहरों में रहने का आदी यह आदमी दिन-भर मस्ती में रमा रहता है, पर जैसे-जैसे शाम गहरी होती जाती है तो अकेलेपन का उसका अहसास और बढ़ जाता है। अपने अकेलेपन से निजात पाने के लिए वह देर-देर तक दोस्तों की महफ़िलों में चुटकियाँ लेता है और ठहाके लगाता है। बात करने में इतना तेज़ और पुरमज़ाक़ है कि उसके साथ बैठना एक अच्छी शाम का गुज़रना हो जाता है। और तब काफ़ी रात गए वह उठता है और अपने 'मकान' पर चला जाता है। ऊपर से उसमें कहीं थकन नज़र नहीं आती, उसका शरीर भी ऐसा चोर है कि कुछ भी ज़ाहिर नहीं होने देता, पर उसकी किसी एक बात में भीतर का घुमड़ता हुआ अकेलापन अनजाने ही धीरे से खुल जाता है, 'अच्छा, अब चलना ही चाहिए...'

इस निहायत नेकदिल इनसान और मुहब्बतपरस्त आदमी पर कुछ व्यक्तियों ने खुलकर प्रयोग करने चाहे हैं, उसे सिर्फ़ अपने लिए महदूद करना चाहा है और चारों तरफ़ से कसकर बाँध लेना चाहा है। जब-जब ऐसा हुआ है, तो वह हमेशा छिटककर अलग खड़ा हो गया है। इसलिए उसमें एक तुनकमिज़ाजी आ गई है और भीतर-ही-भीतर एक ज़िद बैठ गई है। शायद ज़िद तो उसकी पुरानी आदत है पर बँधकर न रह सकने की आदत धीरे-धीरे जड़ पकड़ गई है। जब भी उसे कोई घिस-घिसाकर किसी भी एक तरह की ज़िन्दगी का पुर्ज़ा बनाने की कोशिश करता है, तो वह छिटककर अलग खड़ा हो जाता है और सारी मशीन एकाएक रुक जाती है। इसमें राकेश को शायद एक अजीब तरह का दर्द भरा सन्तोष भी मिलता है। और एक मर्तबा जब वह यह कर लेता है, तो ज़िद्दी की तरह अड़ा रहता है। लेकिन यह सब वह करता तभी है, जब उसे अपना व्यक्तित्व जकड़ता हुआ नज़र आता है। तब वह अपनी परेशानियों की परवाह नहीं करता और हर तरह का ग़म उठाने के लिए तैयार हो जाता है। राकेश दूसरों की ग़लतियों को हद तक बरदाश्त करता जाता है, पर सहनशक्ति की सीमा टूटने पर वह जो तय करता है, उस पर ज़िद की हद तक चिपका रहता है। उसकी यह ज़िद कभी-कभी बड़ी बचकानी लगती है और जब उसकी ज़िद को तर्कों से घेरकर बेमानी साबित कर दिया जाता है, तो उसके पास आख़िरी अस्त्र रह जाता है, 'डियर, अब मन नहीं जमता!' यह एक ऐसी मासूम ज़िद है कि इसके सामने किसी का वश नहीं चलता। और उसकी यह बेहद मासूम ज़िद ही कहीं उसे टिकने नहीं देती।

ज़िन्दगी की गम्भीर से गम्भीर और अहम् बातों को सुलझाने के लिए उसके पास कई अकसीर नुस्ख़े हैं। एक नुस्ख़ा बहुत ही लाजवाब है और उन सभी साहित्यकारों के लिए फ़ायदेमन्द है, जो नौकरियों में लगे हैं और हर क्षण नौकरी छोड़ने की बात करते हैं। वह आपसे बड़ी गम्भीरता से पूछेगा, 'नौकरी छोड़ने की बात सोच रहे हो?'

'हाँ!'

'कुछ तय नहीं कर पा रहे हो?'

'हाँ!'

'सुबह दस बजे कपड़े पहनकर दफ़्तर जाने का उत्साह मन में होता है?'

'इसका क्या मतलब?'

'अगर कपड़े बदलकर दफ़्तर जाने को मन करता हो, तो तुम्हें नौकरी करनी चाहिए, अगर न करता हो, तो छोड़ देनी चाहिए! और कुछ सोचने की ज़रूरत नहीं है—सीधा-सादा नुस्ख़ा है...'

और ख़ुद राकेश नौकरियाँ छोड़ने के लिए बदनाम रहा है। एक यह बहुत बड़ा इल्ज़ाम भी उसके सिर पर है। अच्छी से अच्छी नौकरी छोड़कर वह चला

आया है। लोग उसे मनाते रहे हैं, पर इस मस्तमौला ने कभी यह नहीं सोचा कि आगे क्या होगा। भविष्य की चिन्ता करना उसकी आदत में नहीं है। जो उसके हाथ में है, उसे लेकर वह भरपूर ज़िन्दगी जीने का आदी है। भविष्य की चिन्ता कीजिए तो एक और नुस्ख़ा उसके पास है, 'कम-से-कम पाँच सौ में गुज़ारा हो जाएगा! है न! तो सूद पर तीन हज़ार क़र्ज़ लो और आराम से बेफ़िक्र होकर छह महीने में छह हज़ार का काम करो, फ़िक्र किस बात की है!' इस तरह की निहायत बेमिसाल व्यावहारिक योजनाएँ उसके पास हैं...शेखचिल्ली की तरह वह एक मिनट में सब हिसाब लगाकर बता देगा और दूसरे मिनट भूल जाएगा। तीसरे मिनट ख़ुद जाकर कहीं चार सौ रुपये महीने का शानदार फ़्लैट किराये पर ले लेगा—चाहे जेब में पन्द्रह दिन के किराये के पैसे न हों!

इन हरकतों के बावजूद और इन सारी अव्यावहारिक योजनाओं के साथ भी उसके दिलोदिमाग़ में एक बात सबसे ऊपर रहती है : 'हम लेखन के बल पर क्यों नहीं जी सकते? क्यों नहीं जी सकते? हमारा यह हक़ है कि हम लिखकर इज़्ज़त से जी सकें...' और अपनी इस ईमानदारी से भरी तड़प के लिए वह अपने पर प्रयोग करता है, लड़ता-झगड़ता और नौकरियाँ छोड़ता है। जब-जब यह मसला हमारे बीच उठा है, राकेश मुझे सबसे ज़्यादा गम्भीर दिखाई दिया है। यह बात करते-करते उसकी आँखों में हज़ार रंग आते-जाते हैं—ग़ुस्से के, नफ़रत के, विश्वास के और बेबसीभरी परेशानी के और वह एक के बाद एक सिगरेट मसल-मसलकर फेंकता जाता है...उसकी आत्मा जैसे भीतर-ही-भीतर भयंकर रूप से आन्दोलित होती है और सिगरेट ख़त्म होते ही वह उठ खड़ा होता है, 'यार, सिगरेट ले आएँ!' और बात धुएँ की तरह ख़ामोशी से घुमड़ती रह जाती है। इस बात का सिर्फ़ आर्थिक पक्ष ही नहीं है, बल्कि इसके साथ ज़िन्दगी के वे सारे अहम् सवाल भी जुड़े होते हैं, जिन्हें हल किये बग़ैर कोई भी आदमी एक नेक और ईमानदार इनसान की ज़िन्दगी नहीं जी सकता।"

और इसी नेकी और ईमानदारी से भरी ज़िन्दगी की तलाश में वह धोखा खाता आया है। भावुकता और आदर्श की चट्टान पर राकेश को बार-बार पटका गया है और उसके अतिभावुक क्षणों में उसे बार-बार क़ैद किया गया है। अपनी इसी कमज़ोरी के कारण उसने बार-बार अपने को अनजाने ही दाँव पर लगाया है और ग़लतियों की हद तक गया है। अपनी परवाह किये बग़ैर उसने दूसरों के ग़मों को हल्का करने के लिए स्वयं को समर्पित किया है और लगातार एक बेहतर ज़िन्दगी की तलाश में भटकता रहा है—एक ज़िन्दगी और...एक और ज़िन्दगी...ख़ामोशी से वह यही खोजता रहा है...।

उसकी यही खोज उसके भावुक मन को मथती रही है, दुखों से लोहा लेने और उन्हें हँसकर उड़ा देने की शक्ति देती रही है और सृजन के क्षणों में उसे वह सन्तुलन देती रही है, जो बहुत कम लेखकों को नसीब होता है। अपने ऐकान्तिक दुखों और पीड़ाओं को इसीलिए उसने बड़ी गहराई से बहुतों के दुखों से जोड़ा है। अपने गहरे से गहरे और सहे न जा सकनेवाले दुखों को भी उसने एक बेरहम आधुनिक सर्जन की तरह चीर-फाड़कर देखा है और उन कारणों को खोजने की कोशिश की है, जो मानसिक वैचारिक स्तर पर बराबर टीसते रहते हैं। वह दिमाग़ी ज़ख़्मों को पालने का आदी नहीं है, न वह अपने ज़ख़्मों को दुलारता है, न दूसरों के ज़ख़्मों में रस लेता है। वह सीधे नश्तर लगाने में विश्वास करता है। लेकिन एक बेहद भावप्रवण और चेतनाशील कलाकार होने के नाते उसका हर नश्तर कई स्तरों पर काटता है और यही वजह है कि उसकी हर रचना एक से ज़्यादा अर्थों को लेकर चलती है, कई स्तरों पर कचोटती।

कभी-कभी मेरा यह दोस्त ज़रा ज़्यादा गम्भीर बनने की कोशिश भी करता है, और होंठ फैलाकर धुआँ उगलते हुए बात करता है। पी-पिला लेने के बाद कुछ बड़ी अहम् बातों पर चर्चा शुरू करता है, बाक़ी सबको नशे में समझकर ख़ुद बड़ी पाएदार पर बहकी-बहकी बातें करता है, दुनिया-जहान की सारी ज़िम्मेदारियाँ ओढ़ लेता है और साहित्य को सही रास्ते पर लाने के लिए, गुमराह दोस्तों को सँभालने के लिए, किसी की बिगड़ी बनाने के लिए या साहित्यिक दलों में मेल कराने के लिए, नये से नये लेखकों को ऊपर लाने के लिए, सारे ज़ुल्मों और ज़्यादतियों को ख़त्म करने के लिए, ख़ुद टोपी लगाकर नेता बन जाता है और बड़ी ऊँचाई से आदर्श-भरा भाषण देता है। भाषण दे चुकने के बाद वह सिगरेट जलाता है और ओढ़ी हुई गुरुता के बोझ और गम्भीरता के आवरण में से होंठ फैला-फैलाकर धुआँ उगलते हुए सामने बैठे निरीह श्रोताओं को देखता है और मन-ही-मन बहुत ख़ुश होता है...।

तभी ले-दे शुरू हो जाती है, और मेरे इस यार की जो दुर्गति होती है, वह देखने लायक़ ही होती है। उस वक़्त मेरा यह दोस्त बग़लें झाँकता हुआ अपनी ही बात से निकल भागने की कोशिश करता है और साल भर बाद अपनी उस ग़लती को पछता-पछताकर और मज़ा ले-लेकर स्वीकारता है।

और इस सारे नाटक में कभी-कभी कुछ लोग राकेश को दम्भी, बनावटी और स्नॉब भी समझ बैठते हैं। उनका यह समझना बहुत ग़लत भी नहीं होता क्योंकि वे उसके सम्पर्क में बहुत ज़्यादा नहीं आ पाते। ख्याति, सम्मान और यश के बावजूद दम्भ नाम की चीज़ क़तई इस आदमी में नहीं है और न यह आदमी काल्पनिक

सृष्टि और आडम्बरपूर्ण वातावरण में रहने का हामी है। इसके बरअक्स वह हर उस स्थिति को तोड़-मोड़कर फेंक देता है, जिसमें बनावटीपन की बू आती है—कभी-कभी तो वह ऐसी स्थितियों के ख़िलाफ़ जिहाद बोल देता है।

चूँकि राकेश बनावट में रहने का आदी नहीं है, इसलिए वह अधूरी ज़िन्दगी जीने का क़ायल भी नहीं है। वह पैसे से, मन से, यार-दोस्तों, साथी-संगियों के साथ पूरी जागरूकता और संचेतना के साथ रहने का तलबगार है। वह आदमी की ममता, अपनत्व और लगाव को रोज़-रोज़ नहीं तौलता, न ख़ुद तुलने के लिए तैयार होता है।

रोज़मर्रा की ज़िन्दगी में वह आधुनिक सुविधाओं के साथ आधुनिक आदमी की तरह रहने का क़ायल है, बदलते हुए ज़माने के साथ क़दम मिलाकर चलने के लिए मजबूर है। यही वजह है कि वह दिल्ली, बम्बई, कलकत्ता में ही रहने की बात सोच सकता है, क्योंकि वह मन और कर्म से दो अलग-अलग इकाइयों में विभाजित नहीं है। अच्छा या बुरा—वह जैसा भी है, एक सम्पूर्ण व्यक्ति है।

और आज जमाने में हर सम्पूर्ण व्यक्ति की ट्रेजेडी यही है कि लोग उसे काट-काटकर अपने-अपने लिए बाँट लेना चाहते हैं और जब इस तरह के बँटवारे किये जाते हैं, तो वह विद्रोह करता है और भागता है...।

यही मानसिक संकुलता तीर की तरह उसका पीछा कर रही है और वह सताए हुए इनसान की तरह सकून की खोज में एक जगह से दूसरी जगह ख़ानाबदोशों की तरह भागता फिर रहा है। अपने मन के पैर जमाने के लिए उसे बेतहाशा भागना पड़ रहा है। लगता यह है कि वह सब कुछ तोड़-फोड़कर दम लेगा और एक निहायत अनुशासनहीन ज़िन्दगी का ग़ुलाम हो जाएगा। वह जैसे रह-रहकर बिगड़े हुए बच्चे की तरह मचल उठता है...।

और यही सबसे बड़ा इल्ज़ाम उस पर है कि वह टिकता नहीं। वह निहायत ग़ैर-ज़िम्मेदार और अनुशासनहीन व्यक्ति है। वह संवेगों के आवेश में काम करता है। एक सही काम करते-करते तुनककर ग़लत काम कर बैठता है और डाकबँगलों में रहने को ही ज़िन्दगी समझता है...।

ऊपर से यह सब सही लगता है। आज वह बम्बई में है, कल वह अफ्रीका में भी हो सकता है! बड़ी बेतरतीब ज़िन्दगी है मेरे दोस्त की, पर सतह के नीचे उतरते ही एक ज़बरदस्त अनुशासन दिखाई पड़ता है। वह अनुशासन है दिमाग़ का और सृजन का। ऊपरी ज़िन्दगी में वह जितना असंगठित और बिखरा हुआ दिखाई देता है, उतनी ही संगठित और सुव्यवस्थित है उसके लिखने की प्रक्रिया। जितने मसल-मसलकर वह सिगरेट के टुकड़े जगह-जगह फेंकता है, उतने ही क़रीने से वह अपने विचार और अनुभवों को सजाता है। उसके कफ़ कोट की आस्तीन से चाहे छह अंगुल बाहर निकले रहें, पर कहानी में कलात्मक असन्तुलन की कोर नज़र नहीं आ सकती।

और सृजन के इसी सन्तुलन, संवरण, संगठन और अनुशासन के लिए यह आदमी भागता है—कभी कश्मीर, कभी डलहौज़ी, कभी शिमला और कभी सुनसान वीरानों में। उसमें सौन्दर्य की एक अनबूझ भूख है...गहन मानवीय संवेदनाओं में रसा-बसा यह अभिशप्त यक्ष किसी आषाढ़ के एक दिन के इन्तज़ार में घाटियों, पहाड़ों और डाकबँगलों में भटक रहा—एक हर्फ़ेतसल्ली के लिए...वह हर्फ़ेतसल्ली है उसका लिखना, जो उसे कुछ क्षणों की राहत देता है और उन क्षणों के बाद मेरा यह भाई, मेरा यह दोस्त फिर बहुत अकेला हो जाता है। पहलगाम और गुलमर्ग की ख़ूबसूरती में रमते हुए भी उसकी आँखों की उदासी और सीने की जलन नहीं मिटती। नीली पहाड़ियाँ, फूटते हुए चश्मे, झूमरें हिलाते हुए चीड़-वन और संन्यासियों की तरह खड़े देवदारों के अतुलनीय सौन्दर्य के बीच उसे किसी मिस पाल की ट्रेजेडी और उसकी ज़िन्दगी का निपट सूनापन ज़्यादा कचोटता है। वह वहाँ सौदा करते लोगों को देखता है और एक प्याली चाय के लिए जोड़-तोड़ करते मन्दी के मारे इनसान को समझने की कोशिश करता है...।

जब भी वह पहाड़ से लौटता है तो बेहतरीन चीज़ें लाता है—यही उसका सबसे बड़ा गुनाह है। अगर वह यह गुनाह न करता, तो उसके बारे में कोई बात न करता। अदालतें चाहे जितनी हों, वह किसी अदालत की परवाह नहीं करता...। मुसीबतें चाहे जितनी आएँ, वह अपनी परेशानियों की बात नहीं करता। अगर आप बात करेंगे, तो जैसे वह फ़िराक़ के शब्दों में कहेगा :

कुछ क़फ़स की तीलियों से
छन रहा है नूर-सा—
कुछ फ़ज़ा, कुछ हसरतें—
परवाज़ की बातें करो!

मोहन राकेश : एक और ज़िन्दगी!

दुष्यन्त कुमार

मोहन राकेश उस व्यक्ति का नाम था, जिसने हमेशा ऐसी ज़िन्दगी जी, जो उसके अपने आदर्शों, मूल्यों और मानों के अनुरूप थी। मैं विश्वास के साथ कह सकता हूँ कि इस ज़िन्दगी को जीने में उसने कभी कोई छल नहीं किया, कोई बेईमानी नहीं की। वह उन लोगों में से नहीं था, जो दिखाने और पहनने के दो अलग जोड़े रखते हैं। उसके पास कथनी और करनी, आदर्श और व्यवहार, चिन्तन और आचरण का सिर्फ़ एक ही प्रतिमान था, जो उसके साहित्य से लेकर जीवन तक पर समान रूप से लागू होता है। यह प्रतिमान और यह दृष्टि बाहर से आयातित नहीं थी, बल्कि जीवन के प्रति उसकी अदम्य आसक्ति के कारण विकसित हुई थी। ज़िन्दगी के लिए उसमें ग़ज़ब का उत्साह और जोश था और वह उसके साथ बड़ी सहजता से पेश आता था।

इसी सहजता के साथ ज़िन्दगी जीने के क्रम में वह कुछ असहज ढाँचों को तोड़ दिया करता था। वह परम्परा-भंजक नहीं था, लेकिन बने-बनाए फ़ॉर्मूले से उसे चिढ़ ज़रूर थी। और इनके विरोध की उसने व्यक्तिगत रूप से भारी क़ीमत चुकाई। आम तौर पर लोग राकेश के वैवाहिक जीवन की विसंगतियों की चर्चा करते हैं पर यह बहुत कम लोग जानते हैं कि इनका उत्स कहाँ है और क्यों राकेश को ही इन समस्याओं और इन प्रश्नों से अकेले जूझना पड़ा।

राकेश का पहला विवाह उस समय हुआ जब वह मदनमोहन गुगलानी 'राकेश' एम.ए., एम. ओ.एल. था। जब कन्या-पक्ष के लोग इलाहाबाद स्टेशन पर बरात को लेने के लिए पहुँचे तो वर के रूप में श्री मोहन राकेश एक हाथ में होल्डाल और एक में अटैची सँभाले मंडप की ओर प्रस्थान कर रहे थे। हालाँकि राकेश ने यह बात पहले ही साफ़ कर दी थी कि शादी में कोई टीमटाम नहीं होगी और बराती के रूप में वह अकेला ही आएगा। फिर भी कन्यापक्ष के लोग इस असाधारण-सी बात को साधारण रूप में ग्रहण नहीं कर पाए और किसी हद तक इसका प्रभाव उसके बाद के दाम्पत्य जीवन पर भी पड़ा, जिसकी परिणति अन्ततः सम्बन्ध-विच्छेद में हुई।

विवाह या कोई भी ऐसा बन्धन, जहाँ सहजता नहीं होती थी, उसे झकझोर डालता था, और वह उसे तोड़ने या उससे निकल भागने के लिए छटपटाने लगता था। बहुत कम लोग इस बात को जानते हैं कि 'टाइम्स ऑफ इंडिया' की इतनी बड़ी नौकरी वह सिर्फ़ इसलिए छोड़ आया कि उसे रोज़ाना, एक ख़ास ढंग से, एक ख़ास क़िस्म के लिबास में, चुस्त-दुरुस्त होकर, एक ख़ास स्थान पर पहुँचना पड़ता था।

पहली पत्नी से सम्बन्ध ख़त्म करके जब वह दिल्ली आया, तब मैं भी वहीं था। करोलबाग़ में—मैं, राजेन्द्र यादव और राकेश—तीनों थोड़े-थोड़े फ़ासले पर पास-पास ही रहा करते थे। हम तीनों की नियमित बैठकें जमतीं और चार-पाँच घंटे हम रोज़ाना ज़रूर साथ रहते थे। इन बैठकों में आधा समय हम लोग ठहाके लगाने और एक-दूसरे की खिंचाई करने में गुज़ारते थे। उसे देखकर ऐसा नहीं लगता था कि इस व्यक्ति के भीतर कोई ज्वालामुखी भी हो सकता है। जब पहली बार मुझे यादव ने बताया और जब अचानक एक दिन मैंने यों ही उसे कुरेद दिया तो वह ज्वालामुखी फट पड़ा।

'सुना है, तू बीवी को तलाक़ दे रहा है?' मैंने उससे निहायत बेतकल्लुफ़ाना अन्दाज़ में, बड़े हल्के-फुल्के ढंग से यह बात पूछी थी क्योंकि हम दोनों बड़े ही हल्के-हल्के मूड में थे और राजेन्द्र यादव के घर यह योजना बनाकर जा रहे थे कि आज उसकी किसी कहानी की जमकर तारीफ़ करेंगे और हुआ तो उसके दस-पाँच रुपयों को काटेंगे।

मगर मेरे इस जुमले पर वह ठिठककर खड़ा हो गया। मेरे कन्धों पर हाथ रखकर उसने मुझे रोका और फिर अपनी तरफ़ मोड़कर अपनी आँखों में देखने के लिए विवश करते हुए, तड़पकर बोला, 'तू जानता है, तू क्या बक रहा है?'

उसकी आँखें बहुत बोलती हुई थीं। इतने मोटे लेंस के चश्मे के बावजूद, उनका सौन्दर्य ज़रा भी विरूपित नहीं होता था। उन्हीं आँखों से मेरी ओर देखकर उसने अंग्रेज़ी में एक और वाक्य कहा था और मैंने नज़रें चुरा ली थीं। उसकी आवाज़ आवेश में डूबी हुई थी और उसमें ग़ज़ब की आँच थी। फिर भी मैंने रेडियो वाले अपने झूठे आत्मविश्वास का सहारा लेकर अपनी बात को फिर दोहराया और बड़ी ज़ोरदार शैली में, पति-पत्नी के सम्बन्धों की मर्यादा पर एक लच्छेदार भाषण भी झाड़ दिया।

वह एक नेक और साफ़-दिल इनसान था, इसलिए उसने चुपचाप मेरी बातें सुनीं। चूँकि उसके दो चेहरे नहीं थे, इसलिए उसने मेरी बातों का उसी हद तक समझा, जिस हद तक वे शब्दों में कही गई थीं और फिर सहसा उसके आँसुओं का बाँध टूट गया। हम राजेन्द्र के घर का रास्ता छोड़कर देर तक इधर-उधर भटकते रहे और मैं ज़्यादातर वक़्त उसके आँसू पोंछने का प्रयत्न करता रहा। ये आँसू पत्नी से विलगाव के नहीं, बल्कि एक मित्र द्वारा ग़लत समझे जाने की तकलीफ़ से पैदा हुए थे।

दुनिया उसे ग़लत समझे या सही, वह रत्ती भर परवाह नहीं करता था, पर इस बात की वह बहुत चिन्ता करता था कि उसके दोस्त उसे ग़लत न समझें। उस घटना

के दस वर्ष बाद, वह एक बार फिर मेरी बाँहों में फूट-फूटकर रोया था और सिर्फ़ इसलिए कि उसे लगा, मैं उसके दृष्टिकोण पर नहीं बल्कि उसकी भाव-भंगिमाओं पर ज़्यादा ध्यान दे रहा हूँ।

मैंने सिर्फ़ इतना कह दिया था, 'आज तू ओवरएक्टिंग कर रहा है।'

आज वह सामने से हट गया तो यह सचाई बेपरदा हो गई कि वह एक्टिंग नहीं करता था। उसके अन्दर वाक़ई इतनी गरमी थी कि मुझ जैसे लोग सहसा यह यक़ीन नहीं कर पाते थे कि कोई किसी को इतना प्यार कैसे कर सकता है। अजीब बात है कि इतने संवेदनशील आदमी को मैं लगातार बीस वर्षों तक ग़लत समझता रहा और वह मुझे प्यार करता रहा। यहाँ तक कि एक दिन उसने मेरे गले में हाथ डालकर अपनी प्यार भरी आँखों से मेरी ओर देखते हुए मुझसे बड़ी मासूमियत से पूछा था, 'एक बात बताएगा? क्या तू मुझे उतना ही प्यार करता है जितना कमलेश्वर को?' और मैं पानी-पानी हो गया था कि इस मासूम आदमी को इस सवाल का सच्चा जवाब कैसे दूँ और मैं 'हाँ' कहकर साफ़ झूठ बोल गया था; लेकिन आज मुझे लगता है कि सब लोग सबसे ज़्यादा प्यार उसी को करते थे। और इसकी वजह यह है कि वह अकृत और अकृत्रिम प्यार देता था और बदले में सिवाय प्यार के और किसी चीज़ की अपेक्षा नहीं करता था। शायद यही कारण है कि राकेश के दोस्तों की सूची इतनी लम्बी है कि उनके नाम गिनाना मुश्किल है और आज उसका हर दोस्त यही समझता है कि वही राकेश के सबसे ज़्यादा निकट था।

साहित्य से जुड़े हुए व्यक्तियों में कमलेश्वर उसके बहुत क़रीब था और हम लोग उसकी अनुपस्थिति में अक्सर घंटों उसे याद किया करते थे और गालियाँ दिया करते थे। लेकिन साहित्य से हटकर उसके जिगरी लोगों में राज वेदी[1] और ओंप्रकाश प्रमुख हैं। इसके बावजूद एक दिन ओंप्रकाश की बात छिड़ने पर मैंने जब कहा, 'ओंप्रकाश तुम्हारा भले ही दोस्त हो, लेकिन कुल मिलाकर वह घटिया आदमी है,' तो राकेश की पीड़ा में जैसे पंख लग गए! वह चाहता तो इस मन्तव्य पर सहमत या असहमति व्यक्त करके, इसे ख़त्म कर सकता था। लेकिन उसने अपने पूरे चालीस मिनट मुझे सिर्फ़ यह समझाने में बरबाद किये कि ओंप्रकाश कुल मिलाकर बढ़िया आदमी है, भले ही उसमें कहीं घटियापन हो। और मुझे स्वीकार करना पड़ा कि मैंने यह बात ग़ुस्से में कही थी—यह मेरी धारणा नहीं है।

उसकी दोस्तनवाज़ी की इससे बड़ी मिसाल और क्या हो सकती है कि शादी के बाद उसने अनीता से कहा था, 'अनीता, तेरी पोज़ीशन इस घर में नम्बर तीन की है। पहली पोज़ीशन में मेरा लेखन है, दूसरी में दोस्त और तीसरी में तू। बोल, तुझे एतराज़ तो नहीं?'

---

1. इनका नाम राज बेदी ही है, वेदी नहीं। —सं.

अनीता को क्या एतराज़ होता—अलबत्ता उसने इससे एक सबक़ ज़रूर लिया और अपने-आपको राकेश की इच्छाओं में इस तरह लय कर दिया कि उसे दुनिया में राकेश और उसके दोस्तों के अलावा कुछ सूझता ही नहीं था। गोकि इसी के बल पर उसने अपनी पोज़ीशन नम्बर एक की कर ली थी, पर उसने अपनी इस स्थिति का कभी फ़ायदा नहीं उठाया और हमेशा वह राकेश के पूर्व घोषित क्रम को ही तरजीह देती रही। जैसा राकेश चाहता था, अनीता वैसा अपने-आपको ढालती गई और जब उन दोनों का एक मुकम्मल जोड़ा तैयार हुआ, तब वह सम्बन्ध तोड़कर दूसरे लोक में चला गया।

मुझे आश्चर्य होता है कि सम्बन्धों को निभाने में बेहद एहतियात बरतनेवाला आदमी अनीता को अकेला कैसे छोड़ गया। और बरबस वह घटना याद हो आती है जब वह 'सारिका' की नौकरी छोड़कर बम्बई से वापस दिल्ली आ रहा था। शरद जोशी ने उसे भोपाल रुकने के लिए पत्र लिखा था और शरद को वह शुरू से ही बहुत चाहता था। परन्तु इसके बावजूद वह यह भी समझता था कि यदि शरद के निमंत्रण पर मैं भोपाल रुका तो दुष्यन्त को कहीं बहुत तकलीफ़ पहुँचेगी। लिहाज़ा उसने शरद को उत्तर दिया, 'मेरा दुष्यन्त नामक एक बहुत जलील दोस्त भोपाल में रहता है, अगर वह स्टेशन पर आकर उतार लेगा तो मैं ज़रूर भोपाल रुक जाऊँगा।' आज सोचता हूँ कि इतनी ख़ास सहजता से वह भोपाल कैसे उतर गया और कैसे मैंने उसे उतार लिया—ख़ास तौर से तब, जबकि उसके पास लगभग तीस नग सामान था और साथ में अनीता और राज बेदी भी थे।

तब, अनीता और उसकी शादी को मुश्किल से सात-आठ महीने हुए थे। मैं पहली बार उसकी बीवी से मिल रहा था। वह मेरी स्थिति भाँपते हुए बोला, 'क्यों, भाभी पसन्द है?'

'बहुत,' मैंने कहा, 'बशर्ते कि तू साथ निभाए?'

'यह तो उसी पर निर्भर है।' उसने एक बहुत ज़ोरदार ठहाका लगाते हुए कहा था और मुझे बेसाख़्ता अपनी पत्नी की याद आ गई थी जो दिल्ली में उसके ठहाकों के मारे बेहद परेशान थी। वह रोज़ाना सुबह या शाम मेरे घर ज़रूर आता था और मेरी पत्नी ज़ीने में उसके जूतों की आहट सुनते ही चाय का पानी स्टोव पर रख देती थी और अक्सर उसके बैठते न बैठते चाय का कप उसके हाथ में होता था।

उसने एक दिन झुंझलाकर मुझसे पूछा, 'यार, यह क्या बात है, मैं आता बाद में हूँ और राजो भाभी चाय का प्याला पहले मेरे हाथ में थमा देती हैं?'

मैंने कहा, 'देख, मैं एक छोटा-सा आदमी हूँ, मेरी छोटी-सी तनख़्वाह है और मेरी बीवी को उसी में गुज़ारा करना पड़ता है।'

'मगर इससे मेरी चाय का क्या सम्बन्ध है?' उसने कहा।

'सीधा-सा सम्बन्ध है,' मैंने उत्तर दिया। 'प्याला तेरे हाथ में होगा तो तू क़ायदे से हँसेगा। एक चारपाई पहले तोड़ चुका है और यह भी टूट गई तो दूसरी चारपाई इस महीने के बजट से नहीं ख़रीदी जा सकती। इसलिए वह तेरे आते ही चाय की तैयारी में...'

और वाक्य पूरा होने से पहले ही उसने जो छतफोड़ ठहाका लगाया तो मैं समझ गया कि इस चारपाई की उम्र पूरी हो गई है और आज की रात बिस्तर ज़मीन पर ही लगेंगे।

मैं 'साप्ताहिक हिन्दुस्तान' का यह आग्रह स्वीकार करने की स्थिति में नहीं हूँ और राकेश के कमरे में बैठकर उस पर लेख लिखना मेरे लिए एकदम असम्भव है। मैं चारों ओर से उससे घिरा हुआ हूँ। काग़ज़, कलम, दवात, चौकी, सिगार और सिगरेटों के टुकड़े—सब-के-सब, ज्यों-के-त्यों मेरे चारों तरफ़ पड़े हुए हैं। और यद्यपि उसे गए आज पाँच दिन पूरे हो गए हैं पर, ऐसा लगता है कि जैसे अभी-अभी कोई आदमी इस कमरे से उठकर गया है!

सुधा और ओम शिवपुरी, राजेन्द्र और मन्नू भंडारी, सुभाष और मीना, सुरेश अवस्थी, जवाहर चौधरी, राजेन्द्रनाथ, राजेन्द्र अवस्थी, ओंप्रकाश और उनकी धर्मपत्नी तथा अनेक जाने-अनजाने दोस्त रोज़ाना घर में आते हैं। ऐसा नहीं लगता कि वह दोस्तों की ऐसी महफ़िल छोड़कर कहीं जा सकता है? इतने सारे दोस्तों का प्रलोभन तो उसे कहीं से भी खींच ले आएगा! फिर बम्बई, कलकत्ता, चंडीगढ़, भोपाल और न जाने कहाँ-कहाँ से लोग आए हुए हैं!

मगर उसकी मौत का अहसास अनीता की हृदय विदारक चीख़ों से होता है या उस पर तारी होनेवाले नीम पागलपन के दौरों से। वह चाहती है कि राकेश के सारे दोस्त उसके सामने बने रहें। वह सबको अपने सामने बिठाकर खाना खिलाती हैं, सबको चाय पिलवाती हैं और देखते-देखते मौत का घर एक रेस्तराँ की शक्ल में बदल जाता है। पर उसे कौन समझाए? वह चीख़ रही हैं, 'अरे! यह राकेश का घर है। ये दोस्त जिन पर उसे इतना नाज़ था, बिना खाए-पिए यहाँ से जाएँगे? नहीं, यह नहीं हो सकता—सब खाएँगे, अभी खाएँगे, मेरे सामने खाएँगे!'

उज्ज्वला भाभी उसे समझा सकती हैं। उनके सामने राकेश भी चूँ नहीं करता था। मगर इस वक़्त वह भी चुप हैं। सुधा बेचारी रसोई से कमरे में और कमरे से रसोई में सैकड़ों चक्कर काट चुकी हैं। सुनीता, गायत्री, चन्द्रा जी अपने-आपको जैसे-तैसे रोके हैं। सिर्फ़ अनीता का बाँध टूटा हुआ है। और वह लगातार बिगड़ रही है। कभी मुझ पर, कभी जवाहर पर, कभी कमलेश्वर पर उसने हुक्म दे दिया है, 'कोई नहीं जाएगा, सब लोग मुझसे बताए बिना चले गए हैं—अब कोई नहीं जाएगा—न कमलेश्वर, न दुष्यन्त; सब मुझसे पूछकर जाएँगे।'

और मैं घूम-फिरकर राकेश के उसी कमरे में आ पड़ता हूँ। वही चीज़ें, मेरी नज़रों में फिर घूमने लगती हैं वही स्थान, वही बातें, वही व्यक्ति और उससे जुड़ी हुई अनेक यादें मन में रह-रहकर उभरने लगती हैं। यह एयरकंडीशनर, ठीक उस पलंग के बाज़ू में लगा है, जिस पर मैं लेटा हुआ हूँ। गर्मियों में राकेश इसके बिना नहीं रह पाता था। 'सारिका' की नौकरी में उसे और जो उपलब्धि हुई सो हुई, पर यह एयरकंडीशनर—वह कहा करता था—ज़रूर एक तात्त्विक उपलब्धि है, क्योंकि गर्मी उससे बर्दाश्त नहीं होती थी।

सहसा याद आती है सन् 1959 की एक बेहद गर्म शाम, जब हम दोनों अपनी-अपनी ख़ाली जेबों को कोसते हुए उसके घर जा रहे थे। गर्मी के कारण वह बुरी तरह हाँफ रहा था और जेब के कारण वह बेतरह परेशान था। मगर ठहाकों पर ठहाके लगा रहा था। मैंने पूछा, 'क्यों ख़ुश हो रहा है?'

'तुम समझते नहीं,' वह बोला, 'मैं ग़रीबी को ब्लफ़ कर रहा हूँ। कहीं साली यह न समझे कि मैं उसके रोब में आ गया। तू कहीं से कुछ पैसों का जुगाड़ कर सकता है?'

और अगले दिन शाम को जब मैं कुछ पैसों का इन्तज़ाम करके उसके घर पहुँचा तब अम्मा से मालूम हुआ कि जनाब शिमला के लिए रवाना हो चुके हैं।

मुझे उस दिन बहुत ग़ुस्सा आया था, एक तो इसलिए कि बताकर नहीं गया और दूसरे इसलिए कि मुझे लगा, जब पैसे पास नहीं हैं तो यह अय्याशी करने की क्या ज़रूरत है?

लेकिन दरअसल यह राकेश की अदा थी और इसी पर लोग मरते भी थे। अगर उसकी जेब में अन्तिम दस रुपये बचे हैं तो वह यह नहीं सोचता था कि इन्हें ख़र्च न करूँ, बल्कि यह सोचता था कि इन्हें जल्दी-से-जल्दी कैसे ठिकाने लगाऊँ! वह साढ़े सात रुपये टैक्सी में ख़र्च करके, ओंप्रकाश के पास पहुँचता और अपने ठेठ अमृतसरी पंजाबी लहज़े में, उन्हें पुकारकर, बचे हुए पैसे उनके सामने पटक देता, 'ले भाई, अब यह ढाई रुपये बचे हैं, बोल, अब क्या करना है इनका?'

दरअसल ग़रीब होते हुए भी वह ग़रीबों की तरह रहता नहीं था। जब पैसे नहीं होते वह चारमीनार पीता था। जब कुछ पैसे होते थे तब वह फोर स्क्वायर पीता रहा। और जब काफ़ी पैसे हुए, तब उसने बढ़िया सिगरेटों से लेकर सिगार तक ख़ूब पीए। मैं उसकी इस आदत से परिचित था और अक्सर उसे छोड़ता रहता। कभी वह कहता, 'मरदों की सिगरेट तो पार्टनर, चारमीनार है।' और कभी कहता, 'चारमीनार भी कोई सिगरेट है? अरे अपन मिडिल क्लास के आदमी हैं, हमारे लिए फोर स्क्वायर से बढ़िया कोई सिगरेट नहीं हो सकती।'

मगर ऊँची क़ीमत की सिगरेटों और सिगारों के बारे में उसका तर्क सबसे ज़्यादा दिलचस्प था, 'देखिए, ये लोग जो समझते हैं कि हिन्दी का लेखक, बड़ा दीन-हीन और अभावग्रस्त प्राणी होता है, उससे मुझे सख़्त नफ़रत है। मैं इन सबको बता देना चाहता हूँ कि हिन्दी लेखक अब दान का डिब्बा हाथ में लेकर घूमनेवाला प्राणी नहीं है।'

दरअसल, हिन्दी लेखक की इसी इमेज को प्रतिष्ठित करने में उसने अपने-आपको एक लम्बे संघर्ष में उलझा लिया, जिसमें अन्ततः वह क़ामयाब हुआ। रेडियो, व्यावसायिक पत्र-पत्रिकाओं आदि में पारिश्रमिक के प्रश्न से लेकर, सत्ताधारी व्यक्तियों से निजी सम्बन्धों तक, उसने बराबर हिन्दी लेखक की गरिमा को नज़र में रखा और कहीं भी, कभी भी, ऐसा समझौता नहीं किया जो लेखक की प्रतिष्ठा के प्रतिकूल हो। नेहरू फ़ेलोशिप या फ़िल्म-सेंसर बोर्ड या फ़िल्म फ़ाइनेंस कॉरपोरेशन डायरेक्टरी उसके दरवाज़े, अपने पाँवों चलकर आई थीं—वह कभी माँगने नहीं गया।

इसीलिए उसके सहसा उठ जाने पर अनीता के पास शोक प्रस्तावों, संवेदना-पत्रों और तारों तथा टेलीफ़ोनों का एक ताँता-सा लग गया है। पत्रों में प्रधानमंत्री से लेकर राज्यों के राज्यपाल, केन्द्र एवं प्रदेशों के मंत्री तथा देश के कोने-कोने से अभिनेता, निर्देशक, लेखक और साहित्यकारों के पत्र आए ही। बंगाल से बादल सरकार ने लिखा है; 'मैं नहीं जानता कि क्या कहूँ और कैसे कहूँ। मैं सिर्फ़ यही कह सकता हूँ कि मैं याद करता हूँ और महसूस करता हूँ।'

> मगर बम्बई से ख़्वाजा अहमद अब्बास लिखते हैं कि जब वह बम्बई आया था तब मैं उसका पीछा करते हुए वेदी जी के घर तक पहुँचा, वहाँ से पता चला कि वह कमलेश्वर के घर गया है तो मैं वहाँ पहुँचा। पता चला कि वह एयरपोर्ट गया है और दिल्ली की ओर उड़ गया होगा। अब मैं सोचता हूँ कि मुझे जीवन और मृत्यु, दोनों में उसका अनुगमन करना होगा।

यह अंग्रेज़ी के एक लम्बे ख़त का सारांश है।

हिन्दी के मूर्द्धन्य नाटककार जगदीशचन्द्र माथुर का पत्र सारे हिन्दी लेखकों की मनोदशा का जीवन्त चित्र पेश करता है :

> प्रिय श्रीमती राकेश,
>
> मेरे हाथों में उनकी नवीनतम पुस्तक है, और उसमें उन्हीं के हस्ताक्षर और ये शब्द हैं : 'स्नेह, सद्भावना और प्रतिक्रिया जानने की उत्सुकता के साथ।' पुस्तक पढ़ रहा था और कुछ दिनों बाद उन्हें अपनी प्रतिक्रिया लिखता, लेकिन अब?
>
> आप शायद जानती होंगी कि जब से मोहन राकेश नाटक के क्षेत्र में आए, तभी से मेरा-उनका सहधर्मी स्नेह का नाता जुड़ा और जो आदर और लिहाज़ मुझे उनसे मिला, वह मेरे लिए गौरव का विषय रहा।
>
> आपको सान्त्वना के लिए मेरे पास शब्द नहीं हैं। इतना विश्वास रखें कि हज़ारों के भग्नहृदय आज आपके लिए प्रार्थना करेंगे।
>
> आपका,
> जगदीशचन्द्र माथुर

माथुर साहब के हाथ का लिखा हुआ यह पत्र और हज़ारों ऐसे और पत्र अनीता को भले ही सान्त्वना न दे पाएँ, पर यह अहसास ज़रूर कराते हैं कि वह एक ऐसे परिवार के बीच हैं, जो हिमालय से कन्याकुमारी तक फैला हुआ है।

मैं ज़्यादा गहराई में जाकर नहीं सोच पा रहा हूँ। लेकिन फिर भी रह-रहकर एक प्रश्न मेरी चेतना से टकराता है कि राकेश के व्यक्तित्व और कृतित्व में वह कौन-सा तत्त्व है, जो उसे समसामयिक लेखन के बीच इतना समर्थ, इतना सार्थक, इतना विराट और इतना विशिष्ट बनाए है! और इसका जवाब अनायास बातचीत में ओंप्रकाश देते हैं, 'राकेश के लेखन की ख़ूबी यह है कि उसकी दृष्टि पूरी तरह भारतीय है। और उसकी आधुनिकता पश्चिम की नक़ल नहीं है।'

वाक़ई राकेश ने आधुनिकता को भारतीय परिप्रेक्ष्य में समझा था। उसने इसके लिए चुस्त मोहरी की पतलून नहीं पहनी, व्यवस्था को गालियाँ नहीं दीं, परम्परा को वक़्त-बेवक़्त कोसने का काम नहीं किया, बल्कि चली आती हुई परम्परा को कहीं मोड़कर, कहीं तोड़कर और कहीं बदलकर अपने और समय के अनुरूप बना लिया। उसके आदर्श, विदेशी लेखक नहीं रहे। उसने फ़ैशन के तौर पर भी विदेशी मान्यताएँ नहीं ओढ़ीं। उसकी अपनी मान्यताएँ सहज जीवन की आवश्यकताओं के अनुरूप थीं और उनके मामले में वह किसी क़िस्म की दख़लअन्दाज़ी बर्दाश्त नहीं करता था।

उसके पिता कट्टर धार्मिक व्यक्ति थे और उसके घर में गोश्त तो दूर, प्याज़ तक का प्रवेश वर्जित था। पर राकेश की ज़िन्दगी में इन बातों की कोई गुंजाइश नहीं थी। यहाँ तक कि अम्मा की असुविधा के बावजूद उसने अपनी मान्यताओं के मामले में उनसे कोई समझौता नहीं किया। अम्मा अपने बुढ़ापे में उसके हिसाब से ढल गईं, लेकिन वह अपनी जगह टस-से-मस नहीं हुआ।[1] अलबत्ता एक बार, अम्मा और शायद पहली और अन्तिम बार, अम्मा के मरने पर उसने रूढ़ियों के आगे माथा टेका। अपने हाथ से ज़मीन पर गोबर लीपा, दीये जलाए और वह सब किया जो अम्मा को अच्छा लगता था।

अनीता ठीक कहती है कि वह दूसरों की सुविधा का बहुत ख़याल रखते थे, मगर अपनी सुविधा की क़ीमत पर नहीं। इसीलिए वह कभी बस की क्यू में खड़े नहीं हुए। बस तो क्या, वह कभी जीवन के क्यू में भी खड़ा नहीं हुआ। बड़ी-बड़ी उपाधियों और नौकरियों की क्यू में सबसे आगे वाली जगह उसके लिए ख़ाली पड़ी रही, लेकिन उसमें इतना स्वाभिमान था कि यह कहना मुश्क़िल है

1. इसे आप अम्मा के प्रति राकेश का सम्मान कहें या समझौता, कि माँ की इच्छा के अनुरूप राकेश (अनीता समेत) ने उनकी रसोई की पवित्रता की मर्यादा आजन्म रखी और मीट-मच्छी-अंडे तो क्या, लहसुन-प्याज़ तक का प्रवेश वहाँ वर्जित ही रहा। हाँ, अम्मा ने ये सब बाज़ार से पका-पकाया खाना अपने कमरे में खाने की अनुमति उन्हें अवश्य दे रखी थी। —सं.

कि उसके उतावलेपन और स्वाभिमान में कौन-सी चीज़ ज़्यादा थी। मुझे लगता है, शायद उतावलापन अधिक था। इसी के कारण वह कई बार वॉक-आउट कर जाता था और कई बार लोग उसे ग़लत भी समझ लेते थे। और तो और, अज्ञेय जी की गोष्ठी शुरू होने से पहले ही, वह एक बार इसलिए उठकर चला आया था कि वह आधा घंटा लेट हो गए थे। राकेश वक़्त का पाबन्द था। और किसी दिये हुए वक़्त पर लेट पहुँचना उसकी आदत में नहीं था। बस, एक बार उसने अनीता से जनपथ पर ज़रूर लम्बा इन्तज़ार कराया था, पर तब उसकी घड़ी एक घंटा सुस्त थी। आज मुझे हैरत होती कि वह इतनी जल्दी कैसे चला गया? ज़रूर इस बार उसकी घड़ी तेज़ हो गई होगी! वरना इतने सारे कामों को छोड़कर वह यों न चल देता!

आकाश में उड़ते परिन्दे और राकेश की याद

रवीन्द्र कालिया

मोहन राकेश से मेरा एक ग़ायबाना-सा परिचय था। उन्हीं दिनों उनकी 'मवाली' शीर्षक कहानी पढ़ी थी। जालंधर में भारत सरकार का एक सूचना केन्द्र था, जिसके वाचनालय में देश भर की पत्रिकाएँ उपलब्ध रहती थीं। शमशेर सिंह नरूला उन दिनों वहाँ सूचना अधिकारी थे। जालंधर में सूचना केन्द्र ही एकमात्र ऐसा स्थान था, जहाँ हिन्दी की कुछ साहित्यिक पत्रिकाएँ पढ़ने को मिल जाया करती थीं। सिविल लाइंस में, जब कॉफ़ी-हाउस में मित्र लोग न मिलते तो मैं सूचना केन्द्र में जा बैठता। 'कल्पना' और 'कहानी' जैसी पत्रिकाएँ सबसे पहले मैंने वहीं पढ़ी थीं। 'कल्पना' के ही किसी अंक में मैंने इलाहाबाद से प्रकाशित होनेवाली कथा पत्रिका 'कहानी' के बृहद् विशेषांक की समीक्षा पढ़ी और मैं उस अंक को प्राप्त करने में जुट गया। किसी तरह मैंने छुट्टियों के बाद कलकत्ता से लौटनेवाले अपने एक सहपाठी अमृतलाल 'अमृत' के माध्यम से वह अंक प्राप्त कर लिया। 'मवाली' मैंने उसी अंक में पढ़ी थी और उसी पत्रिका से जानकारी मिली थी कि मोहन राकेश जालंधर में रहते हैं। यह जानकर मैं काफ़ी चमत्कृत हुआ था कि जालंधर में भी ऐसा कोई रचनाकार रहता है, जिसकी कहानी इलाहाबाद की पत्रिका में प्रकाशित होती है।

तभी एक दिन नरेन्द्र[1] ने बताया कि अश्क जी कश्मीर से लौटते हुए कुछ रोज़ जालंधर में मोहन राकेश के यहाँ रुकेंगे। मैं भी उनकी अगवानी के लिए स्टेशन चला गया। स्टेशन पर नरेन्द्र पहले से मौजूद थे, जो एक ख़ूबसूरत-से नाटे आदमी के साथ स्टॉल पर चाय पी रहे थे। नरेन्द्र ने मोहन राकेश से मेरा परिचय करवाया।

'आपकी कहानी 'मवाली' मुझे बहुत अच्छी लगी।' मैंने छूटते ही कहा।

राकेश जी ने अपने मोटे चश्मे के भीतर से बहुत गहरी निगाह से मेरी तरफ़ देखा और बोले, ''मवाली' तुम्हें कहाँ से पढ़ने को मिल गई?'

मैंने बताया।

---

1. उपेन्द्रनाथ अश्क के भाई, राकेश के मित्र और रवीन्द्र कालिया के परिचित।

'क्या करते हो?' उन्होंने पूछा।

'पढ़ता है,' नरेन्द्र ने बताया।

'कौन-सी क्लास में पढ़ते हो?'

'इंटर में।'

'किस कॉलेज में?'

'डी.ए.वी. कॉलेज में।'

'डी.ए.वी. में?' राकेश ने उत्सुकता से पूछा, 'मुझे कभी देखा है वहाँ?'

नया-नया सत्र शुरू हुआ था। मैंने अनभिज्ञता ज़ाहिर की। अगले रोज़ ही मैं अश्क जी का इंटरव्यू लेने के बहाने मैं राकेश जी के घर मॉडल टाउन पहुँच गया।

वह परिचय धीरे-धीरे प्रगाढ़ होता चला गया। उन्हें जालंधर जैसे शहर में नई उम्र का पाठक मिल गया था। मैं उनके यहाँ आने-जाने लगा। उनके पास हिन्दी की तमाम पत्रिकाएँ आती थीं। उनका पुस्तकालय भी बहुत समृद्ध था। उस दौर की कहानियाँ मैंने राकेश जी के यहाँ ही पढ़ीं। राकेश अपने समकालीन कथाकारों के बारे में कुछ बताते तो मैं बहुत दिलचस्पी से सुनता। मैंने इंटर की परीक्षा पास की तो एक दिन राकेश जी ताँगे में बैठकर हमारे घर चले आए। मैं उस समय गली में पतंग उड़ा रहा था। मुझे देखकर वह मुस्कराए। उन्होंने सुझाव दिया, बी.ए. में मुझे 'ऑनर्स' के साथ हिन्दी लेना चाहिए। मैंने बताया कि हमारे घर में हिन्दी का कोई माहौल नहीं है। भाई ने राजनीतिशास्त्र में एम.ए. किया था और छोटी बहन भी यही सोच रही है। राकेश जी ने कहा कि वही पढ़ना चाहिए जिसमें रुचि हो।

बहरहाल, घर के विरोध के बावजूद मैंने हिन्दी में दाख़िला ले लिया। ऑनर्स में मेरे अलावा कोई छात्र नहीं था। दो-एक ने मेरी देखा-देखी 'ऑनर्स' ले ली, मगर राकेश ने उन्हें डाँट-डपटकर भगा दिया। वास्तव में ऑनर्स पढ़ाने में राकेश जी को सुविधा थी। ऑनर्स के चार लेक्चर सात के बराबर माने जाते थे। देखते-देखते ऑनर्स में मैं उनका इकलौता छात्र रह गया।

राकेश उन दिनों परेशान थे। पत्नी से। कॉलेज से। शहर से। अध्यक्ष से। बाद में उनके निकट आने पर मैंने पाया कि वे एक बेचैन रूह के परिन्दे हैं।

पूरे सत्र में वे ऑनर्स की क्लास दो-चार दिन ही ले पाए होंगे। उन्हें मेरी पढ़ाई की चिन्ता होती तो रिक्शे में, बियर शॉप में, किसी रेस्तराँ में, तुलसीदास या प्रेमचन्द पर एक संक्षिप्त-सा भाषण दे देते। 'कृष्ण काव्य के सौन्दर्यबोध' पर वे रिसर्च कर रहे थे, मगर सूर पर उन्होंने कभी लेक्चर नहीं दिया। तिमाही-छमाही यों ही बीत गई। वे क्या तो पेपर सेट करते और क्या मैं उत्तर लिखता! काग़ज़ों पर ही परीक्षाएँ हो गईं। राकेश के आश्चर्य का ठिकाना न रहा, जब मैंने प्रथम श्रेणी में ऑनर्स किया।

उन दिनों राकेश जी जो भी लिखना चाहते या लिखते, मुझे, उसके बारे में बताते, मगर मैं चीज़ों को उतनी गहराई से न समझता था, समझने की कोशिश ज़रूर करता था। यहाँ तक कि 'आषाढ़ का एक दिन' सबसे पहले उन्होंने मुझे और नरेन्द्र शर्मा को ही सुनाया था। बल्कि प्रसारण के समय हरिकृष्ण प्रेमी ने, जो उन दिनों आकाशवाणी, जालंधर में प्रोड्यूसर थे, नाटक पढ़ना शुरू किया तो राकेश ने कहा, 'अच्छा, तो प्रेमीजी, आप नाटक पढ़कर ही प्रसारित करेंगे?' प्रेमीजी ने अत्यन्त सरलता से कहा, 'भाई, मैं तो यह देख रहा था, तुम कितना अच्छा टाइप कर लेते हो।' बाद में वह नाटक जालंधर केन्द्र द्वारा प्रसारित हुआ और मोहन राकेश ने उसमें स्वयं कालिदास का अभिनय किया था।

मगर इस बीच राकेश जी ने कई चीज़ें एक साथ छोड़ने का निर्णय ले लिया था। नौकरी। पत्नी। कॉलेज। मित्र। शहर। राकेश जी बहुत महत्त्वाकांक्षी व्यक्ति थे। राकेश जी की महत्त्वाकांक्षाओं के लिए जालंधर बहुत छोटा पड़ रहा था। जालंधर से ही उन्होंने दिल्ली में देवनगर में एक मकान की व्यवस्था कर ली और एक दिन रात को अम्मा को गाड़ी से भेजकर और ख़ुद सामान के साथ ट्रक में लदकर दिल्ली के लिए रवाना हो गए। रात के बारह बजे के क़रीब ट्रक रवाना हुआ और मैं जालंधर में निपट अकेला रह गया। मैं इतना उदास हो गया, जैसे कोई प्रेयसी विदा हो गई हो! उन दिनों राकेश जी के अलावा हिन्दी, उर्दू, पंजाबी लेखकों का एक मिला-जुला सर्किल था, जिसमें कुमार विकल, सुदर्शन फाकिर, कृष्ण अदीब, सत्यपाल आनन्द, मीशा, सुरेश सेठ आदि लोग थे। बाद में इन लोगों के साथ मैंने जमकर आवारगी की। इसी आलम में एम.ए. कर लिया। कुछ महीने 'हिन्दी मिलाप' में उप-सम्पादकी करने के बाद मैं गवर्नमेंट कॉलेज, कपूरथला से होता हुआ दयानन्द कॉलेज, हिसार में पहुँचा तो ख़बर मिली, राकेश 'सारिका' के सम्पादक होकर बम्बई पहुँच गए।

बस, मैंने तुरन्त अपनी बहु-अस्वीकृत कहानियों का पुलिन्दा निकाला। ख़ूब मन लगाकर एक कहानी को नये काग़ज़ों पर उतारा और राकेश जी के पास भेज दी। राकेश जी ने कहानी मिलते ही जवाब दिया। उन्होंने न केवल कहानी स्वीकृत कर ली, बल्कि यह सूचना भी दी कि वह शीघ्र ही 'सारिका' का नवलेखन अंक प्रकाशित करने जा रहे हैं और यह कहानी उस विशेषांक में प्रकाशित करेंगे। आगामी शनिवार को मैं एक सर्टिफ़िकेट की तरह राकेश जी का पत्र लेकर दिल्ली पहुँचा। हमदम[1] ने मेरे जनसम्पर्क अधिकारी की तरह प्रत्येक जान-पहचान के लेखक को गर्व से यह सूचना दी। अगले ही महीने 'सारिका' का नवलेखन अंक प्रकाशित हुआ

1. रवीन्द्र कालिया का जालंधर का एक अभिन्न चित्रकार मित्र, जो इनके प्रयासों के कारण ही उन दिनों उर्दू पत्रिका 'बीसवीं सदी' के लिए काम करता था, वह दरियागंज स्थित दफ़्तर की बरसाती में रहता था और यह रवीन्द्र कालिया का अस्थायी घर-सा था।

और उसमें वह कहानी 'सिर्फ़ एक दिन' प्रमुखता के साथ प्रकाशित हुई थी। अपना परिचय भी मैंने नये अन्दाज़ में लिखा था : रवीन्द्र कालिया, क़द छह फीट, अविवाहित और चेन स्मोकर।

छपते ही मेरा मन कॉलेज से उचट गया। इसी बीच मुझे केन्द्रीय हिन्दी निदेशालय, दिल्ली में 'भाषा' त्रैमासिकी के सम्पादकीय विभाग में नौकरी मिल गई। मेरे माता-पिता नहीं चाहते थे कि मैं दिल्ली जाऊँ। कॉलेज के प्रिंसिपल, आर्य समाजी होने के नाते मेरे पिता के मित्र थे। हमारे परिवार में पिता-भाई-बहन—सबकी महत्त्वाकांक्षाएँ अध्यापन से ही जुड़ी थीं। मेरा अध्यापन छोड़ना किसी को पसन्द न आया। मेरे पिता ने प्रिंसिपल को लिखा कि वे मेरा इस्तीफ़ा स्वीकार न करें। मैं उनकी बात मान लेता अगर इसी बीच मुझे यह समाचार न मिलता कि मोहन राकेश 'सारिका' से त्यागपत्र देकर दिल्ली लौट आए हैं।

मैं बिना इस्तीफ़ा दिये ही दिल्ली चला आया।

एक नई ज़िन्दगी की शुरुआत हो गई।

दफ़्तर में अनेक साहित्यिक थे—सुरेश अवस्थी, कुलभूषण, श्याममोहन श्रीवास्तव, जगदीश चतुर्वेदी, शेरजंग गर्ग, रमेश गौड़, ख़्वाजा बदीउज़्ज़माँ आदि-आदि। कुछ ही दिनों में मैंने महसूस किया, आदि-आदि लोग छपने-छपानेवाले साहित्यकारों से बहुत जलते थे। दिल्ली में पूरा दिन दफ़्तर और टी-हाउस में बीतता। उन दिनों टी-हाउस जानदार था। थोड़ी-थोड़ी देर बाद बैरा चिट थमा जाता। 'इतनी ज़ोर से न हँसें।' राकेश जी का ठहाका फुहारे की तरह छूटता और उसके छींटे हर मेज़ पर पड़ते।

राकेश जी से मेरा गुरु-शिष्य का सम्बन्ध था। उनके साथ अत्यन्त आत्मीय सम्बन्धों की लम्बी शृंखला थी। चंडीगढ़, दिल्ली, कलकत्ता, जालंधर, बम्बई आदि अनेक जगह गोष्ठियों में उनके साथ-साथ भाग लिया था। यहाँ तक कि इलाहाबाद में सर्वप्रथम सन् 1964 में राकेश जी के साथ ही आया था। राकेश, कमलेश्वर के पास इलाहाबाद के 'परिमल' कहानी-सम्मेलन का निमंत्रण आया तो उन्होंने तार दिया कि हमारा प्रतिनिधित्व एकदम नये लेखक रवीन्द्र कालिया करेंगे। मगर बाद में हम सब लोग अपर इंडिया में बैठकर एक साथ इलाहाबाद पहुँचे। पूरी रात हँसते-गाते गाड़ी में बीती थी। राकेश, कमलेश्वर, गंगा प्रसाद विमल, परेश और मैं पिकनिक के-से माहौल में इलाहाबाद पहुँचे।

राकेश बम्बई से दिल्ली आ गए थे। इस बीच दिल्ली में मैंने कभी राकेश को मदिरापान करते नहीं देखा। शायद उन्होंने मयनोशी से तौबा कर ली थी। इस बीच मैंने उन्हें बियर तक पीते नहीं देखा। कई बार यह भी लगता था कि उन्होंने मुझसे एक दूरी बना ली है। शाम को कई बार उनके यहाँ जाना हुआ, उन्हें चाय की चुस्कियाँ लेते ही पाया। वह उन दिनों डब्ल्यू.ई.ए. करोलबाग़ में रहने लगे थे। राकेश जी की

जीवन-शैली में मैं गुणात्मक परिवर्तन देख रहा था। दूसरी पत्नी से मुक्ति पाकर वह अनीता औलक के साथ रहने लगे थे। उन दिनों वह जमकर लिख रहे थे, शायद अपने उपन्यास 'अँधेरे बन्द कमरे' पर काम कर रहे थे। वह नियमित रूप से लेखन करते और उनसे समय लेकर ही मिला जा सकता था। उनका कॉफ़ी-हाउस जाना भी कम हो गया था। वह दिल्ली के मेरी पहचान के अकेले रचनाकार थे जो कभी बस में यात्रा नहीं करते थे। मैंने उन्हें हमेशा टैक्सी या स्कूटर से ही उतरते देखा। उनके घर पर फ़ोन लग गया था। आपके जाने का समय होता तो वह टैक्सी स्टैंड फ़ोन करके टैक्सी मँगवा देते, बग़ैर इस बात पर ध्यान दिये कि आपकी जेब टैक्सी की इजाज़त दे रही है या नहीं। दो-एक बार तो मुझे अजमलख़ाँ रोड पर ही टैक्सी छोड़कर बस की क़तार में लग जाना पड़ा। मालूम नहीं, वह ऐसा क्यों करते थे! सहज रूप से करते थे या दंड देने के लिए? वैसे, दंड देना उनके स्वभाव में नहीं था। एक बार तो ऐसा अवसर आया कि उनकी उपस्थिति में मुझे अकेले ही पीनी पड़ी। उम्मीद थी कि वह साथ देंगे, मगर उन्होंने मना कर दिया। अब सोचता हूँ तो याद नहीं पड़ता है कि मैंने दिल्ली में कभी उनके साथ मदिरापान किया था। वह अध्याय जालंधर में ही समाप्त हो गया था।

मोहन राकेश की उँगली पकड़कर मैंने साहित्य में पदार्पण किया था। उन्हीं मोहन राकेश से समय के अन्तराल के साथ इतनी दूरियाँ आ जाएँगी, इसकी मैंने कल्पना भी न की थी।

लेकिन अब मुझे लगता है, कुछ बातें ऐसी होती हैं, जिन पर किसी भी संवेदनशील आदमी के लिए बात करना सम्भव ही नहीं होता। आज सोचता हूँ तो लगता है यह उनका बड़प्पन था। उस समय मुझे उन बातों की गम्भीरता का अहसास भी न था। मुझे लगता है, उनके स्थान पर अगर मैं होता तो शायद ज़्यादा आहत महसूस करता। मेरा इरादा उन्हें तकलीफ़ पहुँचाने का नहीं था, शायद यही वजह थी कि कोई अपराधबोध नहीं था। आज भी नहीं है। अफ़सोस यही है कि वह हमारे बीच नहीं हैं वरना उनके आमने-सामने गुबार निकाल सकता था। यहाँ मैं उन चन्द घटनाओं का ख़ुलासा करना चाहता हूँ, जिनके बारे में वह मेरा स्पष्टीकरण भी नहीं माँग सकते थे। सिर्फ़ देखी-अनदेखी कर सकते थे।

उन्हीं दिनों मेरी एक कहानी प्रकाशित हुई थी : 'पचास सौ पचपन'। वह कहानी दिल्ली के संघर्षशील संस्कृतिकर्मियों को केन्द्र में रखकर लिखी गई थी और उसमें उनके संघर्षमय जीवन का चित्रण था, जो ऊपर से देखने पर 'कॉमिक' लगता था, मगर भीतर कहीं करुणा उपजाता था। कहानी में एक आर्टिस्ट था, एक फ्रीलांसर और एक प्रोफ़ेसर। फ्रीलांसर 'नेशनल स्कूल ऑव ड्रामा' में प्रवेश पाने के लिए प्रयत्नशील है। प्रोफ़ेसर फ्रीलांसर की तैयारी करवाने में जुट जाता है। विश्व के नाट्यान्दोलनों के बारे में जानकारी देता है और उसे 'आषाढ़ का एक दिन' का

एक लम्बा संवाद याद करवाता है। चुन लिये जाने पर फ्रीलांसर को दो सौ रुपये प्रतिमाह की छात्रवृत्ति मिल सकती थी। आर्टिस्ट और प्रोफ़ेसर चाहते थे कि उसका चयन हो जाए ताकि कम-से-कम अपने हिस्से का मकान भाड़ा तो दे सके। उसका चयन हो गया तो वह शराब पीकर चला आया। कहानी में वह कालिदास के संवाद की कुछ ऐसी पैरोडी कर देता है :

> जिस दिन फ्रीलांसर को ड्रामा के स्कूल में दाख़िला मिला, वह शराब के नशे में धुत्त लौटा। आते ही उसने प्रोफ़ेसर की नई बेडशीट पर कै कर दी और देवदास के अन्दाज़ में कालिदास का संवाद दोहराने लगा : 'लगता है, तुमने अपनी आँखों से इन कोरे पृष्ठों पर बहुत कुछ लिखा है। ये पृष्ठ अब कोरे कहाँ हैं मल्लिका? इन पर एक महाकाव्य की रचना हो चुकी है। अनन्त सर्गों के एक महाकाव्य की...। कैसा संवाद है प्रोफ़ेसर, है कि नहीं एकदम फ़र्स्ट क्लास? प्रोफ़ेसर, क्या अब समय नहीं आ गया है कि हम तीनों अपनी-अपनी प्रेमिकाओं को लेकर बुद्धाजयन्ती पार्क चलें और टैक्सी में चलें?'

संवाद यहीं ख़त्म नहीं होता, उसे कहानी में और आगे बढ़ाया गया था :

> 'घबरा क्यों रहे हो दोस्त, तुम्हारी शीट ख़राब हो गई? तुम नहीं जानते, इस पर महाकाव्य की रचना हो चुकी है—अनन्त सर्गों के महाकाव्य की! बोलो, कब चलोगे बुद्धाजयन्ती पार्क?'

यह कहानी मैंने उन दिनों लिखी थी जब राकेश जी से मेरे मधुरतम सम्बन्ध थे। यक़ीनन मेरी बुद्धि भ्रष्ट हो गई होगी, जो मैंने 'आषाढ़ का एक दिन' से संवाद उद्धृत कर दिया था। दरअसल मेरे पास नाटक की दूसरी पुस्तकें उस समय उपलब्ध नहीं थीं। 'आषाढ़ का एक दिन' सहज उपलब्ध था, मैंने उसी से संवाद उठा लिया। इसके पीछे कोई सुनिश्चित सोच, दुर्भावना अथवा विद्वेष नहीं था, महज़ मासूमियत और नादानी थी। कहानी में स्थितियाँ ऐसी थीं कि यह संवाद व्यंजनार्थ देने लगा। परोक्ष रूप से भावनात्मक भाषा पर भी कटाक्ष के रूप में उभरने लगा। उस वक़्त मैंने इस पक्ष पर ध्यान नहीं दिया और कहानी छप गई। 'आषाढ़ का एक दिन' अपने भाषा संस्कारों के लिए बहुत प्रशंसित हुआ था, मैं ख़ुद मुरीद था उसकी भाषा का, मगर मेरी कहानी में यह भाषा बहुत हास्यास्पद बनकर उभर आई। पात्र ही कुछ इस रूप में विकसित हो गया था। बहुत बार ऐसा होता है कि पात्र आपके हाथ से निकल जाता है और ख़ुद अपनी मंज़िलें तय करने लगता है। मुझे नहीं मालूम, राकेश जी की इस पर क्या प्रतिक्रिया हुई होगी! उन्होंने कभी इसका ज़िक्र भी न किया। उनकी इसी शाइस्तगी का मैं क़ायल था।

उन्हीं दिनों मेरी एक कहानी 'ज्ञानोदय' में छपी थी। यह वंचित-बेसहारा ऐसे दो नौजवानों की कहानी थी, जो छोटी-छोटी सुविधाओं से वंचित थे, जिन्होंने मुद्दत से फल नहीं खाया था, जिनकी ज़िन्दगी बस की लम्बी क़तार होकर रह गई थी, जो छुट्टी के दिन कनॉट प्लेस की चकाचौंध में तफ़रीह की तलाश में निकल आए थे :

> पहला कुछ देर चुप चलता रहा। अचानक उसकी बाँह एक औरत की बाँह से छू गई। वह फुसफुसाया, 'औरत की बाँह ठंडी होती है।'
> 'ठंडी होती है, बर्फ़ की तरह ठंडी?' दूसरे ने पूछा।
> 'नहीं, बर्फ़ ज़्यादा ठंडी होती है, बाँह उतनी ठंडी नहीं होती।'

कुछ इस प्रकार के संवादों से कहानी आगे बढ़ती है। मुझे कहानी का शीर्षक 'अकहानी' उपयुक्त लगा। वह एंटी थियेटर का दौर था। 'वेटिंग फ़ॉर गोदो' जैसे नाटकों की धूम मची थी। दूसरों से अलग हटकर कुछ नया कर दिखाने की धुन थी।

राकेश जी ने कहानी पढ़ी तो तलब कर लिया। उन्हें कहानी पर कोई आपत्ति नहीं थी, मगर शीर्षक से घोर असहमति थी। उन्होंने दफ़्तर में मुझे फ़ोन किया, जो मुझ तक नहीं पहुँचा। दफ़्तर में मेरी स्थिति एक मातहत कर्मचारी से अधिक न थी और दफ़्तर में मातहत के फ़ोन के साथ अफ़सर लोग कैसा सुलूक करते हैं, इसे मातहत ही समझ सकता है। अफ़सर ने मुझे बुलाने में असमर्थता प्रकट की तो राकेश जी का उससे अच्छा-ख़ासा तकरार हो गया। उस रोज़ टी-हाउस में राकेश जी ने मुझसे पूछा कि ऐसे बदतमीज़ अफ़सर के साथ मैं कैसे काम कर रहा हूँ? मैंने उन्हें बताया कि प्रमोशन का लालच देकर वह बदतमीज़ अफ़सर अपनी मोटी, काली, फूहड़, असभ्य बिटिया से मेरी शादी कराना चाहता है और मेरे अनिश्चय की खीज बेचारे टेलीफ़ोन पर निकाल रहा है। राकेश जी ने एक ज़ोरदार ठहाका लगाया और रात आठ बजे अत्यन्त आवश्यक काम से घर पर मिलने के लिए कहा।

मैं साढ़े सात बजे ही राकेश जी के यहाँ पहुँच गया। उस शाम पहली बार मैंने अनीता जी को देखा था। मैंने महसूस किया, अनीता जी के नैकट्य में राकेश जी बहुत प्रसन्न हैं। एक ख़ास तरह का अकड़फूँ विश्वास और दर्प भी मैंने पहली बार महसूस किया। अनीता जी ने मुझे बहुत ही ख़ूबसूरत प्याले में कॉफ़ी दी और जब तक मैं प्याले को होंठ तक ले जाता, राकेश जी ने लापरवाही से कहा, 'मैं कुछ बातें स्पष्ट कर लेना चाहता हूँ।'

मैंने प्याला तिपाई पर रख दिया और बदहवास-सा राकेश जी की ओर देखने लगा। अपने तईं मैंने कोई ग़लती नहीं की थी और राकेश जी को हमेशा प्रत्यक्ष और परोक्ष रूप से आदर ही दिया था। वास्तव में मैं राकेश जी से इतना जुड़ गया था कि राकेश जी को लेकर प्रायः लोगों से भिड़ जाया करता था। उन दिनों एक नवोदित लेखक मनहर चौहान की एक लेखमाला प्रकाशित हो रही थी, जिसका

प्रथम लेख था : 'मैं और मोहन राकेश'। उसका 'मैं और कमलेश्वर' शीर्षक लेख भी आनेवाला था। लेख पढ़कर टी-हाउस में मैंने मनहर से कहा कि वह अपनी लेखमाला का शीर्षक दे : 'मैं और मेरा बाप'। उसकी और राकेश की उम्र और उपलब्धियों में इतना अन्तर था कि उस लेख के शीर्षक का कोई औचित्य मेरी समझ में नहीं आ रहा था। राकेश जी को लेकर मैं प्राय: किसी-न-किसी से उलझ जाया करता था। यहाँ तक कि उनकी झूठी प्रशंसा करने का दुर्गुण भी मेरे अन्दर उत्पन्न हो गया था। ऐसी स्थिति में राकेश जी की बात मुझे बहुत नागवार गुज़री।

मैं अपने को इस स्थिति में नहीं पा रहा था कि राकेश जी मुझसे इस तरह का सवाल करें। मुझे लग रहा था, इस तरह के सवाल वे कमलेश्वर से कर सकते थे अथवा राजेन्द्र यादव से।

'तुम अपने को बहुत ज़्यादा स्मार्ट समझ रहे हो?' राकेश जी ने अपने चश्मे के मोटे शीशे के भीतर से बड़े रहस्यात्मक ढंग से झाँकते हुए कहा।

मैं केवल हतप्रभ हो सकता था। मैं घबराहट में कॉफ़ी पीने लगा। ऐसे में मैं सिगरेट की तलब महसूस करता, जो राकेश जी ने पहले ही थमा दी थी।

'मैंने ऐसा कुछ भी नहीं किया, जो आपकी प्रतिष्ठा के अनुकूल न हो,' मैंने कहा।

राकेश जी ने अनीता की तरफ़ देखा, जैसे कह रहे हों—देखो, कितनी सादगी से भोला बन रहा है!

'मुझे तुमसे यह आशा न थी कि थोड़ी-सी लोकप्रियता मिलते ही हमारे ख़िलाफ़ एक षड्यंत्र में शामिल हो जाओगे,' उन्होंने कहा।

राकेश जी की बेरुख़ी भी मुझसे बर्दाश्त नहीं हो रही थी। मेरी आँखें भर आईं। थोड़ी ही देर में मैं ऐसी स्थिति में आ गया कि ज़रा-सा भी हिलता-डुलता तो आँसू गिरने लगते। पूरी दिल्ली में यही एक ऐसा घर था, जहाँ मैं कभी भी बेरोक-टोक आ-जा सकता था और माँजी बिना खाना खिलाए नहीं भेजती थीं। अनीता के बारे में सुन ज़रूर रखा था मगर देखा उसी दिन पहली बार था। देखा क्या था, उसकी उपस्थिति में लगातार डाँट खा रहा था। मुझे हल्का-सा यह आभास भी हुआ कि राकेश जी मुझे डाँटकर कहीं अनीता को भी प्रभावित कर रहे हैं।

'तुमने अपनी नई कहानी का नाम 'अकहानी' क्यों रखा?'

मैंने जेब से रूमाल निकाला और स्पंज की तरह आँखों पर रख लिया। मैं कल्पना नहीं कर सकता था कि कहानी के शीर्षक को लेकर राकेश इतने उत्तेजित हो जाएँगे। शीर्षक मैंने किसी षड्यंत्र के तहत नहीं रखा था। औसतन हिन्दी कहानी का गद्य बहुत फीका और संवेदना अत्यन्त भावुकतापूर्ण लगती थी, यह उसी के प्रतिक्रिया स्वरूप था।

मैं इतना ज़रूर मानता था कि यह शीर्षक कई लोगों को चुनौतीपूर्ण लगेगा, मगर मुझे यह नहीं मालूम था कि इससे राकेश जी ही भड़क उठेंगे। उन दिनों

अधिसंख्य लेखकों की रचनाओं में, आर्यसमाजी मानसिकता का पुट कुछ ज़्यादा ही रहता था, जबकि उनके कर्म में यह नदारद था। शायद यही वजह थी कि हिन्दी कहानी में भाषा, संवेदना और कथ्य के स्तर पर कहीं कोई परिवर्तन लक्षित होता, तो ये लोग आक्रामक हो उठते। निर्मल वर्मा ने उन दिनों युवा वर्ग की मानसिकता पर जो कुछ भी लिखा, नामवर सिंह के अलावा पूरा माहौल उनके विरुद्ध था। बन्द समाज में युवक-युवतियों के लिए जो प्रतिबन्ध है, कहानी में भी लोग आँसूवादी यथास्थिति बनाए रखना चाहते थे। निर्मल वर्मा अपने प्रेमी-प्रेमिकाओं को सड़क पर ले आए थे। रेस्तराँ में ले आए थे। बन्द दरवाज़ों के बाहर यह खुली हवा का झोंका कहानी के लिए नया था।

हथौड़े की तरह राकेश जी के शब्द मेरे दिमाग़ में चल रहे थे, 'तुमने कहानी का नाम 'अकहानी' क्यों रखा?'

'मुझे अच्छा लगा इसलिए रखा,' मैंने कहा।

मगर राकेश को और भी शिकायतें थीं। आज मैं तटस्थ होकर सोचता हूँ तो लगता है, कुछ शिकायतें जायज़ भी थीं।

जैसे उन्हीं दिनों 'नई कहानियाँ' में मेरा आत्मकथ्य 'नई कहानी : सम्भावनाओं की खोज' शीर्षक से छपा था। राकेश और कमलेश्वर, दोनों उससे असन्तुष्ट। आज मुझे लगता है, मैंने बहुत-सी बातें फ़ैशन में आकर लिखी थीं।

राकेश जी इस बात से भी ख़फ़ा थे कि मैंने 'मार्कंडेय' द्वारा सम्पादित 'माया' के विशेषांक में कहानी क्यों दी। दरअसल इसके पीछे कोई राजनीति नहीं थी। मार्कंडेय ने कहानी के लिए पत्र लिखा और मैंने कहानी भिजवा दी। भीतर-ही-भीतर ख़ुशी भी हो रही थी कि मार्कंडेय जैसे स्थापित और वरिष्ठ कहानीकार ने कहानी के लिए आग्रहपूर्वक लिखा था! मार्कंडेय, राकेश और कमलेश्वर के सम्बन्ध कैसे थे, मुझे इसका अहसास भी न था। मैं तो यह मानकर चल रहा था कि ये तमाम लोग 'नई कहानी' आन्दोलन के सशक्त रचनाकार हैं।

'मार्कंडेय जी ने कहानी माँगी थी और मैंने भेज दी। आपने संकेत भी किया होता तो न भेजता,' मैंने कहा।

मेरे उत्तर से वह सन्तुष्ट नहीं हुए। बहरहाल, उस रोज़ राकेश जी से मेरी भेंट मेरे लिए अत्यन्त कष्टदायी साबित हुई। मैं भारी क़दमों और भरी आँखों से घर लौट आया। मन में यह सोचकर गया था कि रात वहीं पड़ा रहूँगा और सुबह वहीं से दफ़्तर चला जाऊँगा। मुझे याद है, उस रोज़ मैं करोलबाग़ से पैदल मॉडल टाउन पहुँचा था। जेब में एक पैसा न था। दूसरे दिन सुबह सत सोनी से पचीस रुपये उधार लेकर दफ़्तर गया।

दफ़्तर में मन नहीं लगा। कुछ देर गुमसुम बैठा रहा। फ़ाइल छूने तक की इच्छा न थी। दो-एक बार राकेश जी को फ़ोन मिलाया, मगर नहीं मिला। फ़ाइलों से मुझे

वैसे भी नफ़रत थी। मैं दफ़्तर से छुट्टी लेकर निकल गया और मन-ही-मन अंग्रेज़ी में एक वाक्य बनाता रहा, जो राकेश जी से मिलते ही उन पर बम की तरह फेंकने का निश्चय कर चुका था। दिन-भर कनॉट प्लेस के कॉरिडोरों में निरुद्देश्य घूमता रहा। शाम को टी-हाउस गया तो संयोग से राकेश जी दिख गए।

उस समय वे अकेले नहीं थे। उनकी मेज़ पर कमलेश्वर, यादव, नेमिचन्द्र जैन, सुरेश अवस्थी आदि अनेक लोग बैठे थे। मैं राकेश जी के पीछे चुपचाप खड़ा हो गया और निहायत भर्राई आवाज़ में बोला, 'राकेश जी, यू हैव हर्ट मी फ़ॉर नो फॉल्ट ऑव माइन।' मैंने किसी तरह वाक्य पूरा कर लिया और दूसरी ओर मुँह कर लिया ताकि दूसरे लोग मेरी मन:स्थिति का अनुमान न लगा सकें। सब लोग परिचित थे और मैं सबके बीच नाटक नहीं करना चाहता था।

राकेश जी ने पलटकर मेरी तरफ़ देखा और तुरन्त खड़े हो गए। मुस्कराते हुए उन्होंने अत्यन्त स्नेह से अपना हाथ मेरी पीठ पर टिका दिया। मैं इस पुचकार के लिए तैयार नहीं था। मैं राकेश जी के स्वभाव से परिचित था। उनके व्यक्तित्व में जहाँ बेपनाह गर्मजोशी थी, दूसरी ओर एक जानलेवा ठंडापन था। उन्होंने जिस गर्मजोशी से मेरे कन्धे पर हाथ रखा, मेरा ग़ुस्सा पारे की तरह तल पर जा लगा।

राकेश जी मित्रों को वहीं छोड़कर मेरे साथ-साथ चलने लगे। थोड़ी दूर पर राजस्थान एम्पोरियम था। एम्पोरियम बन्द हो चुका था। सामने छोटा-सा लॉन था। हम लोग वहीं बैठ गए।

मैं कुछ कहता, इससे पहले ही उनकी आँखें नम हो गईं। अचानक उन्होंने जेब से रूमाल निकाला और पोंछने लगे। मेरे लिए यह सब बहुत अप्रत्याशित था। वे ख़ुद रो रहे थे और मुझे चुप करा रहे थे।

'मैं दरअसल तुम लोगों के प्रति जैलेस हो गया था।' राकेश जी ने छूटते ही कहा, 'मैंने तुम्हारे साथ ग़लत सुलूक किया।'

मैं एकदम उत्फुल्ल हो गया। फूल की तरह हल्का। मैं नहीं चाहता था, राकेश इस विषय पर और बात करें।

'तुमने खाना खाया?' राकेश जी ने मेरा उतरा चेहरा देखकर पूछा।

'नहीं,' मैंने कहा, 'कल से कुछ नहीं खाया। इस वक़्त भी भूख नहीं है।'

'कहाँ खाते हो?'

'करोलबाग़ में। हम सब लोग वहीं खाते हैं। उड़द की फ्राई दाल और तन्दूरी रोटी।'

'सब कौन?'

'प्रयाग, विमल, हमदम और मैं। सबका खाता भी एक है। जिसके पास जितना पैसा होता है, दे देता है। हमदम कभी-कभी महीनों कुछ नहीं दे पाता और कभी सबका भुगतान कर देता है।'

'रोज़ यहीं खाते हो?'

'रोज़।'

राकेश जी ने स्कूटर रुकवाया। हम लोग करोलबाग़ की तरफ़ चल दिये। जेब में ज़्यादा पैसे न थे। मैंने एक जगह स्कूटर रोका और एक पौवा लेकर जेब में रख लिया। दिल्ली में कभी किसी ने मेरे भोजन की ऐसी चिन्ता नहीं की थी।

वह एक जुनून का दौर था, जिसे कोई दीवाना ही समझ सकता था। मेरे माता-पिता तो इस फ़क़ीराना जीवन और दर्शन की परिकल्पना भी न कर सकते थे। राकेश कर सकते थे। वह भी गर्दिश में थे, मगर उनकी गर्दिश का स्तर सम्मानजनक था।

'पहले खाना खा लो,' राकेश जी ने कहा, 'जहाँ रोज़ खाते हो, वहाँ चलते हैं।'

मैं राकेश जी को उस ढाबे में नहीं ले जाना चाहता था। वहाँ हर समय भीड़-भाड़ रहती थी और वहाँ पीने का सवाल ही न उठता था। मैंने रोहतक रोड पर स्कूटर रुकवाया, 'ग्लोरी' रेस्तराँ के पास। वहाँ से सड़क पार करते ही हमारा घर था। घर के सामने वहीं एक साफ़-सुथरा रेस्तराँ था। भूले-भटके कहीं से पारिश्रमिक आ जाता तो हम लोग 'ग्लोरी' में जश्न मनाते।

मैंने दो गिलास मँगवाए। राकेश जी ने अपना गिलास उलटा रख दिया, 'नहीं, मैं नहीं लूँगा।' मैं जानता था कि उनका 'नहीं' अन्तिम होता है। दुबारा अनुरोध करने का प्रश्न ही न उठता था।

राकेश मेरे बारे में जानकारी हासिल करते रहे। कितना वेतन है, मकान का कितना भाड़ा है, क्या पढ़-लिख रहे हो, दोपहर का भोजन कहाँ करते हो, दिल्ली में कैसा लग रहा है! उन्होंने मीनू मेरे सामने फैला दिया, 'तुम अपने लिए खाना मँगवाओ, मैं घर जाकर अनीता के साथ भोजन करूँगा।'

खा-पीकर हम लोग बाहर आए। वहीं स्कूटर खड़ा था। राकेश प्राय: स्कूटर अथवा टैक्सी घर पहुँचकर ही छोड़ा करते थे। मुझे घर पर उतारकर वह उसी स्कूटर से लौट गए। मैं सम्मोहित-सा देर तक वहीं खड़ा रहा। मन एकदम स्थिर हो गया था।

मोहन राकेश के राजसी ठाठ थे। वह सिगरेट सुलगाने से पहले सामने बैठे व्यक्ति को भी सिगरेट पेश करते। अब सामनेवाले व्यक्ति पर मुनहसिर था कि वह क़बूल कर ले या न करे। मैं तो हमेशा क़बूल कर लेता था। मुझे उनका यह शिष्टाचार बहुत शाही लगता था।

एक बार मैं उनके साथ कॉफ़ी-हाउस जा रहा था। उन दिनों कनॉट प्लेस में कॉफ़ी-हाउस उस स्थान पर था, जिसके नीचे आजकल भूमिगत वातानुकूलित मार्केट है। चलते-चलते अचानक उन्हें सिगरेट की तलब हुई। हस्बेमामूल उन्होंने ख़ुद भी सिगरेट सुलगाई और मुझे भी पेश की। मैंने अभी दो-चार क़श भी न लिये होंगे कि सिगरेट मेरे हाथ से छूट गई। इससे पहले कि मैं झुककर सिगरेट उठाता,

राकेश जी ने सिगरेट अपने क़दमों के नीचे रौंद दी और जेब से पैकेट निकालकर नई सिगरेट पेश कर दी। वह उन दिनों 'फोर स्क्वायर' नाम की सिगरेट पिया करते थे। अपनी ऐसी ही अदाओं से राकेश मेरे लिए वही बन गए, जिसे अंग्रेज़ी में फ्रेंड, फ़िलॉसफ़र एंड गाइड कहा जाता है। मगर समय का चक्का कुछ ऐसे घूमा कि फ्रेंड फ्रेंड न रहा, गाइड गाइड न रहा। उनके फ़िलॉसफ़र ने ज़रूर आज तक साथ निभाया, वक़्त-ज़रूरत आज भी साथ देता है। मोहन राकेश जब तक जीवित रहे, शाही तरीक़े से रहे। जिन दिनों हिन्दी के लेखक चप्पल चटकाते हुए चला करते थे, राकेश टैक्सी से नीचे क़दम नहीं रखते थे। बहुत सुरुचिपूर्ण जीवन-शैली थी उनकी।

दिल्ली में राकेश मुझसे असन्तुष्ट रहने लगे थे। वह मेरी संगत से क्षुब्ध रहते थे। राकेश की नज़र में मैं गुमराह हो रहा था। ममता[1] और मेरी दोस्ती से भी वह बुज़ुर्गों की तरह नाख़ुश थे।

एक दिन मुझे टी-हाउस में देखकर मोहन राकेश मुझे अलग ले गए।

'बम्बई जाओगे?' उन्होंने अपने मोटे चश्मे के भीतर से ख़ास परिचित निगाहों से देखते हुए पूछा।

'बम्बई? कोई गोष्ठी है क्या?'

'नहीं, धर्मयुग में।'

'धर्मयुग' एक बड़ा नाम था, सहसा विश्वास न हुआ। मैं दिल्ली में रमा हुआ था, दूर-दूर तक मेरे मन में दिल्ली छोड़ने का कोई विचार न था। राकेश जी ने अगले रोज़ घर पर मिलने को कहा। अगले रोज़ मैं राकेश जी के यहाँ गया। उन्होंने मुझसे सादे काग़ज़ पर 'धर्मयुग' के लिए एक अर्ज़ी लिखवाई और कुछ ही दिनों में नौकरी ही नहीं, दस इंक्रीमेंट्स भी दिलवा दिये। 'धर्मयुग' में जाने का उत्साह तो था, मगर मैं दिल्ली नहीं छोड़ना चाहता था। मुझे स्वीकृति भेजने में विलम्ब हुआ तो भारती जी ने सोचा, मैं सरकारी नौकरी का मोह कर रहा हूँ। इस बीच धर्मवीर भारती का एक अत्यन्त आत्मीय पत्र प्राप्त हुआ और पत्र पढ़ते ही मैंने तय कर लिया कि अगले ही रोज़ नौकरी से इस्तीफ़ा दे दूँगा।

मेरे पास मुम्बई जाने का किराया भी नहीं था। उन दिनों ममता से मेरी देखा-देखी चल रही थी। दिल्ली में ममता मुझसे दोगुना वेतन पाती थी, मगर महाकंजूस थी। मगर जल्द ही वह मेरे रंग में रँगने लगी। ममता से लगभग दोगुने वेतन पर 'धर्मयुग' में मेरी नियुक्ति हुई थी, उससे कम वेतन पाने की कुंठा समाप्त हो गई। एक अच्छी प्रेमिका की तरह ममता ने न केवल मेरी गाड़ी का आरक्षण करवाया, बल्कि मुम्बई के जेबख़र्च की भी व्यवस्था कर दी। तब से आज तक मेरी वित्त व्यवस्था उसी के ज़िम्मे है। वह मेरी वित्तमंत्री है।

---

1. ममता अग्रवाल, जो कालान्तर में रवीन्द्र से शादी करके ममता कालिया बनीं—जिन्हें आज हम एक अत्यन्त सशक्त एवं प्रतिष्ठित कथाकार के रूप में जानते हैं। —सं.

वक़्त बीतता गया।

मैं किसी काम से दिल्ली गया था। दिल्ली जाऊँ और राकेश जी से न मिलूँ, ऐसा कभी नहीं हुआ था। उस दिन भी हमेशा की तरह राकेश जी बहुत उत्साह से मिले। 'धर्मयुग' विभाग में वह बहुत प्रिय थे। उन्होंने पूछा, ''धर्मयुग' के क्या हाल हैं?'

'ठीक हैं,' मैंने कहा।

'भारती कैसे हैं?'

'मज़े में हैं।'

इसके बाद राकेश जी से कभी भेंट नहीं हुई। गुड्डे (नीलाभ) की शादी में नज़र भर मिली थी। संवादहीनता की इसी स्थिति में मैंने अपनी पुस्तक 'काला रजिस्टर' उन्हें भेंट ज़रूर की, मगर प्रति नहीं भेजी। जिन दिनों अम्मा के देहान्त की ख़बर मिली, मैं बम्बई गया हुआ था और नन्दन जी के साथ उनसे मिलने भी गया। राकेश बहुत उदास लग रहे थे और थके हुए। राकेश ने एक क्षण के लिए ममता और मेरी तरफ़ देखा और अन्नू को गोद में उठा लिया। हम लोग जितनी देर वहाँ रहे, वे सिर्फ़ बच्चे से प्यार करते रहे—निःशब्द। हम लोगों के बीच फैला कोहरा हट गया था। मगर यह नन्ही-सी मुलाक़ात अन्तिम साबित हुई। इसके कुछ ही रोज़ बाद एक दिन सुबह-सुबह अश्क जी ने समाचार दिया कि राकेश नहीं रहे।

मैं ऊपर छत पर जाकर बहुत रोया था। जाड़े के दिन थे। बहुत ख़ुशनुमा धूप फ़ैली थी। वे क्षण मैंने इतनी तीव्रता से जिए कि आज भी वैसी धूप या वैसा आकाश अथवा आकाश में उड़ते वैसे परिन्दे देखता हूँ तो बरबस राकेश जी पूरी चेतना पर छा जाते हैं।

यूँ ज़िन्दगी गुज़ार रहा हूँ तेरे बग़ैर...

ओंप्रकाश

उम्र में राकेश मुझसे लगभग दस वर्ष छोटा था लेकिन आज से पच्चीस वर्ष पहले हम दोनों प्राय: एक वक़्त ही जीवन की दो विभिन्न राहों पर क़दम रख रहे थे—वह लेखन की और मैं प्रकाशन की—जो हमें एक साथ जुड़ा गईं। लेखन और प्रकाशन के बीच के सम्बन्धों को हिन्दुस्तान में प्राय: खाई समझा जाता है, लेकिन वही 'खाई' तो हमें जोड़नेवाला पुल था।

राकेश से मेरी पहली मुलाक़ात तब हुई जब मैं उसकी कुछ ऐसी कहानियाँ पढ़ चुका था—'मलबे का मालिक', 'परमात्मा का कुत्ता' आदि, जिन्होंने मेरे मन पर अमिट प्रभाव डालकर मुझे बहुत उद्विग्न किया था, और जो मुझे झकझोर गई थीं। मुझे उन कहानियों के लेखक से मिलने की उत्कंठा थी। पाठक के रूप में मैं हमेशा उस लेखक के प्रति कितनी-कितनी कृतज्ञता से भर जाता हूँ जिसने मुझे भीतर तक छू लिया हो, कि राकेश एक दिन तलाश करता हुआ हमारे तब के फ़ैज़ बाज़ार की बाई-लेन के दफ़्तर की सीढ़ियाँ चढ़ आ पहुँचा। उस दिन का हमारा हाथ मिलाना मुझे याद है। उसकी मज़बूत दिली पकड़, उसकी खिली हुई मुस्कराहट और उसकी धवल दंत-पंक्ति! कुछ ऐसा भी याद पड़ता है कि अपनी पतलून और कोट के ढीलेपन पर उसकी निगाह नहीं थी, कि वह अपनी सिगरेट की राख ऐश-ट्रे में न झाड़कर फ़र्श पर कभी दाएँ, कभी बाएँ झाड़ दे रहा था। बातें क्या हुईं, यह याद नहीं पड़ता—केवल इतना ही कि मैंने कहा था कि आपकी कहानियाँ मुझे बहुत-बहुत अच्छी लगी हैं! समीक्षात्मक लहज़े में इससे अधिक कुछ कह पाना मेरे बूते की बात न तब थी, न आाज ही है। शायद तब उससे यह कहा था कि आप जो कुछ भी लिखेंगे, हम उसे सानुरोध, सहर्ष प्रकाशित करेंगे। और तब से जो सम्बन्ध बने, उनके विस्तार में हम दोनों परस्पर 'आप' से 'तुम' हो गए और मैं एक स्नेह से उसे 'तुम' से 'तू' कहकर सम्बोधित करने लगा, जबकि वह 'तुम' पर ही अड़ गया। हम एक-दूसरे के लिए लेखक और प्रकाशक नहीं रहे, दोस्त बन गए। जब 1965 में मैंने प्रकाशक के

रूप में फिर से नई ज़िन्दगी शुरू की, कहूँ कि लेखकों में से एक वही अकेला मेरे साथ बना रहा।

अपने लेखन में जो राकेश भावुकता की छाया तक के स्पर्श से घबराता था, वह ज़िन्दगी में बहुत भावुक था। कोई निश्चय करके उस पर हर विपरीत परिस्थिति में भी अडिग रह सकने की उसमें क्षमता और साहस था परन्तु बच्चे की तरह किसी बात पर मोम की तरह वह पिघल भी सकता था। उसकी आँखें कभी-कभी गीली भी हो आती थीं, जब वह कहीं बहुत विवश, बहुत असहाय अनुभव कर रहा हो। उसकी आँखों में उभरते लेकिन बलात् रोके गए आँसुओं को सामनेवाला झाँक सकता था, और कभी-कभी जब वे बह आते थे तो केवल उसका हाथ पकड़कर और हाथ के हल्के-से दबाव से ही उस तक पहुँचा जा सकता था, ठूँठ शब्दों द्वारा नहीं। उसकी यह आर्द्रता उसे और दृढ़ निश्चय बना देती थी; परिस्थितियों के आगे घुटने न टेकने का उसका हठ फ़ौलाद की चट्टान का रूप ले लेता था।

राकेश ने अपने वयस्क और प्रौढ़ जीवन का अधिकांश अभाव की छाया में गुज़ारा, लेकिन किस मान और शान से! कभी उसने अपने उस दैन्य का बखान करके किसी की सहायता नहीं चाही। उसकी सृजनात्मक शक्ति इतनी प्रखर थी और प्रतिभात्मक ऐश्वर्य इतना प्रचुर—जिसका उसे अहसास था लेकिन जिसका प्रदर्शन दूसरों के अहं को छीलने के लिए उसने कभी नहीं किया—कि वह अधिकार के रूप में कोई भी, किसी भी प्रकार की माँग कर सकता था। वह किसी की 'कृपा' या 'दया' का याचक नहीं था; वह जो दे सकता था और देता था, उसके अनुकूल और अनुरूप पाने के अधिकार का बोध उसे था। आज जो वह चला गया है, तो लगता है कि वही हमें नितान्त ऋणी कर गया है, हम उसे उसका देय देने में कृपणता कर गए—अपनी दुनियावी, लोभी, परिग्रही वृत्तियों के कारण।

चन्द्रधर शर्मा 'गुलेरी' अपनी कहानी 'उसने कहा था' में जिस शहर को सुप्रसिद्ध कर गए हैं, उस अमृतसर की एक ठेठ पंजाबी वातावरण की गली में राकेश का जन्म 1925 में हुआ था—एक ऐसे वकील के घर, जिन्हें अदालतों की अपेक्षा साहित्य अधिक आकर्षित करता था और जो क़ानून के पोथों की जगह संस्कृत काव्य के ग्रंथों के पारायण में समय बिताना अधिक पसन्द करते थे। राकेश की प्रारम्भिक कहानियों में अमृतसरी वातावरण की झलकियाँ देखने को मिलती हैं, परन्तु वे कहानियाँ उसने प्राय: छपवाईं नहीं। उसमें का कलाकार उन्हें स्वयं अस्वीकृत कर चुका था। पहली बार शायद उनमें से कुछेक, 'सारिका' के मार्च, '73 अंक में प्रकाशित हुई हैं। सारी ज़िन्दगी राकेश अपने लिए भी बहुत कठोर सम्पादक बना रहा—यह इस बात से भी प्रमाणित हो जाता है कि जीवन में जो कुछ उसने प्रकाशित करवाया, उससे परिमाण में कहीं अधिक वह अप्रकाशित छोड़ गया। एकांकी-मंच तथा रेडियो के लिए—कहानियाँ, निबन्ध, यहाँ तक कि

उपन्यास भी। जो कुछ उसका छपा भी है, उसके रद्द किये गए अनेकानेक प्रारम्भिक रूप भी मिले हैं; जो इस प्रयत्न में जूझता रहा कि जीविकोपार्जन उसे लेखन से ही करना है! वह किसी ऐसी कृति को प्रकाशित करवाने के लिए उत्कंठित नहीं हुआ जिससे कि उसको सन्तोष न हो—यद्यपि यह जानता था कि वह जो चाहता, छपवा सकता था। वह अपनी जिस अन्तिम और अब उत्सुकता से प्रतीक्षित कृति—'पैर तले की ज़मीन' नाम के नाटक पर पिछले सात वर्षों से काम कर रहा था, सन् '65 में उसका पूर्वार्द्ध—पहले अंक का एक रूप—उसने श्री नेमिचन्द्र जैन को 'नटरंग' में प्रकाशित करने के लिए दिया था। फिर कुछ समय बाद वह प्रारूप भी वापस ले लिया और फिर से लिखा, या ठीक से यह कहना चाहिए कि टाइप किया, क्योंकि राकेश बीज-रूप में किसी कहानी या नाटक, निबन्ध या उपन्यास के मूल विचार को हाथ से लिखने के बाद उनका विस्तार स्वयं टाइप की मशीन पर करता था। बीज-रूप का रेखांकन हिन्दी में तो सम्भव था, अंग्रेज़ी में भी प्राय: मैंने देखा है, जो कुछ आश्चर्य की बात है। हिन्दी का सफल लेखक और अंग्रेज़ी में कहानियों और नाटकों के प्रारम्भिक ड्राफ़्ट! उस कृति के लिए हिन्दी या अंग्रेज़ी—किसी भी भाषा में सोचना और लिखना सम्भव था, यद्यपि अंग्रेज़ी में अपना लेखन उसने समीक्षा के क्षेत्र तक ही सीमित रखा।

'पैर तले की ज़मीन' के पहले अंक के 1965-66 में टाइप कर लिये गए प्रारूपों के बाद, उसके अन्तिम समय तक टाइप किये गए पाँच या सात प्रारूप मिलते हैं। जिस दिन उसका प्राणहीन शरीर अपनी स्टडी में ज़मीन पर पड़ा था, इसी नाटक के रद्द किये गए कुछ पन्ने वेस्ट पेपर बास्केट में भी मिले। 'आधे-अधूरे' के भी कितने विभिन्न प्रारूप मिले हैं—उसकी अनेक कहानियों और निबन्धों के भी। कितनी मेहनत से वह अपनी रचना को तराशता था, उसकी साक्षी अभी मौजूद है—एक-एक शब्द और वाक्य चिनने में वह कितना सतर्क था और कितना फैस्टिडियस। राकेश जैसे कलाकार की रचना-प्रक्रिया पर अच्छा-ख़ासा शोध-कार्य हो सकता है, बशर्ते कि शोधकर्ता केवल तारीख़ों और आँकड़ों की खोज में न हो बल्कि एक कृती के प्राणों के स्पंदन के हर अनुवर्तन को पहचानने की क्षमता रखता हो।

अपने जीवन के पिछले कुछ वर्षों में उसने किसी दिनचर्या में बँधने की कोशिश भी की थी—उससे पहले उसका लेखन दुनिया में और घर में सबके सो जाने पर ही प्रारम्भ होता था। दिन की ज़िन्दगी जो राह अख़्तियार कर सके, करे। उसने कभी सूर्योदय देखा हो, यह मुझसे कोई कहे तो विश्वास नहीं होगा। 10-11 बजे उठना और नाश्ता करना। अमृतसर के लोगों के खाने-पीने का शौक़ मशहूर है—राकेश को गोभी और मूली और आलू के पराँठे, गर्म-गर्म पकौड़ियाँ, कबाब और चिकन, गर्म कॉफ़ी, ठंडा शर्बत और चिल्ड बियर—सभी का बहुत शौक़ था। इरविन रोड पर हनुमान जी के मन्दिर के सामने की दुकानें जो अब गिराई जा चुकी हैं—जामा

मस्जिद पर कबाब तलनेवालों के अड्डे—उसे अच्छा चटपटा खाना देनेवालों के सब पते मालूम थे। घर में उसकी अम्मा ही रसोई के मामले में इतनी माहिर थीं कि मैं अनेक बार काफ़ी सुबह-सुबह, दस मील दूर से आकर राकेश को जगाता था और अम्मा के हाथ के पराँठों की फ़रमाइश करता था—साथ में दही और गोभी-शलजम का अचार। कभी सायं चाय अथवा बियर के साथ तली, गर्म सोंधी पकौड़ियाँ—और पेय से ज़्यादा हम खाद्य पर जुट जाते थे।

राकेश सोलह वर्ष का था तब उसके सिर से पिता की छत्रच्छाया उठ गई थी—माँ की रखवाली करने का तब उसने वचन लिया था। उसके अपने अप्रत्याशित प्राणान्त से कोई तीन मास पूर्व तक यह सम्बन्ध बना रहा। माँ-बेटे का इतना अभिन्न साथ, इस युग में माँ के प्रति इतनी जागृत निष्ठा—कम ही दिखाई देती है। कभी माँ को राकेश की फटी हुई क़मीज़ों से अपने जम्पर बना लेने पड़ते थे तो राकेश अपने को कोसा करता था। सारी ज़िन्दगी चाहे कितने अभाव में वह स्वयं रहा हो, हाथ कितना ही तंग हो—कोई भी जोड़-जुगाड़ कर उसकी कोशिश रहती थी कि माँ को एक सौ रुपया हर महीने वह दे सके—उसके अपने लिए। सारी ज़िन्दगी उसने माँ को साथ रखा, सब प्रकार के ऊँच-नीच स्वयं झेले, माँ को दुनिया की रेलपेल और धक्कों से बचाए रखा। माँ के शव-दाह के बाद निरन्तर अन्तिम क्षण तक, वह इस अड़तालीस वर्ष के साथ के विछोह की मनोयातना से बहुत पीड़ित रहा। माँ के कमरे के सामने से गुज़रने तक में वह कतराता था—कि माँ नहीं रहीं। अपनी दो घंटे की बीमारी में उसने अपने वर्षों के फ़ैमिली डॉक्टर को इसलिए नहीं बुलाया, कि माँ उसके हाथों परलोक गई थीं।

राकेश ने लाहौर के ओरिएंटल कॉलेज में शास्त्री तक शिक्षा पाई थी—संस्कृत की उच्चतम परीक्षाएँ पास करके उसने पार्टीशन के बाद जालंधर आकर हिन्दी और फिर संस्कृत में भी एम.ए. किया।[1] संस्कृत साहित्य के अध्ययन से ही उसको अपनी परम्परा और संस्कृत का अन्तरंग परिचय मिला—उसका परिवेश इसी कारण आज के अनेकानेक साहित्यकारों से भिन्न है। वह सही और खरे रूप में आधुनिक और रैशनल दृष्टिकोण इसीलिए अपना सका कि जिस परम्परा को वह जाने-बूझे अस्वीकार कर रहा था, उसकी गहरी जानकारी उसे थी। वह किसी अज्ञात को नकारना नहीं था, कि जो अर्थहीन बनकर रह जाए। फिर, पर्सनल लायल्टीज़ में, गुरुजनों के प्रति समादर की भावना में, दूसरों के विश्वासों को ठेस न पहुँचाने में उसने सदा परम्परागत वृत्तियाँ ही प्रदर्शित कीं। माँ के प्रति उसकी आस्था ही

1. संस्कृत में एम.ए. राकेश ने लाहौर में कर लिया था, जबकि हिन्दी में एम.ए. डॉ. मदान की प्रेरणा से शिमला में अध्यापन के दौरान किया था। —सं.

देखिए—केवल जीवन में ही नहीं, मरने के बाद भी। राकेश का किसी रीति-रिवाज, मंत्र-ढंग, पूजापाठ आदि में एकदम विश्वास नहीं था लेकिन माँ का क्रियाकर्म उसने पूरी सनातन-विधियों से अपने हाथों सम्पन्न किया—धूप-दीप जलाए, गोबर लीपा, चौक पूरे। माँ का इन सबमें विश्वास जो था! और वह व्याकुल होकर आँसू छुपाने के प्रयत्न में मुख मोड़ लेता।

डॉ. विजयेन्द्र स्नातक के प्रति उसके मन में गुरु की भावना थी। उनसे वह जब-जब मिलता था, घुटने छूता था। कोई दिखावा नहीं था, जिसके हम सब आदी हो चुके हैं। घुटने छूनेवाले भी और घुटने छुआनेवाले भी—स्नातक जी के टोकने पर वह कहता था—मुझे इस अधिकार से वंचित न कीजिए, मेरी ख़ुशी इसी में है। परम्परा से पाया गुरुजनों के प्रति सहज श्रद्धा का भाव उसमें सदैव बना रहा।

राकेश में किसी भी आडम्बर की गंध नहीं थी—जो कुछ वह सोचता, कहता, करता—सारी दुनिया जान ले। कहीं छुपाव-दुराव की कोशिश नहीं—स्फटिक-सा सबके सामने है। मैला, उज्ज्वल, जैसा भी है—वह है। जिन्हें रूढ़िग्रस्त समाज बुराइयाँ कहता है, राकेश में यदि वे थीं तो उसके लिए चर्चा का विषय नहीं थीं। ज़िन्दगी की लपेट को वह इतनी सहजता से लेता था—वही सहजता जो उसके लेखन में, विशेषत: कहानियों और नाटकों में देखने को मिलती है और अनन्य रूप से प्रभावित करती है। कहीं शब्दाडम्बर नहीं; कहीं निरर्थक बिम्ब या मुलम्मा-चढ़े अलंकरण नहीं! कहीं भाव और भाषा की दुरूहता नहीं। अपने जीवन और साहित्य के दोनों क्षेत्रों में इस दुरूहता को बड़ा संघर्ष करके उसने निकाला था, और इस तरह दोनों के मूल तक पहुँचने में सफल हो रहा था कि विधाता ने उसे हमारे बीच से उठा लिया।

बहुत बचपन में एक बार सड़क पार करते हुए अपनी बड़ी बहन की गोद से वह गिर गया था—सामने से गौओं का एक झुंड आ रहा था। राकेश का बाल-मन इतनी टाँगों के जंगल को देखकर मोहित हो रहा था—उसका हाथ गौओं के थनों को छू लेने को ललक रहा था! विपरीत स्थितियों में भी ऐसे आकर्षण की खोज राकेश में जीवन-भर बनी रही।

वैसे राकेश भीरु प्रकृति का था। यद्यपि लड़ने-भिड़ने की मुद्रा उसकी हमेशा बनी रहती थी, हाथापाई की आशंका उसे बहुत भयभीत कर देती थी। एक बार वह जब करोलबाग़ में रहता था, एक नामी बदमाश से एक दिन उसका टकराव हो गया। राकेश के दोस्तों ने श्री लालबहादुर शास्त्री तक पहुँच थी, तब वह गृहमंत्री थे। अख़बारों ने भी हंगामा मचाया। इतना सार्वजनिक समर्थन पाने के बावजूद उसने न केवल करोलबाग़ का वह घर और वह गली ही छोड़ी, उसने दिल्ली का शहर ही छोड़ दिया। इस फ़ौजदारी मामले से वर्षों बाद उसे गवाही देने के बाद ही

छुटकारा मिला—वह उस बदमाश का मुँह अदालत में भी नहीं देखना चाहता था। इस प्रसंग में राकेश की मन:स्थिति की झलक उसकी कहानी 'ठहरा हुआ चाक़ू' में मिल सकती है।

इसके विपरीत राकेश में साहस—सात्त्विक साहस भी—बहुत मात्रा में था। जब श्री मोरारजी देसाई राजनीतिक ताक़त में चरमोत्कर्ष पर थे, उनसे दो टूक बातें करना और उन्हें खरी-खरी सुनाना राकेश का ही साहस था। ऐसे अनेक अन्य प्रसंग भी याद आते हैं। जब कविवर बच्चन दिल्ली के बोर्ड ऑफ हायर सेकेंडरी एजुकेशन की हिन्दी समिति के संयोजक थे, राकेश को अपनी एक पुस्तक के प्रति अन्याय का उनसे गिला करने का अवसर आया। बच्चन जी कुर्सी पर बैठे नौकरशाहों की तरह बोर्ड की हरकतों की तरफ़दारी कर रहे थे—केवल राकेश की सम्बन्धित कृति के सम्बन्ध में बात करने में उन्हें हिचकिचाहट थी। तो राकेश ने एक सिलसिले में उनसे यह भी कह दिया कि जो रवैया उन्होंने अपनाया है, वह वैसा ही है, जैसे कि पंजाब के एक टीचर लच्छीराम अपनाया करते थे—जब वह नियमों, उपनियमों और नीतियों की आड़ में एक अच्छी कृति को हटाकर पाठ्यक्रम में कोई मनपसन्द किताब निर्धारित करवाना चाहते थे।

राकेश के जीवन के विविध प्रसंगों से, विशेषतया पार्टीशन के पूर्व के, मुझे ज़्यादा जानकारी नहीं है। शायद ही किसी को हो। अपने को लेकर वह बात कम करता था, अपने लेखन और जीवन के वर्तमान क्षणों के बारे में चाहे अपना मन खोल दे। न कभी उसने अपने साहित्य के क्षेत्र की ही अपनी किन्हीं महत्त्वाकांक्षाओं की डींग किसी दोस्त अहबाब के सामने मारी। इस मामले में लगता था कि लेखन और सर्जन में जुटे रहना ही उसकी एकमात्र आकांक्षा थी। वह कभी मुझसे यह भी कहा करता था कि एक ज्योतिषी ने उसकी उम्र बयासी वर्ष बतला रखी है। इतनी लम्बी उम्र के आख़िरी क्षणों तक वह लिखता रहे, यह भी उसकी आकांक्षा थी—कभी बूढ़ा न हो, अपंग या बीमार होकर परवश न हो और सदा की तरह ठहाके लगाते हुए जिए, खाए-पिए और ज़िन्दगी को अनावरण करनेवाली कृतियों की रचना में तल्लीन रहे। यह हम सबका, उसके दोस्तों का, हिन्दी ही नहीं, समस्त भारतीय साहित्य का दुर्भाग्य है कि उसे इतनी कम उम्र में, इस तरह अचानक चले जाना पड़ा।

मैत्रेय राकेश : आख़िरी कुछ दिनों की यादें

सुरेश अवस्थी

राकेश ने कहानियों, उपन्यासों और नाटकों के रूप में कितनी ही श्रेष्ठ साहित्यिक कृतियों की रचना की और जीवन की अथाह करुणा और वेदना में डूबे हुए पात्रों की सृष्टि की—यह सब श्रेष्ठ है, महान है, लेकिन उनके जीवन का सबसे सुन्दर और गौरवशाली पक्ष स्वयं उनका जीवन है—जीने में उनकी अगाध आस्था, उसका विस्तार, उसकी उन्मुक्तता, उनकी जीवन-शैली, उनके मूल्य... ।

राकेश सचमुच मैत्रेय थे। मित्र बनाने और मित्रता निभाने का उनमें सहज गुण था, यह उनका जीवन-धर्म था। कितनी सहजता के साथ वह मैत्री सम्बन्धों का निर्वाह करते थे और इसमें उनकी कितनी गहरी आस्था थी, यह उनके सैकड़ों मित्र अच्छी तरह जानते हैं, और यह मित्र ज़िन्दगी के अलग-अलग क्षेत्रों से आते हैं—उनमें लेखक हैं, साहित्य के प्रेमी हैं, पाठक हैं, और अनेक पेशों के लोग हैं। राकेश सहसा चले गए तो सभी को ऐसा लगा कि उनकी अपनी ज़िन्दगी का एक टुकड़ा चला गया हो और स्वयं उनकी आंशिक मृत्यु हो गई हो।

पिछले आठ-दस वर्षों में जब हम दोनों एक-दूसरे के बहुत क़रीब थे, तब कितने ही ऐसे अवसर आए जब हमने बातें कीं, नाटक और रंगमंच पर बहसें हुईं, कभी कुछ भी नहीं हुआ—केवल साथ रहे, गप्पें मारीं, ठहाके लगाए...इतनी यादें हैं राकेश के साथ मिलने और अड्डा जमाने की कि अब जब वे नहीं रहे तो ऐसा लगता है कि मेरे जीवन का एक समूचा विश्व ही श्रीहीन हो गया हो। हम दोनों बात-बात में बहुत ज़ोर से ठहाका मारकर हँसते थे, और हमारी हँसी दोस्तों में बराबर चर्चा का विषय रहती थी। कभी मेरे घर पर, कभी राकेश के यहाँ और कभी ओंप्रकाश के यहाँ ये अड्डे जमते थे, और इनसे जीवन को बड़ा ठहराव मिलता था, शक्ति मिलती थी। अब जैसे सब कुछ अस्थिर और अनिश्चित हो गया हो। कभी-कभी ऐसा भी होता था कि कई-कई दिन भेंट नहीं होती थी, और फिर जब हम मिलते तो राकेश बड़ी तपाक के साथ लिपट जाते और उनका 'दोस्त' का सम्बोधन तो उनके मन के सौन्दर्य को इस प्रकार से बिखेर देता

था, जैसे मेरे अहाते का हरसिंगार का पेड़ फूल बरसाकर धरती को ढक लेता है। मैं बातचीत के दौरान कितनी ही बार राकेश को बड़े प्यार और मोहब्बत के साथ 'मेरी जान' कहकर सम्बोधित करता था, और मेरे सम्बोधन को राकेश बड़े अपनत्व के साथ स्वीकार करते।

राकेश प्रतिभाशाली लेखक थे, उनको बड़ी ख्याति मिली, और अचानक उनके अवसान से उनके रचनाकार के रूप की अमित सम्भावनाएँ खंडित हो गईं। अभी तो वे कितने ही नाटक लिखते, कहानियाँ लिखते, उपन्यास लिखते, और नाटक में शब्द के रूप और उसके प्रयोजनों के नये-नये आयामों की खोज करते और भारतीय रंगमंच को नई-नई दिशाओं में विकसित करते—यह सब कुछ होता और भी बहुत कुछ होता। वे बहुत बड़े लेखक बन जाते, पुरस्कृत होते, बहुत सम्मान मिलता, यह सब कुछ होता, और भी बहुत कुछ होता...लेकिन, राकेश इस सबसे भी बड़े, इस सबसे भी कहीं महान थे। अनेक सम्बन्धों को वे जिस सचाई के साथ जी रहे थे, वह शायद उनकी सभी कृतियों से कहीं अधिक सुन्दर था और महान था। उनकी अपनी जीवन-शैली और मूल्यों में उनकी ही कृतियों के कितने ही पात्रों की झलक और उनकी अनुगूँजें मिलती हैं—उन अनेक पात्रों की झलक जो टूटे हुए हैं, जो वेदना में डूबे हुए हैं, जो ज़िन्दगी से लड़ते-जूझते हैं, जो जीवन के मूल्यों के लिए संघर्ष करते हैं, कष्ट झेलते हैं और जो झुकते नहीं, समझौता नहीं करते।

मुझे ठीक-ठीक याद नहीं है कि कब और किस सन् में पहली बार किन परिस्थितियों में राकेश से मुलाक़ात हुई। शायद '50 या '52 में कभी दिल्ली में उनसे भेंट हुई। तब तक उनकी एक-दो कहानियाँ 'सरिता' में पढ़ चुका था और मुझे यह भी याद है कि एक-दो बार उनके साथ 'सरिता' के कार्यालय में भी गया था। वर्ष पर वर्ष बीतते गए और हमारी मैत्री और अधिक सहज और गाढ़ी होती गई। हम एक दूसरे के बहुत क़रीब आ गए। दोनों बड़ी ही सहजता के साथ एक-दूसरे के सम्मुख ऐसे खुल जाते थे, जैसे किसी फूल की दो पंखुरियाँ साथ-साथ खुलती हों, और फिर सभी बातें होती थीं। हममें आपस में कुछ भी गोपनीय नहीं था। किसी अपने अत्यन्त प्रिय और आत्मीयजन के सामने इस प्रकार से अपने को उघारने और निर्वसन-मन होने का सुख और उसकी तृप्ति शायद मनुष्य मन की सबसे बड़ी तृप्ति होती है।

सन् 1959 में राकेश का पहला नाटक 'आषाढ़ का एक दिन' प्रकाशित हुआ। साहित्यिक दुनिया में हलचल मच गई। नाटक की बड़ी चर्चा हुई। हिन्दी के श्रेष्ठ नाटक के रूप में उस पर संगीत नाटक अकादमी का पुरस्कार मिला। सन् 1962 में अलकाज़ी ने स्कूल ऑफ़ ड्रामा के विद्यार्थियों के साथ उसका पहला प्रदर्शन किया। इस नाटक में राकेश ने पहली बार हिन्दी नाटक से निर्वासित काव्य का पुनर्वासन किया और जयशंकर प्रसाद की देवसेना के समान मल्लिका की सृष्टि की।

मल्लिका के काव्यपूर्ण स्वगत-कथन जब रंगशाला में बोले गए तो एक अनुपम अनुभव हुआ। 'लहरों के राजहंस' में उन्होंने नन्द और सुन्दरी के द्वंद्व को चित्रित किया और नाटकीय भाषा को और अधिक समृद्ध बनाया। 'आधे-अधूरे' की भाषा में जो तनाव है और उसके मुहावरे में जो नाटकीयता है, वह हिन्दी नाटक की भाषा में एक नया आयाम है। पिछले कुछ वर्षों में राकेश नाटक में शब्द के रूप और उसके प्रयोजनों को लेकर बहुत गहरे अनुसन्धान में लगे हुए थे, लेकिन वास्तव में, उन्होंने अपने पहले नाटक 'आषाढ़ का एक दिन' में बहुत बड़ी उपलब्धि हासिल कर ली थी।

राकेश के साथ उनके अन्तिम कुछ दिनों में रहने को मिला जब हम दोनों एशियाई थियेटर सम्मेलन में भाग लेने के लिए नवम्बर के अन्तिम सप्ताह में बम्बई गए। पाँच-छह दिन हम दोनों साथ रहे होटल के एक ही कमरे में। सम्मेलन के अधिवेशनों, नाट्य-प्रदर्शनों के साथ-साथ मित्रों से मिलते, अड्डे जमते—कमलेश्वर, सत्यदेव दुबे, विजय तेन्दुलकर, अरविन्द देशपांडे और राज बेदी...बड़े ही ख़ुशगवार दिन बिताकर हम दोनों दिल्ली लौटे...और चन्द ही दिनों में वह हमको छोड़कर अचानक चले गए, तो इन आख़िरी कुछ दिनों की यादें मेरे मन पर बहुत भारी हैं। मेरे जीवन के छोटे-बड़े बहुत-से पछतावे हैं, लेकिन यह पछतावा सारी ज़िन्दगी मुझे नहीं छोड़ेगा कि दिल्ली वापस आकर राकेश से फिर नहीं मिल सका। तीन दिसम्बर की शाम को छह बजे वह नहीं रहे और दो दिसम्बर को कोई ग्यारह बजे उन्होंने मुझे टेलीफ़ोन किया। बस, यह आख़िरी बार था जब हम दोनों ने एक दूसरे की आवाज़ सुनी। राकेश बहुत ही थके थे, बहुत ही विकल और मेरे पूछने पर कि टेलीफ़ोन कैसे किया, उसने जवाब दिया, 'यों ही।' उनकी आवाज़ में बेहद उदासी थी, थकान थी, और ऊब थी—उन तमाम ग़लत चीज़ों के प्रति, जो उनके इर्द-गिर्द घटित हो रही थीं।

राकेश को फ़िल्म फ़ाइनेंस कॉरपोरेशन की एक बैठक में सम्मिलित होने के लिए मद्रास जाना था। उसके बाद वह दिल्ली वापस लौट आना चाहते थे, क्योंकि एशियाई सम्मेलन में बम्बई जाने से कोई बारह दिन घर से बाहर रहना पड़ रहा था, और ऐसा वह बिलकुल नहीं चाहते थे। तीन ही महीने पहले अचानक हृदय की गति रुक जाने से राकेश की माँ का देहावसान हो गया था, और इस घटना से राकेश बहुत ही विचलित और अशान्त थे। माँ की ही छाया में राकेश बड़े हुए थे। माँ की मृत्यु का इतना गहरा आघात राकेश के मन पर पड़ा था कि वह तीन महीने बीत जाने पर भी सामान्य नहीं हो पाए थे। लिखना-पढ़ना नहीं हो पा रहा था। केवल बहुत ज़रूरी रस्मी सामाजिक ज़िन्दगी का निर्वाह वह कर रहे थे। जब भी भेंट होती तो माँ की ही बात करते और कहते कि 'दोस्त, पैर उखड़ गए हैं। लिखना-पढ़ना नहीं हो पा रहा। कोशिश कर रहा हूँ कि किसी तरह लिखने में जी लग जाए।'

एशियाई थियेटर सम्मेलन में जाने के लिए मेरे बहुत आग्रह करने पर राकेश ने अनीता से इस बात का ज़िक्र किया और अनीता के ही उत्साहित करने पर उन्होंने मद्रास से बैठक के बाद बम्बई आने का निर्णय किया। वह बम्बई मुझसे एक दिन पहले पहुँच गए और मैं 22 तारीख़ की रात के दस बजे जब उस होटल में पहुँचा, जहाँ राकेश और दूसरे प्रतिनिधि ठहरे हुए थे तो राकेश उस समय होटल में नहीं थे। मैंने कमरे में सामान रखा और आध घंटे बाद जैसे ही राकेश आए, हम दोनों एक-दूसरे से लिपट गए और हम अपने कमरे से सामान उठाकर राकेश के कमरे में पहुँच गए। बड़ी रात तक बातें होती रहीं, बीच-बीच में राकेश माँ की बातें करते रहे, बेटी पुरवा और बेटा शालीन की बातें करते और अनीता की याद करते।

राकेश सम्मेलन में चले तो आए थे, लेकिन उनका मन पहले ही दिन से अनमना था, वह सहज और सामान्य न हो पा रहे थे। वह चुप थे, उनके परिचित ठहाके न थे। सम्मेलन के अधिवेशनों और शाम के प्रदर्शनों के बीच हम मित्रों से मिलते, लेकिन फिर भी वह सहज न हो सके। वह बराबर चुप बने रहे। एक गहरा तनाव उसके मुख पर छाया रहता। रात को हम लोग थके-हारे कमरे में लौटते, मिनटों में सो जाते, सवेरे चाय के साथ बातें होतीं। राकेश का मन बहुत क्लान्त था।

वह बार-बार अपनी असमर्थता की बात मुझसे करते कि वह अपने लेखन-कर्म को नहीं लौट पा रहे। वह इस बात से अधीर और विकल हो रहे थे कि वह कुछ नया और महत्त्वपूर्ण नहीं लिख पा रहे और जैसे वह इस सफ़र में पिछड़ गए हैं। राकेश के जीवन में जो कुछ भी पवित्र और सुन्दर उनका रचना-कर्म था, अपने लेखन-कर्म के प्रति गहरी आस्था और प्रतिबद्धता। उनके सभी मित्र जानते हैं कि वह अपने लेखन-कर्म के प्रति कितने सच्चे और ईमानदार थे। अपनी कहानी और नाटकों के वह पाँच-पाँच, छह-छह मसौदे करते थे, और सीधे टाइपराइटर पर लिखते थे। आख़िरी नाटक 'पैर तले की ज़मीन' के वह तीन मसौदे छोड़ गए हैं लेकिन वह अब भी परिष्कृत नहीं हो सका, क्योंकि वह अभी चौथे मसौदे पर काम कर रहे थे। मृत्यु के कोई चौबीस घंटे पहले नेमिचन्द्र जैन के साथ प्रेस क्लब में वह बराबर इसी नाटक की बात कर रहे थे और यह आशा प्रकट कर रहे थे कि नाटक एक महीने में पूरा हो जाएगा। दो दिसम्बर को जब मुझसे टेलीफ़ोन पर बात की तो शाम को प्रेस क्लब में मिलने के लिए कहा, लेकिन मैं न जा सका। इसका पछतावा मेरे मन में हमेशा बना रहेगा। पिछले साल-दो-साल में राकेश का, सामाजिक जीवन व्यस्त होता जा रहा था और वह इसके बीच थक रहे थे। मुझे याद है कि पिछले छह महीने से बराबर वह मुझसे कहा करते थे कि हम लोगों को कम-से-कम सप्ताह में एक बार ज़रूर मिलना चाहिए—एक-दूसरे के घर में, प्रेस क्लब में, रेस्तराँ में। ख़ेद है कि ऐसा सम्भव न हो सका।

बम्बई में कितनी ही बार हमारी राकेश की नाटक और रंगमंच को लेकर चर्चाएँ और बहसें हुईं। पिछले आठ-दस वर्षों में अनेक अवसर आए जब हम लोगों ने घंटों बातें कीं। पाँच-छह वर्ष पहले 'अनामिका' की एक गोष्ठी में कलकत्ते में हम, राकेश, नेमिचन्द्र जैन, और गिरीश कारनाड सुरेका के घर में सारी रात बातें करते रहे। राकेश केवल नाटक ही नहीं लिख रहे थे, वे रंगमंच के क्रियाकलाप में पूरी तरह से जुटे हुए थे, और हिन्दी के नये रंगमंच के आन्दोलन में उनका योगदान केवल नाटककार के ही रूप में नहीं है। वे ख़ुद अपने नाटक बहुत ही नाटकीयता के साथ पढ़ते थे और अपने नाटकों के रिहर्सल में बड़ी रुचि लेते थे, विशेष कर संवादों के निवेदन में। यही कारण है कि राकेश के नाटकों में संवाद ऐसे नाटकीय हैं—उनकी लय, उनकी बनावट, सभी ऐसे ऊँचे स्तर का है। जितनी बार ये नाटक देखिए और इन नाटकों के संवाद रंगशाला में सुनिए, उतनी ही बार एक नया अनुभव होता है—शब्दों के सौन्दर्य का, काव्य का और संवादों के संगीत का।

बहुत-सी यादें हैं—मिलने की यादें, बात करने की यादें, ठहाका मारकर हँसने की यादें, लिपटकर मिलने की यादें, साथ बियर पीने की यादें...आख़िरी कुछ दिनों की यादें मेरे मन पर बहुत भारी हैं। मैं तुम्हारी इन यादों से घिरा हुआ हूँ...'मैत्रेय राकेश'...'मेरी जान'!

राकेश : एक विरल व्यक्तित्व

भीष्म साहनी

अपनी ज़िन्दगी के बारे में तो कोई कुछ नहीं जानता लेकिन किसी मित्र की ज़िन्दगी की शुरुआत भी देखने को मिले और अन्त भी तो इससे अधिक विकट अनुभव कोई नहीं। जीवन में अनिश्चय की स्थिति बनी रहे, यही शायद सबसे बड़ा वरदान है। अनिश्चितता में समय की गति का भास तो होता रहता है पर उसके सहसा कस जाने का, उसके टूट जाने का भास नहीं होता। दोनों छोर देख लेने पर एक भयावह-सा सत्य सामने आ जाता है कि इनसान की ज़िन्दगी का खेल इतना छोटा, इतना अल्प, इतना सीमित है। लेखक के नाते राकेश का जीवन, लगता है, उधर शुरू नहीं हुआ कि इधर ख़त्म भी हो गया।

सबसे पहले राकेश से मेरा परिचय जालंधर में हुआ था। देश का बँटवारा हुए बस एक साल बीता था। उन दिनों पंजाब शरणार्थियों से भरा पड़ा था, जगह-जगह कैम्प, तहसीलों, कचहरियों में शरणार्थी। सड़कों पर शरणार्थी राकेश उसी माहौल में जी रहा था जिसकी झलक हमें कुछ देर बाद 'मलबे का मालिक', 'परमात्मा का कुत्ता' आदि कहानियों में मिलती है। पर उस समय तक उसने संजीदगी से लिखना शायद शुरू नहीं किया था। उन दिनों वह जालंधर के डी.ए.वी. कॉलेज में हिन्दी का अध्यापक था।

मैं उन दिनों अम्बाला के एक कॉलेज में पढ़ाया करता था और अध्यापकों की यूनियन में सक्रिय रूप से काम किया करता था और इसी सिलसिले में पंजाब के शहरों में घूमा करता था।

दोपहर का वक़्त था। जालंधर के डी.ए.वी. कॉलेज में अध्यापकों की मीटिंग होने जा रही थी। हॉल के बाहर अध्यापक, दो-दो, चार-चार की मंडलियों में टहल रहे थे, जब मेरी मुलाक़ात राकेश से हुई। गोरा-चिट्टा घुँघराले बालों वाला युवक उसकी उम्र उस समय तेईस-चौबीस वर्ष की रही होगी, पेड़ के नीचे ईंटों की छोटी-सी दीवार पर हम बैठे थे। मैंने यूनियन की बात चलाई तो धीमी-सी आवाज़ में कहने लगा :

जो कुछ मुझसे बन पड़ेगा
वह तो मैं करूँगा ही, लेकिन

मैं अपना अधिकांश समय
साहित्य को देना चाहता हूँ।

उस वक़्त मुझे लगा, जैसे वह कोई डींग मार रहा है, साहित्य सृजन के सपने देख रहा है। लेकिन उसकी आवाज़ में दृढ़ निश्चय का भास उस समय भी हुआ। उस वक़्त मैंने राकेश की कोई भी कृति नहीं पढ़ी थी और मैं उसके प्रथम लेखकीय प्रयासों के बारे में कुछ नहीं जानता था। मैंने आँख उठाकर चेहरे की ओर देखा। कोई व्यक्ति अपनी साहित्य रचना के बारे में इतना साफ़ और कृत संकल्प हो सकता है, मैं नहीं जानता था। विरले ही कोई व्यक्ति यह कहकर साहित्य के क्षेत्र में पदार्पण करता है कि उसकी प्रमुख रुचि साहित्य में ही है और अन्य रुचियाँ गौण हो चुकी हैं। पर राकेश के लिए तेईस वर्ष की अवस्था में ही सचमुच अल्प रुचियाँ गौण होती जा रही थीं। मैं उम्र में उससे बड़ा था, पर मेरी आँखों के सामने उन दिनों कुछ भी साफ़ नहीं था। मैं एक धुँधलके में जी रहा था। पर राकेश ने उस उम्र तक पहुँचते-पहुँचते ही अपना जीवन पथ चुन लिया था।

ज़्यादा देर तक हम वहाँ नहीं बैठ पाए क्योंकि मीटिंग शुरू हो चुकी थी। और उसी रात में मैं जालंधर से लौटकर अम्बाला चला गया था।

कुछ ही महीने बाद पता चला था कि राकेश को कॉलेज में से निकाल दिया गया है। यूनियन के ही काम के सिलसिले में उसे नोटिस मिला था। ज़्यादा तफ़सील तो नहीं मिली लेकिन पता चला कि कुछ अन्य अध्यापकों की नुमाइंदगी करते हुए राकेश ने कॉलेज की मैनेजिंग कमेटी से उनकी माँगें मनवाने का मुतालबा किया था और कॉलेज वालों ने अन्य अध्यापकों के साथ उसे भी नोटिस दे दिया था। साहित्य को अपनी प्रमुख दिलचस्पी कहनेवाला राकेश यूनियन के ही सम्बन्ध में सक्रिय रूप से काम करता हुआ नौकरी से हाथ धोने तक के लिए तैयार हो जाएगा, इसका मुझे इल्म न था।

इसके बाद हम गाहे-बगाहे मिलते रहे। कुछ ही महीने बाद अमृतसर में मेहँदीरत्ता के घर राकेश से मिलने का मौक़ा मिला। मेहँदीरत्ता राकेश का गहरा दोस्त था और वह भी साहित्य में गहरी रुचि रखता था (अब मेहँदीरत्ता भी नहीं रहा)। मुझे ठीक याद नहीं कि उस समय राकेश नौकरी कर रहा था या नौकरी को ख़ैरवाद कह चुका था। गर्मी के दिन थे और मेहँदीरत्ता का कमरा तप रहा था और दोनों दोस्त बैठ सिगरेट पर सिगरेट फूँक रहे थे और कोई लम्बी बहस चल रही थी। शायद राकेश ने पत्रिकाओं में अपनी रचनाएँ भेजना शुरू कर दिया था। अब सोचता हूँ तो यह कल की-सी बात जान पड़ती है। लगता है, कुछ ही दिन पहले राकेश ने अपनी साहित्य-साधना शुरू की थी और बीच में से उठकर चला भी गया है।

यह उसके साहित्य-जीवन का आरम्भ काल था।

इसके बाद जगह-जगह मुलाक़ातें होती रहीं। हर बार मैं राकेश को किसी न किसी झमेले में फँसा पाता। मुझे लगता, यह आदमी जहाँ जाता है, कोई-न-कोई बखेड़ा मोल ले लेता है। मानसिक तनाव और उलझन उसकी मनोवृत्ति के अंग बन चुके थे। पर हर बार ही बाद में पता चलता कि वह मात्र अपने लिए नहीं बल्कि किसी सिद्धान्त को लेकर, झमेले में कूदा था। ऐसा ही कुछ उसके बम्बई-निवास के बारे में भी पता चला जहाँ वह 'सारिका' का सम्पादन करने गया था। ऐसी ही बात 'नई कहानी' के सिलसिले में भी सुनने को मिली जब 'नई कहानी' सम्बन्धी लहर ने आन्दोलन का-सा रूप ले लिया था। बहुत-से लेखक मित्रों के साथ उसके तर्क चलते रहे। लगता, यह आदमी चैन से नहीं बैठ सकता।

दिल्ली में वर्षों बाद, हम अक्सर मिलने लगे थे। कीर्तिनगर, करोलबाग़, राजेन्द्रनगर, इन इलाक़ों में कभी बरसाती में तो कभी दो छोटे-छोटे कमरों में वह अपने परिवार को लेकर रह रहा होता। यहीं पर माँ जी भी थीं। कभी-कभी अनीता बच्चों को लेकर सीढ़ियों पर बैठी मिलती जब राकेश दरवाज़े बन्द किये काम कर रहा होता। ये दिन राकेश की जी-तोड़ मेहनत के दिन थे। तब तक वह लेखक के रूप में प्रतिष्ठित हो चुका था। सुबह से लेकर दोपहर के भोजन के समय तक राकेश नियमित रूप से लिखा करता। उसके बाद उसके कमरे में से ठहाके गूँजने लगते, भले ही वह करोलबाग़ की बरसाती रही हो या बाद का राजेन्द्रनगर का सुन्दर फ़्लैट।

और अब राकेश नहीं रहा और सहसा ही उसकी साहित्य-साधना भी समाप्त हो चुकी है। दोस्त-परवर, झगड़ालू, बेहद संवेदनशील, अध्यवसायी, हँसमुख, मिलनसार राकेश—अभी भी विश्वास नहीं होता कि अब वह हमारे बीच नहीं रहा, कि अब न तो उसकी नई रचनाएँ पढ़ने को मिलेंगी, न ही उसके ठहाके सुनने को मिलेंगे।

एक घूँट दर्द और...

शरद जोशी

वह अभी भी कहीं क़रीब ही लगता है। उसे अपने से दूर गया मानना मेरे लिए कठिन है। उसके सभी मित्रों के लिए यह दूरी स्वीकार करना मुश्किल हो रहा है। एक लम्बे समय से वह हमें अपने अनुरूप तराश रहा था। उसने एक संसार बना लिया था और उसमें हमारी स्थितियाँ लगभग निश्चित कर दी थीं। हर दोस्त की ज़िन्दगी में एक दरवाज़ा था जिससे सिर्फ़ राकेश ही आता-जाता था। वह दरवाज़ा अभी भी ज्यों-का-त्यों खुला हुआ है और हम अपनी-अपनी जगह बैठे उस क्षण की वैसे ही प्रतीक्षा कर रहे हैं जब राकेश आएगा और एक आत्मीय लम्हा उसके साथ बिताएँगे। यह मान लेना कठिन है कि वह दरवाज़ा अब बेमानी हो गया है, वह अब इससे नहीं आएगा। राकेश के निजी संसार में उसी के द्वारा ढाले गए हम लोग जो अलग-अलग कमरों में या मंच पर अलग-अलग ज़िन्दगी जी रहे हैं, अकस्मात् उसके द्वारा मुक्त कर दिये गए हैं। कुछ समझ नहीं आ रहा।

मोहन राकेश से एक आदरणीय क़िस्म की दूरी बनाए रखना असम्भव था, अन्यथा मेरे और उसके बीच यह स्थायी व्यवस्था होती। शुरुआत ही कुछ ऐसी थी। मैं उससे डरता रहा हूँ, आदर करता रहा हूँ। यारबाज़ी के सम्बोधनों से उसने मुझसे बातें की हैं, मैंने शायद ही कभी। पहचान के आरम्भिक दिनों में उसके विषय में जानकर यह विश्वास नहीं होता था कि ख़ानाबदोशी के अनुभवों में रमा हुआ यह शख़्स ज़िन्दगी में स्थायी व्यवस्था के लिए कहीं गहरी ललक रखता है। हम मूल्यों के स्तर पर भिन्न संस्थाओं से लड़ लेने की उसकी ज़िद से दो बार वैवाहिक जीवन बिताने की असफलता को मिलाकर सोचते थे और उसे हमने स्थायी रूप से होटलों और डाकबँगलों का व्यक्ति समझ लिया था जिसे कहीं से भी अपना सामान उठा चल देते देर नहीं लगेगी। तब हम राकेश की विशेषता को नहीं समझते थे कि वह तराशते हुए अपना संसार अपने अनुरूप बनाने की गहरी क़ूव्वत रखता है और इस सिलसिले में सारी आशा-निराशा झेलते हुए वह निरन्तर एक पूरी ज़िन्दगी तलाश सकता है। अपने अनुरूप सब कुछ हुए बिना सन्तुष्ट न होने का उसका स्वभाव,

उसकी कोशिशें, हँसना-रोना—सब कुछ बच्चों की तरह था—जो तब तक नहीं मानेगा, जब तक आप उसकी नहीं मानोगे। और लम्बी कोशिश से उसने सचमुच अपनी ज़िदें मनवा ली थीं हमसे। संसार के बदलने की प्रतीक्षा करने का ग़ज़ब का धैर्य था उसमें और वह बड़े मज़े से एडजस्टमेंट मुल्तवी कर सकता था। पता नहीं, वह निराश क्यों नहीं होता था! शायद इसी कारण उसके लिए नाराज़ी कभी प्रेम की कमी या रिश्तों में कमज़ोरी का पर्याय नहीं थी। मृत्यु के आठ-दस रोज़ पूर्व बम्बई के वाई.एम.सी.ए. होस्टल में जब मैं उससे मिला था, वह एक भिन्न मोहन राकेश था। 'सारिका' वाले दिनों से एकदम भिन्न। पारिवारिक और पूरी हद तक ज़िम्मेदार, अनीता और बच्चों को याद करता, उनकी बातें करता। उसका संसार उसके अनुरूप था और नये क़िस्म की ज़िदें उसमें सिर उठाने लगी थीं। वे सारी एक नाटककार की सांस्कृतिक क्षेत्र के व्यक्ति की ज़िदें थीं। राकेश अब पूरे माहौल को अपने अनुरूप ढालना चाहता था और कई मामलों में दो टूक बातें करने के लिए व्यग्र हो रहा था।

3 दिसम्बर के बाद वह जीवित रहता तो हम एक अलग क़िस्म का राकेश देखते और शायद 'नई कहानी' आन्दोलन के उन बहसों और लेखन वाले दिनों की याद ताज़ा हो जाती। बम्बई के एशियन ड्रामा सेमिनार के पहले दिन के औपचारिक वातावरण में मैंने उसे अलग-सा बैठे देखा था। अन्दर-ही-अन्दर मानो कुछ प्रश्न घुमड़ रहे थे। वह चुप था। चार दिनों बम्बई में रुका उस सेमिनार का इन्तज़ार कर रहा था और सेमिनार के ऐन उद्‌घाटन के समारोहिक क्षणों में हिन्दी का यह अग्रणी नाटककार काफ़ी पिछली सीट पर बैठा था। मुझे यह राकेश की-सी बात लगी। वे लेखक जो क्रिएटिविटी में से ही अन्ततः रास्ते की पड़ताल करते हैं, ऐसे समारोह में अकेले पड़ जाते हैं। मगर राकेश यह जानता था कि यदि कुछ हो सकता है तो उसकी शुरुआत हो जानी चाहिए और उसे ख़ुद जूझना पड़ेगा। उन क्षणों में वह उसी तनाव को जी रहा था। चुप था। मुझे देख मुस्करा दिया और फिर हम भाषण सुनते रहे। उसी की तरह दो और व्यक्ति सेमिनार स्थल से कुछ दूर होटल में बैठे थे—विजय तेन्दुलकर और सत्यदेव दुबे। वहीं बैठे उन लोगों ने राकेश को बुलवाया। दो लड़के सन्देश लेकर आए। मैं राकेश के साथ ऑडिटोरियम के नीचे तक गया। यह बिदाई थी। मैंने कहा, 'जनाब, अब दिल्ली में मिलेंगे।'

राकेश कुछ क्षण धर्म-संकट में रहा। वह जानता था कि 'चकल्लस' के बाद इतने दिनों बम्बई में मैं उसके कहने से रुका रहा था, क्योंकि वह होली डे मनाने के मूड में था और मुझसे मानसरोवर छोड़ वाई.एम.सी.ए. आने के लिए कह रहा था। उसने कहा, 'मैं अभी 'मीरा' (नाटकनुमा कोई चीज़) देखने आऊँगा।' मगर मैंने उसे विदा कर दिया था। बरसों की ट्रेनिंग थी न मेरी। जानता था, कब

राकेश को डिस्टर्ब नहीं करना चाहिए। अब उसे अकेले छोड़ देना चाहिए। मैं उसे जाता देख फिर हॉल में आ गया। मैंने उसे 'मीरा' में देर से आते देखा। कुछ देर बाद मैंने उसे बीच नाटक में जाते हुए देखा। हल्के अँधेरे में वह धीरे-धीरे सीढ़ियाँ उतर गया। यह उसकी आख़िरी झलक थी—हल्के अँधेरे में सीढ़ियाँ उतरते हुए। तब मैं क्या जानता था कि अँधेरे में खोता हुआ यह मित्र अब कभी मेरे हाथ नहीं आएगा।

लेखक के रूप में राकेश का संसार अलग था। वह अपनी चुनौतियाँ ख़ुद खड़ी करता था और ख़ुद उससे जूझकर विजय पाता था। उन दिनों जब हिन्दी के आधुनिक लेखकों में पौराणिक कथानकों को छूने का रिवाज ख़त्म-सा हो गया था तब राकेश ने 'आषाढ़ का एक दिन' और 'लहरों के राजहंस' की रचना की, उसके प्रत्येक वाक्य को गहरे अन्तर में ढाल धीरे-धीरे टाइप किया। व्यवहार और जीवन में पंडिताऊ इमेज को तोड़नेवाले के मन में ऐसे सांस्कृतिक पात्र रूपायित होते हैं, यह मित्रों के लिए कम आश्चर्य की बात नहीं थी। वह जीवित रहता तो आगामी कुछ वर्ष बड़े व्यस्त बिताता। उसका इरादा लम्बे समय तक दिल्ली में रह काम करने का था। उसका जाना इसी माने में अकस्मात् है कि वह ख़ुद के शुरू किये कामों को अधूरा छोड़ गया है। मैं तो मन-ही-मन उसे लगभग डिस्टर्ब न करने का निश्चय कर चुका था। ऐसे निश्चय उसके सभी मित्रों ने बार-बार तोड़े हैं। और उसी समय वह हम सबको झकझोरकर वहाँ चला गया है जहाँ हम उसे फ़िलहाल डिस्टर्ब नहीं कर सकते। वह इस मृत्यु के लिए कदापि तैयार नहीं होगा। नई चुनौतियों से जूझने के लिए जो मोर्चा बाँध रहा हो, वह इस तरह मैदान नहीं छोड़ सकता। वह जानता था कि उसकी लड़ाई उसे ही लड़ना है और दोस्तों की उपयोगिता दोस्ती के अतिरिक्त कुछ नहीं है। वह चन्द मामलों को ले व्यर्थ की उत्तेजनाओं से मुक्त हो चुका था और लेखन के क्षेत्र में पूरी तरह स्वयं को समर्पित करने के लिए ख़ाली था। अब राकेश की ओर से निजी सूचनाएँ कम ही मिलतीं। जो ख़बर आती, वह किसी रचना या प्रोडक्शन के सिलसिले में होती। हमें उसकी ज़िद्दी प्रकृति का एक बहुत ख़ूबसूरत रूप देखने को मिलता जिससे हम वंचित रह गए।

चूँकि सत्य पर उसकी आस्था दृढ़ थी, अत: किसी भी निजी अथवा आम चर्चा में वह स्पष्ट व्यक्त कर देने के अतिरिक्त कोई चतुराई भरा व्यावहारिक रास्ता खोज पाने में असमर्थता अनुभव करता था। जब वैसी स्थितियाँ नहीं होतीं, वह विषय बदलता, चुप्पी रख जगह छोड़ देता अथवा सच कहने के व्याकुल तनाव से परेशान हो जाता था। वह उन लोगों में से नहीं था जो ऐसे समय व्यर्थ का शब्दजाल उत्पन्न कर स्वयं को भरमाते हैं अथवा दूसरे का पक्ष समझने की चतुराई भरी मुद्रा ले सामनेवाले के लिए धोखे की स्थिति उत्पन्न करते हैं। दोस्तों

में इसी कारण वह प्रसन्न था। ईमानदार तड़प के लिए मित्रों की महफ़िल अन्तिम शरणगाह थी जहाँ सत्य की वैयक्तिक शोध का आधार ले वह बख़ूबी बात कर सकता था। किसी शक्की व्यक्ति अथवा शक्की पीढ़ी का उससे एडज़स्ट करना मुश्किल था क्योंकि आजकल आम तौर पर मंत्री से षड्यंत्रों की गंध आती है और यह मानना ऐसे लोगों के लिए कठिन है कि मोहन राकेश मैत्री के साथ ईमानदार हिस्सेदारी पर भरोसा करता है। उसके जीवन की अनेक ऐसी कशमकश पर मैं सामने और पीठ पीछे काफ़ी हँसा हूँ। राकेश टेलीफ़ोन लगा यह कामना किया करता था कि घंटियाँ उसे डिस्टर्ब नहीं करेंगी। बड़ा मकान ले अपने लिए उसमें एक छोटी-सी जगह तलाशता था—इस चक्कर में कि मकान उस पर हावी न हो जाए। मज़ेदार बात यह कि देर-अबेर ऐसा कर लेता था मगर इस प्रक्रिया में उसका पंजाबी व्यक्तित्व देखने क़ाबिल होता था। एक लड़ाई लम्बी खिंचती थी मगर अन्त में हम देखते कि राकेश ने सब कुछ अपने अनुरूप कर लिया था। महानगर के अनेक झमेलों में वह इसी तरह जीता था। ऐसी जगह को वह अपनी साधना के उपयुक्त पाता था और दूसरों को भी वहीं आने की नेक सलाह देता था। ऊपर से अव्यावहारिक लगनेवाला रास्ता ही उसका सहज रास्ता था राकेश के लिए लेखन की शुरुआत यारबाज़ी की शुरुआत के साथ हुई। समय बदलता है तो यारों के नक़्शे भी बदलते हैं। शुरू में राकेश यह सब देख दुखी होता था मगर इधर मैंने देखा, वह मुस्कराकर रह जाता है। बड़ा पारिवारिक और ज़िम्मेदार शख़्स बन रहा था वह। उसकी कमी मेरे लिए एक माने में यों भी है कि अब कोई जगह नहीं रही जहाँ दोस्तों की शिकायतें की जाएँ। रपट करने के लिए वह मोहब्बत भरा थानेदार नहीं रहा।

जब मैं पहली बार उससे मिला, तब उसकी काफ़ी रचनाएँ पढ़ चुका था। उसके प्रति आदर रखते हुए ही मैं उसके क़रीब गया था। मुझे मित्र के खुलेपन तक पहुँचाते हुए उसे शायद दिक़्क़त आई होगी। आज मोहन राकेश की मृत्यु मेरे लिए निजी क्षति बन गया है। आदरभरी दूरी से सम्बन्धों की इस निजता तक मैं राकेश के कारण पहुँचा हूँ। मैं उसकी किसी भी समस्या का हल खोजने में अयोग्य था और उसकी परेशानियाँ जिस स्तर की थीं, वहाँ मेरी पहुँच नहीं थी। यदि राकेश के लिए मैत्री स्वार्थों से जुड़ी बात होती तो वह मुझे मित्र ही नहीं बनाता। फिर भी उसने बनाया और इसी कारण उसकी स्मृति मेरे लिए पवित्र है। वह मेरे चलने के लिए ख़ाली लम्बा रास्ता छोड़ चला गया है और उसे बार-बार पुकारने की इच्छा होती है। उसकी अनुपस्थिति मुझे अकेला कर गई है। यह अहसास मुझे तब हो रहा है जब मैं उसके साथ अधिक नहीं रहा। जो रहे हैं, उनकी पीड़ा की कल्पना कर मैं काँप उठता हूँ। उसके स्नेह का संसार बहुत विशाल था। पता नहीं, अपनी बात पर अड़े रहनेवाले ज़िद्दी शख़्स की दुनिया इतनी बड़ी कैसे हो सकती है? उसके

व्यक्तित्व की ईमानदार महक, उसकी लगन और श्रम से भरी सृजनशीलता, ठहाकों में लिपटा उसका संघर्ष, सफलताओं की स्मृति पोंछ उसका बार-बार साधारण व्यक्ति हो जाना—अस्पष्ट जंजालों के बीच सचाई तलाशने की उसकी कोशिश के कारण ही उसका संसार बहुत बड़ा था।

राकेश के सन्दर्भ में मृत्यु बड़ी बेमानी और बेरहम लगती है। वह इन दिनों अपने लिए ज़िन्दगी की उपयोगिता को गहराई से समझ रहा था। ऐसे में उसे जाना पड़ा। बहुत मजबूर रहा होगा उस क्षण अन्यथा मृत्यु को किसी संस्था की तरह झटककर वह खड़ा हो जाता। क्या किया जा सकता था! पीने को ज़िन्दगी में कई दर्द हैं मगर यह घूँट एकदम असहनीय है।

एक आधी-अधूरी पूरी ज़िन्दगी

श्रीकान्त वर्मा

हर लेखक का जीवन कुछ हद तक एक लड़ाई होता है। मोहन राकेश का जीवन पूरी तरह एक लड़ाई था, अपने-आपसे और अपने आसपास से। मैंने जब भी उन्हें देखा, तब लड़ाई की मुद्रा में देखा। यह लड़ाई किसी छोटी चीज़ के लिए नहीं थी। उसके पीछे एक कलाकार की स्वतंत्रता को अक्षुण्ण बनाए रखने का क्रुद्ध संकल्प था।

मोहन राकेश ने एक के बाद एक कई नौकरियाँ कीं। और नौकरी, सम्पत्ति तथा और भी बहुत-सी चीज़ें छोड़ते गए। कोई भी व्यक्ति या व्यवस्था मोहन राकेश को जकड़ नहीं सकती थी। जब भी मोहन राकेश को यह लगा कि उन्हें जकड़ा जा रहा है, उन्होंने तमाम बन्धनों को एक झटके के साथ छोड़ दिया।

कितने लोग अपने जीवन को अर्थ देने के लिए अपना ही संहार करते हैं? कितनों के पास अपने से ही लगातार झगड़ते रहने की शक्ति होती है? कितनों को केवल भविष्य की तलाश होती है? अधिकतर लोग 'अतीत से चिपटे' रहने में ही सुरक्षा का अनुभव करते हैं?

'सुरक्षा'-जैसे शब्द का मोहन राकेश के लिए कोई अर्थ नहीं था। उजड़ते जाने में ही मोहन राकेश को सन्तोष मिलता था। यह नहीं कि मोहन राकेश को सफलता नहीं मिली। साहित्य और रंगमंच की दुनिया में उन्हें जितनी सफलता मिली, उनके बहुत-से समकालीनों और पूर्ववर्तियों को नहीं मिली। सफलता आदमी को बौरा देती है। दूसरों के प्रति उसका दृष्टिकोण बदल देती है। सफलता के बावजूद मोहन राकेश के पूरी तरह मानवीय बने रहने का कारण यह था कि वह इस तथ्य से परिचित थे कि असफलता जैसी कोई चीज़ नहीं होती। वह केवल एक अवास्तविक स्थिति होती है।

अपनी मान्यताओं के लिए इस तरह लड़ते हुए मैंने बहुत कम लेखकों को देखा। राकेश अपनी मान्यता के लिए न केवल उसकी तर्कसंगत परिणति तक लड़ते थे, बल्कि लहूलुहान होने के बावजूद तुरन्त एक दूसरी लड़ाई लड़ने के लिए तैयार

रहते थे। साहित्य हो, नौकरी का दफ़्तर, मोहन राकेश का इस्तीफ़ा—हर समय उनकी जेब में होता था।

मोहन राकेश से अधिक ज़िन्दादिल इनसानों की कल्पना कठिन है। मोहन राकेश का ठहाका आज भी उन तमाम महफ़िलों में गूँज रहा है, जिन्हें उन्होंने अपनी उपस्थिति से ज़िन्दगी दी, आबाद किया। ये तमाम महफ़िलें अब उजड़ जाएँगी।

यह नहीं कि मोहन राकेश ने कभी आँसू नहीं बहाए। उनके दोस्तों ने उनके आँसू भी देखे हैं। जो व्यक्ति रो सकता है, वही प्रेम कर सकता है। आँसू और हँसी, दोनों ही उनके लिए सहज थे।

प्रेम की, दोस्ती की, मोहन राकेश में अनन्त क्षमता थी। यह आकस्मिक नहीं है कि राकेश के दोस्तों की संख्या कन्याकुमारी से लेकर कश्मीर तक फैली हुई हैं। उनमें केवल साहित्यिक नहीं हैं, बहुत-से ऐसे भी लोग हैं, जिन्हें साहित्य से कुछ लेना-देना नहीं। वे केवल राकेश की ज़िन्दादिली के क़ायल थे। क्या विडम्बना है कि मृत्यु ने राकेश को ऐसे समय अपना शिकार बनाया जब कि उनकी प्रतिभा में नया निखार पैदा हो रहा था, जब वह स्वयं अपनी और साहित्य की स्थिति पर पुनर्विचार कर रहे थे। स्वयं रंगमंच के विषय में वह नये सिरे से सोच रहे थे। राकेश की सोच और कर्म में फ़र्क़ नहीं हुआ करता था। इसके पहले कि वह हिन्दी रंगमंच को अपने विचारों के अनुरूप एक बार फिर नया मोड़ देते, नया अर्थ देते, मृत्यु ने उनके रचनात्मक जीवन पर ताला लगा दिया। यह एक एकदम बेमानी और ऊल-जलूल मृत्यु थी।

राकेश की दरियादिली बेमिसाल थी[1]

गंगा प्रसाद विमल

मोहन राकेश हिन्दी के प्रतिभाशाली लेखकों में अग्रणी कहे जाएँगे। उन्हें जीनियस कहना ही उचित है। अपने छोटे-से जीवनकाल में उन्होंने क्लासिकी क़िस्म का सृजन किया है। वे ऐसे लेखक थे जो मिलने पर अपनी अलग छाप छोड़ने में समर्थ थे। मुझे याद है, जब मैं उनसे पहले-पहल मिला था तो मिलने की इस चर्चा को बहुत दिनों तक लोगों के बीच दुहराता रहता था। वैसे भी उनकी विद्वत्ता, विज्ञता की महक दिनोंदिन बढ़ती चली गई। वे शास्त्र की पढ़ाई के अद्भुत व्याख्याता थे और बहस प्रवीण भी। एम.ए. की पढ़ाई के दौरान नये-नये विद्यार्थी की हैसियत से मैं जालंधर में अपने दोस्तों—रवीन्द्र कालिया और कपिल मल्होत्रा—के उकसावे पर डॉ. इन्द्रनाथ मदान की कक्षाओं में 'ग़ैर-क़ानूनी' ढंग से बैठने लगा था। पकड़े जाने पर मैंने तर्क दिया कि जो जालंधर में पढ़ाया जाता है, क्या अम्बाला या सोलन में उससे अलग पढ़ाया जाता है? क्या दोनों जगहों के प्रश्न-पत्र अलग-अलग होते हैं? क्या परीक्षा के प्रमाण-पत्र एक जैसे नहीं होते? डॉ. मदान ने एक वाक्य में मेरी बातों को ख़ारिज करते हुए कहा, 'बहुत बहस करते हो। क्लास से बाहर हो जाओ।' मैं अपने दोस्तों की प्रतीक्षा बाहर चपरासी के लिए रखे 'स्टूल' पर बैठकर करने लगा। कक्षा समाप्त होते ही मदान साहब ने मुझे देखकर पंजाबी में कहा, 'अरे तू इत्थे ही है?' मैंने उत्तर दिया, 'कई हज़ार बरस बाद 'महाभारत' काल की तर्ज़ पर एक विद्यार्थी बाहर ही बिना अँगूठा कटवाए ज्ञान प्राप्त कर रहा है।' वे हल्के-से मुस्कराए और बोले, 'अच्छा-अच्छा, शाम को मेरे घर आ जाओ।'

वहीं उनके घर पर उस दिन मोहन राकेश विराजमान थे। मदान साहब ने हँसते हुए हमारी शैतानियों का बखान किया तो राकेश बहुत ख़ुश हुए। देर शाम

1. डॉ. गंगा प्रसाद विमल का यह अप्रकाशित संस्मरण मुझे उनके आकस्मिक निधन से कुछ ही समय पूर्व मित्र कथाकार-सम्पादक श्री राजकुमार गौतम के सौजन्य से प्राप्त हुआ था। संस्मरणकार और सम्पादक की अनुमति से साभार प्रकाशित। —सं.

तक, जब तक हमें बैठने की अनुमति थी, चाय पीते हुए बहुत-सी बातें हुईं और राकेश के ज़ोरदार ठहाकों के बीच लेखक होने के आदर्श का परिज्ञान हुआ। एक गहरी अन्तरंगता स्वयं जैसे जगह बना गई हो। कुछ ऐसा भाव उस पहली भेंट में पाया। उसके कुछ बरसों बाद राकेश 'सारिका' में चले गए तो उनके पत्र मिलने शुरू हुए। अभी मेरी कुछ ही कहानियाँ प्रकाशित हुई थीं। उन पर बहुत संक्षिप्त टिप्पणियाँ राकेश ने की थीं। वह अवसर था जब अपने समय के बड़े लेखक और बड़े सम्पादक की बातें मन को मथ रही थीं। हलचल मचा रही थीं। 'धर्मयुग' में उन्हीं दिनों मेरी एक कहानी छपी थी। राकेश ने मुझे पत्र लिखा। वैसे लेखन के प्रति गहरी अनिच्छा प्रकट की। उनके उस पत्र को फाड़ने पर ही मेरे मनस्ताप और विक्षोभ से मुझे मुक्ति मिल सकती थी। यह तो बाद में मुझे बोध हुआ कि हमारे समय के बड़े लेखक ने सस्ती भावुक प्रेम-कहानी के प्रति रोष प्रकट किया था। शर्म के मारे इस प्रकरण का उल्लेख भी मैंने अपने साथियों से नहीं किया था। सिर्फ़ कपिल मल्होत्रा पूरे मामले को पूरी तरह जानते थे। पूरी तरह का आशय है कि राकेश के रोष का अन्तरार्थ मुझ तक नहीं पहुँचा था। वह तो कपिल के बताने से धीरे-धीरे मैं अपने बोधात्मक स्तर को प्राप्त कर सका।

आज भले ही उस काल की बहुत-सी बातों पर बहस न करते हों परन्तु कुछ लेखक ऐसे ज़रूर मौजूद थे जो शब्द-शब्द के प्रति अपने दायित्व को बख़ूबी समझते थे। राकेश उनमें एक थे। अपनी पहाड़ों की यात्रा में राकेश डॉ. मदान से मिलने चंडीगढ़ आते रहे, इस बात की याद नहीं, पर जब तक डॉ. मदान जालंधर रहे तब तक राकेश उनको मिलने नियमित रूप से जाते थे। उन लोगों का पत्र-व्यवहार भी निर्बाध रूप से चलता था क्योंकि अक्सर जब डॉ. मदान जालंधर से चंडीगढ़ आते, हम लोगों से किसी-न-किसी प्रसंग की चर्चा में मोहन राकेश का ज़िक्र अवश्य ही आता। राकेश के पत्रों का उल्लेख भी होता। इस बीच राकेश नाटकों के लेखन और मंचन की दुनिया से जुड़ चुके थे और दिल्ली में बस गए थे। दिल्ली में उनके दोस्त कमलेश्वर और कुछ ही अर्सा बाद सर राजेन्द्र यादव भी दिल्लीवासी बनकर नई कहानियों की तिकड़ी के रूप में ख्यात हो चुके थे। संयोग ही मानना चाहिए कि सन् 1964 में दिल्ली ने ही मुझे आश्रय दिया और मैं दिल्ली कॉलेज का सांध्यवासी बन गया। मेरे बहुत सारे समकालीन पहले ही दिल्ली में अड्डा जमाए बैठे थे। मैं, कालिया, हमदम और प्रयाग शुक्ल इकट्ठे रहने लग गए थे। लक्ष्मीनारायण लाल, श्रीकान्त वर्मा, गिरिजा कुमार माथुर के अतिरिक्त लेखकों की बड़ी बिरादरी दिल्ली आने के लिए जैसे अभिशप्त-सी थी और अब कई तरह के लेखकों का आपसी संवाद 'कॉफ़ी-हाउस' में नियमित प्रतीत होने लगा था। नामी-गिरामी शायर, उर्दू, पंजाबी, अंग्रेज़ी के साहित्यकार नैसर्गिक रूप से दिल्ली को लेखकों की राजधानी के रूप में विख्यात करने लगे थे।

मोहन राकेश ही शायद वह पहले लेखक थे जो हिन्दी, पंजाबी और पत्रकारिता के लोगों के बीच भी बहुत लोकप्रिय थे। 'नई कहानी' के प्रतिनिधि लेखक के तौर पर तो राकेश अतुलनीय थे ही; दूसरे उनकी जीवन-शैली भी चर्चा के केन्द्र में आ गई थी। उस काल की उनसे जुड़ी किंवदन्तियों पर यक़ीन करें तो प्रवाद कुछ ऐसे थे जो अति ख़र्चीले नायकों पर फिट बैठते थे। एक तो राकेश सिगरेट या सिगार बहुत महँगे पीते थे और दूसरे, वे शाही ठाठ से रहते थे। तीसरे, महँगी गाड़ियों में सफ़र करते थे और इसके अलावा भी कई दूसरी रंगीन बातों से उनका नाता जोड़ लिया जाता था। जब मैं करोलबाग़ में रहता था और वे न्यू राजेन्द्र नगर में तो अक्सर मेरे यहाँ आने के लिए वे टैक्सी का इस्तेमाल करते थे। अपने विवाह के उपरान्त मैं उनसे मिलने उनके न्यू राजेन्द्र नगर घर गया था तो वह मुझे इतने पास लगा कि ऑटो से जाना भी फ़िज़ूलख़र्ची नज़र आया। जब लौटने लगा तो उन्होंने लोकल टैक्सी स्टैंड से मेरे लिए टैक्सी मँगा ली थी। मैं चुप रहा किन्तु मेरे मन में यह द्विधा ज़रूर थी कि इतनी कम दूरी के लिए टैक्सी फ़िज़ूलख़र्ची है। परन्तु राकेश से इस मामले में बहस की हिम्मत मैं नहीं जुटा पाया। राकेश खाने-पीने के भी लाजवाब शौक़ीन थे। मेरी पत्नी डॉ. इन्द्रनाथ मदान की शिष्या थी। उसे प्रेरित कर राकेश ने सुस्वादु भोजन की शैलियाँ बता दी थीं। उनके घर पर माताजी निरामिष थीं। इस कारण घर पर मांसाहार वर्जित था। मैं पहाड़ी सर्वभक्षी था। लिहाज़ा, कभी-कभार के लिए मेरे घर पर मेहमान बनने की राकेश जी और मेरे अन्य समकालीनों—रवीन्द्र कालिया, हमदम, प्रयाग शुक्ल, देवेन्द्र सत्यार्थी, कमलेश्वर, लक्ष्मीनारायण लाल, राजेन्द्र अवस्थी, और बाद के वर्षों में युवा लेखकों को आज़ादी थी। परन्तु इन सबमें मोहन राकेश विशेष इसलिए थे कि वे अपनी प्रतिभा का सिक्का जमा चुके थे और उनकी कहानियाँ, उनके नाटक इस बात का सबूत थे। जैसे-जैसे राकेश यश और अपवादों के ज़्यादा भागीदार होते गए।—कुछ प्रारब्ध का खेल कि उनकी मुलाक़ातें बहुत कम होने लगीं।

तथापि डॉ. इन्द्रनाथ मदान के साथ राकेश के आत्मीयता के कारण मैं राकेश के आत्मीयों में शुमार था। जब चंडीगढ़ में आचार्य हजारी प्रसाद द्विवेदी और इन्द्रनाथ मदान ने मेरी नियुक्ति को सहमति दी तो राकेश बहुत ख़ुश हुए थे। उन्होंने मुझे ख़ास तौर पर बुलाया और चंडीगढ़ जाने और न जाने पर लम्बी वार्ता की थी। एक लेखक की हैसियत से जीवन चुनने के बारे में उनकी राय थी कि अब लेखक को कहीं रहना है तो वह स्थान दिल्ली ही है। उनसे हुई बात में यह याद भी रहा कि 'मदान साहब ने तुम्हें चुना है तो मैं एकदम 'न' भी नहीं कह सकता।' राकेश दिल्ली को क्यों महत्त्वपूर्ण मान रहे थे, यह जानना मेरे लिए ज़रूरी था। जब मैंने यह सवाल उनके सामने रखा तो उन्होंने दो टूक कहा, 'दिल्ली ही लेखक की नियति है। यह मत समझो कि तुम दिल्ली पर क़ब्ज़ा

कर लोगे बल्कि एक लेखक के रूप में तुम्हें तोड़ने की हरचन्द मुहिम दिल्ली की रहेगी।' राकेश की कुछ बातें समझ में आनेवाली थीं और कुछ समझ के बाहर। किन्तु जितनी गम्भीरता से इस मुआमले को राकेश मुझे समझा रहे थे, वह एक भविष्य-द्रष्टा लेखक की ही बातें थीं। उन्हीं दिनों कलकत्ता में कथा समारोह की तैयारियाँ चल रही थीं; राकेश ने मुझे भी शामिल होने को कहा। पर मेरे इस उत्तर से वे हैरान इसलिए भी थे कि हम युवा लेखक को तो बुलावा ही नहीं आ रहा है। वे हैरान इसलिए भी थे क्योंकि कुछ युवा लोग सम्बन्धित लोगों से सम्पर्क साधकर पैरवी भी करा रहे थे। मुझे लेखकों के मामले में पैरवी शब्द सबसे ज़्यादा गंदा लगता था। मैंने राकेश से कहा कि इस बारे में मैं कोई याचना नहीं करूँगा, तथापि मोहन राकेश के ही हस्तक्षेप से युवा लेखकों का कथा समारोह जाना सम्भव हुआ था।

मोहन राकेश हमारी पूर्ववर्ती पीढ़ी के महत्त्वपूर्ण लेखक थे। यह दर्जा उन्होंने अपने लिए स्वयं कमाया था। वे तत्कालीन राजकमल प्रकाशन के स्वामी के अन्तरंग थे, जो अनेक बार वे डॉ. मदान के कारण मेरे यहाँ भी आए थे। मेरी जो पहली पुस्तक डॉ. मदान के सम्पादकत्व में निकलनेवाली शृंखला की 'प्रेमचन्द' विषयक थी—उन्होंने प्रस्ताव के रूप में स्वीकार की थी। बाद में श्रीमती शीला संधू ने उसे प्रकाशित किया था। मुझे याद आता है—हम लोगों की एक पुस्तक 'विजय' ओंप्रकाश जी ने फिर राधाकृष्ण प्रकाशन से प्रकाशित की थी, जिसकी मौखिक सराहना राकेश ने कविता के सन्दर्भ में नहीं बल्कि सहयोगी लेखन के रूप में की थी। जहाँ तक मैं अनुमान लगा पाया हूँ, इसका मुख्य कारण राकेश का 'डेमोक्रेट' होना था जो सामूहिक शक्ति के पक्षधर थे। यद्यपि संस्कृत पढ़े-लिखे होने के कारण उनमें आभिजात्य का वह अंश भी विद्यमान था जो संस्कृत के कवियों और नाटककारों में उपलब्ध है।

अपने आभिजात्य या लेखन की विशेषता, जो भी कहें, मोहन राकेश हर दृष्टि से एक परिपूर्ण लेखक थे। उनकी वैचारिक ऊष्मा का अनेक अवसरों पर अनुभव हुआ। ख़ास तौर से जब 1970 के दिनों में भारत में 'अफ्रो-एशियाई लेखक सम्मेलन' हुआ और मोहन राकेश उसमें अग्रणी लेखक के रूप में शामिल हुए थे। कुछ मुद्दों पर बन्ने भाई अर्थात् सज्जाद ज़हीर से मतभेद थे। राकेश उठकर सम्मेलन से बाहर आ गए थे। कुछ प्रश्नों को लेकर बाहर और भीतर लेखकों में दो दल बने हुए थे। बाहर प्रतिरोधी दस्ता बैठा हुआ था। भीतर हम लोग अपना प्रतिरोध दर्ज करा रहे थे। एक सत्र में मोहन राकेश, अमृतराय समेत हम कुछ लोग बाहर आ गए और मुद्राराक्षस को नये प्रस्ताव बनाने का दायित्व सौंप दिया गया। हम लोग विज्ञान भवन से उठकर होटल जनपथ की ओर आ गए और वहीं बैठकर प्रस्ताव को अन्तिम रूप देने लग गए थे। राकेश के तमतमाए चेहरे को देखकर लगता था कि यही मौक़ा

था जब सही सवालों का सामना करने के मामले में कुछ युवा लेखकों के समर्थन में राकेश और अमृतराय आगे आए। पहली बार किसी अन्तरराष्ट्रीय सम्मेलन में अपने अग्रणी स्थान को छोड़कर मोहन राकेश बाहर आकर युवा लेखकों से मिल गए थे। यह ऐसा प्रकरण है जिससे राकेश की प्रतिष्ठा हम लोगों के मन में बढ़ गई थी। वे सही सवालों के लिए अड़नेवाले व्यक्ति थे। मुझे महसूस हुआ कि जैसे मेरे प्रति अनुराग के भाव से भी वे प्रभावित थे, क्योंकि उन्होंने कहा था, 'विमल' तुममें सही दृष्टि है, और मैं इसका समर्थन करता हूँ।' वास्तव में मेरे प्रस्ताव पर कि अन्य स्थानीय भाषाओं का भी इस बड़े सम्मेलन में प्रतिनिधित्व हो, व्यापक समर्थन सामने आया। बड़ी संख्या में लेखक भिन्न-भिन्न सत्रों में बोले। इससे स्पष्ट था कि भारतीय लेखक अन्य भाषाओं को महत्त्व दे रहे थे। भारत के बारे में भारत से बाहर लोग ज़्यादा जानना चाहते थे। बहुतेरों को तो यही पता है कि हमारी दो दर्जन से भी ज़्यादा भाषाओं के कारण। भारतेतर लोगों को पता नहीं कि अपनी लोकभाषाओं में हम कहाँ ज़्यादा अनुरक्ति दिखाते हैं। क्षेत्रीय भाषा के प्रभामंडल के भीतर बहुत-सी भाषाएँ जो क्षेत्रविहीन भी हैं, अस्तित्व में हैं। उर्दू, सिंधी, ब्रज, अवधी—अब अपने क्षेत्र को पहचाने भी तो किस रूप में क्योंकि ब्रज क्षेत्र पर दूसरी उपभाषाओं का, ख़ास कर कौरवी का, दबदबा राजनीतिक स्तर पर उभरकर आ रहा है। इसी तरह पूर्वीय क्षितिज में भोजपुरी की स्थिति है।

मेरे प्रस्ताव में यह सब निहित था किन्तु मुझ पर आकस्मिक तौर पर असहमति का आरोप लगाकर किनारे करने की कोशिश की गई। इसका मुद्राराक्षस और मोहन राकेश ने विरोध किया। बल्कि विरोध के चलते भोजपुरी के एक सदस्य मधुकर सिंह प्रतिनिधि के तौर पर चुन भी लिये गए थे। किन्तु इसके बाद दूसरी लोकभाषाओं के प्रतिनिधियों को चुनने की प्रक्रिया सत्तासीन लेखकों ने बन्द कर दी थी। इस आपाधापी में हम कुछ लोग वॉक-आउट कर अपना विरोध जुटाने के लिए एकजुट हो गए।

मेरे लिए यह मोहभंग का काल था। वाम ख़ेमे में भी क्षेत्रवाद, जातिवाद देखकर मन खिन्न था। मैं पूरी तरह आज़ाद होकर अपने लेखन में सिमट आया। मोहन राकेश मुझसे पहले ही अपने लेखन में आधुनिकता की प्रयोगशीलता के पक्षधर थे। मैं भी खुले में साँस लेने को आतुर था, लिहाज़ा मैं भी 'मौन की स्वतंत्रता है' का पक्षधर हो गया। मोहन राकेश से उसके बाद फिर कलकत्ता कथा समारोह में ही मिलना हुआ क्योंकि उस बीच मैं अपने व्यक्तिगत कार्यों में उलझ गया था। वह एक ऐतिहासिक कथा सम्मेलन था। मोहन राकेश और त्रित्व उसमें बहुत सक्रिय था। उनका विग्रह अपनी से पहली पीढ़ी से था। नई पीढ़ी के प्रति उनके अनुराग का प्रमाण यही था कि उन्होंने अपने बाद आनेवाले लोगों के बारे में कुछ भी नहीं कहा। परन्तु मोहन राकेश अपनी विशिष्ट उपस्थिति की छाप छोड़नेवाले लेखक थे।

मुख्य सम्मेलन के अतिरिक्त शहर में अन्य संस्थाओं ने भिन्न-भिन्न आयोजन आयोजित किये थे। उनमें नये-पुराने, सभी लेखक शिरकत करते थे। कलकत्ता के स्थानीय लेखकों का ग़ुस्सा कुछ व्यक्तियों और पत्रिकाओं पर ही उतरा। तथापि कथा सम्मेलन से उपजनेवाली सक्रियता भी देखनेवाली चीज़ थी और मेरी समझ से उसके केन्द्र में मोहन राकेश थे। मोहन राकेश की कहानियाँ और उनके नाटक चर्चाओं के केन्द्र में थे। चर्चाओं के केन्द्र में वे प्रवाद भी थे जो धीरे-धीरे विकसित हो रहे थे। उनसे ध्वनित होनेवाला स्वर कुछ ज़्यादा ही आकर्षक था। सबसे बड़ी बात यह थी कि वे सर्वसुलभ थे। आप एक बार उन्हें टेलीफ़ोन पर पकड़ लें और उनसे मिलने का तय कर लें—बस, यही सर्वसिद्धि मंत्र था जिसके बन्धन में वे भी स्वाधीन होकर आपको मिल सकते थे।

एक बार ऐसा भी हुआ कि अपनी आदत के मुताबिक़ मैं सूचना देकर फिर देर से पहुँचा तो तब भी वे अपनी निजी व्यस्तताओं के बावजूद मिलने के लिए तैयार थे। बातों का उनका सिलसिला कुछ भी हो सकता था। हम जैसे नये लोगों से वे जानना चाहते थे कि हम कर क्या रहे हैं। यानी लिख क्या रहे हैं। और इसी केन्द्रित बहस में वे ख़ुद को भी तैयार कर लेते। कभी-कभार साहित्यिक वातावरण भी चर्चा के केन्द्र में आ जाता तो वे परनिन्दा में ज़्यादा दिलचस्पी नहीं लेते थे। सामान्य-सी बातों पर राकेश टिप्पणी भी नहीं करते थे। मैंने बहुत गहरे में, विशेष कर ये निष्कर्ष तब निकाले थे जब मैं अपने से पहली पीढ़ी से बेहद प्रभावित था और इस प्रभाव का कारण साफ़ था कि राकेश समग्र लेखन के बारे में चिन्तनपरक टिप्पणियाँ किया करते थे। ऐसा नहीं कि लेखन पर ही बात होती हो या बहुत बोर क़िस्म का संवाद ही बातचीत का आधार बनता हो। राकेश इस लिहाज़ से परिपूर्ण क़िस्म के इनसान थे और वे मानवीय ऊष्मा से भरे हुए व्यक्ति थे।

एक बार मैं सपरिवार उनके घर गया था और उन दिनों मेरी एक कहानी 'अपना मरना' भी छपी थी। राकेश ने मुझे उस कहानी पर भी बहस के लिए आमंत्रित किया था। कहानी श्लीलता की सीमाओं को तोड़ती थी और उसमें समलैंगिक प्रेम का उल्लेख था। 'अणिमा' ने उसे छापा था और छपने से पहले ही वह कहानी चर्चा में आ गई थी। लिहाज़ा मैं भयंकर आलोचना का शिकार बना। मैं अपनी तैयारी के साथ सपरिवार जब पहुँचा तो मेरे बेटे की समकालीन पुरवा (राकेश की बेटी) वहाँ मौजूद थी। पुरवा के प्रति राकेश का मोह देखने लायक़ था। मेरा बेटा बिगड़ैल था। वह उस घर की हरेक चीज़ पर अपना अधिकार समझ बैठा था। राकेश-जैसे अंकल, उसके अंकल थे। वह भूल गया था कि वे किसी के पापा भी हैं। उसने पुरवा को ज़ोरदार तरीक़े से किनारे करने के लिए बल का सहारा भी लेना स्वीकार कर लिया था। मैं जितना भी उसको बरजता, बेटा उतना ही अकड़ैल बनकर पुरवा के सारे

खिलौने अपनी तरफ़ कर उन चीज़ों को राकेश को दिखाने लग गया था। राकेश इस खेल में मज़े ले रहे थे। मैंने उन्हें कहा, 'यह बिगड़ैल बच्चा है, आप इसे शह न दें।' लेकिन अपने घर में राकेश को पुरवा का हठाग्रह उचित नहीं लग रहा था। वे बच्चे थे। उनकी सीमित दुनिया थी। नतीजा वही हुआ कि पुरवा को डाँट खानी पड़ी। मुझे याद है, अपने अधिकार को बलपूर्वक मनवाने के लिए राकेश ने मेरे बेटे की सराहना की थी। यह मुझे अच्छा नहीं लगा। चाहे वे बच्चे थे, उन्हें न्यायप्रियता की छोटी-सी अनुभूति होनी ज़रूरी थी। शाम गए जब हम लौटे तो बहुत शाहाना अन्दाज़ में मेरे बेटे ने पुरवा के खिलौनों पर अपना हक़ जमाना शुरू कर दिया। यह एक कठिन मामला बन सकता था। वह तो बेटी अनामिका ने उसे समझाया कि हम उनके घर आए हैं। बच्चों को समझाना कठिन काम था। परन्तु राकेश की दरियादिली बेमिसाल थी। एक व्यक्तिगत-सी बैठक में राकेश मुझे दीन-दुनिया का पाठ पढ़ा रहे थे। यह उनके व्यक्तित्व का एक अटूट हिस्सा था।

राकेश अपनी माँ से बहुत गहरे में जुड़े हुए थे। उनके पारिवारिक संकटों की झलक कुछ उनके लिखे से हो जाती थी। कुछ बातें राकेश का पारदर्शी व्यक्तित्व स्पष्ट कर देता था। आर्थिक रूप से, कोई नौकरी न करने के कारण, राकेश की आमदनी स्थायी या निरन्तर नहीं थी। एक घर चलाना, वह भी दिल्ली में, काफ़ी मुश्किल काम था। पर बिना कोई समझौता किये राकेश अपना घर चला रहे थे, और ऐसी भी ख़बरें नहीं थीं कि वे कहीं हाथ पसार रहे हों।

किंवदन्तियों के नायक की तरह हम हमेशा राकेश को तरोताज़ा ही पाते थे। अन्दरख़ाने क्या गुज़र रही होगी—इसकी झलक भी देखने को नहीं मिली थी। कभी-कभार लिखनेवाले राकेश अब बराबर टाइपराइटर पर अपनी पांडुलिपियाँ तैयार कर रहे थे। युवा लेखकों के प्रति अतिरिक्त अनुराग का भाव यह तो स्पष्ट करता ही है कि राकेश आनेवाली पीढ़ी के बारे में न सिर्फ़ सजग थे बल्कि वे नव्यता के विलक्षण अन्वेषी भी थे।

अपने नाटक 'आधे-अधूरे' में वे मनुष्य के विभक्त व्यक्तित्व को लेकर पूरे सामाजिक व्यवहारवाद पर नई दृष्टि से सोचना चाहते थे और यही कारण था कि उनके नाटकों में 'तनाव' का नया रूप उभरकर आ रहा था। अपनी यह खोज वे नये लेखकों में भी जारी रख रहे थे कि जान पाएँ कि युवा मस्तिष्क किस तरह से जीवनगत परिस्थितियों की विकटता से लोहा लेते हैं। दूसरे, हिन्दी में ख़ास तौर से हिन्दी पट्टी में—नये लेखन को गाँव और नगर में विभक्त देखकर कोई सृजनशील युवा मस्तिष्क पूर्णरूपेण प्रमुदित और उत्साहित नहीं था। परन्तु वह एक हवा थी। ऐसी हवा जिससे अप्रभावित कोई न था। परन्तु उस आँधी में भी एक स्वाभिमानी लेखक की तरह राकेश ने कभी उन चीज़ों से समझौता नहीं किया जो लेखक को मेरुदंडहीन बनाते थे।

राकेश प्रयोगशील लोगों के बारे में ज़्यादा उत्साहित रहते और इसी लिहाज़ से उन्हें 'रेणु' और मनोहर श्याम जोशी पसन्द थे। दोनों हरफ़नमौला साहित्यकार थे। एक दिन तो मैं राकेश को कनॉट प्लेस में ही मिला था कि वे मुझे झट पकड़कर एक महँगे रेस्टोरेंट में ले गए और 'रेणु' की तारीफ़ करने लगे। हम लोगों की बहस तब ख़त्म हुई जब काफ़ी देर रात रेस्टोरेंट बन्द होने को आया।

राकेश से मुलाक़ातें कभी-कभी दूसरे शहरों में भी हो जाती थीं। उन्हें मिलकर हमेशा यही इच्छा बलवती रहती थी कि उन्हें जल्दी मिलें।

असल में राकेश एक सदाबहार इनसान थे।

उस शाम वह बहुत तनाव में थे

सुरेश उनियाल

मोहन राकेश से मेरी पहली मुलाक़ात दून स्कूल में हिन्दी विभागाध्यक्ष डॉ. हरिदत्त भट्ट 'शैलेश' के निवास पर हुई थी। तब भट्ट जी वहाँ हिन्दी के विभागाध्यक्ष और एक वरिष्ठ अध्यापक थे। देहरादून हालाँकि उन दिनों एक अलग-थलग छोटा-सा पहाड़ी शहर था, लेकिन दून स्कूल में अक्सर बड़े संगीत सम्मेलन और नाट्य समारोह आयोजित होते रहते थे। भट्ट जी से अक्सर 'साहित्य संसद' की गोष्ठियों में मुलाक़ात होती रहती थी। वह कभी-कभी अपने स्कूल में होनेवाले आयोजनों का निमंत्रण भेज दिया करते थे। सिद्धेश्वरी देवी का गायन भी मैंने सुना है। मंच पर उनका साथ उनकी शिष्या सविता देवी दे रही थीं जो बाद में स्वयं एक बड़ी शास्त्रीय गायिका के रूप में मशहूर हुईं। इसी तरह से दिल्ली से ओम शिवपुरी अपने नाटक लेकर आते थे। मोहन राकेश का 'लहरों के राजहंस' वह पहले देहरादून में मंचित कर चुके थे। वह भी मैंने देखा था। लेकिन यह मैं सन् 1971 के जून महीने की बात कर रहा हूँ, उस समय शिवपुरी 'आधे-अधूरे' लेकर आए थे। मोहन राकेश भी साथ थे। इन नाटकों के लेखक राकेश ही थे।

मोहन राकेश देहरादून में हों और हम न मिलें, यह तो हो ही नहीं सकता था। उन दिनों 'नई कहानी' आन्दोलन तो कभी का ख़त्म हो चुका था, 'नई कहानी' की 'तिकड़ी' भी बिखर गई थी, लेकिन हम लोगों के लिए मोहन राकेश, राजेन्द्र यादव और कमलेश्वर स्टार लेखक हुआ करते थे। उस दिन शाम को नाटक के शो के बाद राकेश, शिवपुरी और कुछ लोगों का रात का खाना भट्ट जी के घर पर ही था। भट्ट जी ने इतनी व्यवस्था कर दी थी कि उनके वहाँ आने के बाद हम लोग यानी मैं और देहरादून की हमारी मित्र मंडली के लोग उनसे मिल सकें।

नाटक ख़त्म होने के बाद हम लोगों ने देखा कि सुशीला जी (मोहन राकेश की पहली पत्नी, जो तब राजेन्द्र प्रसाद डोभाल जी से शादी करके सुशीला राकेश से सुशीला डोभाल बन चुकी थीं) अपने पति के साथ भट्ट जी के घर पर आई हुई थीं। मैं इस दम्पती से पहले से परिचित था। डोभाल जी उन दिनों देहरादून में

प्रजा सोशलिस्ट पार्टी के एक प्रमुख नेता और शहर के एक प्रतिष्ठित वकील थे। मैं भी चूँकि अपने छात्र जीवन में इस पार्टी से जुड़ा था, इसलिए डोभाल जी से काफ़ी नज़दीकी तौर पर सम्पर्क था। दो साल पहले सन् 1969 में जब डोभाल जी प्रजा समाजवादी पार्टी के उम्मीदवार के तौर पर उत्तर प्रदेश विधानसभा के लिए देहरादून से चुनाव लड़ रहे थे, तब पार्टी से जुड़ा होने के कारण इस अभियान में मैं भी सक्रिय रूप से उनके साथ था। यह हम जानते थे कि सुशीला जी मोहन राकेश की पत्नी रह चुकी थीं। उनसे राकेश का एक बेटा भी था—नवनीत। नवनीत सुशीला जी के साथ था और हॉस्टल में रहता था। उस समय वह क़रीब चौदह-पन्द्रह साल का रहा होगा, लेकिन उसकी शक्ल बिलकुल ऐन राकेश जैसी। क़द में कुछ लम्बा ज़रूर दिख रहा था।

दरअसल डोभाल जी की पहली पत्नी सुमित्रा भाभी का भी हम लोगों से बहुत स्नेह था। पार्टी के काम की वजह से हम लोगों का उनके घर आना-जाना लगा रहता था। सुमित्रा भाभी और सुशीला जी सहेली हुआ करती थीं और इस नाते उनका भी उस घर में काफ़ी आना-जाना था। सुमित्रा भाभी को कैंसर था और असमय उनका निधन हो गया। सुशीला जी का भी तब तक तलाक़ हो चुका था। दो यह अकेले लोगों ने साथ रहने का फ़ैसला लिया और शादी कर ली। इस तरह से यह अब देहरादून का काफ़ी लोकप्रिय दम्पती था।

उस शाम की याद मेरे मन में इसलिए भी ताज़ा रह गई थी कि मेरे सामने मोहन राकेश और सुशीला जी मिल रहे थे। वे लोग भट्ट जी के निवास के बाहर एक लीची के पेड़ के नीचे खड़े थे। एक तरफ़ डोभाल जी और सुशीला जी थे और उनके सामने मोहन राकेश। वे लोग काफ़ी धीमे स्वर में बात कर रहे थे। सबके चेहरे गम्भीर थे। हम लोगों की समझ में नहीं आ रहा था कि वे क्या बात कर रहे होंगे। कहीं यह बिछड़ा हुआ दम्पती अपनी पुरानी यादें तो नहीं दोहरा रहा होगा? ...और फिर ऐसा क्या था जो इन तीनों की बातचीत का विषय बन पाता? एक ही विषय हो सकता था—पुराने दम्पती का बेटा नवनीत!

नवनीत वहाँ पर नहीं था। एक बात की ही सम्भावना हमें लग रही थी कि वे नवनीत के बारे में बात कर रहे हैं। नवनीत की पढ़ाई या सेहत की बातें हो रही होतीं तो उनके चेहरे पर इतना तनाव नहीं हो सकता था। तो हमें यही लगा कि राकेश बेटे को अपने साथ ले जाना चाहते हों और डोभाल दम्पती उन्हें देने के लिए तैयार न हो! इस अनुमान की पुष्टि कभी नहीं हो पाई।

कुछ देर बाद डोभाल दम्पती चला गया। राकेश भी सिगरेट सुलगाकर वहीं बग़ीचे में टहलने लगे। उनके चेहरे पर काफ़ी गहरा तनाव था। हालाँकि हम सब लोग राकेश से बात करना चाहते थे, लेकिन लगता नहीं था कि इस मूड में उनसे कुछ बात हो सकेगी।

हमने भट्ट जी से इस बारे में बात की तो उन्होंने बताया कि 'कल सुबह राकेश मसूरी जा रहे हैं। परसों लौटेंगे। तब मैं आप लोगों के साथ उनकी मुलाक़ात करवा सकूँगा।'

अगले दिन हम लोगों ने जगह के लिए ज्ञानलोक लाइब्रेरी के मालिक पद्म कुमार जैन से बात कर ली और वह बिना किसी आपत्ति के तैयार हो गए। दरअसल राकेश के नाम पर वह काफ़ी ख़ुश थे। कलकत्ता में इन लोगों की मुलाक़ातें होती रही थीं।

तीसरे दिन ज्ञानलोक में काफ़ी बड़ा जमावड़ा था। हम लोगों में काफ़ी लम्बी बातचीत हुई। परिचय कराने का काम भट्ट जी ने सँभाला और गोष्ठी की शुरुआत करवा दी। होना यह था कि वहाँ मौजूद लोगों को राकेश से सवाल पूछने थे। मैं काफ़ी होमवर्क करके आया था। 'नई कहानी' और राकेश को लेकर काफ़ी सवाल मेरे दिमाग़ में थे। फिर हुआ कुछ ऐसा कि राकेश से सवाल सिर्फ़ मैं ही पूछता रहा और जवाब राकेश देते रहे। मुझे इस बात का हमेशा अफ़सोस रहेगा कि उस समय न तो मैंने और न ही किसी और ने कोई नोट लिये, लेकिन उनकी बातों पर हम लोगों के बीच बारीकी से बहस कई दिनों तक होती रही।

इस बातचीत पर काम करने का मौक़ा सन् 1973 के प्रारम्भ में ही मिल पाया। राकेश का निधन 8 दिसम्बर[1] को हो चुका था। हुआ यह कि धर्मेंद्रनाथ शास्त्री, जो उस समय डी.ए.वी. कॉलेज में संस्कृत साहित्य के विभागाध्यक्ष होने के साथ-साथ कॉलेज की पत्रिका के प्रधान सम्पादक हुआ करते थे और किसी जमाने में जालंधर में राकेश के सहपाठी भी रह चुके थे, ने एक दिन मुझे बुलाया। उन्होंने मुझसे पूछा कि मैं पत्रिका के लिए कुछ क्यों नहीं लिख रहा हूँ। मैंने कहा कि 'हिन्दी के हमारे सम्पादक मेरी कहानी नहीं छापना चाहते। मुझे भी लगा कि उनकी दिलचस्पी नहीं है तो मुझे ही क्या पड़ी है! अब आप आदेश कीजिए।'

इसके बाद उन्होंने जो बात कही, उसने मुझे चौंका दिया। वह कह रहे थे, 'तुमने मदन मोहन से इतनी लम्बी बात की थी, उसी को क्यों नहीं लिख देते?' वह राकेश को मदन मोहन नाम से ही सम्बोधित करते थे। राकेश का पूरा नाम मदन मोहन गुगलानी था और राकेश उपनाम उन्होंने बाद में रखा था।

तब मैंने अपनी स्मृति से लगभग सवा साल पुरानी उस बातचीत को लिखने की कोशिश की। कुछ बातें, जिनके बारे में कुछ सन्देह था, दोस्तों से डिस्कस की और उस बातचीत का पूरा सार लिखकर शास्त्रीजी को दे दिया। वह पत्रिका के 1972-73 के अंक में जस की तस छप भी गई। पिछले दिनों मुझे अपने काग़ज़ों में उसकी कटिंग मिल गई। उसे मैं यहाँ पर दे रहा हूँ। उस जमाने में मोहन राकेश

1. निधन वास्तव में 3 दिसम्बर, 1972 की शाम उनके न्यू राजेन्द्र नगर वाले मकान में दिल्ली में हुआ था। —सं.

हालाँकि हमारे प्रिय लेखकों में थे, फिर भी उनसे बात करते हुए मैं पूरी तैयारी के साथ गया था और उन्हें घेरने में किसी तरह की कसर नहीं उठाना चाहता था। यह अलग बात है कि राकेश को घेरना हमारे उस समय के कच्चे दिमाग़ के लिए सम्भव भी नहीं था।

29 जून, 1971...

ब्रह्मदेव जी (आर.के. कम्पनी) ने ही शायद हमें बताया था, मोहन राकेश ने मसूरी से वापस आते हुए हमसे कुछ देर के लिए बातचीत करना स्वीकार कर लिया है। (उस समय हम लोगों के पास टेलीफ़ोन नहीं हुआ करते थे। सम्भवतः भट्ट जी ने फ़ोन की सुविधा होने के कारण यह बात ब्रह्मदेव जी को बता दी हो, ताकि हमें समय से सूचना मिल सके।)

बूँदा-बाँदी सुबह से ही हो रही थी।

शाम पाँच बजे तक ज्ञानलोक का हॉल खचाखच भर गया था।

परिचय हुआ। राकेश के साथ ओम शिवपुरी (कई साल बाद जिनके छोटे भाई ज्ञान के साथ भट्ट जी की बेटी हिमानी की शादी हुई थी), राकेश जी की पत्नी अनीता औलक और छोटी बेबी भी थे।

परिचय के बाद डॉ. हरिदत्त भट्ट 'शैलेश' ने राकेश से रंगमंच पर कुछ कहने के लिए कहा।

लगातार मुस्कराता चेहरा। एक सिगरेट ख़त्म कर दूसरी सुलगाते हुए राकेश ने बातचीत प्रारम्भ की। उन्हें ख़ुशी थी कि हिन्दी को अब अपना एक रंगमंच मिल चुका है, लेकिन अभी वह प्रारम्भिक अवस्था में है। इसमें अभी कई परिवर्तन और परिवर्द्धन आवश्यक हैं। हिन्दी रंगमंच के मार्ग में सबसे बड़ी कठिनाई यह है कि नाट्य संस्थाएँ अधिक व्यय करने में असमर्थ हैं। फिर भी 'दिशान्तर', 'अनामिका,' 'अभियान', नेशनल स्कूल ऑफ़ ड्रामा की रेपर्टरी आदि ने काफ़ी सरल और साधारण से सेटों के माध्यम से अच्छे-अच्छे प्रभाव पैदा किये हैं। मौलिक नाटकों की कमी तो हिन्दी रंगमंच को अखरती रही है, लेकिन इधर इस दिशा में काफ़ी काम हो रहा है।

बंगला रंगमंच से हिन्दी रंगमंच की तुलना करते हुए राकेश ने बताया कि उनके सेट्स भव्य और चमत्कृत करनेवाले हुआ करते हैं, विशेष रूप से उत्पल दत्त आदि के नाटकों के, लेकिन यह हिन्दी रंगमंच को सूट नहीं करता।

'नाटकीय' शब्द पर बात करते हुए उन्होंने बताया कि प्रत्येक शब्द अपने में एक या कुछ अर्थ लिये होता है, लेकिन जब वह नाटक में प्रयुक्त होता है, उसमें

अनन्त सम्भावनाएँ बन जाती हैं। ये विभिन्न अर्थ उसे उसका तरह-तरह से उच्चारण किये जाने पर मिलते हैं। इसके अतिरिक्त शब्द नाटक में उसकी सिचुएशंस के आधार पर भी अर्थ ग्रहण कर लेता है।

नाटक पर जब काफ़ी बात हो चुकी तो मैंने बात कहानी की ओर मोड़ी। पहला सवाल मैंने ही पूछा :

'यदि 'नाटककार' राकेश के बाद अब 'कहानीकार' राकेश से बात करूँ तो आपको कोई आपत्ति तो नहीं होगी?'

'नहीं, मैं इससे पहले भी कहानी पर बात कर सकता था।'

'आपने एक स्थान पर लिखा है कि पाठक चाहे जैसा भी हो, पढ़ता वही है जो उसे एंटरटेन कर सके। कहानीकार का मुख्य उद्देश्य पब्लिक टेस्ट को हंट करना होना चाहिए। आपका मतलब कहीं लेखक को गुलशन नन्दा बना देना तो नहीं है?'

राकेश को याद नहीं आ रहा था कि ऐसा उन्होंने कब और कहाँ लिखा है। मैंने ही उन्हें याद दिलाया कि 'नई कहानियाँ' के एक स्तंभ 'बकलम ख़ुद' में उन्होंने यह लिखा था। उन दिनों दो कॉलम काफ़ी लोकप्रिय हो रहे थे—एक तो 'मेरा हमदम : मेरा दोस्त' जिसमें लेखक अपने किसी क़रीबी लेखक मित्र के बारे में लिखता था और दूसरा यह 'बकलम ख़ुद', जो एक तरह से लेखक का आत्मकथ्य होता था।

'काफ़ी पुरानी बात है इसलिए दिमाग़ से उतर गई। किसी भी व्यक्ति को वही चीज़ अच्छी लगती है जो कहीं उसके निकट हो। कहानी या कोई भी रचना जो पाठक के निकट है, उसके जीवन में घुली-मिली, उसके दैनिक जीवन में क़दम-क़दम पर उसके द्वारा भोगी जाती हुई, तो निश्चय ही वह उसे पसन्द करेगा। बताइए, इसमें कहाँ गुलशन नन्दा बन जानेवाली बात आएगी? जहाँ तक पाठक के टेस्ट को मॉडिफाई करने का सवाल है, वह तो ख़ुद ही होगा। हाँ, 'पाठक' होना उसकी आवश्यक शर्त है।'

'कहानी के बाद 'नई कहानी' आई, आगे इसका स्वरूप क्या होगा?'

यहाँ पर राकेश से मेरा मतभेद था। मैं उस समय (1971) की कहानी को 'नई कहानी' का एक्सटेंशन मान रहा था। साठोत्तरी कहानी बीच के एक व्यवधान की तरह थी जो इस समय तक आकर दूर हो गया था। 'नई कहानी' का भोगा हुआ यथार्थ साठोत्तरी कहानी में बेडरूम में आकर सिमट गया था, जबकि राकेश उस समय की कहानी को 'नई कहानी' से आगे की चीज़ मानते थे। उनका मानना था : 'इस समय कहानी में एक गतिरोध आ गया है। यह गतिरोध स्वाभाविक भी है। 1950 में भी ऐसा एक गतिरोध आया था और तब 'नई कहानी' ने आकर कहानी को नई दिशा दी थी और फिर कहानी आगे बढ़ी।'

'तो फिर यह गतिरोध दूर कैसे हो?'

'उसके लिए भी एक प्रकार का आन्दोलन आवश्यक है।'

'इस आन्दोलन का स्वरूप क्या होगा?'

'कहानी के सन्दर्भ में कम-से-कम किसी भी प्रकार की भविष्यवाणी नहीं की जा सकती।'

यहाँ पर मेरा राकेश से फिर मतभेद था। मेरे विचार से यहाँ कोई गतिरोध नहीं था और न ही भविष्यवाणी करने की कोई आवश्यकता थी। यह संक्रमण काल था। आख्यानात्मक कहानियों के बाद 'नई कहानी' जिस प्रकार कहानी को जीवन के यथार्थ के आसपास ले आई थी, आज की कहानी उसी प्रकार हमारी चेतना के अन्दर घुसकर वहाँ का सच सामने ला रही है। वह एब्स्ट्रैक्ट होने लगी है। जितेन्द्र भाटिया की 'एक आदमी का शहर' और बल्लभ सिद्धार्थ की 'महापुरुषों की वापसी' इस संक्रमण के बाद आनेवाली कहानी की ओर स्पष्ट संकेत करती है। इसी विषय पर काफ़ी देर तक हमारी नोक-झोंक चलती रही। लोग बोर होने लगे तो हमने विषय बदल दिया।

आज सन् 2014 में मुझे यह स्वीकार करने में कोई दिक़्क़त नहीं है कि यहाँ पर मैं ग़लत था। राकेश का अनुमान सही था। उस समय 'समान्तर कहानी' आन्दोलन बाहर आने के लिए अँगड़ाइयाँ ले रहा था और सन् 1972 में कमलेश्वर ने 'सारिका' का समान्तर कहानी विशेषांक निकालकर इसका आगाज़ किया था। कामतानाथ, इब्राहिम शरीफ़, मधुकर सिंह आदि तब जो लिख रहे थे, वह महज़ 'नई कहानी' का एक्सटेंशन नहीं था, उसमें समान्तर कहानी के बीज छिपे थे। जितेन्द्र भाटिया और बल्लभ सिद्धार्थ की कहानियाँ भी अलग नहीं थीं, सिर्फ़ उनमें एक्ट्रैक्शन आ गया था।

'आजकल आपने कहानियाँ लिखनी क्यों बन्द कर दीं?'

'ऐसी बात तो नहीं है। 'सारिका' में मेरी एक कहानी 'क्वार्टर' आ रही है। हाँ, कहानी लिखना कम अवश्य हो गया है। दूसरी विधाओं में भी काम कर रहा हूँ। किसी विषय को कहानी के माध्यम से व्यक्त किया जाए या किसी दूसरी विधा के माध्यम से, यह विषय पर निर्भर करता है। एक नाटक या उपन्यास के विषय पर कहानी तो नहीं लिखी जा सकती।'

'इलाचन्द्र जोशी ने लिखा है कि 'अँधेरे बन्द कमरे' का नैरेटर पात्रों की मन:स्थिति स्पष्ट करने के बजाय धुँधली कर देता है। आपका क्या विचार है?'

'यह प्रश्न आप मुझसे क्यों पूछ रहे हैं? इलाचन्द्र जोशी से पूछिए। उनकी कही बात के लिए मैं क्या सफ़ाई दे सकता हूँ? मेरे विचार से तो नैरेटर अपना काम सही ढंग से निभाता है।'

'आपके विभिन्न पात्र—प्रकाश ('एक और ज़िन्दगी'), हरबंस ('अँधेरे बन्द कमरे'), कालिदास ('आषाढ़ का एक दिन'), नन्द ('लहरों के राजहंस'), महेन्द्र ('आधे-अधूरे')

आदि क्या एक ही चरित्र के विभिन्न पहलू नहीं हैं? इस चरित्र को क्या किसी एक रचना के माध्यम से नहीं उकेरा जा सकता था?'

'यद्यपि मैं तुम्हारे इस आरोप से सहमत नहीं हूँ, फिर भी...प्रत्येक रचना की अपनी एक सीमा होती है—चाहे वह कहानी हो, उपन्यास या नाटक। यदि किसी एक चरित्र का एक पहलू एक रचना में आता है तो दूसरा दूसरी रचना में आ सकता है। तो फिर वह दोनों रचनाओं में एक ही चरित्र कैसे हो गया? वे दोनों एक दूसरे के ऑल्टरनेट तो नहीं माने जा सकते, एक दूसरे के सप्लिमेंटरी ज़रूर हो सकते हैं।'

फिर धन्यवाद की औपचारिक रस्म।

गाड़ी में हिलता हुआ हाथ, दूर जाता हुआ।

लेकिन क्या होंठों के बीच सिगरेट फँसाए वह मुस्कराता हुआ चेहरा...उस चेहरे की मन में अंकित छवि कभी दूर हो सकेगी?

तब मुझे क्या पता था कि राकेश से वह मेरी अन्तिम भेंट होगी!

राकेश के निधन की ख़बर रेडियो पर सुनी थी। मैं उन दिनों कैंब्रियन हॉल में पढ़ाता था। छुट्टी के बाद घर लौटते हुए तिलक रोड पर गिरधर जोशी के ढाबे में रोज़ की तरह चाय पीने के लिए रुका था कि वहीं रेडियो पर यह सुनने को मिला। तुरत-फुरत अगले दिन शाम को एक शोकसभा के लिए सभी लेखक मित्रों को बुला लिया। ज्ञानलोक का हॉल एक बार फिर खचाखच भरा था। जितने लोग उन्हें सुनने के लिए आए थे, उससे कम तो नहीं ही होंगे।

पहली फ़ुरसत पर दिल्ली की ओर दौड़ लगा ली। अनीता औलक से मिलकर अपना शोक प्रकट करना चाहता था। राकेश के घर का पता नहीं मालूम था। सुना था, करोलबाग़ में कहीं रहते थे। राजेन्द्र यादव से उनके अक्षर प्रकाशन में मिला। यह वही जगह थी जहाँ राजेन्द्र जी अपने तमाम जीवनकाल बैठते रहे, सिर्फ़ नाम अलग था। तब तक 'हंस' के निकलने की दूर-दूर तक कोई सम्भावना नहीं थी। अक्षर प्रकाशन ठीक-ठाक चल रहा था। राजेन्द्र जी ने ही बताया कि राकेश के करोलबाग़ वाले घर में अभी कोई नहीं है। अनीता मॉडर्न स्कूल में ओम शिवपुरी के घर पर मिलेंगी।

मैं वहीं उनसे मिलने गया। बरामदे में उनकी बिटिया साइकिल चला रही थी। अन्दर ओम जी मिल गए थे। ओम जी से मैं भट्ट जी के घर पर मिल ही चुका था। उन्होंने मुझे पहचान लिया था। उन्होंने अनीता और सुधा को भी बुला लिया था। शोक प्रकट करने की औपचारिक रस्म के बाद यों ही नाटकों और साहित्य की दुनिया की बातें होने लगी थीं। बातचीत में ही पता चला कि ओम जी को बम्बई से गुलजार का निमंत्रण मिला है। अपनी फ़िल्म 'कोशिश' के लिए उन्हें उनकी ज़रूरत थी। यह उस अंधे व्यक्ति नारायण चाचा की भूमिका थी जो गूँगे-बहरे दम्पती संजीव

कुमार और जया भादुड़ी के बेटे को सँभालता है। ओम जी दुविधा में थे कि नाटकों की दुनिया से दूर फ़िल्मों में कैसे चले जाएँ?

बाद में पता चला कि उन्होंने यह भूमिका की और धीरे-धीरे फ़िल्मों की दुनिया में ही रमते चले गए।

अवान्तर से बाहर निकलकर अनीता जी की बात पर आएँ। उन्होंने बातों में बताया था कि राकेश के संस्मरणों को लेकर वह एक किताब प्लान कर रही हैं। यह किताब बाद में 'चन्द सतरें और' के नाम से 'सारिका' में धारावाहिक रूप से भी प्रकाशित हुई। राकेश जी के जीवन के वे बहुत-से पहलू, जो उनके लोगों से ज़्यादा न घुलने-मिलने के कारण रहस्य ही बने हुए थे, इस पुस्तक के माध्यम से उजागर हो जाते हैं। उनकी कहानी 'एक ठहरा हुआ चाक़ू' का उत्स इसी किताब में हमें मिलता है।

बातचीत में मैंने काफ़ी कोशिश की कि उस शाम की मोहन राकेश और डोभाल दम्पती की हरिदत्त भट्ट 'शैलेश' के घर पर हुई बातचीत के सूत्र मिल सकें, लेकिन इस विषय में अनीता जी ने कोई बात की ही नहीं। इसमें मुझे कुछ अटपटा भी नहीं लगा। इतने संवेदनशील मुद्दे पर मुझ जैसे बाहरी आदमी से बात न करना ग़लत नहीं था। वह तो मेरे भीतर का पत्रकार था, जो किसी भी बात को कुरेदने से बाज़ नहीं आता था।

सुशीला जी ने भी इस मुद्दे पर कभी बात नहीं की। यह बात सुशीला जी भी जानती थीं और स्वीकार भी करती थीं कि राकेश को नवनीत से बहुत प्यार था। यह तो हम भी जानते थे कि अगर राकेश को नवनीत से लगाव न होता तो वह अपनी किताब 'अँधेरे बन्द कमरे' को नवनीत को समर्पित करते हुए यह न लिखते : 'नीते को और उन सबको, जो उसके साथ बड़े हुए।' वह भावनाओं का कोई ज्वार ही रहा होगा जिन्होंने उन क्षणों में राकेश की कलम से ये शब्द पैदा किये।

अपने बेटे को केन्द्र में रखकर उन्होंने एक कहानी 'पहचान' लिखी थी। यह एक बच्चे शिवजीत की कहानी है। भीतर के संघर्ष की कहानी है जब स्कूल के हाज़िरी रजिस्टर में उसका नाम शिवजीत सचदेव से बदलकर शिवजीत अबरोल कर दिया गया था। वह इस नई पहचान को स्वीकार नहीं कर पा रहा था। अपने नये पिता को पिता मानने में उसे तकलीफ़ हो रही है। ज़ाहिर है, सुशीला जी के दूसरी शादी करने पर राकेश के अपने मन में जिस तरह के द्वंद्व पैदा हो रहे थे, उन्हें बच्चे के माध्यम से काग़ज़ पर उतारा था। यह उनकी अन्तिम कहानियों में से एक है।

कॉलेज की पढ़ाई के लिए नवनीत ने दिल्ली के ही किसी कॉलेज में एडमिशन ले लिया था। यह भी स्वाभाविक था कि जब पिता-पुत्र एक ही शहर में हों तो मिले बिना कैसे रह सकते थे? सुशीला जी बताती थीं कि नवनीत उनसे मिलने उनके घर गया था। मुझे ठीक से याद नहीं आ रहा है, लेकिन कहीं अनीता जी ने या किसी

और ने लिखा भी था कि जिस दिन नवनीत उनके घर आनेवाला था, राकेश सुबह से ही काफ़ी उत्साह में थे। ज़्यादा विवरण अब याद नहीं है।

जिस दिन राकेश जी का निधन हुआ था, उस दिन शाम को हम कुछ मित्र संवेदना प्रकट करने के लिए सुशीला जी के पास भी गए थे। भले ही अब सम्बन्ध न रहा हो, लेकिन वह उनकी पत्नी रह चुकी थीं। और सुशीला जी के चेहरे पर उदासी हमें साफ़ नज़र आई।

लेकिन उस दिन वह एक और वजह से आहत थीं। बता रही थीं कि नवनीत अपने पिता के अन्तिम संस्कार में शामिल होने के लिए श्मशान गया तो उसे वहाँ पर किसी भी तरह की रस्म अदा नहीं करने दी गई और उसे बीच में ही वहाँ से हटना पड़ा।

यह एक ऐसा मामला था जिसमें वह शिकायत करने के अलावा कुछ और कर भी नहीं सकती थीं। उस समय वहाँ पर क्या स्थितियाँ रही होंगी, इसके विस्तार में जाने की न तो हमने कोई ज़रूरत समझी और न उन्होंने बताया।

ठहाकों में पिरोयी गम्भीरता

कन्हैयालाल नन्दन

मोहन राकेश की पुस्तक 'अन्तराल' के फ़्लैप पर लिखा गया था : 'कुछ सम्बन्ध ऐसे भी होते हैं जिन्हें कोई नाम नहीं दिया जा सकता, परन्तु ये नामहीन सम्बन्ध कई बार अन्य सम्बन्धों की अपेक्षा कहीं सक्षम और गहरे होते हैं।' राकेश जी के साथ अपने सम्बन्ध को लेकर मैं उनके उपन्यास के इस वाक्य पर अक्सर अटकता रहा हूँ। वे मित्र भी नहीं थे, हमउम्र भी नहीं थे। पीढ़ी के लिहाज़ से देखूँ तो हमारी और उनकी लेखन-पीढ़ी भी एक नहीं थी। एक ही समय में साथ-साथ ज़िन्दगियाँ जीने का, समकालीनता का कोई रिश्ता होता है तो वह रिश्ता बाह्य रूप से हमारे और उनके बीच माना जा सकता है। लेकिन अभ्यन्तर इससे बिलकुल भिन्न था। उन्होंने जितनी निकटता मुझे दी, वह अन्यत्र अलभ्य थी। हम उनसे एकान्त में मिले, सभा-सोसाइटियों में मिले। अपना निजी डिस्कस किया, समाज के रिश्ते डिस्कस किये। अपने रिश्ते अनाम, नॉन-डिस्कस्ड जोड़ दिये।

घनिष्ठता का प्रारम्भ उन दिनों हुआ जिन दिनों राकेश जी बम्बई में चर्च गेट के शेट्यू विंडसर में रह रहे थे और 'नीली रोशनी की बाँहें' 'धर्मयुग' में धारावाहिक रूप से लिखने के लिए कशमकश में लगे हुए थे। चूँकि लिखने और प्रेस में जाने के बीच उपन्यास की क़िस्त के लिए इतना समय नहीं बचता था कि उसमें वे अधिक परिवर्तन कर सकते (जिसका पता मुझे बाद में चला कि अगर उनके पास एक पांडुलिपि जितनी ही अधिक देर रहती, उतने ही उस पर पुनर्विचार होते रहते और हर बार कुछ-न-कुछ नया उसमें जुड़ता या घटता) लेकिन उस अन्तराल के बीच भी शेट्यू विंडसर से चलकर और प्रेस चले जाने तक जितना समय भी मिलता, राकेश जी पांडुलिपि में एक-एक शब्द को उसकी असली जगह 'फ़िट' करने के चक्कर में लगे रहते। यह बात सुनने में किसी भी लेखक के लिए सहज लगती है, लेकिन जब राकेश जी की सुधारी हुई पांडुलिपियाँ देखने में आती हैं तो साफ़ समझ में आता है कि एक-एक अर्द्धविराम, विराम तक के लिए राकेश जी कितने सावधान रहते थे। अपने लिखे हुए शब्द के प्रति

कितनी आस्था लेखक में होनी चाहिए, सच कहूँ, इसका सबक़ राकेश जी से ही मैंने लिया।

तब से लेकर उनकी मृत्युपर्यन्त उनके निकटस्थ लोगों में रहकर मैं उनके साथ जीवन जीने का सुख पाता रहा। आदमी को 'साइज़-अप' करने का उनका अलग तरीक़ा था। जो उनके अपने संयम की खराद पर चढ़कर समय के साथ काफ़ी निखर चुका था। उनके व्यक्तित्व से जुड़ी हुई कुछ झलकियाँ अपनी यादों के झरोखे से निकालकर यहाँ दे रहा हूँ। सबसे पहली यह कि वे सीधे टाइपराइटर पर लिखनेवालों में से थे। बिस्तर पर टाइपराइटर चौकी की तरह जमाया और डट गए। सुबह अपना लेखन-कर्म करते थे, शाम मटरगश्ती या दोस्तों की महफ़िलों में।

राकेश जी जब अनीता के साथ बम्बई पहुँचे तो उनके ठहरने की सारी व्यवस्था में उनकी सुरक्षा का पहलू भी था। दिल्ली में उनका मोर्चा सँभाले थे कमलेश्वर जी और जवाहर भाई (श्री जवाहर चौधरी) और बम्बई में ज़िम्मेदारी सँभाली राज बेदी ने। राज बेदी चर्चगेट में इंडस कोर्ट में पहले माले पर रहते थे, उसी बिल्डिंग में रहती थीं इस्मत आपा (श्रीमती इस्मत चुग़ताई) और उसी में ग्राउंड फ़्लोर पर था भाई साहब का फ़ोटो स्टूडियो। प्रसिद्ध छायाकार मित्तर बेदी के छोटे भाई राज बेदी कमतर फ़ोटोग्राफ़र नहीं थे, लेकिन हम लोग उन्हें सिर्फ़ दोस्त के नाते ही जानते थे। हर समय, हर समस्या पर हँसता हुआ। बुक्का मारकर समस्या को घायल करने में उनका सानी नहीं था। दो बेडरूम का फ़्लैट, उसमें एक बेडरूम उन्होंने राकेश जी के लिए ख़ाली कर दिया। उनके सामने कोई समस्या रखी जाती तो वे कहते: 'क्या बात है! अब मज़ा आएगा।' समस्या से निबटने में सचमुच लगता, उन्हें मज़ा आता था। उनकी इसी अदा ने मुझे उनके बहुत नज़दीक ला दिया। वे भारती जी, कमलेश्वर जी, गिरधारीलाल वैद और राकेश जी के अन्तरंग थे जिसमें टी.पी. झुनझुनवाला और शीला भाभी और जुड़ गई थीं। मैं राकेश जी में अपना टाइम्स ऑफ़ इंडिया का दुख-दर्द निवारक कोना पाता था क्योंकि जिस दिन मैं भारती जी से त्रस्त होता, उन्हें फ़ोन मिलाकर समय माँग लेता और वे पूरे मनोयोग से मेरी व्यथा-कथा सुनते और भारती जी के ख़िलाफ़ कुछ भी कहे बिना मुझे कोई-न-कोई तरक़ीब सुझाते ताकि मेरी तकलीफ़ का तात्कालिक निवारण हो जाए और मेरी नौकरी पर से ख़तरे के बादल छँट जाएँ। मुझे भारती जी के 'दुर्व्यवहार' में अपने को बेरोज़गार बना दिये जाने का ख़तरा मँडराता दिखता ही रहता था।

राकेश जी इन व्यथा-कथाओं को सुनने के लिए कभी तो इंडस कोर्ट में बुलाते और कभी रेशम भवन के ही सेंटर में। रेशम भवन मैरीन ड्राइव को जानेवाली मुख्य सड़क पर स्थित था। उन्हें जब यह मालूम हो गया कि राज बेदी भी मेरी परेशानियों से चिन्तित हैं और वे भी भारती जी से बात करने को तैयार हैं और वे स्वयं भी मेरे

सामने यह प्रस्ताव कर चुके थे लेकिन मैं नहीं चाहता था कि मैं इन दोनों भारती मित्रों का इस्तेमाल करता दिखूँ, इसलिए मैं उन दोनों को समस्या का अप्रत्यक्ष हल खोजने में तो लगाए रहता था लेकिन भारती जी से सीधे दो टूक बात करने-कराने के पक्ष में नहीं था। राज बेदी मेरे इस मत की अहमियत को मानते थे लेकिन राकेश जी इस पर बहुत देर नहीं टिकना चाहते थे।

जब राकेश जी को लग गया कि नन्दन की समस्या से उनका पिंड नहीं छूट रहा तो एक दिन उन्होंने मेरी सारी बातें, जो उस दिन की समस्या से ताल्लुक रखती थीं, ध्यान से सुनीं और फिर रेशम भवन से निकल चर्चगेट स्टेशन के कोने पर मुझे छोड़ते हुए बोले, 'देखो प्यारे, मेरे पास दो ही रास्ते होते हैं : एक यह कि सीधे जा टकराओ और बात न बने तो नौकरी छोड़कर अलग हो जाओ। यह रोज़-रोज़ का पच्चर सिर के लिए बोझ मत बनाओ।'

भारती जी से सीधे टकराने का मतलब था, अपना रहा-सहा चैन भी गँवाना। जो मैं करना मुनासिब नहीं मानता था।

मैंने कहा, 'भाई साहब, आप वहाँ ख़ुद एडीटर हैं, आप जानते हैं कि एडीटर की वहाँ क्या बुलन्द हैसियत होती है। मैं सहायक सम्पादक निश्चय ही मैनेजमेंट के लिए सिरदर्द माना जाऊँगा तो मेरे सामने यही विकल्प होगा कि मैं नौकरी छोड़ दूँ।'

'तो छोड़ दो!' और फिर उन्होंने मुझे जिस मुस्कान के साथ देखा, उसका मतलब था कि अगर नौकरी से इतना डरते हो तो फिर कल से मेरे सामने अपनी समस्या लेकर मत आना।

दूसरा प्रसंग है तब का, जब राकेश जी ख़ुद 'टाइम्स' की नौकरी छोड़ कलकत्ता प्रसंग निबटाकर लौटे थे। भारती जी, अधिकारी जी, राकेश जी—'टाइम्स' के तीनों धुरंधर इस बात से खिन्न थे कि हिन्दी और अंग्रेज़ी के सम्पादकों के बीच तनख़्वाहों में जो अन्तर है, उसे वे अपने संस्थान में नहीं हटवा पा रहे तो हिन्दी और अंग्रेज़ी के वर्चस्व की संवैधानिक लड़ाई को सरकार में क्या करा पाएँगे! हिन्दी के पत्र ('धर्मयुग', 'सारिका', 'नवभारत टाइम्स'), तीनों ही उस समय अपने गर्व करने लायक़ क्षणों में थे। प्रसार-संख्या भी कम नहीं थी लेकिन 'टाइम्स ऑफ़ इंडिया' और 'इलस्ट्रेटेड वीकली' के सम्पादकों की तनख़्वाह हिन्दी के सम्पादकों से हमेशा अधिक थी। तय पाया गया कि सभी सम्पादक चेयरमैन श्री शान्तिप्रसाद जी से बात करें और अपनी बात समझाने की कोशिश करें। वे न मानें तो सभी थोक भाव से एक साथ त्यागपत्र दे दें। सभी के बीच योजना पर गहन चर्चा हुई और योजनानुसार शान्तिप्रसाद जी से वार्ता करने का समय माँगा गया।

हिन्दी के सारे सम्पादक एक साथ बात करना चाहते हैं, यही बात उन्हें चौंकाने के लिए काफ़ी थी। उन्होंने सम्पादकों का सम्मान किया और उस समय वे कलकत्ते में थे सो सबको कलकत्ते आने का आमंत्रण दिया।

हिन्दी के सारे सम्पादक कलकत्ते पहुँचे। सुबह के नाश्ते पर शान्तिप्रसाद जी मिले और योजनानुसार नाश्ते पर ही समस्या की गम्भीरता को रखने की ज़िम्मेदारी अन्ततः राकेश जी पर आ गई। सबके त्यागपत्र उनकी अपनी-अपनी जेब में थे।

राकेश जी ने कलकत्ते से लौटकर जो वर्णन मुझे सुनाया, उसको आज भी याद करता हूँ तो उस शख़्स की अज़मत के सामने नमन करने का मन होता है। बकौल राकेश जी, शान्तिप्रसाद जी ने बहुत ही सहज अन्दाज़ में पूछा, 'हाँ, बताइए, आप लोग क्या कहना चाहते थे?'

सब एक-दूसरे की तरफ़ देखते रहे। राकेश जी ने जवाब आने में हो रही देरी को भाँप ख़ुद बोलने की ज़िम्मेदारी अपने ऊपर ले ली। बोले, 'असल में बाबूजी, अपने यहाँ हिन्दी और अंग्रेज़ी सम्पादकों के बीच तनख़्वाहों का जो अन्तर है, वह हमें मंज़ूर नहीं है।'

'और अगर आपकी यह बात हमें मंज़ूर न हो तो?' शान्तिप्रसाद जी ने हल्की-सी खीज के साथ कहा।

'तो हम सभी लोग अपने पदों से इस्तीफ़ा दे देंगे।'

'तो ठीक है, दे दो।' उन्होंने तमककर कहा। राकेश जी ने जेब से मुड़ा हुआ त्यागपत्र निकाल सीधा किया और शान्तिप्रसाद जी की तरफ़ बढ़ा दिया।

शान्तिप्रसाद जी ने उसे हाथ में थामा और भारती जी की तरफ़ मुख़ातिब होकर बोले, 'और भारती, अगर तुम भी इन्हीं की तरह सोचते हो तो तुम भी दे दो।'

अब भारती जी को काटो तो ख़ून नहीं। राकेश जी ने जो कुछ बताया, उसमें यह महत्त्वपूर्ण नहीं था कि भारती जी ने क्या कहा, महत्त्वपूर्ण यह था कि भारती जी ने अपना काग़ज़ जेब से नहीं निकाला।

राकेश जी ने अपने केबिन से बाहर निकल मेरा हाथ अपने हाथ में दबाते हुए कहा, 'डियर, मुझे जो करना था, कर दिया। भारती को जो करना था, उन्होंने किया।' और फिर अपनी चमकती बत्तीसी से राकेश जी ठहाके का एक सधा बुक्का हवा में उछालकर लिफ़्ट की तरफ़ बढ़ गए, 'अच्छा, डियर, फिर किसी और वक़्त बात होगी, अभी ज़रा जल्दी में हूँ!'

राकेश जी अपने त्यागपत्र से अपने सभी साथी सम्पादकों का साइज़ नापकर आगे बढ़ गए थे।

एक कहानी यह भी : तीन प्रसंग

मन्नू भंडारी

सम्पादक मन्नू भंडारी और कहानीकार राकेश

भैरवप्रसाद गुप्त ने राजकमल से निकलनेवाली पत्रिका 'नई कहानियाँ' की सम्पादकी छोड़ दी। ओंप्रकाश जी का (राजकमल तब ओंप्रकाश जी के पास था) एक पत्र मुझे मिला जिसका भाव यह था कि जब तक उन्हें कोई योग्य और सक्षम सम्पादक नहीं मिल जाता, तब तक वे दो-तीन अंक अतिथि सम्पादक से सम्पादित करवाएँगे और उनका अनुरोध था कि पहले अंक का सम्पादन मैं करूँ।

हस्बमामूल पहली प्रतिक्रिया—नहीं-नहीं, सम्पादन मैं कैसे करूँगी?... सम्पादन मुझसे नहीं होगा...और राजेन्द्र की फटकार : 'बिना सोचे ही हाथ झटक देना...रखा क्या है सम्पादन में? सब कहानीकारों को कहानी भेजने के लिए पत्र लिखो, रिमाइंडर भेजो, कहानियाँ आने पर...छोटा-सा सम्पादकीय लिख दो।' और मुझे लगा कि अरे, बहुत आसान काम है यह तो...! पत्र ही तो लिखने हैं लेखकों को! और फिर वही आत्मधिक्कार में लिपटा आत्ममंथन! कैसे इस आत्मविश्वासहीनता से मुक्ति पाऊँ?...कहाँ जड़ें जमी बैठी हैं इसकी?...क्यों नहीं उखाड़ फेंक पाती मैं इन्हें? फिर हर बार की तरह भविष्य में झूठा पड़ जानेवाला यह खोखला संकल्प—नहीं, अब कभी किसी काम के लिए मना नहीं करूँगी, जब-जब जो-जो किया, उसमें सफलता ही तो मिली...नाम ही तो मिला...फिर?

मन से नकार झटकारा...पत्र लिखे और जब आधे से अधिक लोगों ने कहानियाँ और कुछ ने आश्वासन के पत्र भेजे तो लगा, यह मेरे पत्र की स्वीकृति नहीं...मेरी स्वीकृति थी...मेरा मान रखा गया था और मन एक संवेगपूर्ण आह्लाद से भर गया। मुझे आज भी याद है कि उस अंक में सभी कहानियाँ काफ़ी अच्छे स्तर की थीं। अपनी औक़ात के हिसाब से मैंने एक छोटा-मोटा सम्पादकीय भी लिख दिया, जो शायद ठीक-ठाक ही बन गया था। हाँ, पांडुलिपि तैयार करते समय राजेन्द्र ने एक सुझाव ज़रूर दिया कि क्रम तय करते समय लेखकों के नाम अकार से रख देना।

सुझाव मुझे भी ठीक ही लगा और स्वाभाविक भी, सो मैंने यह जानने की कोशिश भी नहीं की कि इस सुझाव के पीछे उनका एक विशेष प्रयोजन था।

पांडुलिपि भेजी...ओंप्रकाश जी की प्रशंसात्मक प्रतिक्रिया मिली तो मैं निश्चिन्त, और फिर प्रतीक्षारत कि छपने पर सबकी कैसी प्रतिक्रिया मिलती है! पत्रिका के निकलने की तारीख़ आई पर पत्रिका नहीं निकली। मैं हैरान-परेशान! मैंने तो सामग्री समय से बहुत पहले ही भेज दी थी, फिर? दो-तीन दिन बाद ही पूजा की छुट्टियों में हम लोग दिल्ली गए और मैं देरी की कैफ़ियत तलब करने सीधी राजकमल के ऑफ़िस। मुझे देखते ही ओम जी ने दोनों हथेलियों में माथा थाम लिया और बोले, 'क्या बताऊँ, कवर फिर से छापना पड़ रहा है।'

'क्यों, कुछ ग़लत हो गया था?'

मेरे चेहरे पर पुत आए प्रश्नवाचक को दूर करते हुए उन्होंने बताया कि अंक देखते ही राकेश भड़क गया कि 'अन्दर मन्नू ने चाहे मेरा नाम बीच में कर दिया पर कवर के ऊपर मेरा नाम पहला होगा, इसीलिए कवर फिर से छपवाइए।'

कमलेश्वर जी ने 'संडे मेल' में छपनेवाले अपने संस्मरणों के स्तम्भ 'आधारशिला' में इस सारे प्रसंग में राकेश जी के साथ राजेन्द्र का नाम भी लपेटते हुए इसे बिलकुल ग़लत ढंग से प्रस्तुत किया है। राजेन्द्र के मन में अपने नाम को लेकर ऐसा आग्रह होता तो लेखकों का क्रम अकार से रखने का सुझाव ही क्यों देते? क्योंकि इससे तो उनका नाम सबसे पीछे चला गया था। मैं नहीं जानती, राजेन्द्र का नाम लपेटने के मूल में कमलेश्वर जी का अपना कोई द्वेष या राकेश जी की इस दम्भ-भरी हरकत को तर्कसंगत ठहराने का झूठ में सना एक थोथा प्रयास!

राकेश जी और ओंप्रकाश के सम्बन्ध शायद लेखक-प्रकाशक के सम्बन्धों से कहीं अधिक थे। इसीलिए वे ऐसा आग्रह कर सकते थे, पर इस सारी बात की मुझ पर क्या प्रतिक्रिया हुई?—वितृष्णा भरा आश्चर्य, ग़ुस्सा, दुख...नहीं बता सकूँगी, पर यह बात मुझे ज़रूर झकझोरती रही कि लेखक तो मूल्यों की वकालत करता है। स्वाभिमान की सुरक्षा करनेवाले अहं की बात तो समझ में आती है पर स्वयं अपने को श्रेष्ठ घोषित करने के इस अहंकार को क्या कहा जाएगा? नाम पहले होने से क्या कहानी भी पहले नम्बर की हो जाएगी या कहानी के क्षेत्र में आप पहले नम्बर के हो जाएँगे? यह भी एक विचित्र संयोग ही था कि राजेन्द्र की 'टूटना' कहानी उस अंक की ही नहीं बल्कि मेरे हिसाब से तो राजेन्द्र की सर्वश्रेष्ठ कहानी है। अब सबसे अन्त में छपने से क्या वह सबसे निकृष्ट कहानी हो जाती? राजेन्द्र के सुझाव का अर्थ भी अब मेरी समझ में आया वरना कलकत्ता में लेखकों की दुनिया से दूर रहने के कारण मेरे मोटे भेजे में तो यही समाया हुआ था कि लेखक की रचनाएँ ही उसका स्थान तय करती हैं, नाम पहले छपवाने का दुराग्रह भरा हठ

नहीं। और फिर रचना का क्षेत्र कोई रेसकोर्स तो है नहीं जहाँ घुड़दौड़ या बच्चों की दौड़ होती हो और पहला, दूसरा, तीसरा स्थान तय होता हो! रचना के क्षेत्र में तो पाठक-आलोचक अपनी-अपनी रुचि और अपने-अपने मानदंड के हिसाब से लेखकों की कोटियाँ बनाते रहते हैं, बदलते रहते हैं। ख़ैर, इस तरह की बातें मुझे कलकत्ता में ही परेशान करती रहती थीं—दिल्ली आकर तो वो-वो जलवे देखे कि लेखकों की महानता के मेरे सारे भ्रम टूट गए।

राजेन्द्र और मैं अब अलग हो गए हैं

कमलेश्वर जी और राकेश जी राजेन्द्र के मित्र होने के बावजूद इस पूरे प्रसंग में[1] जवाहर जी के साथ खड़े थे, यह मेरे लिए दुख या आश्चर्य से ज़्यादा शोध का विषय था। क्या है राजेन्द्र के व्यक्तित्व में ऐसा—उनका घुन्नापन, उनके व्यक्तित्व की गाँठें या कुछ और जिसके चलते उनके घनिष्ठ-से-घनिष्ठ मित्र भी एक समय के बाद या तो उनसे बिलकुल अलग हो गए या अलग न भी हुए तो मन में दूरी और खटास तो आ ही गई? ऐसी मित्रताओं का एक पूरा सिलसिला है। राकेश जी, कमलेश्वर जी, राजेन्द्र अवस्थी, शानी, शर्मा जी—कुछ नाम और भी हैं पर मुझे यहाँ उनकी फ़ेहरिस्त नहीं बनानी। और यह भी मैं जानती हूँ कि कुछ-न-कुछ कारण तो दूसरी तरफ़ भी रहते ही होंगे, फिर भी राजेन्द्र के अपने व्यक्तित्व में ज़रूर कुछ ऐसा है जो इन टूटती दोस्तियों के लिए ज़िम्मेदार है। क्या है वह, यह विश्लेषण की माँग करता है। आश्चर्य तो मुझे इस बात का है कि व्यक्ति-विश्लेषण में पारंगत राजेन्द्र ने अपने आत्मकथ्य 'मुड़-मुड़के देखता हूँ' में कई जगह अपना विश्लेषण किया है पर घनिष्ठतम मित्रों के साथ अपने बनते-बिगड़ते सम्बन्धों का कहीं ज़िक्र तक नहीं किया।

राजेन्द्र और राकेश जी की मित्रता तनाव से गुज़रते हुए कुछ ही सालों में ऐसी कटुता में बदल गई कि आख़िर एक दिन उन्होंने घर आकर (राजेन्द्र के पैर में चोट लगी हुई थी वरना यह मुलाक़ात निश्चित रूप से कहीं बाहर ही होती) अपना यह फ़ैसला सुनाया कि अब उनके लिए राजेन्द्र से दुआ-सलाम का सम्बन्ध रखना भी

---

1. राजेन्द्र यादव और जवाहर चौधरी ने मिलकर दिल्ली में 'अक्षर प्रकाशन' की शुरुआत की थी। सुरुचिपूर्ण ढंग से अच्छी पुस्तकें छापने के बावजूद, अर्थाभाव और व्यवसाय-बुद्धि के अभाव में जल्दी ही उसे बन्द करने की नौबत आ गई। समझौते में तय हुआ कि दोनों में से जो चाहे 'अक्षर' का पूरा स्वामित्व ले ले और दूसरे को उसके हिस्से की धनराशि दे दे। सम्भावना के विपरीत राजेन्द्र यादव ने 'अक्षर' लेने का निर्णय किया। एक जन्मजात लेखक व्यवसायी बनने के मोह में एक ऐसे चक्रव्यूह में फँस गया, जिसमें उसे अन्ततः माया मिली न राम। मन्नू भंडारी इसे राकेश और कमलेश्वर का सुचिन्तित षड्यंत्र मानती हैं। —सं.

सम्भव नहीं है। वैसे काफ़ी लम्बी बैठक हुई थी यह लेकिन मुझे कमरे से बाहर करके। बाहर रहकर भी मुझे अनुमान तो था कि दोनों ओर से गिले-शिकवे के, आरोप-प्रत्यारोपों के न जाने कितने खाते खुले होंगे लेकिन मैं उस समय यह नहीं जान पाई थी कि आख़िर वह मूल मुद्दा क्या था जो दोनों की प्रगाढ़ मित्रता को अलगाव के इस बिन्दु तक ले आया था? कमरे से बाहर निकलकर राकेश जी सीधे मेरे पास आए, मेरे कन्धे पर हाथ रखकर कुछ देर चुप रहे थे, जैसे शब्द टटोल रहे हों। अन्त में कुछ भावुक होते हुए उन्होंने कहा :

'राजेन्द्र और मैं अलग हो गए हैं, असह्य हो गया था यह सब कुछ। अब अगर मैं तुमसे भी मिलूँगा तो यह शायद राजेन्द्र को अच्छा नहीं लगेगा और मैं नहीं चाहता कि मेरी वजह से तुम लोगों के आपसी सम्बन्धों में कोई तनाव आए। मैं तुमसे मिलूँ या न मिलूँ, पर तुम कम-से-कम मुझे कभी ग़लत नहीं समझोगी। तुम्हारे लिए मेरे मन में हमेशा बहुत स्नेह रहा है और वह हमेशा रहेगा।'

मैंने एक बार भी नहीं पूछा कि क्या है 'वह सब' जो असह्य हो गया है। मैं तो बस ग़ौर से उनका चेहरा देख रही थी—इतनी पुरानी और घनिष्ठ मित्रता के पूरी तरह टूट जाने की तकलीफ़ उनके चेहरे पर थी या कि बेहद कटु हो आए सम्बन्धों से मुक्ति पा लेने की निश्चिन्तता, तय कर पाना मुश्किल था और मैं सोच रही थी कि एक ही क्षेत्र में बराबरी की टक्कर के साहित्यकार क्या दूर रहकर ही पास बने रह सकते हैं? पास आते ही उनकी महत्त्वाकांक्षाएँ, उनके अहं का टकराव उन्हें दूर ला पटकता है! उस समय मेरे भीतर चाहे कुछ भी गुज़र रहा हो, बाहर से सारी बात को हल्का-फुल्का बनाने के उद्देश्य से मैंने हँसकर यही कहा था :

'आप दोनों की कुट्टी हुई है तो हम क्यों नहीं मिलेंगे? हम तो बराबर मिलेंगे। अब राजेन्द्र के मित्रों से मित्रता और शत्रुओं से शत्रुता करती फिरूँ, यह तो मेरे लिए बिलकुल भी सम्भव नहीं है। मेरा अपना कोई स्वतंत्र व्यक्तित्व ही नहीं है क्या? और राजेन्द्र भी इतने संकीर्ण नहीं हैं कि उन्हें मेरा आपसे मिलना बुरा लगे।'

हमने हाथ मिलाया था और मैं उन्हें छोड़ने नीचे तक गई थी।

ऊपर लौटी तो एक अजीब-सी खिन्नता, अकेलेपन के एक अजीब-से बोध ने मुझे घेर लिया। शादी करके जब पहली बार दिल्ली आई थी तो तीन-चार लोग ही तो साहित्यिक परिवार के रूप में मिले थे और मुझे लगा था, यही मेरा असली परिवार है। इन्हीं के बीच रहकर मुझे अपनी मनचाही ज़िन्दगी जीनी है। लेकिन यह परिवार तो इतनी जल्दी तितर-बितर हो गया और वह भी इतने मनोमालिन्य के साथ!

ख़ैर, मैं उनसे मिलती रही, फ़ोन करके राजेन्द्र की अनुपस्थिति में वे भी दो-चार बार घर आए। वैसे तो मैं ही उनके घर जाती थी पर कभी-कभी हम बाहर भी मिलते थे, फिर भी कुछ अन्तर तो आया ही था। विधा तो मेरी भी वही थी पर सच बात तो यह थी कि मैं इन तीनों की साहित्यिक राजनीति में बराबरी की तो क्या,

कच्ची गोटी की हैसियत भी नहीं रखती थी। उनके आदेश-निर्देश और महत्त्वाकांक्षी योजनाओं में मेरी उपस्थिति के किसी भी तरह बाधक होने का प्रश्न ही नहीं था, तो क्या इसीलिए मेरे प्रति उनका स्नेह बराबर बना रहा? जो भी हो, इन तीनों के आपसी सम्बन्धों के ग्राफ़ भले ही जब-तब बनते-बिगड़ते रहे हों, पर इन दोनों से मिला स्नेह, इनकी बातें-बहसें भारी संकट के दिनों में भी मुझे लिखने के लिए बराबर उकसाती-प्रेरित करती रही थीं।

इसमें कोई सन्देह नहीं कि हमारी मुलाक़ातों पर राजेन्द्र के मन में कभी कोई सलवट नहीं पड़ी, पर उन दोनों ने अपने-अपने लिए जो लक्ष्मण-रेखा खींच ली थी, उसे कभी नहीं तोड़ा। लेकिन मैं उस दिन की भी गवाह हूँ जिस दिन सवेरे-सवेरे एक आघात की तरह राकेश जी की आकस्मिक मृत्यु का समाचार पढ़कर पलंग पर औंधे लेटकर राजेन्द्र इस तरह फूट-फूटकर रोए थे मानो मन का कोई बहुत ही नाज़ुक-सा तार टूट गया हो! इस तरह तो इन्हें मैंने अपनी माँ और बहन की मृत्यु पर भी रोते नहीं देखा था। कौन-से थे वे तार जिन्होंने इनको कहीं बहुत गहरे से जोड़ रखा था और कौन-से थे वे तनाव जिन्होंने इन दोनों को अलग ले जाकर पटक दिया था?

'आपका बंटी' और राकेश

पता नहीं, भारती जी को कैसे यह सूचना मिल गई कि मैं कोई उपन्यास लिख रही हूँ सो उनका अनुरोध नहीं, एक प्रकार से आदेश ही आया कि वह 'धर्मयुग' में छपेगा और दीवाली-विशेषांक से शुरू हो जाएगा—जिसकी घोषणा वे जल्दी ही करने जा रहे हैं। उनका यह दबाव मेरी मजबूरी बन गया और उपन्यास का पहला ड्राफ़्ट पूरा करके—यानी उपन्यास को पूरी तरह अपनी मुट्ठी में करके—मैं घर लौटी। शुरू की चार क़िस्तों का तीसरा ड्राफ़्ट तैयार करके मैंने भारती जी के पास भेजा तो उनका एक लम्बा-सा तार मिला जिसका आशय था कि मैं राकेश से इस बारे में बात कर लूँ, कहीं वह आहत न हो। यह उसकी दुखती रग है, इसमें कोई सन्देह नहीं कि तीन बंटियों में से एक राकेश जी का ही बेटा था और उपन्यास का प्रस्थान-बिन्दु भी मुझे वहीं से मिला था पर आगे की कहानी तो बिलकुल भिन्न, क्योंकि न तो मैंने राकेश जी के बेटे को कभी देखा था, न ही उनकी पहली पत्नी शीला[1] जी को। पर शुरू की ये चार क़िस्तें, भारती जी के मन में राकेश जी के आहत होने की आशंका, उनकी दुखती रग को कचोटनेवाली रचना को 'धर्मयुग' में छापने की उनकी झिझक—सभी कुछ बहुत स्वाभाविक था। दूसरी ओर मुझसे

1. राकेश जी की पहली पत्नी का मूल नाम सुशीला मेहरवाल था, जो शादी के बाद सुशीला राकेश बनीं और तलाक़ के बाद पुनर्विवाह करके सुशीला डोभाल हो गईं। राकेश जी, अम्मा, अश्क़ जी और अन्य मित्र उन्हें शीला नाम से ही पुकारते थे। —सं

बहुत आग्रह करके लिया हुआ उपन्यास, तीन-चार अंकों से जिसकी घोषणा भी हो रही थी, क्या कहकर रद्द करें? अजीब द्वंद्व था भारती जी के सामने और इसका एक ही निराकरण था कि मैं ख़ुद जाकर एक बार राकेश जी से बात कर लूँ। इस नज़रिए से तो मैंने कभी सोचा ही नहीं था पर अब जाना मुझे भी ज़रूरी लगने लगा, क्योंकि इस बिन्दु पर तो मैं भी राकेश जी को कभी आहत नहीं कर सकती थी।

राकेश जी से मिलने का निर्णय तो मैंने ले लिया पर गई तो रास्ते भर मुझे न जाने कितने अगर-मगर मथते रहे : अगर राकेश जी नाराज़ हुए तो? अगर आहत हुए तो? अगर दुखी हुए तो? मिलने पर बड़े झिझकते हुए मैंने अपनी बात, कुछ सफ़ाई पेश करने के अन्दाज़ में उनके सामने रखी और प्रतिक्रिया जानने के लिए उनके चेहरे पर अपनी नज़रें गड़ा दीं। वे बोले, 'मन्नू, जानती हो, इस तरह तुम एक लेखक का अपमान कर रही हो।'

मैं तो धक्क! पर उन्होंने शायद मेरे धक्क होने को देखा ही नहीं और बोलते रहे, 'एक लेखक अपनी रचना के लिए सबसे अनुमति लेता फिरेगा, सफ़ाई पेश करता रहेगा? हम अपनी रचना के लिए ज़िन्दगी से ही तो थीम उठाते हैं—अपनी ज़िन्दगी से, परिवारवालों और परिचितों की ज़िन्दगी से, मित्रों की ज़िन्दगी से—उसमें ग़लत या अनुचित क्या है? हाँ, ग़लत होता है तब, जब कोई दुर्भावना से लिखे, मेलिशियसली लिखे और मैं तुम्हें अच्छी तरह जानता हूँ कि तुम ऐसी घटिया हरकत कभी नहीं करोगी।'[1] और फिर हँसकर बोले, 'अब तो मैं भी तुम्हारे उपन्यास का इन्तज़ार करूँगा।' उनकी बात से भी ज़्यादा उनकी हँसी ने मेरे सारे अगर-मगर, द्वंद्व-दुविधा धो-पोंछ दिये।

जैसे ही मैंने फ़ोन पर भारती जी को अपने और राकेश जी के बीच होनेवाले संवाद की सारी बात बताई, वे भी एकदम निश्चिन्त हो गए। फिर तो उन्होंने अपनी घोषणा के अनुसार 'धर्मयुग' में 'आपका बंटी' की पहली क़िस्त छाप दी। धारावाहिक रूप से इसका छपना और उस पर मिलनेवाली प्रतिक्रियाएँ—विचित्र अनुभव था वह मेरे लिए।

1. इस सम्बन्ध में राकेश की स्पष्ट मान्यता थी कि अपनों के बारे में न लिखे आदमी, तो किसके बारे में लिखे? यह वैयक्तिक स्तर का विश्वासघात क्या कलागत ईमानदारी की अनिवार्य शर्त नहीं है? ('मोहन राकेश की डायरी' : पृ. 264)

‘माई डियर, द फ़ैक्ट ऑव द मैटर इज़...’

सत्येन्द्र शरत्

राकेश को याद करना मधुमक्खियों के छत्ते पर ढेले फेंकना है। असंख्य यादें शरीर पर चिपट जाएँगी। काटने लगेंगी। भागेंगे तो पीछा करेंगी। और उनके दंश और उनकी पीड़ा से मुक्त होने में हफ़्तों लग जाएँगे।

दिसम्बर का महीना मुझे बहुत ज़्यादा डिप्रेस करता है। यों राकेश से पहली मुलाक़ात अप्रैल, 1953 में (बम्बई में) हुई थी, मगर जिसे एक दूसरे के बहुत निकट आना कहते हैं, वह प्रोसेस दिसम्बर, 1956 से शुरू हुआ था। 1956 से 1962 दिसम्बर तक हम लोग हर वर्ष के दिसम्बर महीने में कम-से-कम दो रातें ज़रूर साथ-साथ बिताते थे। उस रात-भर के जागरण में दुनिया-भर की कहनी-अनकहनी बातें किया करते थे, मन की गुत्थियाँ एक-दूसरे के सामने खोलते थे, अगले वर्ष के लिए बुलन्द इरादे करते थे, वह बड़ा भाई बनकर मेरी समस्याएँ सुलझाया करता था, उसके बाद मैं उसका बड़ा भाई बन जाता था और उसकी समस्याएँ सुलझाने की कोशिश करता था—सिर्फ़ ‘कोशिश’, क्योंकि समस्याएँ शैतान की आँत थीं, सुलझकर ही नहीं देती थीं...।

दिसम्बर, 1956 : दिल्ली। तारीख़ शायद यही थी 16 दिसम्बर साउथ एवेन्यू में श्री सुरेश अवस्थी ने अपने घर पर गोष्ठी का आयोजन किया था, जिसका संचालन माचवे जी ने बहुत ही रोचक ढंग से किया था। इलाहाबाद से बहुत सारे लेखक आए थे। जालंधर से राकेश आया हुआ था। रात होने के बावजूद उसने काला चश्मा पहन रखा था और मुझसे दूर बैठा हुआ ठहाके लगा रहा था। सब लोग कुछ-न-कुछ सुना रहे थे—कविता, गीत, तुक्तक, संस्मरण, अन्त में निर्मल वर्मा ने ‘परिन्दे’ कहानी सुनाई थी और कमरे में एक सकता-सा छा गया था। फिर सभी ने एक स्वर में यह कहा था कि ये 1956 की सबसे अच्छी कहानी है और इसे ‘कल्पना’ में भेज देना चाहिए।

बहुत ही सुखद नोट पर वह गोष्ठी समाप्त हुई थी।

सब लोग चलने लगे तो राकेश लेखक मित्रों से झूठे-सच्चे वादे करता हुआ मेरे पास आया।

मैंने छूटते ही पूछा, 'तू मुझसे इतनी दूर क्यों बैठा हुआ था?'

राकेश हँसा। फिर प्रोफ़ेसरों की तरह बोला, 'एनी मोर क्वेश्चंस?'

मैंने गम्भीरता से कहा, 'हाँ, दूसरा क्वेश्चन ये कि तू कई दिनों से दिल्ली में होने के बावजूद, आज से पहले क्यों नहीं मिला? और तीसरा और इंपॉर्टेंट क्वेश्चन ये कि तूने ये काला चश्मा क्यों लगा रखा है? तू किससे नज़रें बचा रहा है?'

राकेश बहुत छोटी-सी उदास हँसी हँसा। फिर अपने दोनों हाथ मेरे दोनों कन्धों पर रखकर रुक-रुककर बोला, जैसे क्लास में लेक्चर दे रहा हो, 'माई डियर, द फ़ैक्ट ऑव द मैटर इज़...दैट...आई एम पासिंग थ्रू ए टेरिबल एंड वेरी पेनफुल फेज़ ऑव माई लाइफ़। एंड आई डोंट नो व्हॉट टु डू...?'

मुझे लगा, जैसे मेरे आसपास के सारे साउंड एकदम कट गए हैं। सुई गिरने की निस्तब्धता छा गई है।

लेकिन उस क्षण के समाप्त होने से पहले ही वह फिर हँसा। फिर बोला, 'तू मुझे कल 'एंबेसी' (रेस्तराँ, कनॉट प्लेस) में मिल, छह बजे मुझे बहुत बातें करनी हैं तुझसे। ज़रूर आना।' और जल्दी से हाथ मिलाकर वह इस तरह आगे बढ़ गया, जैसे मुझसे पीछा छुड़ाकर भाग रहा हो!

17 दिसम्बर, 1956, 'एंबेसी' में हम लोग छह बजे से रात के ग्यारह बजे तक बैठे रहे। राकेश रुक-रुककर बातें कर रहा था। बीच-बीच में पानी का एक या दो घूँट पीता था और फिर बोलना शुरू करता था, 'द फ़ैक्ट ऑव द मैटर इज़...जुलाई, 1950 और दिसम्बर, 1956 के बीच जो कुछ भी उसके जीवन में घटा था, उसने बहुत ईमानदारी के साथ क्रमबद्ध तरीक़े से मुझे बताया। बीच-बीच में वह चुप हो जाता था। सचाई यह थी कि उसकी वह चुप्पी बोलने से अधिक यंत्रणादायक थी... जब मेरे लिए और अधिक सुनना असह्य हो गया तो मैंने उसके हाथ को धीरे-से दबाया और कहा, 'राकेश, आई डोंट वांट टु लिसन एनी मोर! डायग्राम आर नॉट नेसेसरी। आई गॉट द पिक्चर!'

'यू स्टिल वांट टु नो, मैंने काला चश्मा क्यों पहन रखा है?'

'नो! आई डोंट वांट टू नो एनीथिंग!'

उस रात हम दोनों एक बजे तक कनॉट सर्कस के ख़ाली, सुनसान और अँधेरे कॉरिडोरों में बिना एक शब्द बोले, एक-दूसरे के हाथ जकड़कर पकड़े हुए भटकते रहे। हम दोनों सहमे बच्चों की तरह थे जो रात के अँधेरे में घने जंगल में रास्ता भूल गए थे और इस भ्रम में थे कि एक दूसरे की सहायता से शायद उन कँटीली झाड़ियों से, उस अँधेरे से बाहर निकल सकें...।

तीन बजे मैंने उसे नई दिल्ली रेलवे स्टेशन पर छोड़ दिया। उसे हिसार जाना था। विदा लेते समय उसने मेरा हाथ स्नेह से दबाया और बोला, 'अच्छा!'

'अच्छा।' मैं भी सिर्फ़ यही कह सका क्योंकि और कुछ मुझे सूझा नहीं।

दिसम्बर, 1957। मैं बम्बई से दिल्ली आया हुआ था और 15, 16, 17 दिसम्बर को इलाहाबाद में होनेवाले तीन दिवसीय लेखक-सम्मेलन में शरीक होने के लिए इलाहाबाद जाना चाहता था। मैंने राकेश को लिखा—तू दिल्ली आ जा। एक रात मेरे साथ रुक। फिर हम दोनों साथ ही इलाहाबाद चलेंगे।

जालंधर से राकेश की चिट्ठी आई : 'मेरा इरादा पहले 13 तारीख़ को चलने का था; लेकिन अब मैं 12 की दोपहर फ़्लाइट से चलकर रात नौ बजे के क़रीब दिल्ली पहुँचूँगा।'

चिट्ठी तो यह आई। मगर भाईजान दिल्ली पहुँचे 14 दिसम्बर की सुबह। दिन-भर मेरा दुख-दर्द सुनते रहे। शाम को हम दोनों सामान लेकर फ़तेहपुरी आ गए और (शायद) रॉयल होटल में एक कमरा लेकर रात-भर के लिए वहाँ टिक गए ताकि सुबह सवा छह बजे इलाहाबाद जाने के लिए कालका मेल पकड़ सकें।

बहुत-सों में से एक

उस दिन राकेश बहुत ही रिलेक्स्ड लग रहा था। सोने से पहले, रज़ाई में घुसते हुए उसने आँख से काला चश्मा उतारा तो मुझे उसकी आँखों में वह दर्द नहीं दीखा, जिसे देखकर एक वर्ष पहले मैं सिहर उठा था।

मुझे हँसी आ गई।

मेरी हँसी में जो शरारत थी, उसे वह भाँप गया। हँसकर बोला, 'तू हँस क्यों रहा है?'

'तू एक बात बताएगा?'

'हाँ, तुझसे क्या छिपाया जा सकता है?'

'नहीं, ये बात नहीं है। थोड़ा-बहुत तो छिपाया ही जा सकता है।'

मुझे शरारत से हँसते देखकर वह बोला, 'नाम के अलावा कुछ नहीं छिपाऊँगा। तू पूछ!' और हँसने लगा।

मैंने कहा, 'गुगलानी जी, ये बताइए, आप जालंधर से चले हैं 12 दिसम्बर, को, दिल्ली पहुँचे हैं 14 की सुबह। ये 13 दिसम्बर को दिन-भर आप कहाँ रहे?'

राकेश शरारत के साथ हँसा। फिर बोला, 'माई डियर, द फ़ैक्ट ऑव द मैटर इज़ दैट...दैट यस्टरडे आई वॉज़ इन कानपुर...'

'वहाँ किससे मिलना था?'

'बहुत-सों में से कोई एक थी—थी मगर विशिष्ट!'

'मिली?'

'नहीं!'

'क्यों?'

'पता नहीं! टाइम देकर भी नहीं आई!'

'फिर तूने क्या किया?'

'प्लेटफ़ार्म के चक्कर काटे! कुछ सुन्दर-सुन्दर लड़कियाँ देखीं! पूड़ियाँ खाईं!'

'और?'

'सिगरेट पिये! फ़ाउंटेन पेन ख़रीदा! डायरी लिखी!'

'और?'

'अपने को गालियाँ दीं! लानतें भेजीं।'

'और?'

'यही सोच-सोचकर अपने बाल सफ़ेद करता रहा कि जब तक दिल्ली की गाड़ी न आए, क्या करूँ?'

'हाँ, तभी तेरे बाल आज कुछ ज़्यादा सफ़ेद नज़र आ रहे हैं!'

मेरी इस बात पर उसने ज़ोर का ठहाका लगाया। सहसा वह गम्भीर हो गया। मुझसे बोला, 'लाइट ऑफ़ कर दे। एक बात कहनी है।'

मेरा हाथ थाम अँधेरे में उसने मुझसे कहा, 'देख, अब मैं पहले जैसा नहीं रहा—नेक, भलामानस। जहाँ से, जैसा, जो कुछ भी मुझे मिलता है, अब मैं उसे बिना रिज़र्वेशन के स्वीकार कर लेता हूँ। मेरे इस रूप को देख, तू हर्ट मत होना!'

मुझे लगा, उसका गला थोड़ा रुँध गया है!

'अच्छा, मैं तेरी किसी बात से हर्ट नहीं होऊँगा,' मैंने आहिस्ता से कहा।

सबसे सुखद रात

16 दिसम्बर, 1957 : इलाहाबाद। राकेश भी अश्क जी के यहाँ ठहरा था। मैं भी वहीं। राजेन्द्र यादव दो-तीन जगहों पर (सन्दिग्ध अवस्था में) ठहरा हुआ था। रात दस बजे आ धमका। आते ही बोला, 'साले, दोनों रात भी अश्लील-अश्लील बातें करेंगे। मैं भी यहीं रहूँगा और तुम्हारी बातें सुनूँगा।'

राकेश हँसा, फिर राजेन्द्र से बोला, 'हाँ, तू तो था नहीं। अश्लील काम तो हो नहीं सकता था। पर अब चल तू, 'आप ही आ गया है तो वो भी...'

हम लोगों ने इतनी ज़ोर का ठहाका लगाया कि बग़ल के कमरे में सोए हुए यशपाल जी जाग गए।

उसी रात यह निश्चय हुआ था कि अगले वर्ष यानी 1958 में हम तीनों लखनऊ में सैटल करेंगे—लखनऊ जगह भी अच्छी है, रूमानी भी और सस्ती भी। वहाँ कॉफ़ी-हाउस भी हैं। मैं बम्बई से ट्रांसफ़र कराकर लखनऊ आ जाऊँगा और शादी कर लूँगा। राजेन्द्र कलकत्ते से लखनऊ आ जाएगा और राकेश जालंधर

छोड़ने के लिए तैयार ही बैठा हुआ था। तीनों साथ रहेंगे। ख़ूब लिखेंगे-पढ़ेंगे और ख़ुश रहेंगे।

मेरे जीवन की वह सबसे सुखद रात थी।

...तो कोर्स में कैसे लगता?

मैंने मई, 1958 में लखनऊ ट्रांसफ़र करा लिया। राकेश रहने के लिए लखनऊ का जायज़ा लेने और अपने एक मित्र रमेश पाल की समस्याएँ सुलझाने 11 जुलाई को आया और 18 जुलाई तक वहाँ रहा। 12 जुलाई को राकेश ने मुझे अपना सद्य:प्रकाशित नाटक 'आषाढ़ का एक दिन' दिया और उस पर मेरी सम्मति माँगी। मुझे नाटक बहुत कमज़ोर और बनावटी लगा। मैंने उसे यह बात बता भी दी। गो उसे मेरी राय अच्छी नहीं लगी, तिस पर भी वह हँसता ही रहा। हँसी-हँसी में मैंने उससे पूछा, 'अच्छा, ये बता, पृष्ठ 6 पर अन्तिम लाइन में अम्बिका का संवाद है न—सूखे वस्त्र अन्दर तल्प पर हैं। इसमें 'तल्प' शब्द का क्या अर्थ है?'

राकेश वही चिर-परिचित हँसी हँसा। फिर बोला, 'तल्प माने पलंग, चारपाई!'

मैंने कहा, 'अच्छा, तो फिर तूने पलंग क्यों नहीं लिखा? 'तल्प' क्यों लिखा?'

राकेश कुछ देर ख़ामोश रहा। फिर बहुत ही सरल तथा निष्कपट भाव से बोला, 'बताऊँ? अगर 'तल्प' न लिखता तो नाटक कोर्स में कैसे लगता?'

उसकी इस ईमानदारी-भरी शरारत पर मैं मुग्ध हो गया। आगे बढ़कर मैंने उसे गले लगा लिया। वह उसी तरह मुक्त हँसी हँसता रहा।

एक अनलिखी कहानी

1958 आया। मेरी शादी हुई, 4 फ़रवरी को। उस रात बहुत ठंड थी। राकेश जालंधर से आया था। सुबह चार बजे तक लगन-बेदी के पास बैठकर उसने मेरे बड़े भाई के रूप में विवाह के सारे संस्कार अपनी निगरानी में सम्पन्न करवाए। विवाह सम्पन्न होने पर जब मैंने और उषा ने उसके पैर छुए तो उसने हम दोनों को देर तक गले से लगाए रखा। जब हम अलग हुए तो उसकी आँखें भीग आई थीं।

हम लोगों का लखनऊ में सैटल होना सम्भव न हो सका। अक्टूबर, 1958 में मैं दिल्ली आ गया। 1959 में राजेन्द्र भी कलकत्ता छोड़ आ गया और आर्य समाज रोड पर एक कमरा लेकर रहने लगा। शायद नवम्बर, 1959 में राकेश भी जालंधर को गुड बाई कर, अम्मा को साथ लेकर दो कमरे के एक फ़्लैट में देवनगर, दिल्ली

में आ गया। राजेन्द्र और राकेश, दोनों के वही बुलन्द इरादे : 'लिखकर जिएँगे (मेरी तरह), नौकरी करके नहीं!'

1959 में हम तीनों प्रति शाम नियम से 'टी-हाउस' में मिलते थे। गप्पें लगाते थे। एक-दूसरे के दुख-दर्द शेयर करते थे। राजेन्द्र की कुछ समस्याएँ थीं, उनका हल ढूँढ़ा करते थे। उसे 'मर्द बच्चा' बनने की सलाहें दिया करते थे। बड़े ध्यान से राकेश के प्रवचन सुना करते थे। उसके नये उपन्यास के अनलिखे चैप्टर उससे ज़बानी सुनते थे।

उन्हीं दिनों मुझे इस बात का अहसास हुआ कि राकेश जितनी अच्छी तरह कहानियाँ लिखता है, उससे कहीं ज़्यादा अच्छी तरह अपनी अनलिखी कहानियाँ सुनाता है।

उसने मुझे दो अनलिखी कहानियाँ बिना हाशिये लगाए ज़बानी सुनाई थीं और दोनों फ़ैंटेस्टिक थीं। एक थी—दिल्ली जंक्शन पर दिसम्बर या जनवरी की कड़कती सर्दी में प्लेटफ़ार्म पर गुज़ारी एक बहुत लम्बी रात का ग्रैफ़िक डिस्क्रिप्शन। चार बजे सुबह अचानक उसे याद आया कि उसके दोस्त मुंशी (डॉ. रामविलास शर्मा के छोटे भाई) का घर तो यहीं-कहीं स्टेशन के पास है। अपने को हज़ार लानतें देते हुए उसने एक टैक्सी पकड़ी और सीधा मुंशी के घर पहुँचा। आश्चर्यचकित मुंशी से कहा, 'टैक्सी वाले को पैसे दे दो,' और काँपता हुआ मुंशी के गर्म बिस्तर में घुस गया।

काश, उस समय मेरे पास टेप-रेकॉर्डर होता...!

दूसरी कहानी प्रेम-कहानी थी, जो उसने मुझे कनॉट सर्कस के इनर सर्कल में बने हुए पार्क में सुनाई थी। राजेन्द्र ने ख़ुद ही अपने-आपको काट खाया था और कसौली चला गया था—'लिखने'!

...जुलाई की शाम थी—बेहद सुहावनी। उमस बिलकुल नहीं थी। मैं और राकेश 'जानकीदास एंड कम्पनी' के सामनेवाली एक बेंच पर बैठे हुए थे। कहानी थी—राकेश और उसकी 'अपरिचित' कहानी की नायिका का एक बहुत ही मधुर 'ब्रीफ इनकाउंटर'! 'अपरिचित' कहानी की नायिका अपने स्कूल के बच्चों और अन्य अध्यापिकाओं के साथ दशहरा देखने कुल्लू गई हुई थी। राकेश भी कुल्लू में ही था। वे सब लोग एक ही डाकबँगले में तीन-चार दिन ठहरे थे। जहाँ-जहाँ स्कूल की पार्टी पिकनिक पर गई थी, राकेश छाया की तरह उनके साथ-साथ गया था; और पूरे यूनिट ने इस प्रेमी युगल को ग़ज़ब की अंडरस्टैंडिंग दी थी।

मैंने बहुत प्रेम-कहानियाँ पढ़ी हैं, सुनी हैं, देखी हैं; लेकिन स्पेंसर ट्रेसी और केट हैपबर्न की प्रेम-कहानी के बाद मुझे कोई दूसरी अच्छी प्रेम-कहानी चुनने के लिए कहा जाए तो मैं राकेश की इस अलिखित प्रेम-कहानी के अतिरिक्त किसी दूसरी कहानी को नहीं छुऊँगा।

कहानी समाप्त हो गई। रात घिर आई। मगर हम दोनों उसी तरह एक-दूसरे का हाथ पकड़े चुपचाप बैठे रहे। जब बहुत देर हो गई तो मैंने कहा, 'राकेश!'

राकेश जैसे जाग गया। बोला, 'हूँ?'

'एक वचन दो!'

'क्या?'

'तुम ये कहानी कभी नहीं लिखोगे!'

'क्यों?'

'उसके बारे में इतनी आत्मीय बातें लिखना ज़्यादती होगी—उसके साथ!'

'लेकिन मैं लेखक हूँ और लेखक बहुत क्रुएल होता है!'

'लेखक की ऐसी-तैसी! तुम इनसान भी तो हो—खँडहर ही सही—प्रेम के भूखे!... उसने लेखक मोहन राकेश को प्रेम दिया है या इनसान मोहन राकेश को?—जिसे प्यार की बहुत ज़्यादा ज़रूरत है!'

एक लम्बा पॉज...

'देखो राकेश, जो कुछ तुम्हारे और उसके बीच हुआ, वह तुम्हारा और उसका राज़ है। किसी तीसरे को यह सब जानने का अधिकार नहीं है। हाँ, अगर वो किसी को ये सब बताना चाहे तो ये उसका प्रिविलेज है; मगर अपने और उसके बीच के इस राज़ को अगर कभी तुमने लिखकर पब्लिक बनाने की कोशिश की, तो कम-से-कम मैं तुम्हें कभी माफ़ नहीं करूँगा।'

फिर एक लम्बा पॉज...

'राकेश, मैं मानता हूँ, लिखना बहुत महत्त्वपूर्ण है, मगर क्या जीना महत्त्वपूर्ण नहीं है?'

'है!'

'तो राकेश, जो सुख मिला है, उसे जियो। उसकी स्मृति को हमेशा सुरक्षित रखो—हृदय में। 32 पाउंड के एंटीक काग़ज़ पर काली स्याही से पुते 12 प्वाइंट थिन टाइप के हज़ार इंप्रेशंस के रूप में नहीं।'

'थैंक्यू माई डियर...मैं यह अनुभूति लिखूँगा नहीं, जिऊँगा।' राकेश ने बहुत ही प्यारी मुस्कराहट के साथ कहा।

इन माई मदर्स किचन

एक दिन राकेश ने मुझे कहा, 'तुझे पता है, मैं संस्कृत में कविताएँ भी लिखता था... तुझे विश्वास नहीं आता? एक मिनट ठहर!' वह जल्दी से अपनी अलमारी की ओर बढ़ा और उसमें से कॉलेज के दिनों की एक मोटी चौकोर कॉपी निकालकर लाया और बोला, 'अच्छे बच्चे की तरह बैठ जा और सुन!'

उसने अपनी संस्कृत की शृंगारपूर्ण कविताएँ सुनानी आरम्भ कर दीं। इस क़दर रस-भीगी कविताएँ थीं कि मैं तो अवाक् हो गया। लगभग हर कविता में चिबुक, कटाक्ष, कुच, उरोज, नितम्ब, स्मित, दंत चिह्न, नख-चिह्न, जंघाओं के कदली वन और भगवान जाने कौन-कौन-से परिचित-अपरिचित शब्दों और पदों का अम्बार लगा हुआ था।

मैंने हाथ जोड़कर कहा, 'बस कीजिए गुगलानी जी, अब मुझे मालूम हो गया, क्यों आप हर दसवें दिन चंडीगढ़, कानपुर, जमशेदपुर और न जाने कहाँ-कहाँ जाते रहते हैं।'

राकेश ने हँसते हुए सीधे मेरी आँखों में देखा और शरारत से बोला, 'सो यू थिंक, यू नो एबाउट माई एक्स्ट्रा केरिक्यूलर एक्टिविटीज़...बट माई डियर, द फ़ैक्ट ऑव द मैटर इज़...'

'दैट ऑल्सो आई नो!' मैंने भी शरारत से कहा, 'मुझे मालूम है, तुम और राजेन्द्र आजकल उस 'पीरियड' में से गुज़र रहे हो जिसमें न 'भय' होता है, न 'लज्जा'!'

एक ज़ोर के ठहाके से देवनगर का वह छोटा-सा फ़्लैट हिल उठा।

अम्मा मूली के पराँठे प्लेट में लिये आईं और हमारे सामने रखकर बोलीं, 'काक्का, तुस्सी...आप लोग नाश्ता कर लौ तो...'

राकेश ने जो ठहाका लगाया और बोला, 'अम्मा, तू हिन्दी में बोलने की कोशिश मत कर। मैं और शरत्—हम दोनों तेरी पंजाबी समझ लेते हैं!'

अम्मा दरवाज़े पर खड़ी सन्तोष के साथ हम दोनों को पराँठे निगलते देखती रहीं, फिर रसोई में चली गईं।

कुछ क्षण चुप रहकर मैंने कहा, 'राकेश, एक बात बता।'

'पूछ!'

''आर्द्रा' कहानी तूने अम्मा को ही सामने रखकर लिखी है न?'

'नहीं, बिलकुल नहीं।' राकेश को कभी-कभी झूठ बोलना अच्छा लगता था।

'तो फिर ये बता कि तूने 'आर्द्रा' कहानी की माँ का नाम 'बचन' क्यों रखा? कोई और नाम रख देता!'

'अगर नाम बचन ही रख दिया तो उससे ये कैसे सिद्ध हो गया कि मैंने कहानी अम्मा पर लिखी है?' उसने एग्रेसिव स्वर में कहा।

'देख, बन मत,' मैंने धीमे स्वर में कहा, 'मुझे मालूम है, अम्मा का नाम बचन है। तूने ही बताया था।'

राकेश न हिला, न डुला। फ़्रीज़ हो गया।

राकेश अम्मा को बहुत प्यार करता था—बहुत ज़्यादा। मैंने कई बार नोट किया था कि अँधेरे में वह ज़्यादा ईमानदार हो जाता था। एक शाम हम दोनों उसके देवनगर के फ़्लैट में बैठे हुए थे। गर्मियों के दिन थे। बत्ती चली गई थी। अम्मा मोमबत्ती की रोशनी में किचन में खाना बना रही थीं।

बातों-बातों में राकेश बोला, 'तुझे पता है, मैंने जितना विदेशी साहित्य पढ़ा है, उसमें से मुझे केवल एक उपन्यास की एक लाइन याद है। बाक़ी कुछ भी ठीक तरह याद नहीं।'

'कौन-सा उपन्यास?'

''हाउ ग्रीन वॉज़ माई वैली!'...तूने पढ़ा है?'

'कौन-सी लाइन तुझे याद है, पहले ये बता?'

'उपन्यास का नायक ह्यू कहता है—इफ़ हैवन हैज़ एनी स्मैल, आई नो इट वैल; बिकॉज़ आई हैव ऑलवेज़ फ़ाउंड इट इन माई मदर्स किचन!'

मैंने कहा, 'राकेश, लाइन सुधार ले। सही लाइन है—इफ़ हैपिनेस हैज़ ए स्मैल, आई नो इट वेल, फ़ॉर आवर किचन हैड इट फेंटली, बट इन दोज़ डेज़, इट वॉज़ ऑल ओवर द हाउस!'

अँधेरे के बावजूद मैंने देखा, राकेश की आँखें चमक उठीं। उसने मेरा हाथ जकड़ लिया और तेज़ स्वर में बोला, 'तुझे भी ये लाइनें याद हैं?'

'फिर सुना दूँ?' मैंने भावरहित स्वर में कहा।

'एंड वी हैव नेवर कंपेयर्ड अवर नोट्स?' उसने प्रश्न किया।

'नेवर!'

'स्ट्रेंज!' राकेश बुदबुदाया, 'हम दोनों की पसन्द कितनी मिलती है!'

'इसमें आश्चर्य की क्या बात है राकेश? हम दोनों ही अपनी माँ को बहुत प्यार करते हैं!'

'हम दोनों अच्छे बच्चे हैं न?'

'पता नहीं। तू तो अम्मा से इस बात का सर्टिफ़िकेट ले सकता है। मैं ये सर्टिफ़िकेट कहाँ से लाऊँ? मेरी माँ को तो मरे हुए बीस वर्ष हो चुके हैं!'

राकेश ने बहुत गहरी साँस ली। तब धीमे से बोला, 'अम्मा तो जब साथ होती हैं या मैं उनकी याद करता हूँ, तभी मेरे साथ होती हैं, लेकिन तेरी माँ तो इन बीस वर्षों से चौबीसों घंटे तेरे साथ रहती हैं...तू बड़ा सौभाग्यशाली है मेरे दो...स्त!'

उस शाम और कोई बात नहीं हुई!

ए गुड स्लैप

एक बार किसी बात पर हम दोनों में ग़लतफ़हमी हो गई। हफ़्ते भर तक हम दोनों एक-दूसरे से अकड़े रहे। जो भी बातचीत होती, राजेन्द्र के मार्फ़त होती। राकेश मेरी तरफ़ इशारा कर राजेन्द्र से कहता, 'इससे पूछ, कॉफ़ी पिएगा?'...मुझे कुछ कहना होता तो उसकी तरफ़ इशारा कर राजेन्द्र से कहता, 'इससे पूछ, रात-भर यहाँ टी-हाउस में ही धरना देगा? घर नहीं चलेगा?'

और तब राकेश ने अपने बड़प्पन का सबूत दिया।

एक शाम मेरा हाथ पकड़कर वह घसीटता हुआ मुझे टी-हाउस के बाहर ले गया और शुरू से सारी बातें विस्तार में बताकर मुझसे पूछने लगा, 'अब बता, इसमें मेरी क्या ग़लती है?'

सचमुच उसकी कोई ग़लती नहीं थी। मैंने स्वीकार किया, 'हाँ, तेरी कोई ग़लती नहीं है। मुझे ही ग़लतफ़हमी हो गई थी।'

'ठीक है,' राकेश ने बहुत सन्तुष्ट होकर कहा, 'विल यू एलॉउ मी टू गिव यू ए गुड स्लैप ऑन युवर चीक?'

मैंने सिर झुकाकर कहा, 'द राइट इज़ ऑलवेज़ युवर्स राकेश! यू कैन स्लैप मी एनी टाइम यू वांट।'

उसने मुझे गले लगा लिया।

दूसरे ही ऑर्बिट में

इसके बाद की कहानी दुखद भी है और अप्रिय भी।

राकेश धीरे-धीरे उन लोगों से घिरने लगा, जिनमें या तो 'कुछ' भी नहीं था, या इतना कम था कि उन्हें राकेश 'हीरो' नज़र आने लगा था। ये लोग राकेश के 'अहं' के गुब्बारे में हवा भर उसे फुलाने में व्यस्त हो गए थे और राकेश हल्का होकर उनकी डोर के सहारे आसमान में उड़ने लगा था। उसकी वैल्यूज़ धीरे-धीरे बदलने लगी थीं। अब उसने 'द फ़ैक्ट ऑव द मैटर' कहना बन्द कर दिया था क्योंकि उसे मालूम हो गया था कि 'द फ़ैक्ट ऑव मैटर...' अब उतनी सचाई और ईमानदारी के साथ नहीं बतलाया जा सकता। उसे अकादमियों के पुरस्कार, प्रान्तीय सरकारों के पुरस्कार, अहिन्दी-भाषी लेखकों को मिलनेवाले पुरस्कार, अख़बारों में सचित्र राइट अप्स, विदेश यात्राएँ, कॉरपोरेशनों की एक्ज़िक्यूटिव कमेटी की मेंबरशिप, विशिष्ट पैनलों पर होना, टेलीफ़ोन, टैक्सियाँ, एयरकंडीशनर्स, सम्मेलनों के उद्घाटन, फ़ेलोशिपें, घर में दावतें, ह्विस्की—ये सब चीज़ें जिन्हें वह कभी महत्त्व नहीं देता था—आकर्षित करने लगी थीं। वह एक दूसरे ही ऑर्बिट में विचरण करने लगा था।

और एक दिन ऐसा भी आया कि एस. सुखदेव की डाक्यूमेंटरीज़ की एक स्क्रीनिंग पर मैं और राकेश अजनबियों की तरह एक-दूसरे के नज़दीक चुपचाप खड़े रहे। चुपचाप इसलिए, क्योंकि राकेश के साथ उसके अभिन्न मित्र फ़िल्म डायरेक्टर बासु भट्टाचार्य खड़े उससे बातें कर रहे थे। बासु भट्टाचार्य उन दिनों राकेश के नाटक 'आधे-अधूरे' को फ़िल्माने की योजना बना रहे थे। स्वाभाविक ही था, राकेश अपना सारा अटेंशन बासु को प्रदान कर रहे थे। वह फ़िल्म पूरी होकर प्रदर्शित नहीं हो पाई, इसका मुझे राकेश से अधिक दुख है।

यही कारण था कि जब 'नव सिनेमा आन्दोलन' के अन्तर्गत हम लोगों ने हिन्दी की साहित्यिक कहानियों पर फ़िल्में बनवाने की योजना बनाई तो श्री अरुण कौल और मैंने राजेन्द्र की 'सारा आकाश' बासु चटर्जी तक पहुँचाई, राकेश की 'उसकी रोटी' रोचक पंडित और मणि कौल तक; और निर्मल वर्मा की 'माया-दर्पण' कुमार शहानी तक पहुँचाई। सचाई यह है कि इन तीनों रचनाओं और 'परिन्दे' कहानी के फ़िल्मीकरण के अधिकार पहले अरुण कौल ने ही ख़रीदे थे और उसके बाद बासु चटर्जी, रोचक पंडित व मणि कौल और कुमार शहानी को वे अधिकार ट्रांसफ़र किये गए। राकेश को यह बात मालूम थी—क्योंकि मैंने ही उससे कहानी की कटिंग लेकर अरुण जी को बम्बई भिजवाई थी; मगर उसने इस बात का न कभी ज़िक्र किया और न मुझे कभी इसके लिए धन्यवाद दिया। उसके ख़याल से मैं इस नाटक में सिर्फ़ पोस्टमैन का रोल अदा कर रहा था।

राकेश इतना बदल गया!

क्योंकि मैं इस राकेश को बिलकुल नहीं जानता था, इसलिए मैंने उससे मिलना-जुलना, पत्र-व्यवहार, सब कुछ बन्द कर दिया था। लेकिन यह सच है कि दिसम्बर आते ही मुझे गहरा डिप्रेशन शुरू हो जाता था।

जून, 1972 में मेरा बम्बई ट्रांसफ़र हो गया।

अगस्त, 1972 में अम्मा का स्वर्गवास हो गया। अम्मा मुझे और राजेन्द्र, दोनों को प्यार करती थीं। मेरी समझ में नहीं आया, दुखी मन से अत्यधिक दुखी राकेश को किस प्रकार सांत्वना दूँ? मन कड़ा कर एक लड़खड़ाता-सा पत्र राकेश को लिखा। एक-डेढ़ महीने बाद उसका एक प्यारा-सा जवाब आया। मुझे लगा कि एक बार हम दोनों अकेले में एक-दूसरे के गले लग जाएँ तो सब कुछ पहले जैसा हो जाएगा।

22 नवम्बर, 1972 को मैं स्टूडियो में रेकॉर्डिंग कर रहा था कि सूरी साहब ने आकर कहा, 'शरत् जी, बम्बई टी.वी. के ए.एस.डी. मिस्टर भागवत का फ़ोन है आपके लिए। आपके कमरे में।'

मिस्टर भागवत मेरे मित्र हैं। मैंने सोचा, कोई काम होगा उन्हें। रेकॉर्डिंग ख़त्म कर फ़ोन कर लूँगा। काम पूरा कर मैं नीचे अपने कमरे में आया और मिस्टर भागवत का नम्बर मिलाया। वह एकदम बोले, 'आपने पाँच मिनट देर से फ़ोन किया। मोहन राकेश एक रेकॉर्डिंग के लिए आए हुए थे। आपसे बात करना चाहते थे। इतनी देर तक आपका इन्तज़ार करते रहे। अभी कोई पाँच मिनट पहले उठकर गए हैं!'

कहाँ गए हैं? ये मिस्टर भागवत को नहीं मालूम था? मैंने फ़ोन नीचे रख दिया और सिर पीट लिया। फिर फ़ोन उठाया। 'इंडस कोर्ट' रिंग किया। न राज बेदी मिले, न उज्ज्वला जी। राकेश के बारे में कोई भी सूचना नहीं मिली।

27 नवम्बर को 20 प्रेसिडेंसी एस्टेट में अरुण जी (श्री अरुण कौल) मिले। कहने लगे, 'राकेश जी अगले दिन ही दिल्ली चले गए थे। मद्रास से आए थे, और बहुत थके हुए थे। आपसे न मिल पाने का उन्हें बहुत दुख था। कह रहे थे—शरत् को समझा देना और मेरी ओर से माफ़ी माँग लेना।'

'और क्या कह रहे थे?'

'कुमारकान्त (राकेश के छोटे भाई वरीन का रेडियो सीलोन पर एनांउसर के रूप में छद्म नाम) के बारे में बातें कर रहे थे।'

'क्या कह रहे थे?'

'यही—कि मैं उसके लिए कुछ नहीं कर सका। मैं उसके लिए बहुत कुछ करना चाहता हूँ। तुम कुछ सुझाओ, वरीन के लिए बम्बई में क्या किया जा सकता है? (वरीन अरुण जी का मित्र था—राकेश यह जानते थे)। जितनी देर मेरे साथ रहे, कुमारकान्त के लिए ही योजनाएँ बनाते रहे।' अरुण जी ने बताया।

'कुछ निश्चित किया?' मैंने पूछा।

'नहीं। वह इतना थके हुए थे कि कुछ भी निश्चय नहीं कर पा रहे थे।'

राकेश और थकान! मुझे आश्चर्य हुआ था।

इतवार, 3 दिसम्बर, 1972 को सुबह से मन बहुत उदास था। दिसम्बर शुरू हो गया था और साथ ही मेरा डिप्रेशन भी। शाम के पाँच बजे एक काम किया, जो बम्बई में पिछले छह महीनों में नहीं किया था। भारती जी से मिलने उनके घर बांद्रा पूर्व गया। सच कहूँ—उनके बच्चे मुझे उनसे ज़्यादा अच्छे लगते हैं। दिसम्बर, 1970 में भी एक बार उनके यहाँ गया था तो बरसोवा सी-बीच पर उनके बच्चों के साथ खेलता रहा था और गीली रेत में गुफाएँ बनाता रहा था। बड़ा मज़ा आया था उस शाम।

फ़्लैट की घंटी बजाई तो नौकर (या नौकरानी) ने दरवाज़ा खोला और बतलाया कि साहब मेम साहब और बच्चों को लेकर उन्हें कार्टून फ़िल्में दिखलाने ले गए हैं।

एक नोट छोड़कर उलटे पाँव लौट आया। नोट में लिखा था : 'प्रिय भारती जी, आपसे मिलने आया था, पर पता चला कि आप अच्छे पिता की तरह बच्चों को घुमाने ले गए हैं। इसलिए लौट रहा हूँ। फिर आऊँगा—शरत्।'

मेरीना लौटा। थका हुआ और उदास। गेस्ट हाउस में कोई नहीं था। टेलीविज़न पर 'मयख़ाना' फ़िल्म दिखलाई जा रही थी। बहुत बुरी लगी। हीरोइन बाबी की मृत्यु से मन और उदास हो गया। अपने कमरे में गया। दो कांपोज़ खाईं और रात-भर के लिए मर गया।

अगली सुबह (सोमवार, 4 दिसम्बर) मेरे रूम-मेट, देवानन्द के असिस्टेंट, विमल चोपड़ा 'टाइम्स ऑव इंडिया' लेकर कमरे में आए और अख़बार मुझे

देते हुए बोले, 'शरत् साहब, देयर इज़ ए वेरी बैड न्यूज़ फ़ॉर यू! राकेश इज़ डैड!...सॉरी!...'

मैं धक से रह गया।

कुछ देर ख़ामोश रह मैंने धीमे स्वर में विमल से कहा, 'विमल, विल यू वेरी काइंडली लीव मी एलोन?'

विमल ने मेरी ओर देखा, अख़बार मेज़ पर रखा और बिना कुछ बोले धीरे से कमरे से बाहर हो गया।

मैंने कमरा बन्द कर लिया और रोने लगा।

और कुछ करने को था भी नहीं...।

राकेश : साहित्य का सुलताना डाकू

रजिन्दर पाल

राकेश के बारे में कुछ लिखने के ख़याल से ही मेरे भीतर एक सिहरन होने लगती है। मुझे न हिम्मत मिलती है, न शब्द। ऐसा होगा ही, आख़िर मुझे अपने दोस्त राकेश के बारे में कुछ लिखना है, जो अति नाटकीय तरीक़े से 3 दिसम्बर, 1972 को मौत के आगोश में समा गया। उस समय मैं देश में नहीं था। 7 दिसम्बर की सुबह ही मैं वापस आया। आनन-फ़ानन में अपना विदेश प्रवास सीमित कर मैं डेनमार्क के एक छोटे-से शहर से चौबीस घंटे की यात्रा कर वापस पहुँचा। पालम पहुँचने पर मुझे वहाँ तीन निराश चेहरे नज़र आए। कोई मुझसे कुछ नहीं बोला, सब इधर-उधर देखते हुए कुछ छुपाने का असफल प्रयास करते नज़र आए। लेकिन मैं अपने को नहीं रोक पाया। मैंने पूछा, 'क्या घर में किसी की मौत हुई है?' तब मैंने उनके चेहरों पर ढलकते आँसुओं के साथ गले से निकलते अवरुद्ध शब्द सुने, 'मोहन राकेश।' मैं चीख़ा-चिल्लाया नहीं। मैंने कुछ भी नहीं किया। मेरी कोशिश थी कि मेरे आँसू न निकलें, पर ये क्या, आँखों में आँसू थे ही नहीं! रोने की कोशिश की पर आँसुओं ने साथ नहीं दिया। मैंने परिवार को सांत्वना देने की कोशिश की। थोड़ी देर बाद जब मैं राकेश की पत्नी अनीता से मिलने गया तो मुझे उससे कहने के लिए कुछ सूझा ही नहीं। मैं उससे सांत्वना के दो शब्द भी नहीं कह पाया। बस, अपने सिर को अपने हाथों में पकड़े मैं दो घंटे उसके पास बैठा रहा। फिर वापस आ गया।

मेरा उसके घर से पुराना नाता था। मैं राजेन्द्र नगर के दिनों से उनके घर जाता रहा हूँ। जब तक अनीता वहाँ रही, राकेश भी वहीं रहते रहे। बाद में अनीता ओम और सुधा शिवपुरी के घर रहने चली गई। मैं हर शाम वहाँ जाता, बैठता। पर मेरे पास ज़्यादा कुछ कहने को न होता। वहीं पर मैं राकेश के पुराने दोस्तों से मिला जिनके पास सुनाने के लिए राकेश से जुड़े बहुत-से क़िस्से-कहानियाँ, और साथ में की गई मस्ती के ब्योरे, राकेश द्वारा लड़ी गई साहित्यिक लड़ाइयों और अनुदार प्रकाशकों और सम्पादकों से अपने हक़ के लिए की गई पहलों (जो उससे पूर्व किसी ने नहीं किये थे) के वृत्तान्त थे। वे ये लड़ाइयाँ अकेले ही लड़ रहे थे कि

अचानक से ग़ायब हो गए। लेकिन जाते-जाते वे हिन्दी प्रकाशन जगत के तथाकथित निष्कपट तट पर अपने संघर्षों के निशान छोड़ गए।

राकेश के पास कमलेश्वर, ओंप्रकाश, धर्मवीर भारती, मदन गुप्ता, जवाहर चौधरी, दुष्यन्त, शीला संधू जैसे दोस्त थे जिनमें एक-दूसरे से साझा करने के लिए बहुत कुछ था। दुष्यन्त कुमार (हैदराबाद के कवि), कमलेश्वर, 'सारिका' के सम्पादक (यह पद उन्होंने राकेश से लिया था)। अचानक राकेश ने लेखन को अपना व्यवसाय बनाने का फ़ैसला कर लिया था। जवाहर चौधरी (प्रकाशक), लेकिन राकेश के लिए केवल मित्र थे क्योंकि राकेश की एक भी पुस्तक उनके प्रकाशन से प्रकाशित नहीं हुई। इन सभी का राकेश के यहाँ दिन-रात का उठना-बैठना था। इनके बीच साहित्यिक विचार-विमर्श और मज़ाक़ होते रहते थे जिनकी आजकल साहित्यिक जगत में कमी नज़र आती है। मुझे उनके बीच बैठकर चुपचाप उनकी बातें सुनना अच्छा और सार्थक लगता था। मेरे लिए यह ज्ञानार्जन और अपने ख़ालीपन को भरने का अनुपम अवसर था। यह सब बहुत मूल्यवान था। आज जब हम पीछे मुड़कर ऐतिहासिकता में देखते हैं तो पाते हैं कि कोई एक नज़रिया काफ़ी नहीं होता। सत्यदेव दुबे द्वारा निर्देशित 'आषाढ़ का एक दिन' और 'अंधायुग' अथवा ओम शिवपुरी द्वारा निर्देशित 'आधे-अधूरे', दोनों निर्देशकों को उनका प्राप्य दो सालों के बाद ही मिल पाया।[1] इसे विडम्बना ही कहा जाएगा कि चीज़ों का महत्त्व उनकी प्रतिकूलता के अनुपात में बढ़ता है, बिलकुल सच्चे प्रेम की तरह—जिसे पाने के लिए प्रेमी को हमेशा लालायित रहना पड़ता है।

अपने अन्तिम वर्षों में राकेश ने अपने को सभी प्रकार की 'लड़ाइयों' से अलग रहने के लिए तैयार कर लिया था। ऐसा नहीं कि वे भयभीत थे या छोटे-मोटे हमलों के लिए उनके पास शक्ति नहीं थी, बल्कि उन्हें समझ आ गया था कि ऐसा करना केवल समय की बर्बादी है। वे समय बर्बाद न करके अपने समय को रचनात्मक लेखन में ख़र्च करना चाहते थे। राकेश एक अलग ही शख़्सियत थे। वे राकेश थे और अन्त तक राकेश ही रहे। अपने निधन से दो दिन पहले वे पहले मद्रास में फ़िल्म फ़ाइनेंस कॉरपोरेशन और बम्बई में एशियन थियेटर कॉन्फ्रेंस की बैठकों में शामिल होकर दिल्ली लौटे थे। इन सम्मेलनों में अदूरदर्शी नौकरशाहों से उनकी बड़ी तीखी बहसें हुई थीं। नौकरशाहों के लिए थियेटर ज़्यादा मायने नहीं रखता था। मुझे इसकी जानकारी उसके एक अन्तिम ख़त से हुई जो उसने तब लिखा जब वह हॉर्सेन से दिल्ली आने के लिए निकल चुका था। मुझे यह ख़त पाँच दिसम्बर को मिला, पाँच दिसम्बर—यानी वह दिन, जब उसकी मृत्यु हो चुकी थी। अफ़सोस उसने अपने जीवन का अन्तिम सप्ताह बेकार की कॉन्फ्रेंसों में शामिल होकर ज़ाया किया।

1. यदि लेखक का इशारा 'संगीत नाटक अकादमी' पुरस्कार की तरफ़ है, तो ओम शिवपुरी को यह पुरस्कार कभी मिला ही नहीं। —सं.

शाम की एक रोज़ाना बैठक में मैंने न्यू स्टेट्समैन में एलनब्राइन का, 'एक पेशेवर समय बर्बाद करनेवाले का क़बूलनामा', नामक ताज़ा लेख पढ़ा। राकेश ने ख़ुद को जितना भी बर्बाद किया हो लेकिन उसने कभी किसी की हास्य भावना का तिरस्कार नहीं किया। आप आश्वस्त रह सकते हैं कि भीड़ में कोई और आपकी प्रशंसा करे न करे लेकिन एक अच्छे व पैनी नज़र वाले इनसान की तरह राकेश आपकी प्रशंसा अवश्य करेंगे। वे प्यार, लगाव और मुस्कराहटों को कुछ इस सहजता से बाँटते थे, जैसे वे कोई फ़ालतू चीज़ हों।

मैं राकेश को कुछ ही सालों से जानता हूँ। इससे पहले मैंने उनके बारे में केवल सुना भर था। पहली बार मैंने उन्हें सप्रू हाउस में अगली क़तार में बैठे देखा जिसमें वह कला के दान-दाताओं (डोनर्स) व संरक्षकों के साथ बैठे थे। उस दिन वहाँ 'आषाढ़ का एक दिन' का मंचन हो रहा था, जिसमें वह एक 'महान' अभिनेता-निर्देशक कालिदास की भूमिका निभा रहे थे। वह बिलकुल उन फ्रांसीसी यथार्थवादियों की तरह, जो मंच पर कबूतरों को ले आते थे, यहाँ एक हरिण-शावक के साथ मंच पर लुका-छिपी का खेल खेलने की कोशिश कर रहे थे। यह एक बहुत ही हास्यास्पद प्रस्तुति थी।[1] युवा होने के नाते मैंने इसे लेखक के लेखन से जोड़कर देखा और सोचा, इस लेखक ने इस निर्देशक के लिए एक ख़राब नाटक लिखा है। इसके चलते मेरी तनिक भी इच्छा नहीं हुई कि मैं उठूँ और उनसे हाथ मिलाऊँ। सम्भव है, वह भी ऐसा ही करते।

मैं अब जब-तब राकेश को कनॉट प्लेस में देखने लगा था। मैं कभी उन्हें सड़क पार करते तो कभी-कभार अनीता के कन्धे पर संकोच से हाथ रखते हुए देखता। कभी-कभी मैंने उन्हें अनीता से थोड़ा आगे चलते और फिर उसकी चाल से अपनी चाल का ताल-मेल बैठाने के लिए अपनी चाल को धीमा करते हुए भी देखा। कई बार वे अनीता के हाथों को थामकर अपना लगाव ज़ाहिर करते हुए भी दिखते थे। जहाँ तक उनसे अनौपचारिक मुलाक़ात की बात है, उनसे मेरी पहली मुलाक़ात डॉ. सुरेश अवस्थी ने तब करवाई जब मैंने उनको और एन.सी. जैन (नेमिचन्द्र जैन) को ला-बोहेम में चाय पर आमंत्रित किया था। डॉ. अवस्थी ने बता दिया था कि राकेश भी उनके साथ आएँगे। इस ख़बर से मैं थोड़ा घबरा गया था।

---

1. दिल्ली की नई शौक़िया नाट्य-संस्था 'एशियन ड्रामा सोसाइटी' द्वारा अभिनेता-निर्देशक प्राणनाथ तुग़नैक के निर्देशन में 1 मार्च, 1964 को सप्रू हाउस में प्रदर्शित यह नाट्य-प्रस्तुति तो उत्साही रंगकर्मियों की पहली प्रस्तुति ही थी। परन्तु विडम्बना तो यह है कि कलकत्ता की सुप्रसिद्ध नाट्य-संस्था 'अनामिका' द्वारा उसके चर्चित एवं पुरस्कृत अभिनेता-निर्देशक-द्वय—श्यामानन्द जालान और बद्री तिवारी की इसी नाट्य-प्रस्तुति में, कालिदास की भूमिका में, श्यामानन्द जालान इसी तरह ज़िन्दा हिरण को मंच पर ले आए थे, जिसे सँभालना कठिन हो गया था। —सं.

हाल ही में मैंने 'इनैक्ट' में 'लहरों के राजहंस' पर एक आलोचनात्मक आलेख प्रकाशित किया था। 'इनैक्ट' उन दिनों भिन्ना देनेवाले शीर्षकों के लिए विख्यात था। 'लहरों के राजहंस' के लिए भी उसने 'द हंट ऑफ़ द रॉयल स्वान्स' जैसा शीर्षक दिया था। राकेश ने बाद में मुझे बताया था कि 'इनैक्ट' पत्रिका से उनकी पहचान उनकी प्रकाशक मित्र शीला संधू ने करवाई थी। शीला उन दिनों राजकमल में थीं और उन्होंने ही उन्हें बताया था कि कुछ युवा एक छोटी किन्तु जीवंत पत्रिका 'इनैक्ट' निकाल रहे हैं।

ला-बोहेम में चाय पर हमने थियेटर पर चर्चा की (विषय याद नहीं), आपस में हाथ मिलाए और बाद में हम चलते हुए नीचे टैक्सी स्टैंड पर आए। मैं राकेश को 'इनैक्ट' की ताज़ा प्रति देना चाहता था। अपने पहले ही वर्ष में 'इनैक्ट' ने एक बड़ा रणनीतिक क़दम उठाया था। यह कि अभी तक कम जानी जानेवाली इस पत्रिका को सभी गण्यमान्य लेखकों की नज़र लाने के लिए उन्हें इसकी एक प्रति भेंट की जाए। इस उद्देश्य से मैं सप्रू हाउस के पार्श्व कक्ष में नाटक शुरू होने से पहले और समाप्त होने के बाद 'इनैक्ट' की प्रतियाँ हाथ में लिये खड़ा रहता। ये बिलकुल वैसा ही था, जैसे कोई नीम-हकीम अपनी रामबाण दवाइयों को बेचने के लिए या फिर कोई कवि अपनी नई कविता सुनाने के फेर में हमारे आसपास बेचैन खड़ा हो!

राकेश को दी गई प्रति उन्होंने ले ली, लेकिन कोई प्रतिक्रिया नहीं दी। उनके लिए यह सामान्य बात थी पर मैं बेताबी से चाह रहा था कि वे उसके बारे में कुछ अच्छा कहें। ऐसे भावुक क्षणों में अत्यधिक उत्साह से मूर्खता के अन्देशे की सम्भावना बन सकती है। जब वे कैब में बैठ रहे थे, मैं स्वयं नहीं जानता था कि मेरी उनसे क्या अपेक्षाएँ हैं। मेरे हिसाब से शायद ही उन्होंने पत्रिका पर नज़र डाली। नज़र डालना तो दूर, उन्होंने पत्रिका को पंखे के रूप में भी इस्तेमाल करना ज़रूरी नहीं समझा। बस, उन्होंने उसे एक पतले कैलेंडर की तरह मोड़ा और मुस्कराए।

अंग्रेज़ी थियेटर के लेखकों से उनका स्वभाव विपरीत था। उनमें टीन-एजरों की तरह, 'इट्स सोऽनाइस', 'फैब', 'वॉव' या ऐसे ही कुछ शब्द बोलकर बढ़ावा देने की आदत नहीं थी। उन्होंने एक शब्द नहीं कहा, न 'इनैक्ट' की बढ़ती लोकप्रियता के बारे में, न उसके ले-आउट के बारे में—उन्होंने कुछ भी नहीं कहा। हालाँकि उन दिनों इसके ले-आउट और स्टाइल की प्रशंसा न केवल भारत बल्कि देश के बाहर भी हो रही थी। मेरे लिए इसका अधिक महत्त्व नहीं था। उस समय शायद मुझे लगा हो कि मुझे किसी हिन्दी लेखक से ले-आउट की प्रशंसा की अपेक्षा नहीं करनी चाहिए। लेकिन कहीं अपने मन में मैं यह अवश्य चाहता था कि राकेश सराहना में कुछ अच्छे शब्द कहें। छोड़िए, राकेश इतनी

जल्दी कृपा नहीं करते, इस बात को मैं जानता था। जो दूसरे कर रहे हों, वही वे भी करें, यह उनका तरीक़ा नहीं था। वह हर चीज़ को पूरी गम्भीरता से लेते थे। उनका यह स्वभाव ही उन्हें कभी-कभी ज़िद्दी, स्वशासित और संयमित होने के लिए बाध्य करता था।

उस लगभग दर्दनाक मुलाक़ात के बाद मैं उनसे फिर शायद एक साझे दोस्त कार्लो कपोला (मिशीगन से निकलनेवाली दक्षिण एशियाई साहित्य को समर्पित चतुर्मासिक पत्रिका 'महफ़िल' के सम्पादक) के साथ मिला। कार्लो उस समय भारत के महत्त्वपूर्ण लेखकों के साथ रिकॉर्डिंग कर रहे थे। वे अपनी पत्रिका का अगला अंक इन लेखकों पर निकालनेवाले थे। हमने कनॉट प्लेस के रास्ते की एक दुकान से खाना ख़रीदा और राकेश के घर की छत पर जा बैठे। राकेश रम सर्व करने लगे और तब तक करते रहे जब तक कि दिन ख़त्म नहीं हो गया। ऐसा करते हुए अगला दिन शुरू हो गया था। मैं अपनी इस दूसरी मुलाक़ात का श्रेय कार्लो को देता हूँ, जो जल्द ही राकेश पर एक अंक निकालनेवाले थे। मैं नहीं जानता, राकेश को मुझमें क्या अच्छा लगा, पर मुझे वे अल्हड़ और पैसा-उड़ाऊ लगे। ऐसा उन्होंने किया भी था। पाँच लोगों के लिए दस लोगों जितना खाना ख़रीदा। खानेवाले तो हम पाँच—कार्लो, उनकी पत्नी एलीसिया, राकेश, अनीता और मैं ही थे। पैसा-उड़ाऊ राकेश के साथ यह मेरी दोस्ती की पहली सफलता थी।

इस सफलता की तफ़सील पर मैं किसी और मौक़े पर बात करूँगा। इसके बाद हम एक-दूसरे से मिलते रहे। दूसरे शहरों में भी हम मौक़े-बेमौक़े एक-दूसरे के आमने-सामने होते रहे। 'अनामिका कला संगम' हिन्दी नाट्य शताब्दी के समारोह के सिलसिले में हम कुछ लोग एक ही ट्रेन से कलकत्ता जा रहे थे। मैं तीसरी श्रेणी के शयनयान में था और राकेश, नेमिचन्द्र जैन और डॉ. सुरेश अवस्थी पहली श्रेणी में, क्योंकि उनका टिकट अनामिका ने दिया था। जब हमने जाना कि हम एक ही ट्रेन में यात्रा कर रहे हैं तो मेरा सफ़र भी उनके साथ प्रथम श्रेणी में ही गुज़रा। इसके लिए रेलवे की एक दूसरे से जुड़ी स्मार्ट बोगियों का शुक्रिया अदा करता हूँ। उस समय मैं मात्र एक पत्रकार था और राकेश सफलता की सीढ़ी चढ़ चुके थे। सफलता उन पर हावी न थी। वे सबसे खुलकर बातें करते थे। लेकिन वही राकेश जब किसी सार्वजनिक मंच पर होते तो अनिवार्य रूप से इतने उत्तेजित हो जाते, जैसे उन्हें किसी तरह के मायोपिक क्लाइमेक्स (अदूरदर्शी चरमोत्कर्ष) पर पहुँचना हो। उनकी शुरुआत तो बहुत विचारशीलता से होती लेकिन कुछ ही मिनटों में वे विस्फोटक हो जाते।

एक उदीयमान पत्रकार (ऐसा नहीं कि 'इनैक्ट' के छह वर्षों में 'इनैक्ट' में या मुझमें कोई सुधार नहीं हुआ था, पर राकेश को लगता था कि मसालेदार ख़बरों ने कुछ सालों में 'इनैक्ट' को धीरे-धीरे एक मनोरंजन प्रधान पत्रिका के रूप में स्थापित

कर दिया है) के रूप में मैं मंच पर पहुँचने के लिए अपनी बारी का इन्तज़ार कर रहा था। मंच पर जाते हुए मैं उद्वेग में था। चाहता तो सभागार में अपनी जगह से भी बोल सकता था लेकिन मुझे मंच पर गए बिना बोलना व्यर्थ प्रतीत हुआ। अन्य लोगों ने अपने नाम के अलावा शायद ही कुछ विशेष बोला हो। मैं यह भी जानता था कि आयोजकों के पास टेप बन्द करने की व्यवस्था है, क्योंकि छोटे-मोटे वक्ताओं के लिए वे समय बर्बाद नहीं करते। आप देखें तो जानेंगे कि उन्होंने ऐसा किया भी। यदि आप संगम द्वारा एक वर्ष बाद प्रकाशित पुस्तिका को देखें तो पाएँगे कि उन्होंने मुझे सूची में भी नहीं डाला। लेकिन उस परिचर्चा में एक दयालु व्यक्ति भी मौजूद था। उसे मेरे अंग्रेज़ी में बोलने से कोई आपत्ति नहीं थी। उन्होंने अपने भाषण में तत्काल उन दो बिन्दुओं को (बुनियादी सत्य), जिनका ज़िक्र मैंने किया था, अपने भाषण में प्रस्तुत किया। वे अन्य अतिथियों की तरह नहीं थे जो परिचर्चा में भागीदारी करते हुए उन लोगों के विचारों का भी उल्लेख करते हों जो अपने विचारों को प्रस्तुत न कर पाए हों। लेकिन राकेश तो राकेश थे, बलिदान होनेवाले एक मिथ्या वैभव प्रेमी।

वे दिखावटी विलासिता पसन्द करने लगे थे। उन्होंने ट्रेन से यात्रा करना छोड़ दिया था। अब वे केवल हवाई जहाज़ की टिकिट के साथ आनेवाले आमंत्रणों को ही स्वीकार करते थे। वैसे वे स्वयं हवाई यात्रा करने में समर्थ नहीं थे। उनके अनुसार यदि एक सामान्य सरकारी अधिकारी अपनी ज़िम्मेदारी निबाहने के लिए माँगें रख सकता है तो एक स्वाभिमानी लेखक के तौर पर उन्हें ऐसा करना उनका हक़ लगता था—विशेष कर उन लोगों से, जो लेखक को महत्त्व नहीं देते थे। बीतते समय के साथ वे ज़्यादा सम्मान की अपेक्षा करने लगे। आख़िर में उन्होंने सम्मान प्राप्त किया।

यह वे केवल अपने लिए ही नहीं कर रहे थे बल्कि इससे वे औरों के लिए भी एक सम्मानजनक उदाहरण प्रस्तुत कर रहे थे। वे सभी को अपना आत्म-सम्मान बनाए रखने की सलाह देते थे—फिर चाहे बात किताब की रॉयल्टी, अग्रिम भुगतान, पुस्तक की क़ीमत तय करने या फिर ले-आउट डिज़ाइन की हो, वे इन सभी बिन्दुओं को लेखक के सम्मान से जोड़ते थे। उन्होंने कभी किसी वस्तु को वर्तमान मूल्य पर नहीं बेचा, यहाँ तक रेडियो और टीवी को भी नहीं। वे पहले चीज़ों की माँग बढ़ाते और एक आविष्कारक के रूप में उसकी क़ीमत वसूलते। लोग उन्हें मनचाहा भुगतान करते भी थे।

मैंने राकेश के ऐसे व्यवहार के बारे में सुन रखा था। 1969 की शुरुआत में 'इनैक्ट' ने तय किया कि वह अब दो प्रख्यात भारतीय नाटकों के अंग्रेज़ी अनुवाद प्रकाशित करेगा। मैं राकेश के 'आषाढ़ का एक दिन' जिसका अंग्रेज़ी अनुवाद सराह के एन्सले ने किया था, के साथ इसका आगाज़ करना चाहता था। राकेश

से मैं काफ़ी दिनों तक झूठ बोलता रहा, अनुवाद मैंने किया है। मुझे मालूम था कि रॉयल्टी को लेकर वे कितने सिद्धान्तवादी, ग़ुस्सैल और ज़िद्दी हैं। मैं उनसे इस विषय पर बात करने के अवसर ढूँढ़ रहा था। यदि वे इनकार कर देते, तो भी मेरे पास खोने के लिए कुछ नहीं था।

एक बार मैंने उनसे ऐसे ही सरसरी तौर पर पूछा, 'क्या 'इनैक्ट' अपने अगस्त-सितम्बर के अंक में 'आषाढ़ का एक दिन' का अंग्रेज़ी अनुवाद प्रकाशित कर सकता है? उन्होंने अपने चिर-परिचित अन्दाज़ में ज़ोर देते हुए कहा, ''ऑफ़कोर्स'। वैसे मैं उनके ऑफ़कोर्स' के बिना भी प्रकाशित करने का मन बना चुका था। उस हालत में भी मेरे साथ सब ठीक होता। मैंने सहमति के लिए उन्हें धन्यवाद कहा। उनका जवाब आया कि धन्यवाद तो उन्हें कहना चाहिए। उस समय मैं उनका आशय नहीं समझ पाया था। एक बात अभी भी बाक़ी थी कि इसे लेकर हममें कोई समझौता नहीं हुआ था। तब समझौते के नियमों को लेकर ख़ुद मुझमें भी अस्पष्टता थी।

मैंने मसौदा प्रेस में भेज दिया। जब प्रति छपकर आई तो मैंने उनसे पूछा कि क्या वे कुछ प्रतियाँ लेना चाहेंगे? उनका जवाब था, 'दो या तीन, बाक़ी अगर किसी को भेजने के लिए ज़रूरत पड़ी तो वे मुझसे ख़रीद लेंगे।' उन्होंने मुझे दस प्रतियाँ भी नहीं देने दीं। मेरा विचार था कि यदि हम उन्हें रॉयल्टी नहीं दे रहे तो कम-से-कम प्रो. लक्ष्मीनारायण लाल की तरह कम्पलिमेंटरी प्रतियाँ ही दे दें। पर उन्होंने 'न' कह दिया। उन्होंने दृढ़ता से कहा कि उन्हें अपने इस्तेमाल के लिए दो ही प्रतियाँ चाहिए। ज़्यादा-से-ज़्यादा वे पाँच प्रतियों पर राज़ी हो गए। जिस तरह से ज़ोर देकर उन्होंने अपनी बात रखी, उससे मैं डरा भी और उनकी सोच से प्रभावित भी हुआ।

कुछ दिनों बाद, हिम्मत और पैसे जुटाने के बाद, मैंने उन्हें 75 रुपये जैसी बड़ी रक़म का एक चेक नोट के साथ पत्र में भेजा। कुछ वैसा ही, जैसा राजस्थान की स्थानीय पत्रिकाएँ सामान्यत: अपने दस रुपये के मनीऑर्डर के साथ भेजती हैं। पत्र पाते ही उन्होंने मुझे फ़ोन किया। मेरा नाम लेते हुए उन्होंने कहा, 'डैम इट। यदि मैं 'इनैक्ट' के लिए और कुछ नहीं कर सकता तो तुम्हें कम-से-कम मुझे चेक भेजकर शर्मिन्दा तो नहीं करना चाहिए था। मैं इसे फाड़ते हुए तुमसे तब तक मिलने से इनकार करता हूँ जब तक तुम मुझे ऐसे चक्कर में डालने के लिए माफ़ी नहीं माँगते।'

हालाँकि मैंने उन्हें अन्य सम्पादकों से उनकी उम्मीद से ज़्यादा रॉयल्टी माँगते हुए देखा था। यही नहीं, रॉयल्टी के मामले में लम्बी लड़ाई लड़ते हुए भी देखा था। ऐसा लगता था, जैसे कि वे 'टाइम्स ऑफ़ इंडिया' और उन जैसे धनाढ्य प्रकाशकों को लूटते थे और लूट को 'इनैक्ट' जैसे ग़रीब प्रकाशनों में बाँट देते थे। अपने ऐसे बर्ताव के चलते वे साहित्य के सुलताना डाकू लगते थे। मेरे और 'इनैक्ट', दोनों के प्रति उनकी अति संवेदनशीलता और उदारता ने मुझे उनका क़ायल कर दिया था। उन्होंने अपने कृत्य से यह सिद्ध कर दिया था कि तत्कालीन भारतीय थियेटर (भारतीय

साहित्य में वे उस दौर को अपने और अपने समकालिक लेखकों का जीवंत काल मानते थे) के लिए यदि कोई परिपक्व व जीवंत पत्रिका है तो वह 'इनैक्ट' ही है।

ऐसा कर उन्होंने मुझे यह सिखा दिया कि दूसरे लेखकों के साथ रॉयल्टी के मुद्दे को कैसे सँभालना है। मैं यहाँ उन समकालिक लेखकों, तेन्दुलकर, कारनाड, सरकार, खानोलकर और उत्पल[1] जैसे 'इनैक्ट' के मित्रों और उन अनुवादकों का, जिन्होंने स्वेच्छा से अनुवाद कर 'इनैक्ट' को बेहतरीन हिन्दी नाटकों के अंग्रेज़ी अनुवाद प्रकाशित करने का अवसर दिया, आभार प्रकट करना चाहता हूँ। उनमें से किसी ने भी कभी रॉयल्टी की माँग नहीं की। इनमें से राकेश पहल करनेवालों में से थे। 'इनैक्ट' के लिए सबसे पहले उन्होंने अपना स्टैंड रखा। 'इनैक्ट' ने उनका पूर्णकालिक नाटक सबसे पहले प्रकाशित किया था। वह चेक जो उन्हें दिया गया, वह भी पहला चेक था जो 'इनैक्ट' ने किसी सहयोगी / लेखक को दिया था और चेक लेने से इनकार करनेवालों में भी राकेश पहले थे (बाद में औरों ने भी ऐसा किया)।

राकेश ने न केवल लेखकों को रॉयल्टी और सहमति का रास्ता दिखाया बल्कि उन्होंने सम्पादकों को भी भुगतान न करने की कला सिखाई। अच्छे लेखक की तरह उन्होंने अपने खलनायकों को भी बेहतरीन लाइनें दीं।

चेक की घटना के बाद मैं उनसे अक्सर मिलने लगा। पहले की तरह हमेशा किसी समारोह में उनका इन्तज़ार करना और मिलने पर पूछना कि 'क्या वे कुछ ख़ाली समय निकाल सकते हैं?'—बन्द हो गया। समारोहों से उनका स्नेहपूर्ण लगाव था। वहाँ वे अपने देसी पंजाबी लहजे का इस्तेमाल करते थे जिसका अनुमोदन सभी साहित्यिक सिद्धान्तों और शब्दशास्त्र करते हैं।

समय के साथ बौद्धिक, भावनात्मक और सभी तरह की सलाहों के लिए उनकी दोस्ती पर मेरी निर्भरता बढ़ती गई। राकेश ने दोस्ती की कला को निभाने की कला कार्नेगी[2] को पढ़े बिना हासिल कर ली थी। गर्मजोशी के साथ वे मुझे ऐसा दिखाते, सुनाते, जैसे हम दोनों ही एक दूसरे पर निर्भर हैं। यहाँ तक कि उन्होंने मुझसे सलाह तक लेना शुरू कर दिया था। मैं नहीं जानता था कि मैं उनके काम का हूँ या आ सकता हूँ—कभी-कभी कुछ करने तथा कुछ न करने की सलाह दे देता। पर उनके पास एक दूसरा तरीक़ा था। वे भावनात्मक रूप से दूसरों को बहुत ऊपर उठा देते थे। कोई पारिवारिक बात हो, एफ.एफ.सी. या फ़ेलोशिप की बात हो, वे अपने दृष्टिकोण के उचित-अनुचित होने पर मेरी राय पूछते। मेरे लिए उनकी इतनी उदारता को सँभालना सम्भव नहीं था। आख़िर मैं न केवल उनसे कई साल जूनियर था बल्कि उनके मोहक मित्रों में से सबसे नया भी था।

---

1. मराठी नाटककार विजय तेन्दुलकर और चि.त्र्य. खानोलकर, कन्नड़ के गिरीश कारनाड और बंगला के बादल सरकार तथा उत्पल दत्त जैसे प्रमुख भारतीय नाटककार। —सं.
2. डेल कार्नेगी की विश्वविख्यात पुस्तक : 'हाउ टु मेक फ्रेंड्स'

उनकी माँ के निधन पर (सौभाग्य या दुर्भाग्यवश) मैं उनके घर में ही था। माँ की मृत्यु के पश्चात् कई दिनों तक मैंने उन्हें बच्चों की तरह बिलखते हुए देखा। जब वे जीवित थीं, मैंने कभी उनकी माँ के साथ उनके ऐसे लगाव की कल्पना नहीं की थी। हम युवाओं की बैठकों से उनकी माँ बड़ी सहजता से अलग हो जातीं। कुछ ख़ास अवसरों पर जब उनके बेटे ने कोई नई कीर्ति पाई हो, मैं बधाई देता तो वह एक प्यारी-सी मुस्कराहट बिखेरते हुए धन्यवाद दे देती थीं। अन्त के कुछ वर्षों तक प्रायः ऐसा ही होता रहा। राकेश को उनकी मृत्यु का इतना आघात लगा कि उनकी मृत्यु के बाद वे अपने पैरों पर खड़े भी नहीं हो पा रहे थे। वे अपने वजूद की उस सचाई को स्वीकार करने की कोशिश कर रहे थे जो उनके साथ रह रहा था और जिससे वे अपने साहित्यिक और पारिवारिक जीवन के उतार-चढ़ावों को बाँट रहे थे। वह अचानक छिन्न-भिन्न होकर उनसे दूर हो गया—शायद इसलिए कि वे अपने काम पर और ध्यान दे सकें। वे जितनी भी कोशिश करते, काम उनसे हो नहीं रहा था। भावनात्मक मामलों में वे वैसे मज़बूत नहीं थे। हालाँकि लोग उन्हें उनकी लड़ाइयों, साहित्यिक विचारधाराओं के प्रति प्रतिबद्धताओं, उनके चर्चित कट-ऑप्स और राजेन्द्र यादव, बासु भट्टाचार्य और अन्य के साथ तीखी बहसें करने के लिए जानते थे। उन बहसों के लिए भी लोग उन्हें ज़िम्मेदार मानते थे।

रिकॉर्ड किये एक साक्षात्कार में, जो बाद में प्रकाशित हुआ और जिसका दूसरा टेप दुर्भाग्यवश नहीं मिल रहा, में मैंने उनसे सवाल किया कि क्या उनकी ये लड़ाइयाँ और झगड़े कमज़ोर व्यक्तित्व और बुरे पाठकों को धोखे में रखने का काम नहीं करते? या कि वे एक ऐसे अभिमानी लेखक हैं जिसके लिए अपना रुतबा, अपनी पत्नी, अपने इस्तीफ़े, अपने लिए तय किये गए आरामदायक, सुस्त और असंगत कामकाजी घंटे ही मायने रखते हैं? राकेश चाहते तो सभी आरोपों का समभाव जवाब दे सकते थे, सभी प्रश्नों के लिए उनके पास कोई-न-कोई व्याख्या अवश्य होती। पर मैं इनमें समानान्तरता ढूँढ़ने का प्रयास कर रहा था।

उनके साथ बढ़ती प्रगाढ़ता से मुझे भय होने लगा क्योंकि उसकी तीव्रता इतनी अधिक होने लगी थी कि मुझे लगा कि उनकी प्रेमिका कहीं मुझे अपना प्रतिद्वंद्वी न मान ले। वह और मैं एक सप्ताह शिमला में एक साथ रहे। वहाँ हमारे लिए करने को कुछ नहीं था सिवाय इसके कि शिमला के सँकरे रास्तों पर चलते हुए किसी अच्छी चाय की दुकान की खोज कर उस तक पहुँचा जाए। हमारे बीच बस ऐसी ही बातें होती थीं। राकेश गहरी साँस लेकर लगाव से मेरे कन्धे पर दबाव बनाते हुए कहते, 'हमारे सम्बन्ध गहरे होने के लिए ही बने हैं, इसकी कोई सीमा नहीं है। ऐसा कुछ नहीं जो इसे तोड़ सके सिवाय किसी शातिर बेहूदेपन के,' और वे जानते थे, मैं ऐसा करने में सक्षम नहीं था।

राकेश के साथ शिमला में बिताए गए वे सात दिन मेरी यादों में हमेशा अंकित रहेंगे। कलकत्ता के कुछ दिनों को छोड़ दें तो यह पहला मौक़ा था जब मैं और राकेश सात दिनों तक एक ही लॉज में रहे हैं—रात्रि परिधान में एक-दूसरे के कमरे का दरवाज़ा खटखटाते हुए। कभी सिगरेट, तो कभी बची हुई ब्रांडी के लिए वे सात दिन-रात हमने साथ बिताए।

राकेश बहुत ही भावुक व्यक्ति थे। आशा करता हूँ, उनका लेखन इससे प्रभावित नहीं हुआ होगा। वे उन कुछ जाने-माने लेखकों में एक थे जो सहजता से दोस्त बन जाते और काफ़ी गर्मजोशी से मिलते थे। वे आपको सीढ़ियों से उतरते तब तक देखते रहते, जब आप नीचे नहीं उतर जाते। ऐसे ग़ैर-ज़रूरी काम के लिए मना करने पर भी वे ऐसा करने से बाज़ नहीं आते थे—फिर भले उस दिन दिल्ली में दिसम्बर की सुबह का एक ही क्यों न बज रहा हो! उन्होंने स्वेटर पहना हो या न पहना हो, पर बाहर आना उनके लिए ज़रूरी था। कहते—ये कुछ ऐसे काम हैं जिन्हें करने में उन्हें आनन्द मिलता है। लोगों से उनका ऐसा और अत्यधिक लगाव उन्हें विशुद्ध भारतीय बनाता था। वे दूसरे माता-पिताओं से अनुरोध करते कि वे बच्चों को ज़्यादा लाड़-प्यार न करें, क्योंकि उससे वे बिगड़ सकते हैं। वे सोचते थे, भारतीय माता-पिता स्वभावत: ज़्यादा लाड़-प्यार का बर्ताव करते हैं। डिस्को-प्रेमियों के लिए यह बात अजीब और बेवक़ूफ़ी भरी लग सकती है कि कोई किसी भी समय मुँह उठाकर उनके यहाँ चला आए। लेकिन राकेश की वहाँ से ठोस रूप से जुड़ने की इच्छा-शक्ति इतनी प्रबल कि वे उनसे मिलने किसी भी समय जा सकते थे।

आख़िरी बार मैं उनसे तब मिला जब वे राजिन्दर नाथ और मुझे एयरपोर्ट पर छोड़ने आए थे। वह अक्टूबर, 1972 था जब हम जर्मनी की यात्रा पर जा रहे थे। उन्होंने मुझे पहले ही बता दिया था कि उस दिन वे काम करना चाहते हैं और दोपहर की फ़्लाइट उनके पूरे दिन के काम को प्रभावित करेगी। हाँ, इसी के साथ उन्होंने यह यक़ीन दिलाया कि वे जनवरी, 1973 को हमारी वापसी पर एयरपोर्ट पर हाथों में माला लिये खड़े मिलेंगे।

अचानक मैंने उन्हें अनीता और पुरवा के साथ देखा। उन्होंने मुझे गले लगाया और कुछ 'डैम इट' जैसा कहा। पूरे हिन्दुस्तानी सेंटीमेंट में डूबकर उन्होंने कहा, 'टू हेल विद वर्क फ़ॉर लव।' उसके बाद मुझे केवल उनके पत्र मिलते थे जिनमें वे मुझे दीवाली पर भारत में न होने के लिए कोसते और लिखते कि वापस आने पर हम कार्ड ज़रूर खेलेंगे। स्वच्छंद और अनथक मिज़ाज के बिना किसी के लिए ऐसा कुछ कहना सम्भव नहीं हो सकता था। उनकी मृत्यु के बाद उनसे गहरी दोस्ती का दावा करना मुझे कभी दिखावे तो कभी आत्म-सन्तुष्टि के भाव दे रहा था।

राकेश हमारे जीवन का जितना हिस्सा थे, उसके बारे में सोच-सोचकर ही मैं असहज हो जाता हूँ। काश, वे पूरे के पूरे मेरा जीवन होते। मुझे उनकी वसीयत का बहुत थोड़ा ही हिस्सा मिला, वह हैं उनकी यादें। मेरे अलावा कितने सारे और लोग उनकी सुनहरी यादों से मालामाल थे। मेरा दुर्भाग्य कि मैं उनसे केवल दो साल पहले ही मिल पाया था।

मैं और 'इनैक्ट' उनके इतने आभारी हैं कि हमारे लिए उनका ऋण चुकाना असम्भव है। ऐसा करने की मैं सोच भी नहीं सकता। 'इनैक्ट' को ही यह कोशिश करने देते हैं। 'इनैक्ट' कृतज्ञतापूर्वक वर्ष 1973 और इसके सभी अंकों को एक महान् नाटककार और उससे भी अधिक एक महान् इनसान श्री मोहन राकेश को समर्पित करता है।

राकेश नाटक का समसामयिक इतिहास था...[1]

मुद्राराक्षस

दिल्ली में सबसे पहले मैं नेमिचन्द्र जैन और सुरेश अवस्थी से मिला था। इनका पता प्रभाकर माचवे ने दिया था। ये लोग शंकर मार्केट के एक फ़्लैट में 'भारतीय नाट्य संघ' नाम की एक संस्था चला रहे थे। स्तरीय रंगचर्या का यह एक बेहतरीन संस्थान था। बहुत ख़ूबसूरत, लगभग अन्तरराष्ट्रीय स्तर की एक नाटक-सम्बन्धी पत्रिका 'नाट्य' वे यहीं से निकालते थे।

पर्याप्त सक्रियता के बावजूद दिल्ली की रंगमंचीय गतिविधियाँ बहुत स्तरीय नहीं थीं। ज़्यादातर इन्दरलाल दास के 'लिटिल थियेटर ग्रुप' के प्रदर्शनों में विदेशी नाटकों के अनुवादों की प्रस्तुतियाँ होती थीं या फिर रमेश मेहता यथार्थवादी और पारसी शिल्पों के मिले-जुले अपने लिखे प्रहसन करते थे। बाक़ी कुछ और लोग भी रंगमंच का काम कर रहे थे पर उस काम से तब तक मेरा परिचय नहीं हो पाया था। मोहन राकेश के नाम से मैं परिचित था। उनकी कई कहानियाँ उन दिनों 'ज्ञानोदय' में छपी थीं, जब मैं उसमें काम करता था। उनका एक नाटक 'आषाढ़ का एक दिन' कहानीकार धर्मेन्द्र गुप्त ने अपनी ख़ूबसूरत-सी पत्रिका 'सूत्रधार' में छापा था जिसे पुरस्कार भी मिला था और जो कालान्तर में हिन्दी की सबसे ज़्यादा विख्यात रंग-रचना सिद्ध हुआ था। पर राकेश दिल्ली रंगमंच की दुनिया में अभी नहीं आए थे। हमें थोड़ा आश्चर्य होता था कि पाठ्यक्रमों वाले नाटकों के लेखक हरिकृष्ण 'प्रेमी' के सान्निध्य में रहकर भी राकेश का मुहावरा इतना अलग कैसे था? उन दिनों वे शायद जालंधर में पढ़ाते थे।

---

1. यह आलेख मुद्राराक्षस की आत्मकथात्मक पुस्तक 'नारकीय' के राकेश से सम्बन्धित विभिन्न अंशों को जोड़कर सम्पादक द्वारा एक कोलाज के रूप में प्रस्तुत किया गया है। मुद्राराक्षस ने, पता नहीं क्यों, अपनी इस तथ्यपरक संस्मरणात्मक पुस्तक को उपन्यास कहा है! —सं.

एक दिन मुझसे मोहन राकेश की वे पत्नी मिलीं जिनसे राकेश का अलगाव हो चुका था। शायद उनका नाम पुष्पा था। वे क्या चाहती थीं, यह ज़्यादा कुछ समझ में नहीं आया पर उनसे सहानुभूति ज़रूर हुई। शायद वे कोई समझौता चाहती थीं। मैंने राजेन्द्र यादव और मन्नू भंडारी से सम्पर्क किया पर लगा, उन्हें यह बात कुछ जँच नहीं रही है कि हम लोग इस मामले में कोई रुचि लें। तब मैंने ओंप्रकाश को फ़ोन किया। उन्होंने आश्वासन दिया कि जल्दी ही वे मोहन राकेश से बात करके बताएँगे।

पर उसी रात एक अजब हादसा हो गया। मोहन राकेश घर लौट रहा था। वह जिस थ्री व्हीलर पर था, उसे कुछ लोगों ने रोका और राकेश को पीटा और धमकी भी दी कि उसे जान से मार देंगे। राकेश की साहित्य में तो अच्छी ख्याति थी ही, पर रंग-जगत में वह सबसे ज़्यादा महत्त्वपूर्ण चन्द हस्तियों में से एक हो चुका था। इन दिनों मेरे जैसे लेखकों के पास घर पर फ़ोन की सुविधा नहीं थी। बहुत रात गए, मेरा घर खोजते ओंप्रकाश आए। उन्होंने घटना बताई। घटना ख़ासी चिन्ताजनक थी।

तय हुआ कि तत्कालीन गृहमंत्री से लेखक मिलकर इस घटना पर तत्काल कार्यवाही की माँग करेंगे। घटना निश्चय ही राकेश से अलग हुई पत्नी से सम्बन्ध रखती थी क्योंकि जिस तरह की धमकी राकेश को दी गई थी, उसमें इस बात का ज़िक्र था। कई लेखकों का एक दल राकेश को लेकर नियत समय पर तत्कालीन गृहमंत्री लालबहादुर शास्त्री से मिला। भेंट रात कोई सात-आठ बजे हुई। अपने सरकारी आवास के बाहर के लॉन में वे बहुत-से लोगों से मिल रहे थे। हमसे भी उसी बीच खड़े-खड़े ही मुलाक़ात हुई। यह हमें बहुत अच्छा नहीं लगा।

शास्त्री जी ने बात थोड़ा ध्यान से सुनी, फिर बोले : कुछ लिखित लाए हैं?

ओंप्रकाश ने काग़ज़ तैयार कर रखा था। वह दिया गया और शास्त्री जी सबको अमूर्त नमस्कार में हाथ जोड़ते हुए आगे बढ़ गए। भेंट से हम सभी असन्तुष्ट थे पर अगले दिन मालूम हुआ, राकेश के मामले में कार्यवाही हुई और ख़ासी ही प्रभावी कार्यवाही हुई।

ऐसी ही एक अन्य भेंट लेखकों और मोरारजी भाई के बीच उन दिनों हुई थी जब मोरारजी के रिश्ते इन्दिरा गांधी से काफ़ी ख़राब हो गए थे। एक दिन श्रीकान्त वर्मा ने लेखकों को सूचित किया कि मोरारजी भाई उनसे मिलना चाहते हैं। उन्होंने दिन और समय भी बता दिया। निश्चित समय पर लेखक मोरारजी से मिलने पहुँच गए। एक औपचारिक नमस्कार के बाद सब बैठ भी गए। मोहन राकेश सबसे आगे थे। इसके बाद वहाँ एक ख़ामोशी छा गई। श्रीकान्त वर्मा भी ख़ामोश थे। थोड़ी देर बाद मोरारजी बोले : कहिए?

मोहन राकेश ने सबकी तरफ़ देखा, फिर कहा : आप हम लोगों से मिलना चाहते थे। आपसे ही हम जानना चाहेंगे कि हमें किसलिए बुलाया गया है?

मोरारजी का चेहरा और सख़्त हो गया : 'मैं तो नहीं मिलना चाहता था। मुझे कहा गया, आप लोग मिलना चाहते हैं।'

राकेश ने ठंडे लहज़े में कहा : 'तो फिर बात ख़त्म हुई, नमस्कार।'

हम सबने श्रीकान्त की तरफ़ देखा। उसका चेहरा उतर गया था। हम सबकी तरफ़ देखकर राकेश ने कहा : 'चलो।'

एक नितान्त असुविधाजनक स्थिति पैदा हो गई थी और हम सब बाहर आ गए थे।

उन दिनों साहित्य के कुछ लोग ज़रूरी रंगरुचि दिखा रहे थे पर उनके पूर्णकालिक सरोकार साहित्य में ही थे। सर्वेश्वर नाटक लिखने का निश्चय कर चुके थे। रमेश बक्षी नाटक लिख भी रहा था और कर भी रहा था पर उसका बुनियादी काम साहित्य में था। रघुवीर सहाय अब कविता की नाटकीय या रंगमंचीय प्रस्तुति में गहरी रुचि ले रहे थे, पर बड़े पैमाने पर साहित्यकार नाटक से फ़ासला रखते थे, मोहन राकेश के बावजूद। बहुत-से लेखक नाटक देखते भी नहीं थे। उनके बीच राकेश की कहानियों की चर्चा होती थी या फिर कुछ लोग कहते थे—बहुत तिकड़मी है।

राकेश कितना तिकड़मी था, इसका कोई उदाहरण मुझे दिखा नहीं। रंग-जगत में उसकी धाक थी। सच बात यह है कि राकेश के नाटक 'आषाढ़ का एक दिन' और 'आधे-अधूरे' बेहद लोकप्रिय हो गए थे। हिन्दी क्षेत्र के ही नहीं, हिन्दी से बाहर के क्षेत्रों के समर्थ और बड़े रंगकर्मी इन नाटकों के मंचन कर रहे थे और इन प्रस्तुतियों को अभूतपूर्व सफलता और ख्याति मिली थी। देश के सबसे बड़े अभिनेता इन नाटकों में काम कर चुके थे—ओम शिवपुरी, सुधा, अरविन्द देशपांडे, सुलभा देशपांडे, अमरीश पुरी, सत्यदेव दुबे, श्यामानन्द जालान जैसे कलाकारों के इन्हीं नाटकों में किये अभिनय ख़ासे मशहूर हुए थे। ज़ाहिर है, देखते-ही-देखते राकेश रंग-जगत का सबसे बड़ा नाम बन गया था। संगीत नाटक अकादमी या संस्कृति विभाग में उसका नाम ज़रूर याद किया जाता था और इसके लिए किसी तिकड़म की ज़रूरत मोहन राकेश को नहीं थी। इसीलिए राकेश का नाम हर जगह मौजूद रहता था। शायद यही वजह रही होगी कि जब संगीत नाटक अकादमी के उपाध्यक्ष की नियुक्ति का सवाल आया तो उसका नाम सबसे ऊपर था।

पर तभी एक भारी दुर्घटना हो गई थी। एक सुबह हमने सुना, वह मर गया। उसे ज़बरदस्त हृदयाघात हुआ था। सुबह वह अपने कमरे में काम कर रहा था और

उसकी साथी अनीता औलक ने उसे चाय दी थी। इस कमरे में उसने वातानुकूलन यंत्र लगा रखा था। वह हँसकर कहा भी करता था : 'यार, मेरी सबसे बड़ी चाहत है कि कमरे में ए.सी. हो।' वह उसने आख़िर जुटा भी लिया था।

हमने सुना, मुँह में भरी चाय उसने कमरे से निकलकर उलटी और बस, समाप्त हो गया। एक-दो घंटे में ही यह ख़बर सारी दिल्ली में फैल गई थी।

इधर मेरी उससे काफ़ी दिनों से भेंट नहीं हुई थी। उसकी माँ का जब से देहान्त हुआ था, वह ख़ासा उदास हो गया था। वह माँ को बेपनाह प्यार करता था। माँ की मृत्यु के बाद जब लोग उसके घर गए तो हैरान रह गए थे कि राकेश लगभग पागल-सा हो गया दिख रहा था।

राकेश की मृत्यु के बाद तिकड़म को लेकर तो नहीं, कुछ दूसरे विवाद ज़रूर खड़े हुए थे और विवाद के केन्द्र में थे : राधाकृष्ण प्रकाशन के ओंप्रकाश और राजेन्द्र यादव। इस विवाद पर बाद में ओंप्रकाश ने एक किताब भी छापी थी। पर एक रद्दी-सा विवाद आकाशवाणी के प्रोड्यूसर विश्व प्रकाश दीक्षित 'बटुक' ने खड़ा कर दिया। बटुक जालंधर के थे और राकेश भी काफ़ी दिन जालंधर में ही रहा था।

कुछ लोग कहते थे, राकेश ने नाटक-लेखन पंजाब के हिन्दी नाटककार हरिकृष्ण 'प्रेमी' से सीखा था। पता नहीं, यह बात वे क्यों कहते थे क्योंकि 'प्रेमी' तीसरी श्रेणी के घटिया-से नाटककार थे और उनके नाटक स्कूलों में पढ़ाए जाते थे। राकेश नाटक का समसामयिक इतिहास था पर फिर भी कुछ लोग 'प्रेमी' का नाम लेकर शायद राकेश को ध्वस्त करने का काल्पनिक सुख उठा रहे थे। 'बटुक' ने अपनी विवादास्पद बात पर एक लेख भी छपा दिया था पर यह इत्तफ़ाक़ है कि वह कहीं पढ़ा नहीं गया। उनका कहना था कि राकेश के अपनी माँ से ग़लत क़िस्म के रिश्ते थे। इस पर एक दिन उनसे मेरा ज़ोरदार विवाद, विवाद क्या—झगड़ा ही हुआ था। एक दिन सत्येन्द्र शरत् ने राजेन्द्र यादव द्वारा राकेश के बारे में कही बातों पर गुस्सा दिखाया था।

एक शाम हमने टी-हाउस में सुना कि हमारा एक साथी धनराज मर गया है।

हमने यह ख़बर और लोगों को भी सुनाई। एक हल्का-सा झटका सभी ने महसूस किया और बस। सबने चाय पी। बाद में पीछे के ढाबे में बैठे और एक-दूसरे से झिकझिक करते रहे। हमने कोई शोकसभा नहीं की। हम लोगों में से कोई भी न आत्मा में विश्वास करता था, न उसकी शान्ति में। हमने राजकमल चौधरी

की मृत्यु के बाद ख़ासी शराब पी थी और ठहाके लगाए थे—'साला शराब नहीं, दया पीते-पीते मरा।' मुक्तिबोध की मृत्यु पर भी हमने कोई शोकसभा नहीं की थी। निराला की मृत्यु पर भी नहीं। सुदर्शन चोपड़ा की मृत्यु मेरे दिल्ली छोड़ने के बाद हुई थी। पता नहीं, शोकसभा हुई थी या नहीं।

राकेश की मृत्यु हुई तो एक बड़ी शोकसभा हुई थी। राष्ट्रीय नाट्य विद्यालय की मुक्ताकाशी रंगशाला में अत्यन्त नाटकीय और सुसंस्कृत शोकसभा हुई थी। रंग-शाला में नीम उजाला था। रंगमंच पर केवल एक ख़ाली कुर्सी थी जिस पर एक स्पॉट लाइट केन्द्रित थी। उस सभा में टी-हाउस का यह सारा मजमा था, पर एक तरफ़ चुपचाप दुबका हुआ, पूरी तरह अजनबीपन से घिरा बहुत कुछ सड़क के उन मैले बच्चों की तरह, जो किसी भव्य आयोजन में घुस आते हैं और लगातार सहमे रहते हैं। वहाँ से उठकर हम लोग पैदल कनॉट प्लेस आए थे और देर तक शंकर मार्केट के एक ढाबे में बैठे थे। मोहन राकेश हम लोगों की दुनिया में घुला-मिला आदमी था पर समृद्ध समाज ने उसका अपहरण कर लिया था, उसी की मर्ज़ी से। इस अपहरण में हमसे फिरौती कोई नहीं माँगी गई थी। हम इतने गए-बीते लोग थे पर हम ख़ुश थे और खुलकर हँसते थे। हमें डराने या दबानेवाला कोई नहीं था। हमें मालूम था, यहाँ सिर्फ़ दो ही क़तारें हैं : एक क़तार हम लोगों की और दूसरी उनकी, जो हमारे विरुद्ध थे।

भैरव प्रसाद गुप्त, जिन दिनों 'नई कहानी' पत्रिका निकालते थे, उसे चर्चित करने के लिए कुछ ख़ास चक्कर भी चलाते रहते थे। इनका भेद जल्दी खुल जाता था और हम लोग उनसे झगड़े करते थे।

एक बार उन्होंने मुझे उकसाया कि मैं एक मुद्दे पर लिखते हुए मोहन राकेश की खिंचाई करूँ। ठीक यही बात उन्होंने मोहन राकेश से भी कही। राकेश से कहा कि वे मेरे विरुद्ध सख़्त लिखें। कुछ दिन बाद इसी की याद दिलाते हुए उन्होंने मुझे और राकेश को ख़त भी लिखे। गड़बड़ी उनके कार्यालय से हो गई। मेरे नाम का ख़त राकेश के पते पर चला गया और राकेश को सम्बोधित पत्र मेरे पते पर आ गया।

हम दोनों टी-हाउस में मिले तो इस घटना पर बहुत हँसे। पत्रों की यह अदला-बदली और भैरव भाई द्वारा हम दोनों को उकसाने का भेद खुलने की घटना पर पत्र उद्धृत करते हुए मैंने एक टिप्पणी धर्मेन्द्र गुप्त की पत्रिका 'कथा कहानी' में लिखी। इस पर भैरव भाई की प्रतिक्रिया अच्छी लगी। चश्मे के पीछे से घूरते हुए मुस्कुराकर उन्होंने कहा : 'बदमाश हो। बताऊँगा।'

पर उन्होंने इसका बदला कभी नहीं लिया। हाँ, शीला सन्धू के प्रकाशन की 'आलोचना' पत्रिका के सम्पादक-आलोचक नामवर सिंह का एक ख़त आया,

काफ़ी सख़्त। इस ख़त में उन्होंने मेरी यह कहकर तीखी आलोचना की थी कि मैंने भैरव भाई का राकेश के नाम ख़त छापकर अनैतिक काम किया है।

उन दिनों कला और संस्कृति के दो केन्द्र सरकारी या व्यवस्था पोषित थे और उनका बड़ा नाम था जिनमें से एक थी त्रिवेणी कला संगम, और दूसरी जगह थी—रवीन्द्र भवन। त्रिवेणी में चित्रकला और नाट्यकला के लोग आते थे। रवीन्द्र भवन में चित्रकला, नाट्यकला और साहित्य, तीनों की हवेलियाँ थीं। यहाँ से संगीत, नाटक, चित्रकला, मूर्तिकला, लोकनाट्य, नृत्य और साहित्य के वे पुरस्कार दिये जाते थे जिनको लोग जीवन की सबसे बड़ी उपलब्धि मानते थे। कुछ अर्थों में और कुछ हलक़ों में शायद बड़ी उपलब्धि भी थी। मोहन राकेश को लेकर जब हम लोग गृहमंत्री लालबहादुर शास्त्री से मिले थे तो उन्होंने हमारी बात में तभी रुचि ली थी जब हमने ज़ोर देकर कहा था कि इन्हें संगीत नाटक अकादमी पुरस्कार मिला है।

त्रिवेणी कला संगम अपेक्षाकृत ज़्यादा अनौपचारिक और खुली जगह रही है। इसी इमारत में एक छोटी-सी मुक्त काशी रंगशाला है, जहाँ बादल सरकार ने अपना नाटक 'सगीना महतो' किया था जिसमें ख़ुद उन्होंने सगीना का अभिनय किया था।

इसी रंगशाला में एक बार डॉ. लक्ष्मीनारायण लाल ने 'अज्ञेय' के काव्य नाटक 'उत्तर प्रियदर्शी' की प्रस्तुति की थी।

इसी त्रिवेणी रंगशाला में राकेश के देहान्त के बाद एक रोचक घटना घटी। मोहन राकेश के देहावसान के बाद उसके जन्मदिन पर ओम शिवपुरी, सांत्वना निगम और अनीता औलक ने राकेश के नाटकों के मंचन की योजना बनाई। मंचन त्रिवेणी में ही हो रहा था। पहली प्रस्तुति देखने के लिए इन्दिरा गांधी भी आई थीं। वे सबसे आगे की सीढ़ी पर बीचोबीच बैठी थीं। त्रिवेणी सभागार में कुर्सियाँ नहीं थीं। एक पर एक ऊँची होती गई अर्द्धवृत्ताकार सीढ़ियाँ थीं जिन पर रुई भरी चौकोर गद्दियाँ बिछा दी जाती थीं।

नाटक के मध्यान्तर में अन्दर कलाकारों के लिए चाय आई थी। पता नहीं, किसने कहा कि चाय श्रीमती गांधी को भी भिजवा दी जाए। बाक़ायदा एक ट्रे में रखकर चाय उनके सामने ले आई गई। उन्होंने चाय उठाई और होंठों तक ले गईं कि पीछे की सीट पर बैठे उनके सुरक्षा अधिकारी ने देख लिया। वह लगभग छलाँग लगाकर सामने आया और फुर्ती से उसने चाय का कप छीन लिया। आसपास के लोगों को बहुत बुरा लगा। वे चीख़े : 'ये क्या बदतमीज़ी है?'

पर तभी बात लोगों की समझ में आ गई।[1]

नियति का क्रूरतम आघात

आर.एल. निगम

मौत ने अपने ठंडे और क्रूर हाथों में मोहन राकेश को लेकर न केवल एक ज़िन्दादिल इनसान, हमारा सबसे प्यारा दोस्त छीन लिया बल्कि भारतीय थियेटर के विकास की उभरती हुई सम्भावनाओं को भी छिन्न-भिन्न कर दिया। सम्भव है, बीतता समय हमारी व्यक्तिगत पीड़ा को कुछ कम कर दे लेकिन निश्चित ही इसकी टीस लम्बे समय तक हमें सालती रहेगी। वस्तुत: मोहन राकेश के निधन से भारतीय विशेष कर हिन्दी थियेटर की अपार क्षति हुई है। उसकी भरपाई निकट भविष्य में हो पाएगी, इसकी सम्भावना कम है।

मैं मोहन राकेश के अपूर्ण नाटकों के बारे में नहीं सोच रहा, पर ये कोई क्षति नहीं थी, ऐसा भी नहीं कहा जा सकता। यदि ये नाटक पूरे होते तो निश्चित रूप से उनसे हिन्दी नाट्य-जगत समृद्ध होता। इससे नाटककार मोहन राकेश का क़द भी कुछ और बड़ा हुआ होता, इसमें सन्देह नहीं। राकेश के बारे में सोचते हुए मैं प्राथमिक रूप में उनके उन नवोन्मेषी कार्यों के बारे सोच रहा हूँ जिनको लेकर वे उत्साहित थे और आगे बढ़ रहे थे। उनके उन कार्यों की झलक हमें 'मैड डिलाइट' की स्क्रिप्टिंग में मिलती है जो मैक्समूलर भवन द्वारा शिमला में आयोजित रंग कार्यशाला की लगभग आधा दर्जन प्रस्तुतियों का आधार बनी। मैं इस बात को लेकर आश्वस्त नहीं कि इस 'स्क्रिप्ट' या उस पर आधारित प्रस्तुतियों से किसी समस्या का निदान हुआ या नहीं, लेकिन 'इनैक्ट' के बहुत सारे पृष्ठों में इसके सम्बन्ध में अनेकानेक सवाल अवश्य उभरकर आए। आनेवाले समय में राकेश को ही उन सारे सवालों के उत्तर, जिनसे वे जूझ रहे थे, ढूँढ़ने थे। केवल वही उनके उत्तर ढूँढ़ सकते थे। अपने प्रयोगों और गहन चिन्तन से वे आख़िर में जिन नतीजों तक पहुँचते, सम्भवत: वे भारतीय थियेटर को एक नई दिशा देते, इस बात की प्रबल सम्भावना थी। एक सम्भावना यह भी थी कि अन्तिम परिणाम नकारात्मक भी हो सकते थे। इस बात को लेकर 'मैड डिलाइट' नामक स्क्रिप्ट की आलोचना हुई। कहा गया कि यह मौलिक नहीं है, हालाँकि उसके आसपास की परिस्थितियाँ उसके मौलिक होने का संकेत अवश्य देती हैं। अजितेश बनर्जी ने राकेश की स्क्रिप्ट के मौलिक

न होने के सन्दर्भ में पूर्वानुमान के रूप में आयनेस्को के 'द लेसन' और ज़ेमों के 'द नाइट' का हवाला दिया। मैं ज़ेमों के 'द नाइट' के बारे में कुछ नहीं जानता परन्तु आयनेस्को के 'द लेसन' का इससे क्या सम्बन्ध है, समझ पाने में असमर्थ हूँ। 'मैड डिलाइट' में राकेश आज की स्थिति में लोगों के बीच परस्पर संवाद की कठिनाई, भाषा के आधार पर संवाद में आ रही मुश्किलों या असम्भावनाओं को देखने की कोशिश नहीं कर रहे थे। मैं राकेश के प्रयोगों के बारे में जितना जान पाया हूँ, वह यह कि राकेश शब्दों के तार्किक महत्त्व को कम करके उनके नाटकीय महत्त्व को बढ़ाने की दिशा में प्रयत्न कर रहे थे, क्योंकि संवाद या तो शब्दाडम्बर हो रहा था या अप्रासंगिक। उनके अनुसार दृश्य को ध्वनि, विशेष कर वाचिक ध्वनियों से विखंडित करके या अलग करके ही किया जा सकता था। इस व्यवस्था के अन्य प्रभाव मंच के विस्तार के बिना अदृश्य होते हैं। ऐसे में मंच केवल दृश्यात्मक अभिनय तक ही सीमित नहीं रहता, इसमें मंच का विस्तृत स्पेस भी शामिल हो जाता है। यह कुछ ऐसा है, जैसे धरती अचानक अपने बाहरी स्पेस के साथ एकाकार हो जाए। यह प्रक्रिया संसाधनों को नाटककार, अभिनेता और निर्माता के हाथों में इस तरह सौंपती है जिससे वे उनके द्वारा अधिक मानवीय गहराइयों तक पहुँच सकें।

इस दृष्टि से देखने पर राकेश के 'मैड डिलाइट' और पेरिस में पीटर ब्रुक्स वर्कशॉप द्वारा मंचित पीटर हैंडके (Peter Handke) के 'कैस्पर' में व्यापक समानता नज़र आती है। वह नाटक मंच पर एक लड़खड़ाते आदमी से प्रारम्भ होता है। वह आदमी एक ही बात बार-बार दोहराता है। लगता है, जैसे वह सही तरीक़े से सोचने में असमर्थ है। नाटक मंच पर उपस्थित इस आदमी के व्यवहार तथा नेपथ्य से आती आवाज़ों से मिलकर आगे बढ़ता है। इस आवाज़ में बनावटी और चलन से बाहर हो चुकी बातें, जुमले तथा सभ्यता के घिसे-पिटे विचार हैं। मंच के बाहर से आती शाब्दिक आवाज़ों के ज़रिये यह व्यक्ति समाज का प्रतिनिधित्व करता हुआ उसके विस्तार के एक हिस्से के रूप में हमारे सामने आता है, लेकिन इस क्रम में यह व्यक्ति पहचान रहित बना दिया जाता है। उसे इस स्थिति को स्वीकार करने में कोई परेशानी नहीं होती। राकेश के इस कार्य और 'कैस्पर' में समानता होने के बावजूद मुझे नहीं लगता कि राकेश का कार्य 'कैस्पर' से लिया गया है। जहाँ तक मैं समझता हूँ, राकेश को 'कैस्पर' के बारे कोई जानकारी नहीं थी। 'कैस्पर' नाटक का लेखन उस भाषा से जुड़ा हुआ है जो उस समाज से निर्धारित होती है, जिसे वह नाटक दर्शाता है। राकेश की चिन्ता भी भाषा को लेकर ही थी, लेकिन वह अलग तरह की चिन्ता थी। उसके लिए वह केवल सामाजिक उपकरण मात्र नहीं थी।

एक शाम की अनौपचारिक बातचीत में राकेश ने बताया था कि नाटक को अन्य श्रव्य-दृश्य कलाओं से अपनी अलग कोई विशिष्ट पहचान बनाए रखनी है तो भाषा को स्वत: वहाँ से पैदा होना चाहिए। जहाँ तक दृश्य का सवाल है, नाटक

सिनेमा और टीवी के साथ प्रतिस्पर्धा नहीं कर सकता। राकेश के साथ यह बातचीत नेहरू फ़ेलोशिप के सिलसिले में उसकी यूरोप यात्रा से ठीक एक सप्ताह पहले की है, इस बात पर हमें सहमत होना चाहिए कि जो रुख़ उसने अख़्तियार किया था, उसमें कोई तो बात थी। इस मामले में क्या कुछ ठोस किया जाना चाहिए, इसे लेकर वह ख़ुद भी स्पष्ट नहीं था। लगता था, जैसे वह उन प्रश्नों के जवाब खोज रहा था जिनमें से कुछ प्रश्न तो आकार ही न ले पाए थे। यात्रा से लौटने के बाद ऐसा लगा, जैसे उसने उन बातों पर अपनी ज़बरदस्त पकड़ बना ली थी और वही बाद में 'मैड डिलाइट' में उभरकर सामने आईं।

'मैड डिलाइट' हालाँकि उस यात्रा का अन्त नहीं था, लेकिन वह मील का पहला पत्थर ज़रूर था। उसमें सकारात्मक बात यह थी कि उसने मंच के बाहर की ध्वनियों के लिए ढेर सारी सम्भावनाओं के द्वार खोल दिये थे। पर इसका यह मतलब नहीं कि वह एक नये प्रकार का नाटक था या वह एक पूर्ण विकसित नाटक था जो ध्वनि और दृश्य के आपसी विखंडन पर आधारित था—यह मुद्दा अब भी बहस का विषय बना हुआ है। इस प्रकार के थियेटर का उदय तो और भी बड़ा सवाल है। 'मैड डिलाइट' लघु नाटक से निश्चय ही बड़ा (प्रयोग) था। 'मैड डिलाइट' की शैली को आधार बनाकर राकेश निश्चय ही एक पूर्णकालिक नाटक लिखना चाहते थे जो अब उनकी अनुपस्थिति में सम्भव नहीं होगा। भारतीय थियेटर के भविष्य की दृष्टि से यह एक बेहद दुखद स्थिति है।

राकेश अपने प्रयास में कितने सफल होते, यह एक अलग मुद्दा है। इस प्रकार के थियेटर की प्रोग्रामिंग के सम्बन्ध में निहित कठिनाइयों के अतिरिक्त उनके शुरुआती रुख़ के कारण अन्य कठिनाइयाँ भी दरपेश हो रही थीं। उनका शुरुआती बिन्दु था, 'शब्द बेहद जोखिम भरा माध्यम है'। शब्दों को लेकर यह बात सही थी पर यह पूरा सच भी नहीं था। जहाँ यह सच है कि 'किसी यायावर की तरह शब्दों को भी हमेशा नये-नये अर्थ पैदा करने में आनन्द आता है,' वहीं यह भी सच है कि मनुष्य की सत्ता या रचनात्मकता का एक अन्य पहलू या शायद सर्वाधिक महत्त्वपूर्ण पहलू उसके अनुभवों और अवधारणाओं की शब्दिक अभिव्यक्ति के रूप में ही सामने आता है। न केवल इसके सामने लाने में बल्कि सूक्ष्म रूप में सामने लाने में ऐसा होता ही है—और राकेश में यह माद्दा था। इसलिए केवल एक ही पहलू पर ज़ोर देना या शुरुआत के आंशिक सच को ही सामने रखना, उसकी योजनाओं के साथ न्याय नहीं होगा।

अपने आलेख की अलग-अलग प्रस्तुतियों पर भी राकेश ने शिकायत की थी। उनका कहना था : 'इनमें मशरूम की व्याख्या को ही अत्यधिक महत्त्व मिल गया है, जबकि इसका मकसद शब्दों और दृश्यों के अपने अलग-अलग अर्थ रखने के बावजूद उनकी सादृश्यता (जक्स्टा पोजीशन) से उत्पन्न सार्थक अभिव्यक्ति की सम्भावनाओं की तलाश करना था।' उनका यह विरोध उनके लिए संकट खड़ा

करनेवाला और उनकी अवधारणा को कमज़ोर करनेवाला था। प्रश्न है कि सार्थक अभिव्यक्ति का अर्थ क्या है? आख़िर मशरूम की व्याख्या के बिना इसके सार्थक अर्थ कैसे निकाले जा सकते हैं?[1]

निर्देशकों के लिए इस व्याख्या का रूप चिन्ताजनक बन जाना लाज़िमी था। यह ध्यान देने की बात है कि विभिन्न निर्देशकों ने इसे अलग-अलग तरह कैसे व्याख्यायित किया? अब मशरूम की व्याख्या को लें तो इस शिमला वर्कशॉप के जर्मन निर्देशक वॉल्फ्रेम मेहरिंग के अनुसार मशरूम ऊर्जा और विकास का प्रतीक है। अजितेश बनर्जी के लिए यह एक ऐसी चाबी थी जिससे जीवन में वह सब कुछ, जिसकी इनसान इच्छा करता हो, प्राप्त किया जा सकता है। राजिन्दर नाथ के लिए ये ख़ाली पैकिंग के डिब्बे की तरह खोखली और बेकार बात थी। सत्यदेव दुबे को मशरूम की पैदाइश में संघर्ष नज़र आता है। उन्हें इसमें मनुष्य और पर्यावरण के बीच का टकराव दिखता है। उनकी मान्यता है कि हर एक उत्पादन को उसके अपने तौर-तरीक़े से पेश किया जाना चाहिए।

यह जानना दिलचस्प होता कि दर्शकों ने या उनमें से कुछ ने ही—मशरूम का क्या अर्थ समझा? दर्शकों के अनुभवों को भी इस प्रयोग का हिस्सा बनना चाहिए। इससे एक अहम् ख़ुलासा हो सकता है।

मशरूम में क्लोरोफ़िल नहीं होता इसलिए यह अपना बीज भी पैदा नहीं कर सकता, जैसा सामान्यतया दूसरे पौधे करते हैं। इसलिए यह बंजर ज़मीन के बाँझ और अन-उपजाऊ होने का प्रतीक भी हो सकता है। वहीं दूसरी तरफ़ वैज्ञानिक प्रमाणों के अनुसार मशरूम 1,00,000 प्रकार के होते हैं। इनमें से कुछ विनाशकारी और ज़हरीले होते हैं और कुछ खाने लायक़ ही नहीं होते, परन्तु कुछ इतने स्वादिष्ट होते हैं कि उन्हें दैवीय भोजन के सम्मान से नवाजा जाता है। तथ्य यह है कि शिमला के निकट ही एक छोटा-सा शहर 'चैल' है जिसे 'मशरूम के शहर' के नाम से जाना जाता है। वहाँ के लोगों के अनुभव को भी इस प्रयोग में शामिल किया जा रहा है। यहाँ एफ.ए.ओ. के तत्त्वावधान में बड़े पैमाने पर मशरूम की खेती की जाती है। मशरूम हिमाचल प्रदेश में धन-उपार्जन का एक बड़ा स्रोत बन गया है।

विदेशों में हिमाचल के डिब्बाबन्द (केंड) मशरूम की माँग उत्पादन से अधिक है। कुछ प्रेक्षकों के लिए मशरूम तोड़ने का अर्थ एकदम अलग हो सकता है। मज़े की बात है कि मशरूम लकड़ी के गहरे डिब्बों में, जिनका आकार 15 से 25 सेंटीमीटर

---

1. 'मैड डिलाइट' नामक इस प्रायोगिक नाट्यालेख का मूल नाम 'पागल कुकुरमुत्ते' रखा गया था। इसमें अभिनेता मंच के सारे क्रियाकलाप कुकुरमुत्ते या मशरूम के साथ ही करते हैं परन्तु अपनी प्रस्तुतियों में इसे व्याख्यायित करने के लिए विभिन्न निर्देशकों ने इसके स्थान पर 'चाबी', 'ख़ाली डिब्बे', 'स्त्री' इत्यादि का प्रतीकात्मक प्रयोग किया था। कालान्तर में प्रकाशन के समय पता नहीं, किन कारणों से इसका नाम बदलकर 'छतरियाँ' कर दिया गया! —सं.

होता है, सबसे अच्छे उगते हैं। वहाँ ये डिब्बे जहाँ ख़ज़ाने के द्योतक हैं, उसके उलट राजिन्दर नाथ के यहाँ वे ख़ालीपन के प्रतीक हैं।

मशरूम की चर्चा से मेरा उद्‌देश्य यह बताना है कि कई बार आँखों-देखा सत्य भी भ्रामक हो सकता है। उसमें निहित दृश्य-विधान भी शब्दों के अर्थ की तरह परिवर्तनशील हो सकते हैं क्योंकि शब्द भी अन्तत: प्रतीक ही होते हैं। राकेश सम्भवत: थियेटर में दृश्य और ध्वनि की इस नई अवधारणा पर ही विचार कर रहे थे। मैं आज भी यही मानता हूँ कि अनेकानेक परेशानियों से घिरने के बाद भी राकेश अपने वांछित मुकाम पर पहुँचते। अपने प्रयोग के लिए उनकी सोच और दृष्टिकोण परीक्षात्मक था। वह किसी पूर्व स्थापित अथवा पूर्व-निर्मित परिकल्पना को सत्यापित नहीं कर रहे थे। वे किसी नई खोज के लिए प्रयासरत थे। उनका प्रयोग तार्किक परिगणन पर नहीं, सहज-बोध पर अधिक आधारित था। मेरी दृष्टि में राकेश का सहज-बोध और अचूक था, पर यही बात मैं उनके परिगणन ज्ञान के लिए नहीं कह सकता।

हिन्दी के लेखकों में राकेश में ही सबसे अधिक आधुनिकता, संवेदना व जागरूकता नज़र आती है। एक लेखक की हैसियत से वे अपने आलेखों में पूर्ण रूप से खुले और ईमानदार प्रतीत होते हैं। साहित्य में शॉर्टकट की एक चर्चा के दौरान जब एक बार राकेश ने अज्ञेय द्वारा 'नदी के द्वीप' में अन्य अनेक विद्वानों के बहुतायत में प्रयोग किये गए उद्धरणों का उल्लेख किया तो आवेश में आकर अज्ञेय ने राकेश को चुनौती दी और इस बहस को राकेश के विरुद्ध प्रस्तुत करने का प्रयास किया। अज्ञेय ने राकेश से प्रश्न किया, 'तुम यह दावा करते हो कि तुमने जीवन में कभी शॉर्टकट का इस्तेमाल नहीं किया है, यह झूठ तुम दूसरों के घरों के हवाले से बोल रहे हो...।' प्रत्युत्तर में राकेश ने अज्ञेय को निरुत्तर करते हुए कहा, 'सम्भव है, मैंने जीवन में शॉर्टकट किया हो लेकिन साहित्य में कभी नहीं किया।'

मैं उनके उत्तर से सन्तुष्ट हूँ। साहित्य में ऐसी निष्कपटता न केवल अपना अलग महत्त्व क़ायम करती है बल्कि साहित्य की ग़लत दिशाओं और बुराइयों से लिप्त प्रयोगधर्मिता के रोग से भी निजात दिलाने की क्षमता रखती है।

इस बात की पूरी सम्भावना थी कि यदि उन्हें समय मिलता तो वे अपने प्रयोगों में बहुत हद तक सफल होते। यदि असफल भी होते तो निश्चय ही यह उनकी नहीं, उस काल की सबसे बड़ी असफलता होती। उनके प्रयोगों के नकारात्मक परिणामों से भी भारतीय थियेटर को कुछ-न-कुछ सकारात्मक लाभ ही मिलता। प्रभावशाली नाट्य-भाषा तो निश्चित रूप से लाभान्वित होती। ऐसे अद्वितीय प्रयोगकर्मी के अवसान के साथ उनके साहित्य से किये गए वादे भी समाप्त हो गए। इसकी भरपाई कभी नहीं हो सकती। मृत्यु के क्रूर वारों में यह क्रूरतम वार था।

एक व्यक्ति का बहुमत

राजिन्दर नाथ

मैं नहीं बता सकता कि इस टिप्पणी को लिखने के लिए मैंने कितनी बार हिम्मत बटोरी, लेकिन हर बार परिणाम एक ख़ाली पन्ना ही रहा। अब इतनी बड़ी त्रासदी और उसके बाद के अवसाद के बाद भी हो सकता है, नतीजा वही हो। आज मैं फिर एक बार प्रयास कर रहा हूँ कि कुछ पंक्तियाँ लिख सकूँ, लेकिन परिणाम को लेकर सन्देह अब भी बना हुआ है।

थियेटर के सभी पहलुओं के बारे में बात करने के अनेक अवसर हमें मिले हैं। इससे एक-दूसरे के मस्तिष्क को उसकी विविधतापूर्ण अभिव्यक्ति के साथ जानना सम्भव होता था, फिर भी उनके साथ मिलकर एक नाटक की प्रस्तुति करना एक शिक्षाप्रद तजुर्बा रहा। निःसन्देह इसके पीछे नाटककार और निर्देशक का समान धरातल पर होना और एक-दूसरे में विश्वास भी एक बड़ा कारक रहा।

मेरी हमेशा से इच्छा थी कि उनके साथ उनके पूर्णकालिक नाटकों पर काम करूँ। फिर लगा भी कि यह जल्द ही होनेवाला है, लेकिन अब यह कभी नहीं होगा। एक अवसर जो मुझे मिला, वह था अप्रैल, 1972 में मैक्समूलर भवन द्वारा शिमला में आयोजित एक वर्कशॉप में मोहन राकेश के 'मैड डिलाइट' के निर्देशकों में शामिल होने का प्रस्ताव।

यही एक समय था जब हमने साथियों की तरह काम किया और प्रेमियों की तरह झगड़े भी किये। इसके परिणामस्वरूप न सिर्फ़ हमारा काम बेहतर हुआ बल्कि एक-दूसरे को लेकर हमारी समझ भी बढ़ी। अपने काम और समस्याओं को वे जितनी गम्भीरता से लेते थे, उतनी ही गम्भीरता से अपने मित्रों के काम और समस्याओं को भी लेते थे। दरअसल वे जीवन के हर क्षण को पूरी गम्भीरता और सघनता के साथ जीना पसन्द करते थे। कुछ निष्कर्षों पर पहुँचने के लिए यहाँ शिमला वर्कशॉप की कुछ घटनाओं को संक्षेप में याद करना उचित होगा।

शुरुआती चरणों में कोई भी निर्देशक उस प्रयोग के उद्देश्य को लेकर गम्भीर नहीं था जिसके लिए 'मैड डिलाइट' की रचना हुई थी। भागीदारों और आयोजकों

की मन:स्थिति को भाँपते हुए और उक्त प्रयोग की व्यावहारिकता के प्रति अपने सन्देह को देखते हुए मैंने कह दिया कि क्योंकि इस प्रयोग के उद्‌देश्य में मेरी आस्था नहीं है, इसलिए मैं इस नाटक को अपने ढंग से करूँगा। लेकिन उस समय मुझे यह अनुमान नहीं था कि मेरी इस बात से राकेश की नींद उड़ जाएगी। इसका पता मुझे तब चला जब अगली सुबह राकेश मेरे कमरे में आए और उक्त प्रयोग की व्यवहार्यता पर पहले आराम से बोले और फिर बहुत जोश में आ गए। वे बहुत देर तक बोलते रहे और इतनी दृढ़ता के साथ कि तीन घंटे बाद जब हम नाश्ते के लिए उठे, न सिर्फ़ उस प्रयोग के उद्‌देश्यों को लेकर मेरी धारणा बदल चुकी थी बल्कि उन्होंने मुझे इस बात पर भी यक़ीन दिला दिया था कि अगर कम-से-कम एक निर्देशक भी प्रयोग के उद्‌देश्यों को ध्यान में रखते हुए नाटक को नहीं करता तो इस वर्कशॉप का कोई मतलब नहीं रह जाएगा।

मुझे यहाँ 'मैड डिलाइट' या वर्कशॉप के उद्‌देश्यों के बारे में बात करने की ज़रूरत नहीं है क्योंकि इन विवरणों के मुक़ाबले कहीं ज़्यादा अहमियत उनके व्यक्तित्व की उन दो ख़ूबियों की है जो शिमला में देखने को मिलीं और जिनका उनके काम पर भी निर्णायक प्रभाव रहा।

वे ख़ूबियाँ थीं लक्ष्य को लेकर उनकी आत्यन्तिक ईमानदारी और विवरणों को लेकर उनकी अतिरिक्त व सूक्ष्म सावधानी। मुझे पक्का यक़ीन है कि उनकी जगह कोई और लेखक शिमला की उस कार्यशाला में होता तो वह चीज़ों को उसी तरह हो जाने देता जिस तरह वे शुरू हो गई थीं और जिनके चलते वर्कशॉप ही निरर्थक हो जाती और शायद ज़्यादातर लोग इस पर ध्यान भी न देते। शिमला की शाही लॉज में बढ़िया समय बिताकर चले आते। लेकिन उस अकेले व्यक्ति के चलते और उनकी दृढ़ता के चलते यह पूरा अनुभव विशिष्ट हो गया।

ये दोनों ही विशेषताएँ जिनका किसी भी कलाकार के लिए निर्णायक महत्त्व है, उनके व्यक्तित्व में भरपूर थीं। इन्हीं दो पैमानों पर उन्होंने अनेक नाटकों, प्रस्तुतियों और लोगों को तौला। नाटक या प्रस्तुति चाहे जिसकी हो, अपना अन्तिम फ़ैसला वे इन्हीं दो विशेषताओं के आधार पर करते थे।

दुर्भाग्य से शिमला वर्कशॉप में उठाया गया वह छोटा क़दम अब शायद आगे न बढ़ पाए क्योंकि वह महामानव जो उस पथ पर चलना चाहता था, अब हमारे बीच नहीं है। हम जो उनके काफ़ी क़रीब थे, किसी-न-किसी मात्रा में ख़ुद को कुछ कम पा रहे हैं। उनके उस अननुकरणीय ठहाके के जाने के बाद अब हम कुछ विपन्न हो गए हैं और हिन्दी का नाट्य-लेखन वापस एक बंजर इलाक़ा हो गया है।

एक योद्धा लेखक का जाना

सत्यदेव दुबे

यह कल्पना करना कठिन है कि राकेश जी अब हमारे बीच नहीं हैं। पिछले ही दिनों वे थियेटर कॉन्फ्रेंस के सिलसिले में बम्बई में थे। इस दौरान वे न सिर्फ़ इस कॉन्फ्रेंस में रहे बल्कि उन्होंने कुछ नाटकों और फ़िल्मों के लिए भी वक़्त निकाला। उन्होंने अग्निहोत्री के 'अनुष्ठान' के अलावा नई अभिनेत्री को लेकर खेले जा रहे अपने नाटक 'आधे-अधूरे' को भी कुछ देर देखा और मराठी फ़िल्म 'शांतता कोर्ट चालू आहे' भी देखी। उत्साही रंगकर्मियों के अलावा वे अन्य क्षेत्रों के महत्त्वपूर्ण लोगों से भी मिले। चार-पाँच दिनों के उनके इस प्रवास के दौरान हम अक्सर मिलते रहे। हमने थियेटर की समस्याओं के बारे में बातें कीं और अखिल भारतीय स्तर पर एक संस्था की सम्भावनाओं को भी तलाशा जो देश के वास्तविक रंग-परिदृश्य का प्रतिनिधित्व करें—जो पिछले एक दशक में अन्ततः स्पष्ट दिखने लगा था।

बम्बई में उनके प्रवास का हवाला मैंने इसलिए दिया है ताकि पाठकों को उनके जोश, उनके उत्साह और नई सार्थक चीज़ों के प्रति उनके सरोकार का अन्दाज़ा लग सके। और अब वे नहीं हैं। एक आकस्मिक और अनपेक्षित हृदयाघात ने भारतीय रंगमंच को एक प्रेरक शक्ति से वंचित कर दिया।

मोहन राकेश से मेरी मुलाक़ात 1962 में हुई। उस समय वे हिन्दी कथा-पत्रिका 'सारिका' के सम्पादक थे। नवम्बर, 1962 में मैंने डॉ. धर्मवीर भारती के 'अन्धा युग' का मंचन किया था। कम्बाला हिल के एक भवन की टैरेस पर हो रहे इस नाटक की चौथी प्रस्तुति में वे आए थे। अगली आठ प्रस्तुतियों के दौरान उन्होंने कई बार उन असंख्य सीढ़ियों को चढ़ा। उस बिल्डिंग में लिफ़्ट नहीं थी। तीन बार वे नाटक देखने आए, और जब भी आए, अपने साथ अपने दोस्तों की एक टोली लेकर आए। उन दिनों हम टिकटों की बिक्री हाथ से करते थे। राकेश जी आते, एडवांस में टिकट लेते और फिर शाम को नाटक देखने पहुँचते। उन्होंने घोषणा की कि 'अन्धा-युग' के मंचन के साथ हिन्दी रंगमंच की

'जेनुइन' आधारशिला पड़ चुकी है। लेकिन वे ख़ुद 'आषाढ़ का एक दिन' नाम से एक नाटक 1959 में लिख चुके थे जिसने संगीत नाटक अकादमी का पुरस्कार तो पाया ही, हिन्दी में अब तक हो रहे नाट्य-लेखन को भी एक नई दिशा दी।

कहानीकार और उपन्यासकार के रूप में राकेश अपना प्रभाव पहले ही छोड़ चुके थे लेकिन 'आषाढ़ का एक दिन' के प्रकाशन और कलकत्ता के 'अनामिका' समूह द्वारा किये गए इसके मंचन ने साहित्य और थियेटर में एक हलचल मचा दी। इस नाटक ने नाट्य-लेखन को एक ऊँचे स्तर पर पहुँचा दिया। बाक़ी साहित्यिक विधाओं से अभी तक इसका सम्बन्ध कुछ बेचारा जैसा था, अब उसे इसके बावजूद कि पैसा अभी भी कम ही था, एक सम्मान मिलने लगा।

ऊपरी तौर पर 'आषाढ़ का एक दिन' कालिदास के बारे में था। लेकिन इस नाटक का कालिदास असल में अपनी रचनात्मक समस्याओं से घिरा हुआ एक आधुनिक कलाकार था जो सत्ता-प्रतिष्ठान द्वारा थोपे गए अपमान के बीच से चतुराईपूर्वक रास्ता निकालता है। ऊपर से यह नाटक ऐतिहासिक प्रतीत होता था लेकिन समकालीन सन्दर्भ इसमें भरे पड़े थे और अच्छी तरह से उकेरे गए चरित्र जो हमें अपने जैसे लगते थे। लेकिन आधुनिकता को इतनी छूट भी इसमें नहीं दी गई थी कि वह परिस्थिति की काव्यात्मकता को क्षीण कर दे। वह काव्यात्मकता जो संवादों में इस तरह सघन होकर आई कि हिन्दी संसार उनकी संगीतमयता से चौंक गया। नाटक की कालगत पृष्ठभूमि को देखते हुए इसमें संस्कृतनिष्ठ हिन्दी का प्रयोग किया गया था। इस नाटक ने हिन्दी को एक पूर्ण विकसित नाटकीय मुहावरा दिया जिसमें आधुनिकता की भी ध्वनि थी।

राकेश का अगला नाटक 'लहरों के राजहंस' भी एक इतिहास-केन्द्रित नाटक था जिसके मुख्य पात्र बुद्ध का छोटा भाई और उनकी पत्नी सुन्दरी थे। 'आषाढ़ का एक दिन' की मल्लिका से एकदम विपरीत इस नाटक की सुन्दरी एक विद्रोही और दृढ़ स्त्री है। अपने पति नंद के सामने वह अपने एक दृष्टिकोण के साथ आती है जो बुद्ध के त्याग-दर्शन की ओर आकृष्ट है और अन्ततः वह उसे अपना भी लेता है।

नाटकीयता के लिहाज़ से देखें तो यह संघर्ष पूरी तरह निखर नहीं पाता लेकिन इसकी नाट्य-भाषा एक नये और आश्चर्यजनक स्तर तक जाती है। ऐतिहासिक वातावरण को भंग किये बिना यहाँ शब्द और भी सादा और आडंबरहीन हो जाते हैं। और आधुनिकता से भी दूर नहीं जाते। दूसरे अंक में ख़ास तौर पर, संवादों की लय इतनी सूक्ष्म थी कि बड़े से बड़े अभिनेता के लिए चुनौती बन जाए (और अब तक उसे साधने में सफलता नहीं मिल सकी है)।

लेकिन हिन्दी लेखकों पर, जिनमें राकेश भी शामिल थे, इस बात को लेकर हमले किये जा रहे थे कि वे अपने नाटक समकालीन पृष्ठभूमि में प्रस्तुत नहीं करते; कि इतिहास और मिथक हिन्दी लेखकों की शरणस्थली है। उन पर समकालीन समाज की स्थितियों से किनारा करने का आरोप लगाया जाता था। राकेश ने इन आरोपों का जवाब दो एकांकी लिखकर दिया जो 'धर्मयुग' में प्रकाशित हुए। इनकी पृष्ठभूमि और कथानक एकदम समकालीन थे लेकिन गद्य और संवादों पर राकेश को जो महारत हासिल थी, वह यहाँ भी दिखाई दी।

लेकिन एक बड़ा बम अभी बाक़ी था। 'आधे-अधूरे' के प्रकाशन और दिल्ली तथा बम्बई में इसके प्रदर्शन ने हिन्दी आलोचकों का मुँह पूरी तरह बन्द कर दिया। यह एक ऐसा नाटक था जिसने इस मिथ को तार-तार कर दिया कि हिन्दी नाटककार समकालीन परिस्थिति को ठीक से नहीं निभा सकता। इस नाटक के पात्र हमारे वर्तमान अस्तित्व का हिस्सा थे। नाटक पुस्तक के रूप में भी अत्यन्त सफल रहा और मंच-प्रस्तुति के रूप में भी। भारत-भर में हुए हिन्दी नाटकों में आज भी यह सर्वाधिक सफल है।

इस नाटक के पात्रों की कुंठा, अपमानबोध और तनाव को इतने सघन स्तर पर ले आया गया है कि हमें स्ट्रिंडबर्ग और यूजीन ओ'नील की याद आ जाती है; इसकी भाषा की कचोट को देखकर तो 'हू इज़ अफ्रेड ऑफ़ वर्जीनिया वुल्फ़' के लेखक को भी ईर्ष्या हो उठे।

शब्दों के साथ राकेश का रिश्ता जुनून के स्तर तक था। बेशक भारतीय भाषाओं के अन्य लेखकों ने भी अपनी भाषा को एक नया मुहावरा दिया है, लेकिन शब्दों को लेकर राकेश बेहद सजग थे। इसी जुनून के चलते उन्होंने नेहरू फ़ेलोशिप के लिए अपनी थीसिस का विषय तय किया। इसी दिशा में आगे काम करने के लिए उन्होंने 'पैर तले की ज़मीन' नामक एक नाटक भी लिखा। यह तो निश्चित ही है कि उन्होंने इसका फ़ाइनल ड्राफ़्ट पूरा नहीं किया होगा लेकिन हम उम्मीद करेंगे कि उनके भीतर के 'परफ़ेक्शनिस्ट' ने इस नाटक के आरम्भिक ड्राफ़्ट तो नष्ट नहीं किया होगा।

पिछले दिनों उनसे मेरी मुलाक़ात कई बार हुई। इधर शिमला में भी हम दस दिन साथ रहे जहाँ मैक्समूलर भवन की एक कार्यशाला में राकेश के एकांकी 'मैड डिलाइट' के आधार पर कुछ नाट्य-प्रयोग किये जाने थे। वे भव्य दस दिन अविस्मरणीय हैं, हालाँकि अब पीड़ा की एक रेखा भी इन स्मृतियों का अंग है। लेकिन उनके 'शब्द' मेरे अस्तित्व का हिस्सा अवश्य रहेंगे। वे 'शब्द', जो मॉल उतरते हुए बोले गए 'शब्द', जो शाम के खाने के बाद बहसों के हथियार बने; 'शब्द' जिनसे बहुकोणीय रिश्तों को पुख़्तगी मिली और 'शब्द', जो आगे भी थियेटर में आधुनिकता और अर्थ की तलाश को प्रेरित करते रहेंगे।

राकेश हर स्तर पर एक योद्धा थे। जिन सरोकारों के लिए वे लड़े, वे सफल रहे लेकिन फ़िल्मों के मामले में वे बहुत अभागे रहे। उनकी कहानियों पर बनी फ़िल्में—'उसकी रोटी', 'आषाढ़ का एक दिन' और 'आधे-अधूरे'—अभी भी रिलीज़ नहीं हो पाई हैं, और फ़िल्म फ़ाइनेंस कॉरपोरेशन ने भी एक प्रगतिशील और लड़ाकू शख़्सियत को खो दिया है।

जीवनपर्यन्त नाटकीय शब्द की तलाश

कविता नागपाल

मोहन राकेश की असामयिक मृत्यु ने हिन्दी थियेटर-जगत में एक ऐसा शून्य पैदा कर दिया जिसकी भरपाई सम्भव नहीं है। इसलिए नहीं कि उनके नाटक 'आषाढ़ का एक दिन' ने थियेटर को एक मॉडर्न हिन्दी नाटक दिया बल्कि इसलिए भी कि अपने नाटकों के माध्यम से उन्होंने हिन्दी रंगमंच के लिए ऐसा दर्शक-वर्ग सृजित किया जिसके अभाव में थियेटर निष्प्राण रह जाता। अपनी मृत्यु के समय मोहन राकेश जिस प्रोजेक्ट में संलग्न थे, उसका हिन्दी थियेटर पर दूरगामी प्रभाव पड़ना अवश्यंभावी था। वे नेहरू फ़ेलोशिप के अन्तर्गत 'ड्रामेटिक वर्ड' विषय पर गम्भीर शोध-कार्य कर रहे थे। इसके अतिरिक्त 'आधे-अधूरे' के बाद उनका अगला नाटक 'पैर तले की ज़मीन' भी अपने आख़िरी चरण में था।

'आधे-अधूरे' को नव-नाट्य के 'पेस-सेटर' की तरह देखा जाता है। इस नाटक का मंचन भारत की अनेक क्षेत्रीय भाषाओं में किया गया और इस पर एक फ़िल्म भी बनी। इस नाटक की सबसे बड़ी विशेषता इसकी भाषा है। हिन्दी में पहली बार कोई नाटककार ऐसे संवाद लिख सका, जो जीवंत, तीक्ष्ण और मारक तो थे ही, द्वंद्व की भी सृष्टि करते थे। मोहन राकेश का नाटकीय-बोध इस बात का प्रमाण है कि वे नाटकीय परिस्थितियों की समझ रखते थे जो एक संकट से दूसरे संकट की ओर जाती हुए दिखती हैं। ऐसे संवाद लगभग साँस थामे परिस्थितियों की उथल-पुथल के बीच से पात्रों को अपने वेग में बहा ले जाते हैं। राकेश अपने पात्रों के चरित्रों को घोर हताशा के बिन्दु तक लाकर ऐसी स्थिति में छोड़ देते हैं कि चरित्र अपनी हताशा के इर्द-गिर्द झूलते रहते हैं। वे अपने नाटकों में ऐसी निराशाजनक परिस्थितियों का सृजन करते हैं जिनकी गिरफ़्त में हर व्यक्ति अपने जीवन में कभी-न-कभी आता ही है।

वे लोग जिन्हें वह जानते थे

उनके हर नाटक में चरम की वह शून्यवादी (निहिलिस्टिक) प्रवृत्ति देखी जा सकती है जो मध्यवर्गीय द्वंद्व से अनिवार्य रूप से मिलती है। इस पर प्रश्न करने पर उनका

जवाब था : 'मैं उन्हीं के बारे में लिखता हूँ जिन्हें मैं जानता हूँ, या जैसा मैंने उन्हें देखा है। यदि मैं अन्य वर्गों के बारे में नहीं लिखता हूँ तो इसका कारण यह है कि वे मेरे आसपास मौजूद नहीं हैं।' उन्होंने स्वयं बहुत अनिश्चितताओं से भरा जीवन जिया था। नाट्य-लेखन में पूरी तरह से प्रतिबद्ध होने से पहले उन्होंने बहुत-से अन्य कामों में अपने हाथ आज़माए। उनका आख़िरी काम मशहूर पत्रिका 'सारिका' का सम्पादन था जिसे उन्होंने एक साल निभाने के बाद 1963 में छोड़ दिया। कहानीकार के रूप में राकेश काफ़ी चर्चित हुए। इसके बाद उन्होंने उपन्यास की तरफ़ रुख़ किया। उनका पहला सृजनात्मक प्रयास एक एकाकी संकलन के रूप में आया। सन् 1958 में अपने पहले नाटक 'आषाढ़ का एक दिन' के लिए संगीत नाटक अकादमी से पुरस्कृत होने के बाद वे एक प्रतिष्ठित नाटककार के रूप में स्थापित हो गए। यह वह समय था जब हिन्दी थियेटर बड़ी निराशाजनक स्थितियों से गुज़र रहा था। उन दिनों हिन्दी थियेटर में अधिकतर अन्य भाषाओं से अनुवादित या रूपान्तरित नाटकों का ही मंचन होता था। ऐसे में नेशनल स्कूल ऑफ़ ड्रामा के प्रादुर्भाव और उसमें 'आषाढ़ का एक दिन' के मंचन के साथ हिन्दी नाटक-जगत में एक नये युग का सूत्रपात हो गया।

'आषाढ़ का एक दिन' की ऐतिहासिक विषयवस्तु से 'लहरों के राजहंस' तक होते हुए 'आधे-अधूरे' तक की उनकी यात्रा दरअसल उनकी भाषा की भी यात्रा है। 'आषाढ़ का एक दिन' में जहाँ पात्र संस्कृतनिष्ठ भाषा का इस्तेमाल करते हैं तो वहीं आधे-अधूरे के पात्र समसामयिक मुहावरों का प्रयोग करते नज़र आते हैं। भाषा को लेकर राकेश शुद्धतावादी नहीं थे। राकेश ने अपने नाटकों में उर्दू यहाँ तक कि अंग्रेज़ी के इस्तेमाल से भी गुरेज़ नहीं किया। उनके अनुसार भाषा को अगर जीवित रहना है तो भाषाओं के बीच एक समन्वय आवश्यक है। वे नाटक में ऐसे शब्दों की उपयुक्त संरचना को प्राप्त करने की आवश्यकता को लेकर बेहद सजग थे जो अनुपयोगी शब्द-जंजाल के विपरीत नाटक के उद्देश्य को पूरा करती हो।

हाल ही में शिमला में आयोजित एक नाट्य-कार्यशाला में मोहन राकेश द्वारा रचित एक लघु नाट्यालेख[1] पर अन्यान्य निर्देशकों ने अपने-अपने प्रयोग किये। इस प्रक्रिया में उन्होंने उपलब्ध स्पेस में शब्दों और ध्वनियों के साथ अभिनव प्रयोग करने का प्रयास किया। वे शब्दों को विखंडित कर यह अनुभव करना चाहते थे कि क्या इस प्रक्रिया से शब्द किन्हीं अन्य आयामों की सृष्टि कर सकते हैं, जिससे मंच से कहे जानेवाले शब्द मात्र शब्द बनकर ही न रह जाएँ? उन्होंने अनुभव किया कि ऐसी संरचनाएँ अभिनेताओं को अपने विचारों को व्याख्यायित करने के लिए अवकाश प्रदान करती हैं। उन्होंने इस बात को स्पष्ट रूप से स्वीकार किया

1. 'मैड डिलाइट' और हिन्दी में 'छतरियाँ'।

कि उनका यह प्रयास अपने प्रायोगिक चरण में है और वे अभी अपनी परियोजना को कोई निश्चित आकार प्रदान कर पाने की स्थिति में नहीं हैं।

फ़िल्मों की दुनिया में

एक रचनात्मक लेखक के रूप में उनकी प्रखर प्रतिभा का कमाल था कि एफ.एफ. सी. के ऋण से उनकी तीन रचनाओं पर फ़िल्में बनाई गईं। प्रतिभाशाली निर्देशक मणि कौल ने उनकी एक कहानी 'उसकी रोटी', और नाटक 'आषाढ़ का एक दिन' पर फ़िल्में बनाईं। दिल्ली में मंचित 'आधे-अधूरे' के कलाकारों के साथ मिलकर फ़िल्म बनाने का प्रयास भी किया गया जो अधूरा ही रह गया। एक ओर जहाँ हिन्दी के अनेक लेखकों ने धन अर्जित करने के लिए फ़िल्म-जगत की राह पकड़ी, वहीं मोहन राकेश इस लोभ से परे रहकर थियेटर के लिए ही लिखते रहे।

एक व्यक्ति के रूप में वह अत्यन्त जीवंत इनसान थे, हालाँकि वे जल्दी झुँझला भी जाते थे। किसी मुद्दे पर असहमत होने पर वह आक्रामक ढंग से अन्त तक अपने तर्क पर डटे रहते थे और किसी भी हालत में ख़ामोशी का शॉर्ट-कट नहीं अपनाते थे। वे उन तमाम लोगों के प्रबल समर्थक थे जो किसी भी रूप में थियेटर को बढ़ावा देने के लिए प्रयत्नशील थे। यहाँ तक कि वह उनकी प्रस्तुतियों के लिए सहायता और सुझाव देने में कभी पीछे नहीं हटते थे। राष्ट्रीय परिदृश्य पर हाल ही में हुए एक सेमिनार में साथी नाटककारों के हित में वे प्रखर रूप से खड़े नज़र आते थे। एक बार जब नेशनल थियेटर के परिदृश्य पर आयोजित एक सेमिनार में जब किसी ने समकालीन भारतीय नाटककारों के सन्दर्भ में मौजूदा थियेटर को संकुचित और ऐकान्तिक कहकर उसकी आलोचना की तो उन्होंने अपने साथी नाटककारों का पक्ष लेकर उस आलोचक को तीखा जवाब देते हुए विजय तेन्दुलकर, गिरीश कारनाड और बादल सरकार के कृतित्व की महत्ता को बलपूर्वक स्थापित किया। उन्होंने थियेटर के इस छोटे समूह को और व्यापक करने, अधिक-से-अधिक लोगों तक ले जाने का आग्रह भी किया था। उन्होंने अपनी हाल की पूर्वी यूरोप की यात्रा का हवाला देते हुए कहा कि 'सरकार को थियेटर की जितनी अधिक सहायता हो सके, करनी चाहिए।' उन्होंने सरकार को थियेटर को अधिक-से-अधिक सब्सिडी देने को भी कहा। भारतीय थियेटर का कुनबा अभी भी बहुत छोटा है, पर मोहन राकेश इस कुनबे के लाड़ले थे।

खंड-3

वो भूली दास्तां...

जालंधर में राकेश

राकेश : चेहरे का एक पहलू

इन्द्रनाथ मदान

मेरे मेहरबान अक्सर—दिन ढलते ही—मेरे यहाँ इसलिए चले आते हैं कि इनके आने से मेरा दिल बहल जाएगा, अपने घर में एक अदद जो ठहरा। यह राज़ भी इनसे छिपा नहीं है कि दिल बहलाने के लिए मुझे इनके हो जाना चाहिए। मदन मोहन गुगलियानी, मदन मोहन राकेश, मोहन राकेश और अन्त में राकेश न तो मेरा मेहरबान था, न ही हमदम और न ही दोस्त। वह मेरा अज़ीज़ अवश्य था। इसलिए वह जालंधर शहर में मेरा पड़ोसी होकर भी कभी-कभार मेरे यहाँ टपक पड़ता था। इस बार वह एक लिफ़ाफ़ा हाथ में लिये आ टपका; लेकिन लिफ़ाफ़े से मज़मून का पता लगाना किस तरह हो सकता है! वह ख़ुद ही बोल उठा, 'इसमें मेरा इस्तीफ़ा है। मैंने इस शहर को छोड़ने का फ़ैसला कर लिया है। हिन्दी विभाग में मेरा आना न हो सकेगा।' उसके चेहरे पर उसकी हर कृति, हर नायक के चेहरे की तरह तनाव की लकीर थी। अभी-अभी पहाड़ से लौटा था और वहाँ से दो या तीन ख़त मुझे डाल चुका था जिनमें इस तरह की लकीरें थीं। आज मुझे समझ में नहीं आता और हैरानी होती है कि उसके ये ख़त किस तरह बच रहे हैं, जबकि हर ख़त का जवाब देकर इसे रद्दी की टोकरी में डालने की आदत मैंने डाल रखी है ताकि ज़िन्दगी का सफ़र कहीं बोझिल न बन जाए। इन ख़तों का जवाब नहीं दे पाया था। इसलिए शायद ये रद्दी की टोकरी के हवाले होने से बच गए थे। एक ख़त में यह लिखा था :

> यह पत्र एक और कारण से भी लिख रहा हूँ। सोचता हूँ कि इससे एक तो मन का बोझ कुछ कम होगा और दूसरे इन दिनों की अस्थिरता का कारण आपके सामने स्पष्ट हो जाएगा। मैं पिछले कुछ महीनों से बार-बार जालंधर से बाहर जाने का निश्चय करता और फिर बदलता रहा हूँ। (मैं उसे रोकता रहता था) इस द्वंद्व का एक कारण था। कल भी मैं उसी कारण से वहाँ से चला आया। शायद आपको यह हास्यास्पद भी प्रतीत हो। बहुत दिनों से मेरी एक व्यक्ति से कुछ understanding

थी—उस व्यक्ति को आप भी जानते हैं...। उसने मुझे बताया कि घर में एक बार यह बात उठ चुकी है। उसकी मम्मी इसके सख़्त ख़िलाफ़ है। वह स्वतंत्र रूप से निश्चय नहीं कर सकती।...बहुत दिनों से आपसे यह बात कह देना चाहता था, परन्तु कहते अपनी अहंभावना को कुछ चोट-सी लगती थी। आज भी बहुत देर सोचता रहा कि लिखूँ या न लिखूँ और लिखते हुए भी सोच रहा हूँ कि इसे पोस्ट करूँ या फाड़ दूँ। आपके सौहार्द को दृष्टि में रखते हुए मुझे यह बात ग़लत लगती है कि बार-बार और-और कारण बतलाकर आपके सामने अपनी अस्थिरता को explain करूँ...।

सस्नेह—राकेश

एक हफ़्ते के बाद दूसरा ख़त मनाली से आया जिसमें बदहवासी के कारण बिस्तर गुम होने की सूचना तो है, लेकिन मानसिक अस्थिरता का नाम तक नहीं है। इसके विपरीत जमकर लिखने-पढ़ने की बात है, लेकिन कुछ दिनों बाद ही मनाली से उखड़कर वह जालंधर लौट आया था और उस शाम मेरे यहाँ आ टपका था—शायद अपने ख़त का जवाब पाने के लिए। इस बीच मैं अपने तौर पर पता लगा चुका था कि एक विधुर से शादी भारतीय समाज में हो सकती है; लेकिन एक तलाक़शुदा से यह आसान नहीं है। मेरे मौन में उसने अपने ख़त का जवाब पा लिया था। उसके चेहरे पर गहरी उदासी और थकान थी। उसे दूर करने की कोशिश में वह धीरे-धीरे सरूर में आ गया और ठहाके लगाकर कहने लगा—डॉक्टर भैया, अब मैंने शादी नहीं करनी है। और लोग? नहीं, मैंने झंझट में नहीं पड़ना है, जमकर काम करना है। उसने लिफ़ाफ़ा फाड़ दिया; लेकिन अगले दिन एक और लिफ़ाफ़ा अपनी जमादारिन के हाथ भेजा और साथ ही जवाब देने के लिए कहा। इसमें इस्तीफ़ा था। मैंने इसे फाड़कर उसी लिफ़ाफ़े में बन्द कर जवाब दे दिया। कुछ दिनों के बाद एक तीसरा लिफ़ाफ़ा भेजा, लिफ़ाफ़े से ही मज़मून भाँप लिया और इसे बिना पढ़े फाड़कर उसी तरह लौटा दिया। अगले दिन वह ख़ुद चला आया—यह बताने के लिए कि मैंने सामान बाँध लिया है और आज ही जालंधर से जा रहा हूँ। एक अरसे के बाद उसका एक दोस्त या हमदम मिला जिसने यह सूचना दी कि राकेश ने दूसरी शादी कर ली है, वह बड़ा ख़ुश है। उसके पाँव ज़मीन पर नहीं टिकते। क्यों नहीं टिकते? इसका मुझे भान था। वह आसमान से गिरकर खजूर में लटक गया था।

यादों के वीराने

सुरेश सेठ

उम्र के तीस बरसों का रेगिस्तान आज मेरे और मोहन राकेश की यादों के बीच ठिठक गया है। और उससे पहले का जालंधर। यादें नहीं, रेत के बग़ूले हैं, जिसके अंधड़ में मोहन राकेश के भटकते हुए पाँवों को कहीं ठौर नहीं मिला था। एक आदमी जिसे अपने परिवेश से कभी स्वीकृति नहीं मिली, लेकिन वह फिर भी उम्र भर अपनी ही शर्तों पर अपनी ज़िन्दगी जीने की कोशिश करता रहा। कहाँ से बात को उठाऊँ! कभी एक थे डॉ. इन्द्रनाथ मदान, जो मोहन राकेश या उससे पहले या उसके बाद आनेवाले जैन्यून लेखकों के मिसफ़िट होने के दर्द को समझ सकते थे। लेकिन डॉ. मदान अब नहीं रहे। उम्र भर वह अपने सिनिकल क़हक़हों के मुखौटे के पीछे अपने मिसफ़िट होने का दर्द छुपाते रहे। वही दर्द जो अगर भोपाल में दुष्यन्त कुमार की विरासत के रूप में शरद जोशी ने झेला है, तो डॉ. मदान और मोहन राकेश की विरासत को हमने अपने सीने के साथ लगाया है। और लोग हैं कि मोहन राकेश की डायरी पढ़कर हमें पूछते हैं, कि दुनियाभर के लोगों का ज़िक्र राकेश ने अपनी डायरी में कर दिया, आपका तो कहीं ज़िक्र भी नहीं है। ऐसे लोगों को न उम्र भर राकेश कोई जवाब दे पाए, और न ही हमारे पास इसका कोई उत्तर है। राकेश जब बारह-तेरह बरस पूर्व अपनी साँसों की डोर तोड़कर मौत के अँधेरे में गुम हो गए थे, तो किसी महानुभाव की डायरी में अपना पता नहीं छोड़ गए थे। डायरियों से उसका नाम कट जाए, इस सच के लिए अपनी ही बुलन्द कर सकने का साहस रखनेवाला हर लेखक अभिशप्त होता है, और इसीलिए उम्र-भर मोहन राकेश अपनी जेब में त्यागपत्र डालकर घूमते रहे।

आज से तीस बरस पहले के जालंधर की सड़कें अगर आज कहीं ज़िन्दा होतीं तो गवाही देतीं घुँघराले बालों, ख़ूबसूरत बुश्शर्टों और छत-फाड़ क़हक़हों वाले उस नौजवान लेखक की जो अपने-आपको किसी भी बने-बनाए चौखटे में फ़िट न कर पाने की मजबूरी को बियर-बार के अँधेरों में गर्क कर देता था। और फिर जब उस अँधेरे में से निकलता तो मुस्कराता हुआ निकलता। अब उसका रुख़ प्लाज़ा रेस्तराँ होता।

उन दिनों हम लोगों के बैठने का अड्डा प्लाज़ा रेस्तराँ था, जो अब पंजाबी ढाबे में तब्दील हो चुका है। राकेश अपने कॉलेज के पोंगा पंडितनुमा प्राध्यापकों से बेज़ार होकर लौटते थे, तो इसी रेस्तराँ में लौटते थे। एक आर्यसमाजी हवन-यज्ञ की परम्परा से आभूषित कॉलेज में राकेश रोज़ी-रोटी के लिए कबीर पढ़ा रहे थे कि जैसे काफ़्का को उसकी नगरपालिका की अध्यक्षता करने के लिए कह दिया गया हो। आख़िर कितने दिन तक यह सब चलता। रोज़ वह अपना त्यागपत्र लिखकर डॉ. मदान के पास सलाह करने जाते और रोज़ डॉ. मदान उस त्यागपत्र को फड़वा देते। और महँगाई-भत्तों और सालाना तरक़्क़ियों के खूँटे से बँधा हमारा यह परिवेश कभी समझ नहीं पाता कि वह कौन-से सृजनात्मक दबाव होते हैं जिनके अधीन कभी कोई मोहन राकेश अपनी नौकरी छोड़कर एक ट्रक पर अपना सामान लादकर मुफ़लिसी की राह पर निकल जाता है।

मोहन राकेश की ज़िन्दगी का सबसे बड़ा अभिशाप यही रहा कि वह कभी सफल लोगों की फ़ुरसत का वक़्त नहीं बन पाए। उन्होंने कभी किसी के सामने सिर नहीं झुकाया—चाहे वह जालंधर का कॉलेज था, या रेडियो स्टेशन, या फिर बम्बई का 'टाइम्स ऑफ़ इंडिया' संस्थान। जहाँ एक बार उन्होंने विद्रोह का झंडा बुलन्द कर दिया, तो फिर झुककर समझौता नहीं किया। मोहन राकेश हर वक़्त चीज़ों को छोड़ने की स्थिति में ही बने रहते थे। मुझे याद है, आकाशवाणी जालंधर में हरिकृष्ण प्रेमी के बाद जब एक नया नाटक प्रोड्यूसर बदलकर आया और उसने मोहन राकेश को उनके नये नाटक की डिस्कशन के लिए केन्द्र में बुलाया तो राकेश इसे अपना अपमान मानकर रेडियो जालंधर के लिए नाटक लिखना बन्द करने पर ही उतारू हो गए थे। राकेश ने अपने लेखक के स्वामिभान को कभी छोटा नहीं होने दिया। हज़ारों रुपयों की नौकरी को लात मार देनेवाला राकेश इसलिए कई बार अपनी रचनाओं को इन पत्रिकाओं में भेजने से इनकार कर देता था, जो उसे उसका उचित पारिश्रमिक नहीं देती थीं।

औरतों के मामले में मोहन राकेश ख़ुशक़िस्मत और बदक़िस्मत, दोनों ही रहे। ख़ुशक़िस्मत इसलिए कि अपनी अच्छी सूरत और चुस्त बातों के कारण वह बहुत जल्दी अपनी मिलने-जुलनेवाली औरतों के लिए एक शहद का छत्ता हो जाते थे। लेकिन औरतों में एक ख़ास ख़ूबी यह होती है कि वह अपने मन में आपकी एक विशेष छवि बनाकर आप पर मुग्ध होती हैं, और जब यथार्थ में उस छवि को आपमें खोज नहीं पातीं, तो...आपको ठोंक-पीटकर उस छवि के मुताबिक़ ढालने की कोशिश में लग जाती हैं। ऐसी न जाने कितनी औरतें राकेश की ज़िन्दगी में आईं। तीन के साथ तो उन्होंने घर भी बसाया, और जालंधर की मुग्धा लड़कियों की डार की तो बात ही छोड़िए। लेकिन फिर भी उम्र भर राकेश इन रिश्तों से भागने के लिए छटपटाते रहे। वह अपने लिए एक घर तलाश करना चाहते थे,

लेकिन तलाश की इस प्रक्रिया में वह जुड़ने से अधिक टूटने की अवस्था में रहे। कारण जहाँ तक मैं समझ पाया हूँ, यही था कि वह एक छवि बनकर नहीं, सिर्फ़ मोहन राकेश बनकर जीना चाहते थे। और फिर इन रिश्तों में एक क़दम आगे आते ही जब वे औरतें उन्हें अपने धोबी के कपड़ों के हिसाब-किताब की तरह अपनी घरेलू डायरी में टाँकने पर उतर आतीं, तो राकेश सब छोड़-छाड़कर फिर अपने अकेलेपन की ओर लौट जाते।

यह अकेलापन और अपनी ही तरह जीने का सुख, जो उन्हें यात्राओं में मिलता था—अजनबी रेलवे स्टेशनों के प्लेटफ़ार्मों पर चहल्क़दमी करते हुए गुज़री वे अकेली रातें या पहाड़ी पगडंडियों पर भटकते हुए क़दम। डाकबँगले पर बादलों की बरात घिर आती थी, और राकेश को लगता था, ज़िन्दगी शायद इतनी बदसूरत नहीं है, जितना कि उसे हमने बना दिया है; जब वह अपनी कलम उठाकर लिखने लगते थे 'आषाढ़ का एक दिन' या 'लहरों के राजहंस' जैसा कोई नाटक। वह उम्र भर अपने-आपको ज़िन्दगी के नाटक में फिट करने की कोशिश करते रहे, लेकिन उनकी कलम उन्हें हमेशा हर चक्रव्यूह तोड़कर इस नाटक से बाहर जाने की आवाज़ देती रही। तभी तो धीरे-धीरे वह अपने कहानी-लेखन से छूटते गए, जहाँ वह इस दुनिया की कहानी इसी के शब्दों में बयान करने की कोशिश करते थे, और नाटक-लेखन के पास होते चले गए जहाँ उन्हें लगा था कि वह अपने नाटकों में इस दुनिया से भी बड़ी दुनिया और इस ज़िन्दगी से भी बड़ी ज़िन्दगी रच सकने की ताक़त रखते हैं।

मोहन राकेश की यह शक्ति ही उनकी त्रासदी भी थी कि वह अपने लिए इस दुनिया से भी बड़ी दुनिया और इस ज़िन्दगी से भी बड़ी ज़िन्दगी रचने की कोशिश में उम्र भर लगे रहे। लेकिन यह त्रासदी सिर्फ़ राकेश की नहीं, इससे पहले टॉल्स्टॉय, दोस्तोएव्स्की, काफ़्का से लेकर निराला, मुक्तिबोध और दुष्यन्त तक—सबकी रही है। त्रासदी इसे इसलिए कहा कि न कभी ऐसी दुनिया बन पाती है, और न ही ऐसी ज़िन्दगी कभी इन लेखकों के साथ हाथ मिलाती है। और उम्र के आख़िरी मरहले में जब वे पाते हैं कि यह कोशिश तो सिर्फ़ एक अन्धी गली की दौड़ रही, तो वे अपनी मौत को गले लगाने के लिए बेबस हो जाते हैं। यह मौत एक ज़िन्दा आदमी की मौत भी हो सकती है, जिससे लेखक अपनी कलम का धर्म छोड़कर सत्ताधीशों का चँवर हो जाता है, या प्रशंसकों की एक जुझारू सेना प्राप्त करने के लिए किसी बड़बोले दर्शन के पास अपनी कलम गिरवी रख देता है।

मुझे लगता है, राकेश के आख़िरी दिनों में भी यह सब कहीं परोक्ष रूप से घट गया था। महानगर के बड़े लेखक की छवि उनकी कलम की ईमानदार तलाश पर हावी हो गई। सेमिनारों में, कॉन्फ्रेंसों में, राकेश को चाह से बुलाया जाता। साहित्य के अहम् फ़ैसले राकेश के बिना अधूरे थे। पर सफलता के इस शोर-शराबे में राकेश को हरदम लगता था कि उनकी कलम का अपना फ़ैसला कहीं पिछड़ता चला जा

रहा है। न जाने कितने उपन्यास, कितनी कहानियाँ राकेश शुरू करके बीच में ही छोड़ देते थे। उन्हें लगता था कि जैसे अपनी कलम से कोई झूठ बोलने जा रहे हैं, या फिर वे सब लिखते जा रहे हैं, कि जो लिखने की उम्मीद उनसे की जा रही है, न कि जो वह ख़ुद लिखना चाहते हैं।

राकेश ने बाज़ार-भाव के मुताबिक़ न कभी अपनी ज़िन्दगी जी, और न कभी लेखन किया। और इसलिए ऐसा करनेवालों से उन्हें घोर वितृष्णा हो जाती थी। शायद यही कारण है कि बहुत अधिक सामाजिक और हमेशा दोस्तों से घिरे रहने के बावजूद वह अन्दर-ही-अन्दर कहीं बहुत-से दोस्तों से कटते चले गए थे। उम्र भर साथ चला लेखक दोस्त जब अपना उपन्यास सँवारने के लिए उनकी सुनाई कहानी की थीम का अन्त मार लेता था, तो सिवा अन्दर-ही-अन्दर उससे कहीं अजनबी हो जाने के उनके पास कोई और चारा नहीं रह जाता था। लेकिन उनकी थीम सिर्फ़ एक दोस्त ने ही तो नहीं उड़ाई थी। देखते-ही-देखते उनके गिर्द का परिवेश एकदम बदल गया था। लेखन-धर्म से अधिक पेशा हो गया था, और ज़िन्दगी की इस भेड़िया-धसान में लोग संवेदना को नहीं, उपलब्धि को सच मानने लगे थे। राकेश इस सच को अपने गले नहीं लगा सके, इसीलिए एकाएक अपनी ज़िन्दगी की कहानी आधी-अधूरी छोड़कर सबसे जुदा हो गए। एक अधूरी ज़िन्दगी का अन्त कैसे भरा-पूरा हो जाता?

राकेश जैसे जिये, वैसे ही अपनी साँस की डोर भी तोड़ गए। जो आदमी सारी उम्र चीज़ों को स्वीकारने नहीं, त्याग देने के लिए छटपटाता रहता था, उसने अन्त में अपनी ज़िन्दगी से बोर होकर उसके साथ भी यही सुलूक किया। जब उस दिन उनकी मौत की ख़बर सुनी तो मुझे लगा था, मोहन राकेश से यही उम्मीद की जा सकती थी। एक आदमी जो उम्र भर बिलकुल अपने अन्दाज़ में जिया, उसकी मौत भी यूँ ही होनी चाहिए थी। एक पेंशनयाफ़्ता, दमा और गठिया से कराहते हुए, चौंसठ वर्षीय बूढ़े के रूप में अगर कहीं आज मेरी मोहन राकेश से मुलाक़ात हो जाती, तो शायद मैं ख़ुद भी उसे पहचानने से इनकार कर देता।

क्षणजीवी राकेश

सत्यपाल आनन्द

उसकी हँसी संक्रामक थी। डेविकोज़ में अगली ही मेज़ पर तीन व्यक्ति कॉफ़ी की चुस्की लगाते हुए मुझे बहुत प्रसन्न प्रतीत हुए। बाहर 'माल' पर होनेवाली हल्की-हल्की बूँदा-बाँदी जो 'शिमला की वर्षा' कहलाती है, अब समाप्त हो गई थी। मैं अकेला बैठा था और उस व्यक्ति की उन्मुक्त, आकर्षक तथा कंठ्य हँसी से ईर्ष्या कर रहा था, जो उस मेज़ पर बैठा अन्य दो व्यक्तियों पर अपनी हाज़िर-जवाबी से पूरी तरह छाए जा रहा था। मैं दो कारणों से उसकी ओर स्वयं को आकृष्ट पा रहा था। एक तो वह साहित्य के बारे में बात कर रहा था—अधिक स्पष्ट रूप में लेखकों और लेखिकाओं के विषय में और दूसरा, रेस्तराँ जैसे सार्वजनिक स्थान पर व्यवहार की दमनमूलक प्रचार-संहिता के विपरीत वह मुझे उन्मुक्त और स्पष्टवादी प्रतीत हुआ।

मेरे लिए मोहन राकेश की यह पहली झलक थी। स्वस्थ, सुन्दर, अपने घने स्याह बालों, सूट, टाई आदि के साथ वह मुझे बहुत अच्छा लगा। वह उस समय एक अंग्रेज़ी कॉन्वेंट स्कूल में अध्यापक था। उसके हाथ अक्सर अपनी टाई को सीधा करने या उँगलियों से अपने बालों को ठीक करने के लिए मँडराते रहते थे। इसकी वजह की जानकारी मुझे बाद में मिली। कॉन्वेंट स्कूल के प्रबन्धकों का आग्रह था कि सभी अध्यापक औपचारिक पोशाक पहनें जबकि कुर्ता पहननेवाले इस युवक को, जो अपनी वेशभूषा के प्रति अधिक ध्यान न देता था, यह सब आरोपण प्रतीत होता था। मोहन राकेश को अपनी नौकरी बहुत पसन्द न थी। यह उसने मुझे तब बताया, जब हमारा परिचय हुआ और हम एक-दूसरे के इतने समीप आ गए तथा मित्रता के उस बन्धन में बँध गए जिसमें केवल दो पुरुष ही बँध सकते हैं—पुरुष और स्त्री नहीं।

मोहन राकेश को तब तक विशेष प्रसिद्धि न मिली थी। मेरी भी तब तक कुल मिलाकर बारह कहानियाँ (अधिकतर उर्दू पत्रिकाओं में) ही छपी थीं। हम दोनों के सम्बन्धों का यह विषमतामूलक धरातल, हम दोनों को बहुत अच्छा लगता था। मैं केवल उससे लेने की अवस्था में था। वह बातें करता, सिद्धान्त प्रस्तुत करता और

जीवित या मृत वरिष्ठ लेखकों का उपहास उड़ाता। परवर्ती पीढ़ी का होने के कारण यह उचित ही था कि मैं उसकी उस विषय में प्रत्युक्तिपूर्ण प्रशंसा सुनता जिसे वह पश्चिम में, 'यथार्थवादी लेखन का विशाल प्रवाह' कहता था। वह कहता था कि वह एमिल ज़ोला का उत्कट पाठक था और उसने उसमें प्रदीप्त आत्मा के दर्शन किये थे। यद्यपि फ़्लाबेयर की अलौकिक मनोवैज्ञानिक अन्तर्दृष्टि और मोपासाँ के निर्दोष शैल्पिक परिष्कार ने उसे विस्मित किया था तथापि वह बाल्ज़ाक, फ़्लाबेयर और मोपासाँ की अपेक्षा ज़ोला को अधिक महत्त्व देता था। एक दिन उसने कहा था, 'मेरी इच्छा है कि मैं भारतीय जीवन का एक ऐकान्तिक क्षेत्र, यथा : गन्दी बस्तियों में रहनेवालों, या दफ़्तर के बाबुओं या गद्दी आदिवासियों या शक्तिशाली व्यापारियों का क्षेत्र चुनता तथा प्रत्येक पर उसी प्रकार उपन्यास लिखता जिस प्रकार ज़ोला ने अपने बीस उपन्यासों की 'लारोगोन' क़िस्तें लिखी थीं। और उसने एक अर्थपूर्ण विराम के बाद कहा था, 'मुझे डर है कि मैं कभी भी यह करने के लिए बैठ नहीं सकूँगा। उपन्यासकार के लिए आवश्यक अनवरत और अबाध लेखन का धैर्य मुझमें नहीं है। मैं स्वभावत: कहानी-लेखन के लिए अधिक उपयुक्त हूँ। एक बार, और हो सकता है, दो बार बैठूँ और उसके बाद बैठूँ ही नहीं। मेरी इच्छा है कि मैं बैठ पाऊँ और अपनी मेज़ से चिपका रहूँ। नहीं, वह मैं नहीं कर सकता। और वह अपनी कंठ्य हँसी हँसा और कहने लगा, 'मेरी माताजी मुझे बचपन में बताया करती थीं कि मैं शान्त होकर नहीं बैठ सकता क्योंकि मैं आँकड़ कीड़ों से पीड़ित था।' वह मज़ाक़ में किसी अश्लीलता पर भी आपत्ति नहीं करता था जो उसके द्वारा अपना मखौल उड़ाने में आड़े आती।

मैं हाईकोर्ट के मुक़दमे के सिलसिले में दस दिन के लिए शिमला ठहरा हुआ था। मेरे अनुनय-विनय के बावजूद मोहन राकेश कहानी-गोष्ठी के लिए तैयार नहीं हुआ। वास्तव में मैं उसे अपनी कहानियों में से एक कहानी सुनाना चाहता था, पर उसने इस प्रकार की गोष्ठी को टाल दिया। शायद पुरुषोत्तम निझावन ने ही मुझे बाद में इसका कारण बताया था। निझावन ने अपने विशिष्ट व्यंग्यात्मक अन्दाज़ में कहा था, 'वह दूसरे कहानीकारों को अधिक महत्त्व नहीं देता। इसलिए नहीं कि वह स्वयं बहुत अच्छा लिखता है!' लेकिन मेरा विचार है कि उसकी गोष्ठी-समूहों में कहानी पढ़ने की उदासीनता या किसी के द्वारा कहानी का लम्बा वाचन करते हुए सुनने का यह निरुत्साह उसके स्वभाव की अपेक्षा सिद्धान्त पर अधिक टिका था। उसने जालंधर में एक दिन कहा था, 'छपाई बहुत बढ़िया माध्यम है। और काव्यपाठ और कहानी-वाचन के लिए सभाओं का आयोजन समय को नष्ट करना ही है; जागीरदाराना दौर के 'हैंगओवर' के सिवाय कुछ भी नहीं है।'

कुछ वर्षों के लिए हमारा सम्पर्क टूट गया। मुझे प्लूरसी हो गई थी और मैं लगभग छह महीने तक अस्वस्थ रहा। इसके बाद मैं राजस्थान चला गया और एक

वर्ष के बाद सन् 1953 में वापस आया। पर उस समय मोहन राकेश शिमला की उत्तंग ऊँचाइयों से नीचे आ गया था और उसने वरिष्ठ प्राध्यापक के रूप में जालंधर के एक कॉलेज में नौकरी कर ली थी। मैं लुधियाना के एक प्रकाशक के साथ काम कर रहा था और उसके व्यापार या आकाशवाणी जालंधर स्टेशन के लिए एकाध प्रोग्राम की रिकॉर्डिंग के सिलसिले में अक्सर जालंधर जाया करता था। उस समय हरिकृष्ण प्रेमी हिन्दी प्रोग्राम के प्रोड्यूसर थे। वे मॉडल टाउन में मोहन राकेश से प्राय: मिलते रहते थे। उदीयमान कहानीकार सोमेश चौधरी भी उससे मिलते रहते थे। एक बार मैंने राकेश, प्रेमी और सोमेश चौधरी को रेलवे रोड की एक बियर बार में बैठे पाया। मैं राकेश से एक बार पुन: मिलने और अपने परिचय को ताज़ा करने की इच्छा पर क़ाबू न पा सका। वह बार नगर के लेखकों और पत्रकारों का मशहूर अड्डा था और बार का मालिक एक नौजवान था जिसे प्यार से 'बुल्लेशाह' नाम से पुकारा जाता था। मुझे लगता है कि जिस मोहन राकेश ने शिमला में मेरी कहानियों में बहुत दिलचस्पी नहीं दिखाई थी, उस समय उदीयमान लेखक रवीन्द्र कालिया द्वारा मेरी उर्दू से अनूदित कहानियाँ पढ़ चुका था और कालिया ने उर्दू कथाकार के रूप में मेरी ख्याति के बारे में बात कर ली थी क्योंकि अगली बार जब मैं उसे उसके मॉडल टाउन के निवास स्थान पर मिला तो उसने मुझे हिन्दी में लिखते रहने के लिए प्रेरित किया। तब तक भैरवप्रसाद गुप्त द्वारा सम्पादित 'कहानी' (इलाहाबाद) में मेरी कुछ कहानियाँ प्रकाशित हो चुकी थीं। राकेश ने कहा, 'मेरे लिए उर्दू और हिन्दी, दोनों में एक साथ लिखना अधिक लाभप्रद होगा।'

तब मैं पच्चीस वर्ष का था और राकेश मुझसे दस वर्ष बड़ा था। उसमें लोगों के साथ समायोजन की अद्भुत क्षमता थी। जहाँ एक ओर वह, प्राय: उपेक्षित विगत पीढ़ी के लेखक, हरिकृष्ण प्रेमी का मन बहला सकता था, वहाँ दूसरी ओर वह प्रतिभासम्पन्न अठारह वर्षीय रवीन्द्र कालिया जैसे युवक से भी साहित्य के विविध विषयों को लेकर संवाद कर सकता था। बियर, हाज़िर-जवाबी, मज़ाक़ और बौद्धिकता से सम्पन्न बातचीत उसके जुड़वाँ शौक़ थे। उसके घर में शाम बिताना निश्चय ही बड़ा जीवन्त अनुभव होता था। मैं उसे लगभग दस दिनों के बाद मिला करता। मैंने उसे हमेशा नये विचारों के ग्रहण के लिए तत्पर पाया। मेरा अपना अध्ययन अपर्याप्त नहीं था और हम घंटों किसी लेखक या पुस्तक को लेकर बातें किया करते। दूसरा अड्डा डॉ. इन्द्रनाथ मदान का घर था। हम दोनों पान चबाते और बियर पीते हुए बातचीत करते जबकि डॉ. मदान अपने घर के किसी अन्दरूनी कमरे में जाकर अपना पेय लेते और फिर नवीकृत उत्साह से बातचीत में शामिल हो जाते। वे ऐसा इसलिए नहीं करते थे कि उन्हें अपने पैसों से किसी को शराब पिलाने में कोई एतराज़ था। बात यह थी कि वह स्वयं दूसरों की नज़रों में नहीं आना चाहते थे। वास्तव में कई वर्ष बाद (सम्भवत: 1964 में) जब मोहन

राकेश और कमलेश्वर चंडीगढ़ आए हुए थे (मेरा ख़याल है कि डॉ. के.बी. वैद भी वहीं थे), तब भी डॉ. मदान शराब के लिए भीतर कमरे का चक्कर लगाते रहे थे।

जालंधर में मैंने मोहन राकेश को नज़दीक से जाना। उसके दाम्पत्य जीवन के बिखर जाने के बारे में कई अफ़वाहें प्रचलित थीं किन्तु हम लोगों ने कभी इस विषय पर चर्चा नहीं की। उसकी साहसी माँ, अभी तक उसकी देखभाल बच्चों की तरह किया करतीं। उनका दूसरा बेटा बाहर (शायद कोलम्बो में) था। मोहन उनकी आँखों का तारा था। अगर उन्हें मोहन थका हुआ और पीला पड़ा हुआ प्रतीत होता तो वे उसे किसी घरेलू दवाई का एकाध काढ़ा ज़रूर पिला देतीं। अपने मित्रों के बीच राकेश जब अकेला और उदास अनुभव करता, तब भी उन्हें यह अहसास नहीं होने देता था कि उसकी बाहरी हँसी के पीछे भावनाओं का कौन-सा लावा सक्रिय था। वह हमेशा बुलबुलों की तरह फूटती रहनेवाली हँसी, हाज़िर-जवाबी, व्यंग्य-विनोद और प्रखर बौद्धिकता से युक्त जुमलों से अपनी चिन्ताओं को उड़ा दिया करता। उसकी जालंधर की रचनाओं का अधिक भाग जालंधर में ही लिखा गया था। पर उसका एक अन्य आश्रय-स्थल भी था, वह था डलहौज़ी में सोमेश चौधरी का घर। वह साल में एक-दो बार वहाँ रहने के लिए जाता था। अपने प्रसिद्ध नाटक 'आषाढ़ का एक दिन' का एक भाग उसने डलहौज़ी में ही लिखा था।

इस नाटक के सन्दर्भ में मुझे उसके घर के बरामदे में हुई एक बातचीत याद है। उस समय वह नाटक के केन्द्रीय विचार से जूझ रहा था। मैंने उससे अलबर्त्तो मोरविया की एक कहानी के उस नौजवान मूर्तिकार का ज़िक्र किया था जो अपनी प्रेयसी के अनुनय-विनय के बावजूद नाम और ख्याति की तलाश में रोम और वेनिस चला जाता है और उसे भूल जाता है। दस वर्षों के अन्तराल के बाद वह जब अमीर, किन्तु दारुण बीमारी से ग्रस्त होकर लौटता है तब पाता है कि इस बीच उसकी प्रेयसी साधारण नाविकों द्वारा भ्रष्ट की जा चुकी है। अपनी अन्तरात्मा के आवेश को व्यक्त करती हुई उसकी प्रेयसी उससे कहती है, 'यदि तुम धरती माँ का परित्याग करते हो, तो वह भी तुम्हें उस समय छोड़ देगी जब तुम्हें उसकी सर्वाधिक ज़रूरत होगी।' वह ग्रामीण सुन्दरी मूर्तिकार को अस्वीकार कर देती है और उसे अकेले मरने के लिए छोड़ देती है। इस प्रसंग के भारतीय स्थिति से सादृश्य और समानता ने उस पर बिजली की तरह आघात किया। मुझे याद है कि वह कई सप्ताह, मूल भाव को सुरक्षित रखते हुए, अपने नाटक का तानाबाना बुनता रहा था। उसने इस पर कई बार उत्तेजित होकर बहस भी की। मेरा ख़याल है कि वे डॉ. मदान ही थे जिन्होंने उसे यह कहा था कि 'अपना नाटक लिखकर यदि मुक्त नहीं हो जाता तो वह बीमार पड़ जाएगा।' मोहन राकेश ने इस नाटक पर उन्माद की-सी अवस्था में जुटकर काम किया। नाटक में थियेटर सम्बन्धी आवश्यकताओं को विचार पर वरीयता देने के बारे में वह पूरी तरह चौकस था। साहित्य के अध्यापन के दौरान

वह अपने छात्रों को बताया करता था कि संस्कृत के नाटक पहले थियेटर थे और बाद में साहित्य। मुझे लगता है कि उसके नाटक की अभूतपूर्व ख्याति और विविध रंगमंचीय अर्थच्छवियों के लिए उसकी यही सोच ज़िम्मेदार थी। उसका कहना था कि यदि मुझे विचार को अहमियत देनी होगी तो मैं उपन्यास की रचना करूँगा, न कि नाटक की।

उस समय तक उसने एक यात्रा-विवरण 'आख़िरी चट्टान तक' को और कहानियों के दो संग्रहों को प्रकाशित करवा लिया था। उसकी कहानियाँ निःसन्देह नया मोड़ देनेवाली थीं। पर कभी-कभी मुझे ख़ुशी होती जब वह यह कहता कि पात्रों के चारों ओर घटनाओं का जाल बुनकर उसके बीच उन्हें सुरक्षित बना देने की मेरी कला से वह स्पर्द्धा करता है। मुझे लगा कि वह अपने इस कथन को लेकर गम्भीर न था और मैंने उसे यह बता भी दिया था। तब उसने मुझे एक पत्र लिखा था जिसमें उसने मेरी व्यवस्थित ढंग की (ईंट से ईंट जोड़कर बनाना) संरचना की प्रशंसा की थी जिसके बल पर मैं अपने पात्रों का निर्माण करता था और उनके क्रिया-कलाप के लिए वातावरण को गौण स्थान देता था। इसी समय मैंने अपने कथा-संग्रह 'पेंटर बावरी' की प्रस्तावना के लिए उससे निवेदन किया। उसने बहुत बढ़िया लेख लिखकर मुझे भिजवाया। मैंने एक अन्य 'भूरी' शीर्षक के कथा-संग्रह को फ़ारसी लोकोक्ति 'मन तुरा हाजीबगोयम तू मेरा मुल्ला बगो' से उसे समर्पित किया, जिसका संक्षेप में अर्थ था : हमें एक-दूसरे को प्रतिभाशाली कहना है। उसने मुझे पत्र में लिखा, 'तुम बदलोगे नहीं, तुमने मुझे बलिके की टिप्पणी की याद दिला दी है जिसमें बुर्जुआ फ्रांसीसी लेखकों के विषय में कहा गया था—वे एक-दूसरे की प्रशंसा करते हैं, एक-दूसरे को प्रतिभा-सम्पन्न कहते हैं और फिर घर की छतों से चिल्लाते हैं ताकि लोग शीघ्र ही उनकी पुस्तकें ख़रीद लें—पर क्योंकि तुम मुझे मुल्ला कहते हो, इसलिए मैं वायदा करता हूँ कि तुम्हें हाजी कहूँगा।'

मोहन राकेश के दिल्ली चले जाने और मेरे चंडीगढ़ आने के कारण हम दोनों एक-दूसरे से बिछुड़ गए। लेकिन अब जब मैं पीछे मुड़कर देखता हूँ तो मुझे लगता है कि राकेश ने कभी भी स्वयं को एक व्यक्ति से बाँधकर नहीं रखा। उसके लिए मित्र एक ऐसी लोकोक्ति की तरह था, 'तुम्हारे लिए सबसे महत्त्वपूर्ण व्यक्ति वह है जो उस क्षण तुम्हारे साथ है।' यह उसके सगे-सम्बन्धियों पत्नी (या पत्नियों) पर भी लागू होती है। अपरिवर्तनीय, अटूट सम्बन्ध जोड़ना उसका स्वभाव नहीं था। वह क्षणजीवी था और क्षण में ही जिया। मुझे याद है, एक बार मैंने दिल्ली में उससे फ़ोन पर बात करने की कोशिश की। पिछली शाम हम बलवन्त गार्गी के नाटक 'गगनमयी थाल' के उद्घाटन समारोह में मिल चुके थे जिसमें मैं भाग लेनेवाले विद्यार्थियों के एक बड़े दल के प्रबन्ध के उद्देश्य से विश्वविद्यालय प्रतिनिधि के रूप में गया था। बाद में मैंने उससे फ़ोन पर सम्पर्क स्थापित करना चाहा। उसकी

नई पत्नी, किसी का भी फ़ोन आने पर उसे डिस्टर्ब नहीं करना चाहती थी। उसकी नई पत्नी ने प्रायः अशिष्टता से कहा, 'वह किसी भी पुराने मित्र को नहीं पहचानता।' मैंने उससे अनुनय-विनय नहीं की क्योंकि मैं दूसरे मित्रों के साथ भी ऐसे व्यवहार के विषय में जान चुका था जो यह महसूस करते थे कि उन्हें उससे अलग कर दिया गया है और उन्हें मानो दूसरी ट्राफियों और शील्डों की तरह ड्राइंग-रूम में सजा दिया गया है।[1]

मानवीय सम्बन्धों की सचाई उसके लिए सर्वथा निराली थी। 1957 में मेरे विवाह में वह जालंधर से आया और बरात में भी शामिल हुआ था। मैं सेहरा बाँधे और छत्र लगाए हुए घोड़ी पर बैठा था। अचानक मुझे पीछे से तेज़ हँसी सुनाई दी। राकेश ने मज़ाक़ में कुछ कहा था और रवीन्द्र कालिया तथा कुछ दूसरे मित्र हँस रहे थे। यह जानते हुए भी कि मेरा मज़ाक़ उड़ाया जा रहा है, मैंने घोड़ी से झुककर हँसी का कारण पूछा। राकेश ने कहा, 'मैंने तुम्हारी बजाय धर्मवीर भारती को घोड़ी पर सवारी करते देखा। तुम दोनों बहुत ज़्यादा एक जैसे लगते हो।' मैंने पूछा, 'क्या मैं सचमुच लगता हूँ?' उसने कहा, 'हाँ, पर केवल उसकी प्रतिभा को छोड़कर।'

क्षणजीवी राकेश ने क्षण-क्षण जिया। मेरे विवाह की उस संध्या के क्षण में जो भी अपरिहार्य सचाई थी, वह परम और सर्वोच्च थी; पर केवल उसी क्षण द्वारा परिमित थी। उसकी पत्नी द्वारा मुझे उससे बात न करने देने और उसकी तेज़ाबी टिप्पणी कि 'वह किसी पुराने मित्र को नहीं पहचानता', दूसरी सचाई थी—परम और सर्वोच्च; किन्तु दिल्ली के उस क्षण में परिमित। मेरा विचार है कि उसकी समूची ज़िन्दगी की सही पहचान इसी वाक्यांश द्वारा की जा सकती है।

---

1. सम्भवतः यह राकेश के जीवन का वह दौर रहा होगा जब उन्होंने सुबह से शाम तक का समय सिर्फ़ अपने लेखन के लिए तय कर रखा था और अपने घनिष्ठतम मित्रों को ही नहीं, स्वयं अनीता और अम्मा को भी, तब उनके कमरे में आने की सख़्त मनाही थी। —सं.

बतियाए बिना ज़िन्दगी ख़ाली-ख़ाली लगती थी

राजनारायण बिसारिया

बात सन् 1954 की है जब मैंने दिल्ली से पंजाब की पहली यात्रा की और मैं अपनी नौकरी शुरू करने के लिए जालंधर पहुँचा। मेरे पास आकाशवाणी के महानिदेशक का पत्र था। इसके अनुसार मुझे आकाशवाणी के जालंधर केन्द्र में अनुबंध पर आधारित नियुक्ति मिली थी। मुझे स्क्रिप्ट राइटर का काम मिला था और अनुबंधित होने के कारण हम जैसों को स्टाफ़-आर्टिस्ट की संज्ञा दी जाती थी। मुझे आश्वासन दिया गया था कि कुछ समय बाद ही मुझे असिस्टेंट प्रोड्यूसर बना दिया जाएगा। ऐसा हुआ भी और जालंधर से मैं आकाशवाणी, जयपुर पहुँचा। ये बाद की बात थी। जालंधर में तो मैं एक अजनबी की तरह आया था—अनजाना शहर, अपरिचित-सी पंजाबी भाषा और दो-एक अपवाद को छोड़कर अनजाने लोग। अपवाद में दो ही नाम आते थे—डॉ. इन्द्रनाथ मदान और मोहन राकेश।

इससे पूर्व तीन वर्ष मैंने इलाहाबाद विश्वविद्यालय में हिन्दी विभाग के एक रिसर्च स्कॉलर के रूप में बिताए थे। मुझे मध्य प्रदेश सरकार का स्कॉलरशिप मिला था और सौभाग्य से डॉ. रामकुमार वर्मा मेरे रिसर्च-गाइड थे। उनकी उदारता ने मुझे इलाहाबाद के रचनाशील साहित्यिक वातावरण में घुलमिल जाने का अवसर दिया। मेरे मित्रों, अग्रजों और स्नेहीजनों की संख्या बढ़ती गई जो विश्वविद्यालय के परिसर से लेकर रेडियो स्टेशन, सिविल लाइंस तथा कॉफ़ी-हाउस, सभी जगह थे—मुझसे बड़े, मेरे समवयस्क और मुझसे छोटे। मुझे 'परिमल' जैसी मुख्य संस्था में भी जगह मिली।

सन् 1952 की गर्मियों की छुट्टियों में जब 'हिन्दी विश्व परिषद्' का एक दल डॉ. धीरेन्द्र वर्मा की अगुवाई में काशी, पटना और मथुरा आदि स्थानों पर घूमने गया तो मैं उसके सबसे छोटे सदस्य के रूप में शामिल था। काशी में अन्य राज्यों से और भी विद्वान् आए थे। डॉ. इन्द्रनाथ मदान पंजाब से पहुँचे थे। मेरी पहली भेंट उनसे वहीं हुई।

इलाहाबाद में जिन अग्रजों ने अपना दोस्ताना हाथ मेरी ओर सहज ही बढ़ा दिया था, उनमें प्रमुख थे डॉ. धर्मवीर भारती, डॉ. जगदीश गुप्त, विजयदेव नारायण

साही, केशव चन्द्र वर्मा और जितेन्द्र सिंह। इनके साथ बैठकें पूर्वनिर्धारित जगहों पर होने लगी थीं। वैसे कॉफ़ी-हाउस की शामें तो थीं ही। भारती जी कभी-कभी साइकिल लिये मेरे हॉस्टल के.पी.यू.सी. आ जाते और हम साथ निकल पड़ते थे। भारती जी ने ही मुझे मोहन राकेश से मिलवाया था जो अक्सर इलाहाबाद आते थे। अश्क जी के घर भी मोहन राकेश से एकाध बार भेंट हुई थी और हम लोग तय करके कॉफ़ी-हाउस में भी बैठते रहे थे।

जालंधर पहुँचकर मैं होटल रॉक्सी में टिका। वहाँ आम सवारी साइकिल रिक्शा थी, ताँगे भी चलते थे। 'रेडियो स्टेशन' सुनते ही रिक्शे वाले ने मुझे सस्ते में आराम से वहाँ पहुँचा दिया। स्टेशन डायरेक्टर श्री बी.एस. आनन्द थे जो लाहौर के किसी कॉलेज में अंग्रेज़ी के प्राध्यापक रह चुके थे। भव्य व्यक्तित्व के सरदार, भले आदमी। उनके पास मेरे आने की सूचना थी, मुझे ज्वाइन करने में कोई कठिनाई नहीं हुई। उनसे और अन्य सहयोगियों से मिलकर मुझे बड़ा अपनापन लगा। सभी मुझे हर तरह की मदद करने को तैयार थे। हालाँकि मैं बहुत छोटे पद पर काम करने पहुँचा था।

मॉडल टाउन में मुझे मोहन राकेश का मकान आसानी से मिल गया। राकेश ने झप्पी मारकर ठहाका लगाया, 'आ गए। मैं इन्तज़ार कर रहा था। सामान कहाँ है?' मैंने होटल का नाम बताया तो सन्तुष्ट लगे। माँ जी से मिलाया। उनका स्नेहपूर्ण आशीर्वाद मिला। उसी दिन मेरे जालंधर-वास की सभी योजनाएँ बन गईं। मैं मॉडल टाउन में ही किराए की जगह लेकर रहूँगा। रेडियो स्टेशन खेतों के रास्ते सिर्फ़ ढाई-तीन किलोमीटर दूर है। साइकिल से काम चल जाएगा। छड़ा बन्दा हूँ और क्या चाहिए!

डॉ. इन्द्रनाथ मदान से मिला तो सब कुछ बहुत सहज लगने लगा। उन्होंने मुझे पंजाब में हिन्दी की स्थिति के बारे में बताया और मुझसे सभी तरह की व्यक्तिगत जानकारी ली। रेडियो के अनुबंध की राशि की जानकारी से वे ख़ुश नहीं लगे। उन्होंने कहा कि आपको चार सौ रुपये से कम पर नहीं मानना चाहिए था। मैंने उन्हें बताया कि जो प्रार्थना-पत्र मैंने महानिदेशक को दिया था, उसमें अपनी सारी योग्यताओं के साथ यह भी लिखा था कि मैं देश के किसी भी केन्द्र में, किसी भी रूप में काम करने को प्रस्तुत हूँ। और यह कि सर्टिफ़िकेट में मेरी उम्र दो वर्ष कम लिखी है। इस नाते मैं तेईस वर्ष का माना गया हूँ, मुझे अभी बहुत कुछ सीखना है।

सुनकर डॉ. मदान जिस ढंग से मुस्कराए, उसमें बड़ी आत्मीयता थी।

दो दिन में ही मुझे मॉडल टाउन के एक निजी मकान में कमरा किराए पर मिल गया। कमरा दिलाने में मुख्य हाथ रेडियो स्टेशन पर मेरे वरिष्ठ सहयोगी हरबंस सिंह बेदी का था। वे पंजाबी ड्रामा प्रोड्यूसर थे—अजातशत्रु, दोस्तों के दोस्त और सभी की सहायता के लिए हमेशा तत्पर। ताज़गी की प्रतिमूर्ति।

अब मैं भी मॉडल टाउन में था—राकेश का पड़ोसी। हम लोगों की शामें एक साथ बीतने लगीं। बातें करने को बहुत कुछ होता था हमारे पास।

'नई कहानी' आन्दोलन के सफल रचनाकारों के रूप में मोहन राकेश का नाम प्रतिष्ठित होने लगा था और रेडियो स्टेशन, जालंधर के लिए वे कुछ-न-कुछ लिखा करते थे। वे लिखते नहीं थे बल्कि सीधा-सादा अपने टाइपराइटर पर रचते जाते थे। डी.ए.वी. कॉलेज के एक जाने-माने प्राध्यापक थे। ख़ुशदिल, मिलनसार और थोड़े-थोड़े यायावरी। उन दिनों वे अपनी माँ के साथ रहते थे। छोटा भाई वरीन साथ था। पत्नी शीला जी आगरा में पढ़ाती थीं।

हम दोनों की दोस्ती प्रगाढ़ होने लगी थी। मेरी निजी सुख-दुख की कोई बात उनसे छिपी नहीं थी और वे भी अपने मन की कह लिया करते थे। अपने लेखन के बारे में हम लोग कम ही बात करते थे। लेखन अलग-अलग चल रहा था लेकिन मन इतना मिला था कि एक-दूसरे से मिले और बतियाए बिना ज़िन्दगी ख़ाली-ख़ाली लगती थी।

उन दिनों जालंधर शहर विकास के पथ पर था। विभाजन को सात वर्ष हो चुके थे। शहर की आबादी एक साथ बढ़ती जा रही थी। चारों तरफ़ निर्माण का काम चल रहा था। खेत-मैदानों में और मैदान-मकानों और व्यापार के केन्द्रों में बदल रहे थे। माई हीरा गेट का बाज़ार देशी-विदेशी चीज़ों से लदा था। सिनेमाघरों की संख्या एकाएक बढ़ गई थी। आधुनिकता शहर में समाती जा रही थी। पुस्तकों की दुकानें गिनी-चुनी थीं लेकिन नये-नये बियर-बार खुलते जा रहे थे। वहाँ ज़्यादा लोग जाने लगे थे। एक बियर-बार पर कृपादृष्टि रेडियो स्टेशन के कुछ लोगों की भी थी।

राकेश को बियर पीना अच्छा लगता था। मुझे चस्का तो नहीं था लेकिन कोई परहेज़ भी नहीं था। एक-दो बार हम दोनों साथ-साथ उस बियर-बार में गए जहाँ रेडियो के और कुछ लोग नियम से आते थे। एकाध गिलास तक तो ठीक रहा लेकिन बाद में बहसों ने उग्र रूप ले लिया। भाषा के बन्धन ढीले हो गए। मन उकता गया। राकेश भी खिन्न थे। सिरदर्द लेकर आए। मैं दोबारा नहीं गया। राकेश को भी संगत रास नहीं आई। नहीं गए। लेकिन संरक्षकों की कृपादृष्टि जारी रही। बियर-बार के मालिक को हर पहली तारीख़ को रेडियो स्टेशन पर चक्कर लगाते देखा जा सकता था।

मैंने अपनी रहने की जगह जल्दी-जल्दी बदली थी। पहले एक कमरे से बदलकर एक यूनिट में गया और फिर मॉडल टाउन का पंक्तिबद्ध बनाए गए मकानों में से एक छोटा घर भी लिया। चैन कहीं नहीं था।

हल राकेश ने निकाला। वे भी अपने साँचे ढले मकान से सन्तुष्ट नहीं थे। हम लोगों ने मिलकर रेनबो रोड पर एक निजी कोठी को किराए पर ले लिया। उसमें स्वत: दो भाग थे। केवल पीछे का बरामदा और आँगन एक ही था। आँगन के दोनों ओर अलग-अलग रसोईघर बने थे। मकान में काफ़ी खुलापन था। सड़क के सिरे पर बने इस मकान के बाद खेत शुरू हो जाते थे।

'हम लोग सिक्का उछालकर तय कर लेते हैं कि कौन किस तरफ़ रहेगा, क्योंकि बाद में मुझे तुम्हारा हिस्सा अच्छा लगेगा और तुम्हें मेरा,' राकेश ने कहा था और हम दोनों ने ऐसा ही किया।

रेनबो रोड पर स्थित इसी शामिलाती मकान में रहते हुए मेरे और मोहन राकेश के जीवन में अलग-अलग कई महत्त्वपूर्ण घटनाएँ घटीं।

मैं एक से दो हुआ—मेरी शादी हुई। राकेश दो से एक हुए—शीला जी से विच्छेद हुआ। हम दोनों दोस्त दो से तीन हुए—डी.ए.वी. कॉलेज के प्राध्यापक वी. एन. चावला हमारे पड़ोस में बस गए थे। उनकी शादी भी उन्हीं दिनों हुई। बदलती परिस्थितियों ने हमें भी बदला।

इसी मकान में रहते हुए मोहन राकेश ने रेडियो स्टेशन की माँग पर कालिदास जयंती के लिए कालिदास पर एक रेडियो-रूपक लिखा जो बाद में 'आषाढ़ का एक दिन' के नाट्य रूप में सामने आया। उनकी कई कहानियाँ ऐसी थीं जिनके जीवंत चरित्र हम लोगों के सामने थे। ऐसी ही एक कहानी थी : 'मिस पॉल'। यह राकेश ने स्वयं मुझे बताया था। अपने लेखन के समय वे उसकी बात नहीं करते थे। उनके टाइपराइटर की टिकटिक बताती थी कि वे कितनी देर तक लगातार अपनी रचना-प्रक्रिया में लगे रहते हैं।

मोहन राकेश जितने गहरे बुद्धिजीवी थे, उतने ही बहिर्मुखी और यारबाज़। अपने समकालीन लेखकों से उनकी यारी थी। राजेन्द्र यादव से गाली-गलौज की दोस्ती। एक सुबह मैं अचकचाकर रह गया जब मैंने राजेन्द्र यादव को घर के कॉमन बरामदे में आरामकुर्सी पर धूप सेंकते पाया। वे अपने दोस्त से मिलने आगरा से आए थे। ग्वालियर का होने के नाते मैं उनसे मिल चुका था। हम दोनों ने एम. ए. एक ही वर्ष सन् 1951 में किया था। इसी तरह रवीन्द्र कालिया भी इसी घर में पहली बार मिले थे। तब वे एक छात्र थे।

नजदीक रहकर मैंने पाया था कि मोहन राकेश अपने निर्णयों और सिद्धान्तों पर जितने दृढ़ रहते थे, भीतर कहीं वे उतने ही भावुक भी थे। संवेदना जैसे उनका स्वभाव था। दूसरे की तकलीफ़ पर वे सरल-तरल हो जाते थे। अपने मर्म को सँभालना उनके लिए मुश्किल हो जाता था। उन्हें सिर रखने के लिए कन्धा चाहिए होता था। वैसे सामान्य क्षणों में ज़िन्दगी का लुत्फ़ उठानेवाले हँसमुख इनसान थे वे।

मैंने अपनी शादी की बात अपनी माँ, बड़े भाई और भाभी जी पर छोड़ दी थी। राकेश को रोज़ प्रोग्रेस रिपोर्ट देनी पड़ती थी मुझे। इस घर में राकेश की माँजी के रूप में मुझे एक और माँ मिल गई थीं। रिपोर्ट उन तक जाती थी और रोज़ स्नेहिल, मीठे आशीर्वाद मिलते थे। एक दिन भाई साहब का तार मिला : 'मैरिज़ सैटिल्ड झाँसी, सेंड कन्सेंट'। मैंने राकेश को दिखाया।

इसमें 'ए' की जगह 'आई' हो गई है—झाँसी नहीं, 'झाँसा'—एक ठहाका और यह मज़ाक़ कुछ दिन घूमता रहा। फिर शादी के बाद मेरी पत्नी पुष्पा इसी मकान में आईं और उन्हें माँजी का स्नेहांचल मिला।

सर्दियाँ शुरू हो रही थीं। राकेश की सिफ़ारिश पर हम दोनों ने एक ही कपड़े की जर्किन सिलवा लिये। रात को खाना खाने के बाद हम लोग सैर को निकलते थे। वी.एन. चावला भी शामिल हो जाते थे। रेनबो रोड ठहाकों से गूँजती रहती थी। कभी-कभी हम लोग मिस पसरीचा की घंटी बजा देते थे—हमें ताज़ा ग्राइंड की गई कॉफ़ी मिल जाती थी। वर्षों बाद वे शिमला में तब मिलीं जब हिमाचल में शायद शिक्षा निदेशक थीं।

रेनबो रोड पर साथ रहते हुए बाहर से सब कुछ शान्त था—नियमित, सन्तुलित और ख़ुशनुमा। पर राकेश के मन में कहीं हड़कम्प मचा था। राकेश ने बाद में धीरे-धीरे बताया कि वे उन दिनों विच्छेद को लेकर किस तरह के ऊहापोह में बुरी तरह उलझे थे। इन्हीं दिनों एक और घटना घट गई।

अभी सुबह का नाश्ता नहीं कर पाया था कि राकेश आए और बोले—अभी चलना है। उनकी आवाज़ में घबराहट थी। मैंने सवाल नहीं किया। कोट डाला और उनके साथ चल दिया। रिक्शा में बैठते ही वे मुझ पर टिक गए। यह तो ज़ाहिर हो चुका था कि हम लोग रेलवे स्टेशन जा रहे हैं पर क्यों इसका पता नहीं था। 'क्या हुआ?' मैंने पूछा। 'वरीन चला गया।' उनका चेहरा ऐसा लग रहा था, जैसे बरसों से बीमार हों। कंठ अवरुद्ध। धीरे-धीरे समझ में आया। उनका प्यारा छोटा भाई वरीन बिना बताए घर छोड़कर चला गया था। कोई चिट भी नहीं छोड़ी थी उसने। पैसे भी नहीं लिये थे। ज़रूर वह बम्बई गया होगा। 'मैं जानता था,' राकेश बुदबुदाए। मेरा कन्धा उनके आँसुओं से तर था।

रेलवे स्टेशन आ गया था। राकेश ने आँखें पोंछीं। हम लोग स्टेशन मास्टर के कमरे में गए। राकेश ने वरीन का फ़ोटो दिखाया, हुलिया बताया और गुज़ारिश की कि वरीन सुबह की किसी ट्रेन से बम्बई जा रहा होगा, उसे रास्ते के किसी स्टेशन पर पहचानकर रोक लिया जाए...और राकेश ने अपनी कलाई से रिस्टवाच उतारकर मेज़ पर रख दी थी। स्टेशन मास्टर समझदार थे। उन्होंने एकाध सवाल पूछे और सांत्वना देते हुए यह भी पूछा कि वरीन की उम्र क्या है? 'मैं स्टेशंस को मैसेज़ भेज दूँगा, आप इसे पहन लीजिए।' उन्होंने रिस्टवाच उठाकर राकेश के हाथ में रख दी। 'वैसे आपका भाई नाबालिग नहीं है। ज़्यादा कुछ नहीं हो पाएगा। ऊपर वाले ने चाहा तो बम्बई से वह ख़ुद ही लौट आएगा।'—उन्होंने समझाया।

हम लोग लौटे तो राकेश के क़दमों में कुछ स्थिरता आ गई थी। भीतर का तूफ़ान बढ़ गया था। अम्मा को कैसे समझाएँगे...?

थोड़े समय बाद ही ख़बर मिली—किसी ने वरीन को रेडियो, सीलोन पर उद्घोषणाएँ करते हुए सुना था...।

वह व्यक्ति जीनियस था...

पं. सत्यदेव विद्यालंकार[1]

राकेश उम्र में मुझसे छोटे थे। मैं कार्य में भी, उम्र में भी उनसे सीनियर था। उनको अध्यक्ष बनाया तो थोड़ा एतराज़ तो मुझे था पर व्यक्तिगत तौर पर उनसे मेरा बड़ा स्नेह था। कभी-कभी गड़बड़ हो जाती थी क्योंकि राकेश आर्यसमाजी सोच से कभी सहमत नहीं हुए। संस्कृत का व्यक्ति होकर वह भी संस्कृति की सोच का व्यक्ति नहीं था। आर्यसमाजी विचारधारा में उसे कोई विश्वास नहीं था। पर व्यक्ति था जीनियस। स्वभाव बड़ा स्वतंत्र था, स्वीकार उसमें बहुत कम था। तब संस्कृत अध्यापक को ही धर्म-शिक्षा का विषय पढ़ाना पड़ता था। पर वे इसके लिए तैयार नहीं हुए, मगर इस्तीफ़ा तैयार था। बाद में इस्तीफ़ा दे भी दिया मुझे। जहाँ तक याद है, इसका कारण उनका लेखकीय कर्म था। वे बन्धन-मुक्त होकर लिखना चाहते थे। श्री सूरजभान उनकी इस प्रकार की अस्वीकृतियाँ तो टाल ही देते थे। पर नौकरी की आरोपित पाबन्दियाँ ही उन्हें स्वीकार नहीं थीं। डॉ. इन्द्रनाथ मदान उनकी बड़ी क़द्र करते थे। उनके लिए चिन्तित भी रहते थे। जब नौकरी छोड़ी तो आर्थिक तंगी भी आई। डॉ. मदान ने उनको 200 रुपये की एक छात्रवृत्ति दिलवाई और उन्होंने उसे भी स्वीकार नहीं किया। आप इसे ख़ुद्दारी भी कह सकते हैं, एक अद्भुत जीनियस की अव्यावहारिकता भी कह सकते हैं। डॉ. मदान बड़े दुखी हुए और उनके मुँह से निकला : 'यह ज़रूर किसी दिन आत्महत्या कर लेगा।' वे भी उनसे एक तरह से हार गए थे। पता नहीं क्यों, जो उनमें ज़्यादा रुचि दिखाता, उसमें ही उनको अरुचि हो जाती थी। वह प्रखर प्रतिभा का धनी था पर था अन्तर्मुखी उसके ठहाके मुझे उसके ख़ालीपन और आन्तरिक टूटन की प्रतिक्रिया ही प्रतीत होते थे। पर उनके दिल में खोट नहीं था; मुस्कराहट बालकों जैसी निश्छल थी। उसी का साथी हरिकृष्ण प्रेमी व्यावहारिक जीनियस था। उसने गृहस्थी भी निभाई,

1. विभागाध्यक्ष राकेश के वरिष्ठ सहकर्मी प्राध्यापक

लिखा भी ख़ूब। बड़े व्यावहारिक पर राकेश एकदम फक्कड़, लापरवाह। मैं उसे अव्यावहारिक जीनियस मानता हूँ। वह किसी को स्वीकार नहीं कर पाया, प्रतिकूल से समझौता उसको करना नहीं आता था। उसका अपना जीवन एक प्रयोगशाला था। वह किसी से विवाद नहीं करता था। अपने भीतर उलझा रहता था। तीन विवाह किये पर निबाह नहीं कर सका, एक से भी। दो पत्नियों को तो मैंने भी देखा है। उनकी पहली पत्नी हमारे ही विद्वान मित्र की पढ़ी-लिखी सुघड़ कन्या थी। आजकल वह किसी कॉलेज में प्रिंसिपल हैं। उससे ऊब जाता था। बस, अलगाव हो गया। वह अपने भाई के पास चली गई। एक बार राकेश का ऑपरेशन यहीं सिविल अस्पताल में हुआ। उनकी पत्नी को पता चला। यहाँ आई, उसकी बहुत सेवा की। मैंने भी समझाया कि वह तुम्हारे साथ रहना चाहती है, तुम्हारी पत्नी है, तुम्हारे पुत्र की माँ है, उसका अधिकार उसे दे दो। मुझे तो उसने 'हाँ-हाँ' कर दी पर पत्नी को कह दिया, 'अब मैं ठीक हूँ, तुम जाओ।' बस, फिर दूसरी पत्नी से भी नहीं निभी। वह उनसे अत्यधिक प्रेम करती थी, पज़ेसिव भी थी, पर राकेश तो उन्मुक्त गगन का पंछी था। वह उसे पागल कहता था और कहता था कि उसके साथ रहकर मेरा दम घुटता है। नतीजा फिर तलाक़। तीसरा विवाह किया था; कैसे निभा, उसका मुझे नहीं पता। किसी औरत से निभाई तो नहीं पर औरतों में पॉपुलर बहुत था।

उन दिनों कॉलेज में एक ग्रुप था जो अपने-आपको प्रगतिशील कहता था, इसके नेता प्रो. नरूला थे। राकेश ज़्यादा इन्हीं लोगों के साथ बैठते थे। पर रूसवाले मार्क्सवाद या क्रान्ति से राकेश का कोई सरोकार नहीं लगता था।

आधुनिकता में भी कोई आस्था तो दिखाई नहीं देती थी। हाँ, भारतीय संस्कृति की परम्पराओं का स्वीकार ही उनकी आधुनिकता थी। उनके अन्दर अपूर्णता का तीव्र अहसास था। उनकी सोच भी अपनी ही थी। संस्कृत साहित्य का अच्छा ज्ञान था पर उसकी गुणवत्ता उन्होंने ज़रा भी नहीं ली। हाँ, उन्होंने सबल प्रतीक अवश्य चुने जिनके माध्यम से अपने टूटते व्यक्तित्व को, परिवेश को वे एक कलाकार की दृष्टि से देख सके और चित्रित कर सके। मैंने उसे क़रीब से देखा था और कह सकता हूँ कि 'आधे-अधूरे' का नायक मोहन राकेश ख़ुद ही है। 'आषाढ़ का एक दिन' का कालिदास भी वह ख़ुद ही है। कालिदास पुराना कालिदास बिलकुल नहीं था, न है। मल्लिका के टूटने से टूटता आधुनिक कालिदास है। ऐसे 'लहरों के राजहंस' के प्रतीक भी अश्वघोष की एक कृति से लिये हैं पर उसकी संवेदना पर राकेश के जीवन और परिवेश का प्रभाव है। संस्कृत साहित्य की मूल्यवत्ता को तो कभी उन्होंने ग्रहण नहीं किया। अक्सर विचार-विमर्श का अवसर आता था। पर मुझे नहीं लगा कि तब तक उसके पास कोई निश्चित जीवन-दर्शन या मूल्यबोध था। उनके अन्दर दो मोहन राकेश थे, दोनों में भीतर-ही-भीतर तीव्र और

गहरा संघर्ष चल रहा था। उनकी रचनाओं में वही प्रकट हुआ है। परन्तु संघर्ष की परिणति का स्वरूप उनके सामने स्पष्ट नहीं हुआ था। यदि कुछ और उम्र पाते तो शायद उस टूटन में किसी निर्माण का स्वरूप भी खोज लेते! मैंने उनका सारा साहित्य पढ़ा है। सभी रचनाओं में मोहन राकेश स्वयं साकार हो उठता है। मैं उसे रचना के साथ-साथ महसूस करता हूँ। पर चूँकि मेरी सोच दूसरी है। यही मानता हूँ कि उनके साहित्य में कलात्मकता है पर मूल्यवत्ता नहीं है। काश, उसे और उम्र मिली होती!

शीशे की तरह पारदर्शी व्यक्तित्व

डॉ. आर.सी. अब्रोल

जब मैं उनका छात्र था, तब वे हिन्दी विभाग के अध्यक्ष थे। संस्कृत के विद्वान; सोच, विचार, पहनावा आधुनिक और पढ़ाते थे मध्यकालीन काव्य। बड़ी तन्मयता से पढ़ाते थे। वे प्रयोगशील और अनुशासनप्रिय अध्यापक थे। तब सह-शिक्षा नई-नई शुरू हुई थी। काव्य पढ़ाते समय लड़कियों की उपस्थिति का उन्हें पूरा ध्यान रहता और कोई लड़का उद्दंडता न करे, इसके लिए भी पूरी सावधानी बरतते थे। हालाँकि लड़कियों में लोकप्रिय होने के कारण उनको बदनाम भी किया जा रहा था किन्तु अध्यापक के रूप में वे इस मामले में कभी-कभी बड़े पुरातनवादी भी लगते थे। एक बार एक लड़के को किसी लड़की की तरफ़ ग़ौर से देखते देख लिया तो क्लास में ध्यान न लगाने के आरोप में एक सौ रुपये का फ़ाइन कर दिया। उनका पेपर चैक करने और मूल्यांकन का ढंग भी अजीब था और मैं इस ढंग की स्तुति करता हूँ। एक-एक छात्र का एक-एक प्रश्न इतने ध्यान से चैक करते थे कि क्लास में हर प्रश्न के अनुसार छात्रों की पोज़ीशन निर्धारित करते थे और जिसका जो उत्तर उन्हें अच्छा लगता, वह दूसरों को भी पढ़वाते थे। मैं मेधावी छात्र माना जाता था। उनसे प्रश्न भी मैं ही ज़्यादा करता था। उनका मुझ पर बहुत स्नेह था। अक्सर मैं असहमति भी व्यक्त कर देता था। एक बार उन्होंने मुझे एक प्रश्न के उत्तर पर 20 में से ज़ीरो दे दिया, फिर भी मैंने विश्वविद्यालय में टॉप किया। इसके पीछे भी उनकी भावना में मुझे कभी खोट दिखाई नहीं दिया। मुझे तो एक तरह से उन्होंने हीरो बना दिया। जब उन्होंने इस्तीफ़ा दिया तो मेरे ही नाम की ज़ोरदार शब्दों में विभागाध्यक्ष के लिए सिफ़ारिश की और मैं अध्यक्ष बना दिया गया। उन्होंने मेरी पीठ बड़े स्नेह से थपथपाई। मैं आज भी उस स्नेह को महसूस करता हूँ। 1966 में वे जब यहाँ एक सेमिनार में भाग लेने आए, उनका अध्यापकत्व तब भी पहले जैसा ही था। सेमिनार में मैं प्रतिबद्ध का उच्चारण ग़लत करता रहा। जैसे ही मेरा पेपर समाप्त हुआ, मुझे पास बुलाया और इसको तीन बार मुझसे बुलवाया और मेरा उच्चारण ठीक करवाया।

वे साहित्य का बड़ा सम्मान करते थे। संस्कृत का गहरा अध्ययन था। पर उसका प्रभाव व्यक्तित्व पर कम ही दिखाई पड़ता था। एक दिन कबीर की वाणी पढ़ा रहे थे। पढ़ाते-पढ़ाते गम्भीर हो गए—उदासी की हद तक और बोले, 'यदि कबीर को यह मालूम हो जाता कि उनकी काव्य-कृतियों का इतना डिसेक्शन करके शोधकर्ता इतना अहं पालेंगे तो शायद वे काव्य-रचना नहीं करते।' लगता है, साहित्य के प्रति उनका अपना दृष्टिकोण भी इतना ही मूल्यवान रहा होगा। किन्तु वे ख़ुद सांस्कृतिक विघटन की जटिलता की उपज थे। उनकी करनी और कथनी में अन्तर न हो, उनसे ऐसी अपेक्षा करना, मैं समझता हूँ, उनके साथ ज़्यादती होगा।

राकेश फक्कड़ और रोमांटिक तबीयत के व्यक्ति थे; कलाकार तबीयत का व्यक्ति कहना उचित होगा। सौन्दर्य-प्रेमी थे। अक्सर कहा करते थे, 'content with beauty creates beauty।' प्रकृति के तो सौदाई थे। सुन्दर स्त्रियाँ, विशिष्ट स्त्रियाँ उनकी जिज्ञासा और सुरुचि का विषय थीं। एक बार तो यह अफ़वाह भी गरम थी कि वे अपने मित्रों के साथ डलहौज़ी गए तो लड़कियों के पीछा करने और घूरने को लेकर पुलिस ने यह आदेश जारी किया कि वे तुरन्त डलहौज़ी छोड़कर चले जाएँ। पर मुझे लगता, राकेश औरतबाज़ नहीं था; बस, कलाकार था। दरअसल उस समय का समाज ही बहुत संकीर्ण था। उनका व्यक्तित्व इतना प्यारा था कि लड़कियाँ ही नहीं, लड़के भी बहुत आकर्षित हो जाते थे। क़द छोटा था मगर क़द का प्रभाव बहुत लम्बा था। संकीर्ण सोच के लोग ही उनके ऐसे प्रसंगों को उछालते रहे। उनका तकियाकलाम था : 'डियर'। यह शब्द कुछ इस तरह मुँह से निकलता कि सुननेवाला उनका प्यारा बन ही जाता था। पहनने-ओढ़ने, उठने-बैठने, बात करने में बड़ी सुरुचि वाले व्यक्ति थे। भीतर जितनी टूटन और बिखराव था, बाहर उतने ही ज़्यादा सँवरे हुए, सलीकेदार और संजीदा व्यक्ति थे।

ख़ुद्दारी इतनी कि कोई भी, किसी की भी दख़लअन्दाज़ी बरदाश्त नहीं करते थे। इस्तीफ़ा जेब में ही रहता था। श्री सूरजभान उनकी बहुत क़द्र करते थे। उन्होंने बहुत बार उन्हें मनमानी करने दी; उनका इस्तीफ़ा स्वीकार नहीं किया। कुल मिलाकर मोहन राकेश बेचैन-असन्तुष्ट रूह थी। जब उखड़ते तो उखड़ ही जाते। किसी भी अरुचि से समझौते की तो गुंजाइश ही नहीं थी। किसी विचारधारा से कभी प्रतिबद्ध नहीं हुए। उनकी अपनी ही विचार-मंजूषा भी थी जिसे 'कलाकार की विचार-मंजूषा' कहा जा सकता है। अपनत्व इतना कि जब जहाँ चाहते, डाँट देते। दुबारा मिलते तो मानो कुछ हुआ ही न हो! शीशे की तरह मिलते—पारदर्शी। कुछ लोग उनकी ऐसी आदत से परेशान भी होते। पर उन्हें निभाना कठिन, तो छोड़ना भी आसान नहीं था।

वह ख़ुद में ही रहनेवाला व्यक्ति था

जगदीश चन्द्र (वैद्य)[1]

राकेश बड़ी गम्भीर तबीयत के व्यक्ति थे। वह कभी शायद ही सामान्य हो पाया हो। ठहाकों में भी शायद भीतर कहीं संजीदा ही रहता था। जो बात पसन्द नहीं आती थी, बरदाश्त नहीं करता था। एक बार उसने मुझे और फ़िक्र तौसवीं को बुलाया, अपनी नई कहानी सुनाने के लिए। हम थोड़ा हँसी-मज़ाक़ के मूड में थे। दोनों ने तय किया कि हममें से एक कहानी की तारीफ़ करेगा, दूसरा उसे बोगस कहानी साबित करेगा। कहानी सुनी, हमारे कमेंट्स उसे अच्छे नहीं लगे। वह समझ गया कि हम उसे 'बना' रहे हैं। वह बुरी तरह से झुँझला गया। हमें भी पछतावा हुआ। उसका मूड 'ठीक' करने के लिए प्लाज़ा गए; पीते-पिलाते रहे, फिर ज़िद यह कि खाना घर जाकर ही खाएँगे। घर गए, नौकर से पूछा, 'साग-सब्ज़ी क्या बनाई है?' उत्तर मिला, 'बैंगन।' माथा सिकुड़ गया, 'यह भी कोई खाने की चीज़ है?' कहकर हमें उसने बैठा दिया और कुछ खाने-पीने का सामान कहीं से ले आया। मैं जलती सिगरेट मेज़ पर रख के भूल गया। उसने हाथ से राख हटाई। मेज़ के पटल पर दाग़ पड़ गया था। वह उसे लेकर ज़्यादा ही संजीदा हो गया। शायद इसका कारण उसका सौन्दर्य-प्रेम था। वह उठकर घूमने लगा, फिर बोला, 'अब तुम लोग जाओ, कल मिलेंगे।' रात के 2.00 बज चुके थे। बोला, 'सुबह मेरे यहाँ कोई मेहमान आनेवाला है।' पर हम अभी वहीं थे और वह लड़की आ गई जो उसकी दूसरी पत्नी बनी।[2]

मोहन राकेश को अकेलापन पसन्द नहीं था, पर पता नहीं क्यों, वह घर नहीं बसा पाया। पहली पत्नी में तो कोई ऐसा दोष भी नहीं था, फिर भी वह नहीं निभा पाया। वह ख़ुद में ही रहनेवाला व्यक्ति था। एक बात बड़ी अजीब हुई थी कि पहली पत्नी से एक पुत्र था; वह उसे ही सहन नहीं कर पाता था। मुझे नहीं याद, उसने

---

1. राकेश के मित्र और सुप्रसिद्ध कथाकार।
2. उसका नाम पुष्पा चोपड़ा था, जो बाद में राकेश की दूसरी पत्नी बनी।

कभी उसे पिता की तरह गोद में लिया हो! मैंने कारण पूछा तो बोला, 'इसकी शक्ल मुझसे मिलती है, यह देखकर मेरा मन खिन्न हो उठता है। अगर किसी और से या उसकी माँ से ही मिलती होती तो शायद मुझे इतनी तकलीफ़ न होती।'

शायद अलगाव में एक कारण यह भी रहा हो। फिर मोहन राकेश दिल्ली चले गए और लम्बे अन्तराल के बाद 'एफ्रोएशियन राइटर्स कॉन्फ्रेंस' में मुलाक़ात हुई। तब मैं 'धरती धन न अपना' के कुछ अध्याय लिख चुका था। राकेश को दिखाए। पढ़कर बहुत ख़ुश हुआ। उसकी ख़ुशी, उसकी प्रशंसा मुझे भी अच्छी लगी। फिर 1969 में मुलाक़ात हुई जब उसने और अमृता प्रीतम ने मिलकर जलियाँवाला बाग़ कांड पर 'लाइट एंड साउंड' कार्यक्रम की स्क्रिप्ट लिखी।[1] तब तक वह कमर्शियल हो चुका था। स्क्रिप्ट में मैंने एक ऐतिहासिक ग़लती की तरफ़ उसका ध्यान दिलाया तो उसे नागवार गुज़रा। सुनने को ही तैयार न हुआ। ग़लती यह थी कि 'इंकलाब ज़िन्दाबाद' का नारा 1919 के कांड में लोगों से लगवाया गया था जबकि ऐतिहासिक सच यह है कि यह नारा इस कांड के कई वर्ष बाद भगतसिंह ने ही दिया था। फिर एक लम्बा अन्तराल आया और मेरा उपन्यास छपा। उसने भी पढ़ा, प्रशंसा की और 1973 में दिल्ली बुलाया। मैं जाने की योजना ही बना रहा था कि राकेश ने ही तैयारी कर ली और फिर मुलाक़ात की सम्भावनाएँ ही समाप्त हो गईं।

1. उसका शीर्षक 'विजंस-1919' था। —सं.

हम उन्हें कभी सन्तुष्ट नहीं कर पाए

हरबंस बेदी

मोहन राकेश बड़े कुशाग्रबुद्धि और समर्थ रचनाकार थे। पर थे लापरवाह, फक्कड़ और मनमौजी। उन्होंने रेडियो स्टेशन के साथ तब नाता जोड़ा, जब हरिकृष्ण प्रेमी यहाँ आए। उनका नाटक 'मिस्टर भाटिया' यहाँ आकाशवाणी से प्रसारित हुआ। शायद यही उनका पहला प्रसारित नाटक था। उनका काम करने का ढंग बड़ा अनोखा था। कई बार हमें बड़ी परेशानी से भी गुज़रना पड़ता था। एक बार तो ऐसा भी हुआ कि नाटक की प्रसारण-तिथि की घोषणा कर दी गई पर डायलॉग और सीन तैयार नहीं हुए; क्योंकि वे मूलतः कहानीकार ही थे। रेडियो रूपान्तर बाद में होता था। शायद मैं 'उसकी रोटी' की घोषणा करवा चुका था। कलाकार आ गए, पर राकेश के डायलॉग और सीन तैयार नहीं हुए थे। उनको हम पकड़कर ले आए और बस, अद्‌भुत बात थी कि वे वहीं बैठकर लिख गए और हमने नाटक तैयार कर लिया।

एक बार तो नया ही नाटक लिखना था। सब तैयारियाँ हो चुकी थीं पर स्क्रिप्ट तैयार नहीं हुई, हम लोग रात को उनके घर धरना देकर बैठ गए। गई रात तक खाना-पीना, गपशप चलती रही। 2.30 बजे उठे और बोले, 'तुम लोग या तो चले जाओ या सो जाओ; मैं नाटक लिखूँगा।' काग़ज़-कलम लेकर बैठ गए और सुबह चार बजे तक रेडियो नाटक लिख डाला।

कई बार उन्हें पात्रों के लिए कलाकार पसन्द नहीं आते थे। जब कभी पसन्द आते भी, तो उसे गले लगाते ख़ुशी प्रकट करते। पर एक वाक्य ज़रूर कह देते, 'अच्छा था, पर और अच्छा हो सकता था।' हमने, हमारे कलाकारों ने उनके नाटकों पर बहुत मेहनत की, फिर भी हम उन्हें सन्तुष्ट नहीं कर पाए।[1] एक बार एक पात्र का अभिनय करने के लिए हमने उन्हें ही चुना। आवाज़ उनकी बहुत अच्छी थी। बस, नाटक आधा भी पूरा नहीं हो पाया था कि उखड़ गए, 'भई, मेरे बस का नहीं' और उसे फिर से रिकॉर्ड करना पड़ा।

---

1. आकाशवाणी जालंधर के नाटक प्रभाग में हरिकृष्ण प्रेमी के सहायक सहकर्मी —सं.

असन्तोष तो उनके स्वभाव का विशेषण बन चुका था। एक ही व्यक्ति था जिससे वे पूर्णत: सन्तुष्ट थे : वह थी उनकी 'माँ'। उनकी लेखकीय सफलता के पीछे माँ की बड़ी महत्त्वपूर्ण भूमिका थी। बोलती बहुत कम थीं, पर थीं ममता और सहनशीलता की मूर्ति। राकेश को सभी छोड़ गए, पर माँ अन्त तक उनके साथ थीं। कहा करते थे, जब लिखने बैठता हूँ तो मालूम नहीं, माँ को मेरी ज़रूरतों का कैसे पता चल जाता है; चाय-पानी-खाना, सब अपने-आप ही देती रहती हैं। माँ ही थीं जो उन्हें समूचे रूप में स्वीकार करती थीं।

मोहन राकेश में माँ की उदारता की झलक मैंने कई बार देखी। उनका एक माली था; उसे वे तब भी बीस रुपये महीना भेजते रहे जबकि वे यहाँ से चले गए थे। जब 'आधे-अधूरे' का नाट्य-रूपान्तर राष्ट्रीय स्तर पर प्रसारित करने की योजना बनी, तो आकाशवाणी, जालंधर के लिए पंजाबी रूपान्तर मैंने तैयार कराया था। नाटक से बड़े ख़ुश हुए, तपाक से गले मिले। पर लगता था कि पूरे ख़ुश नहीं हुए, कहीं असन्तोष बाक़ी था। उनमें एक बहुत बड़ा गुण था—किसी की निन्दा कभी नहीं करते थे।

खंड-4

कुछ बिखरे स्मृति-बिम्ब और अन्तरंग पत्र

यादों के एकान्त क्षण

अनीता राकेश

'मैं तुमसे एक बात कहना चाहता हूँ।'

'कहो।'

'तुम्हारा स्थान तीसरा है।'

'सो तो मैं जानती हूँ।'

'नहीं, जो तुम सोच रही हो, मेरा मतलब उससे नहीं है। मेरा मतलब है—पहले नम्बर पर मेरा लेखन है, दूसरे नम्बर पर मेरे दोस्त हैं और तीसरे नम्बर पर तुम हो, लेकिन तीनों ही मेरे लिए बहुत ज़रूरी हैं।'

इतने क़रीब कि साँसें उभरकर आ रही थीं। एकाएक सवाल आया : 'क्या तुम साँस नहीं ले रही हो?'

'ले तो रही हूँ।'

'लेकिन आवाज़ क्यों नहीं आ रही?'

साँसें शायद मिल चुकी थीं।

*

मैंने ज़िन्दगी में जिस-जिस से शादी करनी चाही, नहीं कर सका, और जिन-जिन से नहीं करनी चाही, उन-उन से हुई।

वह मुँह बाये उसकी तरफ़ देखती रही।

'क्यों, तुमसे भी तो शादी नहीं कर पाया!'

*

इनसान को सबसे पहले अपने प्रति ईमानदार होना चाहिए। क्या तुम उन लोगों का अन्दाज़ा लगा सकती हो, जो लोग आईने के सामने खड़े होकर अपने से ही बचते रहते हैं?

ठीक है कि तुम मेरे दोस्त हो। तुम अगर किसी का ख़ून करके भी मेरे पास आओगे, तो मेरे दरवाज़े तुम्हारे लिए खुले हैं। लेकिन इसका मतलब यह नहीं कि मैं तुमसे सहमत हूँ।

*

बात को अगर किसी लिहाज़ में न कह पाए, तो समझो, नींद अपनी हराम कर ली। लेकिन नन्दन, पता है, फिर क्या होता था? जनाब टहल रहे हैं घर-बाहर। नाप रहे हैं कमरे की चौड़ाई। फिर भी सोना तो है न? नहीं रह सकते बिना कहे। टैक्सी को फ़ोन करेंगे। बैठेंगे। उस आदमी के घर तक जाएँगे और जगाएँगे। कितनी भी रात हो गई हो और बस...ढाँय, ढाँय, ढाँय...सब उगल दिया और लौटकर आकर खर्राटे मारकर सोए...खर्रऽररर!

कभी सूरज सिंह के हाथ चिट्ठी भेजी और बोले, 'फ़लाँ साहब के पास जाओ और जवाब लेकर आओ।'

लौटकर सूरज सिंह अन्दर दाख़िल, 'जवाब लाए?'

'हाँ।'

'चिट्ठी किसको दी थी?'

'उन्हीं साहब को।'

जवाब पढ़ा, बत्ती बुझाई और खर्राटे! खर्रऽऽऽ!

*

झूठ यहाँ तक नहीं बोलना कि अगर लिखने के लिए किसी से न मिलने को कोई और बहाना मारकर उसे टरका भी दिया है फ़ोन पर, तो शाम होने से पहले वह झूठ उसे बता देना ज़रूरी है। अगर किसी दूसरे का घटियापन बरदाश्त नहीं था, तो अपना घटियापन भी दो क़दम उनके साथ चल नहीं सकता था। कहते थे, 'झूठ झूठ होता है—वह बेहतर झूठ हो, या घटिया झूठ।'

*

किस क़दर वह इनसान एक घर चाहता रहा अपनी ज़िन्दगी-भर, जबकि दुनिया यही जानती थी कि वह कभी घर का होकर नहीं रह सकता था!

*

तुम तो मुझे छोड़कर नहीं जाओगी न कभी?

*

दोस्तों को इतने प्यारे थे कि लादे हुए अपनी सेना चढ़ते चले आ रहे हैं सीढ़ियों पर। अनाप-शनाप टाइम हो गया है और अनाप-शनाप संख्या चली आ रही है!

*

घर में लोगों को लाने में शायद इसीलिए ख़ुशी महसूस करते थे कि आत्मिक सुख मिलता था—इस घर में इतने सारे लोग आ सकते हैं। उन्होंने घर नाम की चीज़ का मिसयूज़ भी किया—ऐसे, जैसे कोई बच्चा किसी चीज़ को पहली बार देखता है, तो टूट के पड़ता है। इसीलिए उनके घर में बारह-बारह बजे रात को भी इस क़दर ज़िन्दगी चलती थी, जो साधारण अर्थों में किसी आम आदमी के घर नहीं चलती।

*

यात्रा पर निकलने के समय उनका मन बहुत उदास होता था। इसीलिए वह कभी पसन्द नहीं करते थे कि उन्हें कभी कोई सी-ऑफ़ करने आए। अन्तिम यात्रा भी कुछ इस तरह से हुई कि न तो उनका मन ही उदास हुआ और न ही कोई उन्हें सी-ऑफ़ कर सका!

करिश्मों के जादूगर की तनहाई न पूछ

राज बेदी

कहाँ से शुरू करूँ? कुछ भी तो समझ नहीं आ रहा। इतना भी याद नहीं रहा कि क़रीबन पच्चीस बरस पहले किसने परिचय करवाया था। तब बम्बई के कॉफ़ी-हाउस में एक दिन मुलाक़ात हुई थी और बस, अनजाने में चुपचाप दोस्ती हो गई थी।

और फिर वह कोई तीन महीने पहले अचानक चला गया। दोस्तों के साथ मिलकर उसका अन्तिम संस्कार किया, फूल चुने और राख भी जमुनाजी में बहा दी। पर दिल है कि मानता ही नहीं।

लगता है, ज़िन्दगी को इतने रंगों में जीनेवाला वह जादूगर ज़रूर परदे के पीछे छुप गया है। यक़ीन ही नहीं होता कि वह, जो ज़िन्दगी में कितनी ही बार हँसता हुआ अचानक सैकड़ों मीलों की दूरियों को फाँदता हुआ सामने आ खड़ा होता था और सबको अचरज में डाल देता था, अब अपना वह करिश्मा नहीं दुहराएगा।

जब भी उसके बारे में कोई बात कहने की कोशिश करता हूँ तो एक अजीब-सी परेशानी से घिर-सा जाता हूँ। सोचता हूँ जिसकी बात करना चाहता हूँ, वह क्या इसी दुनिया का आदमी था? नहीं-नहीं, वह तो यहाँ का वासी ही नहीं था। तो फिर वह कौन था? कहाँ से आया था? किधर चला गया?

कहो तो राकेश के जीवन की कोई घटना बयान करूँ? आपसी बहुत नज़दीक की! इन्तहा कोशिश करता हूँ और यह भी मुमकिन नहीं हो पा रहा। शायद इसके लिए एक विस्तृत अन्तराल चाहिए।

अलबत्ता उसकी दो चीज़ें अक्सर घेरे रहती हैं। उसकी आँखें और उसकी हँसी। कहते हैं, आँखें इनसान की रूह का दर्पण होती हैं। उसके घुँघराले बाल, भरा हुआ गोरा और निष्कपट चेहरा, ख़ूबसूरत होंठों में दबी हुई सिगरेट लेकिन सबसे बढ़कर उसकी आँखें। और आँखों की नज़र और उस नज़र के पीछे एक और गहरी नज़र, जिसमें कैसे-कैसे अनूठे रंगों के कँवल खिलते थे। उन आँखों में जाने कैसी अजीब चमक थी या कोई करिश्मा था, कि उसकी गहराई को देखो तो बस, फिर देखते ही रह जाओ।

दोस्त कहते हैं, उसकी हँसी मुद्दतों उनके कानों में गूँजती रहेगी। सच कहते हैं। लेकिन लगा करता था कि जितनी उसकी हँसी की गूँज घुँघरुओं की तरह बाहरी वातावरण में फैल जाती थी, उतनी ही उसके अन्तर में दूर तक चली जाती थी और वहाँ अन्दर उसका जो एक अपना वीरानी का मन्दिर था, उसके द्वार से टकराकर लौट आती थी। इतनी बड़ी भीड़ में वह कितना अकेला था, कितना तनहा था, कितने उसके क़हक़हों के हिस्सेदार जानते होंगे, मालूम नहीं। बहुत बार बैठे हुए, घूमते हुए, गाड़ी में उसे गुनगुनाते सुना :

कावे-कावे सख़्त-जानीहा-ए-तनहाई न पूछ।
सुबह करना शाम का लाना है जू-ए-शीर का—

और वह क्षणों में जाने कितने-कितने अरसों के परे चला जाता था।

हाँ, एक और अदा का ज़िक्र तो उसकी कर ही सकता हूँ कि प्यारे दोस्त, सुख की जो घड़ियाँ तुम्हारे साथ बिताई थीं, उनका तो कहना ही क्या है लेकिन अपने दुख के जिन क्षणों में तुमने मुझे अपने नज़दीक होने दिया था, उनके लिए उम्र भर का, जितनी भी अब बाक़ी हो, अहसान सिर-माथे...।

मेरा हक़ है यहाँ...

उर्मिला वैद[1]

राकेश भाई ने कभी छोटा नहीं महसूस होने दिया—उम्र में, अक़्ल में, कहीं भी नहीं। जी-भरकर मज़ाक़ किया पर हमेशा सिर पर चढ़ाकर...। इस घर में आकर मुझे बहुत अच्छा लगता है। इस घर में आने को मन करता है, हर बच्चे से अलग मिलकर प्यार करके राकेश अंकल का मन भरता था। राकेश अंकल की हँसी क्या कोई बच्चा कभी भूल पाएगा?

एक बार, पता नहीं, किस सन् में शायद 1964 में, उन्हें वहम हो गया था कि हम लोग उनसे कुछ विरक्त हो गए हैं तथा अन्य मित्र-परिवारों से जुड़ गए हैं। उन्हीं दिनों की घटना है। आप बम्बई पधारे। घर आए। आते ही शुरू हुई उनकी अन्दर की व्याकुलता—ये काजू...पहले नमकीन हुआ करते थे। इस घर में मेरे आने पर कचौरियाँ बना करती थीं...मेरे ढोकले कहाँ हैं?...वे जो इडली की तरह के हुआ करते हैं...इस घर में यह अब?...यहाँ किसे स्पेगटी और कटलेट खाने हैं...कौन कहे कि सिर्फ़ मीनू बदलने के अलावा और कोई उद्देश्य नहीं था। नई डिश बनाने के चाव में ही अलग तरह का खाना बना है। पर उन्हें तो महसूस करवाना था कि मुझे उपेक्षित किया जा रहा है। मेरा वह सत्कार नहीं हो रहा है। मेरा हक़ है यहाँ कुछ। अपनी झल्लाहट दिखानी है—मेरी प्लेटें भी आज नहीं हैं...मेरे नैपकिन, जो मुझे अच्छे लगते हैं...कल जब मैं आऊँ, तो यह सब होना चाहिए जो मैं कह रहा हूँ...।

टेबल पर से अपनी पसन्द की प्लेट सभी प्लेटों में से चुनकर निकाली जाती। 'भाभी, सुनो ज़रा, इस प्लेट पर खाना कैसे खाया जा सकता है?' उसके बाद उसी स्नेह और उत्साह से नैपकिन छाँटा जाता था। रंग तक ढूँढ़ा जाता था। तब खाना शुरू करके अपनी हँसी बिखेरना...शुरू करने के पहले जो शख़्स अपनी प्लेट और नैपकिन ही इतने स्नेह से छाँटता है, उसके लिए आपने छाँटकर खाना न बनाकर

1. मोहन राकेश के घनिष्ठ पारिवारिक मित्र गिरधारी लाल वैद की पत्नी। —सं.

कितनी बड़ी ग़लती की थी! इसे मनवाने का इतना सुन्दर तरीक़ा क्या खोजने पर भी मिल सकता है? 'अबकी बार आपकी ये प्लेटें तो मैं लेता जाऊँगा; या आप मेरे लिए और ला दीजिएगा।' जाते वक़्त देने लगती तो कहते, 'अरे भाभी, अभी नहीं। इस बार नहीं। पहले मुझे इन प्लेटों के योग्य घर तो बना लेने दो।' अब भी टेबल लगा करेगा। वही सब होगा लेकिन ये मधुर स्मृतियाँ सिर्फ़ आँखों के कोरों को गीला कर जाएँगी।

मुझे उसकी मौत का यक़ीन नहीं...

कृश्न चन्दर

मैं जब दिल्ली जाता, राकेश से मिलने की कोशिश करता, तो मालूम होता, राकेश शिमला गया है—लिखने के लिए। शिमला पहुँचो, तो मालूम होता, वह शिमला छोड़कर नारखंडा चला गया है...किसी और बड़े एकान्त में, किसी गहरे अजनबीपन को खोजने के लिए।

दिल्ली की एक शाम बहुत याद आती है। यों तो उस शाम के बाद भी दिल्ली में राकेश के साथ कई शामें गुज़रीं, मगर बस आख़िरी तसवीर उसी एक शाम की है...वह शाम, जो कमलेश्वर के घर से शुरू हुई और कश्मीरी गेट की एक बन्द दुकान की सीढ़ियों पर ख़त्म हुई। पहले हम लोगों ने बियर पी, फिर कनॉट प्लेस गए।

बेवजह घूमते रहे और एक-दूसरे पर फ़िक़रे कसते रहे, फिर वहाँ से मुड़े, तो मेरे इसरार करने पर कार्लटन बार आ गए। कश्मीरी गेट पर मेरा फेवरेट बार है, वहीं देर तक व्हिस्की का दौर चला। फिर खाना खाया। ग्यारह बज चुके थे, या शायद बारह। लोग जा चुके थे। चाँदनी निकल आई थी। पान वाला दुकान बन्द कर रहा था। हमने जल्दी-जल्दी उसे रोककर पान लिये और लाल एंड कम्पनी के सामनेवाली दुकान के बरामदे की सीढ़ियों पर बैठ गए। जाने क्या बातें हुईं, उस दिन की कोई बात याद नहीं, सिर्फ़ हाथों का लम्स याद है और निगाह की गर्मी और साँस का स्नेह। अच्छी शामें वही होती हैं, जब कुछ कहा नहीं जाता, कुछ सुना नहीं जाता, सिर्फ़ महसूस किया जाता है। यों तो उसके मरने के आठ-दस रोज़ पहले बम्बई में उससे मुलाक़ात हुई थी। बम्बई में इंटरनेशनल ड्रामा सेमिनार था। मैं अपनी बहन सरला को सेमिनार में पहुँचाने गया था। वहीं राकेश से मुलाक़ात हुई। चन्द लम्हों का गले मिलना, चन्द लम्हे साथ-साथ कुर्सी पर बैठना, फिर मैं दोबारा उससे मिलने का वादा करके जल्दी से चला आया। अगर मुझे मालूम होता, कमबख़्त ने कुछ बताया ही नहीं—इस क़दर जिन्दगी लिखी थी उसके चेहरे पर!

इसलिए मुझे उसकी मौत का यक़ीन नहीं होता। 'ये चन्द सतरें' लिखते हुए भी राकेश की मौत का यक़ीन नहीं होता। लगता है, वह अचानक कहीं ग़ायब हो गया है, किसी गहरे एकान्त में, किसी अजनबी जगह पर, किसी अपने नये आधे-अधूरे साहित्य को पूरा करने के लिए चला गया है, किसी पुरसदार बर्फ़ की वादी में, किसी अँधेरे बन्द कमरे में, उन सपनों की खोज में, जिनका इन्तज़ार हम सबको है।

और फिर अचानक एक दिन वापस आ जाएगा और पीछे से मेरे कन्धे पर हाथ रखकर ज़ोर से क़हक़हा मारकर कहेगा—क्यों कृष्ण भाई, कैसा बुच्चा दिया मैंने!

बिलकुल ऐसा लगता है और अगर ऐसा न लगे, तो जीना मुश्किल हो जाए।

दोस्ती, खाने और ताश का शौक़ीन

जवाहर चौधरी

मैं यह नहीं जानता कि राकेश कितना बड़ा लेखक है। मेरा उसके लेखक से कभी सीधा सम्बन्ध रहा भी नहीं। मगर इतना ज़रूर कह सकता हूँ कि लेखन उसका पहला कमिटमेंट था। वह अपने लेखक के लिए कुछ भी, एकदम झटके से तोड़ सकता था।

दोस्त राकेश का दूसरा 'कमिटमेंट' रहे हैं—वे, जिन्हें वह दोस्त मानता और समझता था। ऐसे दोस्तों से ही वह आनन्द बटोरता था। दोस्ती की परिभाषा उसकी अपनी थी—सौ फ़ीसदी देना और सौ फ़ीसदी लेना। इस मामले में वह कभी कंजूस नहीं रहा; और न ही उसने किसी दोस्त की कंजूसी बर्दाश्त की। किसी दोस्त से दोस्ती के किसी पहलू पर 'बचत योजना' का आभास भर उसे मिला कि वह पठान की तरह उस पर वसूलने के लिए चढ़ दौड़ा। इस मामले में वह बहुत ही सख़्त था।

अचानक एक दिन नौकर ने दरवाज़ा खटखटाया, चिट्ठी दी और बोला—बाबूजी ने आपको बुलाया है।

मैं पहुँचा तो उसने टाइप किया हुआ एक काग़ज़ मेरे सामने रख दिया और कहा कि इसमें दस्तख़त कर दे।

मैंने दस्तख़त कर दिये।

उसने कहा—पता भी लिख दे।

मैंने पता भी लिख दिया। इतने में वह बहुत ज़ोर का ठहाका मारकर हँसा।

मैंने कहा—मतलब?

बोला—मैं कहता था कि चौधरी कितना बेवक़ूफ़ है!

मैं बहुत गरम हो गया—इस बकवास का मतलब क्या है?

—तूने यह भी नहीं देखा कि यह है क्या? बस, दस्तख़त कर दिये।

—मोहन राकेश जवाहर चौधरी से कहीं दस्तख़त करने को कहे और जवाहर चौधरी सवाल करे कि तू दस्तख़त काहे पै करा रहा है? तेरा दिमाग़ तो नहीं ख़राब हो गया।[1]

मेरे मिज़ाज को गरम देखकर उसका ठहाका ज़रा नरम हुआ। फिर चेहरे पर एक मुस्कान खेली और संजीदा होकर बोला—यह मेरी वसीयत है। इसलिए कह रहा था कि इसको एक बार पढ़ ले।

वसीयत के नाम से मैं चौंका—वसीयत? कैसी वसीयत? तुझे वसीयत लिखने की क्या ज़रूरत पड़ गई?

—ज़रूरत तो कुछ नहीं। लेकिन अक्सर तू ग़ालिब के शेर का एक टुकड़ा जड़ दिया करता था न, 'मौत का एक दिन मुअय्यन है...' तो मैंने सोचा, जब मौत का दिन मुअय्यन हीं है तो लगे हाथ इस काम को भी कर डालना चाहिए, और मैं पहली बार उसके चेहरे की तरफ़ देखकर अजीब तरह के डर से सहम गया था।

कुछ दिन पहले राकेश ने मेरे साथ बैठकर 75 साल की उम्र तक का प्रोग्राम बनाया था। 65 वर्ष तक लिखना और इसके बाद 10 वर्ष तफ़रीह के!

*

खाने के मामले में वह शौक़ीन था। लेकिन खाना खाने का उसका सिस्टम बड़ा अजीब था। जो चीज़ पहले परोस दी जाती, वह उसको खाना शुरू कर देता। मसलन अगर अचार पहले आ गया है तो अचार खाना शुरू कर देता; सब्ज़ी पहले आ गई है तो रोटी के आने तक सब्ज़ी हो सकता है, साफ़ ही हो जाए। उसकी इस आदत के कारण एक बार मैंने उसे हरे मिर्च खाकर 'हाय-हाय' करते भी देखा है।

एक बार राकेश ने इच्छा प्रकट की कि हर सनीचर को पुरानी दिल्ली के गली-मुहल्लों और कूचों में घूमा जाए और वहाँ की ज़िन्दगी को क़रीब से देखा जाए। हम दोनों तीन-चार बार इसी उद्देश्य से रात को बारह एक बजे तक दिल्ली की गलियों-कूचों में घूमते रहे। चाँदनी चौक में श्रद्धानन्द के बुत के नीचे सड़क पर रोटी और खोमचे वालों की दुकानें थीं। जब उनके सामने हम पहुँचे तो मैंने राकेश से मज़ाक़ में ज़िक्र कर दिया कि मैंने कम्यूनिस्ट पार्टी के फुलटाइमरशिप के दौर में कई बार वहाँ रोटी खाई है। बस, क्या था, राकेश ने ज़िद पकड़ ली—यार, आज यहीं रोटी खाएँगे।

---

1. इसी सन्दर्भ में माथेरान से 13.1.63 को राकेश द्वारा राजेन्द्र यादव को लिखे पत्र का वह अंश भी द्रष्टव्य है जहाँ राजेन्द्र राकेश से किसी कहानी को कहीं पुनःप्रकाशित करने के अनुमति-पत्र पर तुरन्त हस्ताक्षर करके भेजने में हुए विलम्ब पर व्यक्त नाराज़गी का उत्तर देते हुए लिखते हैं कि 'मैं तुझे जितने blank काग़ज़ कहे, हस्ताक्षर करके भेज देता हूँ। जब-जब तू किसी चीज़ का सम्पादन करे, उनमें मज़मून भर लिया करना।...जो भी कहानी या कहानियाँ आप चुनना चाहें, चुन लें।' 24.11.63 के पत्र में वह यह लिखते हैं कि 'रॉयल्टी की शर्तें जो भी तू तय करेगा, मुझे मंज़ूर होंगी।' ('अब वे यहाँ नहीं रहते' : राजेन्द्र यादव, पृ. 138) —सं.

हम दोनों ने मोटी और चौड़ी रोटियों पर कढ़ी और सब्ज़ी रखवाकर रोटी खाई। आठ आने में हम दोनों का पेट भर गया। इसके बाद राकेश अक्सर वहाँ की याद करके वहीं खाने का प्रोग्राम बनाने की सोचा करता था, हालाँकि ऐसा मौक़ा फिर कभी नहीं मिल सका।

*

पिछली दीवाली से अगले दिन राकेश का पैगाम मिला। मैंने फ़ौरन फ़ोन किया तो बोला—चौधरी, देख, तू फ़ौरन चला आ। ताश खेलेंगे। मैं पहुँचा तो राकेश और अनीता दोस्तों के आने की राह देख रहे थे। ताश का ज़िक्र आया तो बोला—यार, मुझे तुझसे बड़ी शिकायत है। तू बहुत ही यकसाँ खेल खेलता है। ब्लाइंड की हद होती है। मैं 'ईवननेस' बर्दाश्त नहीं कर सकता। मैं हमेशा 'अनईवन' रहना चाहता हूँ। 'अनईवननेस' में ही सस्पेंस है, थ्रिल है, मज़ा है।

अब रह-रहकर सोचा करता हूँ कि क्या उसकी मौत भी उसकी ज़िन्दगी की तरह अनईवन नहीं रही?

वो गर्म-गर्म पकौड़ियाँ, कबाब और चिल्ड बियर!

ओंप्रकाश

सारी ज़िन्दगी राकेश अपने लिए भी बहुत कठोर सम्पादक बना रहा, यह इस बात से भी प्रमाणित हो जाता है कि जीवन में जो कुछ उसने प्रकाशित करवाया, उससे परिमाण में कहीं अधिक वह अप्रकाशित छोड़ गया। एकांकी-मंच तथा रेडियो के लिए कहानियाँ, निबन्ध, यहाँ तक कि उपन्यास भी। जो कुछ उसका छपा भी है, उसके रद्द किये गए अनेकानेक प्रारम्भिक रूप भी मिले हैं जो इस प्रयत्न में जूझता रहा कि जीविकोपार्जन उसे लेखन से ही करना है, वह किसी ऐसी कृति को प्रकाशित करवाने के लिए उत्कंठित नहीं हुआ जिससे कि उसको सन्तोष न हो—यद्यपि वह जानता था कि वह जो चाहता, छपवा सकता था।

अपने जीवन के पिछले कुछ वर्षों में उसने किसी दिनचर्या में बँधने की कोशिश भी की थी—उससे पहले उसका लेखन दुनिया में और घर में सबके सो जाने पर ही आरम्भ होता था। दिन की ज़िन्दगी जो राह अख़्तियार कर सके, करे। उसने कभी सूर्योदय देखा हो, यह मुझसे कोई कहे तो विश्वास नहीं होगा। दस-ग्यारह बजे उठना और नाश्ता करना। अमृतसर के लोगों के खाने-पीने का शौक़ मशहूर है—राकेश को गोभी और मूली और आलू के पराँठे, गर्म-गर्म पकौड़ियाँ, कबाब और चिकन, गर्म कॉफ़ी, ठंडा शर्बत और चिल्ड बियर—सभी का बहुत शौक़ था। इरविन रोड पर हनुमान जी के मन्दिर के सामने की दुकानें जो अब गिराई जा चुकी हैं—जामा मस्जिद पर कबाब तलनेवालों के अड्डे, उसे अच्छा चटपटा खाना देनेवालों के सब पते मालूम थे। घर में उसकी अम्मा ही रसोई के मामले में इतनी माहिर थीं कि मैं अनेक बार सुबह-सुबह दस मील दूर से आकर राकेश को जगाता था और अम्मा के हाथ के पराँठों की फ़रमाइश करता था—साथ में दही और गोभी-शलजम का अचार। कभी सायं चाय अथवा बियर के साथ तली, गर्म सोंधी पकौड़ियाँ—और पेय से ज़्यादा हम खाद्य पर जुट जाते थे।

नाटककार सिर्फ़ एक

राकेश

दिल्ली : 12.9.64

टैरेस पर चाय पीते हुए। राजेन्द्र यादव की लॉजिक से पैदा हुआ एक लतीफ़ा :

—तो कहानीकार कुल तीन?

उसने हाथ मिलाया।

—और उपन्यासकार दो?

उसने फिर हाथ मिलाया।

—और नाटककार सिर्फ़ एक?

उसने हाथ हटा लिया।

तो नाटक भूतपूर्व का होता!

स्थान कनॉट प्लेस। नेमिचन्द्र जैन, धर्मवीर भारती और मोहन राकेश। बात चली कि 'उत्तर प्रियदर्शी' (लेखक अज्ञेय) की जो समीक्षा 'दिनमान' में छपी थी, उसमें कहा गया था कि दिल्ली में नाटक तो अनेक देखे, पर पहली बार यह पूर्व का नाटक प्रस्तुत हुआ। जिज्ञासा यह थी कि आख़िर यह पूर्व का नाटक क्यों कहा गया?

भारती ने क्षणभर सोचने के बाद कहा, 'भाई, मेरा ख़याल है, यह निर्देशक पर मुनहसर होता है। चूँकि निर्देशक डॉ. लक्ष्मीनारायण लाल पूरब के हैं,

अतः पूर्व का नाटक हुआ। अगर अलकाज़ी निर्देशक होते, तो यह मध्यपूर्व का होता।'

नेमिचन्द्र जैन बोले,: 'अच्छा, तब तो अगर शंभू मित्रा निर्देशक होते तो यह धुर-पूर्व का होता?'

'जी हाँ, आप लोग ठीक कहते हैं,' मोहन राकेश बोले, 'और अगर लेखक स्वयं निर्देशक होता, तो यह नाटक भूतपूर्व का होता।'

उसकी देखा-देखी मैं भी हँसने लगा...

गिरीश कारनाड

[पचास वर्ष बाद गिरीश कारनाड को अचानक याद हो आई कलकत्ता में 1968 में मोहन राकेश के साथ बिताई एक शाम।]

हम दोनों एक बांग्ला म्यूज़िकल देख रहे थे। उसमें एक गीत चल रहा था जो ख़ासा मैलोड्रामैटिक था। तभी वह (राकेश) ज़ोर-ज़ोर से हँसने लगा, फिर उसकी देखा-देखी मैं भी हँसने लगा। उसने मेरी ओर देखा और पूछा, 'क्या तुम जानते हो, हम क्यों हँस रहे हैं?' तो मैंने फ़ौरन जवाब दिया, 'क्योंकि हम जानते हैं कि आधुनिक भारतीय थियेटर का भविष्य हमारे हाथों में है।'

...आपके पतिदेव ने ही पढ़ाया है

रस्किन बांड

शिमला के बिशप कॉटन स्कूल में, आज के वरिष्ठ एवं सुप्रसिद्ध अंग्रेज़ी (अनुवाद में हिन्दी के भी) कथाकार रस्किन बांड, हिन्दी के अध्यापक-लेखक मोहन राकेश के शिष्य थे। हाल ही में एक साक्षात्कार के दौरान उन दिनों को याद करते हुए बताया कि 'क्लास में मैं हिन्दी में सबसे लद्धड़ था। वो (मोहन राकेश) मुझसे हिन्दी में कुछ बोलवाते (बुलवाते) थे, जिस पर पूरी क्लास हँसती थी।' एक बार उनकी (शायद पहली) पत्नी ने शिकायत की कि हिन्दुस्तान में होकर भी मेरी हिन्दी इतनी ख़राब है। मैंने कहा, 'क्या करूँ, आपके पतिदेव ने ही पढ़ाया है।'

अरे, ये तो एक ही जुमले में ठीक हो गया!

कन्हैयालाल नन्दन

टेलीफ़ोन का डायल घुमाया : 582167। उधर से प्यार-डूबी परिचित आवाज़ सुनाई पड़ी, 'हलो।'

'आज मैं आपसे ज़रूर मिलना चाहता हूँ।'

'तो चार के बाद आ जाओ।'

'पाँच बजे आ जाऊँ?'

'आ जाओ, लेकिन इस बार मुझे इन्तज़ार मत करवाना!' बात कुछ इतने प्यार से लेकिन मज़बूत ढंग से कही गई थी कि पूरे दिन मेरे दिमाग़ में घड़ी घूमती रही।

जब शाम को मेरी टैक्सी उनके मकान के सामने रुकी तो पाँच बजने में चार-पाँच मिनट बाक़ी थे। बहरहाल मैंने दरवाज़ा ठीक पाँच बजे ही खटखटाया। इत्तेफ़ाक़ से दरवाज़ा उन्होंने ही खोला। मैंने अपना घड़ी वाला हाथ आगे बढ़ाते हुए कहा, 'पाँच बजे हैं।'

तो जवाब में एक ठहाका और आवाज़ लगाकर बोले, 'अनीता, यह तो एक ही जुमले में ठीक हो गया!'

शब्द का निरर्थक इस्तेमाल

'राकेश जी, आपने उस आदमी की बात का जवाब क्यों नहीं दिया? चुपचाप खड़े सुनते रहे।'

'सुनता न रहता तो और क्या करता?'

‘आप अपनी असहमति तो जता ही सकते थे, जबकि मैं जानता हूँ कि आप उसकी किसी बात से सहमत नहीं थे।’

‘नन्दन, शब्द के अपव्यय की महत्ता को नाटककार को सबसे अधिक समझना चाहिए। तुम चाहते हो कि मैं भी शब्द का निरर्थक इस्तेमाल करूँ? कहानी में तो यह मेरा सिर खाता ही है, नाटक में भी मुझे शिक्षा देने की सोच रहा है। मेरा दिमाग़ ख़राब हुआ है जो हर किसी की, हर बात का जवाब दूँ?’

प्रिंसिपल ने अपनी पगड़ी छात्रों के क़दमों में रख दी!

सत्यपाल आनन्द

लाला ज्ञानचन्द प्रिंसिपल के वक़्त का एक क़िस्सा। गोडसे द्वारा महात्मा गांधी की हत्या कर दिये जाने पर कॉलेज के विद्यार्थियों में बहुत हलचल मची। जनसंघी विद्यार्थी गोडसे को हीरो मानते थे, कांग्रेसी उसे देशद्रोही समझते थे। होस्टल के कॉमन रूम में सावरकर का एक चित्र लगा था। कांग्रेसी विद्यार्थियों का हठ था कि उसे उतार दिया जाए जबकि जनसंघी विद्यार्थी किसी भी हालत में उसे उतारने न देना चाहते थे। पहले बहसबाज़ी हुई, फिर हाथापाई पर नौबत आ गई। दोनों ओर के ग्रुप गर्मी खाए हुए थे। प्रिंसिपल ज्ञानचन्द ने और कोई चारा न देखकर उनके क़दमों में अपनी पगड़ी बिछा दी और कहा कि यह उनकी इज़्ज़त का सवाल है। लड़के, जैसे भी हो, उनकी इज़्ज़त रखने के लिए शान्त हो जाएँ। लड़के शान्त तो हुए पर झगड़ा नहीं मिटा। अन्त में फ़ैसला हुआ कि तसवीर उलटी लटका दी जाए। अगर ट्रिब्यूनल ने गोडसे के हक़ में फ़ैसला दिया तो तसवीर सीधी कर दी जाएगी, उसके विरुद्ध फ़ैसला किया तो तसवीर हटा दी जाएगी। तसवीर उलटी करने से पहले कपड़े में बाँधी गई तो जनसंघी विद्यार्थियों ने उसमें कुछ फूल बाँध दिये। उस पर फिर हंगामा हुआ और कपड़ा खोलकर फूल निकाले गए। जिस दिन अदालत का फ़ैसला आया, उस दिन तसवीर के टुकड़े-टुकड़े कर दिये गए।

[मोहन राकेश की डायरी से]

तुम सीधे और मैं उलटा!

राकेश मोहन कोहरवाल

बात अब से तीन साल पहले की है। बरेली स्टेशन से गाड़ी चलने ही वाली थी। सीटी बज चुकी थी। तभी वह जल्दी में उसी डिब्बे में चढ़ आए, जिसमें मैं बैठा हुआ था। काफ़ी भीड़ थी। वह किनारे वाली खिड़की की सीट के पास खड़े हो गए। मेरी सीट पर थोड़ी-सी जगह ख़ाली थी। मैंने उन्हें बैठ जाने को कहा। वह धन्यवाद कहकर बैठ गए। थोड़ी देर बाद सिगरेट जलाकर उन्होंने बातें करना शुरू कीं। कुछ इधर-उधर की बातों के बाद उन्होंने मेरा नाम पूछा। मैंने बताया, 'राकेश मोहन कोहरवाल', तो वह ठहाका लगाकर हँस पड़े।

सारे डिब्बे के लोग उनकी ओर देखने लगे। पर उन्होंने किसी की ओर ध्यान न देते हुए कहा, 'फिर तो हम-तुम एक से हुए! बस, यह थोड़ा-सा फ़र्क़ है, तुम सीधे और मैं उलटा। और यह आख़िर का शब्द तो बेकार में जोड़ रखा है...!'

एक साहित्यिक मुक़दमा[1]

सत्यप्रकाश किरण

एक प्रोग्राम में राकेश आए। कांसेंट्रेशन के लिए पाँच मिनट का एकान्त और फिर तैयार। मेकअप रूम में चेहरे पर पाउडर लगवा रहे हैं और क़हक़हों से कमरा गूँज रहा है। प्रोग्राम लाइव है, अवधि पन्द्रह मिनट की और राकेश कैमरे के सामने बैठे हैं। कोई चित्र नहीं, कोई प्रॉप्स नहीं; क्यू मिलते ही उनकी रचना-प्रक्रिया मुखर हो उठी। कैमरा उनके क्लोज़-अप लेता है, कभी उनकी आँखों में सीधे झाँककर साकार होते हुए प्रश्नों को मूर्त कर देता है, कभी उनकी उँगलियों की मुद्राओं में उनकी अभिव्यक्ति को पढ़ लेता है।...'एक साहित्यिक मुक़दमा' के नाम से एक प्रोग्राम की एक कड़ी में जज लक्ष्मीनारायण लाल थे, वकील विष्णु प्रभाकर थे और राकेश मुजरिम बनकर कठघरे में खड़े हो गए और उन्होंने न सिर्फ़ बड़ी समर्थता से तर्कों का जवाब दिया बल्कि प्रोग्राम को पूरी तरह एंजॉय भी किया...।

1. लोकप्रियता और कुछ तात्कालिक आर्थिक लाभ की दृष्टि से ज़रूरी इस कार्यक्रम के बारे में राकेश ने 12.9.67 के पत्र में बम्बई गई अनीता को लिखा था कि 'अब फिर से जमकर नाटक लिखूँगा। इसलिए टी.वी. के तीसरे-चौथे के बाद पाँचवाँ-छठा कार्यक्रम नहीं करूँगा। तीसरा परसों होगा। चौथा 28 को।' राकेश की यही अदा उनके समकालीन रचनाकारों से भिन्न और अनूठा बनाती है। —सं.

राकेश उवाच

विद्याव्रत

इसीलिए तो नहीं आता...

मोहन राकेश से एक नये कहानीकार ने कहा :

'हम आपके पड़ोस में पिछले एक बरस से रह रहे हैं। आप कभी हमारे यहाँ आए ही नहीं। यदि आप हमारे यहाँ एक बार आएँ, तो हम आपके यहाँ दस बार आएँ।'

'इसीलिए तो मैं आता नहीं!' मोहन राकेश ने उत्तर दिया।

मुझे भूलने की कोशिश करना

दुष्यन्त कुमार ने मोटा उपन्यास लिखा और उसे दोस्तों को सुनाने की ग़रज़ से दिल्ली पहुँचे। राजेन्द्र के घर ठहर गए, फिर मोहन राकेश को बुलाने गए।

'यार, जल्दी राजेन्द्र के यहाँ चल। मैं उपन्यास लिख रहा हूँ, तुम दोनों को सुनाना चाहता हूँ,' दुष्यन्त ने जाते ही कहा।

राकेश समझ गए कि बचने की कोई गुंजाइश नहीं है। उन्होंने अनीता को बुलाया और कहा, 'देखो अनीता, मैं सोचता था कि ज़िन्दगी में कुछ और दिन हम साथ रहते, पर...ख़ैर...जो कहा-सुना हो, तो माफ़ कर देना और मेरे बाद मुझे भूलने की कोशिश करना...'

वह परेशान, 'आख़िर बात क्या है, कुछ तो कहो?'

'इस दुष्यन्त ने एक मोटा उपन्यास लिखा है और मैं उसे सुनने जा रहा हूँ!' और राकेश ने एक लम्बी साँस ली।

तो आप लिखते कब हैं?

किसी ने राकेश से उसकी दिनचर्या के विषय में पूछा। राकेश ने सुबह से सुबह तक का अपना कार्यक्रम बताया :

'देखिए, दस बजे नींद खुलती है। सवा दस तक बेड-टी लेते हैं। नहाकर नाश्ता करने तक बारह-सवा बारह बज जाते हैं। नाश्ते के बाद डाक देखते हैं, पत्रों के उत्तर देते हैं। साढ़े तीन-चार के क़रीब दोपहर का भोजन करके कुछ देर सुस्ता लेते हैं। तब तक बाहर निकलने का वक़्त हो जाता है। शाम के सात से रात के ग्यारह बजे तक दोस्तों की महफ़िल चलती है—हँसने-हँसाने और पीने-पिलाने में वक़्त गुज़रने का पता ही नहीं चलता। लौटकर खाना खाने में डेढ़-दो बज जाते हैं। तभी घंटा-डेढ़ घंटा कुछ पढ़ा जाता है और पढ़ते-पढ़ते नींद आ जाती है। उसके बाद फिर वही दस बजे आँख खुलती है।'

'तो आप लिखते कब हैं?' इस पर पूछा गया।

राकेश ने मुस्कराकर उत्तर दिया, 'कल।'

...त्यागपत्र की गंध आती है

सी.सी.आई. बम्बई। भारती, गिरधारी लाल वैद, राज बेदी और राकेश। बातचीत। राज ने गिरधारी से कहा, 'तुम्हारे मुँह से शराब की गंध आती है।'

'तुम्हारे मुँह से तुलसी पत्र की गंध आती है।' राज ने उससे कहा और फिर बोला, 'और ये जो दो चले आ रहे हैं, इनके मुँह से प्रेम-पत्र की गंध आती है।'

इस पर भारती ने रुककर कहा, 'क्यों ग़लत बात करते हो? राकेश के मुँह से तो हमेशा त्यागपत्र की गंध आती है।'

खंड-5

फ़िल्मकारों के संस्मरण

एक अपरिचित मित्र : मोहन राकेश / *बासु भट्टाचार्य*

वह बेसब्रा आदमी : मोहन राकेश / *बी.के. करंजिया*

रेडियो और टीवी पर बेहतर था—राकेश का आख़िरी सफ़र... / *अमिता मलिक*

एक अपरिचित मित्र : मोहन राकेश[1]

बासु भट्टाचार्य

लिखनेवाले असंख्य हैं, पर सभी लेखक नहीं—जैसे कि मैं।

बहुतों से परिचित हूँ, पर सभी मेरे मित्र नहीं। जैसे...पर नहीं, खुल्लमखुल्ला उनका नाम लेना ठीक नहीं।

दरअसल बात यह नहीं। बात यह है कि उस आदमी से भी व्यक्ति की मित्रता हो सकती है जिससे उसका क़तई परिचय न हो।

ठीक इसी क़िस्म का मेरा एक मित्र है—मोहन राकेश।

मोहन राकेश सम्भवतः एक लेखक का नाम है। इस लेखक से मेरा परिचय कम है, मित्रता ज़्यादा।

मेरी इस तरह की बात से आपमें से किसी को थोड़ा अचरज भी हो सकता है। आप पूछ सकते हैं : 'बिना जान-पहचान के दोस्ती कैसी?'

मेरा उत्तर होगा : 'हो सकता है। अब देखिए न, राकेश और मैं आपस में दोस्त हैं, पर मैं आज तक नहीं जानता कि उसका असली नाम क्या है। जन्मदिन मनाने की इल्लत उसे है नहीं, इसलिए यह भी ठीक से नहीं जानता कि उसकी उम्र क्या है। सुना है, उसका जन्म पंजाब में हुआ था और उसका पेशा है हिन्दी में लिखना। क़हक़हे लगाने तथा गप्पें लड़ाने का उसे व्यसन है।'

शायद आपको पसन्द न हो, फिर भी राकेश के साथ बिना परिचय के मित्रता कैसे हुई, यह बात बता देना मैं ज़रूरी समझता हूँ। ठीक याद नहीं कि राकेश से मेरी पहली मुलाक़ात कब, कहाँ और कैसे हुई। हाँ, इतना याद है कि फणीश्वरनाथ 'रेणु' के माध्यम से हमारा पहला साक्षात्कार हुआ था।

पहली मुलाक़ात का आदि और अन्त 'हैलो-हैलो' में ही हो गया था। हाँ, यह ठीक है कि राकेश के साथ इस पहले साक्षात्कार से पूर्व ही मैं राकेश द्वारा सम्पादित 'पाँच लम्बी कहानियाँ' पढ़ चुका था।

---

1. यह आलेख श्री शरद देवड़ा के सौजन्य से प्राप्त हुआ।

उन पाँचों में राकेश की अपनी कहानी 'मिस पॉल' भी थी। फिर भी लेखक राकेश के साथ उसकी 'मिस पॉल' के विषय में कभी कोई चर्चा नहीं हुई। राकेश से मुलाक़ात ज़रूर हुई थी, पर जान-पहचान बढ़ न पाई थी। उसके बाद उससे भेंट हुई शायद 'टाइम्स ऑफ़ इंडिया' बिल्डिंग में 'सारिका' सम्पादक के कमरे में।

जिस किसी भी वजह से हो, ज़िन्दगी में कई-एक सम्पादकों के दफ़्तरों में जाने का अवसर आया है। प्राय: हर बार अपने दफ़्तरों के गुरु-गम्भीर वातावरण में सम्पादकों के बोझिल चेहरे देखकर अफ़सोस ही हुआ है मुझे।

पहली मुलाक़ात में ही मुझे लगा कि राकेश एक योग्य सम्पादक नहीं हो सकता, क्योंकि चपरासी को बिना मतलब अन्दर बुलाकर एक बार भी उसने डाँटा नहीं और कोई सहायक-सम्पादक अन्दर आया, तो उससे उसने बिना 'आप' और 'जी' के बात नहीं की। फिर एक बार भी अकारण व्यस्तता का भाव उसने चेहरे पर नहीं ओढ़ा।

कुछ ही देर बाद, एकाएक, लगभग बिना वजह ही वह ऐसे ठहाका लगाकर हँसा कि शीशे के कठघरे का मौन छिन्न-भिन्न हो गया। मेरा उससे अचम्भित होना अस्वाभाविक नहीं था।

और राकेश के साथ ज्यों-ज्यों मेरी दोस्ती बढ़ती गई, लगातार इसी तरह के अचम्भे वह मुझे देता रहा। अचम्भे देने की वह प्रक्रिया यह दोस्ती आज तक जारी है। भविष्य में यह दोस्ती न रहे, तो भी जीवन में इसकी स्मृति तो बनी ही रहेगी। जीवन की हर घटना और सभी परिचितों को स्मृति में सँजोये रहना सम्भव नहीं होता। अंग्रेज़ी के इन चार शब्दों—'मेमोरी इज़ वेरी सिलेक्टिव'—की काट में बहुत कुछ कट जाता है। फिर भी जहाँ तक मेरी स्मृति का सवाल है, उसमें राकेश का मौरूसी पट्टा सदा लिखा रहेगा, इसमें मुझे सन्देह नहीं।

आज हिन्दी के कुछ नये साहित्यकार नये मूल्यों की स्थापना का संकल्प लिये सामने आए हैं, इनमें मोहन राकेश का एक अपना निश्चित स्थान है। मैं इनमें से जितने लोगों से मिला हूँ, एक-दो को छोड़कर, उन सबमें कुछ विशेषताएँ सामान्य हैं। ये लोग जी खोलकर हँसते हैं, बिना माथे पर बल डाले अपनी आलोचना सुन सकते हैं और ज़रूरत पड़ने पर झूठी शराफ़त को ताक में रखकर तथा बिना ज़रा भी संकोच किये खरी-खरी सुना सकते हैं।

श्रेष्ठ कलाकार मेरी दृष्टि में वही होता है, जो कार्य से अधिक कारण को महत्त्व देता है, जो वर्तमान को समझने के लिए अपने अतीत का ठीक-ठीक विश्लेषण कर सकता है और भविष्य को दिशा देने के लिए वर्तमान की दिशा-दृष्टि का सच्चा प्रतिनिधित्व कर सकता है।

कोई भी भारतीय कलाकार, बिना संस्कृत साहित्य का अध्ययन किये, अपनी परम्परा की ठीक जानकारी प्राप्त नहीं कर सकता—उसी तरह, जैसे कि बिना

विश्व-साहित्य का विशद अध्ययन किये वह वर्तमान जीवन की जटिलताओं में नहीं पैठ सकता।

आप यदि संस्कृत साहित्य से परिचित हैं, तो राकेश से मिलते ही जान जाएँगे कि यह आदमी उस साहित्य में कितना रचा-बसा है। और यदि राकेश से आपका परिचय न हो, तो उसके नाटक 'आषाढ़ का एक दिन' या 'लहरों के राजहंस' की कुछ पंक्तियाँ पढ़ते ही इसका प्रमाण पा जाएँगे।

राकेश कहानीकार है, नाटककार है। मैं समझता हूँ, नाटककार के रूप में वही व्यक्ति सफल हो सकता है, जो स्वयं अपने सब चरित्रों का अभिनय कर सके, स्वयं उनमें जी सके। 'आषाढ़ का एक दिन' मैंने राकेश के मुँह से सुना था। वह पढ़ता रहा और मैं आँख मूँदकर लेटा हुआ सुनता रहा, देखता रहा। मैं यह कहूँ कि राकेश के स्वर के उतार-चढ़ाव ने वह सारा दृश्य मेरे मन की आँखों के सामने मूर्त कर दिया, तो अतिशयोक्ति न होगी। मैंने वहाँ लेटे-लेटे उस दिन अपनी उन आँखों से सचमुच कालिदास को देखा और देखा मल्लिका को। अम्बिका, विलोम, मातुल—सब मेरी आँखों के सामने सजीव हो उठे थे। पर इन सबसे अधिक सजीव रूप में जिसे मैंने देखा और अनुभव किया, वह थी कालिदास की अन्तर्वेदना। अन्तर्वेदना, जिसका नाम था मल्लिका। मल्लिका, जो कि अपने प्रेम की गरिमा में मौन, असहनीय वेदना में सहनशील, उस धूप शलाका-सी थी, जो बस जलना ही जानती है, जलाना नहीं।

परन्तु इतना ही नहीं था। अतीत के परिधान में से वर्तमान की आकांक्षा जिस तरह आषाढ़ के झरते दिन के माध्यम से व्यक्त हुई, उसके साथ ही व्यक्त हुआ इस व्यक्ति मोहन राकेश का नाटककार रूप। मुझे लगा कि अतीत के बीज और वर्तमान के गर्भ से जन्म लेकर निष्कलंक भविष्य की देखरेख में जिसका पालन हो, उस व्यक्ति को सार्थक कलाकार होने का सौभाग्य अनायास ही प्राप्त हो जाता है।

अनायास, परन्तु बिना प्रयत्न के नहीं। एक कलाकार के हाथों सार्थक कल का जन्म तभी होता है जबकि उसका प्रयत्न उसकी आन्तरिक एकाग्रता से स्वत: उसके लिए अनायास हो उठता है। आज की कला-सृष्टि में एक श्रेष्ठ धरातल देने में सबसे बड़ी बाधा है इस एकाग्रता, इस समर्पण का अभाव। हालाँकि सभी सम्भावनाएँ महान् कला को सृष्टि के अनुकूल जान पड़ती हैं, फिर भी उस कला की सृष्टि प्राय: हो नहीं पाती—उत्कर्ष का वह क्षण जैसे मार्ग में ही कहीं भटक जाता है।

जिस किसी भी कलाकार में आज इस सम्भावना का बीज है, उसका आज की युगधारा को देखते हुए युग के प्रति संवेदनशील होना अनिवार्य है, और मैं ठीक कहूँ तो...।

पर पाठक मेरे बारे में सोचेंगे कि यह कैसा आदमी है! लिखना है इसे राकेश के बारे में और कर रहा है दुनिया-जहान की इधर-उधर की बातें। यदि सचमुच किसी

पाठक को ऐसा लगे, तो मैं उससे अपनी सफ़ाई में कुछ भी न कह पाऊँगा। जिस व्यक्ति के सम्बन्ध में मैं लिख रहा हूँ, उसका ज़िक्र आते ही ये सब बातें अपने-आप मेरे मन में उठ रही हैं और मुझे लगता है, बिना यह सब सोचे मैं उस व्यक्ति के बारे में सोच ही नहीं सकता, बिना यह सब लिखे उसके बारे में लिख ही नहीं सकता।

कहानीकार, नाटककार और उपन्यासकार के रूप में तो प्राय: लोग मोहन राकेश से परिचित हैं, परन्तु इस व्यक्ति के कवि-रूप को शायद बहुत कम लोग जानते हैं। हालाँकि उसके नाटक 'आषाढ़ का एक दिन' को पढ़ते हुए उसका यह रूप किसी भी गम्भीर पाठक की दृष्टि से बचा नहीं रह सकता।

विचित्र विरोधों को अपने स्वभाव में लिये हुए है यह आदमी। नदी का-सा व्यक्तित्व है इसका। निरन्तर चलते रहकर भी अपने स्थान पर बने रहना, अपने स्थान पर बने रहकर भी निरन्तर चलते जाना, यह स्वभाव राकेश का है। हर समय ख़ुश, पर उस ख़ुशी में उदास। ख़ुशी में उदास और उदासी में ख़ुश।

अनेक विरोधी गुण एक आदमी के स्वभाव में हों, तो ज़िन्दगी का रास्ता उसके लिए काफ़ी जटिल हो उठता है। वह कितना भी सावधान होकर चले, किसी भी क्षण यह सावधानी अचानक ठोकर खाकर मुँह के बल जा गिरती है और कई-कई जटिल समस्याएँ खड़ी करके उस व्यक्ति के लिए एक नाज़ुक स्थिति पैदा कर देती है।

असंख्य लोगों से मेरा परिचय है। उन सबमें ठहाका लगाने में विरोधों से बने इस आदमी का स्वभाव शायद दूसरा है। ठहाके का ज़िक्र उठने पर एक और बात याद आती है। जहाँ मैं रहता हूँ, उसे बम्बई की एक ख़ासी-अच्छी बस्ती समझा जाता है। इसकी सबसे बड़ी विशेषता है यहाँ की निर्जनता और एकान्त। शोर यहाँ बहुत कम होता है। पास-पड़ोस के लोग ख़ामोश रहने के आदी हैं, दूसरों का भी ख़ामोश रहना पसन्द करते हैं इसीलिए मुझे किराये पर मकान देते हुए मालिक मकान ने पहली शर्त यही रखी थी कि मैं भी उन सब ख़ामोश लोगों के बीच ख़ामोश ही रहूँगा—मेरी वजह से वहाँ के ख़ामोश वातावरण में कोई हलचल पैदा न होगी। मुझे ज़रूरत थी, इसीलिए मैंने मकान ले लिया—यह अच्छी तरह जानते हुए भी कि मेरे दोस्तों में एक मोहन राकेश भी है। अब इस एक साल में स्थिति यह है कि मेरे वे पड़ोसी, जो लेखक मोहन राकेश से तो क्या, मुझसे भी परिचित नहीं, एक ऐसी बेसाख़्ता हँसी से ज़रूर परिचित हैं, जो इन्हें अक्सर मेरे घर के अन्दर से सुनाई देती रहती है।

मुझे राकेश की हँसी का ज़िक्र यहाँ मजबूरन करना पड़ा है। राकेश की बात हो और उसमें उसकी हँसी की चर्चा न की जाए, तो बात अधूरी ही रह जाएगी। पर उसके ठहाके के पीछे वास्तव में एक और ही व्यक्ति छिपा रहता है—वह व्यक्ति, जो बहुत गम्भीर है और अपने अन्दर की असह्य यंत्रणा से पीड़ित रात-दिन उसमें छटपटाता है। वही व्यक्ति लेखक राकेश है।

जिसके अन्दर से हँसी के फव्वारे फूटते रहते हैं, वह व्यक्ति राकेश नहीं, राकेश का एक अभिन्न हृदय मित्र है। राकेश के मन-बहलाव के लिए वह ख़ुद हँसता और दूसरों को हँसाता है। पर राकेश की वास्तविक हँसी इससे बिलकुल अलग है—वह शब्दहीन हँसी है। होंठों से उस हँसी का कोई सम्बन्ध नहीं। उसके दाँत उस हँसी में बाहर नज़र नहीं आते। जब वह ऐसी हँसी हँसता है, तो कभी-कभी सिर्फ़ उसकी आँखों में एक चमक आ जाती है।

राकेश के कई दोस्तों की यह धारणा है कि बिना महफ़िल, मजलिसी ज़िन्दगी के वह आदमी रह ही नहीं सकता, कि बिना इसके उसके लिए कोई चारा ही नहीं। राकेश ख़ुद भी कहता है कि वह सौ फ़ीसदी शहरी जीव है। पर मैं जानता हूँ कि राकेश का वास्तविक साथी है एकान्त—एक ऐसा एकान्त, जिसे वह खोजता है, पर जिससे वह ख़ौफ़ भी खाता है।

शाम तनहा न गुज़रे, इसलिए उसके लिए ज़रूरी है दोस्तों की निकटता और साथियों की भीड़ की गर्मी के बीच रहना। परन्तु अपने रचना-कार्य के लिए उसे सर्वथा निर्जन एकान्त चाहिए—ठंडा एकान्त, जिसमें ज़रा भी हलचल न हो। उसे जाननेवाले लोग अक्सर यही कहा करते हैं कि वह विविधता का उपासक है। वह कितना एकनिष्ठ है, इसका बोध बहुतों को नहीं है, शायद ख़ुद राकेश को भी नहीं।

कुछ वर्ष पहले तक राकेश अध्यापन करता था। पर एक-डेढ़ साल पहले बम्बई के एक कॉलेज में लगभग चालीस-पचास विद्यार्थियों के सामने मैंने राकेश को भाषण करते सुना, तो वहाँ भी मुझे यही विरोधाभास नज़र आया। मुझे लगा कि जो भाषण कर रहा है, वह अध्यापक नहीं, बल्कि सही अर्थ में स्वयं एक विद्यार्थी है।

राकेश का विद्यार्थी-जीवन जैसे आज तक समाप्त होने में नहीं आया। साधारणतया यूनिवर्सिटी के फाटक से बाहर आते ही लोगों के विद्यार्थी जीवन का अन्त हो जाता है, वैसे ही जैसे प्रेम की परिणति प्रायः विवाह में होते ही प्रेम की समाधि बन जाती है। बात हालाँकि होनी उससे उलटी चाहिए—विवाह के बाद प्रेम का आरम्भ और यूनिवर्सिटी से निकलकर वास्तविक अध्ययन की शुरुआत।

कुछ लोग हैं, जो अपना काम तो ठीक कर लेते हैं, परन्तु उस सम्बन्ध में सचेत नहीं होते। सचेत होते हैं दूसरों के बताने पर। बहुत-से लेखक ऐसे हैं, जो स्वभावसिद्ध लेखक होते हुए भी अपने लेखन के प्रति सचेत नहीं होते। उनकी लेखनी चलती है, स्वभाव के तक़ाज़े से या अभाव के तक़ाज़े से। वैचारिक गहराई उनके लेखन को प्रेरित नहीं करती। ऐसे लेखकों की रचना से तृप्ति तो मिलती है, परन्तु वैचारिक उपलब्धि का सन्तोष नहीं।

परन्तु इसके विपरीत लेखकों का ऐसा वर्ग भी है, जो कहानी, उपन्यास और नाटक न लिखकर यदि निबन्ध लिखने की ओर ध्यान देता, तो अपना और दूसरों

का अधिक उपकार करता। इन लेखकों के क़थ्य के बोझ से पीड़ित होकर कहानी और उपन्यास प्राय: विकलांग बने रहते हैं।

परन्तु इन दोनों के बीच और इन दोनों से अलग एक वर्ग उन कहानीकारों तथा उपन्यासकारों का है, जो अकारण ही कहानी नहीं कहने लगते। उनकी कहानी में कहानी तो रहती ही है, पर उसके अतिरिक्त कुछ और भी कथ्य रूप में रहता है। राकेश को मैं इसी वर्ग के लेखकों में मानता हूँ। कलात्मक उपलब्धि के साथ-साथ चेतना की सार्थक दिशा, अनुभूति की तिक्तता और विचार की सौम्यता—इनका समतुलन राकेश की अधिकांश रचनाओं में मुझे मिला है। यह समतुलन जिस कला को जन्म देता है, वह समकालीन होते हुए भी अपने समय से आगे जीती है। समय की समस्याएँ उसमें सार्वकालिक हो उठती हैं।

'अँधेरे बन्द कमरे' बहुत समकालीन रचना है। आज के बुद्धिजीवी वर्ग का कन्फ़्यूज़न और उसके भावनात्मक जीवन की असहाय चीख़ इस उपन्यास में प्रतिध्वनित हुई है। जिन मजबूरियों में आज का इनसान जी रहा है, उनका हल एक और ज़िन्दगी में भी नहीं है। कन्फ़्यूज़न के शवागार में मजबूरियों के पथरीले टेबल पर अस्तित्ववाद की लाश—लाश नहीं, देह छटपटा रही है। लेखक की संचेतना मुक्तिवाद के अस्त्र लिये उस देह की—उस लाश की—चीर-फाड़ में व्यस्त है। बीमारी की जड़ कहाँ है? किस औषध, किस शल्य से इसका उपचार होगा? क्या होगा भी? कहीं लाश का भी उपचार होता है? पर सचमुच क्या वह लाश, लाश ही है, सजीव देह नहीं?

शायद कभी निदान होगा। शायद कोई इस रहस्य को खोल सकेगा। परन्तु जब तक रहस्य रहस्य है, दोनों पक्षों के एक दूसरे को समझने, एक दूसरे की ओर बढ़ने का सवाल बना रहेगा। तब तक विवाद का कोई भी पक्ष ग़लत या सही नहीं होगा। तब तक विवाद सही और ग़लत के बीच न होकर सही और सही के बीच चलता रहेगा।

सम्भव है, यह सब लिखकर राकेश की एक सही आकृति उभारने की मेरी सारी चेष्टा व्यर्थ साबित हुई हो। जो मैं कहना चाहता था, यदि मैं नहीं कह सका, तो सचमुच मेरी सारी चेष्टा व्यर्थ रही। परन्तु सोचता हूँ कि ऐसा नहीं हुआ। मैंने जो इतनी बातें लिखी हैं, उनसे कहीं-न-कहीं, कुछ-न-कुछ अर्थ निकलने की सम्भावना तो है ही।

चाहता तो एक क्रम से लिख सकता था। कुछ रोचक संवाद और चटकीली घटनाएँ नफ़ासत और साज-सँवार के साथ ख़ासे दिलचस्प ढंग से बयान कर सकता था। पर यह मुझसे नहीं हो पाया। नहीं हो पाया, क्योंकि राकेश की शारीरिक आकृति से कहीं अधिक उसकी मानसिक आकृति मेरे सामने रही है—एक ऐसी आकृति जिसे व्यक्ति देखता नहीं, अनुभव के स्तर पर ही जानता है।

इस अनुभव का ही निष्कर्ष है कि जिसे मैं हर रोज़ देखता हूँ, जिसके साथ हर रोज़ उठता-बैठता हूँ, वह उतना महत्त्व नहीं रखता जितना कि वह अनदेखा व्यक्ति, जिसे मैंने न देखकर भी देखा है और जिसके बारे में बहुत बार बहुत कुछ सोचा है। जिस चेहरे से मेरी अधिक घनिष्ठता है, वह चेहरा नहीं जिसका फ़ोटो उतरता है, बल्कि वह आकारहीन चेहरा जिसे किसी स्थूल आश्रय की अपेक्षा ही नहीं है।

मेरी तरह राकेश भी ख़ूब बक-झक कर सकता है। मतलब, बातें करके रोब झाड़ना उसे आता है। परन्तु मैं जानता हूँ कि जो कुछ वह कहता या कह पाता है, उससे कहीं ज़्यादा महत्त्व उस सबका है जो कहना चाहकर भी कह पाना उसे असम्भव लगता है। मेरी दिलचस्पी इस आदमी के उसी अनकहे वक्तव्य में है। उसकी अनकही बातों में मैंने इस अनकहे वक्तव्य की प्रतिध्वनियाँ सुनी हैं। यह वक्तव्य स्पष्ट होते हुए भी धूमिल है, पर धूमिल होते हुए भी अबोध्य नहीं। संक्षेप में कहूँ, तो जितना इस आदमी को मैंने आज तक देखा है, उससे कहीं ज़्यादा इसके अन्दर के उस आदमी को देखने को उत्सुक हूँ, जिसे किसी दिन शायद यह बाहर ला पाएगा।

अब तक इस आदमी ने जो कुछ लिखा है, वह सब पाठक के सामने है। पढ़कर वह उसे 'अच्छा' या 'बुरा', जैसा भी लगे, कह सकता है। कुछ लोग उसकी रचनाओं के प्रशंसक हैं। इन प्रशंसाओं पर यह आदमी बहुत चुटकियाँ लेता है। पर अभिभूत उनसे नहीं होता है। फिर जब वही लोग या दूसरे लोग यदि उसकी रचनाओं की निन्दा करते हैं, तो भी वह उसी तरह चुटकियाँ लेता है। पर वह परेशान नहीं होता।

निन्दा और प्रशंसा में मस्त रहकर चुटकियाँ लेनेवाले राकेश की बात मैं नहीं करना चाहता। उसने आज तक क्या लिखा है और क्या नहीं, इसे भी मैं ज़्यादा महत्त्व नहीं देता। यह इसलिए कि मैंने व्यक्ति के रूप में उसे आज की अनास्था के प्रशस्त राजमार्ग पर अपनी आस्था के संकेत से बढ़ते देखा है। उस संकेत का अनुसरण करते हुए जो कुछ उसने आज तक लिखा है, उससे कहीं अधिक उसकी सम्भावना ने मुझे रोमांचित किया है, जो कि वह लिखनेवाला है।

एक इतिहासकार अतीत और वर्तमान की रूपरेखा को आँक सकता है। परन्तु जो भविष्य की रूपरेखा को आँक सके, ऐसे किसी इतिहासकार को मैं नहीं जानता। फ़ोटोग्राफ़र भी कोई ऐसा आज तक नहीं मिला, जो भविष्य की तसवीर उतारकर सामने रख दे। राकेश के इस रेखाचित्र के लिए कुछ उलटी-सीधी लकीरों का सहारा लेना पड़ा है। इस प्रयत्न से एक अस्पष्ट-सी आकृति ही इस व्यक्ति की मैं प्रस्तुत कर पाता हूँ। कई लकीरें बहुत सीधी रहती हैं। लगता है कि उनका अन्त वहाँ है, परन्तु फिर भी उनका अन्त मिल नहीं पाता। बस, अनुमान ही होता है कि कहीं-न-कहीं उनका अन्त है। कुछ लकीरें टेढ़ी-मेढ़ी होती हैं—वक्र रेखाएँ—एक ऐसे पैटर्न में बनी हुई कि उनके आदि-अन्त की खोज करना, बिना सहारे के भूलभुलैया

पार करने का-सा प्रयास होता है। अपने इस दोस्त का रेखाचित्र प्रस्तुत करने में मुझे कुछ ऐसी ही रेखाओं का सहारा लेना पड़ा है। केन्द्र से हर दिशा में एक-सी दूरी बनाए रखते हुए जो रेखा आगे बढ़ती चली जाती है, वही फिर वहीं पहुँचकर एक वृत्त का निर्माण करती है। इस तरह वह स्वयं भी पूर्ण हो जाती है और वृत्त को भी पूरा कर देती है। परन्तु इस पूर्णता का अर्थ है—समाप्ति और एचीवमेंट है—प्रयत्न की समाधि।

'तो क्या तुम अपने एचीवमेंट के बल पर जी सकते हो?'

'नहीं, कदापि नहीं। मैं आनेवाले कल में जीना चाहता हूँ, चाहे मुझे असफलता ही मिले, अन्त तक।'

बहुत हद तक, मन-ही-मन, मेरी राकेश से इसी तरह की बातचीत होती है।

'पर दोस्त, अपने लिए सिक्योरिटी कौन नहीं चाहता?'

'यह सिक्योरिटी क्या सृजनशील प्रतिभा की सबसे बड़ी दुश्मन नहीं है?'

'किस तरह?'

'सिक्योरिटी मतलब है, रोज़मर्रा के जीवन में कुछ इच्छाओं और अपेक्षाओं की पूर्ति...यानी, ज़िन्दगी आराम से कट सके, इसीलिए हम सिक्योरिटी के पीछे दौड़ते हैं। इससे वक़्त गुज़रने के साथ अपने को न्यूनतम सुविधाओं के ऐसे साँचे में ढाल लेते हैं कि कुछ विशेष साधनों के बिना जी पाना फिर हमारे लिए दूभर हो जाता है। ऐसी सुविधाएँ क्या विध्वंसक नहीं?'

'मतलब?'

'आदत की बात है न! एक बार कार की आदत हो जाए, तो फिर आदमी ट्राम, बस, यहाँ तक कि रेल के सफ़र में भी परेशानी महसूस करने लगता है। एक बार अगर...।'

'हटाओ यार, बात करनी हो तो ढंग से करो। शेरो-शायरी क्यों करने लगे?'

'मतलब?'

'यही कि ज़रा-सी बात के लिए मिसालों का हजूम न लगाने से भी काम चल सकता है। बग़ैर मिसाल दिये भी आदमी अपनी बात समझा सकता है, बशर्ते उसे ख़ुद पता हो कि वह कहना क्या चाहता है।'

'पर, मेरे दोस्त, आज की ज़िन्दगी में जानना भी तो एक रिलेटिव वस्तु है। क्या कोई भी ऐसा व्यक्ति है जिसे ठीक-ठीक यह मालूम हो कि जो कुछ वह जानता और समझता है, वही अन्तिम सत्य है? इसलिए भलमनसाहत का तक़ाज़ा है कि आदमी अपनी बात के साथ एक छोटा-सा जुमला जोड़ दे : 'देखो, जहाँ तक मेरा ख़याल है, वहाँ तक...।'

'ऐसी बात डरपोक, शान्तिप्रिय आदमी ही करते हैं। मुझे इस तरह की विनम्रता क़तई पसन्द नहीं।'

'तुम्हें पसन्द हो, न हो, पर बिना वजह आदमी धृष्ट होकर दावेदारी करने लगे, यह भी तो कोई दलील नहीं।'

'न सही। पर एक आदमी अपनी बात को विश्वास के साथ कहे तो, अपने को इससे कोई सरोकार नहीं कि दूसरे इसे धृष्टता कहते हैं या क्या कहते हैं।'

'तुमको सरोकार न हो, फिर भी कभी-कभी दूसरों के सेंटीमेंट्स का ख़याल तो आदमी को रखना ही पड़ता है।'

'मुझे सेंटीमेंट्स से कुछ परेशानी नहीं होती। बेकार का सेंटीमेंटलिज़्म मुझे क़तई पसन्द नहीं। जैसे व्यक्ति बिना दूसरे का आदर किये उससे सच्चा प्रेम नहीं कर सकता, उसी तरह बिना अन्दरूनी लगाव के सच्चे सेंटीमेंट्स भी उसके मन में जन्म नहीं लेते।'

'ठीक है।'

'तो?'

'तो क्या?'

'अब ख़त्म करो। हम लोग ख़्वाहमख़्वाह शब्दों से खिलवाड़ कर रहे हैं, पागलों की तरह उनसे चिपके हुए हैं। हमें प्यार है बस शब्दों से, उनके अभियान से नहीं।'

'फिर वही बात?'

'छोड़ो, अब ख़ामोश ही रहें, तो अच्छा।'

'हाँ, अच्छा है, ख़ामोश रहें और ख़ामोशी को ही अपनी बात कहने दें...।'

वह बेसब्रा आदमी : मोहन राकेश

बी.के. करंजिया

सोमवार, 4 दिसम्बर की सुबह जब मैंने अपने मित्र मोहन राकेश का फ़ोटो 'टाइम्स ऑफ़ इंडिया' के प्रथम पृष्ठ पर देखा तो मन में सोचा कि इस महान लेखक ने इस बार फिर कोई महत्त्वपूर्ण पुरस्कार जीता है।

जब मेरी निगाहें फ़ोटो से फिसलकर शीर्षक पर पहुँचीं : 'मोहन राकेश का देहान्त', तो मैं सदमे से सन्न रह गया।

इससे कुछ ही दिन पहले मद्रास में फ़िल्म वित्त निगम के निदेशक मंडल की बैठक में वे उपस्थित थे। हम हवाई अड्डे पर मिले और फिर साथ-साथ एक ही जहाज़ से बम्बई आए। आज भी मैं विश्वास नहीं कर पा रहा हूँ कि यह ज़िन्दादिल आदमी हमारे बीच नहीं रहा। लेकिन इसी का नाम तो ज़िन्दगी है!

हवाई अड्डे पर मोहन राकेश ने मुझसे कई बातों की चर्चा की जिसमें से एक यह भी थी कि एक नामवर फ़िल्म-निर्माता द्वारा दी गई कल्पना के आधार पर उन्होंने कहानी पूरी कर ली है लेकिन वे निर्माता शायद पारिश्रमिक की बात एकदम भूल गए हैं। आशा है कि वे फ़िल्म-निर्माता जो बड़ी आसानी से यह पारिश्रमिक दे सकते हैं; मोहन राकेश की विधवा पत्नी के प्रति अपना कर्तव्य पूरा करेंगे।

'एक्स्ट्रोवर्ट' संन्यासी

मोहन राकेश से मेरी मुलाक़ात तो तब हुई जब वे 'टाइम्स ऑफ़ इंडिया' प्रकाशन की कहानी पत्रिका 'सारिका' का सम्पादन करने बम्बई आए। पर इससे पहले मैं उन्हें उनकी कुछ बहुचर्चित कहानियों के माध्यम से जानता था। उन कहानियों के पात्र मुझे जीते-जागते इनसान, हाड़-मांस के पुतले लगते थे, जो आम भाषा में सारगर्भित बातें करते थे। जैसे उदाहरण ढूँढ़े तो ओ'हारा की कहानियों में। मेरे मन में मोहन राकेश की कल्पना किसी ऐसे संन्यासी लेखक की थी जो जीवन को पूरी सूक्ष्मता से देखता है पर उससे दूर रहता है।

पर जब उससे मुलाक़ात हुई तो मैंने उसे बिलकुल भिन्न पाया। पूरी तरह 'एक्स्ट्रोवर्ट', साथियों और दोस्तों के बीच खाने की मेज़ पर खुलकर हँसनेवाला इनसान, धरती का आदमी, जीवन के सब सुखों और हास-परिहास का शौक़ीन।

हम दोनों तब और क़रीब आए, जब उसकी कहानी 'उसकी रोटी'—जो 'इलस्ट्रेटेड वीकली ऑफ़ इंडिया' में 'वुमन एट द बस स्टॉप' शीर्षक से छपी थी—फ़िल्म-निर्माण के लिए फ़िल्म वित्त निगम को प्रस्तुत की गई। यह कहने की ज़रूरत नहीं है कि प्रस्ताव का एकमत से स्वागत हुआ और उस पर उल्लेखनीय फ़िल्म बनी, जिसकी आलोचकों ने मुक्तकंठ से प्रशंसा की।

वास्तव में अगर हम मुड़कर देखें तो यह कहा जा सकता है कि जिस तरह मोहन राकेश के नाटक 'आधे-अधूरे' ने भारतीय रंगमंच पर नई लहर के नाटकों का सिलसिला प्रारम्भ किया, वही काम 'उसकी रोटी' ने हिन्दी फ़िल्मों में किया।

'उसकी रोटी' के बाद 'आषाढ़ का एक दिन' पर फ़िल्म बनी। कालिदास के जीवन के अन्त:संघर्ष वाला यह नाटक रंगमंच पर हलचल मचा चुका था।

उसकी कल्पना साकार हुई

एक तरह से यह उचित ही था कि 'उसकी रोटी' और 'आषाढ़ का एक दिन' ने लगातार दो वर्ष 'फ़िल्म-फेयर क्रिटिक्स' एवार्ड जीते। ये फ़िल्में पूरी तरह इन पुरस्कारों की हक़दार थीं। पर इन पुरस्कारों की स्थापना की कहानी भी यहाँ कही जानी चाहिए।

फ़िल्म वित्त निगम के निदेशक बनने के कुछ ही दिनों बाद एक दिन चाय के दौरान उन्होंने मुझसे कहा था कि फ़िल्म-फेयर फ़िल्म-निर्माण की विभिन्न शाखाओं की प्रतिभाओं को अवार्ड देकर मान्यता देता है लेकिन उनकी राय थी कि फ़िल्म जैसे कलात्मक माध्यम में लोकप्रियता के साथ-साथ सुरुचि और कलात्मक स्तर का भी ध्यान रखा जाना चाहिए। उन्होंने इस बात पर ज़ोर दिया कि फ़िल्म-फेयर जैसी लोकप्रिय पत्रिका की इस दिशा में अपने पाठकों और फ़िल्म माध्यम के प्रति भी ज़िम्मेदारी है। वे यह समझते थे कि क्रिटिक्स अवार्ड सन्तुलन पैदा कर सकता है। अन्तरराष्ट्रीय फ़िल्म समारोह की कार्य-प्रणाली के अनुरूप भी यह होगा। मैंने यह सुझाव व्यवस्थापकों को दिया और फ़िल्म-फेयर क्रिटिक्स अवार्ड एक वास्तविकता बन गई।

निगम के निर्देशक के रूप में वे नियमित रूप से मंडल की बैठकों में उपस्थित रहते थे। वास्तव में वे एक अत्यन्त विवेकी निर्देशक थे। वे पटकथाएँ पढ़ते और उन पर अपने मूल्यवान राय देते, फिर चाहे वे स्वीकृत हों या अस्वीकृत। हम दोनों की राय अक्सर मिलती।

इन मुलाक़ातों के दौरान मैंने पाया कि विश्व सिनेमा की नवीनतम धाराओं की उन्हें ख़ासी जानकारी है क्योंकि वे अपनी विदेश-यात्राओं में नाटकों के साथ-साथ फ़िल्में भी देखते। फ़िल्मों के प्रति उनके दृष्टिकोण में मैंने एक बेसब्री पाई कि क्यों हमारे देश को फ़िल्म कला की दृष्टि से पश्चिमी देशों के स्तर तक पहुँचने में इतना वक़्त लग रहा है—वे वास्तव में इस बात से प्रसन्न थे कि इस दिशा में फ़िल्म वित्त निगम ने एक छोटी-सी शुरुआत की है। शब्द मोहन राकेश के अधिकार क्षेत्र में थे लेकिन वे बिंबों की शक्ति के प्रति भी सचेत थे। साहित्य फ़िल्म माध्यम के विकास में कितना योगदान दे सकता है, इस बारे में मोहन राकेश से ज़्यादा जागरूक लेखक मुझे अब तक नहीं मिला है। लचर कहानियाँ हिन्दी फ़िल्मों में अंगद का पाँव हैं। आज जबकि दुनिया के अन्य देशों में सिनेमा स्थानीय साहित्य से आगे बढ़ता जा रहा है, भारत में सिनेमा हमारे साहित्य के सम्पर्क में भी नहीं आ पाया है।

कोरा विद्रोह नहीं

अत: भारतीय सिनेमा में पुनर्जागरण वास्तव में आज कोरा विद्रोह मात्र नहीं है, बल्कि उस बीते युग को पुन: पाने की आकांक्षा है, जब हमने यहाँ महान फ़िल्में बनाई थीं, जो और कुछ नहीं तो पूरी तरह भारतीय तो थीं।

मैं मोहन के इस विश्वास का सहभागी हूँ कि भारतीय सिनेमा को बुलन्दी पर पहुँचने की आशा से पूर्व अपनी जड़ें अपनी भूमि में गहरी जमानी पड़ेंगी। इसी उद्देश्य को ध्यान में रखते हुए उनकी एक अन्तिम इच्छा यह थी कि दिल्ली में फ़िल्म वित्त निगम की फ़िल्मों के प्रस्तावित समारोह के साथ-साथ 'साहित्य और सिनेमा' पर परिचर्चा भी आयोजित की जानी चाहिए। वास्तव में इसी सिलसिले में मेरे सहयोगी और मित्र 'माधुरी' सम्पादक अरविन्द कुमार उनसे लगातार सम्पर्क बनाए हुए थे। निधन के दिन तक मोहन राकेश परिचर्चा के प्रति अत्यन्त उत्सुक और उसमें भाग लेने के लिए उतने ही आतुर थे।

अफ़सोस है, अब इस अवसर पर वे शारीरिक रूप से हमारे बीच नहीं होंगे, लेकिन उनकी आत्मा निश्चय ही इस परिचर्चा को अनुप्राणित और प्रेरित करेगी! हमें आशा है, यह परिचर्चा मोहन राकेश की सुगंधित यादों का उचित स्मारक बन जाएगी।

रेडियो और टीवी पर बेहतर था राकेश का आख़िरी सफ़र...

अमिता मलिक

मोहन राकेश के आकस्मिक निधन से उनके साथियों, दोस्तों और थियेटर की दुनिया में निस्तब्धता छा गई। जनसंचार (मास मीडिया) माध्यमों के लिए भी यह एक अप्रत्याशित घटना थी। सम्भवतः इसीलिए अनेक समाचार-पत्रों में यह ख़बर बिना किसी उपयुक्त श्रद्धांजलि की दो पंक्तियों में छपी। हाँ, रेडियो ने उसी दिन इसे मुख्य समाचार बनाया। साथ ही एक संक्षिप्त किन्तु दिलचस्प सामग्री भी अपने श्रोताओं के साथ साझा की।

विस्तृत रिपोर्ट की बात करें तो निश्चय ही टेलीविज़न ने सबसे बेहतर काम किया, इसे और बेहतर भी किया जा सकता था। यह बात मैं यहाँ इसलिए कह रही हूँ क्योंकि राकेश टीवी माध्यम से उसी दिन से जुड़ गए थे जिस दिन इसने पहली बार रचनात्मक मनोरंजन के क्षेत्र में क़दम रखा था। हमने राकेश के नाटकों को टीवी पर देखा था। टीवी के लिए राकेश अत्यन्त लोकप्रिय और प्रेरणादायी व्यक्ति थे। यहाँ यह जानना दिलचस्प होगा कि राकेश मंच, रेडियो और टीवी—तीनों माध्यमों से समान लगाव व जुड़ाव रखते थे। जहाँ तक मुझे याद है, उनका पहला नाटक मंच पर प्रस्तुत होने से पहले रेडियो पर प्रसारित हुआ था। मंच से पहले ही उन्होंने रेडियो पर प्रसिद्धि प्राप्त कर ली थी। निधन के समय राकेश जवाहरलाल नेहरू फ़ेलोशिप के अन्तर्गत बोलचाल की भाषा पर कार्य कर रहे थे। यह विडम्बना ही है कि वे अपने कार्य को पूरा नहीं कर पाए। काश, उन्होंने यह कार्य पूरा कर लिया होता तो सम्भव है, ऑल इंडिया रेडियो के कार्यक्रमों में आनेवाली भाषा-सम्बन्धी समस्याओं का समाधान हो जाता!

उन्हें श्रद्धांजलि देने में टीवी का प्रसारण सबसे लम्बा था। यह कार्यक्रम उनके सह-लेखक और क़रीबी मित्र कमलेश्वर ने प्रस्तुत किया था। प्रसारण मंगलवार के दिन पत्रिका कार्यक्रम में प्रस्तुत किया गया। इसे निर्दयी संयोग कहें या दिल

को छू लेनेवाला तथ्य कि पत्रिका का पहला कार्यक्रम मोहन राकेश के व्यक्तित्व के परिचय से प्रारम्भ हुआ था। वहीं उसी कार्यक्रम के एक पूरे एपिसोड में उन्हें श्रद्धांजलि भी दी गई। यह भी एक संयोग ही है कि पहले एपिसोड के संचालक कमलेश्वर थे और मोहन राकेश के आख़िरी सफ़र के कार्यक्रम को भी कमलेश्वर ने ही प्रस्तुत किया। कार्यक्रम की मार्मिकता यह थी कि उसमें केवल अचलचित्रों (स्टिल्स) का ही इस्तेमाल किया गया था। काश, उसमें राकेश और उनके कार्यों पर बने चलचित्र या टीवी फुटेज़ का इस्तेमाल हुआ होता! शायद उस समय वे किसी के पास उपलब्ध नहीं थे। उन दिनों अक्सर ऐसा होता था कि टीवी कार्यक्रमों के एक या दो प्रसारणों के बाद विदेशी मुद्रा प्रतिबंध के चलते वीडियो-टेप की कमी होने के कारण टेप का फिर से इस्तेमाल करने के लिए उन पर अंकित कार्यक्रम मिटा दिये जाते थे।

यही कारण था कि चलचित्रों के भरे-पूरे टीवी कार्यक्रम के विपरीत वह एक रेडियो टॉक प्रसारण ही अधिक लग रहा था। कार्यक्रम में अनेक स्थलों पर रंगमंच के स्टिल्स लगभग प्राप्स की तरह लग रहे थे। अन्तिम संस्कार में शामिल उनकी मौत के ग़म में उनके दोस्तों के रोने के क्षण भी स्टिल में दिखाए गए थे। कम-से-कम इसे तो क्लोज-अप में दिखाया जा सकता था। अच्छा होता यदि पत्रिका का वह पहला एपिसोड, जिसमें मोहन राकेश और कमलेश्वर दोनों थे, श्रद्धांजलि एपिसोड में भी दिखा दिया जाता।

यहाँ यह कहने का अभिप्राय यह है कि सरकार को अपनी विडियो-टेप सम्बन्धित बेकार और संकुचित नीति पर विचार करना चाहिए। इसके कारण भारत जन-संचार दौड़ में पिछड़ रहा है। यही नहीं, इसके चलते अपने समकालीन सांस्कृतिक व्यक्तित्वों और विरासतों के बारे में मूल्यवान और संग्रहणीय जानकारियाँ हम पहले ही खो चुके हैं। अब समय आ गया है कि हम इस ओर ध्यान दें और इसे रोकें...। हम चाहेंगे कि जैसे बॉम्बे टीवी ने दिल्ली में मोहन राकेश को दी गई श्रद्धांजलियों का प्रदर्शन किया, ठीक उसी प्रकार बॉम्बे में दी गई श्रद्धांजलियों का प्रदर्शन भी दिल्ली में किया जाए।

खंड-6

कुछ संस्मरणात्मक अन्तरंग पत्र

ये तेरे ख़त, तिरी ख़ुशबू, ये तेरे ख़्वाब-ओ-ख़याल,
मता-ए-जाँ हैं तिरे कौल और क़सम की तरह।
गुज़श्ता साल इन्हें मैंने गिन के रक्खा था,
किसी ग़रीब की जोड़ी हुई रक़म की तरह।

—हज़रत जॉन ईलिया

ये पत्र

ये पत्र

आचार्य हज़ारी प्रसाद द्विवेदी अपने एक संस्मरण में, अपने अग्रज सुप्रसिद्ध हिन्दी प्रेमी, निर्भीक पत्रकार और 'विशाल भारत' जैसी महत्त्वपूर्ण पत्रिका के प्रतिष्ठित सम्पादक श्री बनारसी दास चतुर्वेदी द्वारा उन्हें प्रेरित करनेवाले लिखे पत्र के अपने ऊपर पड़नेवाले अपूर्व प्रभाव का उल्लेख करते हुए 19 सितम्बर, 1945 को लिखे पत्रोत्तर में उदार मन से स्वीकार करते हैं : 'उन दिनों मैं अज्ञात-अख्यात लेखक था। आपको नहीं मालूम उस एक चिट्ठी ने मुझे कितना बल दिया था। उसके एक-एक शब्द में प्रेम और प्रेरणा का ज्वार था। साहित्य क्षेत्र में आप मेरे गुरु हैं। मैं कृतज्ञतापूर्वक आपको प्रणाम करता हूँ।' व्यक्ति के नितान्त अन्तरंग संवेदनाओं, भावनाओं, विचारों, घर, परिवार, समाज, परिवेश की अच्छी-बुरी सूचनाओं के आदान-प्रदान के लोकप्रिय साधन से लेकर विश्व के महान दार्शनिकों, वैज्ञानिकों, इतिहासकारों, साहित्यकारों, राजनीतिज्ञों, कलाकारों और अपने समय एवं समाज की महान विभूतियों के कालजयी विश्वविख्यात पत्रों और पत्र-संग्रहों की विशाल एवं समृद्ध थाती मानव-जाति के बहुआयामी रेखा विकास या विनाश के दस्तावेज़ी प्रामाणिक इतिहास के रूप में मौजूद है। कभी मेघदूत, कबूतर, बाज़, सन्देशवाहक घुड़सवार, कासिद से पोस्टकार्ड अन्तर्देशीय पत्र, बन्द लिफ़ाफ़े, स्पीड पोस्ट पैकेट, ट्रंक कॉल, टेलीफ़ोन और सेलफ़ोन के साथ ही विकसित संचार ने समय और स्थान की दूरी मिटाकर संवाद और बहुविध सम्प्रेषण के इतने माध्यम, साधन और प्लेटफ़ॉर्म्स पर एकाधिकार करके पत्र-लेखन जैसी महत्त्वपूर्ण एवं मूल्यवान समृद्ध विधा को लगभग ख़त्म ही कर दिया है। यहाँ प्रस्तुत पत्र सम्भवत: पत्र-लेखकों की लगभग अन्तिम पीढ़ी के होंगे। इन्हें विषय के लिहाज़ से ज़रूरी और नई पीढ़ी के पाठकों के लिए कई दृष्टियों से उपयोगी मानकर प्रस्तुत किया है। —सं.

धर्मवीर भारती के दो पत्र

[1]

बतौर सम्पादक, निकष

इलाहाबाद
7.8.56

डियर,

तुम क़तई फ़िक्र न करो कहानी भेजने की। तुम्हारा कार्ड पाते ही मैंने एक हल ढूँढ़ निकाला। मैं रेलवे स्टेशन गया। बुक स्टाल पर चवन्नी वाली पत्रिकाओं में से जिसका कवर सबसे गँवारपने का था, उसे ख़रीद लिया। उसे किसी तरह पढ़ने की कोशिश की। पढ़ता गया। अन्त में सारी कोशिशों के बावजूद जो कहानी नहीं ही पढ़ पाया, उसे फाड़ लिया। क्लर्क से टाइप करवा डाली। उसके बाद संशोधन के नाम पर उसमें कुछ अत्यन्त भ्रष्ट व्याकरणात्मक ग़लतियाँ थीं, (कुछ टाइप की ग़लतियाँ पहले ही से थीं, कुछ प्रूफ़ पढ़ने में ठीक करा दी जाएँगी)। इस सुन्दर रचना के नीचे लिख दिया गया—लेखक मोहन राकेश।

अब 'निकष-3' का अंक तुम्हारे पास यथासमय तुम्हारी रचना के सहित पहुँचेगा। और तुम्हारे ही नहीं, तुम्हारे सभी पाठकों के पास भी! अभी लिखे दे रहा हूँ ताकि फिर न कहना, हमें ख़बर न हुई!

तुम्हारा ही
भारती

Confession

यह मैं स्वीकार करता हूँ कि यह सब मैंने केवल इस खीज में ही नहीं किया कि तुमने कहानी नहीं भेजी, बल्कि इसलिए भी कि मैं यहाँ गर्मी में सड़ रहा हूँ और तुम गुलमर्ग में गुलछर्रे उड़ा रहे हो।

[2]

बतौर सम्पादक, धर्मयुग

धर्मयुग
13.6.66

डियर,

इस बार अनीता को तुमने जैसा सुधार-सँवार कर ए-वन बनाकर भेजा है, उसके बाद मेरा विशेष आग्रह है कि नाटक और उपन्यास बाद में लिखना, पहले एक नया 'हिदायतनामा खाविन्द' लिख डालो। कमाल किया है तुमने। हम सभी पतिगण तुम्हारी लीडरशिप स्वीकार करते हैं।

भारती

राजेन्द्र यादव और मोहन राकेश

[1]

कलकत्ता
31.10.55

राकेश,

इससे पहले तुझे मेरा एक्सप्रेस ख़त मिला होगा। साले, तू नहीं समझता है, तूने मेरी पोज़ीशन क्या कर डाली है—बदमाश! जो भी कहानी तेरे हाथ में हो, जैसी भी हो—फ़ौरन इधर एक्सप्रेस भेज। कोई पुरानी-धुरानी छपी-छपाई हो—शीर्षक बदल और भेज। 'मन्दी', 'कल्पना' में जब आएगी, तब आती रहेगी। अगर अपनी भलाई चाहता है तो वह चार की सुबह को मुझे मिल जानी चाहिए। हरामखोर, तू समझता है कि तेरी कहानी मुझे मिलेगी नहीं तो मैं तेरी कहानी छापूँगा नहीं?—मैं कोई भी उलटी-सीधी कहानी तेरे नाम से छापूँगा—देखूँ, तू मेरा क्या कर लेगा? तेरी 'सीमाएँ' कहानी 'सरिता' जैसी किसी गन्दी पत्रिका में तो नहीं छपी जहाँ दुबारा छपने में...'फटती' हो—बस, यही है कि मुझे दुबारा टाइप करनी होगी। शीर्षक इत्यादि ऐसे बदल दूँगा कि तू भी चौंके कि यह कहानी कहाँ से आई। नहीं राजा बेटे, तू ही भेज दे न! देख, मैंने कहानियों के सिलसिले में एक परम्परा रखी है कि एक कहानी 'प्रसिद्ध लेखक' की हो, शेष साधारण। अक्टूबर के अंक में प्रथम कहानी तेरे गुरुजी की, फिर शेष, नवम्बर में कमल जोशी, दिसम्बर में मोहन राकेश, जनवरी में भारती...सो फोर्थ एंड सो ऑन! सो बच्चा, पारिश्रमिक तेरा मैंने बढ़वा दिया है। Express! Express कहानी भेज! एक उस उर्दू वाले की शिष्ट हास्य रस की भिजवा।

इस सबका कारण यह है कि जगदीश जी से मेरा संघर्ष बढ़ रहा है। नवम्बर में मिलकर तुझे बताऊँगा कि किस प्रकार मैं बुरी तरह महान होते-होते बचा। और परिणाम यह हुआ कि जगदीश जी को अपना हित इसी में सुरक्षित लगा कि वे मुझे बाहर खड़ा कर देंगे, लेकिन ऊपरी लोगों के इरादे कुछ गहरे दिखाई देते हैं।

एक दिन श्रीमती अध्यक्षा-पुत्र ने फ़ोन पर घोर गद्गद विभोर होकर मुझे सूचना दी कि 'ऐसी कहानी मैंने पिछले पाँच वर्षों से नहीं पढ़ी—सच कहूँ तो 'उसने कहा था' के बाद में पढ़ी ही नहीं!' थोड़े लिखे को बहुत समझ और इसी में से अर्थ निकाल। लेकिन प्यारे, मैं बुरी तरह ऊब उठा हूँ—'ज्ञानोदय, ज्ञानोदय!' ज़िन्दगी में साला और कोई काम ही नहीं। चित्रकारों के जीवन पर पढ़ने को छह-सात चित्रकारों के जीवन पर लिखे उपन्यास लाए, सो सालों को छूने तक का मौक़ा नहीं मिला—यहाँ रहे तो मिलेगा भी नहीं—कहानियाँ दिमाग़ में ही सड़ रही हैं, उपन्यास भरा जा रहा है खोपड़ी में—लेखों का सिर के भीतर ही कीमा बन गया। मेरी ज़िन्दगी क्या कलकत्ता घूमने और 'ज्ञानोदय' में सड़ने को बनी है? – साले, मुझे कहीं छोटे-मोटे शहर में कोई काम दिला, नहीं तो एकाध महीने में छोड़-छाड़कर तेरा 'पेइंग गेस्ट' (मुबलिग 25/-महीना) बनता हूँ। फिर तू मेरी ख़ुराक देखकर रोता ही रहियो।

तूने मेरी कहानी पर जो सच्ची-सच्ची बातें लिखी हैं—उनसे मैं ख़ुश हुआ। बच्चा, 'कमज़ोर लड़की' का प्लॉट 'अनकविंसिंग' नहीं है—वह हवाई नहीं है। वस्तुत: यह कहानी श्रीप्रकाश जी के जीवन की सच्ची कहानी है। दूसरे, मैंने तो इसे सिर्फ़ एक प्रतीक बना दिया है कि आज के समाज की यह अफ़लातूनी प्रेमिका किस प्रकार कमज़ोर है कि अपने जीवन से न तो एकदम प्रेमी को काट फेंक सकती है, न पति को। वह अच्छी प्रेमिका भी बनी रहना चाहती है और अच्छी पत्नी भी। न दोनों शब्दों को मिलाकर एक कर सकती है, न झुठला सकती है। इस प्रकार उद्देश्य में यह कहानी अत्यन्त ही महान है, और टेक्निक का तो कहना ही क्या, इसने बड़े-बड़ों के छक्के छुड़ा दिये हैं।

इस बात से कुढ़कर अपना स्वास्थ्य मत ख़राब करना।[1]

[2]

18.1.56

राकेशमल,

साला लिखता है कि जवाब क्या क़ब्र में से दोगे! उल्लू, तूने मुझे लिखा था कि कलकत्ते आएगा और 'मलबे के मालिक', तू सिर्फ़ इलाहाबाद तक आकर दम छोड़ बैठा—बेशर्म। इधर आने में तेरी नानी को कष्ट होता था क्या? अब साफ़-साफ़ लिख, इलाहाबाद में तूने क्या किया? कमलेश्वर की रिपोर्ट है कि तू वहाँ काफ़ी सँभलकर रहा। अपने साले साहब के पास ठहरा था क्या?

---

1. इस पत्र के हाशिए पर हरी स्याही से Most Important Urgent भी लिखा गया है। —सं.

कहानियाँ तेरी दे आया हूँ। अब मुझे साफ़ लिख कि पचास-पचास या अधिक भी पन्नों में पिछले दस वर्ष की साहित्यिक प्रवृत्तियों पर लिखने का विचार है क्या? लक्ष्मीचन्द्र जी ने 'डिटेल्ड' योजना माँगी है। मैं इस तरह दे रहा हूँ—1. उपन्यास (मैं), 2. कहानी (सत्येन्द्र शरत्), 3. नाटक (तुम), 4. कविता (इन्दु जैन), 5. निबन्ध (नामवर सिंह), 6. आलोचना (गोपालकृष्ण कौल, बच्चनसिंह या जिसे तू बताए), 7. यात्रा और रिपोर्ताज (रामकुमार), 8. एकांकी और रेडियो रूपक (चिरंजीत राजनारायण बिसारिया या जिसे तू बताए), 9. पत्रकार कला (महावीर अधिकारी), 10. विदेशी प्रभाव और अनुवाद—या ख़ाली अनुवाद (कृष्णाचार्य)। हर लेख पचास से लेकर साठ पन्नों का होगा। पहले अलग-अलग बुकलेट के रूप में निकलेगा—फिर पूरी पुस्तक छपेगी और उस पर भूमिका किसी विराट् की जाएगी—शायद हजारी प्रसाद द्विवेदी की।

उस लघु उपन्यास का क्या हुआ? शरत् ने या तूने लिखना शुरू किया? मैं तो तुझे बहुत पहले ही जानता था, तू परम बातूनी है। मिलकर दुनिया-भर की बातें करता है मगर फिर बिल में घुसकर सो जाता है। मैंने तो 'भुतहा-मकान' शीर्षक से उसे शुरू भी कर दिया। ज़रा अनधिकारी क्षेत्र ले मरा हूँ। देखें, कहाँ तक चलता है!

सचमुच यार, तेरी 'मलबे का मालिक' कहानी पढ़कर तो लिखना बन्द कर देने की तबीयत हुई। साले, कहाँ से मार लाया इसे? अभी थोड़े दिन ऐसी कहानियाँ मत लिख भाई, लोगों को लिखने दे। हालाँकि उसका 'आइडिया' आज से पाँच साल पहले 'नया जीवन' में प्रकाशित मेरी 'ख़ानदानी ठाकुर' (और अभी दिसम्बर की युग-चेतना में 'कुत्ते' शीर्षक से अवतरित) कहानी से उड़ाया गया है लेकिन फिर भी बहुत ग़ज़ब की कहानी है। अब अगर तू लिखना बन्द भी कर दे तो कोई हर्ज नहीं है (आशा है, इस शुभ सलाह को मानेगा)—इस संग्रह में 'नये बादल' कहानी क्यों नहीं भेजी? 'मलबे का मालिक' भी मैंने उसी में विचारार्थ बता दी है।

और नये समाचार सुन। इधर अचानक भारतवर्ष की सर्वश्रेष्ठ लाइब्रेरी के सर्वोच्च पदाधिकारी केशवन साहब को कुछ इलहाम हुआ। मैं पहले रिसर्च के सिलसिले में जाया करता था। इधर मैं जब प्रभाकर माचवे को लेकर नेशनल लाइब्रेरी गया तो केशवन ने कृष्णाचार्य से पूछ डाला—'यह कौन साहब हैं?' और जब कृष्णाचारी ने भाव-विह्वल होकर बताया तो पूछा—'वुड ही लाइक टु कम हियर?' संक्षेप में कथा यों कि केशवन ने हमें बुलाया, और एप्लीकेशन माँग डाली। और हिन्दी-स्कॉलर की पोस्ट बनाकर मेरे द्वारा भरने की बात कही; अर्थात् जो देशी-विदेशी लोग आएँगे, उन्हें हिन्दी की अधुनातन प्रगति के विषय में जानकारी देना तथा लाइब्रेरी के क्वार्टरली में हिन्दी के पन्द्रह पृष्ठों का सम्पादन। लिखने-पढ़ने पर कोई रोक नहीं।

दो-तीन महीने बाद क्वार्टर। सीधे एजुकेशन मिनिस्ट्री से सम्बन्ध—वह भी हुमायूँ कबीर से। तनखा शुरू में लगभग 300/—हुमायूँ कबीर छुट्टी पर हैं—उनके आते ही मामला तय हो जाएगा। इधर भाई, सच बात है, घर की तरफ़ से या वैसे भी इतना 'शैटर' हो गया हूँ कि दो-तीन साल ज़रा...।

निश्चिन्तता पाना चाहता हूँ। इसके बाद साफ़ है कि नौकरी हमसे चलनी नहीं है। केशवन ख़ुद बढ़ावा देकर लिखने-पढ़ने को उकसानेवाला आदमी है। इस दृष्टि से भी ज़रा उत्सुक ही हूँ। बोल, क्या इरादा है। हाँ, तेरा कहना मानकर विवाह वाली बात को दिल से—अपने और उसके, दोनों के निकालने का निश्चय कर रहा हूँ। मुझसे ज़िम्मेदारी निभेगी नहीं, यह सच है। फिर भी मुझे एक सहायक की ज़रूरत है, यह सोचकर ज़रा-सी कमज़ोरी मन में आती है।

हाँ, तो नौकरी में एक मदद तुझे करनी है। अगर हुमायूँ कबीर के यहाँ से एप्लीकेशन निर्बाध सरक जाए तो अच्छा है—क्या कुलभूषण इसमें मदद कर सकेगा? वैसे केशवन बहुत ही प्रभाव और पोज़ीशन का आदमी माना जाता है और जो बात उसके मन में आती है, उसे कराकर ही छोड़ता है, फिर भी वहाँ से, एप्लीकेशन जल्दी सरके तो अच्छा है।

दूसरे मैंने कई लोगों से सुना था कि उन्होंने मेरी कहानियाँ उर्दू में पढ़ी हैं। किसी ने 'शाहरा' का भी नाम लिया था, उसी आधार पर मैंने इस बात को भी लिख दिया है। कभी सोचा भी नहीं था कि उन पत्रों को खोजना भी ज़रूरी होता है। मुझे तो तमिल, मराठी और चेक भाषाओं वालों ने ही सिर्फ़ सूचना दी कि आपकी कहानियाँ हम अनुवाद कर रहे हैं। प्रति किसी ने भी नहीं भेजी। क्या ऐसे किसी उर्दू पत्र को खोज सकता है? 'शाहरा' की दो-तीन साल की फ़ाइल देख डाल या कम-से-कम किसी अख़बार (उर्दू) के छपे लेटर पेपर पर सन् '54 की तारीख़ में मेरी किसी कहानी के अनुवाद की अनुमति माँगते हुए ही पत्र भिजवा दे। 'फ़िक्र' से यह नहीं होगा क्या? (उसके अख़बार को नहीं)

तो बोल, कर रहा है यह काम?

आशा है, प्रसन्न है।

शेष तेरा ख़त आने पर। दोनों ही काम जल्दी के हैं।

सस्नेह
राजेन्द्र यादव

मोहन राकेश और राजेन्द्र यादव

[1]

C/o The Post Master
Gulmarg
3.8.56

ले प्यारे, चिट्ठी पर चिट्ठी ले—

बात दरअसल यह है कि इस समय मेरे सामने दो ही रास्ते हैं—या तो ख़ुदकुशी कर लूँ या बैठकर कविता लिखूँ। चूँकि मैं ये दोनों काम नहीं कर सकता, इसलिए तुझे चिट्ठी लिख रहा हूँ।

यह प्यारे, गुलमर्ग है। समुद्र की सतह से साढ़े नौ हज़ार फ़ीट की ऊँचाई पर। टूरिस्ट होटल के जिस कमरे में मैं ठहरा हूँ, वहाँ से इस मैदान का पूरा विस्तार नज़र आता है। बल खाती हुई एक कच्ची सड़क मैदान के बीच में से चली गई है, और दो ओर से जाकर मिलती हुई देवदारों की पंक्तियों के बीच जाकर खो गई है।... आज चार दिन से यह सड़क सुनसान है।

जिस दिन मैं यहाँ आया, उस दिन उस सड़क पर बहुत रौनक थी—ठेठ विलायती मेमें दोपहर को इस सड़क पर कश्मीरी घोड़े (उपनाम टट्टू) दौड़ाया करती थीं। तीन दिन ख़ासी चहल-पहल रही, अपना भी कैमरा दुरुस्त-चुस्त (मेरा मतलब उधार के कैमरे से है) और यह तय था कि यहाँ महीना भर रहेंगे, कुछ असली और कुछ साहित्यिक घोड़े दौड़ाएँगे, सैर की सैर होगी और जो अगर होंगे सो मुफ़्त में—मगर विधना को यह मंज़ूर नहीं था।

आज चार दिन से लगातार पानी बरस रहा है। बम्बई, कलकत्ते में पानी बरसना और बात है। इनसान और कुछ नहीं तो किसी कॉफ़ी-हाउस में बैठकर दूसरों के सामने मौसम को कोस सकता है। परन्तु यहाँ प्यारे, स्थिति यह है कि सारे होटल में (और आसपास के होटलों को मिलाकर भी) मैं एक ही टूरिस्ट नामधारी जीव हूँ। बरसाती कोट ख़रीदने की कंजूसी की, सो वर्षा स्नान का पुण्यलाभ भी नहीं

कर सकता। यहाँ से श्रीनगर को जानेवाली सड़क टूट गई है, बाहर से डाक आनी बन्द है, नीचे किचन में काम करनेवाले ख़ानसामा आदि मुझे अपनी सत्संगति के योग्य नहीं समझते। बत्ती गुल है। श्रीनगर में कहते हैं, बाढ़ आ गई है। मेरी एकमात्र चप्पल, जो कई दिन हुए, कीचड़ में लथपथ हो गई थी, अभी तक गीली है और मैं यहाँ मुर्ग़ा बना हुआ आरामकुर्सी पर बैठा हूँ। बाहर बादल छँटने के कोई आसार नहीं हैं, और मैं चाहता हूँ कि मैं भी ऐसे में 'अहा, भारतभूमि भी क्या है!' जैसी कोई चीज़ लिख डालूँ, मगर दिमाग़ साला ठिठुरकर जाने किस कोने में जा लगा है और मैं बुज़ुर्गों की तरह खाँस रहा हूँ, और कौए भीगी हुई काँव-काँव कर रहे हैं और बस...!

बुरा नहीं मानना, चिट्ठी लिखते-लिखते बीच में उठकर खिड़की के पास चला गया था, क्योंकि सड़क से 'मधुर-मधुर रमणी कंठस्वर' सुनाई दे रहा था। नक़द पन्द्रह रमणियाँ (नवयुवतियाँ, युवतियाँ, महिलाएँ और भद्र महिलाएँ सब मिलाकर) न जाने धरती की किस गुफा से निकलकर यहाँ पहुँच गई हैं। मेरी उत्सुकता स्वाभाविक थी क्योंकि पिछले चार दिन से मैंने घोड़े को छोड़कर और किसी जीव की मादा के दर्शन नहीं किये। बहरहाल, वे कुलियों के साथ झगड़ती हुईं चीख़ो-पुकार मचा रही हैं, और उनकी 'हट' यहाँ से बहुत दूर है, सो अल्ला परवरदिगार का नाम लेकर मैं अपनी कुर्सी पर वापस आ गया हूँ...।

फिर आवाज़ें—अभी आता हूँ...नक़द दस युवतियाँ। उसी 'हट' की तरफ़ जा रही हैं। काश, कि श्रीनगर वाली सड़क एक दिन पहले टूट जाती!

ख़ैर, यह तो थी चिट्ठी की भूमिका, अब चिट्ठी के मज़मून पर आऊँ!

मैं यहाँ सात दिन के एकान्त चिन्तन के अनन्तर इस निष्कर्ष पर पहुँचा हूँ कि मैं पिछले पाँच साल से विशुद्ध रूप से झख मार रहा हूँ। वैसे झख मारना भी बुरी बात नहीं है—और हमारे साहित्य में तो परम्परा ही झख मारने की है—फिर भी मैं समझता हूँ कि इतने समय में मैंने जितना लिखा है, उतना एक भले आदमी को दो महीने में लिखना चाहिए, और यदि मेरी यही रफ़्तार रही तो मेरे लिए यह डूब मरने का मुक़ाम है। तेरे जैसे चौंचड़े साहित्य की इन्द्राणी को उठाए लिये जा रहे हैं और मैं बैठा तमाशा देख रहा हूँ—यह ग़लत बात है—यह ज़्यादती अब नहीं चलेगी।

असलियत यह है कि मैंने ये पाँच बरस सख़्त मानसिक परेशानी में गुज़ारे हैं, जिसका हल्का-सा संकेत 'अपरिचित' में है—परन्तु जो अपने-आपमें हज़ार पन्ने की एक कहानी है। मैंने अपने को बहुत कोसा है, अपने से संघर्ष किया है, बहुत-बहुत जानमारी की है परन्तु एक परिस्थिति को नहीं बचा पाया—मेरा आन्तरिक उल्लास धीरे-धीरे ग़ायब होता गया और उसका स्थान एक उदासी, एक ख़ौफ़, एक अव्यवस्थितता लेती गई—और मैं जमकर कुछ नहीं कर पाया। मैं उलझन से जितना बचने की चेष्टा करता रहा, उतना और उलझता गया—यहाँ

तक कि इस साल मैंने विलायत भाग जाने का पक्का प्रोग्राम बना लिया था, अंग्रेज़ी टाइपराइटर ख़रीद लिया था, पासपोर्ट बनवा लिया था (कि और कुछ नहीं तो वहाँ चिट्ठियाँ टाइप करके ही रोटी कमाऊँगा) और किराये के लिए डेढ़-एक हज़ार रुपया भी जमा कर लिया था—यार वीरेन्द्र के घर से भाग जाने से वह प्रोग्राम भी चौपट हो गया।

आज मुझे यहाँ आए आठवाँ-नौवाँ दिन है—और सच कहता हूँ, यहाँ अकेले रहकर मुझे लगता है कि मैं बहुत हद तक वह पुराना आन्तरिक आह्लाद का स्तर पा गया हूँ। मैं यहाँ (वर्षा के बावजूद) दिन-भर मस्त रहता हूँ, ख़ूब ज़ोर-ज़ोर से बकवास अब करता हूँ और सर्राटे से सिगरेट फूँकता हूँ। जो परिस्थिति मुझे दबाए रही है, मैं समझता हूँ कि अब मैं उसके दबाव से अपने को मुक्त करने में समर्थ हो गया हूँ—अब मैं बेहताशा इतना लिखूँगा कि पागल हो जाऊँगा और तेरे जैसे (मनहूस) दोस्त को एकाध लेख लिखने का मैटर मिल जाएगा।

देख राजे, ईमानदारी की बात है कि हम लोगों को अभी बहुत काम करना चाहिए। सचाई तो यह है कि जो कुछ आज तक लिखा जा चुका है, उसके स्तर तक पहुँचने की बात तो दूर, हम अभी शायद साहित्य रचना की वर्णमाला भी नहीं सीख पाए—और हम जी रहे हैं केवल खोखली घोषणाओं और 'अहो रूपं अहो ध्वनि:' के अनैतिक सिद्धान्त के आसरे। हम प्रकृति से समझौतेबाज़ नहीं हैं, परन्तु परिस्थितियों के सामने डटकर खड़े हो जाने का नैतिक साहस भी हममें नहीं है, इसलिए हम अनचाहे समझौते करते हुए उनके लिए अपने को क्षमा कर देते हैं। हम चाहते हैं बहुत बड़ी चीज़ें करना, क्योंकि प्रकृति से हम महत्त्वाकांक्षी हैं। परन्तु करते हैं हम बहुत छोटी और कमीनी हरकतें —ये हरकतें जिस व्यक्तित्व की परिचायक हैं, वह कभी कोई बड़ी चीज़ नहीं दे सकता।—देख, लड़कियों की एक और लम्बी क़तार आ रही है—आठ, नौ, दस। बादल भी छँट रहा है, इसलिए यहीं तक।

सस्नेह
राकेश

To be continued next time.

6.8.56 रात्रि

उसी दिन आध घंटे बाद समाचार मिला कि सड़क खुल गई है और मैं फ़ौरन से पेशतर यहाँ पहुँच गया।

निलय जैन का पता तुरन्त भेज!

Add—C/o The Post Master, PAHALGAM

राकेश

[2]

24.9.57

चिट्ठी के अन्त में, राजेन्द्र यादव प्यारे, अंग्रेज़ी का (एकमात्र) ग़लत वाक्य पढ़कर आँखों के आगे तेरी मूर्ति साकार हो गई। ज़िन्दगी की किताब में प्यारे, तेरी हस्ती भी उस टेल के ग़लत वाक्य जैसी ही है। और क्योंकि (इस प्रयोगशीलता के युग में) मुझे हर ग़लत चीज़ से प्यार है, इसलिए, हे प्रिय, मुझे तुझसे भी प्यार है (जैसे भारती को आधुनिक उपन्यास के अन्तर्गत पुंसत्वहीनता से है, ल.ना. लाल को मादा कैक्टस से है, अज्ञेय को साँप से है और (ईश्वर क्षमा करे) देवी जी को गंगाप्रसाद पांडेय से है। इसलिए, हे प्रिय, मैं, यह जीवधारी, यह पत्र लिखकर, तुझ पर अपना प्यार ('हाय' निवेदन तथा अश्रुपातादि सहित) व्यक्त करता हूँ। तू इसे (अनशन-मूर्च्छा-भूमिपातादि सहित) स्वीकार कर, हे परमभाग, परमपुरुष, महामहिम, भीम विक्रम, कथा-विज्ञान कोविद!

26 की रात को रेडियो में एक 45 मिनट का नाटक प्रसारित होगा—(कम-से-कम होना चाहिए) टालते-टालते आज का दिन आ गया है और दो घंटे उसे लिखना शुरू किया है। बीच में तेरा पत्र आ गया तो लिखने का सब मूड हवा हो गया। तेरा पत्र दूसरी बार पढ़ा। फिर कहानी पढ़ी। फिर तेरा पत्र पढ़ा। फिर कहानी पढ़ी। फिर एक-एक पैराग्राफ़ करके पत्र और कहानी को साथ-साथ पढ़ा। फिर कहानी से 'तटस्थ' होकर पत्र को और पत्र से 'तटस्थ' होकर कहानी को पढ़ा। इस सारे उद्योग के बाद मैं इस निष्कर्ष पर पहुँचा।

1. कि या तेरा दिमाग़ ख़राब हो गया है।
2. या मेरा दिमाग़ ख़राब हो गया है।
3. या तेरा-मेरा प्यार बिलकुल सच्चा है।
4. या कलकत्ते में रहकर तूने सुबह उठना, शाम को घूमना और वक़्त पर खाना छोड़ दिया है जिससे तेरी तन्दुरुस्ती में फ़र्क़ आ गया है।
5. या (और—मेरा मतलब इसी या से है) वह कहानी—वाक़ई अच्छी है। (हालाँकि वह चीज़ तो नहीं बन पाई जो मैं चाहता था, पर फिर भी—अन्तिम वाक्य चेहरे पर मनहूसियत, माथे पर एक बल, आँखों में अहन्ता, होंठों पर कटी-छँटी मुस्कराहट और समूचे कलेवर में क्षमा-याचना का भाव लाकर—)

तो भाई, अब थोड़ी देर के लिए तुझसे विदा लेकर टाइपराइटराभिमुख होता हूँ।

मन्नू भंडारी के दो पत्र

[1]

बतौर अतिथि-सम्पादक, नई कहानियाँ

Calcutta
18.3.63

प्रिय राकेश जी,

एक तार इलाहाबाद के पते पर दिया था, एक दिल्ली के पते पर, मिल ही गए होंगे? और कितने तार मँगवाएँगे? जितने तारों के बाद आप कहानी भेजते हों, पहले ही लिख दीजिए, ताकि एक साथ उतने तार कर दूँ, और कहानी पाऊँ।

यह तो मुझे पहले ही मालूम था कि ये कथाकारद्वय—आप और राजेन्द्र—सबसे ज़्यादा ख़ुशामद करवाएँगे। एक सप्ताह से घर में राजेन्द्र मुझसे नाना प्रकार के नाच नचवा रहे हैं, पर अभी तक कहानी शुरू नहीं हुई है। आज शुरू करने को कहा है—सवेरे से न जाने कितनी सेवा करके आ रही हूँ—पता नहीं, पीछे से करेंगे भी या नहीं?

मैं चाहती हूँ कि मैं कुछ सम्पादकीय नखरा दिखाऊँ पर पहले आप लोगों के नखरों से तो फ़ुरसत मिले। यों आज के तार में थोड़ा अरमान निकाला ही।

कहानी अब तो भेजिए।

आपकी
मन्नू

[2]

L-II/P61, C.I.T. Road
Calcutta
24.3.63

राकेश जी,

हाय राम, नज़र न लग जाए आपके लिखने के नखरों को। तो आप शिमला पहुँचे हैं कहानी लिखने के लिए। बियर-ह्विस्की के दौर के बीच में कहानी लिखी जा रही है...अब देखना है, क्या लिखकर आता है!

मैंने सोचा है कि आप जब विशेषांक edit करेंगे तब मैं विदेश जाकर कहानी लिखूँगी। भारत में तो अब लिखने के लिए जैसे सब कुछ चुक गया है। अब तो विदेश जाकर ही कुछ अच्छा लिखा जा सकता है। ख़ैर, यह तो दूर की बात हुई, आप यह बताइए कि कहानी कब तक भेज रहे हैं? पहली को जैसे भी हो, पहुँचा दीजिए।

और आप और कमलेश्वर जी इस हद तक दुष्ट हैं, यह मैंने नहीं सोचा था। यों सज्जन तो मैंने आप लोगों को कभी नहीं माना, फिर भी इस हद तक...हालाँकि अब तो इतनी हँसी आ रही है कि बस! मन हो रहा है कि एक साथ बैठकर सारी बात का आनन्द लिया जाए!

तो कहानी आप लिखकर भेज रहे हैं। कहानी मिल जाएगी, उसके बाद गर्मी के प्रोग्राम की बात सोचेंगे।

और ख़बर दें।

आपकी
मन्नू

अनीता औलक का प्रेम-पत्र

31.5.63

My dearest one Rakesh,

I wish I could express at that moment how happy and lucky. I was feeling when I met you yesterday. But to my misfortune I could not impress you in that way. And you left that place saying that had you known that you had come for all this you would not have come. And to tell you the truth, I promise to hear that from you. But I must add that Rakesh among all of us I am the most unluckiest because I have to hear from all the sides i.e. yours and parents. Anyway it was only my cousins who could judge from my mind at home, that in what sweet fancy I spent my evening after meeting you.

But Rakesh do not meet me there any more for when I returned the proprieter was gazing at me with doubting eyes. Anyway...

After I came back I was so sorry remembering how I spoke to you but please Rakesh, forgive me. Because it is only you with whom I can ever get that much angry and give that much love.

Please do meet Kamleshwar but after we have been there. Rest again. I hope you will behave properly with all my true love and sincerity ever and ever yours.

Madan[1]

Please forgive me I met you so coldly at the road. How could I meet you normally when Arvind was around?

---

1. यह पत्र अनीता-राकेश के प्रेम-प्रसंग के उस दौर में लिखा गया था जब इनके मिलने-मिलाने पर सख़्त पहरे थे और अनीता औलक ने कुछ पत्र 'मदन' के छद्म नाम से लिखे थे। —सं.

राकेश, कल तुम्हारी प्यार की परीक्षा होगी कि मम्मी की कहानी की स्वीकृति कमलेश्वर जी देते हैं कि नहीं। जानते हो, मैं एक ग्लास ठंडे पानी के लिए तरसती हूँ और एक तुम हो कि हर बार अपने बारे में ही सोचते हो। कृपया 'एक और कहानी' ढंग से पढ़कर सब जान पाओ। एक बार मुझे भी जीतने दो। क्यों हर बार मेरे मुँह पर चपत लगाते हो?

मोहन राकेश का उत्तर

अनी,

कहने को कुछ नहीं, सिवाय इसके कि कल शाम की सीट कैंसिल करा दी थी, आज की सीट भी अभी कैंसिल करा आया हूँ। जाने को मन नहीं हुआ।

...एक बात ज़िन्दगी भर के लिए बता दूँ...उस तरह का ग़ुस्सा और रूखापन सहने का मैं आदी नहीं हूँ...कभी किसी के मुँह से मैंने सख़्त बात नहीं सुनी, न कभी सुन सकता हूँ।

...उस वक़्त से अब तक काम-धाम सब ठप है। कुछ भी नहीं हो पा रहा।

ज़िद्दी बहुत हूँ। जब तक तुम्हारी माँ क्षमा नहीं माँगतीं, उनके लिए कुछ नहीं करूँगा। अगर यही परीक्षा है, तो मैं निःसन्देह इसमें फ़ेल हूँ।

अरविन्द की नौकरी लग गई है—6 तारीख़ से। मेरी तरफ़ से बधाई।

बब्बू को प्यार देना।

तुम्हारा
राकेश

Today I waited near Rajkamal for two hours waiting for a call from Kamleshwar. At 4:45 I went there to learn that you never came.

Rakesh

‘ज्ञानोदय’-सम्पादक रमेश बक्षी के तीन सम्पादित पत्र

[1]

ज्ञानोदय
9, Alipure Park Place, Calcutta-27
20.10.64

प्रिय भाई,

अभी Air mail से सेफ़्टी पिन मिली, तीन पृष्ठ। अब मैं किससे पूछूँ कि कहानी पूरी है या क़िस्तों में भेजी जा रही है या यह और कुछ है।

मैं तो इन तीन पृष्ठों को कहानी माने हूँ। यदि मुद्रण बनारस नहीं हो रहा होता तो तीन पृष्ठ छपवाकर औंघ लगा लेता। पत्र जा रहा होगा और उसकी सूचना अनुसार कहानी के साथ मेरा तअल्लुक होगा।

रवीन्द्र विमल वाली रचना?

ऊपर से मज़ा यह है कि कल शाम तक शेष मैटर जाना है। जैसा होगा।

रमेश बक्षी

[2]

प्रिय भाई,

18 का पत्र मिला। और कहानी के अगले चार पृष्ठ भी। आपकी महानता की जितनी प्रशंसा करूँ, कम है। अन्त में ऐसा न हो कि शेष कार्बन पेपर भी एयर मेल से मुझे भेज दें। देखता हूँ, यदि कल तक कहानी न आई तो दिसम्बर के पूरक विशेषांक में वह जाएगी और उसके लिए मैं कोई परमीशन नहीं लूँगा। विशेषांक की प्रतीक्षा टी-हाउस में कई लोग कर रहे होंगे।...मोहन राकेश की उसमें तीन तसवीरें

हैं। एक ऐसी है जिसे अगर चाहें तो अनीता जी अपने एलबम में लगा सकती हैं क्योंकि उन्हें अंग्रेज़ी कविताओं से फ़ुरसत मिल गई होगी।

र.ब.

[3]

प्रिय भाई,

21/10 का पत्र मिला। एक पत्र मैंने कल ही भेजा है, सो मिला होगा।

मुझे यह बात सरासर अखर रही है कि मेरे पत्र से कहानी के अगले पृष्ठ आप नहीं भेज रहे हैं। निवेदन है, वे पृष्ठ (यानी शेष) तत्काल भेज दें।...

आपका

रमेश बक्षी

‘अणिमा’-सम्पादक शरद देवड़ा का पत्र

अणिमा
11 दिसम्बर, ’67

आदरणीय भाई,

आपका 22 नवम्बर का पत्र मिला। मैं कार्यालय के स्थानान्तरण के झमेलों में फँसा हुआ था। इसी कारण अभी तक ‘अणिमा’ का विशेषांक भी प्रकाशित नहीं हो सका है।

‘अणिमा’ में आपकी डायरी के धारावाहिक प्रकाशन की बात। पारिश्रमिक के सम्बन्ध में आपका लिखना मैं अनुचित नहीं मानता। मैं स्वयं आपको (और अन्य लेखकों को भी) उचित पारिश्रमिक देना चाहता हूँ। लेकिन मेरी अपनी मजबूरी से आप अच्छी तरह परिचित होंगे। फिर भी मैं अपनी ओर से ख़ुलासा करना चाहता हूँ।

‘अणिमा’ को चलाते हुए आज मुझे तीन वर्ष हो गए हैं। इसके हर अंक में क़रीब 800/-900/- के विज्ञापन रहते हैं (जो आय का एकमात्र साधन है) और हर महीने ख़र्च होता है लगभग 3000/-। विज्ञापन की आय के बाद जितना कम पड़ता है, उसमें से कुछ तो मैं हर महीने कुछ आजीवन सदस्य बनाकर पूरा करता हूँ। शेष के लिए मुझे लोगों से ऋण लेना पड़ता रहा है।

मासिक होने के बाद जब स्थिति असहनीय हो गई, तो मुझे अपने सामने दो ही विकल्प दिखाई दिये—‘अणिमा’ को बन्द करूँ, या प्रेस बैठाकर उससे होनेवाली आय से ‘अणिमा’ के घाटे की पूर्ति करूँ। ‘अणिमा’ को बन्द करने की बात मुझे किसी भी हालत में मंज़ूर नहीं थी, इसलिए मैंने प्रेस बैठाने का ही निश्चय किया, और चूँकि प्रेस के लिए मेरे पास एक भी पैसा नहीं था, इसलिए मुझे मजबूरन एक पार्टनर लेना पड़ा है, जिसने प्रेस की मशीनों और जगह आदि के लिए पूरी रक़म लगाई है। मुझे उम्मीद है कि प्रेस चालू हो जाने पर मेरी कठिनाइयाँ काफ़ी कुछ दूर हो जाएँगी।

‘अणिमा’ के लिए कहानी भेजने का आपका काफ़ी पुराना कमिटमेंट रहा है। दिल्ली में डायरी वाली बात आपने स्वयं ही कही थी। आपने स्वयं ही कहा

था कि लघु उपन्यास मुझे देने में आपको 3000/-4000/- का घाटा होगा, इसलिए मैं आपसे डायरी ले लूँ। आपने कहा था कि डायरी के लिए मैं जो भी पारिश्रमिक दूँगा, आपको वह मंज़ूर होगा। आप उसी समय मुझे दो-तीन क़िस्तें देनेवाले थे। आपको दुविधा केवल इसके प्रकाशन करवाने या न करवानेवाली बात को लेकर थी।

आपको याद होगा, 'ज्ञानोदय' के मेरे कार्यकाल में आपने अपने एक पत्र में मुझे लिखा था कि वह साहू जैन की पत्रिका है, इसलिए आप 50/-से कम नहीं लेंगे; अगर शरद कभी अपनी पत्रिका निकालेगा, तो आप 1 टोकन पारिश्रमिक पर भी उसे अपनी रचना सहर्ष भेजेंगे। आज तीन वर्षों में आपने 'अणिमा' को कुछ भी नहीं भेजा है। अब मुझे डायरी वाली बात को लेकर उम्मीद बँधी, तो 'सारिका' वाली बात बीच में आ गई है। मैं तो आपसे केवल प्रार्थना ही कर सकता हूँ कि अपने एक मित्र की पत्रिका को चलते रहने में आप मदद करने की कृपा करें।

अपनी सीमाओं को देखते हुए मैं आपको डायरी की प्रति क़िस्त पर 24/- या 30/- तक दे सकता हूँ। यह पारिश्रमिक नहीं है, केवल मेरी इस इच्छा का प्रतीक है कि एक लेखक की पत्रिका होते हुए भी मैं लेखकों को पारिश्रमिक देना ज़रूर चाहता हूँ। (शायद लेखक द्वारा सम्पादित-प्रकाशित किसी भी अन्य पत्रिका ने आज तक किसी लेखक को पारिश्रमिक नहीं दिया है।) अगले एक वर्ष प्रेस को चलाकर शायद मैं इस स्थिति में आ जाऊँगा कि आपको उचित पारिश्रमिक दे सकूँ।

'अणिमा' को आज तक सभी लेखकों ने अपना पूरा सहयोग दिया है। इस सम्बन्ध में एक उदाहरण देना चाहता हूँ। अज्ञेय जी और श्री रघुवीर सहाय का 'अणिमा' में जो स्तम्भ चालू हुआ था, उसके लिए मैंने उनको लिखा था कि 'अणिमा' उन्हें 25/-30/-प्रति क़िस्त से अधिक देने की स्थिति में नहीं है। उन्होंने उत्तर में लिखा था कि अगर वे लेंगे, तो उचित पारिश्रमिक लेंगे, अन्यथा कुछ भी नहीं लेंगे, और ये दोनों ही स्थितियाँ उन्हें सहर्ष स्वीकार्य हैं।

'अणिमा' में आपकी डायरी के प्रकाशन की बात को लेकर मुझे इतनी ख़ुशी हुई थी कि मैंने दिल्ली में, और बम्बई में सबसे इसकी चर्चा की थी, और यहाँ आकर कलकत्ते में भी सबसे कहा था कि मैं जनवरी से राकेश जी की डायरी का 'अणिमा' में धारावाहिक प्रकाशन कर रहा हूँ।

मेरी आपसे एक बार फिर प्रार्थना है कि कृपया 'अणिमा' को अपना सहयोग दें। इतनी आज़िज़ी से मैंने आज तक किसी को भी रचना के लिए नहीं लिखा है। फिर भी 'अणिमा' को सब लेखक-बन्धुओं ने अपना सहयोग दिया है। इतना सब लिखने के बाद भी आप अगर 'अणिमा' को अपना सहयोग नहीं दे सकें, तो मैं कष्ट पाने के सिवाय और कर ही क्या सकता हूँ!

ख़ैर, आपका जो भी निर्णय हो, कृपया मुझे लौटती डाक से सूचित करेंगे। मैं विशेषांक में डायरी के प्रकाशन की सूचना देना चाहता हूँ।

अम्मा से मेरा प्रणाम, अनीता जी से नमस्कार और बच्ची को स्नेह।

आपका ही
शरद देवड़ा

पुनश्च :
जनवरी से मैं 'अणिमा' में वे सभी changes कर रहा हूँ जिनके बारे में दिल्ली में आपसे बात हुई थी।

'नवलेखन'-सम्पादक शरद जोशी का पत्र

नवलेखन
13/44, नार्थ टी.टी. नगर
हनुमान गंज, भोपाल
29.7.1963

प्रिय राकेश भाई,

क्या आप तक मेरे पत्र नहीं पहुँचते, या आपके पास टेबलों का अभाव है जिस पर काग़ज़ रख आप ख़त लिख सकें? यों आप एक बार बम्बई भी हो आए हैं। यहाँ नहीं रुके। गुज़रते वक़्त भोपाल के प्लेटफ़ार्म से खिड़कियाँ भी बन्द कर ली थीं कि शरद नज़र न आ जाए।

अब नवलेखन को ठाठदार बना रहा हूँ। इस बार तिरंगा कवर है। कहानियों की संख्या बढ़ा रहा हूँ। आप लिखने का वायदा करते रहे हैं। (इस उम्मीद में कि एक दिन बन्द हो ही जावेगा।) पर अफ़सोस कि अब यह कथा मासिक रूप में चलेगा। पारिश्रमिक भी देना शुरू कर रहा हूँ। तीस-पैंतीस रुपये प्रति कहानी। यद्यपि आपसे लिखाने के लिए हर रक़म अपर्याप्त है। निवेदन यह है कि इस पत्र को आर्गनाइज़ करवा दें। यानी मैं किन्हें पत्र लिखूँ, बताएँ। उन्हें आप भी आग्रह कर दें तो कुछ अच्छी रचनाएँ प्रतिमाह एकत्र हो सकेंगी। 'नई कहानियाँ' को तो क्या, पर 'युगकथा' को पछाड़ दूँगा, इतना दम है मुझमें। शायद वर्ष के अन्त तक यह पत्र और भी solid ज़मीन पा ले। 'लहरों के राजहंस' पढ़ लिया है। 'नवलेखन' में उस पर कुछ लिखवा रहा हूँ। बधाई भेज देने भर से काम नहीं चलता। इसकी रचना पर आप क्या एक टिप्पणी दे सकते हैं? भोपाल कब तशरीफ़ लाएँगे? दिल्ली का प्रोग्राम भेजिए। मैं 'नवलेखन' के ख़र्च पर एक यात्रा धर रहा हूँ, तब आपसे मिल सकूँ, इस हिसाब से लिखिए।

आपका
शरद

‘माया’-सम्पादक मार्कंडेय का पत्र

इलाहाबाद
8.9.64

प्रिय राकेश,

तुम्हारा पत्र कल ही मिला है। मैंने जब पिछली बार तुम्हें पत्र लिखा था तो इरादा था दीपावली पर नवलेखन अंक ‘माया’ का निकले लेकिन वह योजना बदल गई। एक दिशा होती है। लोगों को यह इम्प्रेशन मिला है कि बहुत नीचे के स्तर पर प्रचार ही अभीष्ट है। जब तुम उस टीम को लीड कर रहे हो तो उसे एक मार्ग भी देना तुम्हारा काम है जो साहित्य की अगली सीढ़ी होगी। लेकिन हैरत होती है कि तुम कहीं भी अपने को पीछे नहीं रखते? नेता अपने को पीछे भी रखता है और आगे भी।

मेरा ख़याल है, इधर जो भी दो-तीन योजनाएँ तुम लोगों ने चलाई हैं, उनमें यदि तुम बाद में, बीच में, अन्त में भी आते तो भी लोग तुम्हारे ऊपर ही ज़्यादा ध्यान देते। हमदम हो, चाहे वह नई कहानियों की पुस्तक माला हो, उसमें योजनाएँ बनाकर अपने साथियों को देते हुए उसकी व्यापकता और विस्तार के साथ ही पूरे मूल्यों को देखने की ज़रूरत होती है। तोड़-जोड़ की सीमा नहीं है। यदि तुम प्रतिष्ठा का एक प्रतिमान नहीं रखोगे तो समय तुम्हारे साथ न्याय नहीं करेगा। आज हालत यह है कि सारे हिन्दी संसार में रचनात्मक मूल्यांकन को लेकर एक कयास की स्थिति है। लोग विचारों के संघर्ष से कतराकर तारीफ़ चाहते हैं और पूरी पीढ़ी में अवसरवाद और प्रचार के लिए मोह घुस आया है। मैं तो इतना ही जानना चाहता हूँ कि क्या तुम इसमें संलग्नता का अनुभव करते हो? यदि तुम यह सोचते हो कि यह सब मिथ्या बातें हैं तो बेशक राजेन्द्र यादव, मन्नू भंडारी पर ही लिखें और मन्नू राजेन्द्र यादव पर—जैसे कौशल्या, अश्क पर और अश्क कौशल्या पर।

मैं ऐसा समझता हूँ कि वृहत्तर ज़िम्मेवारियों के कारण वृहत्तर रिस्ट्रेन भी पैदा होता है।

फलत: एक हवा है जो तुम लोगों की बात ही दूर रही सारे मूल्यों को उड़ा ले चली है। हो सकता है, मेरे बारे में भी तुम्हें कुछ कहना हो लेकिन वह इस कारण सत्य नहीं होगा कि तुम्हें ठीक सूचना नहीं होगी। ज़रूरत पड़ने पर मैं पूरी सफ़ाई दूँगा। मैंने बहुत पहले ही इन बातों पर ग़ौर करके अपनी किताबें छापनी शुरू कर दी थीं। मुझे नुक़सान हुआ लेकिन जिन बातों से मैं अपने को दूर रखना चाहता था, आज भी रख सकता हूँ।

इस पूरी तसवीर में नामवर जी कहीं नहीं आते। उन्होंने जो अमान्य बातें कही हैं, वे उनका विश्वास हो सकती हैं और हम उन्हें बड़ी आसानी से ठीक कर सकते हैं। विरोध में लिखकर सही स्थापनाएँ कर सकते हैं। लेकिन साहित्य की मूल धारा ही धुँधला जाए, इतनी दूर तक प्रतिक्रिया में नहीं बह सकते। विचार सिर्फ़ इस बात पर करना है कि जीवन की संघर्षशील प्रवृत्तियों को हम साहित्य के लिए अपना उद्देश्य मानते हैं या नहीं—व्यापक उद्देश्य में जिन रास्तों से हम वहाँ पहुँचेंगे।

मेरा स्टैंड ही अलग है। तुम एक हद तक मुझे और मेरी बात ज़रूर समझ सकते हो। इस कारण इतना लिख रहा हूँ। वह भी किसी बहस के लिए नहीं। क्या आज अब ख़याल है दिसम्बर का अंक 15 नवम्बर तक निकालकर उसे ही विशेष अंक बना दिया जाएगा। उसे 'समकालीन कहानी लेखन' अंक का नाम दिया जाएगा और उसमें नवलेखन पर विचार होगा। अब तुम्हें अक्टूबर अंक में ले रहा हूँ।

यादव की कहानियाँ मुझे सम्भावनाओं का आभास देती रही थीं और मैं तुमसे सच कहूँ कि मेरा इरादा हमेशा लेखक की मूल रचना कृति से जुड़ा रहता है। इधर की उनकी कहानियाँ मैंने कभी-कभी पत्रों में पढ़ी भी थीं लेकिन एक साथ इन कहानियों को पढ़ने पर मैं बहुत संकुचित हो गया। सहसा रचना केन्द्र का इतना परिवर्तित हो जाना मुझे बड़ा आश्चर्यजनक लगा। शुरू में यादव हमेशा तीखे प्रश्नों की तलाश में लगा रहा है और एक आस्था भी उसमें बनी रही है लेकिन इन...(?) दो संग्रहों में तो वह एकदम बदल गया है। मैंने अपनी तरह से उन कहानियों के बारे में लिखा है लेकिन इस दिशा में मैं डिटेल में जाकर अपनी बातें बहुत साफ़-साफ़ कह सकता हूँ। हाँ, इतना ज़रूर है कि मान्यताएँ छोड़कर इन कहानियों पर दूसरी तरह की राय रखी जा सकती है। बहरहाल कभी सुअवसर मिला और हम लोग बैठे तो बातें होंगी।

प्रश्न नामवर के सही-ग़लत होने का उतना नहीं है—न कभी पहले रहा है। व्यक्तिगत रूप से मैं इस पर कभी बल देना या इसे अपनी साहित्यिक आस्था का बोझ बनाना नहीं चाहता। मैं उनसे बहुत नज़दीक रहा हूँ लेकिन मैंने आज तक कभी भी इस बात का अवसर न उन्हें दिया, न ख़ुद लिया। हम निश्चित रूप से और समय-समय पर लिखित रूप से भिन्न राय रखने के लिए हमेशा स्वतंत्र रहे हैं।

ज़रूरत इस बात की है कि हम अतीत का विश्लेषण करें और उसका आधार बनाएँ—मूल रचनात्मक आस्था और संघर्षशील आदमी को। क्या यह सच है कि यह ज़िम्मेदारी हम लोगों के ऊपर है? और यदि है तो देखो कि कुछ लोगों के सीन से हट जाने पर साहित्य का मार्ग किधर मुड़ रहा है। मान्यताएँ किस तरह बन रही हैं।

यदि यह सब नहीं देखोगे तो बात उलझती चली जाएगी। क्या अपना प्रचार ही अभीष्ट था इस परिवर्तन से? क्या कोई ऐसा मूल्य था जो धूमिल हो रहा था?

इसमें सन्देह नहीं कि इस दृष्टि से 'सारिका' का तुम्हारा एक साल का सम्पादन काल एक उपलब्धि रहा है लेकिन कोई ऐसा प्रतीक नहीं बन सकता। काश, तुमने उस पत्रिका को न छोड़ा होता! लेकिन यह व्यक्तिगत प्रसंग है। पता नहीं, क्या बातें बीच में आई हों!

लेकिन उसके बाद की जो जोड़-तोड़ हुई है, उसे मैं देखता रहा हूँ। मैं उसमें इंटरफ़ियर कर सकता था लेकिन ख़ास तरह से चीज़ों के साफ़ होने की स्थिति असामान्य नहीं है? इस पर विचार करने के लिए विस्तार से बातों को सोचा जा सकता है। योजना बनाकर एक ऊँचे साहित्यिक मूल्य के निर्धारण में हम सभी सहायक बन सकते हैं। ख़ाली किये हुए किलों को जीतना जीत नहीं, शेल्टर लेना है। नये किले बनाओ तो आनेवाले समझेंगे, हम कुछ दे गए हैं। यह सब तो ख़ुद ढहा हुआ है। नई कहानियों का फोकस ज़रा देखो—नये-पुराने सभी प्रतिमानों को देखते हुए—लगता है, किस उपलब्धि की ओर यह पत्रिका बढ़ रही है। दुर्भाग्य यह है कि यह सब तुम्हारे साथ भी जुड़ा हुआ है।

मैं चाहता हूँ, तुम जब इलाहाबाद आओ तो यादव और कमलेश्वर को भी बुलाओ, दो-चार लोग साथ मिलकर कई बार बैठें और एक स्पष्ट योजना बनाकर चीज़ों पर विचार हो। मैं फिर दुहराना चाहता हूँ कि यह तुम्हारी सबसे बड़ी ज़िम्मेवारी है और तुम अब इसे कन्धे से झिटक नहीं सकते। महत्तर मूल्यों का निर्माण करके ही हम पहले से आगे हो सकेंगे।

हाँ, नवम्बर में 'माया' का जो 'समकालीन कहानी' अंक निकलेगा उसके लिए तुम्हारी कहानी अवश्य चाहिए। 4-5 कहानियाँ 'नई कहानी' से, 3-4 पुराने लेखकों से और तीन नयों से लेने का इरादा है। कहानी मुझे अक्टूबर के पहले सप्ताह में ज़रूर चाहिए। इस पर 'हाँ-ना' साफ़ और जल्दी लिखना। इस अंक में तुम्हारा होना ज़रूरी है।

तुम्हारा
मार्कंडेय

ओंप्रकाश के दो पत्र

[1]

तोक्यो
8.11.63

भाई राकेश,

यहाँ आकर लगभग 15 रातें बिता चुका हूँ—अनेक बार तुम्हें लिखने की सोची, लेकिन यह न समझना कि बहाना बना रहा हूँ। इतनी अधिक मसरूफ़ियत रही कि...और सुबह से शाम तक इतना चलता हूँ और इतना थक जाता हूँ कि नींद तक नहीं आती! आती है तो टूटने का नाम नहीं लेती। अजीब शहर है तोक्यो—पुराने और नये का अजीब सम्मिश्रण। बांड हेयर, जींस और पाँवों में गेता-खड़ावें जुराबों के साथ। लकड़ी के पुराने मकान और साथ में 6-7-8 मंज़िल के डिपार्टमेंट स्टोर्स, लिटिंग वेस्टर्न म्यूज़िक और उसके साथ गाया जा रहा है—साकुरा, साकुरा—यहाँ का एक अतीव लोकप्रिय गीत—चेरी ब्लॉजम की याद में—जिसका अर्थ है :

'बसन्त की बहार, और चेरी के फूल—जहाँ तक आँख देख पाती है—धुंध अथवा ढरकते बादलों की तरह इतने उज्ज्वल और आकर्षक हैं वे। आओ, ओ आओ, आओ, ओ आओ—चलें देखने चेरी के फूलों को!'

सदियों पुराना काबुकी नृत्य—जो समय के समान धीमा हो चुका है—(बूढ़े के समय के समान) फ़्लोर शोज़, जिनका विज्ञापन किया जाता है—विक्ड एज़ ए रूमर! गीशा-बालाओं ने टर्किश बाथ जॉयन कर लिये हैं—मसाज, स्पेशल मसाज रोज़ अख़बारों में छपता है—केवल 1200 येन में ख़ूबसूरत लड़कियों द्वारा स्नान समय 1 घंटा। एक प्रतियोगी ने समय बढ़ाके 75 मिनट कर दिया है। अनेकानेक बाथ्स हैं। नियान लाइट में उनके नाम रात को जगमगा उठते हैं।

कल अंग्रेज़ी के एक पत्र में आर्टिकल था—टैक्सी ड्राइवरों की परेशानियों के बारे में। एक परेशानी दिलचस्प थी—बहुत अकेला फ़ील करनेवाली लड़कियाँ रात

को टैक्सी की सवारी करती हैं और फिर अपने घरों के पास जाकर ड्राइवरों को अपने साथ आने के लिए मजबूर करती हैं।

भई—राजेन्द्र यादव को यहाँ भेज दो।

उसका ख़ूब ध्यान आया। उसने मेरे यहाँ आने से पहले एक पत्र लिखा था। सारी दुनिया घूम आनेवाले का दिमाग़ दुनिया न घूमनेवाले से कहीं...।

(उसे लिख दो—उसका ख़याल ग़लत है)। बेचारा!! सो, अभी किनारे-किनारे चल रहा हूँ—मैं बूड़ा (बूढ़ा नहीं) डूबन डरा, रहा किनारे बैठ! किनारे से भी अजीब दृश्य है। किसी क़द्र कम दिलचस्प नहीं।

बड़ी बेचैनी से यह शहर वेस्टनाइज़, यूरोपियनाइज़, अमेरिकनाइज़ हो जाने की कोशिश कर रहा है। एशिया से इसके बाशिंदों को कोई सरोकार नहीं। पहले इनका आकर्षण जर्मनी से था—अब अमेरिका से।

यह तो है सतह की बात—अंडर करेंट एक क्षोभ का भी है—क्योंकि इनका अपना सब पुराना धुल-साफ़ हो रहा है—यही रफ़्तार रही तो कुछ ही समय में संस्कृति पर इंडस्ट्री की सफ़ेदी पुत चुकी होगी। औरतों का इनकी सभ्यता में कभी कोई स्थान नहीं था—अब भी नहीं है—वे हैं 'कोईवितो'—स्वीट हार्ट!

और क्या हालचाल हैं, लिखना। 16 ता. को होनोलूलू जा रहा हूँ—तीन दिन के आराम के लिए—फिर अमेरिका के अन्य शहर।

भाई ही

ओंप्रकाश

(रात के 12.30 बजे)

[2]

शिकागो

30.11.63

प्रिय भाई राकेश,

दो पत्र मिले—एक 18 का, दूसरा 20 नवम्बर का—एक सैन फ्रैंसिस्को में, दूसरा यहाँ शिकागो में।

सत्यजी का पत्र आया था कि उन्होंने 'अँधेरे बन्द कमरे' के संक्षिप्तीकरण की समूची कॉपी तुम्हें टाइप करवा के भेज दी थी लेकिन तुमने उसे शोध के (या फिर से देखके) लौटाया नहीं, क्या बात है? उन्होंने लिखा है कि इसीलिए पॉकेट बुक्स के अगले सेट के प्रकाशन में देर हो रही है—तुम्हारी यह पुस्तक

उसमें छपना आवश्यक था। शायद अब तक भेज दी हो—यद्यपि तुम्हारे पत्र में इसका संकेत नहीं है।

यार, मुझसे काहे ईर्ष्या करते हो—मैंने अपने हाथ में अपने हाथ से कोई लकीरें नहीं खोदीं। जाने किस भकुए ने खोद दी हैं। कभी-कभी मैं भी आश्चर्य (ईर्ष्या नहीं) करता हूँ।

लेकिन मेहनत तो करता ही हूँ—और यह मानता हूँ कि तुम मेहनत नहीं करते—घूमते हो—और झींगुरों की आवाज़ सुनते रहते हो, जो कि तुम्हारी प्रकृति के अनुकूल नहीं है।

मैंने दिल्ली छुड़वा दी? मैंने बम्बई छुड़वा दी? क्या तुम अपने कार-करतब के लिए हमेशा दूसरों की तलाश में रहते हो जिन पर सब कुछ थोपा जा सके? माथेरान—हाँ, ज़रूर छुड़वाना चाहूँगा—केवल इसलिए कि मेरे लौटने तक तुम दिल्ली आ जाओ प्यारे! विनीता बेटी के विवाह पर तो आओगे ही। वायदा है—और मुझे बड़ा इन्तज़ार रहेगा। इलाहाबाद? तौबा! दुनिया घूम के कह सकता हूँ—लाहौल विलाकुव्वत! इलाहाबाद और तोक्यो या सैन फ्रैंसिस्को या शिकागो में उतना ही अन्तर है जितना इनफ़िनिटी के दो नुक़्तों में हो सकता है—(यदि इनफ़िनिटी के दो नुक़्ते हो सकते हैं तो)!!

मैंने बहुत-बहुत किताबें, जर्नल ख़रीदे हैं—पठनीय! नई कविता, नई कहानी, नई आलोचना से सम्बन्धित। यह पुस्तकालय घर पर रहेगा। कहानी की साहित्यिक पत्रिकाएँ भी। एक के सम्पादकीय का कथन है कि भारत में नई कहानी नहीं लिखी जा रही—इसका कारण भी दिया है। तुम जवाब दोगे?

हाँ, यूनिवर्सिटी ऑफ़ कैलिफोर्निया, बर्कले में उन्हें हिन्दी अध्यापक की तलाश है। अब एक वर्ष के लिए फिर अज्ञेय आ रहे हैं। नरेन्द्र जी दिल्ली (रेडियो) से आनेवाले थे लेकिन उन्हें छुट्टी नहीं मिली। वे लोग नामवर को भी चाहते थे। मैंने डॉ. गम्पर्ज से तुम्हारा ज़िक्र किया। तुम यदि अपनी कुछ पुस्तकें या सभी पुस्तकें उन्हें भिजवा दो तो अच्छा हो—परिचय स्वरूप। प्रतिवर्ष 1 साल के लिए उन्होंने भारत से एक विज़िटिंग प्रोफ़ेसर बुलाना है। बहुत अच्छी जगह है—साल में 8000 डॉलर मिलते हैं। अज्ञेय जी उनसे कहते हैं—इसमें गुज़ारा नहीं लेकिन मज़े में होता है। विश्वविद्यालयों का वातावरण काफ़ी लिबरल है—वैसे आम तौर पर लोग जाहिल हैं।

मेरे विश्वासों की अच्छी याद दिला दी—आके बताऊँगा—किस तरह सिर ऊँचा करने चला हूँ—मैंने बहुत साफ़गोई से काम लिया है—तीन दिन हुए, रेडियो इंटरव्यू थी—वहाँ से भी कहा कि हम रूसी किताबें बेचते और छापते हैं। न्यूट्रैलिटी को जगह-जगह defend किया। कई अमेरिकनों ने कहा कि जो हमारे साथ नहीं हैं—वह दुश्मन के साथ हैं। मैंने कहा कि यदि आप दुनिया में शान्ति चाहते हैं तो

हम आपके साथ हैं। यदि आप लोगों के जीवन का स्तर उठाना चाहते हैं तो हम आपके साथ हैं। और किस बात में आप हमें अपने साथ रखना चाहते हैं? क्यूबा, bases, पाकिस्तान, साउथ वियतनाम, कोरिया—सभी को लेकर बातें हुईं—प्राय: हर जगह! मैं बहुत-बहुत ख़ुश हूँ—मैंने अपना रूप नहीं बदला। वरना साँस लेना दूभर हो जाता। (इतना तो तुमसे सीख ही चुका हूँ!)

पत्र देना। ज़रूर।

सस्नेह
ओंप्रकाश

मोहन राकेश के दो पत्रों के अंश ओंप्रकाश के नाम

[1]

15.2.1972

...मेरे मन की पीड़ा अढ़ाई वर्ष पुरानी है। यह तभी से है जब से बाइंडर की असावधानी के कारण 'आज के साये' मार्केट से चली गई। इन्वेस्टमेंट की बात बहुत छोटी है। बड़ी बात यह है कि लेखक अपने में कितनी छोटी चीज़ है—कि एक किताब की ज़िन्दगी एक बाइंडर की सुविधा-असुविधा के सामने नगण्य है।

बहुत दिन प्रतीक्षा की कि शायद आप इस व्यथा को महसूस करें। पर लगा कि आपके स्नेह पर यह अतिरिक्त दबाव डालना है क्योंकि एक पुस्तक का सचमुच अपना कुछ भी मूल्य नहीं होता। अगर होता है तो केवल काग़ज़ और उसकी छपाई का। ऐसे में लगा कि एक पुस्तक अगर बाइंडर की मर्ज़ी से मर जा सकती है, तो कुछ पुस्तकों को इतनी छूट भी देनी चाहिए कि वे आत्महत्या कर लें।

[2]

4.10.72

'कौटिल्य' पर आधारित नाटक देने के लिए वचनबद्ध हूँ। ...चेक मेरे हिसाब में जमा करवाने के लिए धन्यवाद। कितना चाहता हूँ कि इसी तेज़ी से नाटक लिखकर आपके पास जमा करवा सकता! पर नाटक में शब्द कहीं अधिक होंगे, इसलिए समय भी चाहिए—देखिए, दिमाग़ का रिज़र्व बैंक किस तरह काम करता है। बहरहाल इसका जमा-खाता ठीक है, और काम चालू है...[1]

1. राकेश के नये लिखे जा रहे नाटक 'कौटिल्य' या 'चाणक्य' की चर्चा अनीता राकेश ने अपने संस्मरणों में कई बार की है। परन्तु दुर्भाग्य से राकेश की आकस्मिक मृत्यु के बाद पाई गई सामग्री के बीच इसके शीर्षक तक का कोई पन्ना भी नहीं मिला—सं.

मोहन राकेश का पत्र : ज्ञानपीठ के प्रकाशक स्वामी लक्ष्मीचन्द्र जैन के नाम

नई दिल्ली
19.11.67

प्रिय, भाई जी,

आपके पत्र का उत्तर कुछ देर से दे पा रहा हूँ। इस बीच अनीता को देखने बम्बई चला गया था। वहाँ हमारी बेटी ने जन्म लिया है।

आपने अपने पत्र में अनुबन्ध-पत्र की शर्तों पर विशेष बल दिया है। अनुबन्ध-पत्र (या पत्रों) की प्रतियाँ हस्ताक्षरित होकर मेरे पास वापस नहीं आई थीं। कृपया मेरी वाली प्रतियाँ भिजवा दें।

ख़ेद है कि आपने मेरे पत्र को बिलकुल दूसरे ही अर्थ में लिया है। पर इस पर कुछ कहने से पहले आप द्वारा उठाए गए पॉइंट्स पर अपनी दृष्टि से थोड़ा प्रकाश डालना चाहूँगा।

आपको शायद वह बातचीत याद होगी जो हम दोनों में पिछले वर्ष आपके घर हुई थी। तब तय हुआ था कि ज्ञानपीठ की प्रकाशन-योजना के अनुसार एक-एक पुस्तक के प्रकाशन का समय आने पर आप मुझे सूचना भेजते जाएँगे और मैं महीना-दो महीने के अन्दर उस पुस्तक की पांडुलिपि आपको भेज दूँगा। क्रम होगा—निबन्ध-संग्रह, 'आख़िरी चट्टान तक' नाटक और उपन्यास। परन्तु 'परिवेश' के प्रकाशन के बाद इस मई तक आपकी ओर से दूसरी पुस्तक 'आख़िरी चट्टान तक' के लिए माँग नहीं आई। तब मैंने ही अपनी ओर से आपको उस सम्बन्ध में लिखा था। उन दिनों आए आपके पत्रों में यह स्पष्ट आभास था कि आप 'आख़िरी चट्टान तक' को अब दूसरी की जगह तीसरी पुस्तक के रूप में लेना चाहते हैं। इस पर मैंने उसे अन्यत्र प्रकाशित करा लेने की बात लिखी, तो आपकी ओर से सूचना मिली कि उसका प्रकाशन ज्ञानपीठ ही करेगा। हालाँकि नये रूप में 'आख़िरी चट्टान तक' की पांडुलिपि मेरे पास इस मई-जून से तैयार रखी है, फिर भी मैंने सोचा कि शायद आप यह अधिक पसन्द करेंगे कि मैं उससे पहले आपको एक नई पुस्तक दे दूँ। इसीलिए मैंने 'तीन बीज नाटक' शीर्षक पुस्तक के

प्रकाशन का सुझाव देने की ग़लती की। कहीं मन में यह ख़याल भी था कि इस तरह के प्रयोगात्मक लेखन का प्रकाशन शायद ज्ञानपीठ के उद्देश्यों के अधिक निकट होगा। फिर भी, मैंने यह निर्णय आप पर छोड़ा था कि आप चाहें, तो इसे नाटक के स्थान पर ले लें, और चाहें तो इसके लिए नया अनुबन्ध-पत्र भिजवा दें। आशय था कि नाटक का अनुबन्ध आप ज्यों-का-त्यों रहने देना चाहें, तो इसे मैं एक अतिरिक्त पुस्तक के रूप में आपको दे सकता हूँ। परन्तु बहुत दिनों तक मुझे इसका उत्तर नहीं मिला। उत्तर मिला, व्यक्तिगत रूप से भेंट होने पर 'यांत्रिक' के बाहर। हालाँकि क्रमश: एक-एक पुस्तक को प्रकाशन शिड्यूल में लेकर उसकी पांडुलिपि की माँग आपकी ओर से नहीं भिजवाई गई, फिर भी यह आरोप मेरे ऊपर है कि मैंने 'अनुबन्ध-पत्र के अनुसार, समय पर पांडुलिपियाँ नहीं दीं।'

ख़ैर, 'तीन बीज नाटक' के प्रकाशन की व्यवस्था मैंने कर ली है—राधाकृष्ण प्रकाशन से। यूँ यह व्यवस्था कहीं से भी हो सकती थी। अब इसके बाद यह दूसरा आरोप मुझ पर हो सकता है कि मैं प्राथमिकता दूसरे प्रकाशकों को देता हूँ। मुझे लगता है कि अग्रिम की राशि तथा अनुबन्ध-पत्रों के सम्बन्ध में कुछ भ्रान्तियाँ आपके मन में हैं जिन्हें यहाँ दूर कर लेना चाहिए।

जिन दिनों आपसे इन पुस्तकों की बात तय हुई थी, उन्हीं दिनों मैंने आपको बतलाया था कि दो नाटकों ('पैर तले की ज़मीन' तथा 'आधे-अधूरे') तथा दो उपन्यासों के मेरे अनुबन्ध पहले के हैं। अगले छह-आठ महीनों में इन पुस्तकों के अन्यत्र से प्रकाशित होने पर यह निराधार आरोप फिर मुझ पर न लगे कि 'अनुबन्ध के अनुरूप कोई कृति तैयार होने पर भी उसे ज्ञानपीठ के पास भेजने न भेजने का अधिकार लेखक का है'—इसलिए स्थिति का स्पष्टीकरण बहुत आवश्यक है। एक नाटक या उपन्यास का लिखा जाना ऐसी प्रक्रिया नहीं है जिसे पूरी तरह समय से बाँधा जा सके। मैं अपना पूरा समय लेखन को देता हूँ, फिर भी जब तक किसी रचना से पूरा सन्तोष नहीं होता, तब तक उसे प्रकाशन के लिए धकेल देने में विश्वास नहीं रखता। इसी कारण अपने '63 तथा '64 के अनुबन्ध-पत्रों के अनुसार दी जानेवाली सब रचनाएँ मैं अब तक भी नहीं दे पाया। ज्ञानपीठ से लिये गए 2,500 रुपये में से 'परिवेश' के खाते के 600 रुपये निकाल देने के बाद मेरे ऊपर जो 1900 रुपये शेष हैं, उनका बोझ भी कुछ हद तक 'तीन बीज नाटक' के प्रकाशन का सुझाव देने के मूल में था। मगर एक ग़लत धारणा अपने मन से निकाल दें। अग्रिम राशि केवल ज्ञानपीठ ही नहीं, अन्य सभी प्रकाशन देते हैं। राजपाल, राजकमल तथा राधाकृष्ण—इन तीनों प्रकाशन-गृहों से मैं जब-तब आवश्यकतानुसार दो-दो, तीन-तीन हज़ार रुपये लेता रहा और अब भी लेता रहता हूँ। अनुबन्ध-पत्रों पर अग्रिम के साथ ही हस्ताक्षर हो जाते हैं और पांडुलिपियाँ तैयार होने पर मैं उन्हें देता रहता हूँ। 'हमारा इतना अग्रिम आप पर निकलता है'—ऐसा हवाला देकर आज तक उनमें

से किसी ने मुझसे बात नहीं की। यह और बात है कि वे हर साल बिक्री इतनी कर लेते हैं कि साल के अन्त में हज़ार-बारह सौ से अधिक का अन्तर हिसाब में नहीं रह जाता। इसके अतिरिक्त कोई और चीज़ पहले तैयार हो जाने पर मैंने उनसे उसे छाप लेने को कहा है, तो भी उन्होंने 'अनुबन्ध-पत्र' का हवाला देकर बात नहीं की। यह सवाल पहली बार ज्ञानपीठ के सन्दर्भ में ही उठा है।

मैं सचमुच नहीं सोच पा रहा कि मैं इस सम्बन्ध में क्या निर्णय लूँ। आपको अपना मित्र और हितैषी जैसे मैं पहले समझता था, वैसे ही आज भी समझता हूँ और आगे भी समझता रहूँगा। हम लोगों के व्यक्तिगत सम्बन्ध इस तरह के मतभेदों से कहीं अधिक महत्त्वपूर्ण हैं। अपने आत्मसम्मान, व्यक्तिगत सम्बन्धों और रुपये-पैसे से मैं किसे कितना महत्त्वपूर्ण समझता हूँ, यह सब 'सारिका प्रकरण' से ही स्पष्ट हो जाना चाहिए था। यदि उसके बाद मैंने व्यक्तिगत सम्बन्ध नहीं बिगड़ने दिये, तो आज क्यों बिगड़ने दूँगा? 1900 रुपये की राशि इतनी बड़ी नहीं है कि उसे लेकर सम्बन्धों को कसौटी पर रख दिया जाए—और इस लिहाज़ से तो कोई भी राशि बड़ी नहीं होती। इस समय दो ही विकल्प सामने हैं। या तो 'अनुबन्ध-पत्र' की शर्तों के अनुसार पांडुलिपियाँ भेजकर मुझे इस दायित्व से मुक्त होना चाहिए, या यह राशि लौटाकर। आप इनमें से जो भी बात चाहें, मैं उनके लिए तैयार हूँ। आप पहली बात चाहें तो मुझे तीनों पुस्तकों के सम्बन्ध में अभी से लिख दें कि वे कब तक प्रेस में दी जाएँगी ताकि उनकी पांडुलिपियाँ आपके पास भेजने की निश्चित तिथियाँ मैं आपको लिख सकूँ। मैं यह पसन्द नहीं करूँगा कि आपके कार्यालय से छह-छह महीने पत्र न आने पर भी यह तोहमत मेरे ऊपर रहे, मैं पांडुलिपियाँ नहीं भेजता। और अगर आप दूसरी बात ज़्यादा पसन्द करें, तो 1900 रुपया मैं या तो जनवरी और अक्टूबर के बीच दस क़िस्तों में आपको लौटा सकता हूँ, या अगस्त-सितम्बर में एकमुश्त अदा कर सकता हूँ। आपको इनमें जो भी बात ठीक लगे, वह मुझे स्वीकार होगी। हाँ, एक अनुरोध अवश्य करना चाहूँगा। आगे से कृपया 'अग्रिम की राशि' और 'अनुबन्ध-पत्र की शर्तों' का हवाला देकर न लिखें। ऐसी बात तो 'व्यावसायिक' प्रकाशक भी नहीं करते—फिर ज्ञानपीठ का तो अपना एक स्थान और स्तर है।

आशा है, प्रसन्न हैं। कुन्था जी से नमस्कार कहें।

सस्नेह

मोहन राकेश

मोहन राकेश के चार पत्र : सत्येन्द्र शरत् के नाम

[1]

मैट्रो, डलहौज़ी
2.8.57

प्यारे शरत्,

बहुत दिनों से चाहकर भी पत्र नहीं लिख सका। कई छोटे-मोटे कारण रहे। बड़ा कारण तुम जानते ही हो। इस सप्ताह के अन्दर-अन्दर मैं अदालत में मुक़दमा दायर करूँगा। कह नहीं सकता कि कितने दिनों में छुट्टी हो।

तुम बम्बई चले गए, इसका मुझे दुख भी हुआ और ख़ुशी भी। दुख इसलिए कि अब दिल्ली जाने का कोई तुक नहीं रहा। सेंटीमेंटल होने की बात नहीं, पर अब मोटरों, सड़कों और होटलों का तो कोई आकर्षण नहीं रहा। ज़्यादातर ज़रूरियात अन्दरूनी हैं। ख़ैर, किसी दिन बम्बई आऊँगा तुमसे मिलने—छह महीने, साल-दो साल में किसी दिन।

फ़िलहाल डलहौज़ी में हूँ। आबोहवा अच्छी है। तन्दुरुस्ती पहले की तरह बहाल है। दोपहर-शाम ख़ूब क़हक़हे लगाता हूँ। सुबह और रात उदासी में गुज़रती है। आसपास सौ तरह के चेहरे नज़र आते हैं। कभी सब अपने बहुत नज़दीक लगते हैं—कभी बहुत दूर हो जाते हैं। कभी अपना आप बहुत बड़े क्राउड का हिस्सा प्रतीत होता है—कभी बहुत अकेला पड़ जाता हूँ। यूँ जिस कमरे में रहता हूँ, वह बहुत खुला है—चारपाई खतेइम्तवा के पास पड़ी है तो मेज़ खतेजद्दी के पास। चाय पीने और चिट्ठियाँ लिखने के लिए निहायत मौज़ूँ जगह है...मगर अपने अभावों का अहसास भी बुरी तरह होता है। कभी कोई मिलने के लिए चला आता है तो कमरा बहुत भरा-भरा लगने लगता है।

तुम कैसे हो? क्या-क्या कर रहे हो? अच्छा, प्यार लो।

सस्नेह
राकेश

[2]

जालंधर
2.12.57

प्यारे शरत्,

पत्र मिला। मेरा इरादा 13 को मुरादाबाद के लिए चलकर वहाँ से 15 को सुबह इलाहाबाद पहुँचने का था। अब मैं यहाँ से 12 की दोपहर को फ़्लाइंग मेल से चलूँगा, जो रात को लगभग नौ बजे दिल्ली (या नई दिल्ली) पहुँचती है। चौबीस घंटे तुम्हारे साथ रहकर, फिर आगे जाऊँगा। मुझे स्टेशन पर मिलोगे? नहीं तो शायद घर ढूँढ़ने में भटक जाऊँ।

राजेन्द्र यादव ने लिखा था कि शायद वह बम्बई आए। वहाँ मिला तो नहीं?

तुम्हारे हालचाल जानने को बहुत उत्सुक हूँ। ये सब उद्विग्नताएँ छाँट देनी होंगी भाई! नहीं तो काम कैसे चलेगा?

मैं कैसा हूँ, यह अभी तक ठीक से नहीं जानता। वह मानसिक विकलता तो नहीं है, पर थकान का अनुभव ज़रूर होता है। कभी-कभी प्रतीत होता है कि बहुत कुछ कर पाऊँगा—बस, चलने भर की देर है। कभी-कभी अपना-आप बहुत खोखला और ख़ाली महसूस होता है। फिर भी भागने का मन नहीं होता। जैसा जो बन पड़ता है, किये जाओ, और यह याद न रखो कि क्या कर सकते थे, और नहीं किया—कुछ ऐसी दृष्टि बनती जा रही है। रुककर व्यर्थ हो जाना नहीं चाहता। अभावों की विडम्बना में खो जाना भी नहीं चाहता। ज़िन्दगी के अन्तिम दिन तक जीना चाहता हूँ और विश्वास के साथ...।

बैठकर बहुत बातें होंगी। इस बीच यह नहीं कि नश्तर चुभने बन्द हो गए हों।

स्नेह के साथ
राकेश

[3]

'सारिका' कार्यालय
29.8.62

प्रिय शरत्

पत्र मिला। तुम्हें मेरे कारण जो दुख पहुँचा है, उसके लिए मैं हाथ जोड़कर तुमसे क्षमाप्रार्थी हूँ। कहानी को बिगाड़ने का काम मैंने ही किया है—इसके लिए हर सज़ा का अधिकारी मैं ही हूँ। इस सम्बन्ध में केवल इतना ही कहना चाहता

हूँ कि जो अनधिकार चेष्टा हुई है, वह मैंने सम्पादक के नाते नहीं की। उस रूप में किसी कहानी को छेड़ना मैं अपना अधिकार नहीं समझता और उन सब बातों का क़ायल हूँ, जो तुमने लिखी हैं। ग़लती इतनी हुई कि मित्र के रूप में मैं अपना अधिकार ज़रूरत से ज़्यादा समझ गया। जिस तरह अपनी कहानी को मर्सीलेसली काटता हूँ, उसी तरह तुम्हारी को भी काट गया। इसमें तुम कोई और कारण समझते हो, तो मैं सफ़ाई देकर भी तुम्हें कैसे कन्विंस करूँ? तुम मेरे इतने अपने हो कि मैं 'फ़र्क़' की बात सोच ही नहीं सका। बहरहाल, फुलिशली जो कुछ मेरे हाथों से हुआ है, उससे आइंदा के लिए दिल में मलाल नहीं रखोगे। ऐसी आशा करता हूँ कि मित्र के रूप में समझो या बड़े भाई के रूप में—मेरे इस असभ्य अपराध को क्षमा कर दोगे। रिश्ता तुम लेखक-सम्पादक का मानोगे, यह बात मैंने सपने में भी नहीं सोची थी।

तुम्हारा अपराधी भाई
राकेश

[4]

न्यू राजेन्द्र नगर,
नई दिल्ली-60,
सितम्बर 27, 1972

प्रिय शरत्

तुम्हारा पत्र मिलने के एक महीने बाद उत्तर दे रहा हूँ। कारण सिवाय अपनी मन:स्थिति के कुछ भी नहीं। बहुत कम लोग जानते हैं, माँ का जाना मेरे लिए क्या माने रखता है। मगर शब्दों में बात कहना उन्हें और अपने को ओछा करना है।

मुद्दत के बाद उस दिन 'आधे-अधूरे' के प्रदर्शन में उषा[1] से भेंट हुई। बहुत अच्छा लगा, मगर दुख भी हुआ कि क्यों हम लोग इतना कट गए हैं कि एक शहर में रहकर भी एक-दूसरे से नहीं मिल पाते। तुम आओ, तो यह ज़िम्मेदारी अब तुम्हारे ऊपर है। मेरे यहाँ हो या तुम्हारे यहाँ, हम सबको एक बार इकट्ठे होना ही चाहिए और क्या लिखूँ! मेरा बम्बई आना हुआ तो तुम्हें पता दूँगा। कोशिश में हूँ कि कल-परसों से अपना काम शुरू कर सकूँ।

सस्नेह
राकेश

---

1. सत्येन्द्र शरत् की पत्नी

कमलेश्वर के दो पत्र

[1]

बतौर सम्पादक, सारिका

नई दिल्ली
6.10.67

प्रिय राकेश,

तुम्हारे दोनों ख़त मिले। पारिश्रमिक के सम्बन्ध में अभी कुछ होता नहीं दिखाई देता। 'सारिका' में बराबर तुम्हारा पेमेंट इसीलिए पेंडिंग रख रहा था कि बात तय हो जाए तो पेमेंट भिजवाऊँ—पर बात बनी नहीं। राय साहब भी अजीब घपले में हैं। वे आजकल कोई भी निर्णय लेते कतराते हैं—सारी चीज़ें इस बुरी तरह लटक और खिंच जाती हैं कि चिढ़ होने लगती है। असल में यहाँ कोई भी सुरक्षित (हायर अप्स) महसूस नहीं कर रहा है। एक ज़ोर और मारा है, अगर इस धक्के में भी कुछ न हुआ तो प्यारे, तुम्हें अभी वही पुराना रेट स्वीकारना ज़रूरी हो जाएगा। क्या किया जाए?

चौधरी का ख़त आया था। सब हाल मालूम हुए थे। देखो, क्या होता है!

अनीता से तुम्हारे कारनामों (बकौल अश्क) का पता चला था। मुझे यहाँ यह भी पता चला है कि 'कल्पना' (सितम्बर) में सुरेन्द्र चतुर्वेदी के नाम से श्री उपेन्द्रनाथ अश्क ने ख़त लिखा है (तुमने पढ़ ही लिया होगा)। चूँकि वह ख़त उन्होंने लिखा है और वे अपने पक्ष-विपक्ष में लिखनेवालों को मेहनताना देते हैं, अत: मैंने बतौर मेहनताना अश्क को 5/- रुपये का मनीऑर्डर भिजवा दिया है ताकि उन्हें यह न लगे कि दूसरे लोग उन्हें मेहनताना नहीं देते।

तबीयत, यार, अब भी ठीक नहीं है। पर अब इस प्रकरण से ऊब होती है। अत: यह प्रकरण बन्द।

'नई कहानियाँ' अमृतराय ने ख़रीद ली है, यह सूचना कहाँ तक सच है? मनोहर श्याम जोशी 'सा. हिन्दुस्तान' कब ज्वाइन कर रहा है?

तुम्हारे आने का इन्तज़ार है। चौधरी और ओम जी को भी साथ लेते आओ तो मज़ा रहेगा।

और हाल लिखना।

नेमि जी की सलाह ठीक नहीं है—जो सलाह उन्होंने दी है, वह कवियों को ज़्यादा मुआफ़िक़ आती है। तुम्हारे मुआफ़िक़ ग़ुस्सा आता है। तो प्यारे?

तुम्हारा
कमलेश्वर

राकेश का उत्तर

डियर,

तुम्हारे पत्र की अन्तिम पंक्ति है—'तुम्हारे मुआफ़िक़ ग़ुस्सा आता है।' मगर ग़ुस्से के बाद समझौता तो नहीं? इन दिनों सब पत्र-पत्रिकाओं, प्रकाशन तथा रंग संस्थाओं, विश्वविद्यालयों पर एक साथ ग़ुस्सा आ रहा है। आज तक समझते रहे हैं कि लेखक के शुल्क और रॉयल्टीज़ इनके निर्णय पर हैं। ऐसी की तैसी इनकी! हम लिखना छोड़ देंगे, लेकिन निर्णय इनका रहे, यह स्थिति स्वीकार नहीं करेंगे?

...स्थितियों की उलझनें तो प्यारे, सब जगह हैं और बनी रहेंगी। कम्पनी के लोग सुरक्षित महसूस न करते हों, या निर्णय लेने की स्थिति में न हों—मगर तुम्हारा दोस्त बहुत सुरक्षित है और अपनी ओर से निर्णय ले सकने की स्थिति में भी है। अभी पुराना रेट स्वीकारना ज़रूरी हो जाएगा—इस बात को मानने को वह बिलकुल तैयार नहीं। इसका यह मतलब नहीं कि तुम्हारे या भारती के लिए लिखने में कोई बाधा पड़ेगी। लेकिन वह लिखना तुम दोनों के लिए होगा—बिना पारिश्रमिक। जहाँ तक कम्पनी का सवाल है, उसके निर्णय अनिर्णय से बँधकर पारिश्रमिक स्वीकार करना—हरगिज़ नहीं। यह निर्णय उभयपक्षीय है, एकपक्षीय नहीं। यदि आज तक लेखकों ने अपने अधिकारों के लिए एसर्ट नहीं किया, तो हम क्यों अपनी ज़िन्दगी बिना एसर्ट किये निकल जानें दें? जो चेक एक बार लौटा दिया है, वह अब वापस आकर मेरे हिसाब में तो जमा होगा नहीं—और चाहे जो हो। तुमने अच्छा किया है जो पेमेंट रोके रखा है। वह दस साल और रुका रहे, मुजायका नहीं। बेनेट कोलमैन एंड कम्पनी फ़िलहाल या तो मेरी हर प्रकाशित रचना पर कम-से-कम 250 रुपया पारिश्रमिक देगी, या कुछ भी

नहीं। इस स्थिति में किसी तरह की रद्दोबदल स्वीकार करने को कहकर मुझे बदलने के लिए मजबूर करोगे? तब फिर कैसे कह सकोगे, 'तुम्हारे मुआफ़िक़ ग़ुस्सा आता है?'

प्यार के साथ तुम्हारा,
राकेश

पी.एस. मिस्टर राय को भी पत्र लिखना चाहता हूँ। धुआँधार।

[2]

सारिका
24.3.71

देख प्यारे,

मैं बाज़ी जीत गया। तेरी यह अदा पहचानी हुई है। और इसी के सहारे बाज़ी लगा दी थी कि शुरू में आठ पन्नों से ज़्यादा नहीं आ सकते। तूने मेरी लाज रख ली, नहीं तो मैं ग़लत साबित हो जाता। इसको कहते हैं साली दोस्ती! और दोस्त की नब्ज़ पहचानना।

दूसरी क़िस्त की भी बाज़ी लगी हुई है—देखें, तू मेरी नब्ज़ कितनी पहचानता है! और इस वक़्त क्या लिखूँ? पहले कहानी पूरी हो जाए, फिर और बातें करेंगे। पुरवा को प्यार। भाई करतार सिंह[1] को सतसिरी अकाल। अनीता को नमस्कार। अम्मा वहीं होंगी, उन्हें प्रणाम।

तेरा
कमलेश्वर

1. व्यक्तिगत चर्चा और मज़ाक़ में कमलेश्वर प्राय: प्यार से शैली को इसी नाम से सम्बोधित करते थे। —सं.

उपेन्द्रनाथ अश्क का आरोप-पत्र

इलाहाबाद
28.11.66

प्रिय राकेश,

तुम्हारा 23.11.66 का पत्र मिला। तुम्हारा नाटक 'नटरंग' के सातवें अंक में छपे अथवा आठवें में, मुझे इसका कोई रंज नहीं। चूँकि यहाँ किसी ने कमलेश्वर के हवाले से बात की थी, मैं स्थिति जानना चाहता था, इसलिए मैंने तुम्हें लिखा था कि तुम अपना नाटक मत दो। तुम्हारे उत्तर से मैं स्थिति जान गया और मुझे कुछ अपेक्षित नहीं। यों तुम्हारी जगह मैं होता तो सारी स्थिति की डेलीकेसी को समझते हुए जल्दी न करता।

सातवें या आठवें में ही नहीं, 'नटरंग' के हर अंक में यदि तुम्हारा एक नया नाटक छपे तो मुझे ख़ुशी ही होगी। हो सकता है, तुम्हारे नाटक से प्रेरणा पाकर मैं भी दो-एक अच्छे नाटक लिख ले जाऊँ! नाटक के क्षेत्र में एकदम सन्नाटा है और अच्छे नाटकों की बड़ी ज़रूरत है और दस-पन्द्रह वर्षों बाद नाटक का दौर पूरी तरह आएगा। नीलाभ, दूधनाथ और ज्ञानरंजन तक नाटक लिखने की सोचते हैं (प्रकट है कि मुझसे और तुमसे भिन्न नाटक लिखेंगे)। सो नये नाटकों से मुझे प्रेरणा ही मिलेगी।

मेरे और नेमि के बीच क्या बात है, मैं नहीं जानता। उन्होंने नाटक लिखने के लिए कहा, मैंने लिख दिया। वहाँ तुम्हारे सामने उन्होंने यही कहा था कि उसी रूप में भी वे नाटक छापने को तैयार हैं। वह नहीं छापना चाहते तो सम्पादक के नाते उनका यह अधिकार है। सिर्फ़ इतना उन्हें चाहिए था कि नाटक मिलते ही कह देते। वह सब नाटक करने की क्या ज़रूरत थी? बाक़ी मेरी व्यक्तिगत राय को नाटक छापकर या न छापकर बदलना उनके वश में नहीं! यदि यह निर्णय मेरे दिल्ली से आने के बाद उन्होंने मेरे पत्रों में—'धर्मयुग' के अपने लेख या 'नटरंग' के अग्रलेख के बारे में मेरी राय को जानने के बाद लिया है तो अपने छोटेपन ही का सबूत दिया है। 'नटरंग' में किंचित् पब्लिसिटी का स्वार्थ मेरी राय नहीं बदल सकता। मैं वैसा कमज़ोर हूँ भी नहीं और न वैसा अवसरवादी हूँ।

पहले ये लोग लाल (लक्ष्मीनारायण) को लेकर मेरा अपमान करने का प्रयास करते थे, पर वह मोहरा कमज़ोर था। अब तुमने इस काम के लिए अपने-आपको पेश कर दिया है। मेरा कुछ बिगाड़ सकना उनके वश में नहीं है। लेकिन जैसे इतने दूसरों ने प्रायः कोशिश की है, वे भी कर देखें।

तुम्हारी-उनकी मैत्री और तुम्हारी स्थिति को या दूसरे स्वार्थों या तुम्हारे भविष्य की बात को मैं न समझता होऊँ, ऐसी बात नहीं है। मैं सब समझता हूँ, लेकिन थोड़ी डेलीकेसी बरती जा सकती थी (यदि उस मीटिंग में तुम नहीं होते तो मुझे तुम्हें पत्र लिखने की ज़रूरत न पड़ती और न कोई डेलीकेसी की बात ही उठती)। तुम उसे नहीं बरतना चाहते तो मैं तुम्हें मजबूर नहीं कर सकता। मैं नहीं मानता कि इन छोटे-छोटे स्वार्थों की पूर्ति से या इनके लिए मित्रों की पीठ में छुरा भोंकने से ही आदमी महान बन सकता है; कुछ आर्थिक या सामाजिक लाभ तो उसे हो सकता है, लेकिन ऐसे कोई बड़ा लेखक बन जाए, मुझे सन्देह है। आदमी महान होता है अपने व्यक्तित्व और कृतित्व के ठोसपन से।

बहरहाल, यह तुम्हारा अपना मामला है। तुम अब प्रौढ़ हो गए हो, मैं तुम्हें क्या बता सकता हूँ।

अपनी लड़ाइयाँ मैं लड़ लूँगा, मुसीबत यही है कि तुम्हें आगे करके मुझसे लड़ना चाहते हैं। और तुम्हारे पत्रों से लगा है कि तुम्हें इसमें कोई आपत्ति नहीं और तुम इस 'सुनहरे अवसर' का भरसक लाभ उठा लेना चाहते हो। यों इसमें भी कोई बुराई नहीं, यदि तुम इस स्थिति का लाभ उठाकर बढ़िया नाटक लिख ले जाओ और दो-एक नाटक स्टेज कराकर या कुछ नाम पाकर या विदेश जाकर या किसी निर्जीव सरकारी संस्था के मेंबर होकर सन्तुष्ट न हो जाओ।

सब कुछ करो पर इतने सादा न बनो। मेरा तुमसे और तुम्हारा मुझसे कुछ छिपा नहीं है।

अनीता को स्नेह, माताजी को प्रणाम!

सस्नेह
उपेन्द्रनाथ अश्क

पुनश्च :
इस पत्र का उत्तर नहीं देना। बेकार में मन ख़राब होता है। मैं दिल्ली आऊँगा तो बात करेंगे। नाटक छप गया है। काफ़ी परिवर्तन किये हैं। पहले से यक़ीनन बेहतर हो गया है। जनवरी में आउट होगा तो भेजूँगा। भूमिका लिखना शेष है।

अश्क

मोहन राकेश का उत्तर : उपेन्द्रनाथ अश्क के नाम

9.3.61

अश्क भैया,

दोनों पत्र आज दो अलग-अलग डाकों से मिले। इन सब बातों को लेकर कई दिनों से ऐसी विकट मानसिक स्थिति में हूँ कि समझ नहीं आता कि क्या लिखूँ। पुष्पा को मैंने रोका था, फिर भी उसने वह बात लिख दी थी। शायद यह अच्छा ही हुआ कि बात मन में नहीं रही। मगर अब तो मुझे लगने लगा है कि बात अच्छी हो या बुरी, वह मन में ही रखी जाए तो बेहतर है क्योंकि कौन कब उसे क्या रूप दे देगा, यह कह सकना असम्भव है।

आपने पहले पत्र में लिखा है कि बात मिलकर कर लेंगे तो शायद स्थिति स्पष्ट हो जाए। मैं भी यही समझता हूँ। मगर पिछली बार मैंने जानबूझकर बात नहीं की। मेरी स्थिति आपसे भिन्न इस रूप में है कि मैं आपको बड़ों की जगह मानता हूँ। इसलिए आपकी ग़लत बात को भी चुपचाप सह जाना ही फ़र्ज़ समझता हूँ। भाभी के सेंटीमेंट्स' को भी मैं hurt करना नहीं चाहता। इसलिए सोचा था कि चुप ही रहूँ तो ठीक है। जो स्नेह देते हैं, उनकी दी हुई खरोंच भी कभी बर्दाश्त कर लेनी चाहिए।

आपकी डॉ. मदान (इन्द्रनाथ) से क्या बातें हुईं, यह मैं नहीं जानता। वे इस बीच यहाँ आए नहीं, न ही मैं जालंधर गया हूँ। उन्होंने अपने एक पत्र में सिर्फ़ भैरव जी वाले प्रकरण का ज़िक्र किया था। जालंधर से कुछ दूसरे लोग आए थे—वहाँ की अख़बारी दुनिया के लोग—जिन्होंने आपके नाम से कई तरह की बातें बतलाई थीं। उन्हीं बातों की पुनरावृत्ति इन्हीं दिनों लखनऊ-इलाहाबाद से आए कुछ मित्रों ने भी की। एक मित्र ने यह भी कहा था कि मैंने सब बातें सुनकर अश्क जी से कहा कि अश्क जी, आपकी तरफ़ से इतने बिटर दरअसल किसी और वजह से ही नहीं है? और उसी बिटरनेस को इस तरह नहीं निकाल रहे हैं? इस पर अश्क जी कुछ चुप हो गए। फिर बोले, 'हाँ, हो भी सकता है' और कुछ देर इधर-उधर की बात करके उठकर चले गए।

बातें लोग सौ तरह की करते हैं मगर दुख नहीं होता। उनसे हमें किसी तरह की 'उम्मीद' भी नहीं होती। परन्तु जिन्हें हम अपने आत्मीय मानते हैं, वे इस तरह की बात करें तो ज़रूर दुख होता है। कम-से-कम मुझे तो होता है। हो सकता है, यह मेरे स्वभाव की दुर्बलता है और मैं अभी उतना पका नहीं जितना आदमी को इस उम्र तक पक जाना चाहिए।

पुष्पा ने जो कुछ लिखा था, वह हाल ही में इलाहाबाद से आए एक मित्र से सुनकर लिखा था। अपने किसी भी दुख या शिकायत के कारण वे बातें की हों, उनसे मुझसे कहीं ज़्यादा चोट पुष्पा के प्रेस्टिज को ही पहुँचती है। मगर अब तो ख़ैर, बात फैल ही गई। वह बेचारी ज़िन्दगी-भर मेरे लिए रात-दिन एक करे या मैं उसके लिए कुछ भी करूँ...हमारे मित्रों के दिल में एक धारणा बनी रहेगी—और यह इसी वजह से तो कि छोटे भाई के रूप में मैंने बड़े भाई से परामर्श माँगा था। पुष्पा बहुत सीधी लड़की है मगर वह जिन संस्कारों में पलकर आई थी, वे बिलकुल और तरह के थे। उसने इन छह-आठ महीनों में अपने को कितना बदला है, यह वह जानती है या मैं जानता हूँ। मेरे काम के इन चार महीनों में वह किस तरह मेरे साथ रात-रात-भर जागी है—इसलिए कि मुझे ज़रूरत पड़ने पर चाय-कॉफ़ी बनाकर देती रहे—यह भी हमीं दोनों जानते हैं। मगर इस सबसे क्या है? स्थिति तो यही है कि हमारे मित्र आकर बहुत आत्मीय भाव से पूछते हैं, 'पुष्पा जी, आपकी अम्मा से पटती क्यों नहीं है?' इन कुछ महीनों में घर में जो आपसी प्यार का वातावरण मैंने कड़ी मेहनत से पैदा किया है, उसे इससे बल मिलता है क्या, मैं नहीं जानता। मित्र जो कुछ कहते हैं, सद्भाव से ही कहते होंगे।

मेरे मित्र ने आपकी बिटरनेस की जिस 'और' वजह का उल्लेख किया था, वह इतनी निराधार है कि उसके सम्बन्ध में कुछ भी कहना व्यर्थ है। मगर आप मेरे दिल से पूछें तो मैं उस मामले में इसलिए चुप रहना चाहता था कि भाभी के दिल को उससे चोट न पहुँचे। मेरी आत्मीयता उनसे भी उतनी ही है जितनी आपसे और मैं उनके क्लेश का कारण नहीं बनना चाहता था। इस मामले में भी मेरे मित्रों ने बताया कि अश्क जी मेरे कुछ 'मोटिव्ज़' समझते हैं। ग़लत बात को ग़लत कहने के सिवा और कोई सफ़ाई देना तो व्यर्थ ही है। ज़िन्दगी में स्वतः ही ऐसे अवसर आ जाते हैं जब हमारी सचाई की परीक्षा हो जाती है। आपको ऐसी बात कभी दूर से भी नहीं सोचनी चाहिए थी कि मैं कुछ करूँगा जिससे आपको क्षति पहुँचे। और यह बात आपके सम्बन्ध में ही नहीं, मैं भैरव जी के सम्बन्ध में भी कह सकता हूँ। मैं भी दिल में भैरव जी का हितचिन्तक ही हूँ और ऐसा छोटा विचार कभी दूर-दूर तक मेरे मन में नहीं आया कि उन्हें किसी तरह की क्षति पहुँचे। मगर क्योंकि एक ऐसी स्थिति उठ खड़ी हुई थी जिसमें मुझे अपने स्वाभिमान पर हुई चोट बर्दाश्त नहीं थी, इसलिए आपने भैरव जी का पक्ष लेकर

उनकी वकालत करते हुए इस बात को नज़रअन्दाज़ कर दिया कि हम लोगों के सम्बन्ध केवल औपचारिक साहित्यिक सम्बन्ध नहीं हैं। मेरी एक कमज़ोरी यह भी है कि आपके साथ अपने सम्बन्ध को मैंने कभी इस रूप में नहीं देखा। कई लोग हैं जो एक वक़्त पर आपका अहित और दूसरे वक़्त पर अपनी 'स्ट्रेटेजी' की दृष्टि से मुझसे कहीं अधिक आपका हित कर सकते हैं। मगर मेरे आपके साथ सम्बन्ध में कहीं स्ट्रेटेजी नहीं है। इसलिए मैं एक छोटा भाई, एक मित्र ही हूँ और इस रूप में आपके साथ कई जगह असहमत भी हो सकता हूँ। दूसरे लोग हैं जो वक़्त की ज़रूरत रखकर किसी के Stooge (पिट्ठू, कठपुतली—सं.) बन जाते हैं और दूसरे वक़्त पर पीठ में ख़ंजर भोंकने को तैयार हो जाते हैं। जब वे Stooge बनकर 'हित' करते हैं, तो अच्छा भी लगता है। मगर यह रोल आपकी ज़िन्दगी में दूसरे लोग ही प्ले कर सकते हैं, मैं नहीं। आप अपने दिल में ऐसे लोगों की कितनी क़द्र करते हैं, मैं जानता हूँ।

आपके व्यक्तिगत जीवन की जिन बातों का मुझे पता है और जिनको बाहर कहने में आपका या आपके आसपास के लोगों का अहित हो सकता है, या उनका प्रेस्टिज़ उनसे hurt हो सकता है, ऐसी बातें मैंने कभी बाहर किसी से नहीं कहीं—बावजूद इसके कि खुली तबीयत मेरी भी है और दोस्तों में बैठकर गप करने का शौक़ मुझे भी है। यह भी विश्वास दिला दूँ कि मैं आइंदा भी वे बातें बाहर नहीं करूँगा। जिस तरह का दुख इस समय मेरे दिल में है, उस तरह का दुख मैं आपको क्यों पहुँचाना चाहूँगा? यह भी सूचना किसी ने आपको बहुत ग़लत दी है कि मैं आपके पत्र लोगों को दिखाता हूँ। आप मज़ा लेते-लेते लोगों को मज़ा देने भी लगें, यह आश्चर्य की बात है। हाँ, अगर कुछ बातें किसी स्थिति को साफ़ करती हैं तो उन्हें बता देने में कोई हर्ज नहीं समझता। आपके आज के पत्र में से दिनेश वाली बात—मात्र उतनी ही—मैं ओंप्रकाश को ज़रूर बताऊँगा। आपका नाम लेकर वह यहाँ इतनी बातें कह गया है कि स्वयं मेरे दिल को अपने साथ-साथ आपकी वजह से भी दुख होता है।

आपको क्षमा की बात नहीं लिखनी चाहिए थी। आप बड़े हैं और बड़ों को ऐसी बात लिखना अच्छा नहीं लगता। जो कुछ हुआ है, उस सबके बावजूद मेरे दिल में कोई ग़लतफ़हमी नहीं है। मेरी अपनी रीडिंग यही है कि आप सही या ग़लत एक मित्र की वकालत करना चाहते थे और उसमें मेरे ख़िलाफ़ जितने प्रमाण उपयोग में लाए जा सकते थे, उन सबको उस आवेश में उपयोग में ले आए थे। ग़ुस्से में और वकालत में इस तरह की स्थिति पैदा हो ही जाती है। मुझे दुख है, क्षोभ है, गिला है, लेकिन ग़लतफ़हमी नहीं है। मैं जानता हूँ कि आप मन से मेरा अहित नहीं चाहते थे। हाँ, अहित चाहनेवालों को इससे मसाला ज़रूर मिल गया।

अब उपन्यास की बात। मैं उसके सम्बन्ध में कोई राय कैसे बना सकता हूँ? आज से चार महीने बाद पढ़ूँगा तो ठीक से अपनी राय बना सकूँगा। अभी तो लिखा-ही-लिखा है। मगर जहाँ तक मेरे सन्तोष-असन्तोष का प्रश्न है, मैं इतना ज़रूर कहना चाहूँगा कि यह उपन्यास उसी आदमी ने लिखा और छपने के लिए दिया है जिसने अपनी सारी आर्थिक और दूसरी कठिनाइयों के बावजूद, असन्तुष्ट होने पर एक उपन्यास दो साल तक छपने नहीं दिया।

हो सकता है कि कुछ बातें परेशानी में लिख गया हूँ। पत्र को पढ़ना भी नहीं चाहता कि यह न लगे, इसमें कुछ ऐसा लिखा गया है जिसे बदल देना चाहिए। वह भी तो एक तरह की स्ट्रेटेजी होगी। मैंने जो कुछ लिखा है, महसूस करके लिखा है—ठीक, ग़लत, या जैसा भी। मैं कुढ़कर रहनेवाला व्यक्ति नहीं हूँ, मगर अपने 'आत्मीय जन' का मज़ा लेना मुझे अभी नहीं आया।

कोई ऐसी बात हो जो बुरी लग जाए, तो बुरा मानने की बजाय, मुझे लिख दें। भाभी को आदर तथा स्नेह तथा और सबको स्नेह दें।

सस्नेह
राकेश

पुनश्च :

दिनेश ही यहाँ यह भी कह गया था कि इलाहाबाद में लोग (मतलब मेरे मित्र लोग) दाँत तेज़ किये बैठे हैं कि कब यह उपन्यास आए और वे इस पर अपने दाँतों की तेज़ी निकालें। एक्सप्रेशन दिनेश का ही है। इसलिए इसका ठीक अर्थ भी वही बतला सकता है।

राकेश

मोहन राकेश का पत्र : कौशल्या अश्क के नाम

मोहन राकेश
15.3.61

भाभी,

एक पत्र पहले भी लिख चुका हूँ। उत्तर नहीं मिला।

कल शाम को घर लौटने पर अश्क जी का पत्र मिला था। पत्र आपने पढ़ा ही होगा। वे नहीं चाहते कि मैं उन्हें पत्र लिखूँ। अगर पत्र लिखकर मैं उनके कष्ट का ही कारण बनता हूँ, तो ऐसा करने से बचने की चेष्टा करूँगा। उनके पत्र में एक निहित संकेत और भी था। मैं तो इलाहाबाद आता ही बहुत कम हूँ। अगर कभी आना ही पड़े, तो इसका भी प्रयत्न करूँगा कि मुझे निकट से देखने के कारण उन्हें कष्ट न हो। जहाँ तक फीलिंग्स का सवाल है, वे इनसान की अपनी होती हैं। कोई आत्मीय मेरी फीलिंग्स को नहीं समझता या ग़लत समझता है, तो उसके लिए क्या किया जा सकता है? मैंने अश्क जी के पत्र में भी लिखा था कि इस बात का निर्णय वक़्त अपने-आप कर देता है। बाक़ी आपका स्नेह-सद्भाव पहले की तरह बना रहे, आप इसी तरह मेरे यहाँ आती रहें, इसकी आशा भी करूँगा और कामना भी।

आपको भी दुख नहीं पहुँचाना चाहता, मगर एक छोटा-सा अनुरोध कर रहा हूँ। आपको दुख हो, तो मुझे क्षमा कर दें, मगर इसे स्वीकार ज़रूर कर लें। अश्क जी जिस तरह अपने को सम्बन्ध-मुक्त कर सकते हैं, मैं नहीं कर सकता—मगर इस तरह की बात बता दिये जाने पर आदमी रुपये-पैसे की नज़र से क़र्ज़दार बने रहने की स्थिति में नहीं रहता। (दूसरे क़र्ज़ तो ज़िन्दगी में चुकाए ही कैसे कब जा सकते हैं?) रुपये-पैसे का क़र्ज़ स्नेह में बहुत हल्का लगता है, मगर वैसे वह बहुत भारी हो उठता है। इन दिनों मुझे कोई भी ऐसा व्यक्ति उधर आनेवाला मिला जिस पर निर्भर करके उसके हाथ चीज़ भेजी जा सके तो मैं गहने का सैट उसके हाथ भेजूँगा। मैं उसे यहीं डिस्पोज़-ऑफ़ कर देता, मगर पिछले दिनों कुछ और चीज़ें यहाँ बाज़ार में जाकर दी थीं तो उनकी

दो-तिहाई क़ीमत भी पल्ले नहीं पड़ी। अश्क जी को पाँच सौ रुपये का चेक भेज सकता तो मुझे ज़्यादा अच्छा लगता। मगर दुर्भाग्यवश ऐसी स्थिति में नहीं हूँ—शायद एक अर्से तक नहीं हो सकूँगा। सैट में सोने की ठीक क़ीमत वहाँ से मिल जाएगी, इस लोभ के लिए ही इसे वहाँ भेजने की बात सोच रहा हूँ। बुरा न मानें, मेरे मन में कोई और भाव नहीं है। अश्क जी ने मुझे इस स्थिति में रहने ही नहीं दिया कि मैं उनका यह क़र्ज़ सिर पर लिये रहूँ। (क़र्ज़ उन्हीं का था। 'जब तुम्हारे पास हों, तुम मुझे लौटा देना,' उन्होंने ही कहा था। इसलिए इसका सम्बन्ध आप अपने साथ न जोड़ें।) पाँच सौ देकर जो बाक़ी रहेगा, उसमें कोई चीज़ पुष्पा को यहीं से ख़रीद दूँगा।

मैं यह बात पुष्पा की सहमति से ही लिख रहा हूँ। दूसरी तरफ़ वह अपनी तरफ़ से भी लिख रही है।

सस्नेह
राकेश

अश्क का राकेश के नाम संस्मरणात्मक विशेष पत्र (समूह)

'यह पत्र लिखने तक नाटक खेला जा चुका होगा। लगता है, तुमने यह नाटक ओम शिवपुरी को अपना कौशल दिखाने का अवसर देने के लिए लिखा है। जब तुम नाटक लिख रहे थे, तब भी मुझे अहसास था कि तुम ऐसा कर रहे हो। नाटक हमेशा अन्त:प्रेरणा से लिखा जाना चाहिए, किसी फ़ैशन अथवा अभिनेता की सुविधा के लिए नहीं और न इसलिए प्रयोग करने चाहिए कि प्रयोग का जमाना है और प्रयोगशील नाटक ही खेला जाएगा...। नाटक की थीम के लिहाज़ से चारों पुरुषों की भूमिका एक पात्र करे या चार अलग-अलग अभिनेता—कोई विशेष अन्तर नहीं पड़ता। चारों पुरुष अधूरे हैं अथवा उनमें एक ही पुरुष है, यह बात अलग-अलग भूमिकाओं के माध्यम भी से स्पष्ट हो जाती, बल्कि उस सूरत में वर्तमान स्थूलता की अपेक्षा कहीं सूक्ष्मता से होती। ओम शिवपुरी ने चारों पुरुषों की भूमिकाएँ कैसे निभाईं—यह देखने को बड़ा मन होता है। यही आशा करता हूँ कि उसने बड़ी सफलता से निभाई होंगी और नाटक जम गया होगा। न भी जमा हो तो उसके जमने का ख़ूब प्रचार, चित्रों सहित 'धर्मयुग' में हो जाए, इसकी तुमने व्यवस्था कर ली है। इस सन्दर्भ में यही कहना चाहता हूँ कि दोस्त, तुमने बहुत आसान मार्ग चुना है और आसान रास्तों से ऊँचाइयों पर पहुँचना कठिन होता है। अभी पिछले दिनों अक्टूबर में जब मैं तुमसे मिला था तो तुमने मुझसे कहा था कि पुष्पा (भारती) मेरे बारे में कई वैसी बातें कह देती है, लेकिन मैं उसका कोई नोटिस नहीं लेता। 'शी डज़ंट मैटर!' लेकिन इस पर भी तुम अपने नाटक की पहली प्रति उसको भेंट कर रहे हो। भारती को भेंट कर देते तो भी शायद ग़लत न होता, लेकिन पुष्पा को क्यों? अपनी शहज़ोरी के तमाम प्रदर्शन के बावजूद, तुम कितने कमज़ोर हो, यह तुम्हारे इस समर्पण से प्रकट होता है। निश्चय ही तुम और भारती, दोनों में भारती सशक्त है। वह भले ही न लिखे, लेकिन जब लिखता है तो शायद इसीलिए बेहतर भी लिखता है।

'जब भारती ने बड़ी चालाकी से तुम्हें ग़लत स्थिति में डालकर 'सारिका' छोड़ने पर मजबूर कर दिया था और तुम्हारे साथ खड़े होने का वचन देकर पीछे हट गया था तो तुम बहुत विक्षुब्ध थे। यहाँ तक कि तुमने चाहा था कि मैं बम्बई

जाकर उसे मज़ा चखाऊँ। तुम्हारे इस समर्पण को देखते हुए तुम्हारे उस विक्षोभ की याद आती है और तुम्हारी इस कमज़ोरी पर ख़ेद होता है।

'तुम शायद इसे अपनी तेज़ी समझते हो और अपनी इस तेज़ी की तुमने कई बार दाद भी चाही है। लेकिन यह तेज़ी (अगर अपने इर्द-गिर्द ध्यान से देखो तो) तुम्हें बहुत लोगों में दिखाई दे जाएगी। लेकिन यह तेज़ी कमज़ोरों की है, शक्ति-सम्पन्नों की नहीं। इस तेज़ी से तुम्हारा कमज़ोर नाटक झूठी वाहवाही तो लूट सकता है, लेकिन सशक्त नहीं बन सकता।

'मैं तुमसे बहुत-सी व्यक्तिगत बातें करना चाहता था। लेकिन तुमने अवसर नहीं दिया। मैं तुमसे कहना चाहता था कि जब से तुमने आसान रास्ता चुना है, तुम्हारे साहित्य का स्तर गिर रहा है। यह बलवन्त गार्गी वाला रास्ता है और बहुत अच्छा रास्ता नहीं है। तुम्हारी प्रतिभा इससे कुन्द तो हो सकती है, सान पर नहीं चढ़ सकती। सान पर प्रतिभा चुनौती से ही चढ़ सकती है और चुनौती का रास्ता तुमने तज दिया है और चार मूर्खों को साथ लेकर वाहवाही लूटने का आसान रास्ता अपना लिया है।

'बहरहाल, बहुत दिनों से तुम्हें मैं यह सब कहना चाहता था, हालाँकि तुम्हारी जीवन-पद्धति को बदलने का मुझे कोई अधिकार नहीं, और तुम बच्चे नहीं हो, लेकिन बीच की पीढ़ी के तीन-चार सशक्त कथाकारों में तुम प्रमुख हो और मैं नहीं चाहता कि तुम पीछे रह जाओ। तुम्हारी सिंसियारिटी और इंटेग्रिटी के बारे में (तुम्हारे मित्रों की तुलना में) मैंने अपने लेखों में बड़े दावे कर रखे हैं और उन्हें झूठे होते देखकर मुझे तकलीफ़ होती है। एक बार पहले भी, जब तुम वर्षों से लिखना-पढ़ना छोड़ बैठे थे और बियर में अपना ग़म ग़लत करने लगे थे, मैंने तुम्हें अपने ग़म को साहित्य के माध्यम से व्यक्त करने की सलाह दी और तुमने एक-से-एक बढ़िया कहानी लिखी थी। लिख तुम अब भी लगातार रहे हो, लेकिन उसमें से वह काट निकल गई है।

'जो जीवन तुम जी रहे हो, उसके सिलसिले में तुमने मुझे विस्तार से समझाया था। सुनने में तुम्हारी बातें एकदम ठीक लगी थीं, लेकिन उस कार्य-पद्धति के नतीजे के तौर पर तुमने जो लिखा है, वह सन्तोषप्रद नहीं है। मैं नहीं समझता, ऐसे मशीन की तरह बँधकर और ऐसी भयंकर टेंशन और अफ़रा-तफ़री में ऊँचे दर्जे का साहित्य लिखा जा सकता है। यूँ जीनियसों के लिए कुछ भी असम्भव नहीं और तुममें जीनियसों का एकाध गुण है भी, पर ग़लत जीवन अथवा ग़लत कार्य-पद्धति बड़े-से-बड़े जीनियस की कमर तोड़ देती है। कृष्ण[1] जैसे घोर प्रतिभाशाली को अगर आज निरन्तर कूड़ा लिखना पड़ रहा है तो उसके जीनियस का नहीं, उसने जो कार्य अथवा जीवन-पद्धति अपनाई है, उसी का दोष है...।'

ये पंक्तियाँ लिखकर अश्क ने यह भी लिखा है कि 'उसकी पत्नी ने पत्र पढ़कर उसे न भेजने की सलाह दी है और कहा है कि क्या आपने सारी दुनिया को सुधारने

1. कृश्न चन्दर

का ठीका ले रखा है? और राकेश बच्चा नहीं है और अपना भला-बुरा समझता है।' और अश्क ने लिखा :

'लेकिन तुम्हारे लिए मेरे मन में एक नाम-रूप-हीन स्नेह है और तुम्हारे लेखक का एक रूप मैंने अपने मन में बना रखा है। जब मैं तुम्हारी रचनाएँ पढ़ता हूँ और तुम्हारी कार्य-पद्धति को देखता हूँ और समझता हूँ कि तुम ग़लत हो तो तुम्हें बताना अपना कर्तव्य समझता हूँ।

'मैं ये बातें तुमसे कहना चाहता था। यदि मैं तुम्हारे घर आ पाता और एक रात रह पाता तो तुमसे ज़रूर कहता। क्योंकि मैं तुमसे नहीं मिल पाया और ये बातें मेरे मन में घुमड़ रही थीं, इसलिए किसी दूसरे काम को हाथ लगाने से पहले मैं तुम्हें यह लम्बा पत्र लिख रहा हूँ और समझता हूँ कि तुम इस पर ठंडे दिल से विचार करोगे। ज़िन्दगी का साथ इज़्ज़त से निभाना और ऊँचा साहित्य लिख पाना बहुत कठिन काम है, लेकिन शक्तिशाली कठिन काम अपनाते आए हैं और मैं आशा करता हूँ, तुम भी अपनाओगे।

'मैं आजकल कुछ नहीं कर रहा हूँ। इस महीने के अन्त में बाहर चला जाऊँगा और यदि बीमार न पड़ गया तो उपन्यास ख़त्म करके ही लौटूँगा।'

आज अश्क सोचता है कि यदि राकेश ने अकेले में यह पत्र पढ़ा होता तो वह भले ही नाराज़ होता, पर जैसा कि पहले हमेशा होता था, वह उसके पत्र पर ठंडे दिल से विचार करता, लेकिन जैसा कि राकेश के देहावसान के बाद स्वयं कमलेश्वर ने अश्क को बताया, वहाँ उस समय कमलेश्वर मौजूद थे, अश्क से पुराने चिटके हुए थे और यदा-कदा चिकोटियाँ काटते रहते थे। अश्क ने कमलेश्वर को कभी गम्भीर लेखक नहीं माना, इसलिए उसने कभी उनकी छोटी हरकतों की परवाह नहीं की। राकेश ने पत्र पढ़कर कमलेश्वर को दे दिया और उन्होंने अपने कथनानुसार, राकेश को टाइपराइटर पर जो उत्तर डिक्टेट कराया, वह कुछ यों था :

अश्क जी,

आपका यह पत्र भी काफ़ी रोचक है। मैं कई दिनों से सोच रहा था कि पिछले पन्द्रह वर्षों में आपने समय-समय पर विभिन्न मनःस्थितियों और विभिन्न मोटिव्ज़ से मुझे जो पत्र लिखे हैं, उनका एक संकलन तैयार करके छपवाऊँ। मेरा प्रकाशक जल्दी में है। कृपया नया उपन्यास शुरू करने या पुनः बीमार पड़ने से पहले, एक सप्ताह के अन्दर-अन्दर ऐसे बीस-बाईस पत्र और लिखकर भिजवाने का कष्ट करें! पत्र टाइप्ड हों तो सुविधा रहेगी।

राकेश

जब छह पंक्तियों का यह टंकित पत्र अश्क को मिला तो अश्क को विश्वास नहीं आया कि वह पत्र राकेश ने लिखा है (उसने लिखा भी नहीं था, पर अश्क को इस बात का पता नहीं था)। जब उसने दूसरी बार यह पत्र पढ़ा तो उसके अन्तर का सितमज़रीफ़[1] सजग हो गया। उसने काग़ज़-कलम उठाया और रात-भर बैठकर बाईस नहीं, पच्चीस पत्र लिख डाले, जिनमें गम्भीरता, अगम्भीरता, व्यंग्य-विनोद, टखना-खिंचाई और सितमज़रीफ़ी का प्रचुर सम्मिश्रण था। उन पत्रों के साथ कवरिंग लेटर (व्याख्या-पत्र) के रूप में उसने लिखा :

प्रिय राकेश,

तुम्हारा 17.3.69 का टंकित पत्र।

मैं तैयार हूँ। प्रकाशक का नाम, कॉन्ट्रैक्ट और कुछ पेशगी रॉयल्टी भिजवाओ।

सस्नेह

उपेन्द्रनाथ अश्क

पुनश्च :

प्रकाशक की तसल्ली के लिए विभिन्न मन:स्थितियों और मोटिव्ज़ वाले, इसी पत्र के बीस-बाईस नहीं, पच्चीस संक्षिप्त पत्र संलग्न हैं। आशा है, तुम्हारे प्रकाशक को पसन्द आ जाएँगे। वह चाहेगा तो दो-चार पत्र उसके नाम भी लिख दूँगा।

अश्क

उन छब्बीस पत्रों के जवाब में राकेश ने इस बार टंकित नहीं, हाथ से तीन पंक्तियों का उत्तर भेजा :

अश्क जी,

कुछ मज़ा नहीं आया। सोचा था—सब पत्र कम-से-कम बीस-बीस पन्नों के तो होंगे ही। इतने छोटे-छोटे पत्रों का क्या उपयोग हो सकता है!

राकेश

अब के अश्क ने अर्द्ध गम्भीर-अर्द्ध-अगम्भीर पत्र भेजा, जिसमें दूसरी बातों के अलावा उसने लिखा :

प्रिय राकेश

हालाँकि मेरी वांछा यही थी कि तुम्हें उन पत्रों में मज़ा आए और तुम दाद दो, पर वैसी चीज़ पर दाद देना तुम्हारे बस का नहीं। तुममें सेंस ऑफ़ ह्यूमर का

1. हँसते-हँसते मार/अत्याचार करनेवाला —सं.

नितान्त अभाव है। राजेन्द्र यादव या कमलेश्वर, भारती या अश्क की किसी बात को लेकर तुम ख़ूब ठहाके लगा सकते हो, पर अपनी किसी मूर्खता पर हँसते हुए मैंने तुम्हें कभी नहीं देखा। और जो आदमी अपनी मूर्खताओं पर हँस नहीं सकता, उसे उन पत्रों का मज़ा आ नहीं सकता।

प्रकट ही वे पत्र छपने के लिए नहीं, नमूने के लिए लिखे गए थे। तुम कुछ रॉयल्टी पेशगी भिजवा देते तो मैं बीस-बाईस लम्बे पत्र भी लिख भेजता। तुमने मुझे वैसे पत्र लिखे होते तो मैं, चाहे अपनी जेब से ही क्यों न सही, तुम्हें 200 रुपये पेशगी भिजवा देता कि लो बच्चू, लिखो बीस-बाईस लम्बे पत्र, पर तुममें वैसे प्रैक्टिकल मज़ाक़ करने की भी हिस[1] नहीं।

सस्नेह
उपेन्द्रनाथ अश्क

राकेश ने उत्तर नहीं दिया। वह बेहद सन्तप्त हुआ और शायद उसने तमाम पत्र फाड़ डाले, क्योंकि साल-डेढ़ साल पहले ओंप्रकाश ने राकेश को लिखे गए अश्क के पत्रों की प्रतिलिपियाँ भेजीं तो उनमें वे पत्र नहीं थे। पूछने पर उसने बताया कि बहुत ढूँढ़ने पर भी वे पत्र नहीं मिले। लेकिन अश्क के पास उनकी प्रतिलिपि है।[2] उसने जब भी उन पत्रों को पढ़ा है, उसे हँसी भी आई है और ख़ेद भी हुआ है कि उसने क्यों वे सब पत्र लिखे। कारण यह कि उनके बाद राकेश बेहद चिटक गया और इतने वर्षों की मैत्री एक अलंघ्य मौन में बदल गई।

दिल्ली : 27 फ़रवरी, 1980[3]

पुनश्च:

अश्क जी के उक्त लम्बे पत्र (समूह) के बिना तारीख़ वाले 'हालाँकि मेरीह वांछा'...से लेकर—'मज़ाक़ करने की भी हिस नहीं' तक वाले अधूरे पत्र के शेष अंश में लेखक का चरित्र और पत्र का कथ्य कैसे आमूलचूल बदल जाता है, उसे जानने के लिए 16.4.69 का सम्पूर्ण पत्र परिशिष्ट के आख़िर में 'और अन्त में'—शीर्षक से दिया गया है।

---

1. संवेदन, अहसास, शक्ति—सं.
2. एक स्वाभाविक और ज़रूरी प्रश्न यहाँ यह भी उठता है कि यदि उन विवादास्पद पत्रों की प्रतिलिपियाँ मौजूद थीं तो वे 1992 में पत्रों के सम्पादक के रूप में शेष लगभग दो-एक हज़ार पत्रों के साथ इन पत्रों को भी क्यों नहीं भेजा गया था? —सं.
3. 'चेहरे : अनेक' : उपेन्द्रनाथ अश्क (1985 में प्रकाशित पुस्तक से उद्धृत), पृ. 258-263

परिशिष्ट

ताकि सनद रहे : एक

उपेन्द्रनाथ अश्क के संस्मरणात्मक पत्र (समूह) और उनके 'दूसरी ओर का सच'

उपेन्द्रनाथ अश्क राकेश से पन्द्रह वर्ष बड़े थे। जिन दिनों मदन मोहन उर्फ़ मद्दी अपने अमृतसर की जंडी वाली गली के पुराने मकान की छत पर पतंग लूटने और घर आए पिता के दोस्तों, परिचितों और मेहमानों को चाय-पानी देने में व्यस्त बच्चा ही था, उपेन्द्रनाथ अश्क उर्दू साहित्य में अपनी अच्छी-ख़ासी पहचान बना चुके थे। वह राकेश के पिता के मित्र थे। स्पष्टत: अश्क और राकेश में कई जन्मजात अन्तर थे। परन्तु आज हैरत होती है यह देखकर कि दोनों में कई समानताएँ भी थीं। दोनों का जन्म पंजाब में हुआ। दोनों (निम्न) मध्यवर्गीय परिवार से सम्बद्ध थे। दोनों ने बहुत कम उम्र से ही लिखना आरम्भ कर दिया था। दोनों का प्रमुख लेखन-क्षेत्र कथा-साहित्य और नाटक रहा। दोनों ने ज़रूरत के वक़्त अनुवाद भी किये। दोनों ने डी.ए.वी. कॉलेज, जालंधर में अध्यापन किया। दोनों रेडियो तथा फ़िल्मी दुनिया से जुड़े और साहित्य में वापस लौटे। दोनों ने तीन विवाह किये। दोनों की पहली पत्नियों का नाम 'शीला' था। दोनों के जन्म एवं मृत्यु मास जनवरी-दिसम्बर ही रहे। फिर भी यह कैसी विडम्बना है कि इतनी सारी समानताओं और पारिवारिक सम्बन्धों के बावजूद दोनों के आपसी रिश्ते आजीवन काफ़ी उलझे हुए और तनावपूर्ण-से रहे! इसका कारण शायद यह था कि—मद्दी से मदन मोहन गुगलानी, मदन मोहन गुगलानी से मदन मोहन, मदन मोहन से एम. मोहन राकेश, एम. मोहन राकेश से मोहन राकेश और इसके बाद सिर्फ़ राकेश बनकर करमचन्द का वह बेटा जिस तेज़ी से लगातार जल्दी-जल्दी अपनी पहचान और प्रतिष्ठा बनाने लगा—वह बहुतों के लिए आश्चर्य की ही नहीं बल्कि ईर्ष्या की भी बात थी। इस बीच प्रेमचन्द की प्रेरणा से अश्क भी उर्दू से हिन्दी साहित्य में आ गए थे। अश्क की यह ख़ासियत थी कि वह निरन्तर बीमार रहने के बावजूद हमेशा अपने-आपको सदाबहार,

ख़ुशमिज़ाज और हर नई पीढ़ी का हमउम्र बना लेते थे। साहित्यिक क्षेत्र में बहुत जल्दी अश्क और राकेश एक-दूसरे के आमने-सामने आ खड़े हुए और मित्र भी बन गए। जन्मजात रक्त-सम्बन्धों को छोड़ दें तो अश्क और उनके परिवार से राकेश का रिश्ता शायद सबसे ज़्यादा आत्मीय, घरेलू, गहरा और अटूट रहा है। राकेश के लिए अश्क अग्रज, बड़े भाई जैसे संरक्षक और सम्माननीय थे तो अश्क भी राकेश को छोटे भाई जैसा स्नेह करते थे। लेकिन साहित्यिक सम्बन्धों का गणित अक्सर उन भावना और भावुकता वाले मानवीय रिश्तों से मेल नहीं खा पाता था। अश्क का अनुभवजन्य व्यावहारिक एवं स्ट्रैजेटिक दृष्टिकोण कई बार राकेश के आदर्शवादी, सहज और संवेदनशील दृष्टिकोण के बिलकुल विपरीत चुनौती बनकर अड़ जाता था। ऐसे मतभेद, ग़लतफ़हमी और विवाद के समय श्रीमती कौशल्या अश्क एक बफर स्टेट की तरह उन दोनों के बीच आ जातीं और शान्तिपूर्ण समझौते के लिए एक निर्णायक की भूमिका निभातीं। अश्क और राकेश, दोनों उनकी बात टाल नहीं सकते थे। राकेश अपनी कौशल्या भाभी को बेहद प्यार और सम्मान देते थे तो भाभी भी अपने आत्मीय स्नेही 'रकेश' के लिए कुछ भी करने को सदैव तत्पर रहती थीं।

'पुनश्च' नामक पुस्तक में संकलित मोहन राकेश, उपेन्द्रनाथ और कौशल्या अश्क के 321 पत्रों के माध्यम से इन तीनों के अन्त:सम्बन्धों के आत्मीय किन्तु विडम्बनापूर्ण जीवन्त इतिहास के अनेक रोचक एवं महत्त्वपूर्ण प्रसंगों से प्रत्यक्ष साक्षात्कार किया जा सकता है।

अश्क-राकेश के जटिल सम्बन्धों की बारीक गाँठें

यहाँ पुस्तक के अन्त में प्रकाशित उपेन्द्रनाथ अश्क का राकेश के नाम संस्मरणात्मक पत्र एक नहीं बल्कि पाँच पत्रों का समुच्चय है। एक को छोड़कर किसी भी पत्र पर तारीख़ का उल्लेख नहीं है। पत्र राकेश को ही लिखा गया है। परन्तु सम्बोधित किसी को नहीं है, न कोई आरम्भ है। पत्र अधबीच से अचानक उद्धरण चिह्न के साथ शुरू हो जाता है—एक आरोप-पत्र की तरह। इसलिए इसे सिलसिलेवार पढ़कर उसका वास्तविक अर्थ और निहितार्थ समझने में कठिनाई होती है। हम यहाँ इसे डीकोड करने का प्रयत्न करेंगे।

यह तो स्पष्ट ही है कि इस पत्र में राकेश के नाटक 'आधे-अधूरे' के बहाने नाटककार के व्यक्तित्व और उसकी जीवन-पद्धति पर आक्रामक ढंग से आरोप लगाकर उसे तथा उसके कृतित्व को हीन सिद्ध करने का प्रयास किया गया है।

इस पत्र के लिखे जाने की तारीख़ का अन्दाज़ा पत्र के कई तथ्यों के आधार पर लगा सकते हैं, जैसे कि :

(1) ओम शिवपुरी द्वारा पुरुष की चारों भूमिकाएँ 'बड़ी सफलता से निभाई गई होंगी और नाटक जम गया होगा।' हम जानते हैं कि इस नाटक का पहला प्रदर्शन 'दिशान्तर' द्वारा ओम शिवपुरी के निर्देशन में दिल्ली के मावलंकर हॉल में 2 मार्च, 1969 (इतवार) को 'संगीत नाटक अकादमी' के पुरस्कार अर्पण समारोह के अवसर पर हुआ था। अतः पत्र 2 मार्च के बाद लिखा गया होगा।

(2) नाटक में एक अभिनेता द्वारा चार भूमिकाएँ करने की मौलिक रंग-युक्ति के प्रयोग की सार्थकता-निरर्थकता पर विचार प्रकट करने से यह भी पता चलता है कि अश्क ने ये पत्र लिखने से पहले प्रदर्शन तो नहीं देखा था, किन्तु नाटक पढ़ अवश्य लिया होगा।

(3) नाट्य-लेखन में अन्तःप्रेरणा, अभिनेता और फ़ैशन/प्रयोग के अन्तःसम्बन्धों के बारे में भी उनका कथन अर्द्धसत्य ही है। अच्छे और बड़े/महान नाटक लिखे तो निश्चय ही अन्तःप्रेरणा या भीतर के रचनात्मक दबाव के कारण ही हैं, परन्तु नाटककार अपने समकाल के रंगमंच और उपलब्ध बड़े अभिनेताओं की क्षमताओं और सम्भावनाओं की भी उपेक्षा नहीं करता—कम-से-कम उसका लाभ तो अवश्य उठाता है। साहित्य की अन्य विधाओं और नाट्य-लेखन में यह एक महत्त्वपूर्ण अन्तर होता है। प्रत्येक शेक्सपियर का अपना कोई न कोई बैर्वेज़ होता है—राकेश के लिए अगर ओम शिवपुरी थे तो इसमें ग़लत क्या है?

(4) राकेश जीवन भर अपने प्रोफ़ेशनल और व्यक्तिगत सम्बन्धों में भेद करके चलते रहे और वह ये दोनों प्रकार के रिश्ते एक ही समय में किसी भी व्यक्ति के साथ पूरी ईमानदारी और बड़ी ख़ूबसूरती के साथ निभाते भी रहे। अश्क की सोच इससे बिलकुल अलग थी। इसीलिए वह राकेश की इस नैतिक प्रतिबद्धता को कभी नहीं समझ पाए। यहाँ भी अश्क अपने क्रोध और सरलीकृत सपाट दृष्टिकोण के कारण राकेश द्वारा नाटक की पहली प्रति पुष्पा को समर्पित मानकर आगबबूला हो उठते हैं, जबकि वास्तव में पुस्तक 'पुष्पा व भारती' दोनों को समर्पित की गई है। इसी प्रकार, भारती द्वारा चालाकी से राकेश को 'सारिका' छोड़ने पर मजबूर करने की बात, पुष्पा भारती द्वारा ऐसी-वैसी बात करने का प्रसंग और राकेश द्वारा किसी विशेष मनःस्थिति और भिन्न सन्दर्भ में कही बात को सम्भवतः अश्क अपनी जानी-पहचानी आदत

के मुताबिक़, यहाँ काट-छाँटकर अपने आरोप को सही सिद्ध करने के लिए भिन्न अर्थ में इस्तेमाल कर रहे हैं।[1]

(5) उनके इस निष्कर्ष कि 'इस तेज़ी से तुम्हारा कमज़ोर नाटक झूठी वाहवाही तो लूट सकता है, लेकिन सशक्त नहीं बन सकता' के सत्यासत्य का निर्णय तो 'आधे-अधूरे' के पिछले 55 वर्षों के मंचन-इतिहास से स्वयं समय ने ही कर दिया है। आज भी ये नाटक रंगकर्मियों और दर्शकों का अत्यन्त प्रिय और सर्वाधिक मंचित होनेवाला मौलिक हिन्दी नाटक बना हुआ है।

इसके बाद अश्क, बड़े भाई और अभिभावक वाला मुखौटा उतारकर प्रतिद्वंद्वी के रूप में आकर सीधे 'व्यक्तिगत' आरोपों पर उतर आते हैं। अपनी वास्तविक पीड़ा की अभिव्यक्ति करते हुए वह कह जाते हैं : 'मैं ये बातें तुमसे कहना चाहता था। यदि मैं तुम्हारे घर आ पाता और एक रात रह पाता तो तुमसे ज़रूर कहता।' अत: स्पष्ट है कि राकेश ने चूँकि इन्हें रातभर अपने घर पर रुकने का अवसर नहीं दिया, उससे स्वभावत: अपने-आपको 'हिन्दी साहित्य का पर्याय' और राकेश को 'बच्चू' माननेवाले अश्क जी का अहं बुरी तरह आहत हुआ होगा। उनके इस आक्रोश भरे आक्रामक पत्र लिखने का मूल कारण निभरी कॉलोनी, दिल्ली से राकेश को दिल्ली में ही 26.12.67 को लिखे पत्र की इन पंक्तियों से लगाया जा सकता है :

> मेरी बड़ी इच्छा है कि तुम दोपहर यानी पूरा दिन मेरे साथ यहाँ गुज़ारो। मैं तुम्हें उपन्यास के कुछ चैप्टर सुनाना चाहता हूँ। खाना यहीं खाओ और शाम तक रहो। यहाँ काफ़ी एकान्त है और कोई desturbance (डिस्टरबेंस) नहीं।
>
> यों तो कनॉट प्लेस में भी मिला जा सकता है, पर उससे तसल्ली नहीं होती। या मैं तुम्हारे यहाँ आऊँ या तुम एक दिन को आओ। मैं तो इतनी बार आ चुका हूँ। एक दिन तुम्हें भी आना चाहिए।... दो पंक्तियों का उत्तर ज़रूर देना।

उन दिनों अश्क 5 दिसम्बर, 1967 से दो-तीन महीने दिल्ली ठहरने के इरादे से आए हुए थे। अपने आने की अग्रिम सूचना उन्होंने राकेश को इलाहाबाद से अपने 2.12.67 के पत्र से ही दे दी थी। इसके बावजूद यदि राकेश उनसे मिलने के लिए उनके घर नहीं जाते और न ही उन्हें अपने घर बुलाते हैं तो अश्क जी का आहत या नाराज़ होना क़तई अस्वाभाविक नहीं है।

---

1. कन्हैयालाल नन्दन का संस्मरण तथा स्वयं राकेश की डायरी अश्क के आरोप को सही सिद्ध नहीं करते। —सं.

यद्यपि 'पुनश्च' में प्रकाशित अश्क और राकेश के पत्रों के बीच से कई पत्र ग़ायब हैं और उपलब्ध पत्रों के बीच काफ़ी अन्तराल है। इसके बावजूद विवेच्य पत्र के वास्तविक अभिप्रेत और उसके कारण/कारणों के लिए इन्हें क्रमशः देखना उपयोगी हो सकता है।

दिसम्बर, 1967 वाली उक्त यात्रा से पहले अश्क अपने 01 सितम्बर के पत्र से 8 तारीख़ को दिल्ली आने की ख़बर देते हैं। इसके बाद उनके इलाहाबाद लौटने पर 10.10.67 के पत्र से ज्ञात होता है कि वहाँ उन्हें राजकमल प्रकाशन में शीला जी से पता चला था कि राकेश को किसी ने विद्वेषवश बम्बई से अनीता को मृत-शिशु होने की ग़लत सूचना देकर परेशान करने की कोशिश की थी। इसलिए उन्होंने टेलीफ़ोन से सम्पर्क करने का प्रयास किया लेकिन बात नहीं हो पाई थी। इसी के बाद उनकी दिसम्बर, '67 में दिल्ली-यात्रा होती है। इसके बाद राकेश उड़ीसा की यात्रा पर चले जाते हैं और अश्क वापस, इलाहाबाद। काफ़ी व्यस्तता के कारण अश्क अपने 27.4.68 के पत्र में यह ख़ुलासा करते हैं :

> मैं उस दिन तुम्हारे यहाँ बेहद मानसिक परेशानी की स्थिति में गया था। तुम्हारे साथ दो घंटे बात करके मुझे बहुत शान्ति मिली और उसके बाद इस सिलसिले में कोई भी बात मेरे मन को दुविधाग्रस्त नहीं कर सकी। गुड्डे के भाग्य में क्या है, यह तो मैं नहीं जानता, लेकिन तुमने जो बातें कीं, वे जैसे मेरे ही मन की प्रतिध्वनि थीं और तुम्हारे तर्क भी मेरे मन के तर्कों के अनुरूप थे, इसलिए मेरा मन पूर्णतः शान्त हो गया। वरना उससे पहले मैं लगभग दो रात बिलकुल नहीं सोया था। इस सबके लिए मेरी कृतज्ञता स्वीकार करो। यों भी मैं तुम्हारी राय को सदा महत्त्व देता हूँ, इसलिए उसे मानने में ज़्यादा दुविधा नहीं होती। सचमुच दिमाग़ बेहद परेशान हो गया था।
>
> आशा करता हूँ, अनीता और बच्ची पूर्णतः स्वस्थ और सानन्द हैं। उन्हें मेरा स्नेह देना और माताजी को नमस्कार।

अश्क के इस कृतज्ञता-ज्ञापन वाले पत्र के ठीक बाद उनके 17.3.69 के इस लम्बे और आक्रामक पत्र के लिखे जाने का कोई प्रत्यक्ष या परोक्ष कारण समझ में नहीं आता :

(6) 'मैं तुमसे बहुत-सी व्यक्तिगत बातें करना चाहता था। लेकिन तुमने अवसर नहीं दिया' का आरोप उनके 27.4.68 के उक्त पत्र के प्रकाश में तो बिलकुल निराधार और ग़लत लगता है।

(7) राकेश की 'जीवन-पद्धति' और उनके 'मशीन की तरह बँधकर और ऐसी भयंकर टेंशन और अफ़रा-तफ़री' में लिखने की आलोचना एक गम्भीर एवं विचारणीय आरोप है। इस सन्दर्भ में पहली बात तो यह कि लेखन-प्रक्रिया का कोई निश्चित फ़ॉर्मूला नहीं है। रचनात्मकता नितान्त व्यक्तिगत पेचीदा मामला है।

दूसरी महत्त्वपूर्ण बात यह है कि राकेश के बारे में अश्क के लिए यह जानकारी नई नहीं है, न उनके आरोप ही नये हैं। पाठकों की सुविधा के लिए हम इसके प्रमाण यहाँ ज्यों-के-त्यों प्रस्तुत कर रहे हैं।

उपेन्द्रनाथ अश्क राकेश के 4 अगस्त के पत्र के उत्तर में अपने 18.8.67 के पत्र में लिखते हैं :

> तुम्हारे पत्र से तुम्हारे घोर साधना में रत होने की बात जानी। बड़ी ख़ुशी हुई। लिखने और अच्छा लिखने के लिए दूसरा कोई रास्ता नहीं कि आदमी चारों तरफ़ से अपने को हटाकर मेज़ पर बैठे और लिखे। इतनी उम्र तक बहुत-से अनुभव इकट्‌ठे हो जाते हैं और अनुभूतियों के लिए भटकने की ज़रूरत नहीं रहती। हाँ, लिखने के लिए समय और एकाग्रता की ज़रूरत है।

कभी धर्मवीर भारती, कभी सुरेश अवस्थी और कभी नेमिचन्द्र जैन के व्यवहार या वक्तव्यों से आहत होकर अश्क उनका दोष हमेशा मोहन राकेश के मत्थे मढ़ते रहे हैं। इस दृष्टि से उनके 28.11.66 के लम्बे पत्र के ये अंश द्रष्टव्य हैं :

> पहले वे लोग लाल[1] को लेकर मेरा अपमान करने का प्रयास करते थे, पर वह मोहरा कमज़ोर था। अब तुमने इस काम के लिए अपने-आपको पेश कर दिया है। मेरा कुछ बिगाड़ सकना उनके वश में नहीं है। लेकिन जैसे इतने दूसरों ने प्राय: कोशिश की है, वे भी कर देखें।
>
> तुम्हारी-उनकी मैत्री और तुम्हारी स्थिति या दूसरे स्वार्थों या तुम्हारे भविष्य की बात को मैं न समझता होऊँ, ऐसी बात नहीं है। मैं सब समझता हूँ, लेकिन थोड़ी डेलीकेसी बरती जा सकती थी। ...मैं नहीं मानता कि इन छोटे-छोटे स्वार्थों की पूर्ति से या इनके लिए मित्रों की पीठ में छुरा भोंकने से ही आदमी महान बन सकता है।

---

1. नाटककार डॉ. लक्ष्मीनारायण लाल। —सं.

कुछ आर्थिक या सामाजिक लाभ तो उसे हो सकता है, लेकिन ऐसे कोई बड़ा लेखक बन जाए, मुझे सन्देह है। आदमी महान होता है अपने व्यक्तित्व और कृतित्व के ठोसपन से।

बहरहाल, यह तुम्हारा अपना मामला है। तुम अब प्रौढ़ हो गए हो, मैं तुम्हें क्या बता सकता हूँ!

अपनी लड़ाइयाँ मैं लड़ लूँगा, मुसीबत यही है कि तुम्हें आगे करके मुझसे लड़ना चाहते हैं। और तुम्हारे पत्रों से लगा है कि तुम्हें इसमें कोई आपत्ति नहीं और तुम इस 'सुनहरे अवसर' का भरसक लाभ उठा लेना चाहते हो। यों इसमें भी कोई बुराई नहीं, यदि तुम इस स्थिति का लाभ उठाकर बढ़िया नाटक लिख ले जाओ और दो-एक नाटक स्टेज कराकर या कुछ नाम पाकर या विदेश जाकर या किसी निर्जीव सरकारी संस्था के मेम्बर होकर सन्तुष्ट न हो जाओ।

सब कुछ करो पर इतने सादा न बनो। मेरा तुमसे और तुम्हारा मुझसे कुछ छिपा नहीं है।

अनीता को स्नेह, माताजी को प्रणाम!

सस्नेह

उपेन्द्रनाथ अश्क

पुनश्च :

इस पत्र का उत्तर नहीं देना। बेकार में मन ख़राब होता है। मैं दिल्ली आऊँगा तो बात करेंगे। नाटक छप गया है। काफ़ी परिवर्तन किये हैं। पहले से यक़ीनन बेहतर हो गया है। जनवरी में आउट होगा तो भेजूँगा। भूमिका लिखना शेष है।

—अश्क

अश्क के उस लम्बे पत्र से बुरी तरह आहत होकर राकेश ने भी 17.3.69 को शायद जीवन में पहली बार छह पंक्तियों का एक तीखा पत्र लिख भेजा जिसके बारे में अश्क का यह विचार है कि 'यदि कमलेश्वर ने डिक्टेट न कराया होता तो नाराज़ होने के बावजूद राकेश ऐसा पत्र कभी न लिखता।' यहाँ अत्यन्त महत्त्वपूर्ण प्रश्न यह उठता है कि अश्क का ऐसा 'सोचने' और राकेश का ऐसा 'करने' के क्या कारण हैं?

मोहन राकेश और उपेन्द्रनाथ अश्क के परिवारों के बीच लगभग 30-32 वर्षों का सम्पर्क-सम्बन्ध रहा। राकेश और अश्क दम्पती के बीच 18 वर्षों के दौरान लिखे गए कुल 320 पत्रों के अध्ययन से हमें पता चलता है कि इस बीच अनेक ऐसे अवसर आते हैं जब अपनी शंकालु प्रकृति के कारण अश्क निराधार आरोप लगाते हैं, अपमानित भी करते हैं, परन्तु राकेश कभी उनका प्रतिकार नहीं करते। इसका प्रमुख कारण उन्हीं के शब्दों में यह है :

> मैं आपको बड़ों की जगह मानता हूँ, इसलिए आपकी ग़लत बात को भी चुपचाप सह जाना ही फ़र्ज़ समझता हूँ।...जो स्नेह देते हैं, उनकी दी हुई खरोंच भी कभी बर्दाश्त कर लेनी चाहिए।

राकेश ने 'लिहाज़ की एक दीवार' की वजह से कभी उनका विरोध नहीं किया इसलिए अश्क का ऐसा 'सोचना' स्वाभाविक है। परन्तु वक़्त और परिस्थितियों के बदलाव के साथ व्यक्ति के विचार और व्यवहार में भी परिवर्तन होता है—इसीलिए शायद राकेश वैसा करते हैं।

अब सवाल यह है कि वह समय और परिस्थितियों का ऐसा क्या बदलाव आया है जिसके कारण राकेश स्वयं अथवा कमलेश्वर के उकसाने पर राकेश अश्क के पत्र का स्पष्ट, बेबाक और उचित उत्तर दे पाते हैं।

सबसे पहली बात तो यही है कि राकेश के यह सूचित करने कि वह सुबह से शाम चार-पाँच बजे तक अपने कमरे में बन्द रहकर सिर्फ़ लिखने का काम करते हैं—इस बीच वह न तो किसी से मिलते हैं, न फ़ोन सुनते हैं, न रात रुकने को कहते हैं। उनके इस कठोर अज्ञातवास का अन्दाज़ा राकेश की ओर से अनीता द्वारा कमलेश्वर को लिखे 14 अगस्त, 1967 के पत्र के इस अंश से लगाया जा सकता है :

> एक पत्र भी आपके नाम धरा का धरा रहा। शायद इसलिए कि वह किसी से इन दिनों communicate नहीं करना चाहते। मुझसे मिले उन्हें चार दिन हो गए हैं। यह सन्देश भी मुझे अभी मेरे मेहरे ने लाकर दिया है। अजब हालत से गुज़र रहे हैं। जहाँ मेहरों की पहुँच है, वहाँ हमारा curfew.
>
> बहरहाल मैं इस स्थिति को समझूँ या न समझूँ, लेकिन आप तो अपने हमदम के मिज़ाज से पूरी तरह वाक़िफ़ हैं। ...आजकल वह एक three act play को पूरा करने में लगे हुए हैं। हो सकता है कि 14-15 दिन में complete करके ही दर्शन दें। शेष फिर...।

इसके बावजूद यदि अश्क रातभर साथ रहने का अवसर न देने से राकेश से नाराज़ होकर शिकायत करने लगें तो राकेश के सोच-विचार और व्यवहार में स्वभावत: कुछ तो अन्तर आएगा ही। इसके अलावा 'आधे-अधूरे' के बहाने इन पर व्यक्तिगत आरोप और कटु आलोचना करने का अश्क ने जो मौक़ा चुना, वह बेहद नाज़ुक और संवेदनशील था। 'आधे-अधूरे' 'धर्मयुग' के तीन अंकों में धारावाहिक रूप से छपकर पर्याप्त चर्चा का विषय बन चुका था। ठीक उसी समय उसके सफल एवं प्रभावशाली अभिमंचन ने दर्शकों और मीडिया—विशेषत: अंग्रेज़ी मीडिया ने इस नाटक को मील का पत्थर और हिन्दी थियेटर के लिए युगान्तरकारी घटना बताते हुए एक तहल्का-सा मचा दिया था। और सबसे महत्त्वपूर्ण बात यह—जो राकेश के लिए ही नहीं बल्कि आधुनिक हिन्दी मौलिक नाट्य के लिए भी गौरव की बात थी कि 'आषाढ़ का एक दिन' के दस साल बाद उसके नाटककार को भी दुबारा संगीत नाटक अकादमी द्वारा पुरस्कार देने की घोषणा की जा चुकी थी। 'आधे-अधूरे' का तत्काल पुस्तकाकार प्रकाशन भी हो चुका था और प्रकाशक-मित्र ओंप्रकाश द्वारा चैम्सफ़ोर्ड क्लब में राकेश के सम्मान में दी गई शानदार पार्टी में मित्रों, प्रशंसकों, संस्कृतिकर्मियों तथा सम्पादकों-पत्रकारों से बधाइयाँ और शुभकामनाएँ स्वीकारते सफलता के शिखर पर खड़े राकेश शायद अपनी उपलब्धि के आनन्द में डूबे होंगे—ठीक उसी समय जब उनके अग्रज, बड़े भाई जैसे आत्मीय और सम्माननीय अभिभावक जैसे वरिष्ठ साहित्यकार उपेन्द्रनाथ अश्क का मर्माहत करनेवाला यह लम्बा पत्र मिला होगा तो उन्हें कैसा लगा होगा? क्या छह पंक्तियों का वह पत्रोत्तर टाइप करने के लिए सचमुच कमलेश्वर के डिक्टेट की ज़रूरत पड़ी होगी?

इस प्रसंग में सबसे कष्टकर बात तो यह है कि अपने किये पर 'ख़ेद' प्रकट करनेवाले भावप्रवण और संवेदनशील वरिष्ठ साहित्यकार अश्क अपने छोटे भाई जैसे प्रिय मित्र के निधन के मौक़े पर भी कमलेश्वर से उस छह पंक्ति के पत्र के बारे में पूछताछ करने में कोई संकोच नहीं करते। राकेश की मृत्यु के लगभग आठ वर्ष बाद उस दुर्भाग्यपूर्ण प्रसंग को अपनी पुस्तक में छापकर उसे स्थायित्व देते हुए भी उन्हें कोई हिचकिचाहट तक महसूस नहीं होती!

यही क्यों, यहाँ उद्धृत अन्तिम पत्र की तारीख़ (17.4.69) जोकि 'पुनश्च' में प्रकाशित पत्र पर साफ़-साफ़ लिखी हुई है—यहाँ ग़ायब कर दी गई है जिससे कि पत्र का केवल आरम्भिक लगभग चौथाई हिस्सा ही छापकर पाठकों से पूरा सच छिपाया जा सके।

यहाँ हम पूरा पत्र पुन:प्रकाशित कर रहे हैं, जिससे कि पाठक अपने विवेक से दोनों साहित्यकारों के व्यक्तित्व के वज़न को अपने तराज़ू पर तौलकर सत्यासत्य का स्वयं निर्णय कर सकें।

एक और प्रश्न यह भी है कि वे पच्चीस विवादास्पद पत्र, जिनके बारे में लेखक का अन्दाज़ा है कि राकेश ने फाड़ दिये होंगे और दावा है कि 'अश्क के

पास उनकी प्रतिलिपियाँ' हैं, तो उन्होंने वे पत्र पुस्तक प्रकाशन के समय क्यों नहीं दिये? किसी कारणवश यदि वहाँ नहीं छप पाए तो उन्हें अपनी पुस्तक 'चेहरे : अनेक' में प्रकाशित कर ही सकते थे? परन्तु तब शायद पाठकों के सामने लेखक के 'सेंस ऑफ़ ह्यूमर', 'प्रैक्टिकल मज़ाक़ करने की टीस' और सुरुचि-सम्पन्नता की पोल खुल जाने का ख़तरा होता!

अश्क के इस संयुक्त-पत्र से जुड़ी कुछ और भी दिलचस्प एवं महत्त्वपूर्ण बातें हैं, जिनकी चर्चा करना अप्रासंगिक नहीं होगा।

अनीता राकेश के नाम उपेन्द्रनाथ अश्क का एक दस्तावेज़ी महत्त्व का अप्रकाशित पत्र

मोहन राकेश के निधन के लगभग 15-16 वर्ष बाद श्रीमती अनीता राकेश ने 31.7.89 को राकेश और अश्क दम्पती के बीच परस्पर लिखे गए पत्रों को पुस्तकाकार छपवाने के सन्दर्भ में अश्क जी को एक पत्र लिखा था। उन्होंने 14.8.89 को उसका उत्तर तीन पृष्ठों के लम्बे पत्र में दिया था। रॉयल्टी वगैरह के विवाद के कारण वह पुस्तक तो ख़ैर तब नहीं छप सकी थी। परन्तु अश्क का वह अप्रकाशित पत्र इस अर्थ में प्रासंगिक है क्योंकि उसे पढ़कर हैरानी होती है कि ज़ाहिरा तौर पर इतने लम्बे समय तक उनमें प्रेम और सौहार्दपूर्ण पारिवारिक अन्तरंग सम्बन्ध रहने के बावजूद उनके मन में राकेश के प्रति इतनी कटुता कहाँ छिपी थी कि उसकी मृत्यु के लगभग डेढ़ दशक बाद भी अनीता के बहाने वह फूटकर बाहर आ जाती है।[1]

मूल पत्र : उपेन्द्रनाथ अश्क

5, ख़ुसरोबाग़ रोड, इलाहाबाद-211001
14.8.1989

प्रिय अनीता,

तुम्हारा 31.7.89 का पत्र मिला। दुख भी हुआ और अफ़सोस भी। तुम यदि पहले इम्मेच्योर और ग़लत थीं तो अब भी हो। वरना ऐसा पत्र नहीं लिखतीं। तुमसे बहुत कुछ कहने का मन है, लेकिन वह पत्रों में नहीं कहा जा सकता। सामने बैठी होतीं तो ज़रूर कोशिश कर देखता।

---

1. उपेन्द्रनाथ अश्क के इस अप्रकाशित पूरे पत्र को हम परिशिष्ट में इसलिए दे रहे हैं क्योंकि राकेश-अनीता के सन्दर्भ में कही गई बातों के अतिरिक्त इसमें अश्क के जीवन-दर्शन और उनके बृहदाकार सुप्रसिद्ध अन्तिम उपन्यास 'गिरती दीवारें' के बारे में ऐसा कुछ महत्त्वपूर्ण भी कहा गया है जो अन्यत्र दुर्लभ है और पाठकों के लिए वह उपयोगी हो सकता है। —सं.

80 का होने जा रहा हूँ। आँखों की ज्योति मन्द हो रही है, उँगलियों के जोड़ों में आर्थराइटिस है। लम्बा पत्र नहीं लिख सकता। यूँ भी मिलना-जुलना, गोष्ठियों-वोष्ठियों में जाना, अध्यक्षताएँ और उद्घाटन वग़ैरह बिलकुल नहीं करता। बँगले के गेट तक हफ़्तों नहीं जाता। 'गिरती दीवारों' का अन्तिम खंड लिख रहा हूँ। पिछले सात वर्षों में पाँचवें और अन्तिम खंड का पहला पार्ट (लगभग 700 पृष्ठों का वृहद उपन्यास) लगभग समाप्त किया है। कल last but one चैप्टर ख़त्म किया है। सो अब तुम्हें पत्र लिख रहा हूँ। कोशिश में हूँ कि एक बार फिर लाहौर जाऊँ और यादें ताज़ा कर लाऊँ। फिर आकर अन्तिम खंड पर जुट जाऊँ। यदि गत 50 वर्षों में मैं इस उपन्यास के एक दूसरे से जुड़े, 6 वृहद उपन्यास (4000 पृष्ठ) लिख ले गया हूँ तब कौन जाने सातवाँ और अन्तिम भी लिख ले जाऊँ। बहरहाल कोशिश करने में क्या हर्ज है, अश्क द्वारा उद्धृत शेर है :

शिकस्त-ओ-फ़तेह: नसीबों से वले[1] है 'मीर'
मुक़ाबिला तो दिल-ए-नातवाँ ने ख़ूब किया।

कोई यह तो नहीं कहेगा कि अश्क ने कोशिश नहीं की। लेकिन पूरा विश्वास है कि 'एक्सीडेंट्स अपार्ट' (accident apart) उपन्यास लिखकर ही ज़िन्दगी को नमस्कार करूँगा।

तुमने पूछा है कि जब मौत के सामने हमारे संघर्ष यक़सर[2] absurd हैं तो फिर इतना खटने से लाभ! कल एक एटम बम गिरे और दुनिया ग़र्क हो जाए। जानता हूँ। और इसी का उत्तर अपने को भी और अपने

1. सरसरी नज़र से देखने पर मैंने इस 'मिले' को प्रूफ़ की ग़लती से 'वले' हो गया समझा था। परन्तु उर्दू के प्रतिष्ठित लेखक अश्क द्वारा प्रयुक्त होने के कारण मन में दुविधा-सी पैदा हो गई। अत: 'उर्दू-हिन्दी शब्दकोश' से यह तो पता चल गया कि यह फ़ारसी का शब्द है और 'बलेकिन' का लघु रूप है जिसका अर्थ है—लेकिन, परन्तु, मगर। मैंने अपनी समस्या उर्दू के विद्वान और रचनाकार दोस्त अनीस आज़मी को बताई तो उन्होंने मेरी बात जामिया मिल्लिया में उर्दू के विभागाध्यक्ष तथा मीर और उनकी शायरी के प्रसिद्ध विशेषज्ञ प्रो. अहमद महफ़ूज़ से करवा दी। काफ़ी देर की बातचीत के बाद उन्होंने एक बेहद चौंकानेवाली बात यह कही कि यह शेर दरअसल मीर तक़ी मीर का न होकर 'नवाब मोहम्मद यार खाँ अमीर' का है, लेकिन कालान्तर में किसी ने जानबूझकर या अज्ञानतावश 'अमीर' को 'मीर' बना दिया और तब से आज तक यह मीर के नाम से जाना जाता है। उन्होंने इसे उर्दू में लिखकर भेजा, जिसका हिन्दी लिप्यन्तरण यहाँ साभार प्रस्तुत है :

   शिकस्त ओ फ़त्ह: नसीबों से है वले ऐ मीर,
   मुक़ाबिला तो दिल-ए-नातवाँ ने ख़ूब किया।

2. नितान्त, समग्र, समस्त, सब, एक सिरे से दूसरे सिरे तक—सं.

पाठकों को भी उपन्यास के इस अन्तिम खंड में देना चाहता हूँ। ख़त्म करने से पहले चलता न बना तो पढ़ लेना।

देखो बल्लो[1], ज़िन्दगी की हक़ीक़तों को जाने बिना, ज़िन्दगी सही ढंग से मनोनुकूल, नहीं गुज़ारी जा सकती और मौत की तरी बनाकर ही ज़िन्दगी के सागर को पार किया जाता है। मौत के मुक़ाबले में हमारे सारे संघर्ष absurd हैं। सही। लेकिन हम आत्महत्या तो नहीं करते। जब जीते हैं तो प्रश्न उठता है, क्यों जीते हैं? और फिर कैसे जीना चाहिए? इन्हीं basic प्रश्नों का उत्तर उपन्यास में है।

ज़िन्दगी की हक़ीक़तों को जानकर जो सपने बनाता है, वह उन्हें सच कर लेता है, जो हक़ीक़तों के सहारे नहीं, आवेगों के सहारे चलता हो और जीता हो, वह अन्तत: उद्देश्य से भटकता है, आत्मवंचना का शिकार होता और कुंठित होता है।

ज़िन्दगी में सब कुछ किसी को नहीं मिलता। हाँ, यदि ठीक से जानकर—मौत को और ज़िन्दगी को जानकर कोई उद्देश्य बनाता है तो वह एक उद्देश्य ज़रूर पूरा किया जा सकता है और मुसीबतें और दुर्घटनाएँ कुछ नहीं कर सकतीं। हाँ, उस एक उद्देश्य के लिए बहुत कुछ छोड़ना पड़ता है, ज़िन्दगी को उसके अनुरूप ढालना पड़ता है, मुसीबतों को हथियार बनाना पड़ता है, हर मुसीबत में अपने पथ पर एक क़दम आगे बढ़ जाना होता है :

फैंक दे चाहे हवादिस[2] राह से हर बार दूर
जाएगी मंज़िल कहाँ, जब ज़िन्दगी मंज़िल में है।

साहित्य यश या धन या अमरत्व के लिए नहीं लिखा जाता। साहित्य, सृजन-सुख के लिए लिखा जाता है। जो इतर कारणों से, इसे कैरियर बनाकर चलते हैं, वे इसे छोड़ देते हैं। भगवान सबको अभिव्यक्ति की शक्ति नहीं देता। जिनको देता है और जो उसकी देन का पूरा लाभ नहीं उठाते, वे कृतघ्न हैं, नाशुक्रे हैं। और क्या कहूँ! मैं 17 साल तुम्हारी रचनाएँ सँभाले रहा। तुमने पहुँच भी नहीं दी। राकेश ही की तरह तुम आवेगों के सहारे, बिना इन्द्रियों को अनुशासित किये जीनेवाली महिला हो। मेरी बातें तुम्हारी समझ में नहीं आ सकतीं।

---

1. 'बल्लो' शब्द का प्रयोग यहाँ अश्क व्यंग्यात्मक रूप में कर रहे हैं। —सं.
2. दुर्घटनाएँ। —सं.

अपनी इस मनःस्थिति के चलते तुम राकेश के पत्र क्यों छपवाना चाहती हो?

'नीलाभ प्रकाशन' की फ़ाइलों में उस पत्र-व्यवहार की केवल एक प्रति है। माहेश्वरी क्या उसकी दूसरी प्रति कराना चाहेंगे? राकेश के बहुत-से पत्रों पर कोई तिथि नहीं है, मेरे कुछ पत्रों पर भी नहीं है। यह रिसर्च स्कॉलर तथा सम्पादक का काम है कि वह सारे पत्र पढ़े और तिथियों, महीनों या कम-से-कम वर्षों का निर्धारण करे। यह बहुत श्रम और व्यय-साध्य काम है। कौन करेगा? रॉयल्टी की बात तो बाद में उठती है और वह माहेश्वरी से तय की जा सकती है। मेरी रुचि इस वक़्त सिर्फ़ उपन्यास (हाथ रुके तो कविताएँ) लिखने में है। और किसी बात में मेरी रुचि नहीं है। हाँ, मेरी 80वीं वर्षगाँठ 14 दिसम्बर, 1990 को होगी।

कौशल्या को पक्षाघात का इतना सख़्त दौरा पड़ा था कि उसके सारे बाएँ अंग उसकी चपेट में आ गए थे। छह माह तो वह उठकर बैठ ही नहीं सकी। डॉक्टरों ने शक ज़ाहिर किया था कि उसका बायाँ हाथ नहीं चलेगा, पैर भी नहीं चलेगा। वह थोड़ी हताश भी हुई थी, पर ऐसे थोड़े मैदान छोड़ा जाता है। मैं स्वयं मालिश करता रहा (अब भी जब वह सो नहीं पाती, अँगूठा सूजा होने के बावजूद, करता हूँ)। उसने भी हिम्मत से काम लिया। आख़िर डेढ़ साल बाद उठ बैठी। बीच में उसे वहम हो गया, गले का कैंसर है। लेकिन ठीक तो उसे कर ही लिया। इतनी कर्मठ महिला, क्या करे? बहुएँ परेशान होने लगीं। उसे समझाकर अपने साथ काम में लगाया। पाँच महीने में 700 पृष्ठों का उपन्यास उर्दू में revise कर दिया। अब वह पत्र लिखने लगी है। इस वर्ष फिर 'शहर में घूमता आईना' revise करूँगा तो साथ लगाऊँगा। चाहता हूँ, फिर से कहानियाँ लिखने लगे। हो सकता है, उतनी शक्ति पा जाए!

बातें तो मैं ऐसे लिख रहा हूँ, जैसे रुस्तमे-ज़माँ[1] मैं ही हूँ। वैसा कुछ नहीं। पैंसठ से (1965 से) दमे की ज़द में हूँ। कभी-कभी दौरा पड़ता है तो ख़राब कर जाता है। कमर नहीं झुकती। नज़र कमज़ोर है। हाथों में आर्थराइटिस है। ऋषियों की तरह दाढ़ी के बाल बढ़ाए जितना भी

1. 'रुस्तमे सोहराब' नाटक का रुस्तम ईरान का एक प्रसिद्ध योद्धा, ज़माँ यानी जमाना अर्थात् अपने समय का सबसे बड़ा योद्धा। —सं.

समय सेहत इजाज़त देती है, लिखने में लगाता हूँ। और ज़िन्दगी (और मौत से भी) कहता हूँ :

जिस्म तो छीज गया, अज़्म[1] नहीं छीजा है,
ज़िन्दगी तूने अभी हमको कहाँ देखा है।

काश, तुम्हारी रुचि बच्चों को बड़ा करने, योग्य बनाने और किसी-न-किसी तरह जिये जाने से इतर भी होती तो तुम्हारे मनोरंजन के लिए कुछ कविताएँ ही भेजता। मौत को लेकर 10 कविताएँ लिखी हैं। वही भेजता। पर तुम तो सिवा हल्की-सी चतुराई के शेष सबका दामन छोड़े बैठी हो। तुम्हें उस सबमें क्या रस मिल सकता है, जबकि मेरे निकट साहित्य से बड़ा न कोई सुख है, न मित्र और काव्य के नशे से बड़ा कोई नशा नहीं।

बहरहाल ख़ुश रहो। अपने-आपको समेटो। 'शा' (बर्नार्ड शॉ) ने पहला नाटक 40 वर्ष की उम्र में लिखा था और ड्यूमा ने उसी उम्र में पहला उपन्यास। बहुत ज़िन्दगी तुम्हारे पास है। बना सको तो इसका कुछ बनाओ! जो बीत गया, सो वापस नहीं आएगा। जो लम्हे बच गए हैं, उन्हें हँसकर गुज़ारो। एक शेर :

ग़म के लिए पड़ी है अभी एक उम्र अश्क
आओ ये चन्द साअतें[2] हँस कर गुज़ार लें।

मेरी तो उम्र भी नहीं रही, पर मैं तो अब भी इसमें विश्वास करता हूँ। बच्चों को मेरा स्नेह और दुआएँ दो। स्वयं भी लो।

शुभकामनाओं सहित
उपेन्द्रनाथ अश्क

पुनश्च :
न चाहते हुए भी पत्र लम्बा हो गया। उपन्यास का परिच्छेद लिखकर ज़रा ख़ाली था, इसीलिए। कल तो नहीं, परसों से फिर अगला परिच्छेद लिखने लग जाऊँगा। जाने वह कब ख़त्म हो और कब मैं कोई पत्र लिखूँ!

—अश्क

---

1. इरादा, 2. क्षण, लम्हा, वक़्त

अनीता राकेश के बहाने अश्क का राकेश को एक और आरोप-पत्र

वैसे तो उपेन्द्रनाथ अश्क हिन्दी साहित्य जगत में आत्म-मुग्धता, आत्म-श्लाघा और अपनी बीमारी की चर्चा के कारण काफ़ी प्रसिद्ध थे। उनके सहधर्मियों का मानना था कि वह जितने उत्साह से अपनी प्रशंसा करते थे, उससे दुगने उत्साह से वह दूसरों की निन्दा करते थे। मरणोपरान्त तो उन्होंने सआदत हसन मंटो, राजेन्द्र सिंह बेदी और कृश्न चन्दर जैसे लेखकों को भी नहीं बख़्शा था। इस दृष्टि से देखें तो मोहन राकेश के देहावसान के बाद राकेश के प्रति उनके बदले हुए रवैये को देखकर अचरज नहीं होना चाहिए। शायद यही कारण है कि राकेश के निधन के इक्कीस वर्ष बाद और अपनी मृत्यु से कुल तीनेक साल पहले तक राकेश के प्रति उनकी शिकायतों और हर मामले में श्रेय लेने तथा किसी भी तरीक़े से अपने हित-चिन्तन और लोभ-लाभ की लालसा कम नहीं होती। उनके पहले पत्र की तरह 16.10.93 को अनीता राकेश के लिखे छोटे-से औपचारिकतानुमा पत्र में वह स्वयं अनीता और उनके बहाने राकेश के विरुद्ध क्या-क्या आरोप नहीं लगाते। उन्हें पढ़कर हैरानी ही नहीं, वितृष्णा भी होती है। सही-ग़लत के निर्णय का अधिकार मैं पाठक के विवेक पर छोड़ता हूँ :

उपेन्द्रनाथ 'अश्क'

5, ख़ुसरोबाग़ रोड
इलाहाबाद
16.10.93

> कौशल्या आजकल लेटे-लेटे तुम्हारी किताब पढ़ती रहती है। उसे तुम्हारी भाषा, उसकी रवानी, वस्तु और संस्मरणों या कहानियों के लिखने का ढंग बहुत अच्छा लगा है। एक ही बात की शिकायत उसे राकेश से और तुमसे भी है। तुम लोग हमारी ज़िन्दगी में काफ़ी रहे हो, फिर यह कैसे हुआ कि राकेश ने अपनी डायरी में न उस समय का ज़िक्र किया जो उसने बार-बार मेरे यहाँ आकर गुज़ारा, न उस कठिन काम का जो मैंने उसके अनुरोध पर सँवारा...?

यूँ तो राकेश की डायरी की शिकायत उनकी पत्नी अनीता राकेश से करने का क्या औचित्य है, सामान्यत: इसे समझना लगभग असम्भव है। जहाँ तक राकेश का बार-बार उनके यहाँ जाकर रहने का सवाल है, उसका उल्लेख डायरी में बेशक कम है। उसी तरह अश्क दम्पती का जालंधर और दिल्ली में राकेश के घर आकर रहने का ज़िक्र भी कम ही हुआ है। यूँ डायरी और पत्रों को मिलाकर देखें तो दोनों

परिवारों के मेलजोल की तसवीर काफ़ी साफ़ दिखाई देती है। जालंधर में नरेन्द्र अश्क की शादी में राकेश की भूमिका और अम्मा के इलाहाबाद में रहने और देखभाल करने में कौशल्या भाभी और स्वयं अश्क जी की भूमिका भी पाठकों की नज़रों से छिपी नहीं रहती। नवनीत के जन्मदिन के अवसर पर, सुशीला जी और उनके माता-पिता को अपने तलाक़ के बारे में समझाने के इरादे से, राकेश के 8 मई, 1957 की सुबह से लेकर 13 मई रात तक, इलाहाबाद जाकर अश्क जी के घर पर रहकर, उनके सक्रिय सहयोग से सम्पन्न हुई छोटी-बड़ी सभी गतिविधियों का पूरा रोज़नामचा राकेश ने अपनी डायरी में विस्तार से लिखा है। परन्तु डायरी के पाठक और शायद अश्क जी का ध्यान भी इस ओर नहीं जाता क्योंकि अतिव्यस्तता के कारण 9-10 दिन की डायरी प्रतिदिन नहीं लिखी जा सकी। अत: इलाहाबाद की डायरी भी 16.5.57 की रात को वापस घर लौटकर लिखी गई, इसलिए तारीख़ के साथ शहर का नाम इलाहाबाद की जगह जालंधर ही लिखा गया है।

ऐसा लगता है, जैसे अश्क जी को शिकायत शायद यह नहीं कि राकेश ने अपनी डायरी में उनका उल्लेख कम किया, बल्कि यह है कि उनकी मनचाही तारीफ़ नहीं की गई है। सितम्बर, 1957 में इनकी डलहौज़ी यात्रा का तो भरपूर उल्लेख डायरी में मौजूद है। दिक़्क़त यह है कि राकेश यदि डायरी में ये लिखेंगे कि :

> रुपये-पैसे के मामले में मैंने ऐसा जटियल आदमी बहुत कम देखा है। आप चाहते हैं कि दूसरा अपने घर में तो इन पर ख़र्च करे ही, इनके घर में भी इन पर ख़र्च करे। अपना ख़र्च किया हुआ हर पैसा आपको याद रहता है, पर दूसरे के ख़र्च किये सैकड़ों को आप बड़ी सुविधा से भूल जाते हैं।[1]

> अथवा ये कहेंगे कि 'अश्क जिस किसी का भी ज़िक्र करें, उसमें तुलनात्मकता आ जाती है और वे आत्मश्लाघा किये बिना नहीं रह सकते। उनका विश्वास है कि यह आत्मश्लाघा की प्रवृत्ति ही उनकी ख्याति का मूल है। उस ख्याति की वास्तविकता तक वे नहीं पहुँचना चाहते।'[2]

तो भला किसे अच्छा लगेगा? और अश्क जैसा आत्म-मुग्ध व्यक्ति उसका नोटिस क्यों लेगा?

मगर कौशल्या भाभी के व्यक्तित्व का ये शब्द-चित्र तो कमाल है :

> जब वे नाराज़ होती हैं तो उनके होंठ बँध जाते हैं, भँवों पर तनाव आ जाता है, चेहरे की लकीरें गहरी हो जाती हैं, और वे बुढ़िया लगने लगती हैं। उनका must और must not का एक विधिवत् कोड है,

---

1. मोहन राकेश की डायरी, पृ. 120
2. वही, पृ. 102

जिससे ज़रा भी कोई disgression हो तो वे बहुत कुढ़ जाती हैं, पर etiquette की demands उन्हें साफ़-साफ़ कुढ़ने नहीं देतीं, इसलिए वे अन्दर-अन्दर कुढ़ती हैं। उनका expression तराशे हुए पत्थर का-सा हो जाता है और वे बात करना लगभग बन्द कर देती हैं। अगर वे कोई polite सी बात formal ढंग से कहती भी हैं तो लगता है, सौ मन के पत्थर के नीचे से बोल रही हैं, और पास बैठा हुआ आदमी भी गहरे बोझ के नीचे दबने लगता है।[1]

यहाँ राकेश की सूक्ष्म आब्ज़र्वेशन और मनोभावों की समझ सचमुच आश्चर्यचकित करनेवाली है।

इस सन्दर्भ में शिकायत करने के मामले में एक दिलचस्प और उल्लेखनीय तथ्य यह भी है कि राकेश द्वारा अश्क की एक कहानी 'बेबसी' पर छोटी-सी समीक्षात्मक टिप्पणी लिखने को लेकर वह इतने आहत एवं नाराज़ हो जाते हैं कि साल भर तक किसी न किसी बहाने राकेश की नीयत, मनोवृत्ति और झूठ के आरोप लगाते रहते हैं। बार-बार अपनी सचाई और ईमानदारी के सबूत देते-देते आख़िर थक-हारकर कहना पड़ता है कि 'एक इनसान की ईमानदारी पर सन्देह पैदा हो जाए तो उदाहरण जुटाने से स्थिति बदल नहीं जाती।' (26.7.61) इसी प्रकार 2.10.61 को राकेश पुनः लिखते हैं कि 'परन्तु जहाँ एक का दूसरे पर विश्वास न हो, वहाँ ये सब बातें लिखना व्यर्थ ही है।' सालभर बाद आख़िर राकेश इस रिव्यू वाले प्रसंग को नज़रअन्दाज़ करने का अनुरोध अश्क जी से करते हैं। परन्तु उनके मन में प्रतिशोध-भावना इतनी प्रबल है कि 1961 की इस मामूली-सी बात को लेकर वह मोहन राकेश के बृहद उपन्यास 'अँधेरे बन्द कमरे' और कहानी 'ग्लास टैंक' से लेकर 1969 में प्रकाशित और अभिमंचित बहुप्रशंसित नाटक 'आधे-अधूरे' तक—जब तक इनकी धज्जियाँ नहीं उड़ा लेते, वे शान्त नहीं होते। इस प्रसंग में एक मज़ेदार बात यह है कि इन तमाम नाराज़गियों और आरोपों के बावजूद वह राकेश का 'बड़ा भाई' होने के अधिकार से 'नई कहानियाँ', 'सारिका', 'धर्मयुग' इत्यादि में राकेश के सम्पर्कों-सम्बन्धों का भरपूर लाभ उठाना कभी नहीं भूलते!

सुविधानुसार अश्क यह भी भूल जाते हैं कि नाराज़ होने पर उन्होंने राकेश को इलाहाबाद आने पर उनसे न मिलने और न घर आने की कटु बात ही नहीं बल्कि कभी पत्र तक न लिखने की बात भी कही थी। इसके अतिरिक्त पुष्पा को लेकर, अपनी पर-निन्दा में मज़े लेने की आदत के चलते, वह सास-बहू के झगड़े की कहानी प्रचारित कर राकेश की बदनामी और उसके पारिवारिक सम्बन्धों में दरार पैदा करने से भी गुरेज़ नहीं करते।

---

1. मोहन राकेश की डायरी, पृ. 88

इन परिस्थितियों में उनका राकेश पर डायरी में उपेक्षा का आरोप लगाना और निधन के 21 वर्ष बाद भी उसकी शिकायत करना हास्यास्पद-सा लगता है।

अश्क के मनोविज्ञान, व्यक्तित्व और व्यवहार का ऐसा बारीक और सटीक विश्लेषण, उसके कारणों, प्रभावों और परिणामों की नि:संकोच-निर्भय अभिव्यक्ति—राकेश की डायरी की यह एंट्री अनेक टिप्पणियों पर भारी है।

> अश्क और कौशल्या जी को आश्चर्य होता है कि लोग अश्क जी की इतनी निन्दा क्यों करते हैं। उन्हें अपनी प्रतिक्रिया बतलाई। वास्तव में यह अश्क की misplaced humour के सबब से है। बहुत कम लोग उसे enjoy कर पाते हैं और अक्सर कुढ़ जाते हैं। अश्क के लोगों के साथ व्यवहार में कुछ peculiarities आ गई हैं, जिसके कारण हैं—इलाहाबाद के लोगों की आरम्भ में hostile attitude से पैदा हुई प्रतिशोध भावना, कुछ शारीरिक और मानसिक frustration, अनुकूल सहयोगियों का अभाव, आदि। अश्क से बहुत बार serious और non-serious की रेखा नहीं रखी जाती। इसी से अधिकांश tragedies का श्रीगणेश होता है। He has been playing up younger people against older ones, resulting in their similar behaviour towards him also.[1]

अश्क और कौशल्या अश्क के बारे में राकेश का ये समग्र आकलन वास्तव में अपने आदरणीय एवं प्रिय भाई-भाभी के प्रति उनकी आत्मीयता तथा अपने निर्मल हृदय की ही अभिव्यक्ति है।

> Ashk and Kaushalya, they are both good-hearted children, but very much self contained and with many misconceptions about themselves.[2]

अपने बारे में कुछ ग़लतफ़हमियाँ मजबूरी होती हैं और कुछ ज़रूरी—वरना जीना मुश्किल हो जाता है।

और अश्क जी की इस शिकायत का जवाब देना तो बिलकुल कठिन नहीं है कि राकेश ने अपनी डायरी में उस 'कठिन काम' का ज़िक्र क्यों नहीं किया जो उन्होंने इनके अनुरोध पर 'सँवारा' था?

यह सच है कि कौशल्या भाभी ने सुशीला जी के पश्चात्ताप को देखते हुए बड़ी ईमानदारी से अपने प्रिय 'रकेश' के बिखरते वैवाहिक सम्बन्धों को सँवारने की कोशिश की थी। परन्तु राकेश उस जानलेवा बन्धन से हर हालत में मुक्ति पाने

---

1. मोहन राकेश की डायरी, पृ. 67-68
2. वही, पृ. 68

का अन्तिम निर्णय कर चुके थे। इसलिए परस्पर सहमति से पठानकोट की अदालत में राकेश और सुशीला का 9.8.1957 को विधिवत् तलाक़ हुआ था। उसके तलाक़नामे पर विटनेस के तौर पर अश्क जी ने हस्ताक्षर किये थे। सम्भवत: अश्क को उसी का श्रेय दिये जाने की बात यहाँ कर रहे हैं। परन्तु मुश्किल यह है कि बात निकलेगी तो फिर दूर तलक जाएगी। और इस बात का दूसरा छोर इस सम्बन्ध में पूछे गए सवाल के उत्तर में सुशीला राकेश / डोभाल के उस वाक्य से जा जुड़ता है जहाँ वह शालीनता, मर्यादा और नैतिकता के कारण किसी मृत व्यक्ति के बारे में कुछ न कहने के आग्रह के बावजूद स्वयं को यह कहने से नहीं रोक पातीं कि 'पर हाँ, अश्क का बहुत ख़राब हाथ रहा हमारे उस दौर में।'[1]

यही नहीं, मोहन राकेश और उनकी दूसरी पत्नी पुष्पा के वैवाहिक और पारिवारिक सम्बन्धों के सामान्यत: नावों और सास-बहू के साधारण से झगड़ों को दोस्तों और परिचितों के बीच नमक-मिर्च लगाकर प्रचारित करके अश्क कितनी नकारात्मक भूमिका निभाते हैं, इसके दुखदायी प्रभाव का प्रत्यक्ष प्रमाण हम राकेश द्वारा अश्क को 9.3.1961 के पत्र में देख सकते हैं।[2] यही नहीं, धर्मवीर भारती और उनकी पहली पत्नी कान्ता भारती के सम्बन्ध-विच्छेद में अश्क की भूमिका के बारे में कान्ता बेझिझक कहती हैं कि 'उन दिनों के एक बहुत सस्ते क़िस्म के ख़लनायक अश्क ख़ुद थे।'[3]

और अन्त में :

उपेन्द्रनाथ अश्क

इलाहाबाद
17.4.69

प्रिय राकेश,
हालाँकि मेरी वांछा थी कि तुम्हें उन पत्रों में मज़ा आए और तुम दाद दो, पर वैसी चीज़ पर दाद देना तुम्हारे बस का नहीं। तुममें सेंस ऑफ़ ह्यूमर का नितान्त अभाव है और जो आदमी स्वयं अपने ऊपर हँस नहीं सकता, वह उन पत्रों में मज़ा नहीं पा सकता। तुम राजेन्द्र यादव या कमलेश्वर, भारती या अश्क जी की किसी बात को लेकर मित्रों में ख़ूब ठहाके लगा सकते हो, पर अपनी किसी मूर्खता पर हँसते हुए मैंने तुम्हें कभी नहीं देखा और जो आदमी अपनी मूर्खता पर नहीं हँस सकता, वह उन पत्रों में मज़ा नहीं पा सकता।

---

1. 'मोहन राकेश : अधूरे रिश्तों की पूरी दास्तान'—जयदेव तनेजा, पृ. 101
2. 'पुनश्च :'—सम्पादक : जयदेव तनेजा, पृ. 165
3. 'नारकीय'—मुद्राराक्षस, पृ. 179

प्रकट ही वे पत्र छपने के लिए नहीं, नमूने के लिए लिखे गए थे। तुम रॉयल्टी पेशगी भिजवा देते तो मैं बीस-बाईस लम्बे पत्र भी लिख भेजता। तुमने मुझे वैसे पत्र लिखे होते तो मैं चाहे अपने पास से ही क्यों न करता, तुम्हें 200 रुपये पेशगी भिजवा देता कि लो बच्चू, लिखो बीस-बाईस लम्बे पत्र। पर तुममें वैसे प्रैक्टिकल मज़ाक़ करने की हिस नहीं।

सो ठीक है, तुम नहीं चाहते तो मैं नहीं लिखता। मेरे पास वैसा ख़ाली समय भी नहीं। मैं उपन्यास लिखने लगा हूँ और चाहता हूँ कि इस वर्ष तो ख़त्म हो जाए। तुम लोगों ने दो-दो उपन्यास पूरे कर लिये और मेरा एक भी उपन्यास ख़त्म नहीं हुआ।

एक राय तुमसे पूछनी थी इसीलिए मैंने तुम्हें एक लम्बा पत्र लिखा था, जो तुम्हारा वैसा आवेश-भरा पत्र आने से मैंने नहीं भेजा।

गुड्डा[1] इस बात पर ज़ोर दे रहा है कि हमें 'संकेत'[2] का एक अंक फिर से निकालना चाहिए।

मैं झिझकता हूँ, क्योंकि पैसे के अलावा इसमें ख़ासी परेशानी होती है और बड़ा समय नष्ट होता है; पर उसने दो-तीन बार कहा है।... उतना बड़ा नहीं, तीन-चार सौ पृष्ठों का निकालना चाहता है और यह भी चाहता है कि मैं सम्पादन करूँ। तुम इस पत्र-प्रसंग को एक ओर रखकर मुझे राय दो—मेरी ओर से स्थितियों को सोचकर!

यदि अंक निकालने की बात हो तो क्या तुम उसके लिए नाटक या एकांकी लिख सकोगे?

यदि नया अंक निकालने की राय नहीं देते तो क्या पुराने 'संकेत' को काट-छाँटकर और परिशिष्ट जोड़कर उसका दूसरा संस्करण निकालने की राय देते हो? यह प्रस्ताव भी दो-तीन बार आया है। ज़रा ठंडे दिल से विचार करके राय भेजो। मैं पहले ही बता दूँ कि मेरी राय नहीं है। बड़ी लम्बी इनवेस्टमेंट होती है और बेपनाह सिरदर्दी; पर गुड्डा बहुत चाहता है।

अनीता और बच्ची को प्यार देना। माताजी को प्रणाम!

सस्नेह

उपेन्द्रनाथ अश्क

---

1. उपेन्द्रनाथ अश्क के पुत्र स्व. नीलाभ—सं.
2. अश्क ने 1956 में हिन्दी में और 1962 में उर्दू में 'संकेत' नामक पत्रिका का सम्पादन किया था। यहाँ उसी को फिर से निकालने का सन्दर्भ है। —सं.

ताकि सनद रहे : दो

सम्पादक मन्नू भंडारी और कहानीकार राकेश के सन्दर्भ में

ऐसा नहीं है कि मोहन राकेश 'नई कहानी' आन्दोलन की राजनीति के मामले में दूध के धुले थे और उनमें सिर्फ़ ईमानदारी, सचाई और अच्छाइयाँ ही अच्छाइयाँ थीं। ऐसा तो कभी होता ही नहीं कि 'सब अच्छा कहें जिसे।' राकेश से प्यार करनेवाले दोस्तों और उन्हें चाहनेवाले प्रशंसकों की संख्या बहुत बड़ी थी तो उनसे ईर्ष्या करनेवाले निन्दकों और आलोचकों की संख्या भी कम नहीं थी। यह अलग बात है कि उनके शालीन, प्रखर, बहुमुखी रचनात्मक एवं मोहक व्यक्तित्व का प्रत्यक्ष विरोध करने का साहस बहुत कम लोग ही जुटा पाते थे। मोहन राकेश, राजेन्द्र यादव और कमलेश्वर की दोस्ती तो अपने-आपमें मिसाल थी। और जब राकेश ने राजेन्द्र यादव के घर जाकर बन्द कमरे में लम्बी बातचीत के बाद हमेशा के लिए दोस्ती ख़त्म करने का ऐलान किया था, उस दिन भी मन्नू भंडारी ने राजेन्द्र की पत्नी के रूप में न सही, राकेश से परस्पर मित्र होने के नाते अपने व्यक्तिगत सम्बन्ध बनाए रखने की बात दृढ़तापूर्वक कही थी और ताउम्र उसे पूरी ईमानदारी से निभाया भी। इस परिप्रेक्ष्य में मन्नू जी का अपनी आत्मकथा में 'नई कहानियाँ' के मई, 1963 के अंक में सम्पादक होने की हैसियत से कहानीकारों के नाम-क्रम को लेकर राकेश की आपत्ति और मन्नू भंडारी की तीखी प्रतिक्रिया का प्रसंग काफ़ी अजीब और अविश्वसनीय-सा लगता है। परन्तु कमलेश्वर द्वारा अपने 'आधारशिलाएँ' वाले संस्मरण में उसी घटना को एक भिन्न रूप में प्रस्तुत करने के कारण मामला जटिल और अधिक संवेदनशील हो जाता है। आज यदि उस घटना के 60-61 वर्ष बाद भी इसके सत्यासत्य का विवेचन-विश्लेषण नहीं किया तो आनेवाली पीढ़ियों के लिए यह गुत्थी हमेशा के लिए ही अनसुलझी रह जाएगी। कुछ वर्ष पहले के मुक़ाबले आज भी किसी शोधार्थी के लिए इसकी खोजबीन करना अपेक्षाकृत कठिन इसलिए हो गया है क्योंकि इस घटना के सच-झूठ को सत्यापित कर सकनेवाले सभी किरदारों—मोहन राकेश, ओंप्रकाश, कमलेश्वर, राजेन्द्र यादव और अन्ततः स्वयं मन्नू भंडारी में से कोई भी अब मौजूद नहीं है। फिर भी, हम उपलब्ध साक्ष्यों के

आधार पर इस गुत्थी को यथासम्भव तटस्थता के साथ सुलझाने की कोशिश करेंगे।

मन्नू भंडारी के अनुसार पांडुलिपि तैयार करते समय उनके मित्र-पति राजेन्द्र यादव ने उन्हें लेखकों के नामों को अकारादि क्रम से रखने का सुझाव दिया था, जो उन्हें उचित, स्वाभाविक और निरापद लगा, इसलिए इन्होंने सहज भाव से स्वीकार कर लिया।

इस पर ओंप्रकाश के अनुसार मन्नू जी लिखती हैं :

> अंक को देखते ही राकेश भड़क गया कि अन्दर चाहे मन्नू ने मेरा नाम बीच में कर दिया, पर कवर के ऊपर मेरा नाम पहला होगा...इसलिए कवर फिर से छपवाइए।

मन्नू जी का यह कहना भी सही है कि राकेश जी-ओंप्रकाश जी के सम्बन्ध ऐसे थे कि वह कवर दुबारा छपवा सकते थे। और स्वाभाविक है कि कवर दुबारा छप गया होगा। इस पर साहित्यिक राजनीति से अनजान लेखकीय नैतिकता और आदर्शवादी मूल्यों की काल्पनिक दुनिया में डूबी, कलकत्ते से दिल्ली आईं मन्नू भंडारी के मन में 'राकेश जी की इस दम्भ-भरी हरकत' से आहत होकर 'वितृष्णा भरे आश्चर्य, ग़ुस्सा, दुख' आदि से भर जाना तो सहज-प्रतिक्रिया ही लगता है।

तीन-चार व्यक्तियों के बीच का यह मामला मन्नू जी के कथन के साथ ही आया-गया हो गया होता, यदि इस घटना के 27 वर्ष बाद 'संडे मेल' में 1990 में प्रकाशित अपने संस्मरणों की शृंखला 'आधारशिलाएँ' में कमलेश्वर ने इस घटना को भिन्न रूप में प्रस्तुत न किया होता। परन्तु ठीक उसी समय राजेन्द्र यादव ने उसी पत्रिका में अपनी विस्तृत और तीखी प्रतिक्रिया लिखकर कमलेश्वर के संस्मरण को झूठा और हास्यास्पद करार देकर सिरे से ख़ारिज कर दिया था। दो-चार दिन तक दोनों पक्षों के सिपहसालारों की खट्टी-मीठी झड़पों के बाद मामला रफ़ा-दफ़ा हो गया था। परन्तु यह मामूली-सा मामला एक जटिल ऐतिहासिक समस्या/मुद्दा तब बना जब मन्नू भंडारी ने इस विवेच्य घटना के 44 साल बाद 2007 में अपनी आत्मकथा 'एक कहानी यह भी' में उस अख़बारी विवाद को पूरी कटुता के साथ दर्ज करके उसे एक स्थायी साहित्यिक पेचीदा सवाल का रूप दे दिया। स्पष्ट है कि आज यह मामला मोहन राकेश, मन्नू भंडारी, ओंप्रकाश, कमलेश्वर और राजेन्द्र यादव के आपसी रिश्तों, नैतिक मूल्यों और लेखकीय आत्मसम्मान का संवेदनशील एवं जटिल मामला बन गया है। जटिल इसलिए कि मोहन राकेश, ओंप्रकाश जी या राजेन्द्र यादव ने स्वतंत्र रूप से इस विषय पर कहीं कुछ नहीं लिखा है। और सबसे दुखद बात यह है कि इस प्रसंग से जुड़ा कोई भी व्यक्ति आज हमारे बीच नहीं हैं। इसके बावजूद, हम उपलब्ध तथ्यों के आधार पर इस मामले के सत्यासत्य को जानने का प्रयत्न यहाँ करेंगे।

मुझे लगता है कि यदि हम कमलेश्वर के संस्मरण के प्रासंगिक अंश और मन्नू जी के वक्तव्य को एक साथ रखकर देखें तो सम्भव है कि ज्ञात सत्य के किसी अज्ञात पहलू का सुराग़ हमें मिले।

इस प्रक्रिया में सबसे पहले मन्नू भंडारी के आरोप के सन्दर्भ में हम यहाँ कमलेश्वर के 'संडे मेल' के 15 जुलाई, 1990 के अंक के पृष्ठ 8 पर प्रकाशित संस्मरण के प्रासंगिक अंश को यहाँ ज्यों-का-त्यों उद्धृत कर रहे हैं :

> मन्नू भंडारी ने दायित्व स्वीकार कर लिया। यहीं से एक नये महासमर की शुरुआत हुई। अहं और घटियापन का यह युद्ध राजेन्द्र यादव और राकेश के बीच लड़ा गया। मन्नू तो इसे लेकर परेशान थीं ही, मैं भी कम परेशान नहीं था। मन्नू कहानियाँ जुटाने/लिखवाने में लग गईं। उन्होंने मुझसे भी कहा। कहानी तो देनी ही थी। मेरा लेखन और पद्धति कर्मकांडी तो थी नहीं और यह मेरी कमज़ोरी थी कि यदि मैं कहानी को एक सिटिंग में पूरा न करूँ तो वह फिर हमेशा के लिए अलिखित छूट जाती थी।
>
> मन्नू द्वारा सम्पादित होनेवाले विशेषांक की पूर्व सूचना छपनी थी। उस विज्ञापन को तमाम प्रतिष्ठित लेखकों के नामों से जड़ना होगा। इसी को लेकर अहं युद्ध जारी हो गया। राजेन्द्र यादव की माँग थी कि लेखकों की लिस्ट में उसका नाम सबसे ऊपर और राकेश के नाम से पहले जाना चाहिए। राकेश इस बात पर अड़ गया था कि उसका नाम राजेन्द्र के नाम से पहले जाएगा। यदि नहीं जाएगा, तो वह कहानी नहीं देगा। इस प्रसंग की जानकारी ज़ाहिर है कि मुझसे ज़्यादा मन्नू को है। आख़िर एक रास्ता यह निकाला गया कि विज्ञापन के शीर्ष के दो कोनों में, एक ही लाइन की समता में, राकेश और राजेन्द्र के नाम बराबरी से दिये जाएँगे। पर यहाँ मसला यह उठा कि बाएँ कोने में कौन-सा नाम जाएगा। क्योंकि हिन्दी बाएँ से दाएँ लिखी और पढ़ी जाती है। बात बेहद निरर्थक और मामूली थी, पर तूल पकड़ गई। मन्नू भी इसकी व्यर्थता को समझ रही थीं, पर कोई निदान निकल ही नहीं रहा था और विशेषांक विज्ञापन रुका हुआ था। आख़िर निर्णय तो मन्नू को ही करना था। मन्नू ने फ़ैसला लिया—राकेश का नाम पहले दिया और बराबर से राजेन्द्र का नाम दिया गया। मन्नू द्वारा सम्पादित इस विशेषांक के लिए मैंने 'जो लिखा नहीं जाता' कहानी लिखी थी।

यहाँ प्रस्तुत कमलेश्वर के वक्तव्य को मन्नू भंडारी के उनकी आत्मकथा में व्यक्त विचारों से मिलान करने पर यह बात तो स्पष्टत: सिद्ध होती है कि मन्नू भंडारी द्वारा सम्पादित 'नई कहानियाँ' के उस विशेषांक के छपते समय कहानीकारों के नाम-क्रम को लेकर कुछ-न-कुछ विवाद तो अवश्य हुआ होगा। परन्तु मन्नू जी के

अनुसार उसका मूल कारण 'राकेश की वह दम्भ-भरी हरकत' थी और कमलेश्वर के अनुसार : 'राजेन्द्र यादव की (यह) माँग थी कि उसका नाम सबसे ऊपर और राकेश के नाम से पहले जाना चाहिए।' परिणामतः 'राकेश भी अपनी ज़िद पर अड़ गया' और इस तरह यह मामला दो लेखकों के अहं के युद्ध का कारण बना।

परिस्थितिगत साक्ष्य के आधार पर राकेश के जीवन का वह बेहद तनावपूर्ण और कठिन दौर था जब राकेश और अनीता का प्रेम-प्रसंग चल रहा था और श्रीमती चन्द्रा औलक उन्हें न मिलने देने का भरसक प्रयास कर रही थीं। सुशीला जी के रिश्तेदार नवनीत के बहाने पति-पत्नी के रिश्ते सुधारने की कोशिश में लगे थे। तीसरी ओर, तलाक़ न देने पर आमादा पुष्पा और उनके भाई कुछ गुंडों की मदद से राकेश पर चाक़ू से हमला कर रहे थे—परिणामस्वरूप सबसे छुप-छुपाकर अनीता-राकेश को बम्बई भागना पड़ा था। ऐसी संकटपूर्ण परिस्थितियों में राकेश ने अपने नाम के क्रम को लेकर ऐसा दुराग्रह किया होगा, इस पर सहज विश्वास करना सम्भव नहीं है। परन्तु राकेश के मामले में सम्भव-असम्भव का निर्णय करना भी आसान नहीं है। इसलिए अब इस समस्या को हम राजेन्द्र यादव के कोण से देखने का प्रयास करते हैं।

राकेश और यादव के सम्बन्धों में उत्तरार्द्ध में चाहे जैसी भी स्थिति बनी हो, इनका पत्राचार इस तथ्य का प्रमाण है कि 1963 की इस घटना के बहुत पहले ही राजेन्द्र यादव राकेश की 'मलबे का मालिक' और 'अपरिचित' जैसी कहानियों की अतिशयोक्तिपूर्ण प्रशंसा करने के बाद अपने 21 मार्च, 1956 के पत्र में 'मैं तुझे हिन्दी का सर्वश्रेष्ठ कहानीकार' मानने की घोषणा कर चुके थे। अप्रैल '57 के पत्रों में 'आर्द्रा' की अतिशय प्रशंसा करने के बाद 'तेरा कहानी-संग्रह सर्वश्रेष्ठ' और 'तेरी तो हर कहानी कमाल की है' कहनेवाले राजेन्द्र यादव ने मोहन राकेश के नाम से पहले अपना नाम देने के लिए लड़ाई की होगी—कमलेश्वर की यह बात क़तई विश्वसनीय नहीं लगती। इस घटना से पहले और राकेश के निधन तक मन्नू जी द्वारा राकेश को लिखे पत्रों, राकेश की डायरी या इनके पत्रों में दोनों के सम्बन्धों की आत्मीयता, अन्तरंगता और भरोसे में कहीं राई-रत्ती का फ़र्क़ दिखाई नहीं देता। इसलिए भी इस असंगत और अशोभनीय घटना के सच को जानना बेहद ज़रूरी किन्तु उतना ही कठिन प्रतीत होता है।

इसलिए अब सम्बन्धों और सम्भावनाओं से हटकर हम यहाँ मन्नू भंडारी और कमलेश्वर के वक्तव्यों पर पूरी तरह तथ्यात्मक दृष्टि से पुनर्विचार करने का प्रयत्न करते हैं।

ध्यान से देखें तो यहाँ दोनों संस्मरण-लेखक योद्धा दो अलग-अलग मुद्दों को लेकर निरर्थक तलवारबाज़ी करने में लगे हैं। मन्नू जी प्रकाशित हो चुके अंक के 'कवर' के नामों के विवाद की बात कर रही हैं, जबकि कमलेश्वर पत्रिका के छपनेवाले अंक के 'विज्ञापन' को लेकर हुए महासमर की चर्चा कर रहे हैं। उस

अंक के विज्ञापन के लगभग 61 साल बाद उसे ढूँढ़ निकालना आसान तो नहीं था। परन्तु उस समय राजकमल प्रकाशन के प्रकाशन अधिकारी रहे मोहन गुप्त की मदद से जो सूचना प्राप्त हुई, उसे देख-पढ़कर तो मुझे विश्वास है कि ज़मीन के बाद भी पाठकों के पाँव के नीचे की ज़मीन खिसक जाएगी।

'नई कहानियाँ', वर्ष : 4, अंक : 2, वर्षगाँठ विशेषांक—श्रीमती मन्नू भंडारी द्वारा विशेष रूप से सम्पादित इस अंक में पढ़िए—मोहन राकेश, कृश्न चन्दर, अमृता प्रीतम, निर्मल वर्मा, इस्मत चुग़ताई, अमरकान्त, मार्कंडेय, श्रीमती विजय चौहान, प्रयाग शुक्ल, कृष्णा सोबती, शानी, उपेन्द्रनाथ अश्क, शिवानी, राजेन्द्र सिंह बेदी, उषा प्रियम्वदा (और इनके नीचे दो नाम इस प्रकार दिये गए हैं :)

• राजेन्द्र यादव • कमलेश्वर आदि की कहानियाँ और हिन्दी कथा-नारी पर एक परिचर्चा अप्रैल, 1963 को प्रकाशित।

इस साक्ष्य से यह तथ्य तो प्रमाणित होता है कि अंक अप्रैल के बजाय मई में छपा। परन्तु विलम्ब का कारण कवर पर छपे नाम-क्रम को लेकर राकेश की आपत्ति के कारण कवर को दुबारा छपवाना था या कुछ और, यह स्पष्ट नहीं होता। यूँ उस विज्ञापन में तो मोहन राकेश का नाम पहले नम्बर पर ही है। लगता है, नामों के क्रम और एक ही रेखा में रखने पर भी दाएँ-बाएँ वाला विवाद भी (यदि सचमुच हुआ था तो) सम्भवत: राजेन्द्र यादव और कमलेश्वर के बीच हुआ होगा, जिसे कालान्तर में अपनी आदत के अनुरूप संस्मरण लिखते समय कमलेश्वर ने स्वयं को बचाते हुए और शायद रचना को अधिक रोचक और विश्वसनीय बनाने के लिए मोहन राकेश और राजेन्द्र यादव के बीच के विवाद के रूप में प्रस्तुत कर दिया होगा।

अब रही मन्नू भंडारी की पत्रिका के कवर को लेकर राकेश की 'दम्भ-भरी हरकत' और कवर को दुबारा छपवाने का मामला। इस सन्दर्भ में मन्नू जी का यह कथन कि उन्होंने राजेन्द्र यादव के सुझाव को मानते हुए लेखकों के नामों को अकारादि क्रम से रखा था—बिलकुल सच नहीं लगता, क्योंकि अन्य लेखकों के नाम चाहे जो भी रहे हों—इन तीनों में से कमलेश्वर का नाम पहले, मोहन राकेश का उसके बाद और राजेन्द्र यादव का उसके भी बाद में होना चाहिए था। तब राकेश को आपत्ति कमलेश्वर के नाम को लेकर होनी चाहिए थी, न कि राजेन्द्र यादव के नाम को लेकर।

परन्तु मन्नू जी की मूल स्थापना को लेकर हमें सबसे बड़ा आघात तो तब लगता है जब हम 'नई कहानियाँ' के मई, 1963 के अंक को खोजकर उसका कवर देखते हैं। उस पर छपे नामों को—'राजेन्द्र यादव, मोहन राकेश, कमलेश्वर', (और दूसरी पंक्ति में) उषा प्रियम्वदा, निर्मल वर्मा, रामकुमार, श्रीमती विजय चौहान, राजेन्द्र सिंह बेदी'—क्रम में प्रस्तुत किया गया है।

इस अंक के भीतर सबसे पहले उषा प्रियम्वदा की कहानी 'एक और बिदाई', फिर मोहन राकेश की 'ग्लास टैंक' और फिर रामकुमार, श्रीनरेश मेहता, श्रीमती विजय चौहान, शानी, प्रयाग शुक्ल, निर्मल वर्मा, और इनके बाद अन्त में कमलेश्वर की 'जो लिखा नहीं जाता' तथा राजेन्द्र यादव की 'टूटना' कहानी छपी है। कवर पर दिये गए राजेन्द्र सिंह बेदी की कोई कहानी अंक में नहीं है। विज्ञापन में प्रचारित कई प्रसिद्ध कहानीकारों की कहानियाँ और 'हिन्दी कथा-नारी पर एक परिचर्चा' भी अंक में नहीं हैं। इनके स्थान पर उपेन्द्रनाथ अश्क के धारावाहिक उपन्यास 'बाँधो न नाव इस ठाँव' की पहली क़िस्त इस विशेषांक में छपी थी।

स्पष्ट है कि मन्नू भंडारी की मूल स्थापना के अनुसार न तो कवर पर और न ही अंक के भीतर लेखकों को अकारादि क्रम में सँजोया गया था। इसी प्रकार, मोहन राकेश के आक्रोश तथा ओंप्रकाश जी पर दबाव डालकर कवर दुबारा छपवानेवाले मन्नू जी के आरोप के अनुरूप न ही कवर पर मोहन राकेश का नाम पहले नम्बर पर ही छपा था।

इन तथ्यों के प्रकाश में प्रबुद्ध पाठक स्वयं निर्णय कर लें कि इस सन्दर्भ में मन्नू भंडारी और कमलेश्वर द्वारा अपने-अपने संस्मरणों में मोहन राकेश पर लगाए गए 'दम्भ-भरी हरकत' या 'अहं और घटियापन के युद्ध' के जो आरोप लगाए गए हैं, उनमें सत्य और कल्पना का अनुपात कितना है?

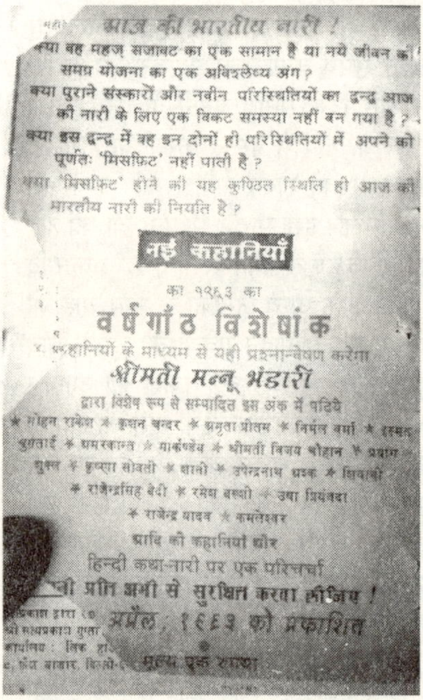

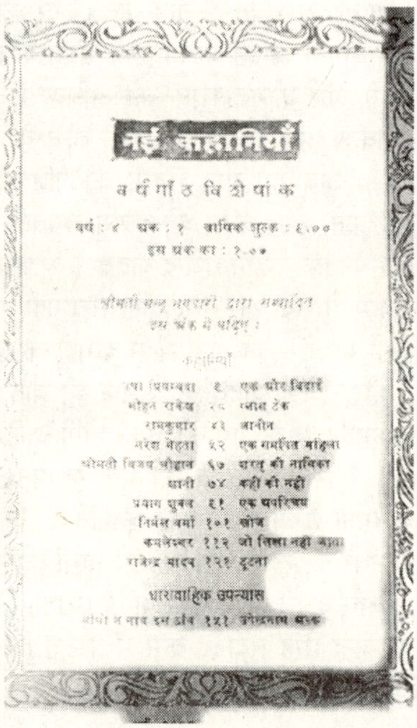

नई कहानियाँ
वर्षगाँठ विशेषांक
★ राजेन्द्र यादव, मोहन राकेश, कमलेश्वर,
उषा प्रियम्वदा, निर्मल वर्मा, रामकुमार, श्रीमती विजय चौहान
राजेन्द्रसिंह बेदी आदि की कहानियाँ

संवेदना-पत्र

दुष्यन्त कुमार ने अपने संस्मरण में लिखा है कि राकेश के इस प्रकार सहसा उठ जाने से अनीता के पास शोक-प्रस्तावों, संवेदना-पत्रों और तारों तथा टेलीफ़ोनों का एक ताँता-सा लग गया था। पत्रों में प्रधानमंत्री से लेकर राज्यों के राज्यपाल, केन्द्र एवं प्रदेशों के मंत्री तथा देश के कोने-कोने से नाटककारों, निर्देशकों, अभिनेताओं, फ़िल्मकारों, लेखकों-प्रशंसकों के इतने ख़त और सन्देश आए कि उस वक़्त उन्हें सँभालना-समेटना तक मुश्किल हो गया। इसके बावजूद, मुझे प्रसन्नता है कि आज लगभग बावन वर्ष बाद भी, काफ़ी खोजबीन के बाद हम बारह पत्र पाठकों के समक्ष प्रस्तुत कर पा रहे हैं। —सं.

जगदीशचन्द्र माथुर

कैनिंग लेन
4.12.72

प्रिय श्रीमती राकेश

अभी-अभी समाचार-पत्रों में हृदयद्रावक समाचार पढ़ा और स्तम्भित रह गया।

मेरे हाथों में उनकी नवीनतम पुस्तक है और उसमें उन्हीं के हस्ताक्षर और ये शब्द 'स्नेह, सद्भावना और प्रतिक्रिया' जानने की उत्सुकता के साथ, पुस्तक मैं पढ़ रहा था और कुछ दिनों बाद उन्हें अपनी प्रतिक्रिया लिखता। लेकिन अब?

आप शायद जानती होंगी कि जब से मोहन राकेश नाटक के बीच में आए, तभी से मेरा-उनका समधर्मी के स्नेह का नाता जुड़ा और जो आदर और लिहाज़ मुझे उनसे मिला। वह मेरे लिए गौरव का विषय रहा। निजी तौर से यह मेरे लिए वैसी ही क्षति है, जैसी मेरे छोटे भाई के असामयिक देहान्त पर मैंने महसूस की थी।

अपनी सांत्वना के लिए मेरे पास शब्द नहीं हैं। इतना विश्वास रखें कि हज़ारों के भग्नहृदय आज आपके लिए प्रार्थना करेंगे।

आपका
जगदीशचन्द्र माथुर

श्रीमती राकेश
R-802 न्यू राजेन्द्र नगर
नई दिल्ली-60

बादल सरकार

4.11.1972

Dear Aneeta,

I don't know what to say or how to say it. The only thing I can say is that I remember and I feel.

Your sincerely
Badal

ख़्वाजा अहमद अब्बास

Philomena Lodge
Church Road, Juhu
Bompay-54As
5th December, 1972

Dear Mrs. Rakesh,

I wish I did not have to write this letter to you. It is incredible, unbelievably tragic, that our Mohan, so young, so alive and dynamic always, should be dead, and I (the oldest among his unfortunate friends) should have to write this letter of condolence. It is a shock from which I am still reeling.

What can one say on such an occasion—except that you, who were nearest and dearest to him, will yourself find solace and strength in his memory, in recalling what he wrote and what he believed in and struggled to achieve.

It is infinitely sad to recollect that, when he was in Bombay after his dear mother's death, I went to Bedi Saheb's house to see him, learnt that he had just left for Kamleshwarji's house, followed him there, but meanwhile he had left for the airport. I was never to see him again—and now I suppose I will have to pursue him, follow him, in death, as in life!

My sincerest condolences to all the members of both your and Mohan's bereaved families.

Sincerely yours,
Khwaja Ahmad Abbas.

Mrs. Mohan Rakesh
R-802, New Rajinder Nagar
New Delhi-69

ज्ञान शर्मा[1]

Chandigarh
Sector II, House No. 211
5.xii.72

Dear Mrs. Rakesh,

We have never met, Rakesh & I were together in college and intimate friends later during the formative part of this litrary career. We spent some intense moments of life together. Later due to preoccupation in our own sphere of activities our meetings become rare and we drifted apart.

With his death, I feel a part of me has also died. of course, your loss is greater. I am sure living with such a bright person has given you greater power to bear the loss. May God help you in this berevement.

I am sorry, I could not write to you earlier as I was sick. Failure to join him in his last journey an equally great regret.

With regards,

Your sincerely
Gyan Sharma

1. ज्ञान सामाजिक-आर्थिक-राजनीतिक दृष्टि से प्रतिष्ठित परिवार का एक मेधावी, सुन्दर, स्मार्ट, लोकप्रिय और प्रभावशाली व्यक्तित्व का आकर्षक युवक था। वह लाहौर में राकेश का सहपाठी था। अन्य छात्रों की तरह राकेश भी इसके ज़बरदस्त प्रभाव से आक्रान्त थे। इसी के सान्निध्य से राकेश ने कॉफ़ी, सिगरेट, शराब पीना और कैबरे देखना शुरू किया—कई तरह की वर्जनाओं, कुंठाओं और ग्रन्थियों से मुक्ति पाई। राकेश जीवन भर उसे अपना सर्वाधिक घनिष्ठ मानते रहे और ताउम्र उसके प्रभामंडल तथा प्रभाव से मुक्त नहीं हो सके। राकेश और ज्ञान के मित्र मोहन चोपड़ा की छोटी बहन पुष्पा को लेकर ज्ञान की अप्रत्याशित नकारात्मक एवं लगभग विश्वासघाती भूमिका से राकेश बुरी तरह आहत हुए। राकेश के न चाहते हुए भी इनके मैत्री सम्बन्ध टूट गए। इसके बावजूद राकेश की मृत्यु पर ज्ञान का यह शोक-पत्र कभी गहरे मित्र रहे राकेश के प्रति उसके सौजन्य एवं सौहार्द का संकेत तो देता ही है। —सं.

बालगोविन्द

2E Improvement Trust Building
Hazratganj, Lucknow
6.12.72

अनीता जी,

पत्र लिखने में हाथ काँप रहे हैं। चार तारीख़ को प्रात:काल 'नेशनल हेरेल्ड' जैसे ही उठाया, पढ़कर दिल की धड़कन बन्द होने लगी। मेरा प्यारा मद्दी नहीं रहा। बड़ी मुश्किल में विश्वास हो सका। हम लोग तुम सबका यहाँ आने का इन्तज़ार कर रहे थे। क्या-क्या सोच रखा था। कभी सोचा भी नहीं था, कहानी का अन्त इतनी शीघ्र हो जाएगा। बचपन की एक तसवीर सामने आ गई। नून मंडी के पुराने घर में चाईजी गोदी में लेकर अपनी माँ के घर में आती थी। छोरा नन्हा-मुन्ना प्यारा बच्चा, साथ में कमला उँगली पकड़े। फिर गंडावाले बाज़ार का घर। प्रात:काल लँगोट बाँधे ऊपर कोठे में उतरता था, हम लोग कहते थे—मद्दी को एक बोरी ला दो, बहुत ग़ुस्सा होता था। बाबूजी चाईजी को शिकायत। फिर दुपहर का खाना—राधू के छोले ज़रूर होने चाहिए। उसके बाद लाहौर का संस्कृत कॉलेज के होस्टल का कमरा। बहुत बातें हुईं। बम्बई में Elitiotion College में नौकरी। क़ालीना में सबके साथ बस जाना—'पर्स, पैसा और पारु की कहानी'। कहाँ तक यादें ताज़ा करूँ। सब कुछ एक सपना-सा लगता है। बात आधी-अधूरी ही छोड़ता हूँ। पाँच नवम्बर, दीवाली के दिन, आख़िरी मुलाक़ात। दाल के पराँठे, दही-अचार, कितना अपनापन था! कौन जानता था, फिर न मिलना होगा। कभी इतनी देर साथ फ़ुरसत में नहीं बैठे थे। अब किसे मैं फ़ोन पर पूछूँगा—मद्दी है? सोकर उठ गया? मन बहुत दुखी है। वह तो भगवान का प्यारा हो गया। तुम धैर्य से काम लेना। बड़ी ज़िम्मेदारी है तुम्हारे ऊपर। कभी भी मेरी आवश्यकता हो, ख़बर कर देना। वाह रे तक़दीर, गोदी का खिलाया यहाँ भी बाज़ी ले गया। पहले ही चल दिया। कौन अब प्यार में भैया कहेगा। एक वही तो था भैया कहनेवाला।

तुम हमारी छोटी बेटी की तरह हो। धैर्य रखो।

बालगोविन्द[1]

---

1. अमृतसर, लाहौर, बम्बई और लखनऊ में मोहन राकेश उर्फ़ मद्दी के पारिवारिक परिचित, अग्रज, भाई जैसे आत्मीय सखा। —सं.

कौशल्या अश्क

8.12.72

प्रिय अनीता,

राकेश के आकस्मिक और असामयिक देहावसान की दुखद सूचना से हम सब स्तब्ध रह गए। कुछ पल तो समझ में ही नहीं आया कि यह क्या है? 15 नवम्बर को reception में राकेश को देखा था—हँसते-बोलते और ठहाके लगाते हुए। विश्वास ही नहीं होता कि अब वह कभी उस तरह न हँसेगा, न बोलेगा। बार-बार उसकी वही सूरत आँखों के आगे आती है।

उस रात ख़बर सुनकर भी विश्वास नहीं हुआ तो पत्रिका के दफ़्तर में फ़ोन किया। वहाँ भी यह दुखद समाचार पहुँच गया था। मन बेहद परेशान और उदास हो गया। बार-बार मन में उठता—हाय, यह क्या हो गया है, क्यों हो गया है?

तुमने सबको छोड़कर उसे अपनाया था, पर क्रूर नियति ने उसे तुम्हारा साथ निभाने का अवसर न दिया। तुम्हारे दुख की बात सोचती हूँ, बच्चों के मुरझाए मुख, तुम्हारा उदास चेहरा आँखों में घूमता रहता है और मन भर-भर आता है। समझ में नहीं आता, तुम्हें कैसे, किन शब्दों में सांत्वना दूँ। तुम्हारे ऊपर तो जैसे दुख का पहाड़ ही आ गिरा है। ईश्वर तुम्हें यह दुख सहने की शक्ति दे! राकेश की धरोहर 'दो बच्चे' तुम्हारे पास, जिन्हें तुम्हें अकेले पालना-पोसना और पढ़ाना-लिखाना है। अपना दुख-दर्द और उदासी मन में दबाए नन्हे बच्चों को माँ का प्यार और पिता का संरक्षण देना है। परमात्मा तुम्हें साहस और बल दे कि तुम अपने को सँभाल सको और बच्चों को उनके पिता की यशस्वी परम्परा का अधिकारी बनाओ। इसी से राकेश की आत्मा को शान्ति मिलेगी।

राकेश 16-17 बरस का था जब मैंने उसे पहली बार देखा था, अश्क जी तो उससे भी पहले से उसे जानते हैं। गत 30-32 वर्षों का साथ था और अश्क जी उसे अपना छोटा भाई मानते रहे हैं—तमाम मतभेदों के बावजूद। राकेश के आकस्मिक निधन से वे बहुत दुखी हैं, उसी की बातें करते रहते हैं, किसी काम में उनका मन नहीं लगता।

अभी तो सब तुम्हारे पास हैं, लेकिन जब सब लोग चले जाएँगे तो तुम और भी उदास, और भी दुखी होगी। तुम्हारे सामने शायद कुछ समस्याएँ भी आ खड़ी हों। राकेश तो चला गया, उसकी कमी को तो कोई पूरा कर नहीं सकता, पर कभी तुम हमारी ज़रूरत महसूस करो या समझो कि हम तुम्हारे किसी काम आ सकते हैं तो सूचना पाते ही हम तुम्हारे पास होंगे।

वीरेन मद्रास से आ गया होगा। वह भी कितना दुखी और उदास होगा! पिताजी की तरह प्यार करनेवाला संवेदनशील भाई चला गया। कमला कितनी उदास और दुखी होगी भाई को खोकर! उसे पत्र लिखना चाहती हूँ, पर मुझे कमला का पता मालूम नहीं। हमारी ओर से वीरेन और कमला को बहुत-बहुत अफ़सोस करना और हमारी संवेदना उन तक पहुँचा देना।

मैं कई कारणों से इस समय तुम्हारे पास पहुँच नहीं सकी पर मन से मैं वहीं हूँ—तुम सबके पास, और तुम लोगों की बातें करती रहती हूँ, राकेश की बातें, उसके साथ इकट्ठे बिताए दुख-सुख की बातें! तुम मन से ज़रा स्वस्थ हो जाओ तो मुझे पत्र लिखना, अपने हालचाल देना। मैं कुछ दिन बाद दिल्ली आने की कोशिश करूँगी। इस समय कुछ ऐसी ही विवशता है कि मन दुखी है, पर मैं आ पाने में असमर्थ हूँ।

हम सबकी हार्दिक संवेदना स्वीकार करो। ईश्वर राकेश की आत्मा को शान्ति दे और तुम्हें यह असह्य दुख सहने की शक्ति!

तुम्हारी दुखी भाभी
कौशल्या

नादिरा ज़हीर

बर्लिन
13.12.72

प्रिय अनीता जी,

आदाब। आज की डाक से मनोहर का एक ख़त मिला जिसमें राकेश जी के बारे में लिखा था। पढ़कर कुछ पल तो लगा, जैसे कुछ ग़लत पढ़ा है। फिर से पढ़ा, मगर वो सच है—एक कड़वा मनहूस सच। ऐसा लगा कि जैसे मेरा अपना कोई मुझे छोड़कर चला गया। राकेश जी का ऐसे हम सबको छोड़कर चले जाना, एक तरह से जैसे नाटक की दुनिया का अनाथ कर देना है।

मैं आपसे क्या कहूँ, इतना ही कहूँगी कि आप एक महान कलाकार की बीवी हैं। आप उनकी रचनाओं की प्रेरणा थीं। उम्मीद है, आप उसी प्रतिभा और शान्ति से रहेंगी।

मुझे इस बात का जीवन भर दुख रहेगा कि मैं राकेश जी से मिल नहीं पाई। मन में बड़ी आशाएँ थीं, एक बार उनका कोई नया नाटक करूँगी।

प्यार और आदर के साथ
आपकी—नादिरा ज़हीर

मैं आजकल यहाँ Brecket Encemble में कुछ दिन के लिए practical training कर रही हूँ।

नादिरा

कमलेश्वर

3.2.73

अनीता,

यहाँ आते ही वही फँसाव और दिक़्क़तें। इस लिफ़ाफ़े में सारी चीज़ें श्री रजिन्दर पाल के लिए हैं।

कुल 31 फ़ोटोज़ हैं, इनमें से चार अलग पिन किये हैं। उपयोग के बाद यह चारों श्री योग जॉय को अवश्य वापस भेजे जाने हैं।

27 फ़ोटोज़ और हैं : फ़ोटोग्राफ़ो के नाम पीछे दर्ज हैं। उपयोग के बाद इन्हें तुम अपने पास रख लेना।

राकेश की मेज़ वाला फ़ोटो जो पाल ख़ास तौर से चाहते थे, वह अभी processing में है, release होते ही भेज दूँगा। योग जॉय का आज ख़त आया है—वे निगेटिव नहीं निकाल (खोज) पाए।

डॉ. नारायण मेनन की पत्रिका में जो लेख जा रहा है (वे संक्षिप्त दे रहे हैं), वह भी पॉल चाहते थे। वह भी भेज रहा हूँ। यदि वे इसका इस्तेमाल न करें तो मुझे वापस भेज दें, या तुम भिजवा देना—नन्दन के थ्रू।

× × ×

एक ड्रॉफ्ट (मसविदा) भेज रहा हूँ—'सरिता' के विश्वनाथ जी से राकेश की रचनाओं की मुक्ति के लिए यहाँ मैंने उनके (साहित्य प्रकाशन के) जनरल मैनेजर से अभी बात कर ली है, पर विधिवत् बात मालिक श्री विश्वनाथ से ही हो सकती है। पहले तुम फ़ोन करना, फिर यह पत्र भेजना—बात का रुख़ देखकर मैं चाहता यही हूँ कि विश्वनाथ जी का इस बातचीत से यह brain wave न आए कि वे ख़ुद संग्रह प्रकाशित करने की बात सोचने लगें। तुम क़ायदे से बात कर लेना—यह बात बहुत सूक्ष्म होगी और अपना काम हो जाना चाहिए। बात को तोड़ना क़तई मत।

कल गुलज़ार जी से बात हो गई। रविवार को मैं गुलज़ार जी और श्री ऋषिकेश जी के साथ फ़िल्म देख रहा हूँ—ताकि इस महीने पूरी हो जाए।

पुरवा कैसी है?

रितू, शैली और पुरवा को प्यार

कमलेश्वर

विजय तेन्दुलकर

I am grateful for the request to write on Rakesh.

I did try once, immediately after his sudden death, in the paper in which I work.

It was no good—my article. It became a journalistic obituary with a personal claim on Rakesh's friendship.

He did call me 'dost' in our last meeting in Bombay; but coming to think of it, he had exaggerated. I was only one of his 'friends' who knew less and talked more about him and his work.

I translated one of his plays in my language; I saw one more being performed in Bombay; I had heard about a third one; that's all.

We met not more than four or five times. We talked shop. We cracked jokes. We discussed professional issues like playwright's royalty etc. (You were there, weren't you?)

I was always curious about him both as a friend and a playwright. That curiosity still remains with me though Rakesh has left.

I am sorry but I have nothing to add to it.

VIJAY TENDULKAR

तीन विडम्बनापूर्ण पत्र

कैसी विडम्बना है कि पेरिस से 11 दिसम्बर, 1972 को राकेश की माँ के निधन पर अपना दुख और संवेदना का पत्र लिखते समय यह नहीं जानती कि आठ दिन पहले (3 दिसम्बर को) उनके प्रिय लेखक और मित्र मोहन राकेश का भी देहान्त हो चुका है। इसी प्रकार 21 जनवरी, 1973 को अमेरिका से कार्लो कपोला और 8 मार्च, 1973 को कलकत्ता से भँवरमल सिंधी के पत्र यद्यपि अनीता राकेश को सम्बोधित हैं, परन्तु उनका मुख्य प्रयोजन स्व. मोहन राकेश के व्यक्तित्व एवं कृतित्व की स्मृति को अपने-अपने ढंग से स्थायित्व प्रदान करना है। राकेश के न रहने का शोक और बच्चों के प्रति सहानुभूति अनीता राकेश तथा दोनों बच्चों के प्रति स्नेह, सहानुभूति और संवेदना व्यक्त करना तो मुख्य प्रयोजन है ही। —स.

कैथरीन (वाइनबर्गर) थामस/यान का पत्र

पेरिस ले
11 दिसम्बर, 1972

प्रिय राकेश जी,

दोनों पत्र मिल गए और यह सुनकर कि आपकी माँ का देहान्त हो गया, अत्यन्त दुख हुआ हम लोगों को। मैं तुरन्त आपको लिखना चाहती थी, फिर सोचा थोड़े ही दिनों में मेरा प्रोग्राम पक्का हो जाएगा तब लिखूँगी। लेकिन बीच में इतनी उलझन पड़ गई इस मामले में कि लिखने में असमर्थ हुई। मुझे माफ़ कीजिएगा और इसे बुरे अर्थ में न मानिए जी। सिर्फ़ पिछले सप्ताह बात पक्की हो गई। इस वक़्त न जाऊँगी—मजबूर हूँ। एक तो शोध-प्रबन्ध समाप्त न कर पाई, अपनी भरपूर कोशिशों के बावजूद। लगभग 100 पृष्ठ शेष रहे जो बड़ी जल्दबाज़ी में लिखने पड़ेंगे। दूसरे तो मेरे स्कूल ने साफ़ इनकार कर दिया। इतने लम्बे अर्से के लिए पढ़ाई और विद्यार्थियों को छोड़ना बिलकुल असम्भव है। फिर सिर्फ़ दो दिन के लिए भारत का सफ़र करना बेसिर-पैर की बात होती। यों तो सब मधुर स्वप्नों को त्यागकर इस अवसर को हाथ से जाने देना पड़ता है जो इतनी कठिनाई से मिली थी। मुझे इसका न सिर्फ़ ख़ेद है बल्कि यह सताता है कि कहीं आपने मेरे आने के कारण ही अपना प्रोग्राम बदल दिया हो! शायद इस वक़्त भी बम्बई जाना चाहते थे आप लोग? इस विषय पर ठीक-ठीक स्थिति बता दीजिएगा।

अब कब जाऊँगी, ईश्वर ही जाने! है तक़दीर की बात। हमेशा ऐसे मंसूबे मिट्टी में मिल जाते हैं। आजकल हमारे समाज में व्यक्ति के लिए सब कुछ इतना सरल, नज़दीक, सुलभ है यार, उसे ऐसा प्रतीत होता है। सब सुविधाएँ पैदा हुई हैं। लेकिन एक ही चीज़ की कमी है और वह है—समय, फ़ुरसत! बच्चों को पालने का, पति और पत्नी में घनिष्ठ सम्बन्ध होने का, मौलिक समस्याओं पर विचार करने का, सरल और असली आनन्द उठाने का। काम पर आत्म छोड़ते आदमी अपना जीवन व्यतीत करता है, फिर इससे पहले कि समझ में कुछ आ जाए, चल बसता है। वैसे ही!

लेकिन मुझे माफ़ कीजिए, आप आजकल बहुत दुखित हैं और मैं हूँ कि ऐसी फीकी समस्याओं पर बक रही हूँ। आशा है, आप धीरे-धीरे इस 'अँधेरे कमरे' से बाहर निकल पाएँगे। लेकिन यह भी जानती हूँ कि जो चोट लगी, कभी मिटेगी नहीं। आपको विश्वास शायद न होगा लेकिन आज तक मेरे पिताजी की अनुपस्थिति का ज़ख़्म खुला हुआ है। इसका कोई इलाज नहीं। पति मिला, प्यारेलाल मिला, फिर भी यह चोट वैसी की वैसी रही मुझमें।

यान जी मज़े में हैं (इसका अर्थ यह है कि वह अपने काम में लगे हुए हैं!) और जां-क्रिस्टोफ़ दिन-पर-दिन सूर्य जैसा प्रकाश डालता रहता है हमारे घर में। अनीता और बच्चे कैसे हैं? अनीता की तबीयत अब बिलकुल ठीक है न? नाटक समाप्त कर लिया आपने? सब हाल लिखिए और मेरे न आने और न लिखने की क्षमा कीजिए।

सस्नेह आपकी
कैथरीन

अनीता और बच्चों को ख़ूब प्यार। यान इस वक़्त घर पर नहीं हैं, नहीं तो वह भी कुछ लिखते।

कार्लो कपोला का पत्र

Department of Modern Languages
Oakland University
Rochester, Michigan 48063 U.S.A.
21 January, 1973

Mrs. Anita Mohan Rakesh
C/o Rajinder Paul
'Enact' Magazine
4, Chamelion Road
Delhi 6, INDIA

My dear Anita,

I have thinking a great deal about you lately as I have been editing a large number of short stories in English translation of the Mohan Rakesh issue of *Mahfil.* In a recent letter, our dear friend Rajinder Paul mentioned that you would like to have a copy of that issue. It will not be ready until June, 1973. When it is published, I will send you 25 copies, as I promised Mohan I would send to him. In addition, there are a number of other details I wanted to take up with him in a letter I wrote him shortly before his demise and other points of business I must discuss with you now. I hope this letter does not strike you as crass or insensitive, for it will concern itself with very mundane things. However, I ask that you bear with me and allow us to straighten out these few matters.

When Mohan and I first discussed this matter of bringing out a special issue of *Mahfil,* I told him that we would be unable to pay him anything for the privilege. However, I told him that I would put the copyright for this issue in his name; he, then, could have it reprinted in book form in India, thereby making some money off the publication (as shown by the success of *Lingering Shadows*).imagine. You could, then, use the new translation of *Aadhe-Adhure* in the *Mahfil* issue in such a volume. In fact, these are the planned contents of the issue for *Mahfil.*

He was wholly amenable, more so because the translations would be done by native English speakers and because he would not have to depend on semi-literate translators with a spotty knowledge of English—at least, of literary English. Besides, the *Mahfil* translations would have been done gratis, whereas he would have had to pay an Indian translator. Now, I would like to do the following : first, I shall put the copyright of this issue in your name; this way, you will have all legal rights to it; second, I implore you to give no one permission to publish any of Mohan's stories in English translation untill you see the issue we are planning. I am extremely concerned about the quality of the translations—Mohan's literary creations deserve the very best translations, and this is what I want to see them get. In addition, I am having visions of unscrupulous people coming around asking for permission from you and then absconding. I want to do everything in my power to prevent this. Therefore, I ask you to write me to let me know what arrangements have been made there in India for the publication of Mohan's things. I received a letter from Alkazi who will be contributing to the *Mahfil* issue; he tells me that there will be a volume of plays published in Hindi. Has there been any similar plans for the short stories in English? If so, please consider very carefully what I have said above and reconsider the possibility of the *Mahfil* issue being published in India. I am sure that Rajinder will have some very good suggestions to make in this matter. Do consult him about it, for he knows the publishing business very well. If a volume of plays are coming out in Hindi, there should also be one in English, I imagine. You could, then, use the new translation of *Aadhe-Adhure* in the *Mahfil* issue in such a volume. In fact, these are the planned contents of the issue for *Mahfil.*

1. Stories :
   - (1) Malbe ka Malik
   - (2) Safety pin
   - (3) Janwar aur janwar
   - (4) Ek aur zindagi
   - (5) Rozgar
   - (6) Panchven male ka flat
   - (7) Zakham
   - (8) Adri (Ardra)
   - (9) Suhagine
   - (10) Uski roti
   - (11) Jangla
   - (12) Mandi
   - (13) Faulad ka akash
   - (14) Admi aur divar
   - (15) Soya hua shahar
   - (16) Aparichit
   - (17) Ek thahra hua caku (chaku)
   - (18) Glass tank
   - (19) Gunahe belazzat
   - (20) Miss pal
2. Autobiographical sketch from 'Aine Ke Samne'
3. Translation of 'Aadhe-Adhure'
4. Interview made in 1968 with Carlo Coppola
5. Kamleshwar, 'Mera Hamdam Mera Dost'
6. Article on dramas by Professor Frederick Blackwell
7. Aritcle on novels by Professor Satendra Khanna
8. Article on directing dramas by E. Alkazi
9. Article on short stories by Professor Inder Nath Kher
10. `Personal reminiscence by Usha Priyamvada Nilsson.

As you can see, it will be quite an issue, perhaps running about 350-400 pages. I am not sure if you want to include the articles in any volume of stories or plays; however, the 20 stories will certainly make a very fine volume, I feel.

Every major scholar of Hindi literature in America participating in this issue, either by translating for it, or by writing an article for it. Thus, we shall have an illustrious issue of works by an illustrious author prepared by an illustrious group of scholars and literary people. 1 know that Mohan would have been pleased with it. It is the least his works and his memory deserve.

Alicia and I are very concerned about how you are getting along and how the children are. Please write us about this matter. We assume that Rajinder has turned over to you the small amount of money we left in his possession. We hope that it has been helpful in some small way and that you are not finding providing for yourself and the children too difficult. If you are in need of help, please, please feel free to call on us. Please do not feel embarrassed or reluctant to do so, for we wish to help in any way possible.

I shall be preparing a program as a tribute to Mohan on a local radio show called 'Focus, India,' which is prepared weekly here in Detroit by a local Indian cultural association. I shall play part of the interview we did in Delhi (the quality isn't too good, for the air conditioner was running at the time). In addition, I have been asked to present a eulogy at a meeting of Indian literature scholars in late March at the annual convention of the Association of Asian Studies (an American professional orginazation dealing with Asian Studies). The panel on Indian literature will be dedicated to Mohan's memory. I feel very honoured that I have been asked to do these things and, though I feel inadequate to the task, will try my best.

Please, please write us about the various things discussed here in this letter. Also, it is important for us to know how you and the children are. Please write.

All our love,
Carlo and Alicia

P.S.

I wrote Rajinder that we would like to have some pictures of Mohan for the issue, particularly the cover, and some still shots of the productions of *Aadhe-Adhuure* in order that we could put these in the Issue—I haven't heard from him; could you please make it a point to gather up some pictures and send them to us? It would be rather important for us. Mohan and I exchanged a couple letters about pictures: he said that he'd have one taken close to the time the issue would appear, for he did not want to send an old picture that would make him seem younger than he was—as his colleagues often did. I am sure he would want these pictures in the issue. If you cannot send these, please let me know the name of the person I could contact for them. I know that any picture you might have would be very precious to you, I assure you that if you do send them, we would take very great care of them and would be sure to return them to you. Please let me know about this favour I ask.

भँवरमल सिंघी का पत्र

टेलीफ़ोन : निवास 46-3768
कार्यालय : 22-7756
'सुस्मिता'
162/सी/533, लेक गार्डंस,
कलकत्ता-45
दिनांक : 8 मार्च, '73

प्रिय अनीता जी,

'आधे-अधूरे' के सम्बन्ध में जो अख़बारों की कतरन आदि सामग्री मुझे आपने दी थी, उनका उपयोग हो जाने के बाद मैं अब उन्हें इस पत्र के साथ लौटा रहा हूँ। इस सामग्री से मेरे काम में बड़ी सहायता मिली।

मेरी सुविधा के लिए मैंने विभिन्न कतरनों को सुचारु रूप में लगाकर फ़ाइल तैयार कर ली थी। ऐसा कर देने से आपको कोई असुविधा नहीं होगी, बल्कि एक प्रकार से सारी सामग्री ठीक ढंग से फ़ाइलबद्ध होकर रहेगी, इस दृष्टि से अच्छा ही हुआ है।

आपकी बहन, जिसको उस दिन काफ़ी पास बैठे हुए देखा था, के विवाह का निमंत्रण-पत्र मुझे विवाह की तिथि के बाद मिला था। पर इससे कोई फ़र्क़ नहीं पड़ा, क्योंकि उस अवसर पर तो वहाँ पहुँचने की कोई सम्भावना ही नहीं थी। जो हो, आप वर-वधू को मेरी ओर से बहुत-बहुत शुभेच्छाएँ दें।

आप और बच्चे ठीक होंगे। आप लोगों को जो वज्र-प्रहार सहना पड़ा है, उससे सँभालने में समय तो लगेगा ही पर कोई उपाय तो और है नहीं।

आपका,
भँवरमल सिंघी

संलग्न : ऊपर लिखे अनुसार
श्रीमती अनीता राकेश,
मार्फ़त : श्री ओम शिवपुरी, 5 ए, मॉडर्न स्कूल,
बाराखम्भा रोड, नई दिल्ली-1

सन्दर्भ-स्रोत एवं आभार

- ओ मृत्यु, तेरी विजय कहाँ है?
  अनीता राकेश, कमलेश्वर, कैफ़ी आज़मी, गिरधारीलाल वैद, दिनमान, बशीर बद्र, मुद्राराक्षस, मोहन राकेश, सत्यदेव दुबे, सत्येन्द्र शरत् इत्यादि की रचनाओं से प्रेरित और सम्पादक के व्यक्तिगत साक्ष्य पर आधारित।

अनीता राकेश : चन्द सतरें और, सतरें और सतरें। राकेश और परिवेश : पत्रों में (सं. जयदेव तनेजा)
अमिता मलिक ('द टाइम्स ऑफ़ इंडिया' (बॉम्बे) 10 दिसम्बर, 1972)
आर.सी. अब्रोल ('जागृति', जून, 1985)
आर.एल. निगम ('इनैक्ट', 1973-74)
इन्द्रनाथ मदान (दिशान्तर की स्मारिका-1973)
उपेन्द्रनाथ अश्क (पुनश्च : सं. जयदेव तनेजा), चेहरे : अनेक (उपेन्द्रनाथ अश्क)
उर्मिला वैद ('सारिका', मार्च, 1973)
ओंप्रकाश ('सामयिक साहित्य', राधाकृष्ण प्रकाशन गृह पत्रिका) 15.12.72, दिशान्तर-स्मारिका
ओम शिवपुरी ('सारिका', मार्च, 1973)

कन्हैयालाल नन्दन (बिरादरी के गली-कूँचे, 'सारिका', मार्च, 1973), अभिनय अन्तर्देशीय पत्र : दि. '78
कमलेश्वर (नई कहानियाँ, आधारशिलाएँ, 'सारिका', मार्च, 1973)
कविता नागपाल ('न्यू वेव', 10 दिसम्बर, 1972
कृश्न चन्दर ('सारिका', मार्च, '73)
कार्लो कपोला—व्यक्तिगत संवेदना-पत्र
कैथरीन—व्यक्तिगत संवेदना-पत्र
कौशल्या अश्क—पुनश्च : (सं. जयदेव तनेजा)
ख़्वाजा अहमद अब्बास—व्यक्तिगत संवेदना-पत्र
गंगा प्रसाद विमल (निधन से कुछ ही दिन पूर्व लिखा गया—अप्रकाशित संस्मरण)
गिरधारीलाल वैद ('सारिका', मार्च, 1973)
गिरीश कारनाड ('द संडे एक्सप्रेस' मैगज़ीन EYE) 7 अक्टूबर, 2018

चन्द्रगुप्त विद्यालंकार ('सारिका', जनवरी, 1990)
जगदीशचन्द्र माथुर ('नवभारत टाइम्स', 22 मार्च, 1973)
जगदीश चन्द्र (वैद्य) ('जागृति', जून, '85)
जवाहर चौधरी ('सारिका', मार्च, 1973, दिशान्तर-स्मारिका)
ज्ञान शर्मा : व्यक्तिगत संवेदना-पत्र
धर्मवीर भारती ('सारिका', मार्च, 1973)

दुष्यन्त कुमार ('साप्ताहिक हिन्दुस्तान', 25 दिसम्बर, 1972)
देवेन्द्र उपाध्याय ('नवभारत टाइम्स', नई दिल्ली, 10 दिसम्बर, 1972)
नादिरा ज़हीर—व्यक्तिगत संवेदना-पत्र
नेमिचन्द्र जैन ('दिनमान', 10 दिसम्बर, 1972) (शीर्षक : 'अणिमा' 23 दिसम्बर, 1972)

प्रभाकर माचवे ('इनैक्ट', 1973-74)
फ्रैंक ठाकुरदास ('इनैक्ट', 1973-74)
बासु भट्टाचार्य—'अणिमा' के बाद राकेश की पुस्तक 'साहित्यिक और सांस्कृतिक'
बी.के. करंजिया ('माधुरी', 22 दिसम्बर, 1972)
बादल सरकार—व्यक्तिगत संवेदना-पत्र
बालगोविन्द—व्यक्तिगत संवेदना-पत्र
भँवरमल सिंधी—व्यक्तिगत संवेदना-पत्र
भीष्म साहनी (दिशान्तर-स्मारिका)
मारकंडेय (राकेश और परिवेश पत्रों में)
मन्नू भंडारी (एक कहानी यह भी : आत्मकथात्मक संस्मरण)
मुंशी ('न्यू एज', 24.12.1972)
मुद्राराक्षस : नारकीय (संस्मरणात्मक उपन्यास)

रघुवीर सिन्हा ('नई दुनिया', 5 दिसम्बर, 1972)
राजिन्दर नाथ ('इनैक्ट', 1973-74)
रजिन्दर पॉल ('इनैक्ट', 1973-74)
रमेश बक्षी—'राकेश और परिवेश : पत्रों में' से उद्धृत
रस्किन बांड ('इंडिया टुडे' (हिन्दी), 15 मई, 2019)
राकेश मोहन कोहरवाल ('सारिका', 1973)
राज बेदी ('सारिका', 1973)
राज नारायण बिसारिया ('समकालीन साहित्य समाचार', दिसम्बर, 2013)
राजेन्द्र यादव—अब वे वहाँ नहीं रहते तथा राकेश और परिवेश : पत्रों में
रवीन्द्र कालिया (ग़ालिब छूटी शराब)
लक्ष्मीचन्द्र जैन ('राकेश और परिवेश : पत्रों में' से उद्धृत)
विजय तेन्दुलकर (इनैक्ट)
वि.प्र. दीक्षित (अभिनय अन्तर्देशीय नाट्य पाक्षिक, 01 दिसम्बर, 1978)

शमशेर बहादुर सिंह ('साप्ताहिक हिन्दुस्तन', 25 दिसम्बर, 1972)
शरद जोशी (दिशान्तर-स्मारिका)
शरद देवड़ा (राकेश और परिवेश : पत्रों में से उद्धृत)
श्रीकान्त वर्मा (1) 'दिनमान', 10 दिसम्बर, '72 (2) 'साप्ताहिक हिन्दुस्तान', 25 दिसम्बर, 1972
सत्यदेव दुबे ('टाइम्स वीकली' (बॉम्बे), दिसम्बर 10, 1972)
सत्यदेव विद्यालंकार ('जागृति', जून, 1985)
सत्यप्रकाश किरण ('सारिका', मार्च, '73)
सत्यपाल आनन्द ('जागृति', जून, 1985)
सत्येन्द्र शरत् ('सारिका', 01 दिसम्बर, 1981)
सतसोनी ('नवभारत टाइम्स', 7 दिसम्बर, 1972)
सुधा शिवपुरी ('सारिका', मार्च, 1973)
सुरेश अवस्थी (दिशान्तर-स्मारिका)
सुरेश उनियाल (व्यक्तिगत स्तर पर प्राप्त)
सुरेश सेठ ('जागृति', जून, 1985)
हरबंस बेदी ('जागृति', जून, 1985)
हरीश नवल (व्यक्तिगत स्तर पर प्राप्त)

एक नये साहित्यिक आन्दोलन के जनक (आर.एस. 'न्यू वेव', 10 दिसम्बर, 1972)